齐城

陈了／著

中国检察出版社

图书在版编目（CIP）数据

弈城／陈了著．—北京：中国检察出版社，2017.3

ISBN 978-7-5102-1842-2

Ⅰ.①弈… Ⅱ.①陈… Ⅲ.①长篇小说-中国-当代 Ⅳ.①I247.5

中国版本图书馆 CIP 数据核字(2017)第 031825 号

弈 城

陈 了 著

出版发行：中国检察出版社
社　　址：北京市石景山区香山南路 111 号（100144）
网　　址：中国检察出版社（www.zgjccbs.com）
编辑电话：(010)68630385
发行电话：(010)88954291　88953175　68686531
　　　　　(010)68650015　68650016
经　　销：新华书店
印　　刷：北京朝阳印刷厂有限责任公司
开　　本：710 mm×960 mm　16 开
印　　张：33
字　　数：500 千字
版　　次：2017 年 3 月第一版　　2017 年 3 月第一次印刷
书　　号：ISBN 978-7-5102-1842-2
定　　价：80.00 元

前　言

二十世纪九十年代初期，地方检察院反贪污贿赂局刚刚成立，我有幸成为反贪污贿赂局一名检察员，反腐败斗争画卷开始在我眼前展开。那时候是领导举报群众，都是单位领导来反贪污贿赂局反映现金出纳员短款或业务员回收货款挪为己用；九十年代末，举报现象倒置，是群众集体上访反映厂长经理贪污等违法犯罪行为。各级检察部门虽竭尽全力维护国家财产，维护地方经济秩序正常运转，却未能挽留住国有企业的命运，大批国有企业还是从我们的视野中消失了。这些社会现象，让我们看到了法律对现实的困惑和无奈。两千年后，商业贿赂开始崭露头角，现在商业贿赂案频发，并且牵扯到各行各业。这也是一种社会现象，一种观念裂变后所呈现出的外部表现形态。

是什么原因导致一批批优秀人才走向毁灭？究其根本原因是人的思想意识问题，是人生欲望的膨胀和扭曲。查处一批案件惩治一批贪官，不能从根本上改变人的思想意识，生活中很多人缺少的不是物质需求而是缺失了做人的根本。我想能不能把这些社会问题结合我们工作实际写出来，以此示人，也许对净化人的内心世界和净化社会环境有一些帮助。

现在，依法惩处腐败，廉洁廉政之风劲吹全国，形成了廉政风暴。历史发展到今天，我想每一个有良知的中国人都会挺身而出。在这个特定时期，检察机关肩负着重大历史使命，检察长、检察员、书记员和法警就是中国反腐败斗争前沿阵地上最基本的元素，《刑法》和《刑事诉讼法》就是反腐败斗争最锐利的武器。《弈城》正是为献身光荣使命的检察官而写，为正义而呐喊。故事里我们可以看到老一辈检察人那种勇于奉献的精神和无私无畏的品质；可以看到反贪局长那种嫉恶如仇，正气凛然的钢性人生；可以看到新一代检察官铁荣三那份坚韧、智慧和执着；可以看到法警刘剑锋那种机智勇猛和犀利果敢；可以看到成长中的肖政和吴远；可以感受到献身使命环境下，检察官的命运和他们对待人生的态度。

因为冬天太冷，所以我们更向往春天；因为暗夜太黑，所以我们更企盼黎明；因为反贪污贿赂工作太苦太累，几乎超出了正常人所能承受的生理极限，所以我在写作过程中舍弃了一些元素，追求快乐反贪、阳光反贪、温暖反贪这种明快的节奏感。但还是有一些灿若珠玑的情节被遗漏：老检察长痔疮病发作，趴在排椅上指挥审讯；反贪局几位局长，腰里裹着钢板仍在一线坚持审讯；反贪局十六名干警十五人轮流挂吊瓶，拔出针头继续工作；老检察官身患绝症，未等到案犯量刑判决喟然与世长辞留下终生遗憾；等等。在此深表歉意。

小说离不开人物，塑造人物形象是小说的基本要素，思想是小说的灵魂，有了思想，人物形象就会鲜活，就会跃然纸上。《弈城》涉及多个腐败人物形象，都给了我们一些生活启示。我们可以痛恨腐败，鞭挞罪恶，惩治罪恶，但我们不可以昭彰腐败，渲染罪恶。我在处理这类形象时做了一点尝试，试图把笔端触及他们的灵魂深处，让大家看到他们迷茫的困惑、痛苦的眼泪和内心的挣扎，还有他们的人生命运。把这些生活画面表达出来，在丑陋的现象里挖掘唯美元素，在罪恶的欲望里寻觅善良和质朴。

故事里，犯罪嫌疑人应无畏在大彻大悟后坦然认罪服法；女犯人阮丽入狱后作出肝肠寸断的人生决断；犯罪嫌疑人李冠楠知罪悔罪后的自杀谢世；还有万世昌在刑满释放时自绝狱中……这一切，都让我们看到了在欲望之海里迷失挣扎的人性，也看到了人性中那份原本的善良和质朴的回归，也体现了法治文明对人性的呼唤。

希望读者能明白，生活中还有什么比金钱比生命更重要更可贵的元素。以此为鉴，警钟长鸣。

大家都知道，公安刑侦题材文学作品层出不穷，其发展也有几百年历史。从《福尔摩斯探案》到《午夜谋杀案》，从古代《神探狄仁杰》到现在的《罂粟花》。这些作品独具特色，在我国乃至世界文学史上占据着不可替代的位置，产生了深远影响。悬疑式、推理式等不同结构的文学作品，已是百花齐放春色满园。检察文学作品却凤毛麟角，反映我们检察官生活的作品少之又少，直至今天我们都一直在努力探索。前几年也出现过几篇检察文学作品，但屈指可数，都是先进模范人物事迹改编而成，取得了一定效果却不尽如人意。

检察工作是我们国家机关工作的一部分，反贪污贿赂局查办案件就是一项平常的工作，一种自然生活现象。我们不要把自己蒙上一层神秘面纱或人为地装进套子里。我想应该把它表达出来献给读者，让大家去了解检察认识检察，体会我们的检察人生，同时也为净化社会环境奉献一个闪光点，一丝正能量。

这部小说只是我对检察文学的一点探索，如何写好检察文学作品？如何演绎好我们的检察人生？将是我今后面临的一个课题。但我相信，只要努力探索就一定会有所发现，只要辛勤耕耘就一定会有所收获。

“世上无难事，只要肯登攀。”与大家共励。

陈了

2016年9月22日夜于北京

目录

第一章

欲擒故纵揭示死账人生
诱敌深入收伏魍路灵魂

一

农历十月十五弈城逢山会，会期五天。一大早，夜幕还没有完全退去，赶山会的人们便从四面八方涌进这座小城。弈城大街小巷里就摆满了鸡呀、鹅呀，还有那些土特产。天刚刚放亮，叫卖声、讨价还价声弥漫在弈城上空，远远听去一片嘈杂。弈城政府也在山会宽敞地方搭起台子，调集地方剧团免费为参加山会的老百姓唱大戏，还请来外地杂耍把式、马戏团为山会演出助兴。四邻八县的客商也被纷纷吸引过来，山会规模越来越大。

弈城人也会根据自己家庭需要去山会上采购一些急需用品，一般都会选在末会那天去采购，因为末会那天很多商品都降价销售比较便宜。这天，刘剑锋约了铁荣三和肖政到山会上逛荡，无目标瞎窜。

俗话说，十月山没好天。这个秋冬交替的日子，老天爷总会夹风带雪地前来掺和，有时一阵急雨搅乱了山会盛况。今年末会这天，一大早天空便阴沉了下来，过午后小北风一阵紧起一阵，飘飘洒洒的雪花毫不客气地窜进弈城大街小巷，落到街道两边地摊上，钻进人们的脖子里。

铁荣三他们正在戏台前看节目表演——大变活人。表演者神神秘秘的手舞足蹈一番，打开一只大木箱盖让观众看看明白，里面什么都没有。合上箱子盖，表演者再次手舞足蹈一番，嘴里喊一声“变”，再打开箱子盖里面走出一位如花似玉的大姑娘。刘剑锋说，神了，没看明白还真能变出大活人来。肖政瞅瞅说，都是假的，没点真事儿。刘剑锋说，你有什么证据证明是假的？肖政说，有时明知是骗局，但你戳穿不了。刘剑锋说，戳穿不了的骗局就是真的，是科学，假乱真时真亦假。

铁荣三听到腰间 BP 机有响声，拿起一看是赵局长让赶紧回单位。对他俩说，回局里有事。三个人赶紧回单位。

铁荣三回单位后直接去反贪局赵局长办公室，赵局长两道剑眉一扬问铁荣三，是不是去赶山会了？铁荣三微微一笑算是向局长坦白了。弈城山会前三年县直各大机关都放假支持山会，现在每年山会期间单位里都不会安排什么工作任务，逛山会也就成了一条不成文的规矩。赵局长说，我也想去看看，哪有时间去？检察长叫我们过去。又担心说，快过年了别又出什么事？

二

铁荣三跟着赵局长来到二楼检察长办公室。办公室门开着，检察长站在窗前正看着漫天鹅毛大雪静静地出神。听到有人进来回过身说，秋冬交替季节，每年山会不是刮风就是下雨下雪，去逛山会了吗？铁荣三说，去瞎逛了一通，东西都很便宜可惜没钱买，一下雪就回来了。

我去政法委开完会，绕了个弯从山会路上步行回来也算开眼界了，现在物质生活还算不上丰富，但是百姓的精神状态已经发生了根本改变。检察长又看了二人一眼说，政法委牵头组织纪委、公检法和审计五家开了个会，抽调人员成立弈城工作组进驻弈城信贷银行，我想还是派铁荣三去吧。赵局长看着检察长问道，怎么啦？信贷银行出什么问题了吗？

检察长对他俩说，两年前信贷银行由马跃行长批准，信贷三产办公室具体负责向南方海城投资三千万元参与房地产开发，不想这笔款投出后血本无归。三产办公室金世传和海城融资商都神秘失踪，至今没有下落。信贷银行也无法再联系，职工联名向弈城政府写信反映这个情况，强烈要求弈城政府彻底查清三千万元投资款问题，惩治犯罪，挽回经济损失，挽救弈城信贷银行命运。

赵局长听检察长说完下意识地思考了会儿说，我也听说过这个事，这么大额度资金流出，要是出问题的话那还了得。铁荣三也说道，我听说邻县信贷银行破产倒闭了，副行长涉案。好像也是因为金融诈骗、贪污受贿等问题。

所以，弈城银行职工听到这个消息联名上书，弈城政府非常重视。这三千万元资金要是损失了，下一个倒闭银行就是弈城信贷银行。检察长说完闭上眼睛，用手弄了弄满头白发。

弈城政府协调政法委牵头就是想调动公检法主要力量，纪委介入主要是针对党纪政纪问题。可能外调任务比较繁重，公安机关临时抽调两人参加，

法院抽调了一人提前介入可能牵扯到民事纠纷，随时掌握情况。抽调审计局人员目的是对弈城信贷银行进行财务审计。各职能部门各司其职，形成合力，弈城信贷银行也到该治理的时候了。

检察长又说，派铁荣三去主要掌握弈城信贷银行单位或个人在信贷资金经营管理方面是否存在贪、贿、挪三种犯罪现象。掌握三千万元资金投资项目背后有没有经济犯罪发生？一旦发现犯罪，我们要坚决发挥检察职能，立即打击毫不手软。赵局长注意掌握情况，必要时候随时调度。

赵局长说，行，没问题。铁荣三问道，什么时间去报到？

明天八点到政法委报到，弈城政府要给你们开个专门会议分派任务，政法委常青书记统一协调。

三

这场薄薄的小雪覆盖了弈城几天来的喧闹，弈城仿佛还在疲劳的酣睡中。清早一丝风都没有，四处静悄悄的，空气格外清新。阳光刚刚照在弈城白雪皑皑的大街上，光线被积雪折射后冷得耀眼。街道两边，巨大的法桐树冠上落满了积雪，静静伫立在寒冷的晨曦中。铁荣三踏雪而行，口中呼出团团热气。

铁荣三刚走进政法委会议室，就看到常青书记已经坐在会议桌正中间。常青书记是省委选派干部，来弈城担任政法委书记。政法委刚刚成立不久，工作上也是千头万绪。铁荣三看到公安部门的安所长和苏队长已经到了，就点了点头打招呼后坐在会议桌前等候会议开始。过了一会儿，弈城纪委黄常委和审计局两位工作人员也推门进来。常青书记说，马上就到年底了，还得辛苦一下大家，先把自已手头工作放一放，再忙活一阵子。说完低头看了看手表又说，法院左庭长还没来，我们先开着会。

常青书记搓了搓手说，我先介绍一下，这是纪委黄常委，公安局城里派出所所长安民和刑警队苏队长，反贪局铁科长，审计局陈科长和审计员小王，还有法院民事审判庭左佑余庭长没过来。同志们，最近弈城政府收到人民来信强烈反映弈城信贷银行投资问题。为安定民心，确保弈城金融秩序稳定发展，经研究决定成立弈城工作组对信贷银行进行一次专项治理，时间不限。各位前来参加工作组的同志都是单位领导推荐的业务骨干，行家里手。望大家齐心协力，尽职尽责，把各单位好的做法和经验带到我们工作组里来，尽快圆满完成弈城政府交给我们的各项工作任务。工作组办公室设在弈城信贷银行，由我担任组长为大家搞好服务，工作方面还要靠大家齐心协力。

刚说到这里，法院左庭长推门进来说，不好意思，来晚了。

常青书记脸上微微有一丝笑意，示意左庭长坐下开会。安民和左庭长是老战友，一块儿在海城市当了八年兵，又一块儿转业回弈城参加工作，平常两人走得比较近。但两人性格截然不同，安所长豪爽外向，大大咧咧，但粗中有细；左佑余内敛心细，颇具谦谦君子之风。

安民看到左庭长没看到自己就说，八点开会九点到十一点听报告。安民大大咧咧的话算是和老战友打了招呼。左庭长抬起头对安民说，你也来了。安民说，我早就来等候你多时了，怎么？大清早的先喝上一杯再来上班？左庭长急忙说，没有没有。

常青书记看到工作组人员到齐了接着说，关于各位所担负的任务都在明细表上，大家自己看看，下午我们进驻信贷银行。办公室秘书站起来，把任务明细表分发到每个人手中。

安所长接过明细表一看说，哎呀，安全和外调。这年底了所里突发事件也特别多，还真够忙活一阵子的。常青书记打着圆场说，没办法，我们政法队伍就是党委政府门后那把镢头，没事儿时你老老实实待在门后，有事时就把你拿出来刨两镢头。政法政法、政治法律吗，法律要为政治服务。

铁荣三在这种场合很少说话，各单位抽调人员中他年龄还数不着，再说在各位领导面前怎么排也轮不到他。铁荣三只是眨巴着眼睛看着那份明细表。

二郎神兄弟，这回可看你的了。安所长看到铁荣三，把脸转过来笑着说，什么事能瞒得过我们二郎神君的三只眼。

安所长的说笑引起大家注意，铁荣三也知道安民好逗趣。自己额头左眉心里天生一颗黑痣，这些年又从事反贪工作，很多人都把自己和二郎神君、

黑脸包拯联系在一起。还好，也都是些正义形象。铁荣三笑着说，我一定唱好黑脸。

万一冒出个贪官，反贪局可得忙活一阵子。安民一句玩笑话，众人面面相觑。铁荣三说，贪官都隐藏得很深，不会自动冒出来。铁荣三又赶紧转移了话题，大家说着说着就散会了。

散会后，铁荣三急忙返回单位。路上一阵风吹过，铁荣三下意识地裹紧了大衣。心里想，和信贷银行马行长曾数次打过交道，那可是个难缠的角儿，不知工作组进驻银行后他会是什么心态？三千万元投资款是不是牵扯到他？

四

下午，阳光照在雪地上白花花一片，小北风不紧不慢地刮起来。常青书记带领工作组人员一块儿来到弈城信贷银行大门前，保安看到公安局安所长，礼貌地打着敬礼。安民掏出工作证对保安大声喊道，立正，稍息。看见保安员随着自己口令做了几个标准姿势后才说，找你们马行长。保安毕恭毕敬地说道，您稍等。说着接通了马行长办公室电话，过了好长时间电话那头依然没有回音。

大家都在门前冻得跺脚憋等着。安民着急问保安，怎么回事？保安说电话通了一直没人接。安民说你先扣下我打。说完安民又一次拨通了马行长办公室电话。对方刚接电话安民就粗声粗气地说，我，安民，县领导们都在门口冻两个小时了，你还没睡醒。安民放下电话对大家说，走。

黄常委对铁荣三小声说道，马行长得亲自瞅瞅明白，才会让保安放人进去。铁荣三会心地笑了笑说，金融重地，闲人免进，银行门槛高呀。这句话也被站在一边的常青书记听到，脸上也是微微一笑。

来到二楼行长办公室，安民也不敲门一把把门推开，看到马行长正襟危坐地在那儿便问道，中午是不是喝多了？马行长忙说，没有没有，刚才有个客户。让县领导们久等了，抱歉抱歉。马跃行长站起来温和地对大家说，大家请到会客室去，那儿宽敞些。

众人随马跃行长来到会客室依次坐下来。虽说是小会议室，也足有三间房子空间那么大。屋顶有乳白色雕花吊顶，墙壁都做了精装修，中间有一个椭圆形会议桌，大家围桌而坐。安民说，我给介绍一下，这位是政法委常青书记。马跃赶忙站起来和常青书记握握手责怪道，也不早打个招呼，我还以为是公安局便衣队呢。

当介绍到铁荣三时，马行长刚把手伸出去，抬眼看到铁荣三左额头眉心那颗黑痣一下子愣了神。铁荣三大方地伸出手握着马行长的手说，马行长好。马跃赶忙拍了拍铁荣三的肩膀，什么也没说。

马行长此时显得很兴奋，他给工作组同志不停地剥着橘子说，欢迎各位领导光临指导，大家的到来就是我行的运气和福气。

常青书记严肃地说道，最近收到一些人民来信，反映信贷银行有关问题。为维护我县安定团结大好局面，维护我县金融行业的正常运转秩序，经研究决定从弈城各行业中抽调得力人员组成专门工作组，针对行业暴露出的问题进行治理。希望马行长认真对待，做好长期艰苦的工作准备，配合工作组积极开展工作，全面完成县里交给我们的光荣任务。今天，除法院左庭长外其余的人都到齐了。县里要求信贷银行，一是安排专门工作组办公室；二是按照县里要求在本单位以弈城工作领导小组名义悬挂群众意见箱；三是抽调财务科人员配合我们搞好财务大检查工作；四是配合工作组针对前段时间人民来信来访反映情况展开调查。说完征求马跃意见说，马行长你看？

马跃站起身来激动地语无伦次，我坚决响应弈城领导的工作安排，百分之百地配合县里工作组工作，给弈城领导，给我们银行职工一个圆满的交代。和各位领导说句实话，自己任行长这几年来，工作成绩大家有目共睹。一个经营亏损的银行能存活到现在，有我马跃的心血和汗水。前几年由三产实业负责的投资项目，三千万元资金至今下落不明，无从追查。我行这几年也不断派人进行调查，但是投资资金被诈骗，相关人员失踪，真是让人痛心。说到这里马行长喘着粗气，掏出手绢擦拭着眼泪接着说道，现在银行正处在生死存亡关头，职工议论纷纷。我强烈要求工作组查清此事，为我行追回经济损失，严肃处理有关人员，以平息民愤。该处分的处分，该坐牢的让他坐牢，绝不能手软。

常青书记拍拍马跃肩膀，示意马跃坐下来说话。马行长坐下后安排说，我看工作组办公室就设在后面小会议室里，那里清静些，各位领导就在那里办公；财务科人员一个也不用，我让财务总监葛荣配合查账工作；让后勤办公室做个意见箱悬挂在银行大门口；晚上我安排好了，给各位领导接风洗尘。马行长说完看了看常青书记。

常青书记接着说，马行长安排得很好，意见箱的事让后勤办公室做两个，由纪委黄常委和反贪局铁科长负责掌握，配两把锁，黄常委和铁科长各掌握一把锁，两把锁同时打开才能开启群众意见箱。意见箱内容只对我负责，我对县里领导负责。其他同志按预定任务安排开展工作。

安所长走到门口对黄常委和铁荣三说，两把锁这么一锁，省得让你们一个人偷着看了。黄常委故意仰起脸说，哼，这可不是件小事儿。铁荣三也偷偷笑了。

黄常委和铁荣三来到银行后勤办公室，后勤办公人员说，群众意见箱做好了。黄常委看了看上面“群众意见箱”几个大字，满意地点点头，拿过锁给了铁荣三一把，两个人拎着意见箱又来到院子里。黄常委问铁荣三，你看挂哪里合适？铁荣三想了想说，我看职工宿舍院和银行办公院里各挂一个，地点选在既隐蔽又能引人注意的地方。黄常委说，就是，挂在大门口前，保安二十四小时值班，谁还过去找难看。

职工宿舍墙后积雪一点儿没融化。两人站在雪地里，铁荣三拿起锤子用力把一个群众意见箱固定在墙上，两把锁同时锁住了箱子口。

五

下午下班时分，落日余晖照耀着西天边，光线暗淡下来，黑魆魆的远山轮廓静卧在地平线上。办公楼前扬起一阵阵积雪堆积到院内树干周围，树上光秃秃的枝丫不停地摇曳着，北风一阵紧起一阵拍打着门窗，嘶哑的叫声一阵阵传进办公室。

铁荣三与黄常委对面而坐。铁荣三看看外面天气对黄常委说，有个同学从省城过来要一块儿聚聚，我不参加接风了。黄常委知道铁荣三是找理由推辞饭局就笑着问，你不参加晚上的场了？铁荣三犹犹豫豫地说，来不及。黄常委对铁荣三小声说，有事忙去就是，我也不参加。待会儿我和常青书记打个招呼，常青书记必须参加应酬，冷了场也不好。

俗话说日落北风死。太阳的余晖隐没在西山后，整个天空暗下来，北风不见了踪影，窗外落光叶子的树枝静静地矗立在黄昏里。马行长推门来到工作组办公室招呼大家吃饭去，常青书记夹着公文包和大家一块儿来到信贷银行食堂。

安所长看到左庭长早已坐在桌前就嚷嚷道，哼，干活时不见人影，吃饭时候比谁都积极。马行长知道安所长话意所指忙打圆场说，我去法院请的，差一点没请动。又看了看周围问常青书记，纪委黄常委和反贪局铁科长怎么还没来？常青书记说，黄常委和铁科长两人都有事来不了，我们开始吧。

安所长说，老左，常青书记坐主宾你坐副主宾，我挨着常书记坐。左庭长推辞说，今天副主宾自然是非你莫属。两人推让着，最后是法院左庭长坐了副主宾。左庭长是行政实职副科级，安民是行政正股级。弈城是个讲究行政级别的地方，连饭局座次也按行政级别安排。如果不懂规矩坐错了位子，往往会引来一阵白眼。

安民又对左庭长说，老左，法院和检察院是不是互相监督？你来了检察院的就走了。左庭长马上反驳道，那是您呀，我们是互相监督，相互制约，相互支持。这两人一来一往引得众人大笑了一阵。

哼，检察院和法院一墙之隔，我可听说不少事儿。检察院把刑事案卷诉过去你给人家退回来，又诉过去又退回来。安所长又狠狠地将了老战友一军。左庭长哭笑不得指着安民说，你是狗嘴里吐不出象牙来，什么事到你嘴里就变味儿。检察院和法院一墙之隔，我们是团结一致，关系密切，共同对敌。左庭长心里也明白，自己在刑庭时和检察院确实有不少摩擦，但都是为了工作，没有半点个人私情。说完又看着安所长说，我可听说有个人到发案单位破案，听说在发案单位还吃了好几顿饭。最后得出结论说，不是内部人员作案就是外部人员作案。

安所长指着自己鼻子笑道，那个人就是我呀。诸位，我下的结论有漏洞吗？常青书记问，真的？安所长点点头说，是真的。常青书记说，那你这个结论等于没下。

众人一阵大笑。

左庭长笑完说，露馅了吧，还说。安所长对大家解释说，那时候刚从部队到地方肚子里没水儿，刚想表达表达自己语言水平，结果一表达就……左庭长说，你快喝了这杯酒吧，堵住你那张嘴。

不行，我得等着你，你喝完我就喝完。今天马行长这场酒谁也不能偷懒，喝完后还有精彩节目。安所长朝常青书记直使眼色，马行长在一旁偷偷地笑。左庭长好喝但不胜酒量，圈内都知道他是三碗不过岗，喝酒经常醉酒失态，但他自己这些年却浑然不知。常青书记忙制止道，都胡子一大把的人了，别喝过了，酒多了伤肝。老左就喝这些，喝完了就吃饭，吃完饭各人回家和老婆孩子团圆去。

安所长笑了笑没再提喝酒的事，真要是让老战友喝多了失了态出了丑，自己还得把他送回家，还得向嫂子赔一番不是，就低头吃起饭来不再吱声。

六

铁荣三骑着那辆红幸福摩托车来到望河饭店。

望河是一条季节河，也是弈城生命线。夏季里随着雨水来临，山洪暴发，河水猛涨，经常泛滥成灾。深秋景色最美，望河与其他河流汇流后，形成清浊两种水。清流映蓝天像望河中拖曳着一条蓝色彩带，故称望河拖蓝。明朝诗人杨光溥有诗曰：“雕崖山下是源流，百里南来始负舟。月影恍移湘水夜，涧声遥认楚江秋。派分远浦还同色，浪拍长天无尽头。正是暮春修禊罢，舞雩风里任遨游。”可惜现在是冬天，只剩一河冰冻，几树枯柳。

铁荣三把摩托车骑到院子里刚停好，信贷银行老同学葛荣正站在门口张望。铁荣三问葛荣，省城哪个同学来了？葛荣向一间小屋里指了指。铁荣三走进那间小屋一看，一个餐桌两个座位。葛荣说，别找了，省城来的同学就

是我。铁荣三一听仔细看了看葛荣说，你开什么玩笑？就我们两人？

葛荣点点头又说，中午我在办公室看到你们，知道县里派了工作组，我设法把你约出来，有些话必须对你说清楚。这个饭店是我岳母开的，很安静，想吃什么尽管开口。

铁荣三一听说，嗬，你这财务总监做得够场面啊。肚子都饿扁了，有水饺吗？上盘水饺来。葛荣出去安排水饺。铁荣三一个人在屋里想来想去有一些担心，老同学今天神神秘秘地请自己出来吃饭，不知是为自己还是为了他人？

一会儿热气腾腾的水饺端上桌来，铁荣三和葛荣边吃边谈。葛荣问，工作组是不是来落实人民来信的？

担心什么？铁荣三没有正面回答葛荣问话，但话语直指葛荣。

葛荣说，我自己什么也不担心。别以为我这个财务总监有什么了不起，明升实降，论权力还不如一个财务科长。今天请你出来我是想给你提个醒，小心马跃。

说来听听。葛荣一句话引起铁荣三注意，铁荣三下意识地放慢了吃水饺节奏。葛荣小声说道，信贷银行财务科小葛是前任葛行长的女儿，葛行长内退之前推荐马跃坐上了行长宝座，马跃任职不到两个月就投桃报李，把葛燕提拔到财务科科长这个重要岗位上。葛行长和你们反贪局赵局长不知是亲戚还是老乡，反正我看见他们走得很近，经常在一起吃饭。几年前，他们沆瀣一气挪用信贷银行资金三千万元到海城参与房地产开发项目，说是扩大信贷银行经营范围，增加银行创收指标。两年过去了钱没挣到一分，还说是被人诈骗了，现在血本无归。弈城信贷银行面临破产，社会上说什么的都有，职工意见很大，已经组织集体上访。我也怀疑这里面有阴谋。

铁荣三问道，你是说反贪局赵局长参与了此事？葛荣想了想说，这倒不一定。但马跃一定是个分量极重的参与者。我只是提醒你，注意这里面错综复杂的社会关系，小心陷阱。

铁荣三在想老同学的提醒很重要很及时，赵局长怎么从来没提过这件事？现在看来葛荣没有陷进去，赵局长也许一点儿也不知情。案情都是隐蔽的，正面看到的都是案子表面现象，背面的都是阴谋，都是陷阱，都是圈套。有

时候套自己，有时候也套别人。

葛荣又说道，马跃这个人很聪明心眼儿很多，但是好心眼儿不多。派我们到临县信贷银行学习。你知道学习什么吗？就是对一些小型企业还款户进行死账处理，把回收本金利息作盈利下账，从而增加银行营业利润。久而久之国家资金被掏空了，个人腰包肥了。长此以往，银行能不破产吗？临县一家信贷银行破产就是一个例子。

铁荣三一听大吃一惊问道，怎么进行死账处理？葛荣说，就是客户还款后，把客户所还本息用红笔一冲，钱就冲出来了。临县那个信贷银行副行长和财务科长就是贪污了这些本息被逮捕了，听说还牵扯到政法部门工作人员。

铁荣三边思索边说，用红笔冲平账面，那得有合法手续？账面是不能随便用红笔冲的？葛荣说，就是把活人变成死人，具体怎么变我还不清楚，我去学了三天就回来当了财务总监。至于以后他们又学的什么我就不知道了，学完后有用没用我也不清楚。我这个财务总监只是个摆设，只有签字的权力，财务上提供什么资料我只能签签字。葛荣又说，前段时间马跃和财务科小葛关系走得很近，这一段时间关系又好像很僵，很可能与三千万元投资款有关。

铁荣三听后很长时间都在思考这个问题。他知道老同学说的都是真话。但是道听途说必须经过查证，不查证属实不能轻易相信，调查工作就是这样重事实更要重证据。但铁荣三脑子里一直想着一个问题，活人能不能变成死人？活人怎么变成死人？

七

赵局长住检察院家属院里，两间平房一个小院。平房内墙壁开了个门，两间平房分成了里外间。里间是卧室，外间放着一套沙发，一张木质茶几就成了客厅。

吃完晚饭，赵局长自己在家里打开电视准备看新闻联播。新闻联播的时间还没到，电视上净放些广告。妻子在医院上大夜班明天才休班，孩子上高中住校不回来，一个人在家觉得有点儿冷清。这时，北风已经停了，门口传来敲门声。赵局长出去开开门，忙把葛行长老两口子让进屋里说，大冷天的快屋里暖和。说完忙着给客人倒水。

葛行长说，吃完晚饭风停了，没事溜达溜达，走到检察院大门前看到你家有灯光就过来了。葛行长和赵局长是邻村老乡，在弈城多年工作上来往较多，都是实在人。葛行长问赵局长说，我听小孩说县里派工作组进驻信贷银行了，你参加了吗？

我没参加，院里派铁科长去了，主要是配合县里搞好专项治理。

葛行长家属也说，就是，这么点小事还能劳驾局长亲自参加。葛行长担心地问道，听说信贷银行最近很乱，职工写信举报还要聚众上访闹事，县里又派工作组进驻，行里是不是真要出事？

具体什么情况，现在还不清楚。赵局长想了想说道。

葛行长担心地说，我干了一辈子行长，天天手捧着心过日子，好不容易挨到内退年龄，觉得肩上千斤担子卸下了，轻轻松松地过两天日子。我现在不是担心自己，倒是女儿葛燕，她在信贷银行任财务科长。赵局长问道，年轻在重要岗位上锻炼锻炼那很好呀，有什么好担心的？

葛行长家属说，当时让她任财务科长我就不同意，毕竟她还是个孩子，心眼儿少。二十岁就让她担任这么重要的工作，这一干就是三年。葛行长看了看赵局长说，你不了解马跃这个人。这个人呀拍拍头顶脚跟儿都会乱转悠，说话行事口是心非，可不是什么善茬。他任行长是上边的意思我还能说什么。外人眼里还认为我推荐马跃任行长，他又投桃报李提拔我女儿。其实，从女儿任科长那天起我心里一直就悬着。近朱者赤，近墨者黑。我担心葛燕阅历太浅，心眼太少，和这样的人搅和在一起，非出事不可。

葛行长的叙述和反贪局接到的举报信内容正好吻合。赵局长心里七上八下的，他知道这天作的巧合一定有其现实的渊源。就说道，我让铁科长关注一下财务科。

葛行长家属又插嘴说，这一年多来，我看葛燕心情一直不好，问她她也不说。这几天我看她情绪特别恍惚，就问她到底出了什么事，她只是掉眼泪，再问就和我急，求我别问了。

赵局长安慰说，女孩家多愁善感是常事，也许是我们想多了，事情不是

我们所想的那样。

葛行长抬手腕看了看时间说，小孩那边你多给长长眼色，我该回去了。说着和家属起身要回去。

赵局长送他们到门口，看着葛行长老两口在寒冷中蹒跚的背影，赵局长心里想，但愿是大人们想多了。

八

晚饭后天黑下来，弈城的夜已是华灯初上，繁星点点。马跃来到办公室打开吊灯，办公室内灯光瞬时照亮了每一个角落。

信贷银行各部门负责人都还没回家，都在等待马行长调度。看到马行长来到办公室，便纷纷前来探情况，当然主要是配合工作组开展工作的情况。马跃最关注的是财务科，其他科室汇报完走了，财务科葛燕最后汇报审计账务情况。

查账组有什么情况？马跃问葛燕。葛燕说，审计组一直在审计我们行五年来所有账证，现在还没有什么情况。葛燕汇报完，站在一边听候行长指示。

那个检察官是反贪局的侦察科长，你没发现他有什么异常举动吗？马跃眼神里有一丝责备和不安。葛燕想了想说，今天只有审计局两位审计人员审计账证。这个检察官到财务档案室待了会儿，好像是不懂账，就是随便乱翻翻账本。

马行长低头思索了会儿说，你先回去吧，有什么情况要马上汇报。

葛燕走后，马行长坐在办公桌前拍了拍脑门，脸上仍然是一副严肃表情。心里暗想，检察院是"明修栈道，暗度陈仓"，派反贪局的侦察科长来搅和，究竟意欲何为？

马行长转念一想，工作组也是县里领导派来的，拿你当牌出你就是张牌，不拿你当牌出你什么都不是。工作组上边是县里领导，工作组的工作也都是县领导领导着。想到这里马行长心里坦然了些。

马跃猛然想起一件事，内心一下子紧张起来。

去年春天一个早上刚上班时间，马跃坐在办公室里安排完一个星期工作，刚点上一支烟吸了一口。随着敲门声，走进两个穿黄制服的检察人员。

为首的一个自我介绍说，我们是弈城人民检察院的工作人员，今天领导派我们来想请贵行协助，查一下弈城东方红商厦在你行开户情况，请你协助。说完拿出一张协助查询银行通知书，放在马跃办公桌上，要求马行长签字。

按法律规定，检察院反贪局出具查询银行通知书，马跃签字再由银行业务部门帮助查询。马跃打量了一眼眼前两名年轻检察人员，心里很是不耐烦，大清早碰上反贪局这些人真让人扫兴。

人在得意的时候往往就会忘形。马跃看两名检察人员好像故作镇静的样子就故意问，检察院是干什么的？随即吐出一个烟圈。

检察人员没有直接答复马跃提出的问题，为首的一个回答说，今天我们的任务是查询东方红商厦在你行的开户情况，请你协助。

我还以为检察院是查什么的呢。马跃拉下眼皮又瞪起来说，你们有介绍信吗？拿出来我看看。

这是我们的工作证。为首的检察官出示了红皮面检察院工作证。

马跃接过工作证看了一眼说，这样的本本在市场上一元两个，你们一人一个。马跃把工作证和查询银行通知书往检察人员面前一推又说，这个字我不能签。你们查了我的银行，破坏了我们的客户利益，影响我行经营效益，损害了我行声誉。

法律规定，你必须签字配合。为首的那个检察人员说。

什么法律规定，按法律规定弈城信贷银行早就破产了，早就没有了，也不用你们查了。你们回去吧，让你们领导来。抬腕看了一下手表说，我还有个会。说完起身扬长而去。

后来，反贪局局长派员到信贷银行找过马跃行长两次，都没有查出结果来。马行长好像和反贪局就是不对眼儿，总是变着法儿拒绝配合工作。

第三次是赵局长亲自出马去找马跃行长，马跃无奈在查询书上签了字。赵局长留在马跃办公室里和马跃拉呱儿，其实是缠住马跃。马跃借上厕所机会打电话通知银行业务部门有关人员全部回避了。以后再次查询，信贷银行始终没有回音。

马跃紧皱着眉头，记忆突然清晰了。那前两次来查询银行的检察官，其中一个就是这位铁科长，因为额头上那颗黑痣让马跃记忆深刻。想到这里马跃拼命地吸了几口烟。

九

早上上班时间，信贷银行工作人员三三两两地走进银行办公楼。铁荣三今天特意换下了制服穿一身便装，楼道内许多职工还是向他投来陌生而惊奇的目光。来到办公室门前，银行工作人员正在打扫卫生，铁荣三在门口过道里等了一会儿。常青书记和黄常委一块儿走过来，等室内卫生打扫完一块儿走进办公室。

今天这温度行。随着安所长那大嗓门，公安局和审计局工作组成员也来到办公室。安民满屋里瞅瞅，看到左庭长没来又说，大法官又到哪里开庭去了？黄常委说，你们都是执法工作者，有什么不一样吗？

安民连忙摆手说，不一样那不一样，检察院是利剑高悬，公安局是盾牌生辉。

铁荣三笑了笑算是回答了老安的招呼。其实铁荣三今天不穿制服是自己特意安排的，特别是自己干反贪这个职业，穿一身制服在人家单位里晃来晃去会招来很多议论。

常青书记看了看大家心想，左庭长今天可能不会来了，安排大家今天还是按照拟定好的分工，再辛苦辛苦。工作组人员各人分头行动。

黄常委对铁荣三说，我们去看看。两人来到办公楼左侧，铁荣三顺手开锁，黄常委又把第二把锁打开看了看，举报箱内什么都没有。

脚下的积雪咯吱咯吱地响着，他们来到宿舍楼后面举报信箱前，铁荣三瞅瞅说有情况。黄常委往地下一看地面上出现凌乱脚印，黄常委和铁荣三对视了一眼没有再说什么，两人打开举报箱，黄常委顺手从举报箱里拿出了一张纸条。黄常委看了看那张纸条又把纸条交给了铁荣三说，我们回去交给常青书记，让他处理。

办公室里常青书记一个人正在看报纸，黄常委和铁荣三走进来。黄常委对常青书记说，举报箱里有一张纸条。铁荣三把纸条递给常青书记。常青书记匆匆看了一眼问，你们看了吗？要注意保密。过后常青书记显得很生气说，你说这个马跃开什么中层会？对抗什么工作组检查？他是不是自己想得太多了。

纸条上只是写了几个字：马跃昨晚开中层会布置对付工作组检查。铁荣三心里琢磨，这几年群体上访事件背后往往都是腐败行为诱发的，我们不能怨群众上访，无风不起浪。有时候进驻工作组还真能缓解，甚至化解一些矛盾。但有时候工作组进驻却像投石击水一样，反而起到推波助澜的作用。

铁荣三当然没说，但他心里已经作出了准确判断。一张纸条虽然未牵扯到什么大问题，但举报人是在试探，试探工作组是不是真正想解决信贷银行存在的问题，试探工作组下一步的行动是想真正解决问题还是糊弄走过场。马跃组织对付工作组检查，正说明他心里有鬼。

那张纸条是举报人的一步棋，是投石问路的那枚石子。

十

中午下班时间，气温渐渐有所升高，大地上的积雪开始大片大片地融化。大路两边，绿化树随风摇曳甩出一阵阵雪雾，路上行人开始匆匆忙忙，各奔东西。

铁荣三骑摩托车路过农贸市场，在一个饭摊前买了几个馒头急匆匆返回宿舍。那是一间十六平方米的单身居室，室内三张床，屋门口一边是一张吃饭用小圆桌，旁边叠放着三个马扎，整个屋内看上去十分拥挤但也还算整洁。助检员肖政和法警刘剑锋已经吃完饭，肖政躺在床上看书，刘剑锋在门前洗衣服。

哎哟，大侦探没赶出饭门儿来。刘剑锋看到铁荣三带着馒头回宿舍，知道他还没吃饭。有什么菜吗？铁荣三问刘剑锋。刘剑锋说，还有豆豉咸菜，肖政回老家带来的。肖政抬起头说，在小饭桌上面坛子里，暖瓶里有开水。

铁荣三倒上一缸子开水，掰开馒头就着咸菜大口大口地吃起来，看来铁荣三的确是饿急了。他一边吃饭一边琢磨老同学葛荣和他说的那些事情。

吃完饭，铁荣三在脸盆里洗洗手来到床边准备看会儿书，问肖政看的什么书？肖政说到县文化馆图书室刚借来的《死魂灵》，你看吗？

铁荣三说，我看过了。这部小说是俄罗斯著名作家果戈理创作的，主要写了上层社会人物乞乞科夫通过收买死灵魂套取国家资金的事实，用我们今天的话说就是虚报冒领进行贪污。真不知道这个乞乞科夫是怎么想出来的？

肖政说，听你这一说，我得抓紧看看。刘剑锋边洗衣服边插嘴道，坏人都比好人聪明，小偷都比警察聪明。

铁荣三说，我不同意你的观点，小偷还是都被警察抓了，坏人再聪明最终都没有好下场，自古以来就是得道多助失道寡助，邪不胜正。

那都是作家想出来的，都是作家写出来的，当然能想出来并且能写出来也不是一件简单事儿。刘剑锋说完又继续洗衣服。

肖政坐起来说道，前几年我们查办民政局会计贪污案，我想和乞乞科夫写得这个故事差不多。几个老伤残军人都死两年多了，那个会计还在冒名领取伤残补助金。如果我们查不出来他还不知要冒名领取到什么时候呢？老铁你不是写过那篇报道吗，还登上《法制日报》头条了。

铁荣三也说，贪污伤残补助金一案，就是一个现实版的《死灵魂》故事，一个复活的乞乞科夫，可惜我们不是果戈理。刘剑锋在一边嚷嚷道，快再写篇登出来，赚了稿费再请我们吃一顿。肖政一听笑出声来，铁荣三也笑了。

铁荣三又和刘剑锋、肖政说，民政局会计冒名领取伤残补助金案和乞乞科夫收购死灵魂是如出一辙，都是把死人变成活人。唉，大家想想看有什么办法把活人变成死人？

刘剑锋停下手想了想说，不好办，玩魔术的能大变活人，还没听说玩大变死人的魔术。让活着的人变成死人，除非事前商量好，否则不好办。肖政也摇摇头说，旧社会把人变成鬼，新社会把鬼变成人。这年头谁愿意做鬼当活死人？刘剑锋又议论说，就说农民吧，要是死了得注销农村户口收回耕种土地，那吃什么？像我们就更不行了，户籍关系、粮油关系、组织关系、工资关系等，死了就意味着什么都不存在了。谁愿意做个假死人难受。

三个人正在讨论这个话题，铁荣三腰间 BP 机嘟嘟响起来，他低头一看脸色严肃地说，政法委常青书记说信贷银行出事了，让我们工作组抓紧到银行集合，我得快去。

什么事这么紧张？刘剑锋问铁荣三。

铁荣三边走边回头说，现在不知道什么情况，只说紧急集合。

十一

铁荣三骑摩托车到信贷银行时还没到下午上班时间，整座办公楼里静静的。他赶忙来到马行长办公室，常青书记和黄常委都是一脸铁青地坐在排椅上，安民正在和公安局长联系要求派人来勘查什么现场。

怎么回事？铁荣三问黄常委。黄常委压低了声音说，财务科小葛不知什么原因，中午时间从办公楼上跳了楼，苏队和保卫科在那儿保护现场。现在注意封锁消息。

铁荣三想了想又小声问，小葛现在什么情况？黄常委低声说，已经断气了。铁荣三只觉得自己脑袋一阵发懵，愣在那儿突然又想到，活人真变成了死人。

外面，警车呼啸声由远而近。不一会儿，公安局现场勘查车来到信贷银行院内。铁荣三和安民来到办公楼后面事发现场。

楼后面积雪还没有融化，一具女尸躺在雪地上，头部流出的血融化了一大片积雪，被冻结的积雪猩红猩红的，空气中还散发着血腥味。安民小声对铁荣三说，可能是头部着地，撞击致死。铁荣三点了点头没再说什么。勘查人员拉起警戒线，在现场画着示意图，几个民警爬到楼顶上仔细勘查现场地形。

这时，上班时间到了，职工三三两两地围过来。有的拿出手绢抹着眼泪，为一个年轻生命惋惜着。议论纷纷说葛燕可能会做错事情但绝对不可能做坏事，坏事都让坏人做绝了，坏人总不会有好下场，总会有一天遭天谴、遭报应。

马行长走过来严肃地对大家说，你们在这里瞎嚷嚷什么？管什么用？都

回办公室上班去。这里有公安局领导破案，别妨碍领导工作。银行职工都慢慢离开了。现场勘查完后，救护车运送尸体去弈城医院。

常青书记和马行长一块回到工作组办公室里。常青书记担心说，工作组进驻第三天职工跳楼自杀身亡，这不是件小事。死者家属工作主要由银行负责做，我们和县里领导汇报汇报再说。黄常委、安民、铁荣三一块儿去参加县里汇报。

铁荣三想到那张举报纸条，想到葛荣和自己说得那些话，想到了那三千万元投资款。他觉得弈城信贷银行的问题，一切又变得扑朔迷离，一切都得重新定位，重新开始。

十二

常青书记他们来到弈城政府办公室，办公室人员联系一会儿说，孙县长在办公室里，你们找孙县长汇报吧。

四个人一块儿来到三楼孙县长办公室里，孙县长忙着给大家洗刷茶杯倒水。铁荣三说，我来倒水。孙县长招呼大家都坐下说话，看看检察长在家吗？叫来一块听听。常县长电话联系检察长，不一会儿检察长司马廉来到办公室。

孙县长说，信贷银行一名职工跳楼摔死了，工作组汇报情况，一块儿听听。检察长点点头坐在孙县长一边。

常青书记让安民汇报情况，安民咳嗽了两声，清了清嗓子汇报说，今天中午一点半左右……

中午，银行职工都下班了，整座办公楼静悄悄的。这时一个模糊身影徘徊在弈城信贷银行五层办公大楼楼顶，随风飘动的红丝巾表明楼顶之人是女性。这名女子异常的举动引起弈城信贷银行两名保安的注意，两名保安发现情况后互相交换了一下眼色。

保安甲说，是个女的。保安乙说，这个人什么时候进来的？今天中午没见外人进院子？保安甲看着楼顶上边人说，这年头盗贼也会男扮女装。我们赶快上去看看，万一出什么事儿，行长可饶不了我们。走，上去看看。

两名保安沿着楼梯迅速向楼顶摸去。楼顶天窗是开着的，两人喘着粗气爬上楼顶时，已不见那人影子。两名保安正感到奇怪，只见一条红丝巾被风刮起，在空中扭曲地舞动着。

两名保安分头向楼下张望。保安甲看到楼下面地上躺着一个人，惊呼道，跳楼啦。保安乙趴在楼顶上往下一看忙说，快下去看看。

办公楼后面水泥地板上，躺着一具血肉模糊的尸体，头部咕咕流着鲜血，染红了办公楼地面上一大片积雪。保护现场，赶快报告安所长。两个人一个留在现场，另一个去办公室打电话报告。

我刚吃完饭，接到保安打来电话立即赶到现场，发现人已经没气了。就向局里汇报了情况，刑警大队封锁了现场，现在现场勘查还没出结果。我看现场情况，那女的是从五楼跳下去的，头先着地当场死亡。据保安人员讲楼顶上当时只有她一个人。应该是自杀，但现在自杀动机不详。

常青书记补充说，死者叫葛燕，是前任葛行长的女儿，死前任信贷银行财务科长，与投资三千万元资金有关系。工作组刚刚进驻银行，各项工作都刚刚铺下摊子，还没找人谈话，查账组也没接触葛燕。葛燕突然自杀也不知什么原因?

安所长说，要查清楚死亡原因，否则怎么向死者父母交代？个别职工反映葛燕死亡，可能是殉情而死。葛燕生前有个男朋友叫金世传，也在信贷银行上班，任三产实业办公室副主任，后来因三千万元投资款的事，一去没还乡。

检察长说道，有这事？三千万元投资款背景够复杂的?

孙县长也皱起眉头说，当事人死亡，我们很遗憾。但不代表三千万元投资款线索断了，应该尽快找到新线索，绝不能让三千万元资金丢失了。我看工作组在信贷银行继续开展工作，继续寻找三千万元资金下落。另外，死者家属工作要以信贷银行为主，工作组注意配合。

回来路上，铁荣三静静地想着这件事，总觉得三千万元投资款像一个难解的谜，布满悬念又曲折离奇。还有检察长在会上还没说完的那句话。

安民快步凑到常青书记身边说，当事人死亡，线索断了，人死账烂，三千万元投资款打水漂了。让我们上哪儿找线索去？扔石头打天啊。

常青书记什么也没说，好像在思考什么问题。

十三

弈城检察院检委会会议室，检委会议刚刚结束。赵局长在椭圆形会议桌上合上记录本准备离开。检察长把赵局长留下，让他通知反贪局侦察科长铁荣三也来参加。

检察长说，今天中午信贷银行财务科长在办公楼上跳楼自杀了，听说了吗？赵局长说，中午出差刚回来听说了。公安那边现场勘验还没出结果。

检察长感慨地说，生命如此脆弱。一个人死亡很简单，死能一了百了吗？家庭怎么办？父母怎么办？赵局长说，死者名叫葛燕，财政学校毕业，参加工作四年，二十三岁，还没有成家。我认识她父亲是信贷银行原行长，和我是一个乡的。抽时间得去看看。

检察长问铁荣三，你怎么看这件事？铁荣三想了想说，公安局应该查清自杀原因，揪出凶手严惩犯罪。但目前基层公安局破案水平有限，凶杀案破案率很低。检察长让铁荣三谈看法，铁荣三却故意答非所问。检察长听后生气地瞪了铁荣三一眼。

检察长边思考边说，单位财务人员出现类似事件，往往会涉及重大经济犯罪问题。况且信贷银行本身就有举报，明摆着三千万元投资款被诈骗。是真被骗还是另有阴谋？现在最直接当事人已经死亡，死无对证。

赵局长有些着急说，这三千万元投资款若追不回来，信贷银行就得破产。铁荣三担忧地说道，直接当事人死亡给追款带来很大麻烦。若是正常上当受骗还可以通过调查寻找新的追款线索。若是阴谋，破案难度会加大甚至无法破案，个别责任人完全可以把所有责任全部推到死者身上，三千万元资金就成了永远无法揭开的谜团。

检察长看了看赵局长和铁荣三又说道，诈骗这种罪名应该由公安局管辖。公安局有老侦查员安民在工作组，估计公安局应该有他们的侦查措施。另外，你们都想想办法，能不能从我们业务角度再寻找一条路子打开一个缺口，配合公安局查明真相？

铁荣三本想把信贷银行活人变死人的传闻向检察长汇报一下，转念一想这种说法也仅仅是传言，具体是真是假？是既遂还是未遂？至今还没有半点证据，这件事就没当场汇报，因为也没法汇报。

赵局长对检察长说，信贷银行三千万元投资款被骗一事，公安局多次接到举报也多次进行调查，但是调查近两年毫无头绪。回头我们会仔细研究一下。

天渐渐黑下来，弈城大街小巷里变得冷冷清清。信贷银行办公大楼二楼行长办公室还在向外透着灯光，马行长一个人独自坐在办公桌前抽闷烟。工作组进驻银行以来，银行内外明里暗里发生了太多的事情。葛燕自杀惹起民愤，一些人把仇视的目光都对准了自己。工作组的人几天来也不知查到了什么，他感到群众意见箱像一双死人眼一样死死地盯着自己，还有那三千万元投资款这两年压得自己几乎喘不过气来，想着想着马行长觉得很沮丧。

墙壁上壁挂闹钟吵醒了他，他疲劳地嘲笑着自己。又想了好长时间，香烟一根接一根把手指都熏黄了，这才理出个头绪，在炽白的灯光照射下，脸上那一丝笑容显得阴阴的。

十四

工作组进驻第四天，信贷银行院子里格外冷清。上班人员匆匆来去，互相之间很少打招呼，职工们失去了往日那种热情和欢笑。自杀事件像一团黑色云层沉重地压在每一名职工心头。

黄常委和铁荣三来到群众意见箱前打开锁，发现里面又有几张纸条，回到办公室里向常青书记汇报。内容大体可分为两类：一是对葛燕的死有疑问，怀疑是马跃谋杀；二是三千万元投资款也怀疑是马跃做了手脚，怀疑马跃已经独吞了三千万元投资款。

常青书记看完几张纸条后苦笑着说，这个马跃是什么事都让他赶上了，一把手没当几天就混成这样，真让人难以理解。常青书记说完后又是一声

苦笑。

黄常委和铁荣三都是查办经济案件高手，违纪违法经济案件大同小异，有时纪委和反贪局联合出击，对查办这类案件深有体会。两人对这件事都有自己看法，只是现在既无证据也无事实，都不好说什么。再说现在只是县里政法工作组，与纪委和反贪局业务还有所区别，也不好主动去调查什么，一切听从常青书记安排，常青书记听从县里安排。

铁荣三腰间传来BP机呼叫声，低头一看是赵局长呼他，意思是下午两点到检察长办公室有事。铁荣三向常青书记请假说，下午单位有事。常青书记点头说，你忙去就是，这边就是临时配合银行做好死者家里工作。

常青书记又问铁荣三，审计组是什么情况了？铁荣三说，这几天陈科长他们一直在审计账务，看来还得过几天。

常青书记又说，公安局那边现场勘查报告不知有结论了吗？常青书记像是在问别人，又像是在问自己。安民说，我到局里去看看，不就是现场勘查报告吗？用得着这么费劲儿。

一切都要等公安局的现场勘查结论和审计组的审计结果。

十五

下午两点，铁荣三和赵局长同时来到检察长办公室。办公室里很热，检察长只穿一件毛衣。室内那盆芭蕉树却绿意盎然，一片生机。

检察长看到两人埋怨说，锅炉房是怎么回事？温度老是控制不好，一会儿热得要命一会儿冷得要死。赵局长说，自己单位烧锅炉就这样，一是温度靠烧锅炉人加煤炭量决定高低。二是每批煤炭单位热量不同，温度很难控制，现在没好办法。

铁荣三坐在旁边一句话也没说。他心里也在纳闷，今天下午不会是呼自己回来听温度论的吧。

检察长看看铁荣三说道，有个新情况，让赵局长说一下。赵局长说，中午上班时候老葛打电话找我，本来我应该去安慰他的。接到电话我就去了老葛家，老两口还是在悲痛之中。家属一直在怀疑女儿的死是被人谋害的，我也不好说什么只能安慰他们。临走时老葛给了我一份葛燕留下的遗书。我和检察长汇报过，里面牵扯内容与我们的业务有关，抓紧看看。说完把那份遗书给了铁荣三。

铁荣三接过来迅速看完那封遗书。铁荣三作为一名侦查人员具备了良好的政治素质、出色的业务素质和超强的心理素质，特别是语言文字处理方面能迅速抓住重点，准确概括。看完遗书后铁荣三说，这份遗书反映了三个问题：一是信贷银行死账核销手段已经实施，大量国有资金流失。信中提供了部分处理账务线索，给我们查证提供了依据。二是三千万元投资款被骗责任问题，信中提到银行三产人员金世传和融资公司法人安丰，为我们追回投资款提供了帮助。三是葛燕以死证明自己没有侵吞国有资产，没有骗取三千万元投资款。

赵局长分析说，收回贷款做死账处理，造成国有资金流失。那这些钱到哪里去了？现在钱在谁手里？现在银行内部除马跃之外再也没有第二个知情人。我们根据这份遗书可以查到书证，但我们找谁要钱去？能追究谁的责任？葛燕已死，线索已断，马跃完全可以把责任和流失现款推给死者，推得一干二净。我们现在下手，恐怕打不着狐狸还惹得一身骚。

国有资金流失不能算了。检察长着急地说道，假死人问题牵扯到户籍，死账问题牵扯到债务核准机关核准手续。我们就要查一查，看看是谁在这里面做手脚，谁是假死人事件幕后始作俑者。

铁荣三说，做这个手脚的人一定是马跃，葛燕还没这个能力。这件事就是马跃组织实施，葛燕仅仅是按照马跃安排处理了账务。

钱在哪儿？责任在谁的身上？赵局长坚持自己的观点。

铁荣三说，钱在马跃那儿。

赵局长质问道，你有什么证据说钱在马行长那儿？

检察长也问铁荣三，是呀，有什么证据证明？

铁荣三想了一会儿说，现在还没有任何证据证明，只是直觉。要不，马跃挖空心思地搞什么死账核销？我想证据总会有的。

其实，每一次重大复杂案件讨论都会有一场激烈辩论甚至争吵。平时是检察长、反贪局长、侦察科长一级压一级，但是到了案情胶着混乱复杂状态时谁都较劲，互不相让。在辩论中找到共同点，在一次次否定中找出肯定结果。特别是铁荣三，他对案件的痴迷和执着是从事侦查工作的最大优点，但也成为他人生中最致命的弱点。

检察长看到现在确实还拿不出什么证据就说，我们现在先不谈证据问题。信贷银行搞死账核销造成国有资金流失，我们现在就立案，不是针对谁，立谁的案，追究谁的责任。我们要对整个事件立案，以便于收集证据和及时采取措施，及时打击犯罪。在案件进程中牵扯到谁，只要达到法律规定立案条件，就再行立案手续，立案手续让肖政马上办理。另外，三千万元投资款问题，要以公安为主，他们在追逃追款方面技侦手段比我们先进，我们做好配合。铁荣三继续参加工作组，注意收集证据。赵局长组织协调人员，注意全面掌握案情。注意保密，你们两人还有什么意见？

赵局长说，没什么了。

铁荣三突然冒出一句话，最好直接刑事拘传马跃。

检察长一听说道，拘传谁？你疯了。现在还不具备单独立案条件。

三个人也都笑了。

十六

工作组进驻信贷银行第五天。

几天来气温不断上升，积雪已融化殆尽，空气清冷。

常青书记早早来到工作组办公室，他要先开个会传达县里指示精神，安排工作组要抓紧手头任务进程，力争年关之前完成任务。

黄常委和铁荣三走进工作组办公室，不一会儿安所长他们也来了。还没坐下安所长开始嚷嚷，昨天晚上十一点突然接到线人举报说城东岭看场屋子里有聚众赌博的，我召集人手摸黑赶去一下子逮了五个跑了一个，今天让几个年轻的先审着，晚上回去再说。唉！对了，常书记，现场勘查结果出来了。楼顶上共有三个人的脚印，其中两双脚印是两名保安的，另外一双脚印是死者的。现场也没打斗或反抗挣扎痕迹，结论是自杀。

常青书记听完后点点头说，自杀结论出来，银行和死者父母做工作有话说。这几天，死者父母找了县里领导要求查明事实真相，严惩凶手。还有，三千万元投资款还牵扯着另一个人叫金世传，不过这个金世传已经失踪快两年了。他父母在这节骨眼上也找到县领导，说自己儿子金世传早已被人谋害。昨天晚上县里领导开会研究，让我们工作组立即展开调查，防止事态进一步扩大化，防止引起大规模群众上访。

安民问，失踪人是哪里的？

常青书记说道，这个人叫金世传，是信贷银行三产的，和葛燕一块儿考进银行上班，据说和葛燕还有恋爱关系，三千万元投资款就是经他联系投出去的。两年前金世传到海城催要投资款，再也没有回来，与家里和单位里都断了联系。葛燕自杀后，金世传父母也找了县领导，说金世传也是因为三千万元投资款早已被人谋害了。

我想起来了。前年我抓捕过这个金世传几次，就是没有抓到。哎呀，三千万元投资款被骗外加两条人命，这还了得。安民的话让在场的人都陷入深思。

黄常委冷笑一声说，人为财死，鸟为食亡。原先我们想公安机关勘查结果一出来，自杀事件就可以安顿下来，工作组可以腾出手集中精力调查三千万元投资款事件，半路又冒出一个死人事件来。

又一起死人事件出现，让工作组里每个人都感到了压力，也让谜团般的信贷银行在弈城又增加了一层可怕的神秘色彩。

铁荣三看看大家都紧绷着情绪就说道，外国股市中有一种现象叫跳空，指受强烈利多或利空消息刺激，股价开始大幅度跳动。跳空通常在股价大变动开始或结束前出现。发生跳空现象时炒股人的心脏随着股市震荡而颤抖。面对三千万元资金，人的心态还会平静吗？利益的刺激下什么事也会发生。

安民接着说了几句牢骚话。

常青书记笑着说，服从天职是我们神圣的使命。抓紧时间干活去，黄常委和中队一组，安民和铁科长一组去那两家调查调查。把投资时间、联络方式、投资去向、融资人等方面情况摸清楚。工作要细致，事实要清楚。本来要分三个组，老左没来，大家抓紧行动吧。

常青书记想，剩下信贷银行三产的情况自己去了解一下。

安民和铁荣三推着摩托车走到大门口，安民冻得用手搓着脸。

铁荣三也说，神于天而圣于地。安所长扭过头问，什么意思？铁荣三笑笑说，都不是凡人。

十七

安民知道金世传家，他说他组织人员两次抓捕金世传根本就没见着人影，不知是因为银行提供信息不准确，还是提前走漏了消息。说着说着，铁荣三和安民来到一破产工厂家属院里，走进金世传家里。

这是个贫寒家庭，一间屋里一张双人床，一只老式柜子和一张吃饭用的小桌子。小桌子只有三条腿，另一面用四块砖靠墙支撑着。屋檐下那口倒扣着豁了口子的大缸就是厨房了，厨房内三块石头支起炉灶，一壶水正吱吱地冒着气。金世传父母看到穿制服的安民，木然的脸上都露出紧张的表情。安民对铁荣三说，这是金世传家。

金世传父亲憨笑着问，你们是？安民说，我们是弈城政府工作组的，今天来找你了解了解你儿子金世传的情况？

老金紧张地看看家属不知如何是好。老金家属就向老金使了个眼色说，水快开了你们喝水。老金赶紧到外面屋檐下蹲在炉子前添柴火。

老金家属叹了口气说，我儿子已经被人害了，前年公安机关晚上来抓过好几回，现在公安机关也不来抓了，儿子音信全无。说着说着哭了起来。

铁荣三开导说，大嫂别哭，你详细和我们说说。我们按照县里要求就是要解决信贷银行三千万元投资的事？你说说是怎么回事。老金家属抹了一把眼泪说，人都没有了我还怕什么？老金家属慢慢回忆着几年来家中发生的事情。

老金两口子原先都是国有企业职工，后来国有企业破产，夫妻双双下岗。憨厚老实的老金托人到弈城信贷银行干了门卫，工作虽然是没日没夜却也有一份正常收入支撑着家庭过日子。老金为了干好这份工作，中午从不回家吃饭，都是家属做好给送去。

五年前，儿子金世传专科毕业正在家里为工作发愁。那时到处都在闹下岗，大中专毕业生国家已经不分配了。有一天，儿子听同学葛燕说信贷银行招考大中专毕业生，老金在家属好说歹说下终于硬着头皮去找了葛行长。葛行长说，你儿子很符合市行招考条件，赶紧让你儿子来报名吧，马上就要开考了。

老金两口子都没想到儿子一考而中，成绩第一。政审体检都通过了，录取通知却迟迟没有下来，老金情急之下又一次找到葛行长。从葛行长那里才知道，葛行长已退二线，新任行长马跃刚刚接手工作还没来得及发录用通知，那次招考是市行组织的仍然有效，老金两口子心才定下来。

后来，金世传高高兴兴去信贷银行上班，被分配到信贷银行营业室，不到一年又被提拔成三产办公室副主任，老金两口子别提多高兴了。过了一段时间，听说儿子恋爱了，恋爱对象是他同学葛燕。

铁荣三问，订婚了吗？老金家属说，只是都这么说，我问儿子他总说让我们别管这事儿。我们穷家小户的，儿子却净想着往高枝上攀，不小心一个闪失就跌惨了。我们心里也一直不踏实，也根本没到谈婚论嫁的时候。说句实在的我们这样的家庭也对不住人家。

后来，我们听说儿子犯下了大事，银行里很多钱通过他倒出去不见了。银行让他去找人要钱，这一走就是将近两年。两年时间里音信全无，去南方的人回来说我儿子在那里被人家害了。我晚上经常做梦，梦到儿子被人家打得血头血脸的在那里游荡。我知道晚上做梦都是反着，在梦里活着其实是死了。因为这事，老金也没脸在银行里干了。今天我听说老葛家闺女因为这事儿又跳楼自杀了？唉，作孽呀，都是金世传作孽呀，自己死了也就算了，偏偏连人家女儿也捞带上，那么好个闺女，可惜了。

铁荣三问老金家属，金世传一直就没回来过吗？老金家属说，回来过，第一年回来过八月十五。他走的时候穿一身单衣服，我送他去车站时他对我说有人要害他。现在八成是被人家害了。

安民问，他说谁要害他的？能具体说说吗？老金家摇摇头说，我也说不上来，问他他也不说。

这么长时间，你们怎么联系？铁荣三问道。老金家属说，我们家也没电话联系，世传一直和行里可能有联系。我到行里找过行长，马行长凶巴巴地说我想找他还找不着人呢，你找我我找谁去？

铁荣三想市场经济刚刚起步，市场规则还不完善，被骗上当的事也不少，没有具体联系地址怎么去找人？现在只是雾里看花，就是公安局立案也得有诈骗方有嫌疑对象。铁荣三又追问道，你们再仔细想想，有没有什么联系方式？

老金家属又摇摇头说，没有，没有，什么都没有。说完又哭。

老金在一边说道，我想着有一个信封，不知是不是联系用的？老金从床铺席底下拿出一个信封递给铁荣三。

安民也凑过来看，那信封上写着海城市海天房地产开发公司几个字，别的什么都没有。

铁荣三想这可能就是融资方公司名称，必须尽快找到融资人。看了看安民，安民点点头。铁荣三说，今天先谈到这儿，以后我们要及时联系，一有情况要及时和我们汇报。

院子外安所长已发动了那辆摩托车，铁荣三坐好后，摩托车喷出一溜浓烟飞驰而去。

十八

工作组办公室里，常青书记正在听查账组汇报查账情况，黄常委那组早回来了。看到铁荣三和安民回来，示意坐下一块听听审计账务情况。陈科长汇报说，信贷银行账务量很大，五年账务现在只审计了一大半，就是正常审计，也没什么情况。

常青书记看了看黄常委。黄常委说，我们组本来去找死者父母了解情况，但是考虑到死者刚刚安葬，这个节骨眼上去调查不太合适，就和常书记商量一下，回来找了马行长了解情况。据马行长说，三年前信贷银行根据上级指示成立三产办公室，主要想法是拓宽经营渠道，增加银行营业收入。三产办公室成立后，银行宣布年轻职工金世传任副主任主持工作。几个月后，金主任与海城一家房地产开发公司协商，信贷银行出资三千万元在海城和一个建筑公司联合搞房地产开发。因为海城是沿海发达城市，行里都觉得这是件好事，投资成功率较高，可以为银行带来更大利润。马行长召开行内银委会讨论，会上金世传汇报了考察结果，当时认为投资有风险，内部也有争议，但最后还是通过了。同时还通过了人事任免，葛燕任财务科科长，金世传任三产办副主任主持工作，投资项目由金主任具体负责。正式投资前，金世传负责和融资方签订协议。这份协议后来找不到了，真没想到钱投出去却找不到融资方和金主任了。马行长带人几次去海城查找金主任和融资人都没有找到。有职工反映这是一起典型的融资诈骗行为，是内外联手诈骗银行资金。财务科监督不力，也有可能直接参与了诈骗活动。银委会研究决定报警，报警后公安部门几次蹲点守候和去南方抓捕都没成功，一直到了现在。

铁荣三听到这里皱起眉头问，前几次到南方时有没有查查公司注册情况？

黄常委说，查过了。融资公司早就注销了，原先租用的办公楼已经人去楼空。马行长还提供了一个情况，听说金主任在那边早就被当地人害了。马行长非常担心，这三千万元资金要是追不回来，弈城信贷银行面临破产。

安所长气愤地说道，当时我所民警也参加了几次抓捕行动。大冷天三更半夜隐蔽在草垛后面。那西北风嗖嗖的，一个个冻得手脚发麻，根本就没见人影。唉，这些人呀，明明知道是个套还非往里钻。

常青书记也在着急，看现在情况线索又全断了。完不成任务无法向县里领导交差，工作组撤离很可能会引起职工集体上访事件，工作组成员就得长时间耗在这里。常青书记想了大半天，觉得很无奈。这种情况必须及时向县里领导汇报由领导定夺，自己做不了主，负不起这个责任。

铁荣三也在想，是巧合还是故意，又是一个死无对证。信贷银行这些谜团一样的事件频频发生，但十里云雾放鸽子让人看不见摸不着，见首不见尾。必须赶快向检察长汇报，快速启动我们的侦查方案策应县政法工作组。这样下去就是再耗上两年，黄瓜菜都凉了，恐怕也不会有什么结果。但是，关于遗书一事，铁荣三不便说。

安所长又说，看看，这三千万元打水漂了吧。那个小子两年不见人影了，我回去把他户口销了算了。哎，我们组只查到一个海城房地产开发公司地址，老金说是他儿子留下的，我们不妨顺着这条线查下去。

常青书记说，先向县领导汇报汇报再说吧。看看县里领导有什么指示。

十九

下午时间，常青书记到县里汇报没来办公室上班。铁荣三一个人坐在办公室里冥思苦想，他知道这件事早晚要轮到反贪局头上，那时该怎么办？又想了一会儿还是理不出个头绪，拿起笔记本去财务科找陈科长他们。

信贷银行财务档案室里，桌上摆满了一摞摞账本和凭证，审计人员正在对五年来账务情况进行审计。审计工作与反贪机关审查账务的查账角度又有所不同。反贪机关查账除检查账务全部内容外，还必须有针对性地看几个科目和凭证内容，从账页凭证上那些表面数字看清后面隐藏的问题。

铁荣三来到财务档案室和陈科长他们打了招呼，坐在档案桌前拿过账本和凭证低头看起账了。铁荣三看账的速度慢些，有时思考，有时做几笔记录。看了一会儿，铁荣三觉得有些困，他从椅子上站起来，打着哈欠伸伸懒腰，询问陈科长，快审计完了吗？

陈科长说，明天差不多。

铁荣三说，我对财务账一知半解，审计账务看你们的，不用急慢慢看就是。陈科长说，都是老查账的，有什么账看不明白，我想着我们一起查账也得有好几年了吧。

铁荣三说，查账我也只不过是业余水平，账上有什么情况吗？

陈科长说，基本正常。还有少部分费用账需要仔细审计，但从账面数字看，应该不会有什么问题。

葛荣不知什么时候也来到档案室，他站在一边笑着说，我们单位账务是有问题的，审不出来那可是责任问题。

这些审计大师每年审计几十个单位账务，错不了。铁荣三又转身和葛荣说，账都是做给别人看的，谁会把问题留在账面上。但是有时账面也能反映出一些问题。葛荣问，你发现问题了？铁荣三说，什么叫问题？什么不叫问题？现在还不能下结论。说完铁荣三推门出去。

葛荣看着铁荣三离去的身影，心里想法律系毕业生也能查账，大概也就是半斤八两的水平吧！

晚上，铁荣三找赵局长汇报情况。赵局长说，我看检察长办公室亮着灯，一块儿去和检察长说说。两人来到检察长办公室，检察长看到他们就问道，这两天有情况吗？

铁荣三说，这两天我们按照常青书记安排做了调查。那三千万元是两年前通过信贷银行三产投出去的，负责人叫金世传。这笔钱投出后金世传就失踪了。但也有群众反映说，这是一起典型的银行内外勾结诈骗资金案。金世传失踪后，银行派人去海城多次查找过，但融资单位已经人去楼空。银行向公安机关报过案，几次抓捕行动都失败了，就是根本找不到人，也有的说金世传现在已经死了。现在看来三千万元投资款又死无对证了。

最后一句话引起了检察长的警惕，赵局长也扬起两道剑眉瞪大了眼睛。

过了一会儿检察长才说，南方比我们发展早，南北观念有很大差别，几十万元资金都能闹出人命来。但我们也不能排除另一种可能，金世传个人或与他人合伙携款潜逃。

赵局长也说，这几年我们当地市场经营状况不良，不是经营粮食被骗就是外贸物资资金被骗，现在又来个银行投资被骗，上当被骗发案率越来越高。我们地方经营理念落后了，但我们的查案水平绝不能落后。

铁荣三被赵局长一番话说得哭笑不得，检察长脸上却越来越严肃，赵局长一看这情形没敢再继续说笑下去。

检察长说，你们认为两个死无对证很偶然吗？我觉得偶然过多就成了必然。这件事表面看来是偶然现象，可是那么多偶然现象究竟说明了什么？是受骗上当还是自欺欺人？这件事如果任其发展下去恐怕还会有死人事件发生。铁荣三，账务审计什么情况？

铁荣三已经从衣兜里掏出记录本说，审计账务还得几天。今天下午我去财务科看过那几笔账，反映情况属实。但我发现每一笔死账后面都附有弈城法院民事判决书。也就是说，信贷银行制造了假死人证件，通过法院债权判决进行死账核销了。

赵局长吃惊地问道，老左，左佑余？检察长说，这件事不管牵扯到谁，谁涉嫌违法我们就查办谁，绝不姑息迁就。

铁荣三怕检察长一怒之下马上传人，就分析说，从现在情况看来我们还不能动手。县里还没有指示，我们要是传人来，都是死无对证的事，对方就是不配合不讲怎么办？请神容易送神难啊。

赵局长也说，我个人觉得传唤的时机还不成熟，现在最重要的是找到融资人。当事人都已经死了，死无对证，可是融资人不可能也死了吧。只要融资人活着，就有可能查清融资款事件的来龙去脉，追回三千万元就有希望。

检察长想了想说，等等县里安排，稳妥些吧。

二十

天色渐渐暗了下来。

检察长顺手打开室内电灯，灯光暗红暗红的好像是电压不足。他低头一看时间说，早过了下班时间，这么着晚饭我请。听说望河饭店的水饺不错？

三个人刚想起身去望河饭店吃顿水饺，铁荣三腰间 BP 机嘟嘟地响，听起来有些怪怪的。赵局长说，呵，BP 机快饿疯了。

铁荣三低头一看说，是常青书记呼我。铁荣三又想了想对检察长和赵局长说，可能是去南方找人的事。检察长嘱咐说，你到枪库领把枪拿着，出门在外不是在我们家门口，有枪在身上起码也壮壮胆。铁荣三说，来不及了。

这时，常青书记又打电话给检察长。检察长接电话问，我们还没吃饭呢，有什么指示？电话那头常青书记说，有出发任务，你单位赵局长、铁荣三再叫上两个一块儿出发，我现在就去找你们。接完电话，检察长对铁荣三说，赶快通知肖政和刘剑锋马上来，今晚有出发任务。

常青书记来到检察长办公室刚坐下就对检察长说，县里决定再一次组成抓捕行动小组，这次抓捕行动主要由反贪局人员组成。

检察长问道，以前不是已经抓捕过几次吗？再说公安机关抓捕比我们有优势。常青书记说，公安机关抓捕有优势，但再次派公安人员前去抓捕我怕结果还和以前一样。反贪局在抓捕方面没优势，但有自己独到特点。至于怎么行动，检察长直接安排。常青书记、检察长、赵局长、铁荣三四个人又商量一段时间，常青书记才离开。

检察长和赵局长在办公室里反复掂量这次行动。疑惑的是，县里为什么把这么重要的行动交给检察院一家？因为公安机关几次抓捕没成功还是我们反贪部门的行动更诡秘？他隐隐感觉到县里很可能要对信贷银行动“大手术”。

这时刘剑锋和肖政已经来到办公室。检察长说，从现在开始你们四人要自觉切断与外界一切联系，秘密行动，现在就准备出发。

肖政从来没参加过这种阵仗，就要求说，那也得和家属说一声吧，要不她到处找我，还以为我突然失踪了呢？现在全城人心惶惶，信贷银行已经死两个人了。铁荣三笑着对肖政说，组织上会有安排你就放心吧。

肖政想了想又问，那我既然参加行动，也得知道今晚行动内容吧。

铁荣三直接说，不能问，到了地点自然会让你知道。我也不知道今晚行动内容和行动地点，这是惯例。刘剑锋笑着点点头问，怎么样？大闺女上轿头一回吧？有点被绑了票的感觉吧？

几个人一边说着话，一边随检察长上了车。吉普车一路闷哼着，七拐八拐地在漆黑夜里行驶，也不知过了多长时间车辆停了下来。肖政借着微弱灯光一看是一个火车站。下车后司机去售票口买火车票，赵局长四人一起挤上火车硬座。检察长说，我等你们的好消息。

赵局长在火车上安排说，上半夜铁荣三下半夜刘剑锋，可得打起精神来，火车上不安全我可听说有偷盗团伙。

火车晃荡着穿行在夜幕下，不知什么时候肖政迷瞪了一会儿醒来，他看到铁荣三没睡，其他人都眯着眼睛，自己又迷迷糊糊地睡去了。肖政第二觉醒来时，窗外天空呈现鱼肚皮色。天快亮了，刘剑锋笑着和他点点头。这时，赵局长醒了铁荣三还在迷糊。

赵局长小声说道，合着眼睛迷糊一阵子也管用。肖政说我好像迷糊了一阵子，也好像一点儿也没睡着。

刘剑锋睁着眼睛，还处在半睡状态，一句话也不想说。过了一会儿，他站起身来，活动腰又活动活动颈椎说，以前熬三天三夜都不是问题，再有多

长时间就到目的地了？赵局长说，估计还得十个小时。

这时天已大亮，铁荣三醒了。一缕阳光照进窗内，车厢里顿时热闹起来。窗外田野里是大片大片的绿色油菜，远处山岭上长满了翠绿的竹子。

四个人在车上吃完大碗面，肖政又迷迷糊糊地睡着了，等他一觉醒来的时候列车已经到站。铁荣三四处看了看是海城，心里顿时明白了这次出发又是为那三千万元投资款，他在心里默默祈祷希望这次别再放了空箭。

赵局长说，检察长指示我们这次行动主要是抓捕融资商安丰，具体情况铁荣三比较了解，不到万不得已不能和当地司法机关联系。下车后先联系好宾馆住下，今晚各自好好休息，明天开始行动。

二十一

赵局长他们借着灯光走出火车站，找了个规模小但比较僻静的海城宾馆住下。这种宾馆一是比较经济，价位便宜；二是不引起人们注意，便于行动。

一觉醒来天已大亮，他看到反贪局其他同志都还没起床，可能是坐一天一夜火车都太累了。看了看还不到吃早饭时间，就一个人来到院子里溜达。

海城气候与弈城有很大差别，大冬天里气候依旧温热，院子里绿化植被和一些叫不上名的冠树仍然枝繁叶茂，青翠欲滴。赵局长转了一圈来到大门口，看到铁荣三站在那儿瞅着不远处一堆垃圾出神。

赵局长说，那堆垃圾有什么好研究的，都入迷了。铁荣三顺手一指说，你看垃圾堆旁边躺着一个人，是不是死人？

赵局长顺着铁荣三指的方向一看，垃圾堆旁边确实躺着一个人。那人一身污秽衣服破破烂烂的，不仔细看还真分辨不出是人还是垃圾。赵局长说，我们过去看看，如果是死人得报案。

两人向垃圾堆走过去，刚走到离垃圾人几步远的地方，那人突然翻了个身坐起来，跪在地上在垃圾堆里寻找食物。两人停下脚步，赵局长笑着说，原来是一个傻子。回去吧，到吃饭时间了。

赵局长和铁荣三回到宾馆在餐桌边等着，铁荣三上房间叫刘剑锋他们下来吃饭。不大一会儿几个人一块儿来到餐厅，餐厅里很寂静，服务员端上大米粥、大米饭和几个小咸菜。吃完饭赵局长说，我们四个人临时成立一个党小组，每个人都要自觉遵守纪律，特别是一个人绝对不准随便外出，两个人上街必须请假，不准和家里打电话，不准和任何人说我们现在在海城。赵局长又说，我们这次来的任务是查找海天房地产开发公司，寻找法人代表安丰。大家都动脑子想想我们今天先查什么？铁荣三向大家介绍海城海天房地产开发公司经理安丰与弈城信贷银行三千万元投资款的关系。

刘剑锋说，就查找海天房地产开发公司，找到这个公司就好办了。铁荣三也说，现在就这一点线索。从前几次查找情况看，海天房地产开发公司已经不存在了，我们可以到当地工商注册部门查找注册档案，从档案上找注册法人和联系号码。

赵局长点点头说，就这样吧，县里领导也是这么安排的。我们先查查当地工商局的注册档案，注意都换上便衣。

赵局长他们商量，海城是个大市到哪儿找去？当地人应该熟悉市工商局地址，干脆打车方便。四个人来到路边打上车向市工商局驶去。走了一会儿，铁荣三觉得不对，车在市里转来转去，又行驶到一堆垃圾旁边，那个人正四仰八叉地躺在垃圾堆旁。铁荣三忙让司机停下车问道，你想拉我们去哪里？

司机操着当地口音说，你们不是去找市工商局吗？刘剑锋问，怎么回事？铁荣三说，这个司机转了一个多小时又把我们拉回来了。

刘剑锋和肖政抬头一看，可不是，前面就是他们居住的海城宾馆。刘剑锋气愤地说，小兄弟你认识路吗？蒙人也不看对象是谁？拿出警察证让司机看看说，看清楚了吗？从现在开始重新计时，送我们去市工商局。

那司机扭头一看警察证连忙知趣地说，刚才是自己走了神，再把你们送去就是，送去就是。这回出租车到市工商局只用了半个小时。刘剑锋付费后对出租车司机说，以后长点记性。出租车司机接过钱加足油门逃命似的离开了。

铁荣三一看时间都快十一点了。刘剑锋拿出警察证和门卫交涉完，三个人一块儿走进市工商局大楼办公室，办公室人员说市局里没有企业注册业务，只有各市区企业数字报表，要查具体企业内容需到所辖区所查找注册登记档

案，本市共有七个区，下辖工商管理所上百个。

快到下班时间了，没法再查只得往宾馆走。铁荣三说，被他们介绍的头皮发麻了。刘剑锋说，看来今年我们要在这儿过冬了。肖政接着也说道，这没什么好办法，只能是拉网式一个所一个所地查，好事多磨嘛。

铁荣三心里暗暗担心，海天房地产开发公司已经注销了，就是拉网式排查能查出结果来吗？但现在必须要查出来，查不出来信贷银行就要破产，葛燕之死恐怕也成了千古之谜。

二十二

下午，赵局长他们都在一个房间里没出来，讨论来讨论去也没有好办法，寻找海天房地产开发公司这条线索基本上走到了尽头。吃晚饭时，饭桌上气氛比较沉闷，刘剑锋也没说一句玩笑话，自己端了一碗米饭回房间了。

赵局长和铁荣三来到刘剑锋房间，看到刘剑锋和肖政仰面躺在床上，两眼都直勾勾地瞅着天花板。看到他们进来翻身坐起来。

赵局长说，拉网式排查是一个办法，但要想找出海天房地产开发公司，需要很长时间。铁荣三也着急说，现在我们只有四个人，交通又不方便，这么大的排查工作量两三个月下去，还不一定有结果。我们可以在这儿排查，县里情况能等吗？

检察长是什么意思？刘剑锋看看赵局长，好像要从赵局长脸上找到答案。这些常年在案子上和形形色色的人打交道的侦查员都具备这种素质，有时候仅凭一个眼神或一种表情也能够洞察出对方的意图。

赵局长叹了口气说道，来时太匆忙考虑不够全面，县里还以为咱们到海城工商局一查注册档案什么都有了。电话里我也说过，海天房地产开发公司可能已经注销，检察长说注销了也有档案在。现在怎么办？骑虎难下，到哪儿去找档案？老困在这儿也不是办法。

赵局长又说，要不行，明天采取走访形式，咱们派两个组到各工商所摸摸情况？铁荣三一想，这样又是一个拉网式，但领导安排了自己也不好说什么。当然，赵局长他们从反贪局工作角度考虑这件事也有自己的看法和解决方法，比如说通过查找税票可以找到纳税人和公司地址。后来他发现自己也和县里领导一样形成了思维定势，考虑问题都是建立在海天房地产开发公司存在基础上的。如果说海天房地产开发公司就是个皮包公司或者根本没有这个公司呢？

思维定势形成的观念，不是不可以存在，也可能有很好的效果，但更多的时候是耗时费力，贻误战机。

第二天，赵局长他们分组出发，铁荣三把注意力重新回到反贪局制定的方案上，尽量完善侦查方案，甚至包括所用时间、所用侦查谋略及其相关强制措施等。

晚饭时间，赵局长和刘剑锋很晚才回来。铁荣三一看刘剑锋那个熊样也猜出了七八分结果。肖政一直牵挂着查找结果，早解决早回家。问刘剑锋找着了吧？刘剑锋一下子打开了话匣子，整整一天腿都快断了，跑了十三个所，问谁谁也不知道，要是有辆专车就好了。铁荣三也说，我们组也是调查了十几个工商所都不知道这个海天房地产开发公司在哪里？这个海天房地产开发公司到底有没有？

赵局长说，大家别着急，各自再想想办法，看看还有什么路子？

二十三

几天过去了，反贪局人员分两路不停地奔波，查找对象还是毫无结果。下午吃饭时刘剑锋心里窝火说，这事怪了吧。工作组刚开展调查工作，银行财务科长死了；刚查到一个相关证人金世传，查来查去又死了；我们调查海天房地产开发公司注册，结果是注销了；接下来再查找融资商，别再……刘剑锋看见赵局长皱紧了眉头连忙转移了话题说，这方法不行，就是折腾到腊月二十九恐怕也没结果。

赵局长皱着眉头说，昨晚上和检察长通了电话，检察长让我们继续寻找，我们的费用也快花完了。铁荣三他们几个尽管都没说话，但心里也是闷闷的。

又是一个早晨，远处大海的喧嚣声渐渐平息，太阳刚刚爬上海平线，整个海城还在沉沉的睡意中。海城宾馆院内，海风暖暖地吹过来，笔直的树干依旧挺立着，碧绿的树冠随风起舞。

铁荣三起床后围着那座宾馆溜达着来到宾馆大门口。这几天门卫和铁荣三他们也都混熟了，看到铁荣三就喊来屋里坐坐。铁荣三刚走到门卫室前，看到那堆垃圾旁边的人翻身又坐起来了。

铁荣三指着垃圾堆问门卫，那个人怎么不让收容站收进去？老门卫说，这个人好像是你们北方什么省的一个银行职员来这里投资的，据说资金投过来找不上融资人了。在这里有一段时间了，靠捡垃圾破烂维持生活怪可怜的。有时我也给他送顿饭过去。

这个人叫什么名字？老门卫的话引起了铁荣三注意。老门卫想了一会说，我想不起来了，干银行的可能姓金。铁荣三听后内心一阵激动，赶忙向垃圾人走去。

赵局长早起溜达到这里，看到铁荣三向外走就喊住了他问，你干什么去？铁荣三又走回到赵局长跟前说，我可不是违反纪律私自外出。刚才听门卫说那个捡垃圾的人姓金，是我们那儿一家银行职员，来这里投资找不到融资人了，我想很可能是金世传？

赵局长什么也没说，就和铁荣三向垃圾堆走过去，走到垃圾堆前，那个人一直低着头在垃圾堆里寻找东西吃。铁荣三突然喊出金世传三个字，捡垃圾的人下意识地抬起头应了一声后，又傻傻地看着眼前两位陌生人。

赵局长问道，你叫金世传？金世传点点头后又低下头去专心捡着垃圾堆里那些发霉的食品吃。

赵局长又问道，你家是哪里的？金世传用抓着垃圾的手向北方指了指。赵局长又问道，什么地方的？金世传嘴唇翕动着说，弈……弈城。

铁荣三一听脸上微微一笑说，我们就是从弈城来专门找你的，跟我们回宾馆吧。金世传听说弈城来人找他的，那双无神的眼睛里立刻充满狐疑和恐惧。

铁荣三上前扶着金世传回宾馆，楼梯口里碰到肖政他们去餐厅吃饭，刘剑锋下意识地用手捂住鼻孔。刘剑锋问，大清早的从垃圾堆里弄个人来干什么？臭烘烘的。赵局长说，他是金世传。你们快去吃完饭上来倒班，让铁科长先帮他洗洗澡，换换衣服。几个人顿时瞪大了眼睛。

吃完早饭后，刘剑锋他们来到铁荣三房间。金世传穿上铁荣三带来的备用衣服低头坐在那里，问什么也不搭腔。

赵局长让刘剑锋和肖政在那儿陪着金世传，又和铁荣三来到房间里说，待会儿我们一块问问他，最好能通过他找到融资人。待找到融资人后先在这里了解了解，实在不行就一块儿带回弈城。赵局长心里想，再找到那个融资人，一铐子铐两个人回去。

赵局长想了想又说，来时带的费用快花完了。这样，把个人身上带的钱都拿出来，留着买返程车票。铁荣三说，刘剑锋带的多，他老爷子是千万富翁，我们再凑凑。

铁荣三掏出二百元交给赵局长。心里想能找到融资人更好，融资人找到了一切问题也就解决了。但他自己心里想，恐怕不那么简单，问题往往比预想的要复杂得多。

二十四

铁荣三带着大碗面和两个馒头来到房间，用开水泡好大碗面，炸酱的香味顿时弥漫了整个房间。金世传闻到炸酱面味道，满屋子瞅，看到那碗热气腾腾的大碗面咽了口唾沫。

铁荣三看到金世传有反应，把大碗面递过去说，给你的慢点吃。金世传接过大碗面狼吞虎咽地吃起来，吃完后两眼又盯着那两个馒头。

铁荣三又把馒头拿给他，金世传大口大口地吃着。肖政不忍心再看下去离开了房间。

赵局长他们对金世传整整做了一天思想工作，金世传的脑子好像总在发懵，有时还傻傻地笑，大部分时间里闭着嘴什么也不谈。铁荣三想怎样才能让他开口讲话呢？于是就和他说起葛燕跳楼的事，他只是愣了一会儿眼圈红红的。铁荣三问他现在有什么想法，金世传有气无力地说，想回家看看。低下头就不再吱声了。

铁荣三在房间陪着金世传，赵局长叫刘剑锋和肖政到另一房间开会。赵局长说，各位这几天很辛苦，现在我们找到了金世传，任务完成了一大半儿。原来想让金世传配合我们再找到融资人，现在看来不可能了。费用花完了，各人把随身带的钱凑出来，刘剑锋去联系火车票今晚返程。检察长要求我们将金世传秘密带回弈城，所以我再强调一下，从现在开始包括回到弈城，不得向任何人透露此事。

刘剑锋惋惜地说，这小子是傻了还是玩什么花样，要是再给我一晚上时间，我就不信撬不开他的嘴。赵局长摆摆手说，检察长指示安全带回去再说，返程时别给他戴手铐。看这家伙精神还不太稳定，注意内紧外松。赵局长瞅了一眼刘剑锋，你就知道恋战。

到火车站时已经深夜了。赵局长让铁荣三和刘剑锋到车上再辛苦辛苦，各自瞪起眼来盯紧了，明天晚上九点左右就到家啦。铁荣三说，有我们在您放心就是。肖政也说，我和铁哥一组值下半夜。

几天来的奔波，各自已是焦头烂额。不是路途有多么劳累，主要是每个人精神上压力造成身心疲惫。但现在还不能松半口气，只是有一点眉目罢了。

火车晃晃悠悠地启动了，车厢内一片寂静，铁荣三看他们几个人都合着眼睛，实际上包括金世传在内谁也没有睡着。

火车在漆黑的夜色里穿行着，窗外偶尔闪过一丝灯光。车厢里，每一名旅客走过都会引起查案组的一阵警惕，谁知道那些来自海城或弈城的阻碍会什么时候出现？凌晨五点，肖政已经睡着了。铁荣三紧紧挨着金世传坐着，此时感到十分困倦，合上眼睛迷糊了一会儿。睁开眼时一看金世传不见了，一阵惊慌让铁荣三清醒过来。忙问乘务员，乘务员向卫生间指了指。一会儿金世传瘸着腿从卫生间出来，他看到姓铁的看着自己笑，就一瘸一拐地走回来坐下。铁荣三知道金世传不会逃跑，但自己也要以防万一。一个涉案诈骗巨额资金，被数次抓捕又死而复生的人，内心里隐藏的秘密会让人看不透摸不着。现在铁荣三捉摸不透金世传为什么不想和工作组配合？不愿讲清楚三千万元投资款去向？而从金世传家境和他现在情况看来，他只是一个受害者。

一天一夜的火车路程，回到弈城已是晚上十点。北方的夜空，漆黑一团，繁星闪烁，寒气逼人。出了火车站，铁荣三打了个寒战，他更担心金世传身体还比较虚弱别再感冒了，赶忙脱下自己身上大衣给金世传披上，金世传感激地望了铁荣三一眼。

检察院那辆吉普车停在火车站出口，大家上车后司机递给赵局长一张法律文书说，先到行政拘留所。

吉普车晃晃悠悠来到行政拘留所时已接近午夜，值班人员坐在值班室警惕地注视着黑蒙蒙的夜空，刘剑锋叫开值班室门办好手续。

铁荣三对金世传说，现在你还不能回家，在这里比较安全。检察院这样安排是有道理的，主要是为了保护你，你可别再胡思乱想的，好好休息休息，明天我们再见。

金世传狐疑地点点头，脱下棉大衣交给铁荣三，跟着刘剑锋进了行政拘留所。赵局长安排说，今晚各自回去休息，明天八点铁荣三到政法委集合。铁荣三暗想，刚刚找着人又要去政法委，不知道明天又要分派什么任务？

二十五

早上，铁荣三早早起床，洗漱完后拿开暖瓶盖用手试了试，暖瓶里没有热水，肖政和刘剑锋还在蒙着头睡。要是平时，铁荣三早就大叫起床了。今天恐怕还有新任务，他提起暖瓶去茶水房打水。

刚来到茶水炉前装满水，发现一只手在他肩膀上拍了拍。抬头一看，不知检察长什么时候站在了他身后。

检察长说，这几天很辛苦。不过，今天你们还有任务，再辛苦辛苦。昨天晚上县里领导一块商量了一下，和金世传谈话任务让我们检察院反贪局负责，我看这个任务就由你来具体负责吧。

铁荣三歉意地说，昨天把人送进行政拘留所已经是下半夜了，时间太晚了。说完又想到检察长昨天晚上又开会研究这件事，当领导也很不容易的。就说，还是检察长辛苦。

铁荣三感觉到工作可能又有变化。就问检察长，县里是不是想把这个线索转过来？检察长说，县里有这个意思，现在还没具体安排。你们办案组要有这方面的心理准备。

铁荣三说，那好吧，我现在先去政法委集合，等领导安排任务。铁荣三回到宿舍，也没顾得上吃早饭，到院子里推出摩托车打了几次火。天太冷发动不起来，干脆步行去政法委。

刚来到政法委会议室，工作组人员已到齐了，铁荣三也知道这个时候谁也不会掉链子。

常青书记说，今天工作组照常进驻信贷银行。查账组继续查账；黄常委在家里收集到几个情况一块再调查调查。常青书记看了看周围又说，老左是怎么回事？马上就要牵扯到民事经济纠纷问题了，要提前掌握情况。

安民一听拿起大哥大说，我把他传来，关键时刻掉链子。常青书记忙摆摆手制止，又说道，没什么问题，大家开始行动。反贪局铁荣三留下。

散会后会议室里只有常青书记和铁荣三。常青书记说，昨天晚上县里领导和检察长一块研究了一个方案。我向领导推荐你负责谈话，你回单位叫上反贪局的人去和金世传谈谈，工作组就不出人了。谈话时主要把三千万元投资款来龙去脉搞清楚。另外，这几天群众意见箱里有几个新情况你抓紧看看。

铁荣三问常青书记，查账组查完了吗？常青书记说，县里要求细查，怎么也得两个星期，估计再有几天大致能有结果。说完从公文包里拿出一把纸条，铁荣三仔细研究着那几张群众来信。

铁荣三回到反贪局和赵局长简单汇报了几句，叫上刘剑锋和肖政到宿舍换好服装，在院子里发动开摩托车，三人骑一辆摩托车向行政拘留所驶去。到拘留所时铁荣三两手冻麻了，他不断地搓揉着自己那双手，刘剑锋办好手续把金世传叫到询问室。

询问室里设置很简单，一张办公桌几把椅子，也没有隔离网。询问人和被询问人对面而坐。肖政按照正常询问套路问完金世传，抬头看了看铁荣三，等待铁荣三问话。金世传看到铁荣三，眼泪突然哗哗地流下来，泣不成声。

二十六

铁荣三、刘剑锋和肖政交换了一下眼神。

铁荣三想金世传哭得那么伤心，是不是昨夜在里面受了欺负？还是因为投资款问题？不管因为什么问题，今天必须让他谈出来。铁荣三迅速想好了一个谈话方案。

过一会儿金世传不哭了，用衣服袖子擦了擦脸平静下来。

铁荣三说，金世传，你有什么委屈？有什么伤心事可以和我们说，在法律允许范围内我们会尽量帮助你。法律绝不会冤枉一个好人，但也绝不会放过一个坏人，不枉不纵，你听明白了吗？金世传犹豫了一会儿，嘴唇艰难地蠕动着问道，我父母身体都好吗？

铁荣三告诉他说，上个星期我去过你家，你父母身体都好。你父母现在非常伤心，以为你已经被人家害了。铁荣三看金世传想转移话题，说明他对检察院、对自己不放心。就从文件包里拿出一个信封，这是你母亲提供给我们的，这个地址是不是你留下的？上面留有海城市海天房地产开发公司字样。

金世传点点头默认，接着又犹豫了很长时间，只是长长地叹了口气，始终不想开口说话。

铁荣三进一步开导说，金世传，弈城信贷银行三千万元投资款问题关系到信贷银行生死存亡。事情发展到今天，“纸里包不住火，雪里埋不住人”，你想包也包不住。你只有实事求是地跟组织说清楚，该负什么责任就负什么责任，这是你唯一的出路。现在你遮遮掩掩于事无补。弈城政府领导组成立专项工作组，就是要彻底解决这三千万元投资款问题，下决心追回这三千万元投资款，维护我县金融秩序正常运转，保证国家财产不受损失。

肖政催促道，你还不快讲清楚那三千万元投资款的事，等什么？

金世传看了看铁荣三和肖政问道，你们和葛荣、安所长他们是不是一伙的？

铁荣三郑重地告诉金世传说，革命工作只有分工不同没有本质区别。我们是各负其责，各司其职，互相监督，互相制约，不存在一伙不一伙问题。

金世传默默地点点头说，好，我希望你们帮我把投资款追回来，帮我洗雪冤屈。接着他回忆说，三年前信贷银行为了扩大经营范围，增加营业收入，成立第三产业办公室。当时，行里说愿意去三产的职工待遇与行里职工一样，另外加效益提成。职工先自愿报名竞争上岗，再由行里研究决

定。我在营业室里觉得业务太单一，想换换岗位锻炼锻炼，自己就报了名。一个星期后马行长找我谈话说经行领导研究决定，批准我到第三产业办公室工作，自己当时很高兴。后来听他们说，自愿报名的就我一个人，而且第三产业办公室也就我一个人直接受行长领导。我也没后悔，心想既然自己选择了，就要把工作做好证明自己。

说到这里，金世传停下来不知想什么？铁荣三催促道，继续谈。

金世传接着说，开始时市行里举行为期一个星期的三产培训班。这次培训我开阔了眼界，更新了思想观念。回来后自己主动四处拜门子，找出路寻找商机。开始我们第三产业部门和别人联合做点钢铁生意，马行长很赞同，效益也很好。

铁荣三问，钢材生意你们行拿多少利润？

金世传说，我们拿利润的百分之十。那年年底，仅三个月时间，我们做了五六批钢材生意，为银行创收近一千万元。年底我披红挂花成了劳模，领到近一万元奖金，行领导还专门为我摆了庆功宴。过后，行里任命我为第三产业办公室副主任主持工作。马行长和我说，好好干过段时间就给我扶正。三个月时间为行里创造利润比当时六个储蓄所营业利润的总和都多。

正当自己踌躇满志准备大显身手的时候，没想到就是这三千万元投资款项目把自己逼上了绝路。

二十七

金世传继续说道，第二年春天我去海城出差，一次偶然机会认识了海城海天房地产开发公司经理安丰。

海天宾馆二楼一房间内，金世传收拾包裹准备返回弈城。背起包一开门，发现过道地板上有一只皮钱夹，金世传一看就知道那不是一般人用的钱夹。捡起来打开一看，里面有几张现金支票和一些明信片。金世传想这么重要的东西丢失，失主一定很着急，连忙来到服务台前等了一会儿也不见失主。就和服务员说，这个钱夹是在二楼过道上捡的，先放在服务台上，等失主来认领吧。

服务员刚接过钱夹。这时，一名五十多岁的人急匆匆推门进来，看到服务员手里的钱夹马上瞪大了眼睛说，这个钱夹是我的。

服务员问，你在哪里丢失的？

失主边擦汗边说，昨天晚上我住在二楼一号房间，中午退房时走得急，我想可能是丢在宾馆里了，就急匆匆赶来。刚才我一眼就看出你手里拿的钱夹就是我的。这个钱夹是我在巴黎买的，国内还没有。

金世传在一边问，你的钱夹里有什么？失主看了看金世传说，里面有三张现金支票，还有我和几个朋友的明信片。我得好好谢谢你。

金世传一听和钱夹里的物品一致，就和服务员点点头。服务员把钱夹递给失主说，您的钱夹是这位先生捡到的，要谢您就谢他吧。服务员指着金世传说。

失主急忙双手握住金世传的手说，谢谢您小兄弟。我叫安丰，是本市海天房地产开发公司经理。说着拿出一张明信片毕恭毕敬地送给金世传问道，小兄弟来海城做什么生意？

金世传对安丰经理说，我是弈城银行职工，负责第三产业，不是本地人，这次来海城主要考察投资项目。安丰经理一听，忙拉着金世传的手来到客厅一边茶几前坐下问，您考察的是什么项目？

金世传说，这次只是来看看，还没确定投资什么项目。安经理饶有兴趣地说道，在海城房地产具有很大升值空间。我也是从地产品转到房地产开发的，你不如跟我投资房地产有大利润可赚。我们公司最近刚拿下一块地皮，位于海城黄金地段，具有很大开发升值空间，很多投资商都想插手投资。像你们银行是国字号的，资金有保障，欢迎你们来我公司投资，我们协作开发。

金世传听后觉得不虚此行，把回家时间延迟一天。第二天跟着安经理转了转，先后考察了海天房地产开发公司征用土地手续，又去工地看了看。吃午饭前两人在海天房地产开发公司办公楼会议室里简单议了议投资合作事项。金世传很高兴对安经理说，我回去和行长汇报后双方再履行签合同手续，我们在资金上面绝对没有问题。

说到这里，金世传看了看铁荣三，肖政给金世传端过一杯热水。金世传喝完水后继续说道，那次回到弈城我没顾得上回家，先到单位和马行长汇报了情况。

马行长听后非常高兴。在我回去的第三天，马行长催我又回到海城，这次主要是我陪马行长亲自去考察。考察结束后，马行长很高兴，双方签订了开发合同。我们又在海城多逗留了几天，还参观了几个旅游景点。

回弈城后，马行长安排财务科葛燕把投资款分三次打过去。三千万元投资款全部打过去后，我在行里几次打电话联系安经理，发现联系号码是空号。我感到事情不好，打电话时心里怦怦直跳，手都哆嗦地拿不住话筒了，就赶紧汇报了马行长，三千万元资金可不是个小数额。马行长找到安经理那张名片，又用他的手机给安经理打电话，反复打了几次，回复都是空号。我当时想这下完了，名片名片明着骗人，我们是不是被人家骗了。马行长打完电话，一屁股坐在椅子上半天没有说一句话。

我对行长说，要不，我明天再去趟海城看看？马行长严厉地说，不是去看看，你去一定要找到海天找到安经理。我当时紧张得不知说什么好。马行长又把那份合同要去说，这次去找不到人就别回来了。

第二天我又坐上南去的列车到海城，找到海天房地产开发公司办公室所在地一看牌子都变了，变成了一家外资企业。我怕自己弄错了，我不敢相信自己的眼睛，努力从记忆中搜寻着海天房地产开发公司印象。四周依然是那些高大建筑群，依旧是那几家公司。天啊，海天房地产开发公司和安经理已经从人间彻底蒸发了。

二十八

开始，我每天晚上都和马行长联系，把一天来自己寻找情况用电话向马行长汇报，汇报次数多了，马行长也开始烦了。

有一天晚上我汇报完后，马行长突然跟我说，现在社会上都在议论我行三千万元投资款的事本身就是个骗局，说你和海天安经理编造事实骗取了三千万元资金。没等马行长说完我就急了，在电话里我辩解道，马行长，天地良心啊。签合同考察现场你可都参加了，这种说法你相信吗？

马行长回话道，谁知道前期你们两人是怎么谋划的？我只不过中了你们的圈套被你们利用了。我一听马行长对我都起了疑心我就说，马行长，连你都怀疑我，连你都这么说，那我死了算了。

马行长劝说道，年轻人千万别轻生想开些。你父母和弈城银行全体职工都在看着你呢。还得下决心找人，必须追回那三千万元资金。

还没等我说话马行长那边已经挂断电话。这次和行长通话后我的压力非常大，几天几夜就躺在宾馆的床上不吃不喝。

转眼就到中秋节了，我知道爸妈在家里也为我担心，自己身上费用也快花光了，就想家想父母，我决定回家过中秋节顺便和马行长再沟通沟通。我记得是农历八月十三回到弈城，先到单位找行长想当面和他说清楚。

我走进行长办公室时，马行长一看见我大吃一惊说，你怎么回来了？找到海天安经理了？我说，没有找到，有些事情我想和你单独汇报汇报。

马行长摆摆手说，什么也别说了。现在有群众来信告你，公安局已经以诈骗罪对你立案了，你还不快躲躲。马行长向门外又看了看小声对我说道，听说公安局中秋节晚上动手抓人。我一听也不知哪来的火气，抓就抓，我不怕，我没做亏心事不怕鬼叫门。

马行长小声说道，你有几张嘴？你能说清楚吗？还是快躲躲吧。说着从抽屉里拿出一副墨镜给我说，出门戴上别让熟人认出来。我觉得马行长也是为我好为我着想，赶忙戴上墨镜偷偷回家了。

回家后和爸妈说了说，我妈当场就哭了。我劝慰爸妈说等找到融资人要回那三千万元投资款，什么事儿也没有了，放心吧。我妈让我快走，先去乡下小姨家躲几天再说。我爸说，天黑再走吧，大白天不行，容易被人看见。

在家里猫到天黑才偷偷去了小姨家。一进屋门小姨很高兴说，很多日子不见外甥了，还没吃饭吧？正好准备十五吃顿水饺，外甥来了就提前过十五吧。小姨开始和面，我和小姨夫闲谈了会儿。吃完饭我才把自己的遭遇和小姨小姨夫说了。小姨夫说，可不是个小事，要是被法办了，披枷戴铐的根本由不得你说，先在这里躲躲吧，过了十五再说。过了十五我去姐夫那儿打听

打听情况。

农村夜晚虽然寂静，我躺在床上翻来覆去怎么也睡不着，这一个晚上天快亮的时候自己才迷糊了一阵子。我在想无论如何也得再去海城，无论如何也得找到安丰经理，人心都是肉长的不能不讲良心。找到安经理就什么都好说了，为了银行也为了自己。

农历八月十六那天早晨，天刚蒙蒙亮，小姨夫正要动身去我家打听消息。我妈急急忙忙地来到小姨家叫我快走，上气不接下气地说，八月十五晚上银行葛行长和多名公安人员把家里围了，连床底下都翻遍了，还叫我们带话让你去投案，当时把我们都吓得直打软腿。你不能回去，先在这里躲一阵子再说。还有，前天我到行里给你领工资，会计小葛说行里安排，你的工资被停发了。

我知道我妈说的葛行长就是葛荣，但我当时一下子懵了，不知怎么办才好。小姨夫听我妈说完后问我妈，姐，你往这儿走的时候有没有人跟踪你？我妈也不知道跟踪是什么意思，但她知道不好，忙说，我不知道呀。小姨夫又说，公安局昨天晚上没抓到人，肯定留下人在你家附近守着，你来这里公安局马上就追来了。外甥不能待这里时间长了，得快走。我妈给我一个包袱说，里面有几件衣服和现金，快走吧。

那次我是躲难一样逃往海城。坐在南去的列车上，虽然心里感到一阵阵后怕，但心里非常感激马行长。要不是马行长提前听到消息，也许我早就被判刑蹲大狱了。

铁荣三问，这次去，你又找海天房地产开发公司了吗？中间回来过吗？

金世传说，我找了怎么也找不着。我也不敢给马行长打电话联系，也不敢回家。但我不甘心，我不相信一个大活人一个大公司会从人间彻底蒸发，就是蒸发了也会留下痕迹，留下罪证。我又找到当时考察的施工工地，工地上的人说根本就没听说过这个海天房地产开发公司。

那次，我彻底绝望了，心身彻底崩溃了。身上的钱又快花光了，我想到了死，想到了自杀。那天黄昏，花完身上最后一元后，来到铁路边溜达，就是想寻找机会卧轨自杀。

天边残阳像被鲜血染过一样，远处传来火车沉闷的汽笛声，我横躺在火车轨上闭上了眼睛。我知道再过几分钟，这个世界将永远在我的生命里消失，让三千万元投资连同什么海天安经理还有弈城公安，统统见鬼去吧。

听到火车隆隆的声音越来越近，我感觉到车轮碾过了我的身躯，我看到了自己身首异处的惨状，看到了那滩鲜红的血，看到了一个魔鬼的影子在狰狞地笑。

一股力量突然传遍整个身体。金世传条件反射般跃向旁边壕沟里，一刹那脑子突然清晰起来。金世传意识到不能死，自己死了谁去追回那三千万元投资款，谁来给自己洗雪冤屈。

火车碾过金世传疲劳的喘息声，钻进日落黄昏的大幕中。金世传无力地躺在路边壕沟里，大口大口地喘着气。

二十九

铁荣三听着金世传的诉说，他觉得金世传没有撒谎，三千万元投资款背后的阴谋远不像金世传所想的那么简单，那么直接。

铁荣三有所感慨地说道，市场经济刚刚起步，法律滞后还有待完善，许多未知的东西需要探索，需要付出代价。损失的都是国家利益，满足的都是个人私欲。国有企业这顿最后的晚餐会让一部分人像飞蛾扑火一样，毫不犹豫地走向毁灭。铁荣三用语言再次认证金世传的诉说是真还是假，看到金世传表情淡漠，自己心里已经有底了。

肖政问金世传，近两年时间里你在海城怎么生活？金世传抹了一下眼角说，捡垃圾。今年夏天一个下午，我正把捡好的垃圾打包送去收购站，突然来了一伙人围上来就打，边打边说让我滚出海城。我被打得躺在地上不能动弹，左腿钻心地痛。我求饶说，好汉饶命好汉饶命。对方一个人威胁说，下次再让他们在海城碰到就把我装进麻袋沉到海里喂鱼。

就是那次挨打，左腿落下了残疾。但我也坚信安丰没有蒸发，他还在海城，他每天都在监视我。我找不到安丰我还在找，我还在坚持，只要我在海城安丰就会寝食不安，总有一天他会暴露，露出破绽。

肖政问道，那你就不怕他们把你沉到海里喂鱼？金世传冷笑道，像我现在活着跟死了有什么区别。只要我坚持，安丰总有露面的那一天，只要他露面我就有机会。即使被他们打死，被他们扔进海里喂鱼，我也是为保护国家财产光荣牺牲，而他们会是什么下场？他们会被押上法律审判台接受审判，遗臭万年。

肖政对金世传说，你这种情况应该到法律部门说明白，寻求法律援助，为什么老是躲躲闪闪的？金世传摇摇头疲劳地闭上眼睛说，弈城公安局已经对我立案了。我去找他们那不是自寻死路吗？我去找他们，自己连半点机会都没有了。

铁荣三看到金世传很疲劳就说，你先回去吃饭休息，下午我们再接着谈。金世传睁开眼睛，眼巴巴地看着铁荣三。铁荣三也看到他眼神里还有很多话，还有很多疑问。

三人来到摩托车前，肖政对铁荣三说，谈了不少，好像也没说假话，但对追款一点作用都没有。刘剑锋说，这家伙是不是在故意卖关子？铁荣三笑了笑说，不像。我原先担心他死不开口呢，他只要谈我们就认真听。不管他的诉说是真的还是假的，都要做好记录。

肖政点点头说，你说现在怎么老出这种怪事，这里公款被坑那里物资被骗的，这些人呀就是想钱。等到他们真有了钱，还不知怎么活？刘剑锋说，钱钱钱，这些人就是些钱虱子，想钱都想疯了。其实，钱只是个数字。

资本积累本身就透着肮脏，这种肮脏的作用只会使人类走向深渊走向毁灭，不会给人带来半点纯粹和高尚。铁荣三又对肖政说，我们下午要好好计划计划，争取把需要谈的全部谈完。

刘剑锋瞅着铁荣三问，不是说我吧？铁荣三说，哪能啊，他们那些人有资格和我们的刘大队长相提并论吗？

那就对了。说完刘剑锋用力一蹬，摩托车闷哼一声发动起来。肖政提着办案包，裹紧大衣坐在他身后，摩托车缓缓驶出行政拘留所，在那条机耕路上行驶着。

三十

下午，太阳的光线让大地渐渐回暖。蓝蓝的天幕下，旷野一片灰蒙蒙的。大片大片的麦田还没有从冬眠中苏醒，遍地朦胧的绿色预示着春天已经很近了。刘剑锋驾驶着反贪局那辆摩托车，载着铁荣三和肖政穿行在冬季的旷野上。

不一会儿，他们来到拘留所，刘剑锋停好摩托车。铁荣三说，今天下午的谈话很重要，大家都留心听听，熟悉熟悉情况。刘剑锋问道，很复杂。肖政说，一个上午云里雾里的直接不着边际。

刘剑锋办好手续和金世传来到询问室，谈话继续进行。

铁荣三问金世传，休息了吗？金世传点点头，看到法警刘剑锋一身警察制服，金世传的眼睛里露出怀疑的神情。铁荣三也在纳闷，金世传为什么每每看到穿警察制服的人会紧张？这里面一定会有原因，当然现在不便问。于是微微一笑说，这是我们检察院法警刘大队长，是我们本单位的人。

金世传茫然地点点头。

铁荣三说，今天下午，我们谈谈葛燕，把你所知道的都要谈清楚？金世传反问道，你不是说葛燕已经死了吗？还谈她干什么？

铁荣三说，我们想知道葛燕的死是不是与这三千万元投资款有关？金世传想了想说，有关系但关系也不大。如果葛燕的死是因为这三千万元投资款，那就是在打款这件事上。

铁荣三说，你具体谈谈打款这件事？金世传回忆说，我和葛燕是高中同班同学，大学毕业后多亏葛燕帮忙，自己才有机会考上信贷银行。前年夏天投资合同刚签下来，我和葛燕到营业室打第一笔款，看到葛燕一脸不高兴就问道她，怎么啦？

葛燕说，投资合同也不在我这里，我上哪里知道什么时候打款，神神秘秘的。行长到市行里开会，一去就是一个星期，他不回来签字，这款能打吗？金世传也是想抓住这次投资机会为行里创收，也体现自己的工作能力。忙说，这个事儿是签合同就定好的，当时行长也在场。你放心打就是，我给你证明。

第一批投资款很快办完打款手续，金世传也放下心来。高兴地说道，谢谢老同学帮我，今天中午我请客，望河饭店吃水饺去。

望河饭店客房的窗子正对着河面，未到洪水季节看不到拖蓝景观。岸边却绿柳如荫，微风习习，一对对在空中滑翔的燕子，飞舞着妙曼的姿态。望河水泛着微微的波浪，一层又一层向着远方荡漾而去。

金世传安排好了水饺回到小圆桌前，看到葛燕心事重重的样子问道，在想什么呢？葛燕突然说，等帮你把投资事项办完，我就辞去财务科长职务，不干了。

金世传想什么事值得大惊小怪的又问道，干得好好的又怎么啦？

葛燕看了一眼金世传说，你别再问了。我自己已经决定了。

金世传想不出葛燕要辞职的原因。就关切地问，我想知道，若是因为投资款的事，你大可不必这样做，所有的问题由我一个人来承担。

服务员端上热气腾腾的一盘水饺，金世传张罗着筷子盘子。抬头一看，葛燕正在低头抽泣。金世传感到一阵手忙脚乱的，不知如何安慰葛燕。

金世传意识到葛燕可能遇到了什么大事，自小和葛燕一起上学，葛燕文弱，性格内向，但心地善良，遇到事情往往想不开，爱钻牛角尖儿。

金世传试探问道，是不是因为财务上的事？葛燕抹了把眼睛，点点头。

金世传安慰说，账错了也不要紧，调整一下就行了，财务工作就需要你这样的细心人来做。葛燕再也控制不住自己，抹了抹眼泪说，不是因为错账，是因为死账。

死账？金世传吃了一惊。他不知道死账是什么意思，但从葛燕表情里觉得死账是个很大问题，并且牵扯到葛燕。葛燕说，死账是财务专业术语，是核销往来账务的一种方法。死账又称坏账，是指企业无法收回或收回的可能性极小的应收款项。由于发生坏账而产生损失，称为坏账损失。前一段时间，马行长给了我三份单子让我把账处理死，处理账前我仔细核对过，我发现这些做死账的附件都是假的。

金世传以为是什么大事，听到这里他放心了。说，假的就假的呗，没什么大不了的事儿，都是领导上工作需要。葛燕说，那可是六十万啊，那三家客户还活着，而附件上却证明都死了。

金世传又劝说道，不要紧，我找行长给你问问是不是出了错，你别往心里去。葛燕急忙说，你千万别问了，我找马行长问过。不问还好，一问马行长那张脸就和吃了死人肉似的。现在财务科业务我做也不是不做也不是，天天得看人家脸色听人家训斥。

铁荣三听到这里问道，葛燕当时还提过什么？

金世传仔细想了想说，她说在这次处理死账之前，她也发现过几次类似的情况，每次都是马行长给她附件处理账务，只不过当时她没往心里去。

金世传注意到铁荣三关注的表情又说，不过，马行长是个好人，他事事都为别人着想，为全行职工着想，再说还不一定是怎么回事呢？

你说葛燕的死与投资款有一定关系指的是哪方面？铁荣三又问道。听马行长说，第一次葛燕未按合同时间打款，打晚了；第三次打款葛燕是未经行长同意，私自打款。这事在行里职工大会上行长对葛燕提出严厉批评，责令葛燕写出检查，深刻检讨自己。葛燕也是拗性子，就是不写检查就是不检讨。这事儿现在看来是葛燕不对，如果当时别去私自打款，行里不就少损失一千万元吗？

有些事就是这样，当局者迷旁观者清。铁荣三敏锐地意识到，在死账的背后，在三千万元投资款的背后，还有一双贪婪的眼睛。现在，那双贪婪的眼神渐渐清晰起来。

和金世传谈完后，看看还有点时间，铁荣三说，我们再去金世传家了解了解，觉得有些问题金世传没有谈透。

刘剑锋发动开摩托车说，还了解什么。葛燕死了，死账问题死无对证，没法再查下去。融资人失踪了上哪儿找去，这年头这种事还少吗？没戏。肖政也感到犯愁说，下一步我们的侦查思路往哪里走？我怎么觉得山穷水尽了？

铁荣三说，还会有柳暗花明的时候，别泄气。都说金世传死了，死无对证了，他不是还活着吗？我们就要例行天职，不要丧失信心。

那好，我们就寻找又一村去。刘剑锋说完，三个人坐上摩托车向弈城方向疾驰而去。

三十一

晚上，常青书记办公室里，四十瓦电灯棍不时吱吱地响着。房间里设置很简单，一张办公桌一把椅子，一组简单的沙发，墙壁上贴着一张励志名言。信贷银行工作组发现新情况，常青书记让检察长过来听听，商量一下。

已经是三九天气，检察长司马廉进门时还裹紧了黄大衣。检察长刚坐下，常青书记说，先喝杯水暖和暖和。

检察长接过黄常委端过来的水杯说，刚刚听完汇报。弈城信贷银行三千万元投资款问题基本情况是这样。一九九四年年底，弈城信贷银行为扩大经营范围，增加营业收入，在弈城信贷银行内部设立第三产业办公室，负责人叫金世传，行长马跃直接领导。刚开始做了几笔钢材生意很顺利效益也很好。一九九五年三四月，金世传去南方海城认识了当地海天房地产开发公司经理安丰，两人商量由弈城信贷银行出资三千万元与海天房地产开发公司合伙在海城搞房地产开发业务，利润均分，风险共担。过了不久，弈城信贷银行马行长和金世传去海城考察后签订了投资开发协议。但是资金投过去不长时间，开发商安丰突然失去联系，海天房地产开发公司也神秘失踪，信贷银行几次去南方查找一直没有找到，信贷银行派金世传去南方寻找融资人也失踪了近两年，当时有金世传在南方遇害的说法。这中间弈城公安局曾经对这一事件立案调查过，但一直找不着相关人员。

常青书记说，前年有群众举报说金世传与融资人合伙诈骗了信贷银行资金，公安局组织抓捕过几次，都没有成功。

检察长接着说，现在看来，这三千万元投资款仍下落不明。关键问题是找到融资人，找不到融资人安丰，一切问题都不能解决，一切问题都不能定论。

常青书记想了想说，从目前市场情况来看，国有企业的使命会逐渐退出历史舞台，新旧体制转换过程必然要出现许多矛盾，怎么解决这些矛盾是我们重点研究的课题。三千万元投资款问题暂不研究，放一放。这几天工作组意见箱里又有几封信，黄常委你给大家说说。

黄常委说，这几天又收到几封人民来信，举报内容应该是出自同一个人，只是笔迹不同。反映马跃在任职期间，用假死人手法制造死账，贪污公款自肥。举报信列举的相关证人、具体数额，都非常详细，可查性很强。常青书记看看检察长说，这种情况检察院反贪局能不能立案侦查？

检察长说，这件事我们也发现了，并且已经对死账事件进行立案。检察院立案是针对整个事件，不是针对某一个特定人。但是一旦发现犯罪反贪局立即收网。之前，我们也研究过，死账问题有贷款客户，有贷款资金，有还款数额，有死账凭证附件，就是说直接证据都有了。但是，所有证据都缺少了一个重要环节，那就是经手人葛燕的证明。葛燕的死使证据链断了，形成死无对证局面。马跃是弈城著名银行家，要动这样的角色，必须有百分之百的把握，我觉得检察院目前还不能对马跃直接立案，立案条件还不成熟。

是呀，举报信上说钱让马跃贪污了，你找马跃，马跃说钱在葛燕那里。我们到棺材里找葛燕证明去？常青书记明白死无对证这个理儿。

黄常委气愤地说，制造虚假账务使国家财产遭受损失，起码也是违反国家财经纪律，要受到党纪政纪处分。

检察长看黄常委越说越激动，赶忙摆手制止住。但他自己内心也是怒火中烧，只是表面上看不出来。他说道，信贷银行的问题直至现在还没有好的办法解决，三千万元投资款和死账问题已经浮出水面，但是有影无踪，看似真切却让你抓不着摸不到。问题不是没法处理了，要看我们怎么处理？

是呀，信贷银行的问题前几年是公安机关单打独斗，现在是纪委、公、检、法、审计各职能部门一起上，看来今天还是没有结果。如果海天房地产开发公司和所谓的安经理都是假的呢？那份所谓的投资协议是伪造的呢？我们以前这样查今天还是这样查，查来查去能查出什么结果？常青书记说完，大家不约而同地把目光转向检察长。

检察长说，我们分析过，不排除这种情况。金世传虽然年轻资历浅，但这几年一直混迹商界，有可能沾染上一些不良观念。但从现在金世传的状况看来，似乎不大可能？我相信反贪局的侦查员，更尊重事实尊重证据。

黄常委问，金世传也可能在上演苦肉计，我想铁荣三应该能识别出来。有个“三只眼定海神针”在那里，我想问题不大？

常青书记说，关键是金世传是不是真的在上演苦肉计？

灯棍吱吱的叫声不断传出，突然办公室里谁也不再发言。

过了好长时间常青书记说，我看这样吧，工作组继续留在银行，发现新情况我们再议。

三十二

弈城信贷银行工作组办公室里，黄常委和铁荣三对面而坐，虽说现在两人同处一室，各人肩负的任务也大同小异，但想法不尽相同。黄常委考虑的是党纪政纪方面的问题，铁荣三着眼点要放在法律方面。对于同一个问题，黄常委想的是处分条例，铁荣三想的是依靠刑法和刑事诉讼法相关依据。

办公室的门被推开，马行长笑呵呵走进来。这几天，一直是黄常委和审计局同志在工作，反贪局铁荣三突然不知去向，特别是铁荣三这两天一直不来工作组，马行长心里也挂牵着。

马行长看到黄常委和铁荣三在，从手提包里拿出两包茶叶放在桌子上说，各位别光喝清水，清水里养不住鱼，泡点茉莉花暖和暖和。说着拿起两只茶杯放上茶叶冲上水，放在黄常委和铁荣三面前。

黄常委连忙接过茶杯说，劳驾行长倒茶，不好意思。铁荣三也歉意地笑笑说，我看行长手法，熟练茶道，行长亲自泡茶一定别有风味。

马行长拿过椅子坐在黄常委面前叹了口气说，银行经营不景气了。若是各位领导能给我追回那三千万元投资款，信贷银行定会起死回生。唉，世风日下，人心不古。

黄常委知道马行长有话要说，铁荣三也知道马行长想说什么。

只听马行长又说道，我知道这段时间有人民来信告我。这些人，哼，效益好的时候怎么不去告？发奖金时怎么不嫌多？这些年我马跃为信贷银行没日没夜地工作，我问心无愧。别说告到市里，就是告到省里告到中央又能怎么样？天塌下来我顶着。

铁荣三微笑着聆听。黄常委劝说道，马行长别生气，群众有疑问，需要我们耐心做好思想工作，做领导工作最主要的就是遇事沉住气，肚囊要大点。

我会沉得住气，我泰山崩于前而不乱。还得仰仗各位多方做好工作，维护我行声誉。马行长说完，看了看黄常委和铁荣三又关切地问道，听说金世传找着了？

铁荣三心里暗想，去南方的事看来是透了，至于透到什么程度现在还无法估量。如果前面马行长的开场白是对着纪委去的，那现在的话意就是冲着检察院反贪局来的，说白了就是冲自己来的。铁荣三小心应付道，他那样的人，找着与找不着有什么区别吗？再说我们共产党人大肚能容天下之事吗？

马行长又说，找着了好，谢天谢地，他有天大罪过也是我行职工呀。前段时间我听说他在南方被人家害了，心里非常难过，几天几夜都睡不好。铁荣三微笑着说，是呀，自己单位职工出这么大事儿，你这个当行长的还睡得着吗？

马行长眨巴着眼说，真是谢天谢地，刚出事那会儿他家里棺材都准备好了，可没有尸首怎么埋呀。去年年底我还给他家送去慰问救济款一千元。这下可好了，改天我得去看看他。人啊都不容易，过错归过错，人情是人情。常青书记到哪去了？联系联系常青书记，今天中午我们到望河饭店吃水饺去，这些日子心里有很多事憋得慌，想和领导们一块聊聊。

黄常委说，常青书记去市里开政法会去了。这个时候我们都别找麻烦，吃一顿饭不算什么大事，要惹出什么事儿来就是大麻烦了。铁荣三笑笑说，改天吧，中午还有事情。

马行长说，咱们可是说好了，改天等常青书记回来我请。

工作组办公室里气氛不再那么紧张，马行长又聊了会儿说行里也有事走了。

黄常委和铁荣三不约而同地四目相对。

三十三

待马跃走后，铁荣三对黄常委说，我去查账组看看情况。

黄常委说，前段时间总账已经审查完毕，上星期我安排他们检查分类明细账。你去看看到什么情况了？

铁荣三来到信贷银行财务档案室，看到葛荣、陈科长他们都在啃账本。葛荣看到铁荣三走进来站起来让座说，领导来了我得避嫌，免得误会。说完葛荣敞开门出去了，铁荣三一笑了之。

铁荣三问陈科长，怎么样？陈科长说，前一个星期已经把总账弄起来了。这几天黄常委让我们查查分类明细，现在正查着。

铁荣三看到陈科长正在看坏账死账。问陈科长，看出什么情况了吗？陈科长说，看这部分死账明细总觉得不对头，但又找不出原因在哪儿？

铁荣三说，天下账瞒不过一个理字，只要我们坚持真理，假的真不了，真的也假不了。陈科长指着账面上那堆红笔冲过的痕迹说，就是这些坏账调整后都用红笔冲平，账务处理本身并没有错误，只是这些客户，从账上看都死了。

铁荣三又问道，怎么死的？陈科长说，有的是死于车祸，大部分是自然死亡。这些死账处理几乎每个季度都有一笔，有时半年发生一笔，弄总账时几乎被忽略发现不了。但放在一起看，总觉得这账阴森森的。

铁荣三拿过几本凭证边看边问道，就这几笔吗？陈科长想了想说，一共是九笔共一百五十万元。

铁荣三发现，每笔死账后面都有弈城人民法院民事审判债务裁定和判决书，审判长都是左佑余，也就是说这九起民事诉讼案子都是由左佑余负责审判，原告都是弈城信贷银行法人代表马跃。这一重大发现，铁荣三感到内心一阵悸动。

这几笔账把信贷银行和弈城人民法院民庭搅在一起，确切地说是把行长马跃与民事审判庭庭长左佑余捆在了一起，死账处理意味着百万资金流失。

殉情？徇私？还是贪赃枉法？还是什么都不是？铁荣三看过那九笔死账中，自己一个朋友也赫然在列。参加工作组前还一块吃过饭，从账上来看一年前就死了，看来账务处理显然有假。还有左佑余凭什么判决那些大活人都死了？他的判决依据是什么？

陈科长也看出来了，至于这里面存在什么问题他把握不准，只是不想作无端猜测。铁荣三望着那几本凭证呆呆出神，想了好一会儿，听陈科长说，下班了。铁荣三说，你们先走吧，我再看看其他账。

铁荣三刚收拾完账本凭证，葛荣拿着一串钥匙过来要锁门。铁荣三说，你不是避嫌去了吗？葛荣站在门口说，其实整个信贷银行职工都在避嫌，工作组人员也在避嫌。

铁荣三说，那好，我也要求避嫌。葛荣急了说，谁都可以避嫌，你不能避嫌。因为你是检察官，检察官要是避嫌了，还有谁去反腐败，还有谁去为老百姓争口气？

铁荣三此时也隐隐感觉到，死账背后还会有着比预想更复杂的一连串阴谋。

三十四

铁荣三把自己掌握的情况向赵局长汇报后，估计反贪局会有所行动。第二天早晨没有去工作组上班，早早来到反贪局办公室等候消息。

时间刚过七点半，他拖完办公室地板，此时刘剑锋和肖政都来到办公室。

肖政问，今天有什么任务吗？刘剑锋也说，我昨天夜里老是似睡非睡的，总感到今天会有什么事情？有一种大战前的灵感。

铁荣三看了看刘剑锋说，我们的刘大队长好像总是先知先觉啊，等等，看今天可能有外出任务。

这时，赵局长匆匆走进来一看铁荣三说，检察长签批了。铁荣三和肖政交代一下，继续去工作组；肖政跟民行科李科长一组到法院民庭查找那批死亡判决书档案，该复印的资料要全部复印；我和刘剑锋一组到有关企业转转。

记住，反贪局是对信贷银行整个事件立案，现在不是针对某一个人的问题。

铁荣三来到信贷银行，虽然坐在办公桌前，脑子里总是走神。刘剑锋这组由局长亲自带队很放心，他担心的就是肖政这组。肖政年轻缺乏经验，老李年龄大了性格又软弱。这几年民行科基本没有打开工作局面。

肖政提着办案包跟着李科长来到弈城法院民庭。法院办公楼和检察院办公楼原是同一座四层楼，两个单位从中间一分为二，把内楼道封死，院子中间也拉起一道墙，各挂各的牌子就成了检察院、法院。

四层楼虽然比较陈旧，但是国徽高挂，五星红旗飘扬，再加上法官、检察官特殊服装，整座办公楼就有种威严，在弈城无论是地理版图还是政治法律方面都占据重要位置。

民庭办公室里设置和检察院的办公室没什么两样，老式的写字台，几把椅子和一张长条排椅，墙壁也没什么装饰。

虽是一墙之隔，反贪局和法院打交道很少，肖政来检察院不久，跟民庭的法官不熟悉，但老李一进民庭办公室神情就有点紧张。左佑余坐在办公桌前，看到李科长这个老冤家进来脸色一沉说，李检察官今天大驾光临又有什么指示？

老李笑着说道，今天检察长让我们来调阅一些文件，指示可不敢说。左佑余烦躁地说，老李呀！你看你土都埋到脖子了还捣鼓这些事儿做什么？检察院民行科抗诉业务就是监督法院民庭民事裁定和判决结果，这些年来双方关系一直都磕磕碰碰的。

肖政一看这阵势不对，心里有些生气，双手抱膀坐在那里一言不发。老李又说，检察长安排我们也没办法呀，大家都是例行公事。

去年左佑余判决一起民事经济纠纷案子，被检察院民行科老李提起抗诉，中院发回重审。这件事让左庭长很没面子，至今想起来心里都不痛快。他看看老李科长也没办法就问道，有单位介绍信吗？有工作证吗？李科长脸色一红，但毕竟是上了年纪的人，虎老不伤人了。笑着说，这么多年了，都是一墙之隔的，还这么讲究吗？

左庭长眼睛一瞪说，老同志你懂不懂啊，什么叫严格执法？严格执法不能只对老百姓，法律面前人人平等。今天说死了，单位介绍信和工作证缺一样，我民庭档案你不能看。

肖政开始以为两人闹着玩，现在看左庭长那架势和老李有仇似的，知道遇上了麻烦，就走上前去掏出工作证递给左庭长说，我有工作证。左庭长仔细看了看工作证说，你是反贪局的检察官，年轻有为呀。

肖政说，谢谢老庭长夸奖。左庭长也不再发火，看了看肖政的工作证关心地问，这么年轻就干反贪，还任助理检察官呢，有对象了吗？我们法院可有许多好法官姑娘，要是看上哪位我给牵线搭桥。

肖政架不住这些老油条调侃，脸上一阵发红。李科长扑哧一声笑出声来说，扯远了，肖政的儿子都会叫爸爸了。

左庭长指着一边的档案橱子对肖政说，今天真不巧，档案员请假没来上班。李科长有些犹豫对肖政说，那我们先回去吧？

肖政对左庭长说，能不能给通知一下？左佑余为难地说道，去乡下给他爷爷上坟了怎么叫，过午上坟是本地风俗，最迟也得下午回来。

李科长说，要不先看看台账？左庭长拿过开庭记录，李科长揭着看了一会儿。左庭长说，老李，我可和你说过多少回了，法院档案只准看，只准记录，不准把卷宗带出档案室不准复印，这都是法律规定的，你听明白了吗？老李边看边说，只是看看不用这么婆婆妈妈的。

两人看完台账往回走。老李对肖政说，我年龄大了，去年就要求退下来可到现在院里还没批。现在执法难监督执法更难，你看因为单位工作都成冤家对头了。肖政窝了一肚子火，只是勉强地笑了笑。

民庭几个法官看到检察院的两个人走出法院大门，各人脸上不约而同地露出了胜利的笑容。左佑余低头擦拭着眼镜片想，民行科看档案是正常开展业务，反贪局的人跟着掺和什么？

三十五

赵局长和刘剑锋步行来到大兴木业公司。院子不大，院里乱七八糟堆满了各种木材，几名职员正在忙着照顾生意。经理老木看到两个人在院子里逛

荡，心里咯噔一下子，他以为是信贷银行前来催要贷款的，就赶忙小跑着迎了出来。

老木和赵局长、刘剑锋边握手边说，你们是信贷银行哪个科的？快屋里坐。大兴木业办公室和营业室是一体化，老木靠内墙安张桌子办公，门口边两张桌子是会计和业务员办公位置。赵局长和刘剑锋忙递了个眼色。刘剑锋顺便介绍说，这是信贷科赵科长，我姓刘。

经理老木在和弈城信贷银行信贷科两位科长亲切交谈着。平日里想请他们吃饭都挨不上号，今天主动找上门来。老木很是激动说，欢迎领导光临，欢迎领导光临，大兴木业能够发展到今天，离不开各位领导大力支持和帮助，我在此衷心地表示感谢。

赵局长说，今天行长安排我们来，主要是想了解我行对中小企业帮助扶持情况。多提宝贵意见以便我们今后改进工作，更好地服务企业，促进弈城经济又好又快地发展。老木在一边陪坐说，我是没得说了，信贷银行对我帮助太大了。没什么可提的意见，我内心里只有感激，只有感激。

刘剑锋说，行长要求看一下你公司在信贷银行贷款还款情况，就还贷款手续方面看看还存在哪些需要完善的地方？不妨提提。老木想了想说，前几年我公司在信贷银行贷过款，已经还清了。去年贷的那笔款我凑合凑合马上就还。公司账上都记着，我叫会计拿账来你们看看。

赵局长笑着说，好借好还再借不难。老木点着头说，是是是。会计拿过账来，放在赵局长面前的茶几上。

赵局长很快找到那笔信贷银行贷款和还款账证。问道，你的贷款是提前还的？老木回忆说，对对对，这笔贷款我是找你们马行长贷的，还也是找马行长还的。我把款子给老马，他找人办手续。当时贷款未到期，马行长让我提前还了，说是迎接上边检查。

赵局长问道，你和马行长熟悉吗？老木说，以前不熟悉，公司贷款时通过别人认识的，从那以后就熟悉了。

看到银行工作人员要走，老木赶忙说，中午在这吃饭吧？赵局长说，不了，以后吧。我们还要到别的企业走走。以后若要贷款请及时联系我们。老木双手合十放在胸前说，谢谢，谢谢。

送走银行工作人员，老木坐在办公室里心里纳闷，银行都服务上门了，这太阳还真打西边出来了。

赵局长和刘剑锋出了大兴木业公司大门，刘剑锋觉得今天的事真是滑稽，边走边嘿嘿偷笑。赵局长听到后故意板着脸说，你怎么不介绍我是行长?

刘剑锋说，我想过了。万一木经理认识马跃那不就露馅了吗？就是科长是市行里管放贷业务的科长。怎么？银行行长比反贪局长大吗？赵局长说，这是两个不同的概念，不能相比。

两人正说话手机呼叫起来，赵局长拿起来一看是检察长发来的短信，内容是：情况紧急，抓紧回单位。

赵局长看完和刘剑锋加快了脚步。

三十六

弯弯的小巷里残存着冬天的积雪，发散着冷冷的寒气。远处不时传来一两声鞭炮响声，数九寒天里年的味道越来越近了。

赵局长和刘剑锋穿过小巷尽头，眼前一片开阔。这里是弈城中心街，属于整个弈城最繁华地带，街道宽敞，道旁街灯高高矗立，沿街商铺林立。弈城大街中间地段就是县政府办公六层楼。

突然，一阵哭天号地的嘈杂声从县政府门前传来。赵局长抬头一看，政府大门前白幡摇动，倒头马子盘头轿的旁边还放着一口棺材，四五十人坐在县政府门前哭号。

刘剑锋望着那边说，好像是死人了。

邻近政府大门口，赵局长仔细一看，哭丧带头人是老葛。常青书记、安所长和铁荣三都累得满头大汗，不停地扶起这个劝说那个。赵局长和刘剑锋赶紧走上前去。

赵局长扶起老葛说，老葛，这快过年了你这是干什么？地上冷快起来，有话好好说。老葛抹着眼泪说，我孩子不明不白地死了，十几天了单位里连个人影都不见，我们要求县里给个说法。

老葛家属哭着对赵局长说，大兄弟呀，我闺女是被他们活活逼死的。是他们害死了我闺女，你要为我们做主啊。老葛的儿子走过来对赵局长说，赵叔，我昨天刚从部队回来，听说我妹妹是被他们逼死的。信贷银行欺人太甚，人死了还要往她头上泼脏水，今天我们就是向政府讨个说法，我就不信这弈城还没有天理了。

老葛家属扑上前来，赵兄弟一定要给我们做主，今天政府要是不给说法，我就撞死在政府门前，我都六十岁人了死了也不少了。

赵局长劝慰说，老哥老嫂子，大侄子听我说句话，天理自有公道，问题总有一天会水落石出，法律不会冤枉一个好人也不会放过一个坏人，快回去吧，这样做解决不了问题，只会让那些坏人得意。老葛家属哭诉着说，大兄弟，你就可怜可怜我这白发人送黑发人吧，一定为我们做主啊。

赵局长一边安慰两位老人，一边对老葛儿子说，大侄子听话，快把你爸妈扶回家去，大冷天身体会闹出毛病的。我就是干一天反贪也绝不让坏人得逞好人遭罪，听我的，听话。老葛的儿子抹着脸上的眼泪说，爸妈，听赵叔的，我们先回去。

常青书记擦着脸上的汗水说，赵局长，多亏你来了，要不然还不知折腾到什么时候？安民在那儿喘着粗气，这个老葛呀怎么说都不听，他那个当兵的儿子还非要冲进县政府。就他当过兵？谁没当过兵，我当兵的时候他还不知在哪儿呢？吓唬谁呀，真是！

赵局长心里十分内疚，要是那封遗书不转到自己手里，要是自己和老葛不是乡里乡亲的，要是早一天理出头绪，早一天把罪犯绳之以法，也许就不会出现今天的尴尬局面。

这个马跃做什么吃的？这件事都这么多天了，应该去安慰安慰吧，这不是当领导最起码的工作吗？铁荣三头一次听到常青书记对马行长不满。赵局长一看时间耽误了近一个小时忙对常青书记说，我得快回去，院里有事。

赵局长回到单位直接来到检察长办公室，看见检察长气呼呼地坐在办公桌前问道，什么事？检察长责怪道，你怎么才回来？

赵局长坐下来喘着粗气说，刚才走到县政府门口，正遇上老葛一家人在那里闹事，我帮着常青书记刚做完工作，要不早回来了。检察长问，上访群众都走了？赵局长答道，都走了，都回去了。

检察长听到这里微微地笑了说，你知道吗？这些人在政府门前闹了近三个小时。常青书记撑不住劲打电话向县政府求援，县政府又打电话让我们出面。我想你和老葛是乡亲，由你出面做工作比较合适。这下可好了。检察长又说道，信贷银行的案子要抓紧，年关还不知要出什么事儿？县里担心年前银行职工要大规模上访。

赵局长想了想说，等那个组回来凑凑情况看看。检察长说，实在不行反贪局就先拿人，稳住职工情绪，度过年关再说。赵局长知道检察长话音所指，没有再言语。

三十七

赵局长办公室里，民行科李科长汇报完去法院民庭调查资料情况后歉意地说道，没什么事我先回去了。赵局长说，好吧，有事需要麻烦你再联系。

李科长走后赵局长问铁荣三，银行那边有什么新情况？铁荣三摇了摇头。

肖政和李科长去法院查卷生了一肚子气。赵局长也没问他，他自己开了腔，什么人民法官？简直是军阀官僚，别听老李汇报的那么好听。那个左庭长简直就是刁难耍横根本就不配合，他说档案员去乡下就去乡下了？档案橱难道就一把钥匙？李科长也真能挨，要是针对我，哼。

铁荣三问，怎么了？肖政说，那个左庭长也真是的，弄得我们出不来进不去的。铁荣三静静地听着，他也听说过民行科老李外出办案经常四处受阻，民行科工作迟迟打不开局面。心想左庭长也真是，老李也是为协助反贪局工作。当然左佑余是对着民行科对着老李来的。

铁荣三一看赵局长脸色都气得发了青。过了一会儿看赵局长平静下来他才说，办个扣押证据通知书，将他的档案橱一块扣押了，用摩托车驮回来，看他怎么着？肖政说，最好连那个左庭长一块带来，一个执法人员嘴里喊着严肃执法却在妨碍执法。

铁荣三问肖政，左庭长给你介绍对象了吗？我第一次和他打交道时他给我介绍了三个法官姑娘。肖政转怒为笑。铁荣三又说，左庭长是对着民行科老李来的。肖政埋怨道，对谁也不能那样。

赵局长刚才也想过查封民庭档案，起码也要扳回反贪局的面子，一想到检察长的安排，自己还是强压着那股火说，这个左佑余平时文质彬彬的，真看不出他还会如此讹人。中国的法律监督与被监督矛盾在今后相当长一段时间内还会有更激烈碰撞，贪污和反贪污在一定时期内还会有更激烈的矛盾冲突。不说这些了，检察长要求对信贷银行马跃抓紧立案，立即走程序。

铁荣三说，从眼下掌握的证据材料来看，证据链还没法修复。现在拿人审讯会非常困难。到时候左右为难的是我们办案人员，案子上出了问题坐蜡的还是我们办案人员。赵局长说，年关到了，银行职工可能要爆发大规模上访，检察长已经督促我们立案。

对一个银行行长立案？铁荣三想了想又说，检察长必须全力争取县里领导支持。

放心，县领导绝对支持。三千万元投资款关系到信贷银行生死存亡，关系到几百名银行职工的饭碗。检察长突然推门进来，赵局长连忙让座。检察长坐下后又说，国家经济体制转型时期，新旧经济体制矛盾冲突会愈演愈烈，这就需要我们的努力，需要我们的付出。信贷银行案子迟迟立不了，作为我们执法者就是失职。铁荣三你说银行案子还缺什么？

铁荣三正在低头考虑检察长刚才的话意，听到喊自己赶紧抬起头来哭笑不得。他望着检察长说，证据上还不充分？

一些疑难复杂案子在铁荣三手里都会轻车熟路，顺理成章，根本不用领导操半点心，检察长深知铁荣三是有大智慧的人。但现在检察长从他那双眼神里已经看出，铁荣三目前还没有想出好办法。检察长又批评说，有证据证明有犯罪事实发生，需要追究刑事责任这两个条件足够了。至于要达到犯罪事实清楚，证据确实充分，那是起诉阶段的事。目前，我们要充分运用现已掌握的证据和司法程序做文章。现在我们缺少的不是证据，是克服困难的勇气和信心，是捍卫法律尊严和维护弈城经济秩序的决心。

赵局长擦拭着眼镜片说，人死了证据链断了，总不能让死人复活吧？检察长严肃地说，既然他能把活人变成死人，我们为什么不能把死人变成活人。

说完看到铁荣三瞪大了眼睛，检察长知道铁荣三心里已经有了制胜方案。就继续说道，今天犯罪嫌疑人必须到案，执行吧。

赵局长说，检察长下命令了我们坚决执行。肖政，你和刘剑锋办个询问手续去银行把马跃请来。

肖政和刘剑锋走后检察长又批评赵局长和铁荣三，讨论案情也不关好门，我在外边听得清清楚楚；另外一旦和犯罪嫌疑人交上手，吩咐下去一律把各人腰上挂的枪支摘下入库。不是我们工作多么好，而是我们还没有遇到。检察长扔下几句话走了。

铁荣三问赵局长，今天检察长怎么发火啦。赵局长说，县里领导指示，他压力也大。又拍拍铁荣三肩膀笑着说，放心，说明领导关心你，你快进步了。

赵局长刚说完，铁荣三那张脸上一点表情都没有。

三十八

反贪局询问室里，马跃坐在指定座位上，眼睛滴溜溜四处打量着。其实询问室内，就一张办公桌，两把椅子，墙壁上贴着规章制度，和别的办公室都差不多。只是特殊环境赋予了特殊意义，特殊环境里产生了特殊群体，特殊群体里产生了特殊心理感应。

刘剑锋站在马跃跟前说，马行长我们按规定来。把你腰间挂的钥匙、手机和身上其他物品全部拿出来放在茶几上。马行长问道，要搜身吗？说着拿出了手机、钥匙和一个钱夹慢慢放到茶几上。

刘剑锋又说，这不是搜身，这是工作纪律，我们现在就开始工作了。指着钥匙串上一把大钥匙问，这是办公室的？马行长点了点头，刘剑锋拿起钥匙出去了，两名年轻法警走进来。

刘剑锋拿着一串钥匙来到局长室说，人带到，这是他家和办公室钥匙。赵局长对刘剑锋说，那边让肖政和他先谈个半个小时后宣布立案，你参加搜查。把马跃办公室钥匙给我，我去找安民一块搜查办公室。你们去马跃家搜查，我约安民随后就到。听说马跃儿子是个社会痞子，行动时要小心。刘剑锋说，那些人平时嚣张，遇到警察就跟老鼠见了猫似的很温柔。

铁荣三和刘剑锋说，把办公室人员都叫上，通知技术科参加。刘剑锋说，都叫上也只有六个人，人不多势不重。

来到马跃家门前，刘剑锋呼呼敲着门大声叫道，开门开门。过一会儿大门慢慢敞开了。马跃家属看到这么多穿制服的警察闯进家里，顿时紧张起来。忙说道，我儿子没在家。

毕竟是一行之长住宅，那房子比一般职工面积大些，房屋有前出厦，窗子上又加了防盗窗。院内葡萄架下排放着石桌和四个石礅座位，地面上都铺着花砖。

铁荣三拿出搜查证说，大嫂，我们是检察院反贪局的工作人员，马跃因经济犯罪问题被检察院立案侦查。根据法律规定，我们现在要对犯罪住处或办公场所进行搜查，这是搜查证你签字吧。马跃家属一听搜查，一屁股坐在地上号啕大哭起来，任凭检察官如何做工作就是不签字。铁荣三看看时间不能继续拖延下去果断说道，开始搜查。

铁荣三他们刚走到屋门口，屋内突然一声号叫。马跃儿子手持一把菜刀挡在屋门口大叫道，今天谁要是进这间屋子，老子就和他同归于尽。说完恶狠狠地把菜刀用力砍在门框上。

搜查被这突发事件阻住了，刘剑锋迅速冲到铁荣三前面。铁荣三一把拽住刘剑锋对马跃儿子说，我们是检察院反贪局的工作人员，现在依法执行公务，你暴力抗法，妨害公务是要负法律责任的。现在让开还来得及，让开！

马跃妻子哭喊着制止说，把刀放下，大人的事与你有什么关系？

我就是不让开。马跃儿子说完不但没有让开，反而一边拔出菜刀乱抡，号叫冲过来。刘剑锋迅速拔出自己配带的五四手枪，“当”的一声架住对面劈过来的刀锋。

正在这时，赵局长、安所长和葛荣赶来。安民一进大门立即吼道，这是谁呀？从哪里冒出来的？把刀放下，要不要我给带上手铐？看到安所长马跃儿子撤回刀哭着说，安大爷，检察院反贪局的人把我爸爸抓去了。

今天是检察院反贪局依法执行公务，你持刀行凶妨碍公务构成犯罪，怎么处理要看反贪局领导的态度。自己考虑考虑吧。安所长说着看了看马跃妻子。马跃妻子一把抱住铁荣三的腿说，领导开恩啊，领导开恩啊。他还是小孩子不懂事，请领导不要计较。

铁荣三对马跃妻子说，我不是领导，你放开手先去签上字。马跃妻子在搜查证上签了字。还是个孩子，算了吧。赵局长说完又向刘剑锋一使眼色，意思是看住马跃儿子。刘剑锋紧紧站在马跃儿子身边。

搜查进行了两个多小时，赵局长看看天就要黑下来，搜查还是一无所获，决定撤离搜查现场。马跃妻子松了一口气。

铁荣三早就想到搜查可能会一无所获，这时他脑子里迅速形成了一套连环方案。

三十九

去年东方红商厦一案，就是马跃从中搅和，给反贪局查办案件工作带来很大麻烦。马跃与东方红商厦到底是什么关系？反贪局案件讨论室里，赵局长想起了去年东方红商厦一案。

检察长说，现在东方红商厦全体职工又要开始上访，还是个麻烦。

铁荣三说，东方红商厦与信贷银行就是业务往来关系。马跃就是这种性格，什么事都想搅和搅和。

赵局长说，这两天我们对涉及几家信贷银行贷款客户进行了逐步核查。其中一户是真正死亡，也就是被核销的第一份。户主叫余力，男，三十二岁，父母双亡，兄弟三人各自成家。余力自部队复员后回到山村，没人操持婚事一直独身。一九九五年三月二日，余力在信贷银行贷款十万元买了辆货车自己搞运输，一次在去河南拉货时遭遇车祸身亡。这笔债务的债务人死亡，没有债务继承人，弈城派出所出具死亡证明以及民庭判决书都是正常的。其余八名贷款户，现在都还活着，没有死亡，所贷款额共计一百五十万元都已还清。看来信贷银行已经覆水难收，水仍然很深。

检察长说，马跃脑子很聪明但他用歪了，他从第一笔核销贷款得到了启

示。这种做法只在小说《死魂灵》中出现过，不为外人所知。乞乞科夫把死人变成活人骗取国库钱财，马跃是把活人变成死人，目的也是骗取公款，中饱私囊。检察长看了看铁荣三说，说你的看法。

铁荣三稍加思索后说，我们审讯第一阶段首先要制伏马跃。从以前和马跃接触情况来看，马跃性格强硬，但有些像狗皮膏药，遇事善于死缠烂打，短时间内不会缴械。我们可以先把他围起来，看他的心态，看他的变化，看他到底有几斤几两。第二阶段，我们出示初查获取的弈城信贷银行账证，看他怎么辩解。这个过程有两种变化和结果。

赵局长说，无论怎么变化，假的永远成不了真的，任何虚假辩解法律都不认可。铁荣三又说，或者干脆往会计葛燕身上一推，反正葛燕已死，死无对证。检察长听后说，马跃也拿不出一百多万元移交给葛燕的证据。如果马跃在这方面胡搅蛮缠，我们可以直接认定马跃的贪污犯罪事实。

铁荣三又接着说道，另外公安派出所和法院民庭都搅和在里面。如果没有一定利益驱使，这些执法人员也不会以身犯险。公安、法院这两关马跃都能过，对我们他心里不服嘴上更是不服。要想做到让他口服心服，彻底认罪服法，必须让他自己把这部分钱主动拿出来。检察长一脸诧异，马跃会听我们的安排自己主动把钱拿出来吗？

我想应该这样。铁荣三向检察长和反贪局长又说出了四个字。

检察长和赵局长都会心地笑了。

四十

马跃在反贪局办案工作区里有几个小时了。这段时间除肖政问了问基本情况和工作简历外，反贪局的人也没再问什么。

铁荣三推门进来说，马行长我们有缘。马跃抬头一看，头脑中条件反射般反映出和铁荣三几次打交道的片段，脸上尴尬地笑着。

铁荣三严肃地说，这里是弈城人民检察院讯问室，你现在因涉嫌经济犯罪问题被依法讯问。根据法律规定，你可以聘请律师提供法律咨询，代理申诉、控告等，你听明白了吗？马跃回答说，听明白了，我没有什么问题，不用聘请律师。

根据我们调查，你在任弈城信贷银行行长期间有严重经济犯罪问题。我希望你能够抓住机会，争取坦白交代，争取从宽处理。马跃抬头问铁荣三，什么是经济犯罪问题？

铁荣三耐心解释说，就是你利用职务之便，贪污、受贿、挪用公款的问题。马跃没有回答铁荣三的提问，低下头沉默了好长一段时间。抬起头来望着铁荣三说，我把弈城信贷银行从濒临倒闭带到今天的大好局面，我能亲手葬送它吗？今天的形势凝聚着我全部心血和汗水，我视银行信誉如生命。你们不能因为葛燕自杀就怀疑我。

肖政接着问道，现在要你谈你自己的经济问题，没让你谈葛燕。

马跃坦然地说，我自己，我自己没有什么好谈的，我没问题，我没有。

讯问一直在僵局中持续着。在这个过程中，铁荣三他们寸土必争，但不露半点痕迹。马跃困兽犹斗，却步步为营，难以突破。

下午讯问马跃，他仍然只讲功绩不谈问题。你看这是什么？铁荣三把信贷银行有关账证复印件摔在马跃面前。

谈话进入第二阶段。马跃一看立刻顿足捶胸，诅咒发誓道，这是财务科处理的账务，这些钱我要是拿了，我全家不得好死。

铁荣三紧追不舍立即追问，你个人问题与你全家有关吗？这就是你银行家的素质吗？谈清楚这些钱现在放到哪里去了？马跃一会儿脸色发黄，额上浮出一层汗珠。一手捂着胸口说，我想喝口水，心脏病又犯了。

肖政端来一杯水，马跃慢慢喝着，眼睛却不自觉地朝着墙角出神。那一杯水马跃足足喝了十分钟。

一丝笑意浮上铁荣三面颊。又过了一段时间马跃说，家丑不可外扬。我和领导讲实话，这些钱都在葛燕那里处理了一些不合理费用。让上级领导知道了这件事，可是违反财政纪律的。

再继续问下去，马跃一口咬定钱交给葛燕处理了不合理开支费用。葛燕已死，死无对证，审讯无实质性进展。但马跃仍心事重重，小心应对铁荣三每一句问话。

铁荣三不露声色，看火候已到可以鸣金收兵了。对马跃说，今天就到这里，你可以回去了。马跃不相信自己的耳朵，定了定神后反应过来说道，谢谢，感谢检察官为我澄清事实，还了我清白。改天我弄个场专门感谢各位。

铁荣三一字一句地说，你自己的问题你自己下不了结论。明天八点准时到这间讯问室里接受讯问，这是传唤通知书，拿着。

四十一

出了弈城检察院大门，虽然天渐渐黑下来，马跃却感到一身轻松。

寒冷的冬天，马跃的脸上挂着微笑。他拉着保证人故意绕道走在中心大街上，生人熟人都打声招呼。路过弈城政府大门前，他每走一步都会引起许多诧异的目光。

回到家后，妻子告诉他电话局来检修过电话。马跃坐在沙发上无心理会，一阵疲劳感袭来，马跃合上了眼睛。

第二天马跃先到信贷银行办公大楼前，倒背着手走了一圈。再到弈城检察院反贪局办案工作区接受检察官讯问。一走进讯问室，马跃傻眼了：三只黑色旅行箱整齐摆放在讯问室里。马跃顿时呼吸急促，浑身哆嗦，脸色由红变黄，豆大的汗珠冲走了脸上勉强的笑意，绝望地瘫倒在地上。

原来第一次询问，双方第一回合正面较量，只是案情发展的一个铺垫。根据铁荣三的计划，条件成熟就放虎归山，让其尽情表演。

果然，在马跃回家不到两个小时后，家里挤满了前来探望的弈城各界名流。马跃向大家说，单位里出了问题，我已经向反贪局领导作了汇报。马跃不停地向前来问候的人解释着，那神情绝不亚于凯旋的基督山伯爵。

入夜，马跃躺在床上脑子里不时浮现出铁荣三那双谜一样的眼神，辗转反侧怎么也睡不着。凌晨两点迅速穿好衣服起了床，拿了一把手电筒来到院子里。走到葡萄架旁边一盆景前，吃力地挪动了花盆，掀开地板砖除去浮土，看到三只皮箱完好地躺在那里。马跃笑了笑，迅速复原后回到床上，一会儿打起了呼噜。然而，这一切都被化装侦查的苏队安装的监控设备全部录像，在马跃去信贷银行办公室后，反贪局工作人员迅速行动去马跃家里扣押了这三只皮箱。

讯问室里气氛异常凝重。

铁荣三微笑着说，马行长，一夜时间足够了。你还有什么需要说明的吗？马跃脑子里一片空白，朦朦胧胧地看到了讯问室内几个人在朝着自己笑，隐隐约约地听到铁荣三问话。

铁荣三说，我来告诉你。右边箱子里装着十七条金项链，中间箱子里是七件古玩玉器，最小箱子里是你个人一百五十万元银行存单。

铁荣三继续审讯道，马跃，乞乞科夫把死人变成活人，而你却把活人变成了死人。目的都是一样的，都是为了侵吞国家财产。

马跃再也无法狡辩抵赖，断断续续地交代了自己利用信贷业务收受贿赂，交代了自己如何出具假死亡证明，如何拿到死亡判决书，制造死账进行贪污犯罪的全过程。

四十二

那是一个偶然机会，马行长遇到一件很头疼的事情。

贷款户余力去河南拉货途中，遭遇车祸身亡，所欠信贷银行十万元贷款已无法偿还。马跃请示上级领导，得到明确答复后开始行动。到弈城派出所找安所长填写一份余力死亡证明材料，找余力所在村集体出具无债务继承人证明材料，再到法院找民事审判庭左庭长拿回判决书，然后作死账核销。

第二次马跃到弈城派出所找安所长要派出所空白材料纸笺时却引起了安所长注意。安民坐在办公桌前，一双眼睛不停地审视着马行长问道，怎么你们银行客户死这么多？马行长说，都是老邻居我也不避讳你。我想用这个办法弄出点现金，处理一些不好处理的费用账，这样隐蔽一些，一般人想不到。

安民想了想说，不行，这样做我们违法，出了问题谁负责？马跃说，不会出事的。村里都出了证明，再说就是为了处理账务。村里出具无债务继承人证明材料，谁也不懂这种证明有什么用，况且是一行之长亲自驾临农村。

安民说，公章和信笺都在户籍管理员那里，可能有事出去了。安民本想支走马行长。马跃自己来到户籍室对户籍员说，和所长说好了。自己拿起印章，一气盖了九张空白信笺。户籍员一把夺过公章问马行长怎么胡来？马跃说，都和所长说好的。安民追出办公室说，你可不能干违法犯罪的事？否则后果自负。

马跃计划第一步顺利完成。高兴地说，抽时间我得好好请请你。

马跃去找法院老庭长左佑余协商时，费了很大心思。他知道这种事瞒不过这个老执法，就想办法干脆在酒桌上摆平，真真假假地留好退路。

望河饭店一个僻静房间，马跃点了四个菜，花生米、干炸刀鱼等与左庭长酒过三巡，左庭长有些醉意。马跃趁机提出要求说，多谢这几年对我行工作的支持，有些费用不好处理，还望老庭长多多费心，再给操操心。说完拿出三份派出所出具的死亡证明。

左庭长看了看那些材料又抬头看着马跃说，公安局证明也不行。

马行长说，帮帮忙吧，拜托啦。

真死还是假死?

真死，都是真死。

好吧。既然是真死，那我得开庭公开审判，经过法庭调查报审判委员会审议后再例行判决。

马行长一听连忙摆手说，别，别。假死，假死，都是假死，就是为处理一些不合理的开支费用，帮帮忙吧。

马跃被左庭长几句话套出了实底儿。左庭长独自喝了一气酒后气就不打一处来，不知是生马跃的气还是生安民的气，或者这二者成分都有。自言自语地骂道……这事我做不了主，你找别人办去?

马行长道歉说，这事只有你做主，谁让我们是朋友，以前逢年过节也没少了你的香火。再说，在弈城领导干部一找一大堆，但是弈城民事审判庭长就你一个，不找你我找谁去？都怪我没提前和老领导打招呼。

左庭长想你们合谋设下圈套让我钻。就拉下脸来说，好吧，你和老公安怎么着，和我就得怎么着。

那是，那是。来，请行长再喝了这杯。马行长给左庭长倒上满满一杯，左庭长一饮而尽。过一会儿不知左佑余是真醉还是假醉，拿起一份证明在酒桌前当判决书念：

弈城人民法院一九九六民通判字第×号

×××，男，现年四十八岁，从事个体经营。经本庭查明：×××于一九九五年四月二日向弈城信贷银行贷款二十万元，一九九六年三月一日因车祸死亡。因被告无子嗣，无债务继承人，本庭特作如下判决。

判决债务无效。本判决自公布之日起十日后生效。×××年×月×日

马行长赶紧又端上一杯，左庭长一饮而尽。马行长拍拍左佑余肩膀说，再念，再念。这次左庭长连饮三杯，即席判决了三份。左佑余平常饮酒尽兴时，都是即兴朗诵一段判决书，那种如醉如痴神态让人很是好笑。马跃熟悉这一点，这种状态下什么事都能办成，第二天去拿判决书就行了。

马行长又催促说，再念，再念。左庭长醉眼蒙眬，摇晃着胳膊伸出三根手指说，不就是 XYZ 吗？还有吗？再念什么？

真是没有了？马跃拍了拍自己的脑袋说，往下是什么字母？怎么想不起来了。

听到这里铁荣三问道，你这不是咒你的这些老朋友、老客户吗？

马跃说，证明材料内容都是我自己填写的，公安派出所也不知道也不销户口。

铁荣三说，我只想和你说最后一句话，证明材料都是假的，但是国家财产却是真的。马跃对此不作任何辩解，他知道辩解也没用，干脆选择了沉默。

铁荣三又补充说道，有的人用钱为别人谋取幸福，有人用钱为自己挖掘坟墓。

四十三

铁荣三他们匆匆吃过午饭，没顾上休息就回到办公室找赵局长。赵局长问铁荣三，我一直在等你们的消息，案情有进展吗？

铁荣三说，马跃个人贪污犯罪问题基本上拿下了。三千万元投资款问题，

马跃现在不想交代。另外，马跃贪污案后面又发现重大案情，牵涉公安和法院两家人员。

赵局长看看时间说，还不到上班时间。案情重大，需要立即向检察长汇报。随即拨通检察长办公室电话号码，没人接。赵局长对铁荣三说，你去检察长家里看看？

铁荣三来到检察长家门口敲敲门，门没锁自动开了。走进检察长家里看到检察长正在怄气。检察长家属看到铁荣三进来也是气呼呼地说，你看人家当官的家属一天学没上，都调到行政事业单位上班了，我是大专文化，企业垮台下岗就天天窝在家里，这公平吗？

检察长冲铁荣三喊了声，走，别听那个乌鸦嘴的。

出了门口，检察长看到铁荣三脸上有了笑容。检察长问道，有进展吗？铁荣三点点头说有，赵局长在办公室等咱们。检察长边走边说，在案子上就得多动脑子。看看你这招欲擒故纵收到奇效了吧。

铁荣三看检察长心情好了就还原话题说，婶子老窝在家里也不是办法，得设法调调工作。检察长看着路边随风摇曳的树枝说，能调到哪里去？这么多下岗职工怎么安排？

前段时间县里领导家属不是安排了一批吗？铁荣三问道。检察长说，都要求安排，就这么几个岗位能安排几个？我没申请。再说即使申请了也未必挨得上号。

两人说着话来到检察长办公室，推开门一看赵局长已经等候在那里。赵局长看到检察长说，审讯有重大突破，案情也有重大发展，让铁荣三说说。

铁荣三汇报说，从今天审讯情况来看，马跃彻底交代了利用死账贪污公款的犯罪事实。另外，还交代了放贷过程中，利用职务之便收受贿赂问题。但三千万元投资款问题没有谈，下一步审讯工作的重点就是解决三千万元投资款问题。另外，审讯中我们还发现，弈城派出所长安民涉案给马跃出具假死亡证明手续，法院民庭庭长左佑余制造假判决书问题。根据刑法规定，以上二人皆涉案构成犯罪应当立案侦查。

赵局长说，安民涉案情节轻微，从轻处理或不予处理。左佑余涉案情节严重，个人认为必须立案侦查。铁荣三又说道，安民涉案有从轻情节，但是该预见要发生的结果没有预见，主观上放纵了犯罪结果的发生，仍然涉嫌玩忽职守罪。

检察长问铁荣三，交代材料中，安民和左佑余有没有牵扯到受贿犯罪问题？铁荣三说，安民只是逢年过节接收些礼品，左佑余直接就是明着要现金属于索贿，犯罪情节比较恶劣。

检察长想了想说，我们已经对马跃立案侦查，各单位人员都想撤离，下一步别指望其他单位了。安民、左佑余问题我们争取先由纪委处理，案件成熟后再移交过来。县里要求去海城再找海天房地产开发公司。我看赵局长你明天带几个人去找，留铁荣三在弈城审讯马跃，现在把马跃立即拘留。

赵局长问道，安所长和左庭长不参加了吗？检察长说，他们还参加工作组工作。

铁荣三又提出，拘留了马跃，金世传没有拘留的必要了，建议抓紧把他放出来。检察长说，现在不是时候，县里领导怀疑金世传演苦肉计，我们可别上他的当。

铁荣三苦笑着说，金世传不可能演苦肉计，再说危险因素已经消失了，老关在里面不是办法。检察长看了看铁荣三问，放出来很容易，要是出了问题谁负责？

铁荣三说，我是主办检察官，出了问题由我负责，处理我。检察长相信铁荣三的直觉也相信铁荣三的话，想了想说，我去和公安协调一下，顺便和县纪委政法委都打个招呼。

四十四

南去的列车上，赵局长和刘剑锋以及几个法警坐在车厢硬座上。案情终于有了眉目，各人神情也不再那么紧张。这次去海城目标明确，就是找到海天房地产开发公司和其经理安丰。

刘剑锋埋怨说，真要干到腊月二十九吃了饺子再下手吗？回来我们都到赵局长家里过年算了。赵局长说，好哇，大伙一块儿过年热闹。刘剑锋又担心说道，上次碰到金世传是碰巧了，这次找安丰也许还有个巧合机会。

赵局长说，这次检察院法警大队长二次出马必然马到成功。刘剑锋说，大局长都二次挂帅，我还做不了一个马前卒吗？铁荣三手里有案子需要抓紧取证，我替他给局长牵马拽镫。赵局长说，你别高兴太早了，说不定我们还要三下江南。

我看那个人可不是个简单角色，刘剑锋眨着眼睛小声问赵局长。赵局长点了点头说，手段很恶劣，情节比较严重。至于大小轻重，还要看案情的发展。

刘剑锋又说，这次如果能把人抓回来就好了，县里领导满意了，三千万元投资款也有了眉目，我们也可以松一口气了。

按照工作安排，铁荣三在弈城负责马跃案件审讯调查。案件在正常情况下最忌频繁更换主办人，所以铁荣三不参加本次海城行动。昨天晚上刑事拘留马跃后，今天上午必须立即提审。提审马跃之前铁荣三还有一件事情需要解决，去行政拘留所释放金世传。公安局那边已经通知了金世传父母。

铁荣三和肖政在行政拘留所里办好释放手续，和金世传一起来到行政拘留所大门前等待他父母前来接人，近一个小时过去了还不见金世传父母的人影。肖政站在门口冻得直跺脚，一会儿皱着眉头说，看来金世传父母是不会来接人了吧？干脆放人吧。铁荣三说，再等一会儿看看。金世传脸上露出痛苦的表情。

铁荣三看到金世传家里不可能来接人了。嘱咐肖政说，你负责把金世传送回家，要亲手把他交到家人手里。转身嘱咐金世传说，这几天你在家里休息休息，别急于上班。信贷银行现在由葛荣主持工作，上班的事过几天我找葛荣协调。另外，你尽量少出门，注意自身安全。

金世传问道，那马行长呢？铁荣三告诉说，马行长因犯贪污罪、受贿罪，已被检察院反贪局立案侦查，现在羁押在刑事拘留所。

金世传困惑地瞪大了眼睛。

行政拘留所离刑事拘留所不远。肖政开车送金世传回家，铁荣三步行着去刑事拘留所。他想到今天提审很重要，重点看看马跃有哪些变化，顺便再挖挖三千万元投资款的事。刚走到大门口，老金两口子迎面走过来。

铁荣三问，你们怎么还在这里？金世传已经被送回家了。老金说，我们一早就在这里候着就是没见公安局来放人？

这里是刑事拘留所，行政拘留所在那边。你们快回家吧，估计这会儿金世传已经到家了。老金两口子一听连忙向回走，走了几步远老金又回过头来对铁荣三说，谢谢，谢谢。

一般人分不清行政拘留与刑事拘留，认为都一样都是蹲大狱，其实两者有很大区别。弈城拘留所是“文化大革命”时期一所干部集训学校改造而成，行政拘留所在左边，刑事拘留所在右边。两所相邻却有差别，刑事拘留所院墙上高架电网，岗哨楼有武警把守，设有专门提审室。

不一会儿，肖政来到提审室前，铁荣三刚提出马跃来到台阶前。马跃戴着手铐脚镣上台阶时有些困难，铁荣三顺便拉了他一把带进提审室。

马跃坐在被审讯座上，用陌生的目光打量着铁荣三，神情有些委顿，然后眯起眼睛像是在沉睡，又像是在回忆往事。

铁荣三问道，马跃你因什么事儿被刑事拘留？马跃吃力地咽了口唾沫说，因为自己犯了贪污受贿罪。

铁荣三又问道，你以前供述的贪污受贿犯罪都是事实吗？马跃点了点头表示回答了。肖政问道，你说话，是不是事实？马跃扭头看了一眼肖政说，都是事实，我是钱也贪了，贿也受了，罪也遭了。

铁荣三看到马跃很疲劳，看看时间已近中午，没再继续审问下去。和马跃说，今天就提审到这里，你回去后仔细想想三千万元投资款的事儿，下次我们专门谈这个问题。

摩托车沿着看守所高高的墙壁慢慢前行。肖政边开车边嚷嚷说，都怨老金家两口子耽误了事儿，要不今天提审也许早就结束了，下午也不用再跑一趟。铁荣三看着远处弈城方向说，别急，马跃这块狗皮膏药还有很多想法，硬仗还在后边。

但是下午提审马跃，马跃仍是一副疲劳样子什么都没交代。肖政问道，怎么？他在耍什么把戏？铁荣三说，马跃还没想好下一步怎么走，所以现在什么都不谈。肖政问，马跃下一步想怎么走？铁荣三说，一厢情愿，避重就轻。肖政一脚发动开摩托车，哼，做他的春秋大梦去吧。

四十五

工作组日常工作继续进行。这几天审计账务情况接近尾声，陈科长这几天一直没来工作组。黄常委和工作组的同志在办公室议论马跃涉案一事，几个人表示不理解。

这时左庭长一步迈进工作组办公室说，前几天常青书记让我去南方出差，我实在是拔不出腿来。今天中午没事来工作组看看，请黄常委给我安排工作任务。黄常委说，这两天没什么事儿，你单位忙就回去忙吧，有事我再通知你。

左庭长问道，听说马行长叫检察院逮了？是真的吗？左庭长又满屋里瞅瞅说，反贪局铁科长也没来上班，看来得忙活一阵子。黄常委说，马跃是昨天晚上被执行刑事拘留，反贪局对其犯罪事实正在进行侦查。

左庭长又问道，这个人又是贪污又是受贿的肯定轻不了，估计最低也得判实体刑劳改个十年八年的。有没有牵扯其他人？我听说外县信贷银行被反贪局一下子端了窝。黄常委说，具体牵没牵扯到其他人，目前还不清楚。

好好的人一夜间成了罪犯，不可思议，真是不可思议。人啊，说不定什么时候会栽跟头。左庭长摇着头叹息说。从那天开始，左庭长天天到工作组办公室待一会儿，和黄常委他们聊一聊。

几天来铁荣三把主要精力放在快速取证上，他知道如不及时取证后果很难预料。取证工作在很大程度上是在跟犯罪分子比速度，抢时间抢效率。他安排肖政办理一份扣押证据通知书去法院民庭调查档案资料。

两个人来到法院民庭办公室，民庭工作人员都在。左庭长打着哈哈应酬道，什么风把反贪局的检察官给吹来了？铁荣三含笑道，肯定是春风。无事不登三宝殿，今天来主要是看看民事审判案卷，两年的全看。今年已经受理还未判决的也全部找找。

这……左庭长犹豫着说，按法院规定看卷宗得请示院长，院长批准才能看，但只能看不能摘要不能复印。铁荣三说，院长已经同意我们调卷。我们是依法办案，严格执法，公事公办。说着拿出一份弈城人民检察院扣押证据通知书递给左庭长说，马跃犯贪污罪受贿罪已被立案侦查。依照法律程序，现在是立案后依法取证，请法官配合。

左庭长把手里那份扣押证据通知书放在桌子上说，我得找院长问问，说完就走了。民庭的人一看左庭长开溜，知道留下来会有麻烦，不一会儿都走了，民庭办公室里只剩下铁荣三和肖政他们两人。

铁荣三找到法院院长说，你的人不配合反贪局工作，那还得麻烦院长亲自劳驾。院长听完，气得一拍桌子拿起电话通知办公室说，你让民庭档案员马上到我办公室来一趟。

不一会儿档案员走进来，看到铁荣三在旁边只是不好意思地点点头。院长气呼呼地说道，我还算是弈城人民法院院长吧，我安排事情都不听他到底想听谁的？独立执法也不能任意妄为不顾大局？又对档案员说，你去配合好反贪局调档工作，反贪局怎么安排就怎么配合。铁荣三忙对院长说，谢谢院长支持。

档案员打开民庭档案橱说，这两年的民事卷都在这儿。铁荣三说，我们按法律手续全部提取。肖政和铁荣三帮着档案员清点卷宗，办完提档手续后肖政忙着搬运档案。档案员又问铁荣三，您看还有什么要吩咐的？

铁荣三和左庭长每次打交道都是以不愉快而告终，心想这个左佑余也真是的，看见检察院的人好像条件反射似的。铁荣三心里也在发狠想，改天干脆让他反射个够。

档案员看到铁荣三没说话又说道，左庭长就是这个脾气，有时连我们也觉得不好意思，大家都是为了工作。要不，谁来调卷？谁来查卷？谁愿意看那些卷宗？

这时，民庭几个法官都陆续回来了。铁荣三说，这回说不定要牵出个法官来，真要是牵出谁来，谁的面子上都不好看。谢谢大家支持。

铁荣三和肖政推着摩托车托着卷宗走后，民庭几个人议论很长时间。

四十六

转眼间一个星期过去了。

铁荣三他们一直围绕案件事实取证。去海城寻找融资人也没有半点消息，铁荣三运用策略几次提审马跃都没有达到预期效果。

常青书记办公室里，黄常委正在汇报一封人民来信调查情况。黄常委说，早不举报晚不举报偏偏在这个时候举报，举报内容经调查属实。黄常委无奈地摇摇头。

常青书记思索片刻说，就是这个时候才正是时候，关键时候就是人最容易出问题的时候。人心这个东西平常是看不出来的，就是在关键时候才能清楚地表现出来。

检察长突然接到常青书记电话，接完电话后匆匆赶到常青书记办公室，看到黄常委也在那里。检察长心里想案子上可能有新情况。

常青书记看着检察长说的第一句话是，马跃一案案情泄露了。

检察长听到这里也大吃一惊说，案子在我们手里从来没有发生过泄密事件，况且马跃一案案情重大。心里却在想，谁会有这么大胆子对外泄露案情？

黄常委坐在一边一言不发。常青书记问检察长，你估计是谁在泄露案情？检察长想了想说，所有参加工作组的人员都有泄密嫌疑，但都是老同志了不可能泄密。检察长怎么也想不出泄密之人到底是谁？

常青书记说，泄密一定会有原因，你估计会是什么原因？检察长心里想，左庭长和安民都陷在马跃一案中，这两人又是多年战友关系，泄密嫌疑应该最大，但现在又不便说明。于是说道，这种事情不怕一万就怕万一，有时候让人防不胜防。

常青书记说，能不能还有另一种原因，就是办案人员贪赃枉法或是徇私枉法泄密？检察长诧异地问道，你是怀疑泄密之人在检察院反贪局内部？泄密之人是反贪局的办案人员？

这时黄常委发话说，这个泄密者我们已经调查清楚了，就是案件主办人铁荣三。看到检察长那一脸不相信的表情黄常委又补充道，纪委和检察院在某些工作环节上是相似的，我们也不相信铁荣三会泄密，调查慎之又慎才得出结论，泄密者就是铁荣三。

检察长万万没想到铁荣三会泄露案情。他说，这不可能，铁荣三不可能自己查案自己泄密，自己拳头捣自己眼。常青书记反驳说，泄密就是泄密，再好的理由都是苍白的。

黄常委接着说，司法腐败是中国最大的悲哀。铁荣三不能继续主办这起重大案件，检察院必须立即采取措施，否则泄密问题会愈演愈烈，不可收拾。

检察长焦急地说，能不能缓一缓，让我问问铁荣三到底怎么回事？常青书记说，救案如救火，不能再听之任之了。泄密问题如果再发展下去，法律将不再公正，无辜的人将得不到法律保护，有罪的人将会逍遥法外。

检察长沉痛地说，既然领导已经决定了我举双手同意。铁荣三的问题，只要他认错态度好，希望能够从轻处理。

检察长想了很多，他想到铁荣三泄密错误一旦被认定，按照人民检察院内部处理办法再怎么从轻处理，铁荣三也必须调离检察队伍。一个好苗子一个查案奇才就这样报废了。检察长又惋惜地说，马跃一案是新中国成立以来弈城影响最大的要案，赵局长去了海城，年轻人还缠不了马跃。你看，这？

常青书记说，这方面我倒不担心。我担心现在内外勾结，去海城的人年关前什么事都会发生。工作组经过努力，眼看三千万元即将被追回，我不想在这个时候我们内部自乱阵脚，但铁荣三的事情检察院必须彻底处理。

四十七

检察长回到办公室，气呼呼地拿起电话通知院纪检组长到自己办公室里。两人讨论了一会儿案情，纪检组长又打电话通知铁荣三来检察长办公室。

铁荣三急忙来到检察长办公室，一进门看到检察长铁青着脸问，马跃案卷的卷宗在谁手里？铁荣三回答说，所有材料全部都在肖政那里。肖政抱着卷可以熟悉证据材料、熟悉案件程序。铁荣三也不知道又出了什么事，就朝着纪检组长歉意地笑笑，检察长和纪检组长都一脸严肃表情让铁荣三感到气氛有些不对。

检察长严肃地宣布道，从现在开始，你立即停止对马跃一案的侦查工作，积极配合好纪检组的调查。

铁荣三不解地问检察长，就现在吗？纪检组长接着说，这就跟我走。铁荣三跟在纪检组长身后，谁也没有说话。铁荣三已经预感到要发生的事情，心里想如何向领导说清楚，洗掉自己的嫌疑呢？

铁荣三被带到检察院纪检谈话室。纪检组长说，这间屋子你很熟悉了，我现在向你宣布检察院纪检组决定，因违规违纪问题对你实行谈话，在指定时间、指定地点你必须如实检讨自己违纪违规行为，争取从轻处理。

铁荣三感到莫名其妙，他不明白纪检组长为什么在这个时候隔离审查自己，急于向纪检组长解释。纪检组长说，别再解释了，我不想听你的什么理由，老老实实地谈清楚自己的问题就行了，这方面我们彼此都清楚。要不就拿纸和笔自己写出检查。说完纪检组长转身走了。

谈话室内两名年轻纪检室人员拿过纸和笔放在铁荣三面前规劝道，自己写检查。铁荣三平时和纪检室人员打交道不多就问这问那的。纪检室人员说，你问这么多干什么？这是你应该问的吗？好好写你的检查吧。

铁荣三又问道，你们让我写什么方面的检查？纪检室人员说，怎么？是不是讯问别人习惯了，眼睛老瞅着别人。你自己做的事情自己知道，还用着问别人吗？

铁荣三碰了一鼻子灰，他索性不再解释也不再问别人。自己刚刚协助查办案子时也是这样对待他人，不知这算不算因果报应。他干脆用两手支撑起自己脑袋，合上眼睛什么话也不说什么也不想。

检察长办公室里，纪检组长和检察长正在商量和铁荣三的谈话方案。纪检组长不安地说道，铁荣三能在反贪局侦察科长这个位置上熬了这么多年，他的意志力和精神力靠谈话是无法摧毁的，估计短时间内别指望他开口承认。

检察长还在气头上就说，别急，和他讲明白检察人员《查办案件纪律规定》。他不讲就过不了关，什么时候讲清楚什么时候过关。一个星期或两个星期，一个月或两个月，甚至一年或两年。时间会摧垮他的精神意志力，早晚他得讲。先不用和他谈什么，让他自己着急。什么时候他自己着急了什么时候再谈，问题也就解决了。

四十八

夜晚，纪检谈话室里灯光一直亮着。这一夜也没人来和铁荣三谈话，但铁荣三无论是睁着眼还是合上眼，满脑子信贷银行案情都在转。他整个身心还陷在信贷金融大案里，整个人的状态还绷得紧紧的。天快亮的时候铁荣三才迷迷糊糊睡去。

那是一个早上，铁荣三刚到工作组办公室，突然看到安民朝自己神秘地一笑，他不知道安民在笑什么。而左庭长也在朝着自己笑，笑容里透着一种鄙视。马跃走进办公室，也朝着自己笑，笑容里充满狰狞的杀气。

铁荣三就问马跃，谁把你放出来了？

马跃说，谁把我放出来不重要，我被放出来你就得进去。

铁荣三感到十分惊惧，一骨碌从床上爬起来，瞪大了眼睛看着从门外走进来的纪检组长，自己还挣扎在刚才的噩梦里。纪检组长看到铁荣三面露惊恐内心一阵窃喜，就问道铁荣三，怎么啦？做梦了？看到铁荣三没反应又问道，你相信梦？

铁荣三闭上眼睛又睁开说道，我不相信梦也不相信命运。

信不信由你。抓紧起床吃饭，今天我和你谈个问题。纪检组长说完把早饭放在办公桌上。铁荣三到洗漱间漱了漱口洗了把脸，边吃饭边问道，谈什么？

纪检组长仔细看了看铁荣三问，你和葛荣是什么时候的同学？铁荣三说，高中同学，高中三年一直在一个班学习。纪检组长又问道，你们关系怎么样？铁荣三回答说，关系一直很好。

纪检组长严肃地说道，今天又接到一封人民来信，举报你利用职权陷害马跃，扶持你同学葛荣当行长。铁荣三听完后解释道，领导，银行一案从反贪局立案到拘留马跃再到取证提审，都是符合法定程序的，再说有些证据你也知道。要说陷害马跃，那也不能说是我自己陷害的，是我们整个工作组的责任。陷害别人的事，我一辈子也做不来。

纪检组长说，铁荣三，你我干检察工作都多年了。你也知道只要事实清楚证据充分，即使你不承认，我们照样可以依法作出处理决定。再说你如果不是故意泄密，纯属工作失误还可以理解。如果是故意泄密，你不仅要受到纪律处分，还将受到法律惩处。我想这方面你比我更清楚。

铁荣三刚想向纪检组长解释，纪检组长摆摆手说，我不想听你解释什么，你好好考虑考虑吧。检察长在等着你的态度，你的态度会决定组织上对你的处理结果。

铁荣三看看屋里纪检室人员对纪检组长说，我能不能和你单独谈谈？或者和检察长谈谈？纪检组长断然说道，谈话也得按规定来，谈话不得少于两人。你有什么话就和他们说，你需要一天就一天，你需要一年那就一年，谈话就是这样，时间上不封顶。纪检组长扔下几句话走了。

铁荣三大声喊道，组长别走，我有话要说。纪检组长根本没听到似的，走出去狠狠地关闭了谈话室那扇门。

喊什么喊？十几个小时过去了，你一点问题都没谈，这就是你的态度？你先谈清自己的问题再说。铁荣三要求说，我要和领导谈，我要和检察长谈。

纪检室人员严肃批评铁荣三说，你要求的谈话规格倒不低。先在纸上写好自我检查，过了我们这一关才有资格跟检察长谈。否则，门儿都没有。

铁荣三苦笑着点了点头，泄密案情就是泄露国家机密，他意识到问题的严重性。他知道接下来铺天盖地的群众举报信会把自己淹死在这里，检察长也将为自己疲于奔命，而自己也会被社会舆论越描越黑。

铁荣三不再解释什么，也不再想那些案情。他现在想到的是自己，自己该怎么走出眼前的困境，走出这间谈话室。

四十九

早晨，阳光刚刚照在大地上，地面上聚集了一层厚厚的霜雪闪着冷冷的光。

检察长叫上肖政到看守所提审马跃。肖政感到纳闷，怎么今天是检察长提审，铁科长到哪去了?

到看守所后，肖政迅速把马跃提出来安排到七号提审室。一会儿检察长过来主审。马跃一见检察长亲自来提审自己，顿时哭天喊地泪流满面，一把鼻涕一把泪哭诉道，老领导啊我冤煞了，我比窦娥还冤啊，我死了也是屈死鬼呀。我就知道老天爷总有睁眼的时候，总有睁眼的这一天。

检察长问道，你到底想说什么？马跃说，我没贪污国家一分钱啊检察长，是铁荣三逼着我承认的，我冤枉啊。我不承认，铁荣三就让我一只手端着四个盘子，另一只手端着四个碗折磨我，我是被逼无奈之下违心说了假话。

肖政一听气愤地说，你胡说。我们办案区里哪有什么盘子和碗，讯问室里放置盘子和碗也不符合安全规定。讯问时我在场我没看到。马跃我告诉你，老天爷的眼始终都在睁着。马跃看了一眼肖政说，你和铁荣三是一伙的，你当然替他说话。

肖政又愤愤地说，马跃你听清楚了，你现在对你自己的每一句话都要负法律责任，说假话作伪证都将会形成对你自己不利的证据。马跃辩解道，我现在和老领导说的都是心里话，都是实话，都是真话。

检察长问马跃，你说自己没贪污国家一分钱，那你家里一百五十万存单是哪里的钱？马跃诉说道，老领导啊，我任信贷银行行长刚三个年头，党和人民给了我这么大荣誉，我是捧在手里怕碎了含在口里怕化了，我能搞破坏吗？前段时间行里个别职工跳楼自杀，大部分职工要闹事要上访。在这节骨眼上我又不明不白地被他两人叫去戴上了手铐，我当时情绪低落，就想把所有的事，自己该吃的吃了该咽的咽了。个人受点委屈不算什么，关键是别引起职工上访，别给领导上惹麻烦，自己就违心地承认了贪污受贿。进了监狱我才知道问题有多么严重，我会被判处极刑。现在我和领导说真话说心里话，我也有私心也想拥有大把金钱，就联系了以前的一个客户，向亲戚朋友筹借了一百五十万资金，想自己做点钢材生意自己赚钱。

检察长问，那你就具体谈谈自己借钱的经过？马跃边回忆边谈，肖政迅速地做着记录。

马跃谈完，检察长又问马跃，你还有什么要求吗？马跃活动活动腰说，

这里边简直不是人待的地方，麻烦老领导开恩，我要求取保候审回家。检察长说，你的意见我们会认真考虑，但是，有关你的问题必须实事求是地谈明白，否则半点出路都没有。今天先提审到这里，你先回去吧。

几乎每一起案子都这样，马跃现在翻供应该属于正常。一旦更换主审人，犯罪分子都试探试探，看新主审人了解案件情况，看主审人态度。马跃是在试探检察长的态度，能翻供则翻供，不能翻供也等于自己没说，反正凭一面之词反贪局也定不了案。马跃不知，他的翻供虽然给查案组带来很大麻烦，却会使案件事实更加清楚，证据更加确凿。突然更换主办人还会有另一种结果，这种结果是所有办案人都感到愤懑也是不想看到的。

检察长刚接过案子第一次提审却生了一肚子气，明明知道马跃在撒谎在欺骗自己，但又拿不出什么证据去反驳他，去否定他。铁荣三被隔离审查，马跃翻案，还有别有用心之人向弈城纪委写举报信，这一系列事件难道都是巧合都是偶然？如果再出什么问题或再发案子自己这一把老骨头怎么应付。肖政看到检察长气成这样子就说，以前铁科长说更换主办人，往往会引起犯罪分子翻案，这是正常。其实检察长也知道，他只是觉得压抑，胸口堵得慌。

院子里吉普车已经发动开。肖政高兴地说，今天托检察长洪福坐上轿子了，比那辆摩托车舒服多了。肖政打开车门正好看到检察长坐在后排。检察长说，前边去。以后到外边坐车要注意，司机秘书坐前排领导坐后排。

原来这样，我这不是大姑娘上轿头一回吗？不大会坐。肖政坐到前排和司机说，比那辆摩托车可强多了，全局人出发都能挤进来。

检察长说，这不是轿子这是吉普。上级检察院马上给我们院配备两台仪征，我想给反贪局配备一辆办案专用车，开车查案可加快查案效率。肖政忙插话道，那我给检察长开车吧。

检察长说，别净想着溜我的沟子。我得看看你表现怎么样？先好好查案子。肖政说，我的技术没问题，摩托车也开两年了，都是老司机了。

一会儿吉普车驶入市城。检察长不再说话，心里挂牵着铁荣三，也不知赵局长什么时候回来？

五十

检察长回到办公室，阅批完几个部门送来的文件，坐在桌前想起刚才提审的事，拿起电话拨叫赵局长。海城宾馆，赵局长穿着长袖单衣在院子里溜达，看到检察长来电急忙接听。

检察长问，怎么样？融资人找到了吗？赵局长说，海城都快找遍了，根本没有这家公司到哪儿找去？正在想办法呢。

检察长说，我刚才和肖政一块提审马跃，马跃开始翻供。赵局长问，那铁荣三干什么去了？还劳您亲自提审。

检察长说，别提了，铁荣三被人家举报了，现在我把他隔离审查了。赵局长感到震惊忙问道，隔离审查？因为什么事被隔离审查的？

检察长说，涉及泄露案情。赵局长说，不可能的，铁荣三自己主办案件，泄露案情那不是自缚手脚吗？这可能吗？鬼才相信。是不是被人陷害了？

检察长说，我去过纪委了解过。纪委调查结论就是铁荣三泄露的案情。好歹交过来让我们自己处理了。赵局长想了想说，泄露案情就是泄露国家机密，铁荣三应该很清楚。千万别是故意泄露，故意泄露国家机密不仅要受到纪律处分还得面对法律惩处。

检察长说，你能不能最近回来？赵局长说，这几天找不上人，大家也是窝着火，我看看情况争取早点回去。又和检察长说，铁荣三的事你得多上上心，千万别闹大了。赵局长接完电话在院子里想了很长时间，他想不明白铁荣三为什么要泄露案情？

这些天侦查科办公室里，大部分时间里只剩肖政一个人。跟着检察长提审回来，肖政显得有些心不在焉。这时检察长的司机进来问道，你听说了吗？铁荣三被纪检组隔离审查了。

肖政说道，我也听说了，因为泄露案情秘密被隔离的。这不可能，老铁那人还能做出那种事？也许是被人诬告陷害呢？你没看马跃的案子检察长都把关了。司机又突然问肖政，你看铁荣三被隔离审查和马跃翻案这两件事怎

么同时来了？是不是有什么联系？肖政说，谁知道？我反正觉得不正常，所有迹象都不正常，这些年头一回见检察长亲自把关案子。但是，肖政没再说下去。

司机也说，一个冬天了铁荣三都在工作组忙里忙外的。现在可好，打不着狐狸反而惹了一身骚。

工作组办公室里这些天也没什么事儿，黄常委每天都去看看。审计组也已经审计完账务，没事儿也都凑过来聊天。这天黄常委正在翻看报纸新闻。

左庭长问道，我听说反贪局铁荣三被纪委双规了真的还是假的？黄常委点点头说，一个执法人员向外泄露案情，那还怎么执法办案？铁荣三现在是被检察院纪检组隔离审查还不是纪委双规。

左庭长又说，昨天去提审犯罪嫌疑人时我听看守所里说，马行长这个案子是个冤案。看这样不用几天就得放人。陈科长说，反贪局办错了案逮错了人那得赔偿，国家有赔偿法。

左庭长说，何止是赔偿，制造冤假错案的办案人员要负刑事责任，赔偿国家都有明文规定。

黄常委听到这里没再说什么。心里想马跃一案错不了，实在不行就让检察院交给纪委，自己也会负起这份责任。但左庭长到底在想什么？明明是你们这些执法人员互相利用，沆瀣一气，知法犯法，自己还在这里撇什么清？

五十一

海城的冬天最低气温也在零上十几度，没有春夏秋冬之分。现在虽然是冬季，路旁绿化带依然葱茏翠绿，空气特别清新，天空特别蓝，蓝得就像海水一样。城市上空一片嘈杂声，远处大海的涛声却像奔腾的千军万马，让人振奋和激动。

检察长来电话后，赵局长心里特别焦急。他为铁荣三感到惋惜，也为案子担忧。那天晚上，赵局长在房间里和刘剑锋说了检察长的意思。刘剑锋问赵局长，铁荣三不是在弈城吗，怎么还急着要我们回去？这个时候我们都应该往前冲，不能使绊子撂挑子。

赵局长对刘剑锋说，铁荣三被纪检组隔离了。刘剑锋听到后很吃惊问，因为什么事被隔离了？怎么偏偏在这个时候隔离铁荣三？

赵局长不好意思说，泄露案情。刘剑锋说，这么多年的优秀侦查办案能手怎么会向外泄密？铁荣三的办案能力大家有目共睹，我不相信铁荣三会向外泄密。

赵局长说，被纪检组隔离审查已经快一个星期了。检察长那边催得很急？刘剑锋说，不行，我们这次就来了四个人人手更吃紧。你看都快过年了，融资人还没有着落。您要是回去我们也都跟着回去，还查什么案子？这样，检察长那边你再沟通一下，你回去了我们几个怎么办？

从那天开始，赵局长他们加强了工作力度，白天到相关单位调查，晚上分两组沿着街道寻找。几天下来，两个小组凑在一起通通情况，想想对策。

宾馆房间里，赵局长、刘剑锋正在讨论着几天来的调查情况。赵局长认真做着记录。

赵局长说，这几天我们翻阅了工商注册局三年来所有企业登记档案没有找到海天房地产开发公司登记注册手续。还通过信贷银行汇款账号找到了海天房地产开发公司银行收款账号，调查发现这个收款账号是一家国有企业的，根本不是海天房地产开发公司的，该企业于三年前已经破产，企业财务档案已无法查找。我们试图寻找企业财务人员了解情况，可当时的财务人员已经于三年前出国打工去了也无法找到。我估计，三千万元投资款走该企业账号也只是借户使用，顺着这条线索查下去还是找不到安丰，找不到安丰一切都是徒劳。

是呀，既然他想隐藏他就会藏得无影无踪，你想找也找不到他。狡兔三窟，你找到他第一个窝他就会躲进第二个窝，让你摸不着看不到。刘剑锋又说，这几天我们组也是多方查找，一点效果也没有。

赵局长又对大家说，干我们这行就怕异地调查取证，异地取证最大的难度就是找人，找不到人什么问题也无法解决。刘剑锋说，找人是关键因素，找当地检察机关吧，检察机关现在是收拢拳头，再说找人也不是我们的强项。能不能通过当地公安机关直接找人？

赵局长思考了一会儿说，也只有这个办法了。刘剑锋说，等找着了，我倒要看看这个小子是不是长着三头六臂，到时候连人带钱一块押回去。

刘剑锋又说，工作这个干法，局长得给我记二等功嘉奖我。赵局长说道，找不到安丰，追不回三千万元，别说记功，回去等着挨批评吧。刘剑锋担心说，挨批评不好，受表扬多好，我每年都想戴红花受表彰。

赵局长这时心里也在犯嘀咕，找不到安丰，一切都是未知数。

五十二

铁荣三静静地坐在谈话室里，抬头看到窗外那棵枝繁叶茂的落叶松。枝叶上面是蓝蓝的天幕，几朵白云从树顶端飘过，一只叫不上名字的鸟儿急速掠过，像是要逃离这个冬天的寒冷。

曾经多少次，也是在这间普通房子里和大家一起把一个个经济犯罪分子送上法律审判台。自己也拼搏，也激动，也怒吼。想不到自己面对隔离，照样说不清，照样难堪，想到这里铁荣三脸上露出一丝忧伤。

铁荣三也想到了，自己被隔离审查绝不是偶然，那一封封举报信就是对手射向自己的一发发炮弹，现在自己就是那面死靶子。对手是谁呢？想着想着，对手的影子在心里越来越清晰。他决定不再沉默下去，不再当这块死靶子任人摆布任人射杀。他决定和检察长好好谈一谈，绝对不能再拖延时间了，时间拖长了马跃一案说不定会出现什么情况。案情就是这样，机会稍纵即逝，若想再回到原点得费好大的周折。

纪检组长应铁荣三要求来到隔离室。一进门就说，你有什么要求有什么话要说，我洗耳恭听。

铁荣三想了很多，昔日是同舟共济的领导加战友，今日却是势同水火的对手。看到纪检组长，铁荣三不想再说什么，他知道自己不管说什么都是态度不好的表现。这时，检察长走进来。铁荣三顿时眼前一亮，直觉告诉他机会来了。

纪检组长向铁荣三说，你要找检察长谈这很好。年轻人不怕犯错，就怕犯错不知错。犯了错误就得认识错误，认识了错误才能更好地改正自己。

铁荣三看看纪检组长，看看检察长，低下头去。纪检组长立即说道，铁荣三，你向外散布案情这是事实，你也不用解释了，你只说是故意的还是无意的？

检察长在一边也焦急地瞪大眼睛催促道，铁荣三你说呀。铁荣三抬起头来平静地说道，我是故意泄露的。检察长一听又急忙问道，什么？你再说一遍。铁荣三又重复了一遍说，自己就是故意向外泄露了案情。

室内一下子沉静下来，检察长感觉到一刹那自己周身的血液流速都减慢了。纪检组长那双眼睛里也射出冷冷的光。但他觉得铁荣三泄密背后一定还有别的用意，是徇私情还是贪赃枉法？好像什么都不是，又好像什么都是。

纪检组长苦笑着道，好，好。铁荣三，你的认错态度值得肯定，值得肯定。作为一名共产党的中层干部，就得敢作敢为知错改错。但是，故意泄露案情不仅要纪律处分，还要负法律责任。

检察长一看眼前形势，一股怒意在胸中翻腾。多少年来自己把铁荣三几乎视为珍宝视为反贪利器。但今天铁荣三在这关键时刻让自己失望，让自己蒙羞。他调整了一下心态，未让那股怒火毁灭了自己的理智，平静地问铁荣三，铁荣三你给我一个理由让我明白，你为什么这样做？为什么在自己背后下手捅刀子？

纪检组长和其他人员都在静静地听着检察长和铁荣三的谈话，铁荣三慢慢低下头去。检察长接着说，铁荣三，你和赵局长是同学，一起分配到检察院，一块参加反贪工作。刚进院赵子文比你大三岁，比你老成，所以在推荐反贪局长人选时，我向组织部门推荐了他。同时向组织部门还推荐你任副局长，但是组织上想从其他部门物色人选。我想反贪部门人选宁缺毋滥，宁愿不设副局长也不可乱设，就扛到今天，可到现在这个位置还是给你留着。我知道你有情绪对我有意见，但这不是我的过错，你还年轻还有机会。而你现在的所作所为已经丧失了进步机会，你还是一名共产党员吗？你还配当一名检察官吗？

铁荣三这时抬起头来说道，谢谢检察长，自己也渴望过进步，也为之奋斗过激动过，但现在已经平静了已经淡泊了，我想自己还是踏踏实实地做好

每一天办好每一起案子。自己在这起案子上的泄密行动，要一定说是出于什么动机的话，我完全是为了反贪工作为了办好案子，自己一点私心都没有。

纪检组长听后说道，你说泄密是为了更好的查办案子，真是天大的笑话，就像一个盗窃犯偷了人家的东西说是为了不再偷东西，纵火犯放完火是为了不再放火。两名年轻的纪检室人员都笑了。

检察长说，让他说下去。铁荣三接着说，自己是这起案件主办人，相关案情我最了解。随着案情进一步深入，公安民警和民庭法官渎职犯罪行为浮出水面。在调查工作开始，我是故意向对方透露消息，目的就是想进一步诱敌深入，查封民庭档案是想乱其阵脚。从民庭近三年一百多起民事诉讼案卷中，选中五起作为考察点以观后效，想同时秘密取得证据。为下一步立案调查建立一个制高点，自己还真没想到会被人立即识破，真没想到。现在对方用釜底抽薪之计，利用举报信借纪检之手借刀杀人，想借此撤换我的主办权，以此解脱自己逃避法律惩处。

检察长听着铁荣三讲得有些道理，赞同地点了点头。心想能把三十六计和孙子兵法灵活运用到侦查工作每个细节中实属罕见，检察院有这样的人站在反贪锋线上，腐败分子可要倒霉了。但是检察长又发问说，那你的制高点在哪儿？你秘密取得的证据在哪儿？

纪检组长也问道，你说的那五个考察点是什么意思？铁荣三看了看检察长，看见检察长点头后，拿过纸笔写下了五个人的名字。检察长看过后问，这是什么意思？

铁荣三又说道，民庭这几年判决经济纠纷案很多，社会上传言也很多。“大盖帽，两头翘，吃了原告吃被告；原告被告都吃完，还嫌法律不健全。”这在一定程度上损害了法律形象。这五个点是民庭审理五起案件的当事人，有原告也有被告。查封相关档案放出风去，只是以石击水，麻痹对方。我想现在他们应该开始行动或者已经行动了，查找这五个点就可以拿到他们索贿受贿的犯罪证据。

检察长听到这里说，这就是你说要秘密取得证据的制高点？也就是说你根本没有拿到什么证据？铁荣三说，是，还没来得及取证。检察长又问道，要是在这五个点上拿不到我们需要的证据呢？铁荣三正色回答说，我甘愿负法律责任。

检察长批评道，你说的比唱的还好听，耍嘴皮子。你还是好好反省反省自己吧。说完和纪检组长一块儿离开了。

出门后对纪检组长说，你抓紧找几个人去摸摸情况，要慎重。如果查证铁荣三所说属实，可以解除隔离审查。此时，检察长已经放下心来，为铁荣三感到释怀。

纪检组长补充说道，在纪检组还没有出调查结果之前，铁荣三仍然是被隔离审查对象，不得离开隔离室半步。

五十三

西山的落日又要给陈旧的一天画上圆圆的句号，多少嘈杂的音色和喧闹的灰尘都将归于平静。夕阳的余晖照在弈城检察院办公楼上，夜幕慢慢落下，检察长办公室里已亮起了灯光。

纪检组长坐在检察长办公室沙发上翻弄着一本杂志，抬头问检察长，铁荣三刚才讲的那些话，你事先知道吗？检察长说，这个事我事先不知道。不过，我倒是鼓励检察官在自侦案件中充分发挥个人主观能动性。查案如同战场，案情瞬息万变，办案人也要随机应变，否则就处于被动。铁荣三办案特点是主动出击，善用谋略，在重大复杂案件面前能够迅速撕开口子，用凌厉进攻挫败对方阵营。所以，重大复杂案件一般都交给他去冲击。

纪检组长说，看得出来，铁荣三是个有内涵的人，兵书战策看了不少，能灵活运用很难得。检察长说，有时他的发挥超出我们想象，给人不踏实的感觉。比如这次，我就知道他在办案中不会那么本本分分，肯定在各个环节上会有不少小动作。但谁会想到是故意泄密还是什么诱敌深入？

纪检组长说，别忘了中规中矩的人，工作中只听喝声的人，在案子上往往是被动应付。有时一味被动应付可能会引发全局工作被动。检察长说道，不管怎么说，这次铁荣三也得吸取教训，擅自用计，引起误会，贻误战机，造成工作被动局面，隔离审查一个星期正好杀杀他那份个人英雄主义。

纪检组长说，你没看出来吗，有些话铁荣三还没说？检察长问，他还向组织上隐瞒了什么错误？纪检组长刚想回话，安排外出调查的人员推门进来。

纪检组长问，怎么样？纪检室人员打开记录本放在茶几上说，我们把纪检组人员分成两个调查组，对铁荣三提出的五个点进行调查摸底，发现了情况。前天傍晚也就是铁荣三查封民庭档案后第四天。

弈城人民法院民事审判庭庭长左佑余身着便装，骑一辆自行车匆匆来到粮食局家属院大门口。刚下车进院子，传达室老李推门出来说，左庭长，天快黑了你微服私访呀？

今天就是来访你的。说着左佑余自己走进了传达室环视四周又悄悄问，就你一个人值班？传达室老李觉得奇怪，心里想平常难见真面目的神仙怎么下凡了？赶忙说，就我一个人值班。你还没吃饭吧，要不要我请客。

别忙。左庭长一把拽住老李说，有一事我得请你帮忙。说着从衣兜里掏出一张存折塞到老李手中说，咱们平常关系更好，这钱我不能收你的。帮个忙，如果纪委或反贪局找你调查，你就说这钱早就退给你了。左庭长双手抱拳举过头顶说，拜托了。说完转身走了。老李拿着那张存折，看着左庭长发福的背影，心里琢磨不透这是怎么回事？

调查人员又接着说，今年夏天老李因经济纠纷找左佑余打过官司。从左佑余退赃时间上看，他是在铁荣三查封民庭档案之后，其内心动机很明显。在铁荣三提供的五个考察点上还有两个点也有类似情况，这三个考察点左佑余一共退赃三万元。我们已经获取了证人证言，追回了赃款。

检察长听完汇报后感叹道，宝剑锋利但伤敌伤己。纪检组长说，任务完成得很好，你们都先回办公室。又转身对检察长说，看来铁荣三所言不虚，铁荣三是个用心做事的人。我们应该马上解除对他的隔离审查。检察长点头同意，纪检组长去隔离室向铁荣三宣布。

过了一会儿，纪检组长领着铁荣三来到检察长办公室里。检察长对铁荣三说，谁让你玩花枪不早说，活该。希望你虚心接受这次教训，把这次隔离审查化作工作动力，打好接下来的硬仗。

铁荣三看了看检察长说道，没想到有人这么抬举我，这个结果我没想到。三十六计中还有一计叫败战计，败中可以求胜，败中也可以反败为胜。

检察长听后笑着说道，好小子，你好上玩儿了。你把纪检组当成了掩体，以此麻痹对方。可别再玩儿大了啊。

但是，铁荣三没有想到这次隔离审查影响了他的政治生涯。

五十四

海城宾馆赵局长房间里，大家正在愁眉苦脸地想办法。一个星期寻找毫无线索，一个房地产公司怎么就突然消失了呢？快过年了单位里工作千头万绪，每人家里都有一摊子琐事需要处理。这几天每个人心里都在着急，感到憋闷、感到愤怒。

刘剑锋气愤地说，让我说谁放的款子谁要去。他们拉屎还让我们跟着擦屁股？发奖金发福利的时候怎么不叫上我们，岂有此理。

赵局长说，这就叫工作，擦屁股也是为人民服务吗。赵局长想到金世传也没谈出有价值的线索，三千万元资金投出后他就再也没见到安丰，也没找着海天房地产开发公司，现在投资被骗看来不是偶然了。

刘剑锋怀疑道，是不是金世传没交代实底儿？赵局长说，有铁荣三靠在案子上应该不可能出现这种结果。刘剑锋又问，铁荣三不是出问题了吗？他的调查结论怎么让人放心？赵局长说，现在已经解除了隔离审查没什么问题。刘剑锋他们听后都感到松了一口气。

刘剑锋说，我也被关过禁闭，在案子上谁能长着前后眼，说不上哪一阵风刮过来你就得受就得挨。在案子上，我们往往都是集中精力盯着案情盯着罪犯，谁能顾得上提防背后冷箭。就是被暗箭射透了射穿了，你还得捂着伤口流着血继续查案。

对于查办案子赵局长有自己的感受，但他没有发表看法。两名年轻法警只是静静地听着二人的话题。

刘剑锋又说，干我们这行时间长了，每个人都会不同程度地伤残。都说是有公费医疗，有公费医疗自己也得受。赵局长说，这次找不着人追不回投资款，别说立功就等着挨批吧。赵局长又说，晚上想了千条路早上还得卖豆腐，我们还得想想办法找融资人，这次还必须找到。

刘剑锋想了大半天说，我看还是按原先的路子走，以人为本从人到案。到每个派出所查找名字叫安丰的人，我就不信找不到这个安丰。只要安丰现在还活着我们就一定能找到他，安丰死了那另当别论。

赵局长说，整个海城叫安丰的人可能有很多个，但是搞房地产的应该不多。我们把户籍底子扒出来再逐个筛选确定目标，制定抓捕方案。明天我带一名法警负责西北两片区，你带一名法警负责东南两片区，两天时间。现在就开始行动，注意尽量不暴露我们的意图。就是大海捞针我们也要把海天房地产开发公司捞出来。

两个组在海城市辖区展开拉网式调查。每到一派出所先把所有叫安丰的名字录下来，然后再进一步询问情况，第二天下午寻找融资人安丰的工作还是没有一点着落。

赵局长和法警抱着最后一线希望来到最后一个派出所扒完户口底子。赵局长边看底子边问派出所民警，我看咱们辖区叫安丰的共有七人，这七人里有没有开房地产公司的？民警想了想摇摇头说，没有。我在这里管户籍都五年了，本地情况比较熟悉，这七人里没有干房地产的。

赵局长听对方说完，知道这两天又要白白浪费过去。赵局长心里着急，如果再次失败那就毫无办法了，别说调查什么材料找什么人，就连那三千万元资金恐怕？回去怎么向领导交代？如果信贷银行破产职工会怎么想？怎么看我们检察院反贪局？

赵局长又问道，我们需要找一名叫安丰的当事人调查材料，他在海城搞房地产的，公司名字叫海天房地产开发公司。

民警听后说道，你们找的是外地人吧？这边有一家海天房地产开发公司，经理好像就是姓安，刚搬来不久，他不是海城本地人。公司就在镇西边，从派出所向西走三里路就到了，路边有一个大牌子，上面就写着公司名字。赵局长和法警互相对视一眼。法警对公安民警说，谢谢你，我们去看看。

来到派出所门口法警对赵局长说，我觉得这次十拿九稳了，这个安经理就是我们要找的融资人。赵局长说，前段时间我们查其公司注册，海天房地产开发公司早已破产倒闭，怎么又冒出一个？

赵局长和法警沿街快速向西走去，赵局长用手机通知刘剑锋赶快到西区派出所西三里路段集合。赵局长他们刚看到海天房地产开发公司那块大牌子，刘剑锋那个组也打车来到这里。

四个人都面露喜色，现在是跑了和尚也跑不了庙。赵局长召集四个人说，目标找到了，行动前得摸清里面情况。刘剑锋说，我去踩踩点摸摸情况。说完迅速消失在小巷尽头。

赵局长他们在外面等了一会儿，看见刘剑锋笑嘻嘻地从大门口出来。赵局长一看刘剑锋那表情就明白了一切。刘剑锋说，就是这里，安丰不在办公室晚饭后回来，他家就是在后面那个二层楼，二层楼后面开着窗子。我怕打草惊蛇没再多问。

斜阳西下，归鸟疾飞，远处山峦笼罩上一层神秘雾纱。小巷深处，炊烟朦胧中，偶尔传来一阵阵狗的狂吠声。

五十五

前段时间，反贪局在秘密调查弈城信贷银行核销死账问题上已经发现左佑余有违纪违法行为。弈城检察院根据铁荣三提供的情况，又拿到了民庭庭长左佑余受贿证据，弈城人民检察院研究决定对左佑余立案调查，直接传唤到案。

这几天铁荣三泄密被隔离审查消息也传到了工作组，左佑余天天来工作组办公室上班，话头也特别多。一大早，左庭长来到工作组办公室。

肖政和两名法警直接来到工作组办公室门口。肖政说，左庭长你出来一下。左庭长看到检察院几个年轻人，回头不耐烦地问道，有什么事吗？肖政看叫不出左佑余，又说，检察长请你到检察院去一趟。左庭长说，检察长请我让他自己来请，你们在这咋呼什么？肖政对两个法警说，执行吧。

法警打开手铐直奔左佑余，左佑余惊慌忙说，你想干什么？你可别乱来。肖政当场宣布道，左佑余，你因涉嫌受贿罪和滥用职权罪，经弈城人民检察

院研究决定对你依法拘传，立即执行。

左佑余从座椅上猛地站起来吼道，不行，我要问问你们检察长凭什么拘传我？你们不要乱来呀。肖政冷笑说，我们是依照国家法律严格执法，严格执法不能只对老百姓，法律面前要一律平等，你签字吧。

左佑余脸色涨红，这个字我不能签，这字我不签。左佑余一边拒绝一边向后退直接退至墙角，法警步步紧逼。肖政大声说道，铐上。

法警迅速逮住左佑余一只手，两人缠斗一阵子。左佑余毕竟年龄大了，一会儿便喘起了粗气。肖政严肃地说，左佑余我警告你，再拒捕我们可不客气了。

左佑余听到肖政喊话不但没有收敛，反而抽出一只手朝法警脸上猛扇过去骂道，你这个小王八羔子。法警被激怒，低头让过巴掌，手上一收一推顺势把左佑余掀翻在地，一只膝盖顶住左佑余身体迅速上铐，整套动作一气呵成，干净利索。混乱中左佑余那顶“大盖帽”掉在地上骨碌碌滚向墙角。左佑余蜷缩在地上喘息，法警拾起帽子扣在左佑余头上。

左佑余半躺在地上，法警一把把他提起来慢慢走出办公室。肖政没想到这个平时文绉绉的人竟然会有那么大勇气抗拒执法，看来与左佑余的较量必须策划好每一个步骤每一个细节，玩老虎就要摆好打虎阵，否则会被老虎反噬。

五十六

肖政他们押着左佑余向外走时，正好是信贷银行职工上班时间，职工看见老法官戴着手铐被押走，个个面露惊色，纷纷让道。

工作组办公室里检察官抓捕法官一幕，被黄常委他们亲眼目睹。

黄常委站起身匆匆回单位了，办公室里只有审计局里陈科长两人。葛荣来到办公室看了一眼说，两位还在坚守岗位？陈科长说，葛行长，来坐坐。葛荣说，行长行长，还不知怎么长呢？别长到监狱里去就行了。葛荣坐下又问，怎么了？领导又有什么新指示精神？

陈科长说，刚才发生的事你不知道吗？葛荣好奇地问道，什么事？陈科长说，左庭长又被反贪局带走了。葛荣又吃惊地问道，怎么回事？什么时候双规的？

陈科长说，不是双规是直接刑拘。就是刚才半个小时前在这屋里上演了检察官大战法官的重头戏，刚刚带走，具体什么原因不清楚。葛荣也感到意外，检察官刚刚解除了隔离接着又拘留了法官，这是玩什么把戏？外面的人肯定认为是工作组窝里斗。

陈科长忧心忡忡地说，下一个被带走的还不知是谁呢？反正不会是我，爱抓谁谁受去。葛荣想了想说道，我听外边瞎议论说，反贪局逮了马行长是给葛燕报了仇，隔离铁荣三是小人作祟给马跃报了仇。

正在这时，安民一步闯进办公室里。办公室里几个人谁也不再说话，各人不知在考虑什么。

安民说，一个个脸都耷拉着，快过年了也不拿出点精气神来。陈科长说，刚才左庭长在这里被反贪局逮了。安民一听脸色也耷拉了下来。

院子里，一阵风刮过，树枝摇曳吱吱作响。地面上几片枯叶随风打着旋儿聚拢到墙角。那种随风起伏的姿态，似乎摆动着不甘败落的无奈。

五十七

铁荣三被解除隔离审查后，在家里好好休息了一夜。第二天早早来到办公室，心里预测着可能出现的各种情况。

肖政来到办公室和铁荣三打完招呼坐到自己办公桌前。他不知道铁荣三已经被解除隔离了，也没和铁荣三说刚才执行任务的事。

铁荣三知道自己现在不能打听案件情况，不能安排外出取证，一切都要听检察长指挥安排，就是解除隔离审查这事也得检察长向单位宣布自己才能重新上岗，现在自己不能证明自己清白。这时他才觉得有一点冷，这种冷是从心里发散出的，从头顶一直冷到脚底。

铁科长电话，反贪局办公室内勤喊铁荣三接电话。铁荣三走到办公室拿起电话一听，是纪委黄常委打来的，让铁荣三去工作组。铁荣三想了想小声回话道，现在单位里对自己还没个说法也没让继续办案子，也没安排其他工作。如果确实需要自己参加，你联系检察长看看，自己今后是否还在反贪岗位上干都难说。黄常委说，我找检察长问问。

检察长在办公室里来回踱着步子不知在思考什么，听到电话铃声拿起电话问，哪位？是黄常委呀，领导有什么指示？黄常委直接问道，怎么还没安排铁荣三复职？工作组还非常需要他鉴别账务。检察长回话说，铁荣三复职的事得检委会通过，我个人说了不算。我们马上召开检委会定定这个事。我们现在案子上吃紧，铁荣三暂时还不能参加工作组。

放下电话，检察长想黄常委这时来电话是什么意思，后来才知道黄常委是想让铁荣三去工作组看看账，快过年了县里领导也着急。他决定立即召开检委会，给铁荣三复职，检委会开会前先跟铁荣三好好谈谈。

五十八

检察长坐在办公桌前想了很长时间，他担心纪检组这次隔离审查会挫伤铁荣三查办案件积极性，闹不好铁荣三会撂挑子。他知道一个人在成长道路上不可以没有挫折，但是挫折太多会意味着什么？铁荣三现在正是干事创业的最佳年龄段，而铁荣三那种坚韧不拔的性格也正是反贪工作所需要的。与铁荣三谈话应该推心置腹，直来直去，不可有半点虚悬弄套，铁荣三才能接受工作才能做好。但是一旦谈崩了，后果将不可收拾，特别是现在正在查办案件的紧要关头。

铁荣三来到检察长办公室，坐在检察长对面一言不发。检察长对铁荣三劝说道，可别有什么情绪？工作还必须干好，我现在就召开检委会给你复职。

铁荣三说，这些日子自己也想明白了一些问题，工作上自己绝对不去糊弄，请检察长放心。听到这里检察长微微一笑说，对了，这就是我想看到的那个健康向上、阳光正气的铁荣三。这么说你不计较这次被隔离事件？

铁荣三淡淡说道，其实，主要责任还是在于自己没做好。当时自己只看到案情着急随机应变，没想到大局而被对方钻了空子，浪费了领导近一周时间，也延误了我们的查案进度。

检察长对铁荣三说，你这样想我就放心了。刚才纪委打电话来要求你去工作组看账，我没同意。快过年了县里领导也急了。

铁荣三说，谢谢检察长关心，自己没什么意见。

检察长认真看了看铁荣三说，信贷银行案子吃紧，马跃开始全面翻供，你得腾出手来集中精力对付马跃。

铁荣三还是木然地说道，自己没意见，一切听检察长安排。

检察长看到铁荣三那份木然的神情，自己心里也暗暗吃惊。铁荣三变了，变得有些麻木迟钝，甚至是失去了原有的灵性与野性。目前这种状态，在案子上能让人放心吗？检察长想了一会说，这样，今天你先休息，明天再去提审马跃。

检委会顺利通过铁荣三复职决定后，检察长长出了口气。第二天早上检察长仍不放心，早早来到侦查科办公室，告诉铁荣三检委会通过复职决定的消息，但铁荣三脸上没有半点喜悦神情。

检察长问铁荣三，前段时间的审讯材料都看过了吗？铁荣三说，昨天晚上看了一遍，估计马跃动作不小，这是他全面反攻的开始。检察长一看铁荣三那双熠熠生辉的眼神，心里顿时亮堂了放心了，心里暗暗偷喜。铁荣三就是铁荣三，响鼓不重锤，往日那股韧劲那股咬劲那股狠劲又回来了。检察长不再问什么，他知道再问什么也是多余的重复。只说了句，左佑余到案，你们要特别注意安全。

五十九

铁荣三让肖政约上一名法警来到拘留所，肖政和法警去办理手续提出马跃。马跃问肖政今天谁来提审？肖政说，你的老朋友铁荣三。马跃一听铁荣三提审，正迈动着脚步突然停了下来。他想到了铁荣三那双眼睛和左眉心那颗黑痣，那双眼睛坐在对面时不是在看你瞅你，而是仅用眼睛余光就已经彻底把你看穿了看透了，无论你怎么挣脱都摆脱不了。法警拉一把马跃说，反贪局办案是对事不对人你愁什么？走吧。

马跃随肖政走进提审室时看到铁荣三坐在正面根本没拿正眼看自己，只是淡淡地说了句，坐吧。马跃一看这阵势，顿时觉得一把利刃插进了自己的心脏，寒冷一下子从头冷到脚底，身体不由打起哆嗦来。

肖政一看马跃那副德性说，马行长你哆嗦什么？还没讯问你就老母猪筛了糠。你不是说你比窦娥都冤吗？你不是说我们刑讯逼供吗？你不是说自己一分钱也没贪污吗？别在那筛糠了，有什么理由抓紧交代。

马跃欲言又止。铁荣三说，我看明年夏天要下场大雪了。你说就是，只要是事实我们会认真调查。我们的办案原则就是重事实重证据不轻信口供。你说什么都不重要，我们尊重事实和证据，国家法律也不是针对你一个人。

马跃还是不说话。其实马跃在铁荣三面前，根本不知道自己要怎么讲？讲什么？肖政又花哨道，马行长今天我们可不是来央求你给放贷款的，我们今天是对你依法进行讯问，你讲也得讲不讲也得讲。有理走遍天下，无理寸步难行。你说，在反贪局审讯室里谁打过你骂过你来？

马跃看了眼铁荣三低下头说，没有，没有。

谁体罚虐待你让你端盘子端碗来？

没有，没有。

肖政趁势而上又问道，那你上次为什么和检察长说反贪局的人打你骂你体罚你？让你端盘子端碗的？

马跃又看看铁荣三回答说，兄弟，不下阴曹地府不知道什么是人间地狱。我在里面实在待够了想离开这个鬼地方，看到检察长来了想让检察长同情我，就顺口说了那些不负责任的话，弟兄们谅解了，都别和我计较，都是我的不对，我不是人。

铁荣三脸上微微一笑说，有个好态度比什么都好。一码归一码，你是犯罪分子但你还是人，我们也不会计较。但是，牵扯到你的一百五十万元存单今天必须实事求是地交代清楚？

马跃喉结动了几次到嘴边的话又咽下去。铁荣三知道这是个很艰难的过程，这个过程里罪恶与良知，正义与邪恶会在人的思想里激烈争斗。当良知战胜了罪恶，案件会朝着正确的方向发展。当邪恶掩盖了正义，案件就会朝着恶性轨道越滑越远。这个时候铁荣三完全可以因势利导，拨乱反正，扭转局势，让案情朝着正确的方向发展。但铁荣三没有这样做而是终止了这次审讯。他对马跃说，你今天没想好，想好了我们再谈。

马跃这时却在那儿发懵，内执勤走过来喊他回拘留所吃饭他也没明白过来铁荣三为什么这次轻易地放过自己。

回去的路上肖政问道，怎么他刚想讲就结束了？我们应该乘胜追击。铁荣三说，你没看见马跃还没拿定主意吗？他现在即使勉强讲了还会有反复，上帝欲使其灭亡必定先让其疯狂。还有重要的一点是，我们想看清这起金融大案背后到底还有哪些推手？

六十

提审马跃后回到反贪局，铁荣三和肖政来到检察长办公室里。检察长问，提审有什么新情况？肖政说，和上次一样受贿问题一点也不承认了全都翻供了，就是上次交代说我们打他骂他的话自己又否了，收回去了。

检察长问铁荣三，你怎么看？铁荣三回答说，昨天晚上看完马跃所有供述材料，我想说明的是职务罪犯在侦查阶段、公诉阶段或庭审阶段翻供翻证应该是常有的事，是一种正常犯罪心理反应，只要耐心教育、合理疏导，在程序上完全可以纠正过来。但从今天提审情况看，马跃翻供属于不正常行为，这应该是一起有预谋、有计划的翻供翻案犯罪活动。

检察长吃惊地瞪大了眼睛问，怎么讲？铁荣三分析说，第一马跃的说辞是从亲属那里借钱搞钢材经营想自己挣钱。我想到前段时间信贷银行第三产业部门成功做过几笔钢材生意，马跃讲自己想重操旧业自己挣钱。听起来让人觉得有点私心，但理由站得住脚。第二是马跃交代他借钱时也都没打借条，不管这个理由是否站得住脚，但我们目前也拿不出充分的证据否定它。马跃这两招足以翻案。

检察长听后想了想问，马跃提到的亲戚是谁？铁荣三说，就是他两个哥哥和一个妹妹，案情再往下发展会很艰苦。铁荣三没再分析下去。检察长沉思道，看来又是一场硬仗，仅靠说服教育已经无法解决了，必须运用好战术打出我们的组合拳，用我们的智慧战胜犯罪。

铁荣三又补充说，马跃羁押在拘留所，他们兄妹三人在外边，按法律规定侦查羁押期间亲属不得会见。这说明拘留所内外有一个通道传递消息，这个牵线搭桥之人是谁呢？若是找那三兄妹，他们必定死扛，案情会陷于僵局。现在关键是我们从哪个点上找到突破口打破僵局？

肖政气愤地说，这些人拿公款做生意，赚了装进自己腰包，亏了亏了就由单位埋单，赚了是自己的亏了是国家的。

铁荣三听肖政扯远了就继续说，马跃交代是想赚钱还没做，但是至于他做没做现在还没有证据证明。现在案情愈加复杂化，我想这个牵线搭桥人应该就是在上次提审之前出现的，内执勤人员还是看守武警？律师还是拘留所内释放人员？还包括公安法院提审押解人员，范围应该是所有能接触拘留所的人。肖政一听又犯了愁说，哎呀，那不成大海捞针了吗？现在就剩我们三个人就是单打独斗也打不过人家。

检察长说，就是大海捞针也必须把针捞上来，要是让马跃翻案成功，群众对我们会感到失望，检察机关在社会上就别想再抬起头来。查办案子很难，查办职务犯罪案件更难，再难我们也要做并且要做好，我们一定要树立起敢打必胜的信心，魔高一尺道高一丈，邪不胜正。

肖政又埋怨说，要是赵局长和刘剑锋都在家就好了。检察长说，现在案子上还不能上人，你们两个先展开调查争取拿到证据。赵局长那头这两天也没了消息？

六十一

天色渐渐暗下来，黄昏里没有一丝风，四处一片寂静。几处炊烟袅袅升起，鸡鸣声断断续续传来。

赵局长说，先吃饭再商量办法。刘剑锋抬头一看说，这家沿街饭店正好对着安丰家门口，我们到三楼找个房间正好在那里观察他家的情况。

四个人进饭店要了三楼一间客室，走到北边窗子一看正好观察到安丰家院子全貌，一个单独小院二层别墅楼，院子里拴着一条大块头狼狗。赵局长安排让大家抓紧吃饭并说，大家注意这个窗口，一旦安丰回家我们就立即行动，抓住安丰就立即打的奔火车站，力争连夜带回去，不能在海城逗留。

刘剑锋吃饭速度特别快，早站起身来站在窗口。赵局长问道，手续都带好了吗？法警拍了拍包，意思是让大家放心都在里面。赵局长又说，我看这座别墅院墙很高有两道门。法警年轻腿脚快负责后面窗子，我们三人从正门强攻。关键是怎么打开第一道大铁门？

四个人想了一阵子觉得也没好的抓捕方案。刘剑锋出主意说，如果去敲大门里边不一定听到，干脆我先爬墙进去开开门你们再进去。赵局长不放心问道，你行吗？要不我来爬墙开门。刘剑锋说，别门缝里瞧人看扁了，在部队时我可是强项呢。赵局长心里佩服说，这些年干侦查我是越来越体会到反贪局欠缺这些，回去后抽时间把你那一套教教我们。第一道大门还是我来吧，你在外边注意警戒。

法警突然说，安丰回家了，司机开车又走了。赵局长习惯性地看看手表，时针正好指向夜里九点整，便让大家行动。四个人快速来到安丰家大门口，院子里传来阵阵狗叫声。刘剑锋小声说，那会儿我从门缝儿看过，那只狼狗拴着不要紧。另一名法警迅速跑到院子后边的预定位置。

赵局长借着月光抬头打量一下高高的大院门墙，向后退了几步一个冲刺，几下子便爬上了墙头。刘剑锋心里想，这家伙练过。

这时院内狼狗拼命地狂吠着，赵局长纵身跃进院子，院子里传出狼狗扑咬声和赵局长惊呼声。两人不安地对望一眼，刘剑锋也迅速爬上墙头跳进院子。院子里传来狼狗几声惨叫后便没有了声音。大门缓缓地打开，赵局长一手捂着胳膊。刘剑锋骂道，这家伙，晚上他把狼狗放开了，快进来。

他们几步来到院子里，那只狼狗蜷缩着在狗窝里低声哀嚎着不敢出来。刘剑锋恶狠狠地瞅着狼狗吼道，再叫，老子剥了你的皮煮肉吃。

法警敲了半天防盗门里面没有回应。赵局长朝着二层小楼把那些法律政策喊了一阵子，里面就是没有半点回应，屋里好像根本没人似的。但大家心

里清楚，安丰就躲在房子里，想凭借房子掩护和屋外的人耗时间寻找逃跑机会或等待救援。

两个小时过去了。刘剑锋用眼睛对着猫眼往里瞧了一会儿，突然看到室内有一只眼睛刚好对着猫眼向外看。刘剑锋大叫一声说，安丰我看到你了，快开门，再不开门我就砸门了。说着在院子里找了一把镐头，对着防盗门抡了起来。

正在这时，大门口外一阵警笛声由远而近，当地公安人员突然出现在门口，迅速形成合围之势，将赵局长、刘剑锋他们围在中间。

六十二

都不许动。当地公安人员迅速占据了院内有利位置。

赵局长与刘剑锋迅速掏出手枪背靠在一起与这伙人对峙起来。赵局长环视四周，发现月光下几只乌黑锃亮的家伙正对准了他们三个人的脑袋，另一名法警也被两名公安人员押进院子。

对方一个拿手电筒的冷冷地命令说，都把枪放下。刘剑锋吼道，干什么干什么？手中仍紧紧握着那把枪，他担心安丰与当地黑社会联系，交了枪就等于把自己的命交给了对方。

赵局长也担心，要真是当地公安执行公务就好了，先和安丰一块到当地公安机关再说。想到这里赵局长把枪放了下来镇静地说，我们是检察院反贪局执行公务的，你们是？

拿手电筒的人说，我们是海城派出所公安人员，刚才接到报案说一个抢劫团伙在这里入室抢劫，我们火速赶来缉拿。你们是哪个检察院反贪局的？怎么还持有枪支？又用手指着刘剑锋说，赶快把枪放下，再不放下就开枪了，听到没有。

刘剑锋说，干什么？什么抢劫团伙？谁是抢劫团伙啦？这年头我见多了。边说边把背部靠在墙边双手托起了枪。赵局长一看刘剑锋，知道这是殊死一搏的后招。假如被对方开枪击中，身体仍可以倚墙射出子弹还击。

呦呵？还真较上劲了。拿手电筒的人举起手臂招呼周围几个持枪人说，大家准备听我口令，哗啦一声，一霎时子弹全部上了膛。

慢。赵局长迅速把枪放进枪套里张开双臂挡在刘剑锋身前说，我们是检察机关执行公务的，我们有执法手续，现在正在执行逮捕任务，请你们后退。又小声对刘剑锋说，收起枪，万一走火了子弹可不长眼睛。刘剑锋不情愿地收起了枪，但一只手仍然紧紧握着枪柄。

请把你们的手续拿出来我们要看一看。说完把手臂往后一招，身后持枪瞄准的人都把子弹退膛收起了枪。手电筒在他们三个脸上来回照了照突然说道，这不是今天下午到我们派出所联系工作的两个同志吗？

你是？赵局长问道。对方说，你和那位到我们派出所时我正值班，海天房地产开发公司这个住所还是我告诉你们的。赵局长忙说，那太好了，手续在那里，说着向法警指了指。

拿手电筒的人摆了摆手，控制法警的两个公安人员放开了手，法警拿出相关手续递给他们。赵局长这时总算松了一口气，要是真碰上黑社会或安丰的同党，今晚上恐怕囫囵不了，这个年还不知在哪里过。

公安人员拿手电照着看完手续问，你们不是找一个在海天房地产开发公司打工的人吗？怎么被拘留人员是经理安丰？还涉嫌诈骗罪？

赵局长说，公安兄弟，干我们这行老规矩，侦查期间不能暴露意图。我当时不便和你讲明白，我们实际就是找海天房地产开发公司抓捕安丰的。

既然这样，我们帮你们执行。公安人员刚说完后面一起来的人在一边插杠子说，光手续不行还得有证据。没有证据不能行使拘留权，不能随便抓捕人。赵局长示意法警拿出相关证据，法警拿过一沓证据给公安人员，两人对着手电筒看了会儿，互相点了点头。那位公安人员说，好，我们协助你们拘留安丰。

这时，月落西山，东方呈现鱼肚皮色，远处雄鸡报晓声此起彼伏。这时，赵局长感到了一夜的疲劳和寒冷，手臂也在隐隐作痛。

室内，一个黑影一晃而过。

六十三

安丰在宾馆吃过晚饭和朋友们聊了一会儿，让司机送回家后关好门正准备休息。突然听到院子里狼狗没命地咬，好像有人跳进院子，又听到狼狗一声惨叫后没了声音，安丰知道不好。这条狼狗是托关系从公安局弄出来的，是接受过专门训练的警犬，虽说已经退役但威力仍在。来人竟然在三十秒内将其制伏，可见来人身手了得。

安丰穿着内衣没敢开灯，悄悄摸到门口从猫眼里往外一看，发现大门口已经被打开，月光下院子里站着三个人，一个个膀大腰圆的看不清模样，也不知是哪个山头哪条道上的，心里暗暗吃惊。自己从小跟父母离开家乡在外面打拼，如今事业做大了什么事也跟着来了。自己穷的时候盼着过上富足日子，但是富足后天天担惊受怕。这几年把家安在北京，只身一人来海城打拼，目的就是让父母安度晚年，让孩子接受更好的教育，让他们远离是非。没想到人不找事事找人，看来自己是被盯上了，今晚上找上门来了。

他首先想到远隔千里的亲人，他给家里打了电话得知家里一切安好，说自己在这里一切都好让家里放心。然后定了定神想了几套应付对策，想尽量拖到天亮再想办法。

午夜过后，院子里那三个人还没离去，他打开手机报了警盼着公安人员快来将这伙人绳之以法。公安机关来人后，他从猫眼里发现原先下院子的三个人也有枪和公安人员对上了。他冷静地看着眼前紧张场面，思索着下一步该怎么办。不管怎样，有公安人员在自己心里踏实了。

也不知过了多长时间，安丰手里的手机一阵抖动，他低头一看是家属从北京打来的，忙低头小声问什么事？家属说接完你的电话后自己怎么也睡不着，总觉得有事要发生。又担心地说，这么晚了你还没睡，是不是你那里发生了什么事情？

安丰说，我可能被黑社会盯上了，他们已经砸开大门闯进院子，整整将近一个晚上了还没走。现在好了，公安人员来了。你放心，公安人员来了不会出大问题，现在他们都拿着枪双方要火并。家属又嘱咐让公安人员处理就是，天亮前千万不要开门。安丰让家属放心，自己会有办法处理，就是当地公安人员不来，大不了拿两个钱儿摆平，反正钱都是人挣的，有人在就有钱，挂了啊。说完安丰挂了手机，他想看看外面的人被公安人员制伏带走了吗？要是带走了自己明天应该送一面见义勇为锦旗去，怎么也得表示感谢。

他又走到猫眼前观察时发现，两伙人突然变成了一伙，一个拿手电筒的当地公安人员正朝室内喊话让自己开门。安丰没顾得上给家属电话，急忙在屋里藏起来了。

六十四

天渐渐亮了。

公安人员喊话也累了，室内还是死一般的寂静。公安人员抬手看了看时间，立即拿起那把镐头撬起门来。防盗门咔嚓咔嚓地响了几声停下后，那只狼狗无力地叫了几声。公安人员听听室内没有半点动静，意识到安丰是下决心不会给开门了，手上加劲哐当一声撬开了防盗门。

刘剑锋发现赵局长胳膊上有伤，低头一看地面上也有不少血迹，赶忙拿出手帕给赵局长简单包扎。赵局长这才意识到昨晚被狼狗咬伤的胳膊一阵阵钻心地疼。刘剑锋狠狠地瞅了一眼那只狼狗，狼狗赶紧把头转向里面不敢和他对视，嘴里发出阵阵哀嚎声。

大家一起走进安丰室内一看，室内完全是单元楼房布局，装饰华丽，宽大的会客室，豪华大气的沙发，充分显示着主人的优越尊贵生活。但是，楼上楼下唯独不见了安丰踪影。

公安人员疑问道，你们确定安丰就在这所房子里吗？刘剑锋说，我们是亲眼看着他走进这所房子没有出去。在你们来之前我们一直在防盗门前堵着，安丰一直没开门。

那院子后面有没有派人盯着？公安人员又问道。法警说，我一直埋伏在院子后面的树丛中，没见任何人出来。

赵局长仔细想了想整个过程，考虑到法警受制后院子后面很长时间没人把守，要出问题就是那段时间。他观察着室内外门窗陈设，没有发现室内陈设挪动或外逃迹象。

回到室内，众人都把目光集中在赵局长身上。赵局长说，安丰就在室内。公安人员挠挠头皮说，那怪了难道还坐土遁钻进地底下去了？赵局长和刘剑锋同时瞪大了眼睛。刘剑锋说，很可能就藏在地面下。公安人员招呼说，来，大家再搜索一遍，重点是墙壁、地板、壁橱等一切可能隐身的地方。

整座楼内顿时出现一阵阵乒乒乓乓的敲击声。

赵局长来到卧室内，包扎伤口的毛巾这时又被血浸透。他打量着卧室里陈设，一张双人床和一排墙内衣柜。床上用品整整齐齐地叠放着，显然安丰一夜没有睡过，打开床体里面空空的，床体也没有挪动过的痕迹。衣橱门都半敞着，显然刚才有人已经检查过。中间凹陷的那扇装饰门下边放一双拖鞋，装饰门上那只精致的银质猫头鹰挂表，正随着嘀嘀嗒嗒的声音向赵局长挤着神秘的眼睛。赵局长用手指一戳那只眼睛，刷一声装饰门开了，一条暗道呈现在赵局长眼前。

出来。赵局长大喝一声，楼内搜查人员闻声迅速赶来，过一会儿里面没有任何反应。赵局长又喊道，安丰，安经理，是我们进去把你请出来还是你自己出来？喊了一声里面没有回音。刘剑锋大声说，再不出来，我们可要放狼狗进去了啊。这时，安丰才哆嗦着双手抱着头弓着腰光着脚从里边慢慢走出来。

海城派出所公安人员要回所里休息，赵局长和刘剑锋一一握着他们的手道谢。法警让安丰穿好衣服，刘剑锋拿出工作证放在安丰面前说，仔细看清了，我们是干什么的？还藏？藏什么藏？钻到地底下也把你挖出来。安丰仔细看了看工作证抬头又打量着刘剑锋问道，你们是弈城检察院反贪局的？刘剑锋问道，怎么了？安丰说，我哥在弈城公安局叫安民，认识吧？刘剑锋故意说道，不认识。

赵局长听到了他俩的对话。其实从第一次知道安丰这个名字他就联系到安民，只是不便点破。这时赵局长低头微微一笑说，既然是老乡，那就不用戴铐子了。刘剑锋一耷拉脸说，不行，老乡也不行。要是再跑了我们还不得三下江南，到哪儿找去？

赵局长说，还有那三千万元投资款，我们要划回去。安丰说，那是弈城信贷银行投资款，你们怎么能想划就划？刘剑锋说，马行长犯贪污受贿罪已经被公安局拘留了，这三千万元现在是赃款必须追回。安丰边考虑边说，噢，原来是这样。我有个要求，把钱划回去也可以，但必须有马行长的亲笔信。

刘剑锋说，我已经和你说过了马跃涉罪，你怎么还死诌？赵局长也劝说道，三千万元投资款牵涉到弈城信贷银行几百名职工的饭碗，甚至影响到弈城金融工作全盘秩序，是投资款但更是弈城一百万父老乡亲的血汗钱。安丰心有感触说，这些我知道。我原来也是弈城农村一名普通农民，知道过日子的艰难。这些钱都在我公司账户上，丢不了。但是，我们经商做实业讲究的就是诚信，见不到马行长或看不到他的亲笔信，这钱我不能划出去。

赵局长问，这么说你不想在这儿解决了？安丰说，我要见见马行长，因为双方还签有合同，我不能单方违约。

刘剑锋迅速给安丰戴上手铐说，跟我们走吧，去见你的马行长。

赵局长他们押着安丰，踏上了北上的列车。

六十五

早上，太阳从东边山坳里慢慢升起，远处村庄已是晨烟袅袅，鸡鸣声从晨曦中远远传来。

弈城检察院办公楼前仍是白茫茫一片霜冻。院子里，铁荣三看到赵局长、刘剑锋就几步追上来。铁荣三问道，找着人了吗？赵局长说，昨天晚上押进去了。刘剑锋说，这家伙躲到郊区去以为我们就找不到他了？做他的春秋大梦吧。

赵局长说，待会儿检察长要给我们开个会。明天是腊月二十六，检察长可能安排年前工作。刘剑锋说，哎哟，都过了小年了，看样子真要干到腊月二十九吃了饺子再下手。铁荣三想了想说，没办法，案子都在程序上，现在是让休息也没有时间，不能把案子晾了。

反贪局会议室里，检察长看了看到会人员说，把参加海城行动的两名法警喊来。刘剑锋拿出手机到门外通知法警，不一会儿两名法警跑步来到反贪局会议室。检察长看见刘剑锋手中手机说，手机够档次比我的强了好多倍。刘剑锋说，你那个是国家配备的，我的手机再好也是自己买的，要不咱俩换了。检察长笑着说，听你这么一说，我还真不能换了，牵扯到待遇问题。

检察长转头对大家说，今天是二十六，大家还得牺牲休息时间。金融大案已经到了关键时刻也是最艰难的时候，希望大家再接再厉，继续奋斗。下一步任务非常繁重，安丰一案的审讯，马跃一案的纠正，都需要大量人手，我看两名法警就靠在反贪局案子上。另外，举报控申科要求把左佑余移交过来。前段时间因为抽不出人手接，没办手续。我知道大家都很辛苦，但案子还必须接过来。年前，我们一定要拿出让领导和人民放心的答案来。

铁荣三心里想，估计也就是那几份书证和证人证言，还没什么材料？赵局长觉得这种情况接下来还是个大麻烦就说道，马跃案子上千头万绪的，我们人手少这几天我觉得自己还剩一口气了。说完看了看铁荣三。铁荣三笑着说，只要还有一口气就要接过来。

检察长和赵局长隐隐约约知道铁荣三被隔离一事是左佑余的手笔，当时赵局长还在心里骂左佑余借刀杀人，够毒够阴。但现在看铁荣三态度不免又担心起来。

检察长心里也清楚说道，我们要依法办案、文明办案，大家不要有其他想法。肖政也说，这个左佑余老是想骑在别人头上拉屎，也该拾掇拾掇了。检察长原先也是担心铁荣三那股火，现在连肖政也这么大的偏见，他担心左佑余案接过来会节外生枝。就说，我看你们两人这样，案子还不如不接。我先把丑话说在前面，到时候谁也不许动手动脚，谁出了问题谁负责。

赵局长没有说话。铁荣三慢慢说道，执法办案不是江湖恩怨，不是个人私仇。这个人跟我们的较量早就开始了，这次机会难得就让他彻底表现表现。检察长从铁荣三的眼神里看出，铁荣三心里已有了彻底制伏左佑余的方案。

六十六

左佑余被带进反贪局审讯室，坐在指定座椅上耷拉着脑袋不吭声，不知在想什么。铁荣三向左佑余讲明了法律政策，也没再多问。

这时，赵局长提审回来来到审讯室，左佑余抬头看了一眼。赵局长问道，左佑余，不想说点什么吗？左佑余苦笑一声说，现在没什么可说的，想说的话还没想起来。

赵局长和铁荣三出去通讯问方案。法警问道，左佑余，前段时间举报老铁泄露案情的人是不是你？左佑余不想回答这个问题，把头扭向一边，心想虎落平川。法警那天被左佑余骂了一顿余气未消，一再追问。左佑余气呼呼地说，你一个法警有什么资格来审问我，谁给你的执法资格？

刘剑锋不紧不慢地说，与犯罪分子作斗争是我们每个公民的义务。我们是弈城人民检察院的法警，你说我们有没有资格同犯罪分子作斗争？左佑余怕法警找他麻烦想了想说，小兄弟别生气。伸出双手又说，你看铐得太紧了，照顾照顾给松松。法警把眼一瞪说，你不骂我是小王八羔子吗，你自己想办法吧。要想让别人尊重你，你先学会尊重别人。

左佑余被刘剑锋和法警数落了一顿心里生气，看到铁荣三进来又对铁荣三说，铐子紧了给我松松，都是执法人员何必相煎太急。铁荣三看看左佑余手腕铐子不紧，知道左佑余想花花点子。说道，左佑余你现在已经不是一名执法者，你现在的身份只是犯罪嫌疑人。好好想想往后自己的路怎么走？

左佑余阴阴地笑了几声后说，铁荣三你这个小人，我就知道你会利用职权进行报复。今天我们就打开天窗说亮话，举报你泄露案情的人就是我，我就是举报人。铁荣三笑着说，谢谢你的抬举你高看我了。

你这是利用职权，打击陷害举报群众。我要告你，告你们检察院反贪局侵犯人权。左佑余此时说话声越来越高，赵局长听到喊声又来到审讯室对着左佑余说，你喊什么喊，声音大就有理了。左佑余又喊道，我谁也不告我就告铁荣三，挟嫌报复举报人，打击迫害举报人，我要告到省里告到中央，我让你们吃不了兜着走。

铁荣三说，好啊，你豁上死我就豁上埋，我奉陪到底。

赵局长说道，左佑余你嚣张什么？你是不是吃错了药？今天不是你开庭。法警队摘下他的帽子，下了他的肩牌和领花。

刘剑锋上去卸下左佑余的肩牌和领花，又把那顶帽子狠狠地摔在一边说，你还法官法官，你这副嘴脸真应该让国家法律好好管管。

左佑余面对反贪局针锋相对的斗争，一下子没了脾气，坐在那里像个娘们一样哭鼻子。

赵局长和铁荣三对视一眼后说，不想谈就别再和他啰唆了，押进去。刘剑锋招呼法警押走左佑余。

六十七

赵局长、肖政和一名法警去拘留所提审安丰。

安丰做梦也没想到自己竟然糊里糊涂回到老家，并且关进拘留所。一看到赵局长安丰想摆脱眼下困境，急忙说我要见马行长。肖政说，我们会给你机会见马行长。

赵局长问，要见马行长可以，你得如实回答几个问题。安丰说，什么问题?

赵局长说，你是怎么认识马行长的？安丰说，业务上认识的。肖政追问道，什么业务仔细谈清楚?

安丰想了一会说，三年前我在海城认识了金世传，通过他认识了弈城信贷银行马行长，双方达成开发房地产协议。但是过了不久马行长亲自去海城找了我。

海城房地产宾馆会客室里，安丰和马行长预算着房地产开发前景。安丰乐观地说，现在你们银行是以钱养钱，以服务促发展；而我们的生意之道是以钱挣钱。马跃问，怎么讲？安丰说，真正的生意人谁也不会傻到借钱经营的地步。房地产有庞大的客户群，我们只收预付资金开发就足够了，整个千八万的也就是挥手之间的事。

马跃问，这批房地产开发出来我们能挣多少钱？安丰说，四成利润就是四千万元，按合同我们双方各得两千万元。安丰又问，这次小金怎么没来？马跃说，别提他了。安丰问，小金出了问题？马跃说，这个金世传是上届老行长的乘龙快婿，在我们银行做临时工整天吊儿郎当的不务正业，就是个十足的痞子。

安丰说，看上去蛮认真的，满正气的。马跃说，刚接触看他义气，时间长了那些地痞习气就会暴露，现在犯了事在逃被当地公安局通缉了。很可能他会潜逃来海城找你，小心别沾上了。

安丰说，哎哟，人心隔肚皮呀。下个星期我公司搬家，按我们老家习惯晚上搬家不露财，到时候我再把联系号码换掉。他若是找来想讹人，那就让他到太平洋里兴风作浪去吧。

马跃笑了笑说，行，就看你的了，经营方面的事我们单独联系。

赵局长听到这里想，马跃为什么过河拆桥急于甩掉金世传？是觊觎房地产开发后面巨额利润？还是三千万元投资款？便问道，从那以后你见过金世传吗？

安丰说，见过。那是前年中秋节后，我到海天宾馆商谈业务，没想到被金世传拦在路上。

宝马车在路上疾驰，车内安丰嘱咐司机快点。海天宾馆附近一条黑影突然挡在宝马车前，司机急忙刹住车。司机气冲冲下车喊，怎么？碰瓷呀？找死。司机按着那人拳打脚踢。安丰从车窗往外看发现“碰瓷人”是金世传，任凭司机连拉带拽仍双手死死抱住车轮子声嘶力竭喊道，安经理，人心都是肉长的，人得讲良心。你还我投资款，你还我投资款。

安丰在车内心里想，看来金世传就是个难缠的痞子，投资款有行长在你算哪根葱。想了想安丰还是下了车说，算了吧兄弟。又掏出一沓钱递给了金世传说，拿着先吃饭，在这儿等着我开完会来接你。

开完会后安丰坐车从大院后门走了。金世传等了整整一天，安丰没来接自己，天黑后他知道自己上当被耍了。

赵局长问，你们是怎么解决金世传的？

安丰说，都是马行长安排，我们就不再和金世传打交道。联合开发一切事宜都直接和马行长联系。我记得有一天司机来我办公室说，看到金世传还在那儿晃悠，问我怎么办？我说，痞子就是痞子，不用理他。司机说，早晚他还会找上门来讹人。我想也是，就打电话把金世传的情况和马行长说了。马行长听后很生气说，那里他人生地不熟的，干脆找几个人把他做了，免得影响我们的合作。

司机一听说，我来安排。我急忙制止说，千万别弄出人命来，也不能伤筋动骨的，吓唬吓唬让他知难而退就行了。后来司机说，教训了一顿，雇了辆车把他扔在了海边。

赵局长又问，有一事我不明白，你们合作开发房地产为什么还把三千万元投资款放在你们账户上长达两年之久？有什么企图？

安丰一脸茫然说，本来是有一个投资项目的，银行投资款来晚了项目被人家拿去了。马行长说三千万元投资款先全部打过来，我们争取长久合作。现在国家经济政策好，我们只管放手挣钱，对于投资的款项我个人没有什么企图。说完他又补充道，谁有企图谁心里明白。

赵局长想，长期合作？看来马跃用心良苦，那些开发利润已经满足不了他的欲望了。

六十八

第二天早上，铁荣三来到赵局长办公室里，两个人商量一下，决定提审左佑余和询问相关证人同时进行。金融案相关证人选择了马跃的妹妹马兰。资料显示，马兰是弈城实验小学教师，爱人是审计局陈科长，儿子九岁，小学学生。陈科长与反贪局关系一直很好，反贪局在马兰身上突破难度小一些。询问马兰的任务交给肖政，刘剑锋协助。

赵局长和铁荣三全力以赴对付左佑余，决定在第二个回合拿下，尽快回到金融大案上。赵局长对铁荣三说，今天必须拿下左佑余，否则今头年可就累阵了。铁荣三想了想说，单刀直入，看他怎么解释。赵局长又担心问铁荣三，陈科长是马跃的亲妹夫，你看这里面？铁荣三说，陈科长的父母都是农民，因为这马跃从来就没有瞧得起他这个妹夫，两家几乎不来往，况且陈科长素质很高。

这几天反贪局一辆摩托车不够用，检察长把院里那辆北京吉普也拨给反贪局专案用，加快办案速度，提高办案效率。来到拘留所，法警办好手续提出左佑余，左佑余被摘掉了眼镜，用一双无神的眼睛打量着赵局长和铁荣三。

赵局长开始审讯，叫什么名字？左佑余不解地回答说，今天我成了你们的阶下囚就不认识了，张和尚李和尚，早晚轮到自己头上，你们也会有这一天。铁荣三说，我们按法律规定来，回答我们的问话。左佑余低下头说，左佑余。

赵局长又问道，什么时间被刑事拘留的？左佑余苦笑着说，还用问吗？不是你们昨天拘留的我吗？还明知故问。铁荣三说道，请你直接回答？左佑余说，农历一九九四年腊月二十五。

这段简短讯问设计里面隐藏着无穷玄机。看看左佑余那副表情，赵局长和铁荣三相视微微一笑。赵局长又问道，交代你的违法犯罪事实。左佑余说，我没有违法犯罪事实，我只是举报了铁荣三泄露案情，是你们反贪局挟嫌私仇，报复陷害我。

铁荣三顺势利导，那你就谈谈为什么举报我泄露案情？左佑余辩解道，泄露就是泄露，没有为什么。铁荣三呵呵一笑说，因为那段案情牵涉到你所以你怕了，所以你先入为主，是你自己惹火上身。你以为你是在和我较量，和反贪局较量，你错了，你是在和中国的法律较量，你和法律的较量不是在反贪局拘留你之后而是之前。左佑余一听，知道自己的一切努力没有逃过三只眼铁荣三，但是铁荣三比自己小十几岁他不相信铁荣三能看透前世来生。反问道，那又怎样？

赵局长说，不怎么样？说，为什么退赃？左佑余知道自己退款的事已被反贪局掌握，反正自己已经留好了退路，想到这里便回答说，别说这么难听我不是退赃，我是自觉退款。我自觉退款说明我出淤泥而不染，思想觉悟高。这与反贪局有关系吗？

铁荣三说，有很大关系。我们想听听高思想觉悟的表现？左佑余想想说，

在法院民庭工作遇到一些不负责任的人送钱给我，我都如数退还。这不，马行长总共给我两万元我也亲自去退过，可他进去了他老婆不接。左佑余讲了自己退钱的全部经过后长出了一口气得意地说，我是常在河边走就是不湿鞋，两袖清风朝天去，免得阎王论短长。

铁荣三一听感到好笑。赵局长说道，不湿鞋？那是因为你根本就没穿鞋。我看你是两袖邪风，一身酒气。再谈谈信贷银行客户债务判决书你是怎么判决的？左佑余低下头眼睛斜视着地面说，这个问题应该去问问公安和相关村委，是他们出具了相关人员死亡证明。按法律规定这个责任不应追究我，应该追究他们的刑事责任。

铁荣三问道，你觉得这种判决公正吗？左佑余回答说，开始也没觉得自己错，后来发现有些死亡客户还活着自己也觉得不对，但这些人又没吃亏。赵局长说，个人是没吃亏但是国家经济利益遭受损失，国家法律遭受了践踏。左佑余也感慨说，是呀，谁损失了国家经济利益谁赔，谁践踏了国家利益法律就惩治谁。

赵局长说，这个践踏国家法律的人就是你。左佑余始终认为在这些假死案件上自己没有责任。反问道，为什么是我？铁荣三说，在这些案件审判上，你开庭了吗？事实和证据都经过法庭调查质证了吗？判决结果经过法庭辩论了吗？就是说你在审判活动中严格按照法律规定程序办理了吗？就是你这种行为损害了国家经济利益，践踏了国家法律政策，造成了极其恶劣的社会后果，这是严重的渎职犯罪行为。

赵局长问，你还有什么可说的？左佑余辩解道，那是他们欺骗了我，我是无辜的，我冤枉。赵局长说，你别说他们了。如果你能够认真履行法律职责，他们也许不会有今天的结果。铁荣三接着说，做法律工作就是做自己的良心，做自己的人格，两万元可以买到你的人格，但是多少钱也买不到中国法律的尊严。

六十九

提审完左佑余已是下午三点多了，赵局长和铁荣三匆匆吃了饭来到办公室里，检察长早已在门前等候他们，赵局长和铁荣三相互对视一眼，知道又有情况发生。

检察长说道，信贷银行那边工作组刚放了年假又集合了。赵局长问，又怎么啦？检察长说，部分离退休职工找行里领导质询三千万元投资款到底是怎么回事？现在职工越聚越多。赵局长说，现在我们不是正在追款吗？检察长说，工作组和他们怎么解释也不听，非要见到那三千万元投资款。三千万元投资款关系到信贷银行的存亡，也关系到银行所有职工的切身利益。县里怕职工闹大了，通知我们去和职工讲清楚，安抚稳定职工情绪，我马上就赶过去。你们能不能先把投资款追回来？给职工一个说法。

赵局长说，现在追回投资款，阻力主要在安丰，他有顾虑。因为当时和信贷银行签了合同，另外，他也有担心，对我们持怀疑态度。

铁荣三说，要想追回投资款，必须先打消安丰的顾虑和怀疑。

这时手机响起来，检察长低头一看说，你们抓紧想办法，务必马上追回投资款。接完电话说，工作组那边吃紧我得快过去。

检察长走后铁荣三不安地说，这几天我们全部精力都在完善取证上，忽视了追款的事。赵局长说，人都抓了，他就是只老虎也是关在笼子里的死老虎，追回投资款还不是早晚的事？这些人就知道闹，就不考虑我们的死活了。

沉沉夜幕下传来一阵阵人群喧闹声，嘈杂声越来越大。

赵局长焦急地说，正赶上春节放假，人会越聚越多。铁荣三也说，工作组要是堵不住又会闹到县里，这年头政府都成冤大头了。赵局长说，我们别吃饭了，抓紧行动，同时提审马跃和安丰。铁荣三说，我听刘剑锋说安丰和安所长是亲叔伯兄弟，必要时叫上安所长给安丰吃颗定心丸。赵局长看了铁荣三一眼点了点头。

铁荣三又说，工作区的人员怎么办？赵局长说，先放了，我们顾不了许多了。铁荣三说，我们先下去挽个扣儿，明天再说。赵局长想了想又说，让司机送我们去看守所加班，叫刘剑锋去工作组保护检察长，年龄大了经不住推推搡搡的。

两人来到反贪局工作区，走廊内灯火齐明颇有挑灯夜战气氛，铁荣三看到这种景象总有热血沸腾的感觉。铁荣三又问赵局长，明天是不是先把安丰放走？

赵局长又担心说，三千万元资金还没追回怎么放人？再说我们想放人领导能同意吗？铁荣三说，那就先解决三千万元资金，只要安丰配合资金很快会划过来，必要时让安所长帮忙做做工作。

两人正计划着连夜提审的事情，赵局长手机响了。接完电话赵局长说，安所长过来。

安民在这个时候造访不知是为他人还是为自己？

七十

办公室里赵局长安排铁荣三说，先谈谈看是否牵扯他个人的问题。如果刻意隐瞒事实真相，推脱责任，立即刑事拘留。铁荣三说，安所长这个时候来不是因为安丰的事吧？赵局长说，哼，自己一腚屎没擦干净还来给他人说情？铁荣三说，信贷银行事件上他有一定责任，如果他能实事求是谈清楚就是自首表现，可以从轻处理或不予处理。当然，不处理人最好。

两人正说话间安所长来到办公室一屁股坐在地上。赵局长说，哟，这么大个所长坐地上干什么？快起来坐椅子上。安所长坐在椅子上叹了口气说，这件事说出来丢人了。不过我得和领导说说，自己打了一辈子雁现在被雁啄瞎了眼。安所长谈清楚了死亡证明具体经过后说，这件事所有经过如实和反贪局领导汇报了，给领导添麻烦了，领导怎么处理我听着就是。到现在了说什么都晚了，都怨自己工作粗心。

铁荣三很快出完材料。赵局长说，这个事必须和检察长汇报。明天就过年了，可别因为这件事弄得过年心情不愉快。安所长说，穷也过富也过，这年怎么也得过。年除夕我们还得巡逻呢，领导有什么安排打电话我随叫随到。

刚说完，BP 机呼叫安所长，叫他快去工作组。

赵局长和铁荣三到办案区看了看，两人什么也没说。赵局长看看时间太晚了就对马兰说，马兰，明天就过年了，大家都很忙，你在这儿也不是办法。这样，你先回去忙活过年，我们明天再说好吗？马兰感激地看着赵局长。铁荣三接着说，是你的谁也夺不走，不是你的想要也得不到。回去好好想想吧，我刚通知了陈科长，他在大门口等你回去。

马兰走后，赵局长安排说，刘剑锋去工作组找检察长，注意安全。其他同志去看守所加班，明天就是大年三十我们照常上班。铁荣三安排肖政带上马跃和安丰的两份提押证准备今晚连夜提审，解决三千万元投资款，稳定信贷银行职工情绪。

七十一

天色渐渐暗了下来，黑魆魆的夜空不时传来几声鞭炮的炸响。吉普车驶进看守所大门，灯光下值班站岗武警警惕地紧盯赵局长他们。

看守所外执勤拿过肖政递过来的提押证说，过年了还不休息呀？刘剑锋说，想休息，可是不行呀。没听那边又要闹起来吗？肖政用手指了指弈城政府方向，内执勤点点头。

过一会儿，马跃第一个被内执勤送出来，他不知道今晚反贪局突然提审自己想干什么，随法警慢慢向一号提审室走去。

听到身后大铁门又有响声回头一看，内执勤又送出一个犯罪嫌疑人，马跃借着灯光一看那人正好也抬头看他，两人目光相遇顿时愣住了。马跃赶紧转身走进一号提审室，一看铁荣三坐在那里，自己一屁股坐下，感到浑身软塌塌的提不起气来。他知道安丰被抓预示着自己几年来苦心经营的成果将会付诸东流。

铁荣三问道，马跃明天就过年了，你有什么想法？马跃深深地吸了几口气说，我还能有什么想法？我什么想法也没有了。

铁荣三又说道，马跃，放手吧，退一步海阔天空。今天晚上我们只谈一件事，我问你想不想有立功表现？马跃已经猜出铁荣三要谈的那件事，闭上眼睛回答说，想呀。铁荣三说，只要你协助反贪局追回三千万元投资款，就算你有立功表现，可以争取从轻处理。马跃想都到这步田地了自己还有什么可说的，点点头没说话。

铁荣三说，那你就按我说的去做，你写个亲笔信给安丰，让他配合好追

回三千万元。内容就写，信贷银行前期投资协议作废，现立即收回三千万元投资款。听明白了吗？马跃又点点头。法警拿出纸笔放在马跃面前，马跃拿起笔迅速写完递给铁荣三。铁荣三看完说，署上你的名字、年月日。又对法警说，让他捺手印。

铁荣三拿着那张纸来到三号提审室，赵局长还在那里做安丰的思想工作，安丰始终是一副漠然的神态，看到铁荣三进来点一下头。

铁荣三说，安丰，刚才你也看到马行长了，关于三千万元投资款他已经表了态，这是他写给你的字据，你看看还有什么不放心的？安丰接过纸条看了一眼没什么反应。铁荣三问道，看明白了吗？安丰点点头。赵局长问道，你还有什么意见？没意见就抓紧安排把钱给划过来。

赵局长说完，安丰还是那一脸的漠然。法警在一边着急道，你还不抓紧磨蹭什么？这些钱是你自己的你不舍得？安丰又摇摇头。

赵局长走出三号提审室，铁荣三马上跟着出来，两人走到大门口附近。赵局长说，你看安丰是怎么了？既不想配合也不表示反对？铁荣三想了想说，他是在怀疑我们不相信我们。赵局长说，那这工作怎么做？铁荣三说，在弈城他熟悉信赖的人就是安所长，叫安所长来配合做做工作看看。

赵局长拿出手机呼叫安所长，每次都能接通，但每次安所长都不接电话。赵局长心里着急说，这个安所长，不是随叫随到吗？怎么叫了三遍也不接电话？铁荣三判断说，很可能是工作组那边遇到了麻烦。赵局长说，我再打刘剑锋手机看看？也是打了几次刘剑锋也没接电话。

夜空，漆黑一团。淡淡的灯光下，大地一片霜白。一阵阵呐喊声从弈城政府方向传来。

两人不安地对视一眼，不知银行那边什么情况，担心工作组与上访职工是否发生了冲突？

七十二

信贷银行办公楼孤立地站在夜幕下，院子里挤满了银行职工。一阵阵嘈杂声传进银行办公室，葛荣愁眉苦脸地坐在办公桌前，工作组人员正在商量对策。

葛荣从下午三点就被部分职工围在办公室里，工作组人员赶来后一再向上访群众作解释工作。但是，上访群众提出的问题葛荣无法回答，和上访职工理论起来引起职工愤怒。职工义愤填膺，越聚越多，眼看一场职工上访事件就要爆发。

这时，检察长赶来费了好大劲才挤到人群前。检察长说，职工同志们，我是弈城人民检察院检察长司马廉，有什么事情请问我好吗？

职工队伍中一个老者的声音说，请问检察长，马跃是否还被关押在看守所。检察长回答说，马跃任职期间不认真履行工作职责，贪污受贿已经涉嫌犯罪，已被我院依法逮捕，现在仍然羁押在看守所。

请问检察长，马跃贪了多少？收了多少？能否给大家一个具体答案？检察长回答说，马跃一案现在处于侦查阶段，根据法律规定有关案情处在保密状态不能对外公布。不过大家放心，马跃迟早会接受法律判决和制裁。

检察长这句话引起院子里职工一阵骚动。有的说，官向官官官相护，挨过年去说不定胡汉三又回来了；有的说，检察官都被关禁闭停职，法官也被拘留了，案子一拖再拖县里是什么目的？还不就是为了保住马跃；有的说，我们的职工连命都搭上了，到现在三千万元投资款连个着落都没有，信贷银行破了产叫我们以后怎么活呀？不行，姓葛的别再藏着掖着，必须出来和大家说明白给我们一个交代。

一位年轻人说，姓葛的出来，你再不出来我们就冲进去。大家冲进去把他揪出来。人群开始骚动，呼喊声、怒吼声响成一片。一部分人群开始向里面冲，检察长张开双臂阻拦却被人流撞倒在地，爬起来时已经站不稳了。

刘剑锋和安所长扶着检察长挡住办公室门口。检察长大声说道，职工同志们，党有党规，国有国法，检察机关独立行使检察权不受任何干预。马跃违法犯罪，我们定会依法严惩，大家不用担心，马跃回不来；前段时间确实出现了不该发生的事情，我们的侦查员遭人诬陷，延误了办案时间，现在已经复职仍然是这起案件主办人，请大家放心。关于三千万元投资款问题，关系到信贷银行生死存亡，关系到我们每个职工切身利益。我们的检察官正在

昼夜奋战全力追款，再给我们一点时间，我们一定会把三千万元追回，保住我们的银行，保住我们每个职工的切身利益，绝不让犯罪分子的阴谋得逞。

检察长说完，人群恢复了平静渐渐向后退却。一个职工说，检察长您一大把年纪了还为我们操心，我们非常感激，可是您能不能给我们一个确切答案，这三千万元什么时间能追回来？检察长说，刚才我和大家说过，我们的检察官正在全力追款，他们都放弃了休息时间甚至连过年都没时间过，他们现在正在鏖战，我想投资款很快就被追回来，你们回家过年吧。

人群中那个老者说，大家静一静，检察长既然说了，我们都等等。人群顿时安静下来。

这时，安所长拿出手机一看说，赵局长找我，刚才没听到。赶忙给赵局长回电话。回完话对检察长说，赵局长让我去一趟看守所，让我拿着银行账号。

七十三

安所长要葛荣拿着银行账号一块去。检察长对院子里黑压压的人群大声说，大家少安毋躁，我们这就去追款。安所长迅速启动摩托车载着葛荣，全速向看守所驶去。

刚到看守所院子里看到灯光下的赵局长，一个急转弯停下。气喘吁吁地问，怎么回事？赵局长说，你认识安丰吗？安所长摇摇头表示不认识，又想了想说，是不是上次我们去海城找得那个人？赵局长说，他说他认识你，和你是同村的。安所长说，我们村有个叫安大丰的是我叔家弟弟，很多年不联系了。上次我还怀疑这名字怎么有点熟悉？

赵局长说，安丰就是安大丰，他就是融资人，银行三千万元投资款就在他手里攥着。你去做做工作让他安排把投资款打过来，要不这年怎么过？安所长听完说，行，他要是不听话，我剥了他的皮。赵局长又问安所长，那边怎么样？安所长说，检察长摔了一下子我看够呛，我扶他讲话时感觉他手都疼得哆嗦。

安所长一步迈进提审室，安丰一扫脸上的阴郁喜出望外。安所长问，你是安大丰。安丰点点头，哥，是我。安所长板着脸说，出息了，不折腾出点事来不算完。安丰说，哥，该说的他们都和我说了。可是不管怎么说我都不认识他们，这么大的款项我怎么能随便相信别人，你来了我就放心了。

安所长说，那好，你快安排一下，让你的会计把投资款抓紧打回来。那边职工正在因这笔款闹事，检察长都受伤了。安丰又说，哥，能不能给说说把我放出去，这里面，安丰话还没说完安所长说，你先把款让他们打过来，这是银行账号和手机，抓紧联系，只要追回投资款别的事情算哥我的。

安丰拨通了电话安排财务人员转账。安所长问，快吗？安丰说，很快，只是今天晚上提不出现金来，单位里急用钱吗？安所长说，不是急着用钱的事。

在赵局长和铁荣三他们急切的等待中一个小时过去了，赵局长看了下时间已接近午夜。手机铃声响起来，安丰快速接听电话，赵局长和铁荣三他们密切关注着安丰的每一句话。直到安丰说，手续办完了。每个人脸上才露出笑意。

消息传到信贷银行，院内职工一片欢呼声，纷纷离去。检察长刚缓过气来，顿时感到一阵刺痛钻心。他紧咬着牙关坚持一会儿，对大家说，都回去安心过年吧。看到大家都离开了，检察长小声对刘剑锋说，不好，快扶我去医院。

刘剑锋扶着检察长走下楼梯，检察长疼得直喘粗气，额头上滴下了豆大的汗珠。刘剑锋说，我背你去。说完背起检察长向医院快速走去。

医院急诊病室里医生检查完后说，骨折，这大过年的怎么不小心？刘剑锋刚想说什么，检察长用眼神制止了他。自己说道，老了，不中用了。医生说，必须住院抓紧手术，伤筋动骨一百天，这个年你们要在医院里过了。

医生走后检察长对刘剑锋说，你回去休息。明天反贪局还有一场硬仗要打，我让秘书过来。记住，今晚之事不要对任何人讲。

七十四

铁荣三一觉醒来正好是六点整。远处，零零星星的鞭炮声提醒了他，今天是大年三十。

铁荣三披上大衣坐在床上，他知道这个时候案子在手里，案子过了年人可过不了关，说不定会自找麻烦。想了想今天的任务还很重，迅速穿好衣服起来。肖政这时也睁开眼睛起了床，看到刘剑锋还蒙头大睡，两人从暖瓶里倒上水去屋外洗漱。

肖政说，我老家这会儿正是熏蚊烟的时候，趁太阳还没出来，把院子打扫干净，垃圾堆成一大堆然后点火烧完垃圾，再把一只炮仗放在里面点着，轰的一声灰尘全部炸完，在家过年都是我点炮仗。铁荣三也说，我家里也是这样，据说熏了蚊烟来年素净蚊蝇就少了。肖政说，今天过年我们抓了腐败分子，明年贪污受贿犯罪分子肯定也少了。铁荣三说，但愿如此吧。

这时刘剑锋醒了，一咕噜爬起来木着脸坐在床上。往常里刘剑锋睡醒了可有个动静，哈欠连连伸胳膊扭腰还埋怨觉老是不够睡的。可能昨晚上睡的太晚了，今天又是过年吧。肖政说，快起来吧，干到腊月二十九吃了饺子再下手。刘剑锋嘟囔说，今天都年三十了，饺子都吃过去了。铁荣三说，二十九过年是小镇年，三十过年是大镇年，还没吃过年饺子呢。

他们来到办公室时不见了赵局长。铁荣三想赵局长可能睡着了，刘剑锋在一边眨眨眼睛没说话。

赵局长一早接到检察长电话来到医院，看到检察长躺在病房里腿上裹满了纱布，他忽然觉得自己的胳膊一阵疼痛，下意识地用手捂住了受伤的地方。他知道这个时候检察长找他肯定有重要情况要通报，有重要事情安排。

检察长摆摆手让赵局长坐下说，就是骨折没什么大问题，也别责怪那些职工，他们也不是故意针对我们，这事儿搁在我们头上我们也拼了命。手术安排在晚上八点，估计得几个小时。金融大案不可放松，这段时间你全权指挥，既要沉住气又要抓住时机，当断则断。铁荣三是一个能够看透案子的人，多听听铁荣三的案情分析。这段时间，银行大案上我听到不少版本，春节前后会有一些人蠢蠢欲动，你们要尽快收集证据，巩固证据，确保金融大案质量。

赵局长说，检察长放心，案子上所有证据今天全部收集起来，彻底切断他们翻案退路，犯罪嫌疑人马跃的态度也必须纠正过来，我们全局反贪人员就是不过这个年，也要把所有的证据拿下来。

检察长又问，个别领导说安民和安丰是叔伯兄弟，有这回事吗？赵局长说，嗯，他俩是叔伯兄弟，但多少年都不来往了。检察长又说，安民与三千万元投资款有染吗？赵局长说，没有。但是追款还多亏了安民出面做工作，安民在追款工作中起到了很大作用有立功表现。要不，现在还不知什么结果。

检察长安排说，你回去吧，抓紧派人释放安丰。今天不管什么时间结束一定要用车把铁荣三和肖政他们送回家过年，让他们和家里人一块吃顿年夜饭。赵局长说，好吧，城里的让刘剑锋用摩托车送送，保证他们都吃上年夜饭。

七十五

铁荣三安排说，先按照以前定好的路子走，去把马兰先叫来。

肖政和刘剑锋走后，铁荣三又反复想了想和马兰谈话取证方案，选马兰作为纠正翻案突破口应该可行，昨天放马兰回去主要是想借陈科长之手做通马兰思想工作，再者办案组确实也腾不出人手来。过了一段时间，铁荣三在窗子前看到陈科长骑摩托车和马兰一块走进检察院，铁荣三脸上微微一笑。

原来，马兰昨天回家后陈科长一再追问是不是因为马跃的事，马兰在陈科长一再追问下哭了，最后和陈科长说出了实情。陈科长一听就着急说，这样做管用吗？你们这样做很可能是把你们兄妹四个全部搭上，你们不了解反贪局，更不了解反贪局的检察官，这些人是那么好斗吗？和反贪局斗。马兰被丈夫一通训呼害怕了说，那怎么办？陈科长说，反贪局的人我都认识。现在太晚了，明天我和你去反贪局说清楚，不是我们的事凭什么让我们去承担这个责任，承担了也于事无补，他银行出了事你插什么手？再说就是他个人的问题也应该由他自己承担。

陈科长和马兰一夜都没有睡着。

询问室里马兰犹豫了很长时间说，借五十万元的事是假的。铁荣三说道，你具体谈谈？马兰回忆说，三个星期前，大哥骑摩托车到学校里对我说有急事儿叫我快上车。他把我带到他家里，我看见二哥也在那里，在场的还有左庭长。

左庭长说，我今天去看守所宣布判决书特地去看了看马行长，人这个时候难啊。马兰听到三哥有消息，心里一阵酸楚楚的。

左庭长说，马行长有话要我传给你们兄妹仨，他说借你们兄妹仨的钱他出来就还，让你们别着急。说完左庭长走了。

我听到后百思不解，因为三哥没借过我家什么钱。大哥说，我去问过老三家，她说搜查时反贪局扣了家里一百五十万存单也不知是哪儿的钱。我想老三出了这么大的事可能想要我们帮忙，都是同父母所生，我们怎么也得替他担待点。

二哥说，我们怎么担待？大哥说，我想了想就是这一百五十万存单的事，那很可能是老三，大哥虽然没再说下去但我们心里都明白了。大哥又嘱咐说，要是反贪局的检察官找我们落实这件事就说老三借了五十万元，这凑起来正好一百五十万元。

马兰问大哥，那行吗？可别牵扯着我们。大哥说，没事，到时候法院那边算左庭长的。人家好心好意地帮咱家老三，我们得好好谢谢人家。

马兰说，事情的经过就是这样。

铁荣三又问道，过后又联系了吗？马兰摇摇头说，没有。铁荣三说，谢谢马老师，大年三十我们给你添麻烦了。这时肖政取完了材料，马兰签上字捺完手印。铁荣三说，你回去过年吧，我看老陈不放心还在大门口等着。

马兰刚走赵局长来到询问室问，怎么样？铁荣三微笑着点点头。赵局长又说，检察长安排今天取完证还得提审马跃，要彻底打消他的翻供心理，否则年后有麻烦。这样，你和刘剑锋再把那两人叫来，肖政叫上法警去释放安丰。又对肖政说，叫上安所长让他做保证人。

七十六

铁荣三和刘剑锋按事先掌握的路线来到马老二家，一看大门紧紧关闭着还上了锁，邻居说两口子可能去娘家送年货去了。铁荣三心想，循序渐进策略看来要改进一下，要提前碰钉子了。

刘剑锋骑着摩托车和铁荣三又去了马老大家。在大门口一看，新版新色的门神对联，罗门前都已贴好了，马老大一家开始过年了。铁荣三微微一笑，知道了马老大用心。刘剑锋问铁荣三，马老大想躲避？铁荣三点点头。

铁荣三和刘剑锋听到院子里有动静走进院子，看到马老大正在用力举起斧子砍着木柴，刘剑锋眼神立刻警惕起来。

铁荣三温和地说，马大哥，我们是检察院反贪局的工作人员，先给你拜个早年。领导让我们来请你去一趟反贪局。马老大抬起头来打量着眼前这两个穿制服的人心想该来的总会来。故意问道，什么事儿？

铁荣三知道马老大明知故问含糊地回答说，有几件事儿需要找你了解，希望你配合。马老大指着门口说，你没看着贴上花纸了吗？贴上花纸就是过年，讨债的也不能再上门，反贪局还不让过年了。说完气呼呼地蹲在地上掏出一支烟猛抽着，赖着不想走。

刘剑锋说，今天你必须跟我们走一趟，早解决早回来过年。马老大家属围着围裙从屋子里走出来说，马老大我告诉你，这个年你不想过就算了，我和孩子还想过。你那个贪污犯弟弟我们也没托上什么福，我警告你别把祸水引到这个家里来。

马老大把斧子狠狠地砍在柴墩上，眼神里透出一股阴冷的光芒，什么也没说，闷着头跟着铁荣三上了摩托车。

来到反贪局询问室里，刘剑锋让他坐到座位上。马老大仰起脸问刘剑锋，怎么？反贪局还不让过年了，不让过年就不过了。

刘剑锋没好气地反问道，谁不让你过年了？是你自己不想好好过年，你自己活作还想怨别人。马老大一听刘剑锋的话顿时扯大了嗓门说，什么了不起。真是？我活作什么了？你有什么证据污蔑我活作？我活了大半辈子了还没人说我活作过？我今天见仙了。刘剑锋接上说，对了，我们很尊重你的年龄，尊重你是长辈。但是，我希望你更要自重。马老大张开大嘴说，你是说我为老不尊是吧，你回去问问你爹你妈去，你有什么资格说我为老不尊。刘剑锋正色说道，这是你自己说的我没说。

刘剑锋还想再烧把火。铁荣三摆摆手说，没有谁不让你过年，年还得过，事情还必须讲清楚。马老大从话音里觉得铁荣三软弱就对着铁荣三质问道，什么事儿？我做什么啦？有什么了不起的？铁荣三说，在马跃一案中，你扮演了什么角色？做了哪些违法事儿？你心里清楚我们也清楚，今天你必须如实讲清楚，讲不清楚你自己考虑后果。马老大脸上一层怒色说道，什么了不起真是，砍了头也只不过碗大的疤，我这把年纪死了也不少了，真是。

铁荣三又说，今天我们就谈这一件事儿，什么时候想起来什么时候谈，什么时候谈清楚什么时候回家过年。铁荣三撂下这句话不再发问，询问室里沉寂下来。

赵局长也是着急过来看看。铁荣三说，马老二去岳母家送年货了，这个马老大和我们之前估计的情况一样。赵局长看了下时间说，现在是下午两点，估计马老二回家了，我和肖政去把他弄来。

询问室里，铁荣三离开了很长时间。刘剑锋和另一名法警守在那儿一句话也没问。天色渐渐暗下来，刘剑锋打开询问室电灯，灯棍吱吱地叫着，马老大看了看电灯棍知道天黑了，心里开始着急，眼睛四下里瞅。刘剑锋问，你看什么？马老大说，没看什么，小兄弟有什么事直接说就是。刘剑锋问道，不是已经和你说明白了吗？装什么糊涂。

时间在一分一秒过去，马老大开始坐不住了，对刘剑锋说，我说还不行吗？刘剑锋一看马老大开始服软开始动摇，于是又郑重其事地说，领导都很忙，现在还没时间，等会儿再说。说完刘剑锋跷着二郎腿，神情悠然地坐在那儿。

半个小时过去了，马老大靠不住劲了又开始着急要求刘剑锋去把领导请过来并且说，再回去晚了娘们还不把我吃了。刘剑锋笑着问道，真想讲还是想糊弄事儿？马老大说，真想讲，真想讲。刘剑锋说，那也得看看领导有没有时间。

这时铁荣三走进来说，老马，你二弟和马兰老师都回去过年了，你打谱怎么着？我告诉你，你的行为已经违法，再这样下去就构成犯罪。在这里你的时间是有限制的，超过了时限可由不得你。马老大这回再也不耍性子了，急切地说，我讲我讲。铁荣三又问道，讲真话还是讲假话？

马老大说，真话，干巴的真话。

马老大一口气讲完，铁荣三迅速记好材料说，你回去吧，你二弟在门口等你。法警领着马老大走了。

刘剑锋笑着说，这招管用。铁荣三觉得松了一口气说，赵局长让嫂子煮了水饺，我们抓紧吃，检察长安排连夜提审，争取把事实材料拿起来。刘剑锋说，真要吃了饺子再下手啊。铁荣三说，检察长听说年关案子上有情况，我们就在大年夜摆开战场，看他们怎么着。刘剑锋没再说什么点了点头。

赵局长安排说，吃完饭铁荣三和肖政去提审，结束后刘大队开车把铁荣三、肖政送回家。两个年轻法警回家吃饭去了。刘剑锋在那里生气，嘴里嘟囔着说，今晚上还真过了年五更了。铁荣三瞅了一眼刘剑锋说，嘿，别以为除了你这块云彩就不下雨了，就是绑上条狗把方向盘上拴根油条，狗爪子也能拨拉开着走。一句话把大家都逗笑了。

黑黑的天幕上空没有一丝星光，一只起花拉着长长的哨音窜向天际，啪的一声炸响，一朵礼花在黑夜中绽放开来。

七十七

吉普车在机耕路上颠簸，沉沉夜幕下车灯灯光显得特别亮，光柱照得很远。又一只起花在远处夜空里炸响。

刘剑锋边开车边问道，我怎么觉得今晚有点特别，四处都神神秘秘的好像有埋伏。赵局长说，怎么？害怕被人打了伏击，措手不及。刘剑锋说，倒不是因为这个，好像总有一种感觉。肖政问，什么感觉？

刘剑锋摇摇头说不出来。

铁荣三说，你仔细想想就清楚了。车内人都不再说话，车灯照向远处看守所高高的围墙。刘剑锋突然说，我想起来了，今晚马跃的神经最脆弱，就像我们埋伏下神兵千百万，大年夜里打冲锋，打他个措手不及。赵局长说，算你聪明。

看守所大门紧闭着，节假日是看守所最紧张的时候。肖政下车叫开门到外执勤处办好了提审手续。不一会儿，内执勤把马跃送过来。马跃看了看反贪局的办案人员几乎都在，脸一直阴沉着。

赵局长问道，马跃，知道今天是什么日子吗？马跃回答说，知道，今天过年。赵局长又问道，吃年夜饭了吗？马跃面无表情没说话。

赵局长拿过一盒水饺示意刘剑锋给马跃吃。刘剑锋接过饭盒打开盖放在马跃眼前气呼呼地说，快吃吧。马跃眼睛盯着热气腾腾的水饺，咽了口唾液，把头扭向一边问道，今晚送我上路。赵局长说，这是我在家里做好给你过年吃的，你想得太多了。马跃抬头看了看赵局长又打量了一眼周围的人，低下头不知想什么。

刘剑锋和肖政在一边偷偷地笑。铁荣三说，马跃，不要以你自己的心理推测我们。世界那么美好，生活那么美好，我们应该用良好的心态对待一切。水饺代表着赵局长一片心意，里面没有毒药也没有迷药。说完铁荣三拿起一个水饺放在嘴里一口吃下去。刘剑锋对马跃说，你不吃就算了，我还没吃饱呢，你不吃我可吃了。马跃快速用戴着手铐的双手护着饭盒，拿起水饺大口大口地吃起来。

医院手术室门前，检察长已经躺在移动床上做好了手术前的准备。检察长家属走到床前紧紧地握着他的手，什么话也没说。检察长安慰她说，你放心不要紧，一会儿就好了。

看到移动床缓缓推进手术室，检察长家属无声地流着眼泪。秘书过来劝她吃饭，她抹了把眼泪摇摇头。

七十八

看守所提审时，马跃吃完最后一个水饺回味说，手艺不错，谢谢赵局长。

刘剑锋说，那你就好好配合我们的工作，把没交代的问题赶快交代清楚，别再撕撕扯扯的痛快点。马跃看了看刘剑锋说，我没什么好交代的，就是有问题我现在还没想起来呢。肖政一听马跃在明着讹人就说道，马跃，领导都好心好意地对你，你可别不识好歹，你再好好想想。马跃说，没问题就是没问题呀。

赵局长和铁荣三对望了一眼，两个人同时走出去。马跃看着门口说，哼，好心好意，我谢谢反贪局的好心好意。五年前，赵局长扶持老葛压得我喘不动气，要不我早就是行长了，我也到不了今天这种地步，人家当够了把一个烂摊子扔给我。现在又是铁荣三扶持他同学当行长，栽赃陷害我。我这辈子算是领教了反贪局的好心好意了。

肖政说道，你自己想歪了。反贪局办案，有法必依，执法必严，违法必究。谁侵害了国家和集体利益我们就查办谁，法律就惩治谁。马跃拉下脸说，铁荣三就是和他同学合谋陷害我，我要控诉我要申诉。刘剑锋怒斥道，你说怎么合谋的？你说怎么栽赃的？你还不如说是赵局长逼着你贪污的？家里的钱是铁荣三偷着埋上的？马跃接上说，对对，小老弟你真是神仙。就是赵局长逼着我贪污的，钱就是铁荣三偷着埋的，就是合谋栽赃陷害我。肖政驳斥说，说话要讲证据，你有什么证据？你有什么事实？马跃冷笑两声说，我有证据也有事实。刘剑锋接上问，你有什么证据？有什么事实？拿出来呀。马跃理直气壮地说，铁荣三被隔离审查，这就是铁的证据，铁的事实。刘剑锋和肖政不安地对视一眼，知道看守所内外通了气。

这一切被马跃看在眼里。马跃得意地说，怎么样？我没说错吧，真理就是真理，一句顶一万句。肖政说，那只是个误会，现在铁荣三早就解除了隔离审查。马跃一拍桌子大声说，那能说明什么？只能说明反贪局用钱买通了纪委，狼狈为奸残害我。

赵局长和铁荣三正在隔壁商量对策，听到吵吵声赵局长推门走进来。看到刘剑锋怒火中烧正在和马跃缠斗，肖政苦笑着脸对赵局长说，就是“死猪不怕开水烫”。赵局长对马跃说，有什么事心平气和地说。又对肖政和刘剑锋说，继续问。赵局长开门出来，身后传来火药味十足的争辩声。

赵局长对铁荣三微微一笑，看了看时间说，现在是晚上十点整，再过两小时就是新年，你过去吧。

七十九

漆黑的夜空里，一只只起花拉着长长的笛声窜向高空，为新年绽放着艳丽的色彩，一阵鞭炮过后一切又平静下来。

铁荣三家小院里，张灯结彩。

铁子一蹦一跳地从邻居家跑到屋子里对奶奶要求说，奶奶，我听人家都放鞭炮了，小二家也准备放鞭炮，我们家也放吧？奶奶说，那是他们刚包完水饺向天地报告，上天言好事下界降吉祥。铁子央求说，那我们家也得报告报告吧？奶奶说，等你爸爸回来就报告。

铁子看着满桌的菜肴馋得咽了口唾液，小手不自觉地伸向桌子上的年糕，铁子妈用眼神制止了铁子说，妈，菜都热两遍了，荣三怎么还不回来？铁子也说，奶奶我饿了。奶奶说，玉芬呀，先给铁子拿点吃着，孩子小靠不住时候。玉芬说，妈，荣三到底还回不回来？都什么时候了，这样的差事干脆就别干了。奶奶说，别急，还有两个时辰就该发纸马了，荣三快回来了。奶奶说完，心里还是有些担心。

铁荣三来到提审室里慢慢坐下来，马跃一下子闭了嘴一句话也不说了，铁荣三也没问什么。沉寂了几分钟，铁荣三淡淡地说道，继续说，怎么不说了？什么栽赃陷害你扶持他人当行长？也不看看自己是谁你也配？马跃没吱声。铁荣三又说，马跃你把行长的位子看得太重了，你把权力和金钱看得太重了。这两样东西真比人的生命都珍贵吗？

看看马跃不再胡搅蛮缠，铁荣三又说道，你自己的问题你自己能解决吗？

俗话说众人拾柴火焰高，大家都携起手来共同面对，共同解决，我想没有解决不了的问题。三千万元投资款问题不是解决了吗？当然追款过程有我们的辛苦，你不是也表现出了积极的态度吗？在这个问题上，我们不管你以前是怎么想的怎么做的，但是追款过程后期，你个人思想的转变还是值得肯定的。

铁荣三又看了看马跃，那张脸上麻木冷漠的表情已经慢慢退去，剩下的只有凝重的思考。铁荣三又问道，你谈谈葛燕是怎么死的？

马跃思索着回答说，跳楼摔死的。铁荣三追问道，葛燕为什么要跳楼自杀？马跃摇摇头表示不知情。铁荣三说，葛燕跳楼自杀这里面的原因与你有关，与三千万元投资款有关，我们希望你不再去回避问题。肖政插话问道，银行职工都怀疑是你把葛燕推下楼去摔死了？你就是杀人凶手？

马跃抬起头来看看铁荣三，又看看肖政辩解说，我也没想到葛燕会自杀。刘剑锋说，还有一个人也自杀过。马跃问，谁？刘剑锋和马跃说，金世传。马跃垂头丧气地说，没想到现在的年轻人感情都那么脆弱，我这辈子碰上了，我是倒了八辈子霉了。

铁荣三说，所以，我们要求你实事求是地交代问题，是你的责任你逃脱不了法律的惩处，不是你的责任我们也绝不会硬往你身上安。但前提是你必须实事求是地交代清楚。

马跃静静地思考着。

八十

马跃开始平静地叙述。

投资第二年春天，马跃心里也有些担心。金世传每次出差回来，脖子上总围着一条宽大的花边丝巾油头粉面的，那副张扬相绝不亚于得胜而归的什么王子。背地里行里都叫他金行长，有时候就明着喊他金行长。那天在办公楼下，葛荣和几位老职工看见金世传出差回来都凑过去和金世传打招呼。

职工说，金行长呀，这次给我们带来什么好消息？葛荣也问道，金主任，这笔投资款什么时候能见到效益？金世传和他们一一握过手说，现在投资房

地产开发利润丰厚，我们和开发商平分利润。投出三千万元按百分之二十算就是回报六百万元，年底大家少不了这个。金世传说完拇指和食指做了个数钱的动作后又说，我找行长汇报工作去。

几个职工说，这年轻人有出息，要是给我们任行长就好了。葛荣什么也没说，默默地思考着。

马跃站在窗前，听着这些话心里觉得很不是滋味。自己上台时备受争议，几年来一直在职工的质疑声中过日子，现在这个金世传却出尽了风头，占尽了风光，以后我这个行长也恐怕要栽在这人手里。

从那以后，马行长开始留意金世传。

马跃发现，金世传时不时往财务科跑，有时还请葛燕吃顿饭。马行长心里觉得堵着一口气时不时堵得自己难受，财务科重地岂容一个不相干的人随便出入。

金世传二次出差回来和马行长汇报完工作，马行长赞许道，小金呀，年轻就是好。你看你年轻有为的有对象了吗？金世传欲言又止好像羞于出口。马行长又问道，是不是和小葛恋爱了。金世传脸都憋红了，点了点头。马行长又说，要不要我给牵牵线做媒人。金世传感激地说，谢谢行长关心。葛行长那里您能说上话，麻烦行长抽空给说说。

马行长又问，你们恋爱多长时间了？金世传说，三个月。马行长说，祝福你们永结连理，争取早日喝上你们的喜酒。

马行长过后亲自去了趟海城，找到安丰做了安排。回来逼金世传去海城找回投资款。几个月后，金世传回家过中秋节，没找到投资款半点消息空手而归。马跃召开银委会通报情况，命葛荣去派出所报案，吓跑了金世传。

派出所把金世传列为一号疑犯，葛荣领着派出所民警数次蹲点守候抓捕都没有抓到金世传，连金世传的影子也没见到。

马跃交代完抬头看了看铁荣三说，往后的发展你们也都知道了。我当时就是想让金世传离投资款远点。铁荣三又问道，接下来你把毒手伸向了葛燕。马跃说，葛燕在这个问题上是有错误的，她未按合同规定时间划款直接导致了工程投标失败，工程没拿到她却把所有投资款全部划出去了。这样的财务科长还能用吗？

肖政问道，你是说葛燕迟缓划款贻误商机，你想撤销了她这个财务科长？马跃说，这样的人不适于在财务科继续干下去，找个业务科打发算了。职工们也都议论说，他俩里应外合把我们的三千万元资金给诈骗了，金世传携款潜逃抛弃了葛燕，她是畏罪自杀。

铁荣三拍了拍巴掌冷冷地说，精彩精彩。马跃，这一切不都是你在导演吗？不都在你的掌控之中吗？三千万元投资款只是起因开始，你的一石二鸟之计还刚刚开始。葛燕的真正死因是你的平生杰作。马跃问道，什么杰作？这与我有什么关系？铁荣三从牙缝里挤出两个字，死账。

八十一

马跃听到死账这两个字，头皮一阵发麻心里一阵阵紧张，戴铐的双手不由哆嗦了几下，整个神情顿时委顿下来。

铁荣三说，从死账暴露的第二天起，你开始对葛燕实施打压陷害。

一天，葛燕拿着一本凭证来到马行长办公室里说，马行长这笔账出了问题。马行长问道，什么账？葛燕说，就是上个月处理过的坏账。今天我见到了这个客户他没死，应该把账调整过来。马行长瞅了一眼葛燕说，你是不是看到鬼了鬼迷心窍。你这个财务科长是怎么当的，当不了就别干了。年纪轻轻的天天像掉了魂似的，财务科出了问题你必须负责，你必须承担责任。葛燕被马行长一顿训斥，脑子嗡嗡地直响，连忙说，我回去再核一遍看看。马行长说，那你可得核仔细了。

葛燕走后，马跃眼睛里露出一丝可怕的光。

金世传被吓跑，给了马跃更大的操作空间。一年多时间里葛燕想找机会和马行长汇报自己的核账情况，但每次都被马行长以种种理由拒绝。死账问题一直被拖到单位职工写信举报，工作组进驻银行。其实这段时间，马跃一直想把死账问题处理好，但一直苦于没有找到合适机会。

工作组进驻银行的第一天，马跃得知工作组查账消息，立即召开中层干部会议，安排财务科最后汇报。

葛燕说，死账共十笔计款一百五十万元，这些账务的核销造成国有资金流失。马行长打断葛燕的话问，这些账不是你处理的吗？你还怀疑什么？葛燕说，我是怀疑有人侵吞国有财产贪污公款。马行长质问葛燕，这就是你调查的结果？我也调查过，都说这些钱都在你那里被你贪污了。

葛燕当时想起了那个让自己无法摆脱的噩梦。财务科里，马行长拿着几张凭证过来找葛燕处理账，葛燕审视完凭证问，行长，经手人栏目都没填写内容。马行长说，你帮我填一下。几年不处理业务了手生了。葛燕在经手人栏里认真地填写上马跃两个字，马行长看后还夸奖说，漂亮，一笔好字。

葛燕当场大哭高声争辩说，我没有，我没有。马跃也提高了嗓门，你说你没有，那你说是谁拿起来了？说呀。葛燕仍争辩说，我没有，我没有。马行长又说，还有，那三千万元投资款现在职工写信举报你和金世传内外勾结骗取国家银行资金。找不到金世传这个钱你得负全部责任，找到金世传你们两个一块处理按共犯论罪。明天下午弈城领导组织召开职工大会，你必须作出深刻检讨。

马行长的话，像一颗颗炸雷在葛燕头上炸响。葛燕捂着脸跑出了行长办公室，第二天中午葛燕没有回家吃饭。

铁荣三说，后来发生的事情，大家也都知道了。马跃说，铁荣三你是凭空臆造事实。说我是在搞一石二鸟，棒打鸳鸯，残害人命。圈了半天，你还是想把那一百五十万元糊在我身上制造冤案，我告诉你没门。

铁荣三说，刚开始调查时我还怀疑过自己，但是当一切言词证据都指向你时我才开始锁定你。你之所以敢冒天下之大不韪，那是因为你觉得葛燕被你吃定了。在你经手死账单据所有传票上，经手人一栏都是你的签名，但是仔细一看签名又是葛燕的笔迹，造成葛燕冒名领取的假象。你是利用了葛燕的幼稚，反过来又把压力成功地推向葛燕，重压之下，葛燕跳楼自尽。马跃点点头说，有理有据，推理清晰。铁荣三我也告诉你，干屎抹不了人身上，你有一千条理由我就会有一万张嘴，我绝不会任你宰割。

铁荣三问道，你口口声声说自己没有贪污银行公款，辩解说一百五十万元在葛燕手里。那在你家里扣押的一百五十万存单你作何解释？马跃得意地笑了说，这个问题我已经向检察长和各位弟兄汇报过，这些钱是向大哥、二哥和小妹借的，我承认自己有私心，也已经向领导承认了错误，还用我再说一遍吗？

马跃刚说完，刘剑锋和肖政突然哈哈大笑起来，马跃被笑得一头雾水摸不着头脑。刘剑锋边笑边说道，马老大、马老二和你妹妹都从反贪局刚回去，回家过年了。

马跃一听这话脸上的笑容马上又转阴了。肖政又讯问道，还有你和左佑余是怎么密谋的？怎么串供的？还不快如实交代？马跃想了想，交代完了整个过程又补充说道，其实这件事老左是无辜的，我只是让他捎了个话。

铁荣三最后说，马跃你也不想想，你能把活人变成死人，我们也会把死人变成活人。一个人如果把自己的一生做成了死账，那他必须用一辈子来偿还。

肖政开始结材料，铁荣三走出提审室擦了把汗。赵局长过来问道，怎么样？铁荣三点了点头。赵局长说，待会儿让刘剑锋用车把你和肖政送回家去过年。铁荣三问，那你怎么回去？赵局长说，你嫂子来接我。

八十二

医院手术室门前，检察长家属和秘书焦急地等待着。

手术室门慢慢敞开，检察长静静地躺在流动床上。医生摘下口罩对检察长家属嘱咐说，病人还没苏醒，有什么情况要及时联系值班医生。

流动床沿着过道缓缓向病房驶去。

看守所院子里，肖政提着办案包和铁荣三上了车。吉普车缓缓驶出看守所大门，两道光柱慢慢消失在远处沉沉的夜幕里。

赵局长坐上家属的摩托车迅速向医院驶去。

黑黑的夜幕下，突然亮光四起。一阵阵新年的鞭炮轰鸣声，从四面八方滚滚而来。

第二章

引蛇出洞破译天账密码
利剑高悬斩断十年阴谋

一

初春，大地从冬眠中醒来。风失去了冬的野性，从蓝天下徐徐吹过。弈城检察院大门两边，一棵棵高大的法桐树刚刚摆脱寒冷的围困，巨大的树冠上枝头已经泛青。

弈城是一座山城，弈城人民检察院四层办公室楼坐落在弈城最高处，像弈城的瞭望塔。办公楼第四层是反贪污贿赂局，站在反贪局办公室里可以鸟瞰整个弈城风貌。办案组成员们正各自忙碌着手头业务。喧闹声、呐喊声从弈城政府门前阵阵传来。大家纷纷停下手中工作走向窗口，关注着弈城政府大门口发生的聚众上访事件。

弈城政府门前，上访职工越聚越多。街道两边坐满了散乱的人群，人群目光关注着弈城政府机关的一举一动，议论着国企改制中暴露出的种种矛盾。

这时，领头上访的人振臂高呼，还我大楼！

还我大楼，还我大楼。上访群众呐喊声一呼百应，此起彼伏。

今天上访群众还特意打出了两条横幅，第一条红色横幅上写着“共产党万岁!”，第二条绿色横幅上面写着“我们要吃饭!”。横幅引导着人群涌向弈城政府，大院门前人头攒动，口号声声震天。

打倒李乔！打倒贪污犯！严惩腐败！共产党万岁！我们要吃饭！

横幅横在弈城政府大门前，警卫室保安人员前来制止，双方推推搡搡，引起撕扯。

你们还是共产党吗？共产党还讲理吧。你们还为老百姓谋利益吗？你们还代表老百姓利益吗？质询声对着政府大院不断喊着。

口号声、呼喊声，瞬间凝聚成了一股力量，这种声音一而十十而百百而千千而万，在中国大地上汹涌着、澎湃着。

二

远远望去，弈城政府门前黑压压的一大片人群。这几年，不知是改革开放搞活了人的法治思想还是激发了人的贪婪欲望，弈城一有风吹草动，政府大门前经常上演大大小小的群众上访事件。

铁荣三抬头问对面肖政道，东方红商厦职工上访几天了？

肖政正在整理案件讨论记录，抬起头对铁荣三说，三天了。第一天只有三十多人，找领导反映情况，不知弈城政府是怎么答复的；第二天就有一百多人在弈城政府门前集结；今天是星期天亲戚朋友都赶来声援，估计人会更多。肖政接着说，刚把马跃、左佑余案子掀出去，看来又得忙活一阵子。

铁荣三沉思片刻说道，国企改制，多事之秋。你听那口号又牵涉贪污腐败。刘剑锋突然瞪大了眼睛说，不好，公安刑警正在集结，你们看。刘剑锋指着远处公安刑警大院说。

弈城一大怪——楼房门前筑大院。在这座山城里，每座办公楼盖起来，都要围绕着主体楼，筑起高墙拉起大院。政府办公楼与公安局办公楼紧挨着，大院就一墙之隔。公安大院里，全体刑警快速集合站成两排，公安局长略做安排后，两队刑警跑步冲向弈城政府门前。

弈城政府门前，一队刑警手持盾牌，迅速穿过人群，排成人墙挡在弈城政府大门口。另一队公安刑警迅速赶来，对横幅前人群形成半包围之势。今天，这些高墙大院也确实发挥了作用。

肖政说，看来今天要出事。这些检察官密切关注着上访事件，事态的发展牵动着他们的心。刘剑锋表情忧郁地说道，吃亏的还是下岗职工，倒霉的还是老百姓。

上访群众都是东方红商场职工。东方红商场八十年代建起，凝聚着几代职工心血，竟然说卖就卖了。刘剑锋看着弈城政府大楼说。肖政问道，上访能解决问题吗？如果上访能解决问题那我们也去上访去，我们也声援去。

铁荣三左眉边那颗豆大的黑痣像在思考着什么。过了一会儿说，告诉大家一个好消息。刘剑锋问，什么好消息？铁荣三说，我们反贪局又添新丁了。新队员叫吴远是省委组织部选调的大学生，检察长让放在我们办案组锻炼，这两天就来报到。

刘剑锋说，太好了，我们队伍力量又壮大了。才增一个名额，反贪局应该多增十个编制。铁荣三说，反贪局刚成立，编制问题正在解决。到时候人员配备肯定是有的。

铁荣三也在想，办案难取证难是横在我们面前的两座大山，就像这些下岗职工生活难，诉求更难。但总得有办法解决问题吧。

三

敲门声引起刘剑锋注意。这时一位文质彬彬的中年人推门探首问道，同志，这里是反贪局侦察科办公室吗？刘剑锋和肖政都以为是来送选调生吴远的赶忙让座。肖政还不时朝门口望了几眼。

来人自我介绍说，我叫李乔，是弈城东方红商场经理，前几年自己犯了一些错误，引起职工上访，对不起领导。我现在想向反贪局主动坦白自首，争取从轻处理。

铁荣三站起身来仔细打量着这位自称叫李乔的人，并主动握住李乔的手说，欢迎欢迎。肖政和刘剑锋对视一眼都没说什么话。

李乔一脸诚恳又说，前几年我和东方红商场副经理魏弟贪污了一些公款，引起职工上访。现在想起来非常后悔，很不应该，对不起弈城领导对自己的栽培，对不起全体职工的信赖。说到这里李乔不再言语，铁荣三左眉边那颗黑痣让他感到一阵胆寒。

铁荣三示意对方坐下说。李乔坐下平静地说道自己受贿一套沙发，伙同副经理魏弟私分公款四万二千元的犯罪事实。铁荣三安排李乔自己先写个坦白自首材料，让肖政负责出具自首笔录。自己坐在一边静静地听着。

李乔自首牵出弈城东方红商场第四号人物副经理魏弟。

肖政边问边做着记录。记录完毕铁荣三又问，魏弟怎么没来自首？李乔气愤地说，那个人就那样熊脾气，职工都闹到政府去了他还不自觉。铁荣三说，你能不能再去动员一下魏弟前来反贪局坦白自首，争取都从轻处理。李乔摇摇头说，没用的。他那个人钱攥在手里，用火柴棒剜都剜不出来。

国企改制是社会发展阶段的必然结果，改制也是摸着石头过河，没有成型路子可走。水深浪大的时候，什么情况都会发生。弈城检察院这几年每个人大脑里那根弦总绷得紧紧的，节假日检察长都必须值班防止突发事件，星期天加班加点也成了每一位检察官的家常便饭。

铁荣三马上向检察长和赵局长作了汇报，谈了自己的看法。铁荣三分析说，李乔坦白自首是迫于职工上访压力还是良心发现，我们暂且不去管他。眼下我们可利用李乔坦白自首和魏弟涉案情况，暂解弈城政府之困，平息职工集体上访事件。

检察长问道，怎么讲？

铁荣三说，建议对东方红商厦涉案人员立即立案，刑事拘留李乔和魏弟，路过弈城政府门前时和上访群众说明白，我想上访职工是能够理解的，他们会自动散去。同时也解除了弈城政府门前困局。

那不成了游街示众，侵犯人权。那样我们也会引火烧身，以后东方红商场的矛盾可能会转向我们检察院反贪局。赵局长担心会诱发涉检上访，引起不良后果。

铁荣三说，李乔和魏弟确实有贪污犯罪行为，现在李乔还仅仅处于坦白自首阶段，而被牵涉的魏弟我们还没有惊动他，整个案件调查取证工作还没有全面展开，以后我们对上访职工多做些解释工作。当然，押解犯罪嫌疑人路过政府门前，要有策略性，点到为止。

赵局长点了点头说，李乔犯罪形态是自首，虽然还没有动魏弟，但案子是错不了的。同意对李乔和魏弟立案，依法实施刑事拘留。

检察长想了想说道，对，一石二鸟，先刑拘了再说。我刚才接到常青书记电话说，弈城政府前门已被上访职工封锁，希望我们立即派员，配合行动。这样，我联系常书记，争取内外结合，解除危局。赵局长带人抓捕魏弟，行动要快。

铁荣三留在办公室与肖政继续和李乔谈话，赵局长与法警刘剑锋负责抓捕魏弟。崭新的仪征警车在院内潇洒地转了个弯，迅速开出弈城检察院大门。

四

弈城政府二楼会议室里。椭圆形会议桌中间，一束束迎春枝头上结满了硕大的黄色蓓蕾，生命的气息与芬芳正欲喷薄而出。几盆形态各异的仙客来花期已过，点点绿色映衬在迎春花两边。

弈城政府几位领导成员围坐在会议桌前，有的焦虑，有的疲惫，面对群体上访职工一个个束手无策。常青书记也坐在桌前参加会议，弈城国企改制工作，县领导分头抓试点工程。东方红商场改制试点工程就是由常青书记具体负责的。

常青书记说，当初，东方红商场改制工作是按照上级指示精神和弈城政府要求来运行的。东方红商场作为弈城国有企业改制试点工程，在操作过程中，我们慎之又慎。改制一旦成功，改制经验做法会在弈城国企改制工作中全面推广。改制初衷是好的，没想到还是出了问题。我作为改制试点主要责任人愿意承担责任。常青书记检讨中也夹带着申辩理由。

改革总是有得有失，得失并存，谁也不能保证自己的工作没有半点失误。现在不是追究什么责任问题，关键是怎么解决眼前困境？政府办钱主任望着窗外政府大门口说道。尽管门窗紧闭，但嘈杂声、呼喊声还是断断续续传进会议室里。

常青书记说，这两天我们工作组苦口婆心做上访职工思想工作，也都尽力了。但上访职工就是不听而且愈演愈烈，我看不能任其所为，带头闹事者应当绳之以法，坚决打击，以尽快平息上访事件。

枪打出头鸟？抓几个人？逮一批下岗职工能解决问题吗？大家听听下岗职工呼声，根源就是腐败问题。不管是谁不管是什么问题，谁有问题就应该惩治谁，不从根本上去解决怎么平息职工情绪。公安局长的发言中颇有些火药味。

常青书记又问道，以前东方红商场有职工上访情况吗？

弈城信访办主任说，有，这几年东方红商场多次有人民来信举报经理李乔有经济问题。由于牵扯经济犯罪我们都转给有关部门处理，但是调查落实都没有结果。刚开始是匿名举报，后来是职工小规模上访，现在是大规模集体上访。看来东方红商场改制工作存在问题，也许是改制问题激化了职工矛盾，诱发了某些情绪。

常青书记面对质疑又问道，检察院的反贪局调查过吗？

有些举报信也转给过检察院反贪局，应该查过。每年财政税收大检查都反复查过，改制之前还专门调动弈城财务审计两家对东方红商场进行账务资产审核评估，有问题的话应该早就发现了，或者是……信访办主任面有难色没有再说下去。

或者是所有财务审计检查都流于了形式，都走了过场。常青书记听完脸上掠过一丝不快情绪。他知道现在人心浮躁，做什么工作都好大喜功。而自己也只能听听报告，看看材料。

信访办主任边思考边说，这也是我最担心的一个方面。一些矛盾爆发都是积累而成，我们只看到坏的结果却看不到发展过程。结果一旦爆发，我们就成了救火队。

这些年我们吃过的苦头还少吗？上有政策下有对策，管理制度都镀上金边挂在墙上成了装饰品。精美装饰成了一纸空文，无论大事小事就是怎么糊弄过去了事。我们是不是该好好吸取教训？时间不早了，上访职工的忍耐性是有限的，再这样耗下去什么后果都会发生。常青书记说完从座位上站了起来，要去会见上访职工。

办公室主任站起来顺手挡住常青书记去路说，常青书记你不能去，你去了场面会更复杂、更混乱。上访人群中有不少别有用心之人，局面越混乱，结果越惨烈，他们就越有机会煽风点火、搬弄是非。

常青书记对在座的人员大声说道，难道我们弈城领导班子连最起码的群众上访事件也平息不了吗？

会议室里顿时静下来，谁也拿不出好主意，谁也不再多说一句话。大家都明白，这个时候说不到点子上就是自找没趣。常青书记尽管年轻，批评起人来可不是闹着玩的。

这时，常青书记的手机铃声又响起来，低头一看是弈城检察院检察长打过来的，他知道检察长打电话给他肯定有重要事情，赶忙走出会议室在过道里接听电话。

五

常青书记恕我冒昧，打扰你了。手机里传来检察长抱歉的声音。

常青书记立即问道，检察长，你那边集合警力过来了吗？检察长说，还没有。不过有一个情况需要和你汇报一下。

常青书记听着检察长的介绍脸色突然严肃起来。追问了一句，谁？李乔经理。又补充说道，你甭管他是谁？谁犯罪就逮谁，先刑拘了再说。

看到常青书记那脸色，参加会议的人员心里都在暗暗担忧。在这个节骨眼上千万别再出事了，三天来职工聚众上访已经让人焦头烂额，如果检察院哪个环节上再出了问题，那将是火上浇油雪上加霜。

常青书记对大家说，东方红商场又出事了。

会议室里一片沉寂，那架古色古香的座钟嘀嘀嗒嗒不断敲击着会议室内每个人的心脏。

常青书记正在犹豫检察院消息是否和大家公布？按理说，检察院反贪局抓捕罪犯是不能向外界透露的，检察长为什么却把这个消息告诉了自己？而且是在这个时候。常青书记想到这里，突然明白了检察长的用意。但常青书记还是阴沉着脸和大家说，东方红商场经理和副经理涉案。

在场人员听完，脸上那紧张的表情都舒展开了。

公安局长说，原来还是涉及职工上访问题，我看不管涉及数额大小、情节是否严重，先刑事拘留再说。拘留了犯罪嫌疑人我们对上访职工就有话说了。

信访办主任说，刑拘了经理和副经理，人都拿了职工还上访什么。

常青书记对公安局长一点头，公安局长心领意会对着电话喊道，通知所有警力耐心等待，注意安全，准备撤离，不要与上访群众造成摩擦。

常青书记接完电话又对大家说，那两个人马上就被押送弈城看守所，正好路过政府大门口。检察长都安排好了。

那好，我们这就出去和上访职工见见面。

六

李乔从一九八六年七月出任弈城东方红商场经理，杨冬青、朱立治、魏弟任副经理开始经营东方红商场，这个四人组合当时备受弈城商界关注，人称四大名捕合战江湖。但眼下企业改制，新成立方正责任有限公司出资买断东方红商场，一百六十二名职工全部下岗，含泪集体上访。

弈城政府门前巨大的法桐树冠下面，废旧报纸、烟卷盒和烟蒂等杂物散乱一地，法桐树干上还被贴上了大小字报。公安刑警拉着警戒线队形开始收缩，上访群众不明真相却乘虚而入涌进政府大院，双方对峙即将白热化。刑警队长在盾牌后面，拔出手枪打开保险钮，警惕地注视着整个局面，随时准备鸣枪示警。

检察院两辆仪征警车拉响警笛，呼啸而来。未稳住车，检察长就从车门里探出头来，挥臂大声呼喊道，慢着！别开枪。铁荣三也担心那声刺耳枪声。要知道枪声会割断我们与下岗职工的血肉关系，枪声一响就不单单是职工集体上访问题了，媒体炒作外界舆论都将会摧毁整个弈城，会压垮我们政法队伍。

仪征警车放慢速度，缓缓行驶到弈城政府大门口。这一突如其来的变故让对峙双方顿时停了下来，不知所措，都静静地看着检察院那两辆仪征警车。

检察长走下警车，回身看看铁荣三他们，脸上露出满意的笑容。警车立即关闭了警笛声。这时，常青书记等政府领导也走出政府大院。

常青书记招招手对上访职工说，职工同志，父老乡亲，你们回去吧，东方红商场经理李乔、副经理魏弟因涉嫌经济犯罪已被检察院立案侦查并且刑事拘留，所有问题都会水落石出。相信我们党，相信弈城政府，有能力、有信心、有措施解决好东方红商场改制问题。所有事情都会朝着有利于我们广大职工切身利益方向发展，希望大家给我们一点时间，配合我们工作，大家请回去吧。

上访职工狐疑不定，不肯离去。

检察长高声说道，父老乡亲们听我说，东方红商场李乔和魏弟因犯贪污罪被刑事拘留，我们会集中精力对涉案犯罪事实和东方红商场改制问题进行彻底审查，欢迎大家参与和监督。父老乡亲们，你们滞留在政府门前影响不好，解决不了实际问题。请大家配合我们先回去，支持我们的工作。

不少上访职工来到警车前，隔着玻璃向车内张望。

是李乔和魏弟，还戴上手铐了。上访职工交头接耳地议论着。

老天爷睁眼了，老天爷睁眼了。东方红商场下岗职工老财务科长拄着拐棍，嘶哑着嗓子喊着。

上访职工看见李乔和魏弟戴着手铐，被检察官押解着坐在警车内，人群躁动情绪顿时缓解了许多。

李乔和魏弟被分别安排在两辆警车内，两人都耷拉着脑袋，满脸羞愧。个别职工指着李乔发泄说，你也有今天。

两辆警车短暂停留后，朝着看守所方向缓缓行驶而去。

检察长朝着上访职工大声喊道，父老乡亲们、职工兄弟们，我是弈城人民检察院检察长，有什么事以后到弈城检察院反贪局反映或者直接找我，我们会配合政府尽最大努力解决东方红商场改制中存在的问题，我们检察院反贪局本职工作就是维护弈城经济发展秩序，保护老百姓合法利益。谁侵害了广大职工的切身利益，谁阻碍改革开放发展，谁就会受到法律惩处，大家放心都回去吧。

上访职工慢慢散去，弈城政府门前恢复了平静。几名参加会议人员长长地吁了口气，心里悬了几天的那块石头终于落了地。

七

十年前，弈城东方红商场竣工。开业典礼那天，弈城政府老领导们早早来到会场，剪彩开始，鞭炮齐鸣，弈城这座落后的小城平添了许多信心和希望。日本侵略者被赶出弈城四十多年后，这座废墟上终于建起了五层商场。

聚弈城之力，穷全城之财，人民商场人民建，建好商场为人民。商场是弈城经济和城市建设的里程碑，代表着弈城九十万父老乡亲的希望，弈城老县长亲自为商场冠名为东方红商场。

东方红商场经理任用问题，组织部门颇费了脑筋。弈城商界很多经营好手都看好东方红商场这块风水宝地，纷纷加入竞争。组织部门和弈城商业委员会决定用演讲擂台来决定东方红商场经理人选。

李乔演讲最富有感染力，打动了评委。他说爱因斯坦说过，给我一支杠杆我可以撬动地球，那么给我一个平台，我会引领弈城经济腾飞。李乔有开拓精神，年富力强，在竞争中脱颖而出。东方红商场领导班子组阁问题上，上级主管机关会充分考虑李乔个人意见。当然，民主和集中相辅相成，缺一不可。

李乔你看看谁做你的助手合适？政府领导要求选人要打破条条框框，打破行业界限选准能人，组织上会尽力协调。主管领导问李乔。

李乔想了想说，青山乡供销社主任朱立治是一把经营策划好手。一个穷乡僻域，那几年在朱立治策划经营下，营业额连年翻番，创造的辉煌前所未有，我看中他那种苦干加实干的拼命精神。

在座的领导都点点头。

李乔接着说，第二个是弈城商业系统杨冬青。杨冬青虽未进过财务学校学习，但多少年来刻苦磨炼，练就一身过硬本领。杨冬青记账就像是表演，左右开弓，左手拨动算盘右手飞速记录，并且从不出错，在我们弈城商界号称铁手神算。

第三人是肉食加工厂保卫科魏弟。魏弟上山下乡返城后被安排在这个小厂做保卫科长，虽然语言表达有困难，工作上却善于动脑筋，肉联厂从厂长到职工都非常佩服他。

一次工人下班时路过工厂大门，魏弟拦住了一个挺着大肚子的女职工，让她接受保卫科检查，厂长走过来劝说魏弟放手，一个怀孕女人有什么好检查的。魏弟还是从那个女人腰间扯出半斤精肉，魏弟对厂长说，一天两次下班就损失一斤精肉，社会主义墙脚就是让这些人挖空了。原来那女人在分割车间做零工，休息时间把猪里脊肉切成条片，用包装塑料纸包成腰带形状捆在腰里带出厂外。魏弟在这个岗位上有些不近人情，厂里人叫他冷血动物。但是，也只有魏弟这种敬业精神，才能震住这些歪门邪道。

商委领导听完不由笑了起来说道，冷血、铁手，那你不就是无情了吗？朱立治也像是追命，你们四大名捕要合战江湖吗。好！有意思，尽快把想法报告给组织部门，东方红商场要尽快发展起来。

李乔也被这缘分巧合逗笑了。他也知道，有人的地方就有江湖，有商机存在就会有激烈的拼争，商业竞争也存在恩怨情仇。

十年过去了，东方红商场在计划经济向市场经济过渡过程中，没有引领弈城经济发展潮流，在残酷商战中败下阵来，经营情况每况愈下。开始几年，职工还能领到基本工资。中间几年，只能勉强维持发发生活费。最近几年，连起码生活费也发不上了，职工纷纷自动离岗而去，自谋生路。

其实，世界上所有自然现象都一样，一种社会现象消失后，另一种社会现象自然会取而代之，并且极具生命力。就像最普通的野生植物，死亡预示新生，枯萎预示着蓬勃。如今，东方红商场改革究竟出了什么问题？改革一定要付出惨痛代价吗？

李乔和魏弟涉案以及职工上访问题说明了什么？

八

李乔投案，魏弟落网，四大名捕已去其二。群众息访息诉，整个弈城恢复了平静。东方红营业楼里，不时走动着一两个顾客身影，一片萧条，几个营业员交头接耳议论着上访事情。

刑事拘留第三天，李乔被取保候审。不少群众不明就里，有些胆大的三五成群到检察院咨询情况，举报控申科老李不停地向他们做着思想工作。可是审讯魏弟，案情发展却出乎意料。

弈城看守所提审室里，魏弟已被剃了光头，穿着号服。那颗明晃晃的脑袋闪着一阵阵青光。铁荣三、肖政和刘剑锋正在审讯魏弟。

铁荣三问道，魏弟，知道为什么刑事拘留你吗？魏弟茫然回答道，知道早知道，冤枉啊。

铁荣三说，东方红商场下岗职工上访事件牵扯到你和李乔。经我们调查，反映情况属实。魏弟说，他们，他们。魏弟欲言又止，只是一个劲地喊冤。

魏弟在四大名捕中排行最末，天生结巴基本处于半哑状态。平常说话只说三个字，四个字以上只能用手语表述。现在双手被铐，无法手语，憋得一阵阵脸色红紫。但魏弟性如烈火，心狠手辣，打架不惧生死是一把看家护院好手。李乔用他分管保卫、群团以及外协工作正是用他之长，对内外都有威慑作用。魏弟和杨冬青出差追要货款，从未失手。

肖政不耐烦地说，一个哑巴经理，到残疾人福利厂当经理还差不多。别再和他浪费时间了，根本无法交流。

铁荣三想了一会儿仍耐心地问道，你会写字吗？给你纸和笔自己写行吗？你就写写你认为有哪些冤屈？魏弟摇头作答，从那一双眼睛里可以看出，魏弟有很多话憋得脸上一阵阵发红，就是说不出来。

铁荣三知道结巴越急越说不出话来。他想起自己上学时班里有一个学生就是结巴但唱歌不结巴就问道，魏弟，你会唱歌吗？魏弟点了点头表示自己会唱歌。

铁荣三又进一步问道，会唱东方红太阳升吗？魏弟又点了点头。

铁荣三说，那你就用这句唱词曲谱把你要说的话，唱出来。魏弟脸上红一阵白一阵，最后低下头唱道，李乔，陷害我。我是，冤枉的，我根本就，不知道，什么事。后面三个字节拍不够了，魏弟是快速念出来的。

肖政等人坐在旁边，忍不住大笑起来。铁荣三脸上一下子严肃起来，心里想天残地哑是最好的掩饰，看来魏弟想用这种方法死不认账，铁荣三暗暗怀疑魏弟和李乔是在和反贪局唱双簧。

刘剑锋边笑边问，魏弟。你有罪吗？魏弟用手指指嘴，结结巴巴说，冤枉啊冤枉啊。魏弟不敢抬头，不敢面对检察官，不敢正面回答问题。魏弟在和检察官对峙中，失去了冷血本色，显得底气不足。

肖政说，法律规定，重事实重证据不轻信口供，你的供述只代表你的认罪态度，态度好坏直接会影响到法律对你的量刑判决。刘剑锋提醒肖政，魏弟是结巴。

铁荣三从魏弟眼神里看到，魏弟虽然语言有障碍，但心思细致，内心非常坚定，脑子转悠三圈口中表达不会超出三个字。魏弟面部表情的变化，也可能来源于语言上的障碍，语言和听力有障碍的人在一定环境下往往会表现出与常人不同的情感状态。但是，魏弟现在状态好像还有一层深意。

铁荣三感到，审讯魏弟时机还不成熟，案情发展方向必须进行调整。于是对魏弟说，今天我们就谈到这里，你回去再好好想想，要争取好态度，争取从轻处理。魏弟还是不住地点头作答。魏弟是既想争取好态度，又不愿实事求是交代问题，有想法有顾虑。案情发展到瓜熟蒂落时出现这种状况属于不正常现象或者反常现象。

这次提审魏弟，魏弟基本上就说了两个字，冤枉。

九

东方红商场外貌残旧，“东”字倒挂在一边，随风摇摇欲坠。营业厅里只有零零星星几组柜台，满目狼藉，遍地灰尘。营业厅角落里挂满了蜘蛛网，几名售货员正坐在柜台前打盹。五层楼是办公室还算干净，几张办公桌一排联邦椅让人想到坚守的困境。李乔取保候审在家，朱立治和杨冬青两位副经理主持日常工作，检察人员在取证时找到两位经理。杨冬青不愧是铁笔神算，能很快找到相关账证，依账出证非常顺利。

现在商场职工有什么动静？铁荣三问杨经理。杨经理说，还会有什么动静？人都进去了职工也就算完了，这些人唯恐天下不乱。杨冬青把相关账本凭证放在铁荣三面前。

朱立治那双眼睛，不停地审视着相关账证，仿佛想从字里行间窥探出什么秘密。这双眼睛让人有一种深不可测的感觉。不错，朱立治善于策划，老谋深算，锲而不舍。

第二天办案小组又来到东方红商场查账，副总经理朱立治和杨冬青早已等候在办公室里。

昨天两位经理辛苦了，今天还有几笔账我们自己看看，不再耽误你们时间了。我们查完后再和两位经理碰碰头。铁荣三支开两位副经理，避开朱经理那双眼睛。办案组人员一块走进财务档案室。

杨经理打开财务档案室，朱立治一听检察官话里有话就笑了笑说，正好一楼今天有点事，我们需尽快处理处理。说完和杨冬青走出财务档案室，杨冬青随手悄悄关上财务室铁门。

杨冬青看了看朱立治意思是怎么办，朱立治微笑着摇了摇头。两人一块向楼下走去。在楼梯口上朱立治问杨冬青说，你担心什么?

我担心什么？我什么也不担心。杨经理抬头挺胸，理直气壮。杨经理与朱经理在经济上关系密切，但在有些时候心里总隔着一层皮。杨经理又满不在乎地说道，上次弈城工作组里，会计审计来了一大群。反贪局也来查过多次了，结果还不都一样。

朱经理警告杨经理说，这次不一样，我看那个三只眼检察官就是故意支开我们。他们会不会从账面上看出什么问题来吧？杨经理毫不在乎说，让他看去，四只眼也没用，让他们见识见识天账是怎么写出来的，看上三年也白搭，早晚还得找我这个老师指路。

那担心什么？杞人忧天。朱经理看杨经理胸有成竹的样子，心里也柱壮了许多。人上了年纪胆子就小了，嘴上虽然这样说但心里一直担心。

朱经理和杨经理互相打着气，朱经理感到脚底下走路又踏实了。

十

朱经理现在很自信，自信来源于改制前清产核资那段日子。

刚过完春节，弈城政府专门组织召开东方红商场改制工作会议，常青书记主持，成立改制工作领导小组，办公室设在东方红商场财务室，并从审计财政部门抽调部分业务人员对东方红商场现有资产、负债净值及财务进行清产核算。目的就是防止改制出篓子，推动改制工作健康稳步发展。

工作组人员报到那天，李乔和杨冬青去东北三省出差，朱经理负责接待服务工作。第一批报到人员是弈城会计事务所王会计师和他的助手，当时朱经理大吃一惊，老王是弈城财务界账务高手，弈城会计之母，看账时冷着脸问这问那，朱经理和老王打交道多次，每次都会被老家伙折腾得心里发虚。一一握过手后，朱经理连忙把老王等人让上五楼会议室说，里面请坐，先喝水。

朱经理还未回过神来，审计局审计所的人又来了。司机说，邓老晚一会儿过来。朱经理一听头皮有些发麻，邓审计师是弈城审计之父。

朱经理一边应酬一边心里滑魂，这不像是清产核资搞改制，这是要命来了。

朱经理在担心中熬过了一个星期，但他又有了新的发现。近一段时间，清算工作组人员忙忙碌碌，不停地翻动账本，大多数时间里是看着账本发呆。会计师老王和审计师老邓理解看法不一致产生了摩擦，时不时争吵两句。门下弟子也都引经据典，时时争吵不休。有时朱经理在门缝偷着听到里边争论，脸上都偷偷地笑，心里那一丝担忧荡然无存。

清产核资进入扫尾阶段。一天傍晚，王会计师和邓审计师提前来到餐桌前，邓审计师主动征求老王有什么意见，清产核资工作明天基本结束。老王你看看还有哪些工作需要做？

王会计师一听气就不打一处来说，从来没见过这种账，地球上没有这种记账法则，直接就是一本天账。邓审计师说，不管怎么说，账面乱而有序，账账相符、账证相符、账表相符、账实相符，不就行了吗？我看可以下结论了。

王会计师又说，账是我查的你看过了？你看懂了？还账实相符？库存物资你们清点过了？审计了？邓审计师看老王跟吃了枪药似的，语气里也不依不饶进行还击道，十几年的破鞋烂掌子，蛛网和脏灰也够扫三个月的，怎么清点？再说相符内容都是你们核出的结果。

王会计师笑了笑，他知道争论是不会有结果的。缓和了语气说，财务档案早让他们卖钱吃了，这个账无法查透，再查三年也就这个结果，谁有本事谁查去。

其实老邓和老王原先是同事，都从事财务工作，成名于七十年代，后因工作需要，老邓改行做审计。两人至今还引领着弈城财政和审计两大领域的业务水平。

老邓听老王话音里有些妥协便顺势自己下台说，这就对了，我们何必在一棵树上吊死。两人还想交谈点业务方面的事，朱经理和清产核资组人员都来到了饭桌前。

恭喜二老大功告成。今天晚上我特意安排了羊肉炖鲤鱼给二老补补，这也是东方红商场招待最高标准，欢迎二老多多指导商场财务工作。朱经理打着呵呵将二老让到上座。

老王性急说道，不敢不敢。开了眼了，直接就是一部天账。专家嘛说话都是直来直去不拐弯儿。

服务员忙着上菜。

天账？朱经理脸上笑着说，哪里哪里，天账都在玉皇大帝那儿，能够看到天账就是天上神仙了，能够看透天账那是上仙了。二位老神仙不谈这些了，来咱们吃饭，中国式饭局符合中纪委规定精神，四菜一汤一点也不超标。不过尽管吃，想吃什么就要什么，桌面上就保持四菜一汤。

正吃着饭，邓审计师心里咯噔一下子，听说东方红商场下岗职工要集体上访，难道与这些天书天账有关？

十一

东方红商场财务室里，财务档案经财务审计核算组整理过，排列整齐有序。铁荣三安排办案小组每人把关一个年度账务，仔细审核。

看着看着铁荣三皱紧了眉头，东方红商场财务账上，所有账户像一个活动八卦阵，喧闹而又布满了神秘色彩，所有账本凭证都组合成一条让人难解的谜语。

肖政边看边说，记账人总在不停折腾。这种冲调转结像是古代战阵中不断冲锋陷阵的铠甲部队，冲锋目标是什么？

其他应付款李冬治户和职工集资户，分了又合合了又分，且前后没有连贯性，无法一一对应。铁荣三望着账本迷惑。

肖政苦笑着说，呵呵，财务费用记录模糊，记账凭证大多没有附件。冲调转结账务转入财务费便成了雾里看花，真想看清庐山真面目时，又瞬间消失得无影无踪，要查清账务必须看原始财务档案。

前一段时间清产核资组找过，财务档案已全部丢失。铁荣三抬起头来惋惜地告诉大家。据说这些财务档案是叫他们卖钱吃了饭。

财务账做成了青纱帐，做成了纵横交错的战壕。

记账有违常规，难道是杨经理独创的财务记账法则？办案小组看到一摞摞账本凭证，每人心里都隐隐感觉到一种不祥的征兆。

刘剑锋仔细看着账面说，账面乱如麻必定问题大。以往贪污挪用案件，犯罪分子作案时总会在账页或记账凭证单据上留下痕迹，账面痕迹就是我们揭露经济犯罪分子犯罪的重要证据。

铁荣三心里也是迷雾重重。东方红商场近几年来，一个烂摊子几乎没有什么经营业务，而财务账面上还在不停地冲调转结。这种辛苦经营劳作背后到底隐藏着什么天机？还有新成立方圆有限责任公司脱壳而出，虽然还没有开张经营，但有关账务还要仔细检查。

四大名捕究竟在经营什么？

十二

一九九四年基层检察院成立反贪局以来，东方红商场职工上访多次举报不断，但从上访举报内容来看，只是猜测没有可查性。

那是东方红下岗职工集体上访一段时间后。一天，东方红商场几名下岗职工又来到检察院举报控申科反映情况。老李连忙把这些贵宾让到靠北墙联邦椅上，给每人端上一杯水。

检察院举报控申科，老李工作之余喜欢养些花呀草的，一块石头、一棵树桩在他手里都能变成一盆盆寓意深刻的盆景。无论是窗台上还是办公桌地下，都摆满了想象丰富的创意作品。举报控申科整个空间都被老李装扮的怡情别致。

老李从检察院财务科退下来，有多年财务工作经验，在举报控申科主要从事人民来信初查工作，多次立功受奖。平常与上访人接触多了，知道上访群众脾性，急的慢的都能应付。

来，请坐，别急慢慢说。老李边端水边说，又联系反贪局主办案件的铁荣三一块来听听。

肖政打开上访记录簿，准备记录。

铁荣三来到控申科还未坐下，上访群众就朝他轰了一炮，检察官同志，我们来问一下李乔为什么放出来了？这不是放虎归山吗？有的还说，李乔在弈城有靠山，反贪局动不了他。

铁荣三以为举报人来控申科反映情况，自己也想找找对案件发展深入有价值的信息，不想被上访人当头一棒。但仍然谦谦和和说道，李乔犯罪情节属于自首，并且有悔过表现，态度较好，情节轻微，社会危害不大，没有逮捕必要，按法律规定可以取保候审。

老李不知道，对李乔取保候审其实大有渊源。老李看着上访职工，警惕地问，怎么，这家伙又干了什么坏事？

这倒没有。不过，听职工们议论李乔贪污了东方红商场。另一名职工也说，东方红商场现在就是李乔自己的。

话一出口老李被逗乐了说，开玩笑吧，这么大一个商场怎么吃下去？贪污是用非法手段骗取国家财产，贪污必须是拿现金到手。

职工们都说李乔吞了东方红商场，我们今天特地向领导汇报这个情况，希望领导关注。

有时候，上访举报内容会让人哭笑不得。有一次举报信举报一个山村村委会主任贪污三百多万元，老李和控申科的同志到村里调查后很是气愤，一个不足二百口人的小山村，哪来的三百多万元？就连所有土地房屋树木都卖了也不值几个钱。但举报信还必须件件落实，件件有结果。现在东方红商场上访职工是不是又在搞什么天方夜谭？

大家怀疑是蛇吞了大象，那还不被撑死。老李对上访职工的意见不能反

驳，对群众上访积极性不能打击，只能耐心地做工作周旋。

天狗都能吞月亮，蛇为什么吞不了大象？一个职工气愤地说道。

理想和现实不是一码事，不能混淆。铁荣三也插话笑着说道。

我们不知道什么理想什么现实的。反正东方红商场整个月亮都被狗吃完了，李乔就是那只吃月亮的疯狗，李乔就是那条吞了大象的毒蛇，就是他吞下了东方红商场。职工仍在愤愤不平。

铁荣三感到上访人语气那么肯定，其中必有内情。就问道，能具体说说吗？李乔到底是怎么吞掉了东方红商场？

几个上访职工你看看我，我看看你。领头的那位说，我们说不上来，只是大家都这么说。这个事儿也是板上钉钉，千真万确的。

那好，谢谢各位支持我们工作，东方红商场是国有企业，是我们全体职工的。大家放心，李乔他一个人吞不了，即使他独吞了也得吐出来。今天你们反映情况很重要，我会尽快和检察长汇报，抓紧时间查清楚，法律会给大家一个公正交代。

看上访群众还不想离去想反映情况又说不清楚。肖政插话说，反映情况要实事求是，既不要无端夸大也不能无原则缩小。否则只能扰乱我们查案视线，干扰我们的查案工作。

几个上访群众互相看看对方商量着回去。临走时说，我们相信共产党，我们相信检察院，相信反贪局依法办案，彻底惩治贪污犯。我们一定找到李乔贪污商场的罪证，我们还会再来。

老李送上访职工离去后对铁荣三和肖政说，我活了五十九岁了，见过天狗吃月亮还真没见过蛇吞了大象。都说三人成虎，谎言一万遍就成了真理，蛇真能吞了大象？

肖政说，那不撑死了。

十三

闲散的人总觉得时光漫长，匆忙的人总觉得时间短暂。转眼间，东方红商场魏弟贪污案侦查羁押期限即将到期。反贪局办案组里，铁荣三做好了两手准备，安排肖政起草申请延长侦查羁押期限申请报告，报请检委会。同时做好侦查终结手续。因为这起案子非同一般，既是当前社会舆论的热点又触动着某些无端的神经，所以一切要待检委会讨论决定后再做定论。

检委会办公室布置很简单，一个大椭圆形会议桌是委员们的位置，几张办公桌并成一排是主持会议人员专用。几把椅子都做了装饰处理，加了淡绿色的后靠背和坐垫。铁荣三和肖政坐在靠北墙边联邦椅上，铁荣三认真汇报着案件调查情况。各位领导，东方红商场前几年早有举报，反贪局曾派员调查过，改制前政府也派遣工作组对东方红商场进行过专门清产核资。李乔、魏弟涉案后，办案组在调查取证基础上，核查了东方红商场有关账证，涉案人员犯罪事实已经查清，部分赃款已经追缴国库。但从检查东方红商场账务情况来看，东方红商场从成立至今，在账上已经做了手脚，大部分记账凭证只有一个封面没有附件内容。查询财务档案，档案已经丢失，案件无法再进一步深入调查。特此向检委会说明。

听完铁荣三汇报完案件情况后，检委会委员们议论纷纷。

东方红商场一案，从立案到现在一点进展都没有，纯粹是浪费时间，贻误战机，反贪局到底打什么牌？案件主办人到底在想什么？

这个案子关系重大，现在就想结案是什么意思？调查案件犯罪嫌疑人说什么就是什么？犯罪嫌疑人说多少就是多少？我们不去考虑个人声誉也应该考虑检察院集体威信吧。

最近纪检室也接到举报，但不是举报犯罪嫌疑人，而是举报办案人员在承办这个案子中吃请受贿问题，吃人家的嘴软拿人家的手软。

查不了就赶快换人，一个人能力有大小吗？

检察长、赵局长坐在各自位置上，静静地倾听着，都板着脸一言不发。面对各种非议，铁荣三只是淡淡地笑着静静地听着，但他觉得很多刺耳语言是指向自己的。他不得不提出声明，在各位领导面前我说一下。第一，自己没有吃请，也没有时间去吃请；第二，自己没有受贿，多说无益。

其实铁荣三心里明白，检委会讨论问题牵涉到大是大非，有原则争议是避免不了的，不管是刺耳的还是有益的都要仔细听好记好。如果自己查办案子，连检委会这一关都过不了，移送公诉后律师介入将会引发什么后果？又怎么过公开庭审关？经得起历史检验？检委会讨论就是一块“试金石”，任何案件都要从这块“试金石”上过关。

检察长和赵局长迅速交换了一下眼神。

检察长说，怎么没有听到主办人自己对案件的看法？铁荣三回答说，无论是结案还是延长侦查羁押期限，由检委会来定吧。

检察长盯着铁荣三又问道，我问你自己是什么意见？建议延长侦查羁押期限。铁荣三在回答检察长针对自己的问题时，好像根本没有动脑子，给人的感觉不像自己心里话。

检察长敲了敲桌子说，大家静一静。案件主办人铁荣三和办案组全体成员，在这段时间里付出了很大努力，平息了下岗职工集体上访事件，为弈城人民检察院争了光，得到县领导高度赞扬。至于案子上个别无法查清的问题，大家议议看有什么解决方法。

下一步怎么向县领导交代？怎么向上访职工说明白？检察长立即制止了这种质询说道，大家多提提指导意见。

举报控申科老李问，查案组检查过财务档案了吗？铁荣三回答说，财务档案已经丢失了。前段时间清产核资就没有找到，我们花了很大精力寻找这部分档案也未能找到。老李无奈地点点头。

刚立案三天犯罪嫌疑人就取保候审，案子还能查到什么程度？各种指责又劈头盖脸朝着铁荣三而来。

其实，铁荣三当时也不同意对李乔取保候审，但李乔是自首，符合取保候审法定条件。查办案件必须经得起时间检验，一定要立得起诉得出判得上。否则法律责任自己承担，后果自己负责，自己种下苦瓜只能自己吃，没人和你分享。

检察长看看眼前形势说，各位肃静，案子还必须查下去。现在决定同意主办人提请延长侦查羁押期限，报请上级检察院批准，散会。检察长又对赵局长和老李说，你们两个留下。

检委会委员都匆匆忙忙走出会议室，肖政也被检察长留下。肖政嘟囔说，一个个站着说话不嫌腰疼，让他们查去，这么大劲头怎么不去对付犯罪分子去。

赵局长知道检察长有话要说，坐在原地一动未动，一句话也没说，也不知检察长到底要说什么？

十四

检察长想了好一会对赵局长说，你们还不知道吧，李乔取保候审是我让铁荣三办理的手续。赵局长看了肖政一眼，都是反贪局的检察官两人都心里明白，有时领导决定的事过问太细反而招来麻烦。

你们不想知道为什么？也没有话要说？检察长审视着几个人的表情又说道。肖政话里有些牢骚说，一起案件就是一个故事，故事本身就那样。关键是故事开头结尾怎么写，还有中间穿插情节让人无法预测。但是，不变的永远都是真理。

赵局长直接说道，我倒想听听检察长有什么理由释放犯罪嫌疑人。检察长笑着说，呵，反贪干将果然是一个比一个冲。我安排铁荣三办理释放手续时差一点跟我吵起来了，还要求辞去职务。什么影响案件工作查处啦，什么不利于化解上访职工矛盾啦，什么影响弈城国有企业改制秩序啦，大帽子一顶比一顶高。这些我都明白，可你们也不想一想，一边是省直机关挂职弈城政法委书记，一边是上访群众和我们。让我怎么办？我也坚持过我也反对过，但事情还得办人还必须放，案子还必须查下去。

赵局长瞪大了眼睛说，既然检察长还这么要求，那就是死我们也要死个明白，东方红商场一案到底是查下去还是另有打算？检察长说，查，一定要查个水落石出，常青书记也说过案子该怎么查就怎么查。

肖政问检察长，常青书记为什么给李乔说情？检察长说，常青书记不是为李乔是为自己面子。他来到弈城主抓第一项工作就是东方红商场改制，这项工作搞砸了他在弈城还能抬起头来吗？作为我们检察院就是既要把工作做好又要留有余地，上对得住天下对得住地，俯仰无愧。

赵局长笑着说，中国式面子人情。人都放了还办什么案子查什么问题。肖政也有情绪说道，就是。不知内情的还以为是我们反贪污贿赂局放水，刚才检委会还以为是铁荣三在做手脚。

那是在指桑骂槐冲着我来的。检察长看了一眼赵局长又说，最近我也听到了不少，李乔活动频繁。举报办案人信件不只是我们检察院有，我想县里六大班子领导办公桌上一件都不会少。而且会愈演愈烈被无穷放大百倍，直吵得群众都不会再信任我们。看来这股风已经吹到我们检察院了。

检察长问，铁荣三到底有没有问题？检察长看看赵局长和肖政。

这么多年了我们了解他，以铁荣三的人品绝不会发生这样的事情。赵局长替铁荣三极力辩解着。世俗之人往往都会以自己的心胸去推测别人，认为自己怎么做别人也会这么做。肖政慢慢说完，静静地坐在一边。

还是让铁荣三停职吧，省院有个侦查业务培训班学习两个月，查账一事让控申科老李接，反贪局协助。检察长想了想说，都是好料只是还需要打磨打磨。

赵局长仍不想放弃说道，铁荣三虽不是财务专业科班出身，但他查账业务是十多年来从实践中打磨出来的，一点不比专业水平差。再说在这个节骨眼上更换主办人，等于是我们默认了举报信内容，正中人家下怀，社会舆论也会淹死我们、淹死铁荣三。

检察长瞪大了眼睛说，我话还没说完你冲劲又上来了。现在他们在摆阵，在变着法子和我们斗。新时期里经济领域犯罪手法花样还会不断翻新，而我们就是揭露犯罪、打击犯罪，维护经济秩序正常运转，要多动动脑子。让铁荣三出去学习开阔视野，也许对解决东方红商场改制问题有益。我相信铁荣三，案情上主办人永远比我们想得周全。

检察长想了想又说道，现在让铁荣三继续主办案子，我们会陷于无休无止的口舌之争中，查办案件就成了口水战场，案情进展将会举步维艰。

赵局长想起了检察长办公室墙上那幅装裱字画，上善若水。赵局长也不再言语，静静地思考着眼下的局势。

十五

这是谁决定的？我坚决反对。反贪局长办公室里，铁荣三听到这个消息脸上一股淡淡怒意。其实，检察长留下老李和肖政开会，铁荣三已经预感到可能要发生事情，并且事情和自己有关，心里感到沉沉的，但他没想到这个结果。

赵局长说，省院侦查业务培训学习非常重要，机会不多，要好好珍惜，另外可以和同行好好交流交流。这是检察院党组决定，对你也是个保护。

铁荣三没有吱声只是静静地想着什么。赵局长又说道，李乔和魏弟一案与控申科老李交接一下，明天去报到。一个半月学习时间，希望培训学习结束时拿出优异成绩。你抓紧准备准备。

铁荣三思考着，他知道检察院党组决定是不可更改的，这个时候移交案件，即使领导没挑明里说自己心里也明白，自己被撤销了案件主办权。对手是强大的，强大到让自己看不到摸不着，无形之中已经将自己重重击倒。这个对手是谁？是检察长还是政法委书记常青？四大名捕有这种能量吗？铁荣三长长地出了口气说，我还就是不明白了，案件一开始，案情进展顺利得让人不可思议。但仔细想一想却总觉得我们被人利用，在被人一步步牵着鼻子走。我至今还是弄不明白，恐怕将来还要公开跳出来了。这样让我不明不白地离开，我不服，我不甘心。

这个人到底是谁？肖政警惕地问赵局长。

赵局长说，这个世界上有太多事情让人说不清道不明，我也经常感到有一只手在无形中束缚着我们的手脚，甚至束缚着我们的思想观念。现在我们要面对的不单单是一起案件，还要面对社会舆论压力，面对传统思想和观念挑战。

案件一旦上手根本没有退路，就如同战场上肉搏战。在双方架起刺刀时谁胆怯谁萎缩谁就会败下阵来，轻则受伤重则丧命。赵局长语气里有些沉重，好像回忆着什么。

好，我服从领导决定交案子不干了。铁荣三由怒转笑，然后愤然离去。赵局长也不愿看到自己同伴就这样捂着带血的伤口黯然离开。离开虽然是暂时的，但内心创伤却是永久的。

十六

晚上，李乔家会客室里灯光格外明亮，特别是吊棚上五花吊灯更是熠熠生辉，客室墙壁上经过精细装修，那套受贿所得乳白色牛皮沙发大大方方地摆放在室内显眼位置。反贪局在追赃时和李乔商量按当时市场价格追缴现金，没有追缴那套沙发。这段时间李乔取保候审在家，一直是大门紧闭，足不出户。朱立治和杨冬青带来的好消息让他心情不错。

你们说那个三只眼铁什么检察官被撤职了？李乔不敢相信自己的耳朵。杨冬青补充说，是，今天下午听几个职工在偷偷议论这件事，我又派了几个职工假装上访到检察院一打听，消息确实可靠。姓铁的被撤销原因可能与检察长有关，姓铁的跟检察长闹僵了。

李乔心想这回烧香可是烧到点子上了，他不得不佩服县领导棋高一着。又问道，这个案子现在谁接了？杨经理说，检察院举报控申科老李，一个老头原先在检察院财务科任会计。

朱经理有些担心地问，是学财务专业的吗？杨经理回答说，是财务专业的，但他从来没在案子上查过账。我做的账专业财务人员会跟着我设计的思路走，永远走不出这个八卦阵，走上三年又回到了起点。

嗯。朱经理满意地点点头说，原先那个铁荣三表面上看似风平浪静的，但他的杀气在骨子里在血液里。账务方面虽然不是专业出身，但他内心里有一本账一张看不见的天账。真正查账高手看到的不是账页表面数字，而是能透过账页看清背后的文章。如今强手已去，咱们可高枕无忧了。

杨冬青看看李乔佩服地说道，老大，这些日子你在研究反间计，那些举报信都是你写的吧？

我没有，你别瞎猜。李乔神秘地笑了笑说，兵法曰知己知彼，百战不殆。

十七

东方红商场财务档案室里，老李组织办案组人员把商场十年来有关账本凭证全部按年度排好顺序，准备检查账务。

老李从口袋里拿出一个塑料袋，里面有烟沫和纸条。他把烟沫倒在纸条上两手随便一捻，一根小喇叭形状香烟便做成了。点燃后深深地吸了一口。

朱经理一看连忙到办公室拿来两盒香烟让老李抽随口说道，一看这架势就是根老枪，来抽这个方便。

老李看着朱经理认真说道，把烟拿回去，我习惯了自己卷着抽。香，过瘾，工厂货没劲。老李边抽烟边检查年度账务设置情况说道，这几年为什么没有银行日记账？朱经理说，这几年东方红商场已经没有客户没有业务也不用银行往来，应付着过日子算了，也没再设银行账，设了也没用。

老李接手案子后，没日没夜地查账，办案小组全体成员给他做助手。一个星期下来，查账记录整理了三大摞。

一天早上，老李拖着沉重的步子走进东方红商场财务档案室，苦笑着对办案组同志说，大家早，昨天夜里老伴突然高烧住进医院，这不一直忙活到现在，人上了年纪身体毛病就多。肖政说，医院里得有人陪着，万一有个什么事没人照料怎么行，要不您老赶快回医院吧，这里我们几个先看着账。

不用，来的时候打电话通知了小孩马上就过去，查账时间一刻也不能耽误，县里领导给咱们的时间有限。

县里为什么限制我们的查账时间？这是标准的权力干预，法律规定延长羁押期限可是一个月。肖政不解地问道。老李戴上老花镜揭开账本一页页翻看着，边看边说道，还是改制的事。方圆有限责任公司刚刚成立，五月一日正式挂牌营业，县里要求必须在方圆有限责任公司挂牌之前，把所有问题处理好。

老李看到账本那气就不打一处来。财务账根本不能正确反映东方红商场经营情况，账面混乱如麻，说明做账人心地险恶有意而为，就是在浑水摸鱼，

搞贪污犯罪活动。特别是职工集资户，被做账人调理的就像一条恶龙张着巨口，鲸吞着职工的心血和汗水，而且数字像滚雪球一样越滚越大。账户纵横交错，编织着一条条让人难以捉摸的鬼魅之影。看着看着老李感到一阵阵恶心袭来，额头上有些虚汗，咳嗽两声后再也控制不住哇吐了一口。老李拿出手绢擦了擦嘴角。

肖政吃惊地看着老李说，李老你吐血了。是吗？老李看了看手绢上有血丝，脸上流露出不安。没什么，没什么，可能是昨天晚上太累了。其实这段时间里，老李白天领着查案组查账，晚上自己还在分析账务，寻找查账思路，经常熬到深夜。

李老，快回去休息吧，你看脸都蜡黄蜡黄的。肖政关切地问道。

我在排椅上休息一会就行，老李说着坐到排椅上闭上眼睛。室内其他人员都低下头去不再说话生怕影响老李休息。老李斜靠在排椅上，虽然合着眼睛，但满脑子都是盘旋飞舞的神秘账本。

一阵狂风猛地吹来，所有账本凭证被狂风卷出窗外，老李和肖政、刘剑锋拼命地追赶。也不知追了多长时间，风停了账本凭证却被刮进一个水塘里。老李在水塘边急得直跺脚。

老李一咕噜从排椅上爬起来惊恐地睁大了眼睛，他知道自己是做梦，但梦后自己的心脏仍然怦怦直跳，脸上几滴汗珠淌下来。

肖政看到老李惊魂未定忙问，李老你怎么啦？

老李仍然木在那里，过了一会儿摇了摇头说道，不行，明天得向检察长汇报情况。

十八

检委会会议室里，检委会成员坐在会议桌两边，老李坐在铁荣三上次坐过的地方。刘剑锋和肖政把老李查好的账务资料搬到会议桌旁边。老李戴上老花镜，心情激动地向检委会汇报着查账情况。

东方红商场财务账，每天都在改每天都在冲，财务账被调乱了套，有的经营项目也不知被转到哪里去了，记账人是别有用心，制造混乱，他们是在浑水摸鱼贪污公款。其中，有三十多万元被转账十一次，从其他应付款转到职工集资，从职工集资又转入财务费用，然后又转回职工集资，这样来回倒了十一次最后现金被提走。这三十多万元被李乔贪污了。

赵局长一听老李汇报得上不着天下不着地的，让人不着边际，连忙插话说，查账结果还有其他情况吗？

检察长知道老李没做过自侦工作，案件综合查账和汇报还是欠缺一些。不像落实信访举报那样一个问题一个问题调查，一个问题一个问题汇报。从老李云里雾里的汇报情况来看，东方红商场财务账还是没有查透。

纪检组长插话说，你说李乔贪污三十多万元，有证据吗？老李还在生那套烂账的气。愤愤说道，我的查账记录就是铁的证据。

有证人证言吗？纪检组长又问一句。领款人一栏都是空白，都没有写明领款人是谁，但可以肯定这事儿绝对是李乔干得。老李气呼呼地回应一句。

检察长也问道，会计和出纳员都调查过了吗？老李郑重地说，东方红商场现在没有会计和出纳员，就是几个经理利用职务之便，故意制造账务混乱，趁机浑水摸鱼，大肆贪污公款。

另一检委会委员提出了新问题，李乔供述了吗？别忘了刑事诉讼中言词证据的重要性。老李说，李乔死不承认。提审李乔时李乔以不懂账务为由拒不交代。当时，老李气得一把扯下李乔头上帽子，狠狠地摔在了地上。

检委会委员对老李的汇报感到怀疑说道，东方红商场近年来几乎没有现金收入，职工多少年了都发不上工资，哪来那么多钱贪污？

面对质疑老李想起来了，东方红商场现金账上每年只有很少柜台门窗租赁费收入。营业收入三年前就没有了，确实没有多少现金收入。但是老李仍固执坚持道，我做了四十年财务工作，只认账不认人。

东方红商场没有钱何来贪污？要重事实重证据，不能说什么就是什么，想什么就是什么，像这种情况不能定案。

东方红商场三年对外出租柜台门窗租赁费，加起来不足十万元，哪来的三十多万元贪污？

老李招架不住检委会众多委员质询，气得当场拍了桌子。

检察长听老李越汇报越糊涂连忙说道，老李你先回家休息，让肖政抓紧结案，走程序。

肖政看看检委会未形成任何决议，就和刘剑锋抱着三大摞查账记录，走出了检委会会议室。老李跟在他二人身后，走到门口掉下两滴眼泪。自己没有很好地完成任务，内心感到愤懑和愧疚。据说古代人练功会走火入魔，查账也会让老李肝火上升。这次，老李经不住这股怒火冲击，汇报完后第二天就住进了医院，和老伴住在同一间病房。

肖政接手案件后，正在办公室埋头审阅所有事实和证据材料。门口传来敲门声，赵局长领着一位年轻人来到办公室。

肖政抬头一看小伙子比自己小五六岁挺精神的。问道，是吴远吧，欢迎欢迎。刘剑锋也站起来说，我们已经恭候多年了。前段时间东方红商场经理来坦白自首，肖政还认为自首人是你爸爸。吴远扶了扶眼睛说，我爸爸是农民。

赵局长介绍说，这是吴远就不多介绍了，铁科长去了省院参加培训。这是肖政，反贪局助理检察官。这是刘剑锋，检察院法警队队长。刘剑锋开玩笑说，是大队长，少了一个关键字。

赵局长说，你们认识一下。赵局长走后，三个人聊了会儿。

肖政又把注意力放在案卷上，他认为检委会作出决定是正确的，案件侦查终结，依法移送起诉。但有一个问题自己始终不明白，检察长当时为什么撤销铁荣三提名让老李去查这套无法查清的天账？

十九

季节风带着麦穗的醇香阵阵吹过来，大片大片的金色麦田包围着小小山城。弈城街道两边，一棵棵绿油油的法桐树冠散发出一种热烈奔放的洒脱，微风掠过树叶摇摆着多情的舞姿。

转眼间，东方红商场案件到了开庭审理日期。弈城法院审判庭在法院第五层办公楼。法官、公诉人和律师还没到庭，听众席上已经坐满了东方红商场下岗职工。政法委书记常青悄悄来到审判庭坐最后一排位置上。公诉人和辩护律师一块来到审判庭。主审法官目视全场后宣布开庭。公诉人宣读了诉书。法庭调查后，双方也没怎么展开辩论，魏弟结结巴巴的说辞，没有影响审判秩序。一审法院作出判决，李乔有自首情节被判处有期徒刑两年缓期三年执行。宣判结束时审判员问李乔说，李乔你服从判决吗？

李乔看了一眼辩护律师，律师点了点头。李乔说，我服从判决。

审判员问，本判决十日后生效。你上诉吗？李乔答道，不上诉。

审判员又转向魏弟说道，魏弟犯贪污罪且认罪态度不好，判处有期徒刑三年缓期五年执行。本判决十日后生效。魏弟你服从判决吗？魏弟气愤地说，我不服，我不服。

你上诉吗？法官又问魏弟。我上诉，我要上诉。魏弟脱口而出，他的辩护律师急得站起身来却已无法挽回了。

法官站起身来说，现在宣布当庭释放李乔，继续羁押魏弟。

此时，魏弟急了眼，可能有些后悔。嘴里直嘟囔，那，那。被告人席上李乔的目光投向魏弟，魏弟感觉到那种冰冷如芒在背。低下头不再吭声，法警押走了魏弟。

弈城检察院检察长办公室里，那棵高大的芭蕉树舒展着宽大的叶片，静立在窗前。肖政汇报审判结果后，检察长和赵局长都在心里想着同一个问题，东方红商场一案远远还没有结束，还会有一场惊心动魄的拼争。斗争双方恐怕就是群众和反贪局两方，斗争焦点还是那座东方红商场大楼。

检察长首先打破沉闷说道，这种判决结果，远远不能从根基上动摇方圆有限责任公司根基。判决结果不影响东方红商场改制结果，方圆有限责任公司已经鲸吞了东方红商场。下岗职工虽然不懂，但是一旦明白过来又会是一场群情大爆发。

赵局长也担心地说，方圆有限责任公司一旦开张，下岗职工还会群体上访，上访矛盾会直接指向我们。如若处理不好就是涉检上访，还是个很大麻烦。

这个结果早就想到了。检察长转头问肖政，按时间算铁荣三今天应该回来了。肖政说，昨天已经回来了。

回来应该向单位报到？检察长有些生气地反问道。赵局长连忙说，学习班提前两天结束，昨天一回来我们一起先去看了看老李。

是不是谈了东方红商场账务问题？检察长笑着问道。肖政说，嗯，两个人谈了很多，都是关于东方红商场的账务问题。检察长习惯地用手弄弄头发说，响鼓不重锤，我就知道铁荣三不会放下，回来就好啦。

赵局长对检察长说，另外，老李还提出了一个新问题，东方红商场还设有账外账，搞账外经营活动。

账外账，账外经营？检察长捉摸着这个账外经营也许就是破译东方红商场天账的密码。

二十

中午天气还是有点闷热，老李家小院里葡萄架浓密的枝叶投下来一片绿荫。老李坐在葡萄架下喝茶，老伴在给一盆桂花浇水。老李和老伴早已出院。老伴已经痊愈，老李身体还不乐观经常咳嗽。

反贪局赵局长和几位检察官推门进来，老李喜出望外，吩咐老伴拿座椅，倒茶，肖政接过茶壶倒水。

大娘别忙活了，这是我们给二老买的新鲜水果，还有山鸡蛋。吴远说着把水果和山鸡蛋提进屋内。

老李看见吴远问，这个年轻人是从哪个科室抽调来的？铁荣三说，这是吴远，省委组织部选调生，刚调来我们院在反贪局锻炼。吴远说，李大爷以后多指教。学校里只学些理论，实践中自己是一片空白。老李说，不用客气。

铁荣三看着老李说，气色不错，很快就会好的。老李喃喃道，病来如山倒病去如抽丝，也不头痛也不发烧，没什么大毛病，就是浑身没劲，医院里也没确诊是什么病。

前段时间我到省院学习，案子上让你一个人忙活，受累了。铁荣三不知不觉地又扯上案子。老李说，瞎忙，没有一点结果。你说这个账为什么整得乱七八糟？显然就是别有用心，我总感到有大问题。老李又看着铁荣三说，东方红商场账还得继续查，待我好些时我再去查。

铁荣三沉思一会说，这套账就是他们潜心研究多年摆好的账阵，查账人一旦陷进去，就会跟着他们思路走，要再查必须有好办法。

老李皱起眉头说道，我在医院里一直琢磨，但始终琢磨不明白，找不出好的查账办法。

老伴插话说，都这把年纪了还较什么劲儿，你们不知道晚上老李半夜里做梦说睡语查账还跟人家吵，你说这账是怎么记的，你给我讲清楚，半夜里把我都吵醒了。老李不好意思笑了，办案小组人员都笑了。一阵凉风吹来，葡萄叶刷刷作响。赵局长赞叹说道，我们这份工作辛苦劳累，付出了很多牺牲了很多，心理上才有了一份安宁。大家会和你一样，永远忠实于自己的心灵，恪尽职守，问心无愧。

铁荣三也说道，东方红商场账务挡住了我们的视线，也自缚了他们自己的手脚，麻痹了他们自己。我总觉得他们心里一刻也没安宁过。好了，今天我们不谈东方红商场改制，不谈东方红商场账务。还谈什么？我现在无权谈论这些。铁荣三自嘲地笑笑。

铁荣三知道提起那套账，老李会伤心会难过，自己离开岗位那一刻内心里那种崩溃，那种迷茫能和谁说。老李现在不正是如此吗？

其实，铁荣三当时不想放手，老李至今还不想罢手，不是不服输，不是输不起，那是两代检察人共同的检察情结，反贪情结。

职工反映说，东方红商场还有一个经济实体倒闭了。经营时一直在账外核算，搞账外经营。还有四大名捕每人贪污了一台彩电。老李的话说明他还想着案子，想着东方红商场改制，想着东方红商场那些被改制下岗的贫困职工。

账外经营？办案小组每个人都睁大了眼睛。

二十一

魏弟对那道目光，既敬又畏从来不敢抗拒半分。面对审判结果，魏弟开始复苏的心又一次被那道寒芒封杀了。

那次在东方红商场李经理办公室里，针对职工上访事件，李乔把朱立治、杨冬青和魏弟叫过去，暴跳如雷，狠狠地训了一顿。

买断消息是谁泄露出去的，对外不是称改制吗？李乔说完寒霜般的目光在三个人脸上扫来扫去，仿佛想从每个人的脸上找出破绽，找出答案。

杨冬青嗫嚅地说道，我没有，我没有。

朱立治摇了摇头说，我们根据上级指示精神，改造旧企业，实行脱壳经营。上级精神是好的，等于让我们甩掉包袱轻装上阵。现在职工有情绪，以后他们会理解的。东方红商场改制是县里的指示，是指示。怎么可以乱说成买断？

魏弟脸憋得通红结结巴巴地说，我，我没有，反正我没有。

别说了。李乔把手中茶杯猛地摔向地板，茶杯顿时化为齑粉。他两眼喷着火说道，我早就说过多次，以前东方红商场是我们兄弟四人的，以后方圆公司还是我们兄弟四人的。现在情况泄露出去，职工集体上访，反贪局早晚会插手。

杨冬青说，以前我们的账，很多单位都查过不会有问题。魏弟结结巴巴也在一边打气，怕什么，怕什么。

那都是一般性检查。这回来查账是反贪局，反贪局很可能是来查案子拿人。朱立治静下心来想了想又说，反贪局一定是听到了什么风声，你们有什么办法吗？

杨冬青说，我看还是以不变应万变，以静制动。

李乔认真想了想说，这次不行。下岗职工集体上访，全城都闹得沸沸扬扬，连县里六大班子都惊动了，反贪局绝不会善罢甘休。我们必须争取主动，主动出击。

对，主动出击，反客为主。先渡过这道难关，到方圆开张营业后再把下岗职工召回来重新上岗，一切就会顺理成章。朱立治总比别人看得远想得周全。

杨冬青不解地问李乔说，怎么争取主动？向全县人民谢罪还是怎么着？李乔看了看周围说，大家都动动脑子，别老是安排什么干什么。

朱立治说，要不弄两个钱到反贪局打点打点，能摆平尽量摆平。

李经理狐疑地摇摇头说，你想摆平反贪局，也不睁开眼瞧瞧那是些什么人。一个个油盐都不沾半点，此路不通。

杨冬青针对朱立治说道，这个时候送钱送礼，那就等于我们自己承认有问题，就等于自我暴露。最好请县里领导想想办法，反贪局再牛也得听县里领导的。

李乔苦笑了一下说，没事时都认你是爷，出了事都看你是孙子，甚至连孙子都不如。现在任何人都靠不住，关键还是靠我们自己。李乔想了想说，古有王佐断臂、黄盖舍命，我们现在也只有一条路了。

魏弟和杨冬青都焦急地问道，什么路子？

断臂求生。李乔看了一眼魏弟。

朱立治在一边静静地听着他们说话，一言不发。老朱就是老朱，五十多年的包子没白吃，看不准的事不做，听不明白的话不言。

魏弟撒了急，断谁的什么臂？求什么生？杨冬青也纳闷问，什么大不了的事情，还值得砍胳膊断腿的？

李乔朝魏弟郑重地说，你去坐牢。

我，为什么是我？魏弟眼神中露出不解和不满。

你不下地狱谁下地狱。李乔眼神中的寒光透出一股杀气说，就是你，一个半残疾人量他反贪局也审不出什么事来。

魏弟犹豫了一会儿结结巴巴地问，那你把我送去？

李乔说，我先去主动投案。明天我就去反贪局，就是阴曹地府，人间地狱我李乔也要走上一走。老二老三你们看好家门。

朱立治有些担心，要不我去投案吧。东方红商场和方圆公司都离不开你，你得坐镇主持全面工作。

不行，你们谁去都不合适，只有我亲自去投案才能平息下岗职工心中的怒火。职工不上访了反贪局就不会盯着咱们不放，你们任何人进去都不管事。这几年咱们分得的那部分钱由我和魏弟承担。你们两人留下来，注意协调各方面工作，保住我们的改革成就，看好我们的胜利果实。李乔又一咬牙说，留得青山在，不怕没柴烧。

杨冬青不知如何是好，那我们隔三差五地给你们送顿饭吗？

不用，一点联系也不能有。李经理又转头嘱咐魏弟说，魏弟我走后反贪局会来抓你，到时候不要反抗要束手就擒。记住啦。

魏弟委屈地点了点头。

二十二

五月一日，艳阳高照，和风徐徐。蓝蓝的天空上点缀着几朵白云，对对燕子在空中翩翩飞舞。弈城街道两边，一棵棵高大的法桐树已经浓荫密布，绿色盎然。方圆有限责任公司经过一夜浓妆艳抹后披上节日盛装，一条条喜庆披带在微风中如万蛇狂舞，猎猎作响。

今天是方圆公司开业大吉日子，方圆有限责任公司开张预示着东方红商场将从人们视野里永远消失。

临时搭建台子布置起简易会场，朱经理和杨经理精神抖擞，笑容满面，在大楼前走来走去忙着招呼客人。原定九点举行挂牌剪彩，时间已经九点半了，主管机关商委领导已经前来等候，常青书记回话说县里有事，脱不开身。

十点整，在鞭炮轰鸣声中商委领导代替常青书记举行剪彩仪式。随着大红绸缎缓缓下落，方圆有限责任公司凸显眼前。商委领导剪彩完匆匆离去。

不少下岗职工纷纷赶到商场前观看。李乔因被判刑不便到场，朱经理代替李乔讲话。各位职工们，各位朋友们，各位同仁，东方红商场还是我们的。今天方圆有限责任公司在政府正确领导下，在弈城商委领导大力支持下，在弈城各行各业同仁们亲切关怀帮助下，正式成立。

杨经理坐在主席台上，一个人使劲鼓着掌，也像是为前台朱经理鼓劲加油。主席台上其他贵宾也纷纷鼓掌。

朱经理朝着台下说，县里领导亲自打来电话表示祝贺。那些人已经服法，根据县领导指示，从今往后我们方圆有限责任公司一定依法办事，守法经营，真正引领弈城发展经济，让所有职工都过上红红火火的好日子。

朱经理又向围观人群深深地鞠了一躬，欢迎广大职工们光临，前来做客指导工作。谢谢！

朱经理刚讲完话，人群中立刻引起一阵骚乱。

有的说，直接一个胡汉三回乡。有的问，现在方圆有限责任公司到底是谁家的？也有的愤愤不平说道，东方红商场怎么就这样廉价处理啦。也有的说，就是一群土蛋，痞子。

大多数人都在议论纷纷，不行，我们还得找地方问个明白。

十年前东方红商场开业的鞭炮声，曾经使整个弈城激动了很长时间。十年后方圆有限责任公司取代东方红商场脱壳而出，然而挂牌营业的鞭炮声却成了引发下岗职工再次集体上访的导火索。

二十三

春夏交替季节，第一场雨悄悄降临到这片土地上，好雨知时节，润物细无声。山峦泽润一夜间丰满起来，山坡上一簇簇粉红的野花竞相开放。铁荣三独自坐在水库边垂柳下面，手执长长鱼竿静静地垂钓着，方圆公司开业鞭炮声和上访职工嘈杂声不时在耳边回响着。

检察长和赵局长驾车来到水库边。

检察长看见铁荣三说，就知道你在这儿。学习结束了怎么不回单位报到？铁荣三回头说，学习时间不是还有一天吗？赵局长看着微微泛着波纹的水面说，水温不行钓什么鱼？铁荣三说，本想钓条大鱼，忘了带上合适渔具，我也忘了这个季节很多鱼已经封口了。

检察长感慨地说，不知是鱼钓人还是人钓鱼。铁荣三收拾着手中渔具说，孤舟蓑笠翁，独钓寒江雪。赵局长拿着一封信说，有些冷傲，别酸了。我们都快烦死了。东方红商场下岗职工又开始集体上访，这是下岗职工联名写给检察院的举荐信，举荐你再次披挂上阵继续调查东方红商场案子，院党组也是这个意见。

铁荣三看了看联名上书信淡淡地笑着说，这个淡水池里还会钓上鱿鱼来，我不怕再一次被炒。

检察长说道，钓大鱼要试水温，只是水温低时不要浪费光阴。中午阳光会升高水温，要钓大鱼那是最佳机会。谈谈东方红商场案情吧，我想这段时间你一定想出了一整套方案。铁荣三说，还记得检委会上我的汇报吗？其实很多问题我都没有汇报出来。

赵局长说，弈城太小了，你怕撒风透气？铁荣三笑了笑说，当时让我向检委会汇报案情，第一我心里还没底。第二情况复杂，不少人提醒过我说东方红商场在弈城政府和检察院里做了很多工作，我当时还看不清案子看不清外围。铁荣三说完看了看检察长。

检察长知道铁荣三话中所指。于是呵呵笑道，不识庐山真面目，只缘身在此山中。所以，当时我让你走出那个环境，离开那个环境，迂回是为了更好地深入。县里情况更加复杂，东方红商场改制是常青书记钦点工程，至今县领导班子对改制问题还是两种意见，互不相让，我压力更大。

铁荣三说道，改制是对的。但对改制中出现问题用什么方法解决县里研究过了吗？

检察长说，我们不去管它，也不会倾向任何一方。谁违法犯罪我们就拿谁处理谁，县里也是这个意思。检察长说这句话等于送给赵局长和铁荣三一颗定心丸。

赵局长问铁荣三，老李说那三十多万元贪污款到底是真是假？

是假的也是真的。铁荣三这句话让检察长和赵局长摸不着头脑。

检察长怀疑道，你当时也发现了，只是没有汇报出来？铁荣三说，何止一个三十万元。老李是没有看完账就汇报了，我也是在省院学习期间才想明白的。

其实赵局长懂账但还是问道，真的也是假的？怎么这么说。铁荣三想了想说道，东方红商场账务从表面看错综复杂，谁看到这种账都想呕吐。李乔组阁不久在往来账上做了一个应付账款户李冬治，这个账户只是把多年来挂账对外老欠款也就是外地客户不可能再要的货款，利用冲、转、调、结汇集到一起。三年前在商场正常经营时，陆续提走了一部分现金。这些现金一部分被私分，一部分被陆续提出成了改制后方圆有限责任公司注册资金。

赵局长急切地问，包括那三十多万元吗？

不包括。铁荣三喝了口水继续说道，更多对外老欠款被转进财务费用再转入职工集资户。在职工集资户内又被重新组合，从职工集资户转出时，每一笔就都名花有主了。这些职工集资从账上看，有存有提其实就是走走空账，包括老李提到那笔。因为从职工集资开始，东方红商场基本没有经营也没有收入。每次转账时存款人户主都被重新更换一次，至一九九六年八月每一笔职工集资转账都不少于十一次。方圆有限公司注册前这些集资才开始分户，在当月二号凭证上几百万元职工集资款，也就是那些对外往来老欠款被分配在四个人身上，包括老李看到的那三十多万元。

检察长吃惊地问道，这四个人就是四大名捕？

也可以这么说，李冬治就是四大名捕组合名字，就是李乔、杨冬青、朱立治三名各选一字组合的账户。

四大名捕四而合一那还了得。赵局长想了想说，不对，四而合一，还是走了空账？没实际意义。

对。如果不看方圆公司法人登记手续和建账明细，东方红商场财务账还真成了天账，查不清看不透也说不明白。就算看明白了，查透了也不能说明什么，定不了什么罪解决不了什么问题。

检察长关切地问道，怎么讲？

铁荣三说，方圆有限责任公司一个星期前刚刚注册完，法人代表是李乔，公司性质是个体。也就是说一个星期前才完成了犯罪全过程，达到了侵吞东方红商场的目的。

方圆公司与东方红商场有联系吗？检察长又问。

方圆公司是东方红商场脱壳后的个体公司。方圆公司实收资本二百多万元就是从东方红商场一九九六年八月二日凭证职工集资户转过去的。方圆公司以二百多万元实收资本买断了东方红商场净值资产。简单地说，就是方圆公司用东方红商场资金买断了东方红商场，达到了他们侵吞国有财产的目的，创造了蛇吞象的神话。

赵局长吃惊地问道，怎么买断的？

在一九九六年八月三日凭证上有一个附件，大体内容是方圆公司以二百四十万元购买东方红商场。附有三条协议，双方不得违约。双方代表人杨冬青、朱立治签字画押，也就是说杨冬青把东方红商场卖给了朱立治。合同本

身也说明了一个问题，四大名捕在账务上确实是罕见高手，但在法律经济合同方面都是天生不足。

清产核资组还有老李查账时，怎么没看出来？检察长问道。

那段时间，方圆公司还没注册没建账，也就是说四大名捕阴谋还没有完全实施完毕。直至昨天我到注册局了解情况，看到方圆公司注册材料中实收资本，才明白了一切。

检察长脸上的疑云一点点退去。他满怀信心地说道，账是他们经营了十年的堡垒。堡垒一旦被攻破，李乔会首先崩溃。今天中午我请客，一块说说下一步方案。

二十四

重峦叠嶂，绿草丛生，曲径通幽。渔家鱼馆，依山傍水，原生态环境里充斥着原始野性。暖风阵阵，视野开阔，人在这种环境里可以忘却疲劳，忘记烦恼，尽情沐浴自然，享受自然。

真是一个好地方。赵局长站在渔家小院里，望着碧绿水面上静静的野鸭和蓝天上成群的飞鸟，自言自语。

检察长也在欣赏身边如诗如画的意境。好地方，看到鱼馆里的独臂老板了吗？祖孙三代居住在水库边经常偷猎库中之鱼，最绝的是他们祖传自治雷管投掷炸鱼绝技。但是爷爷被自治雷管炸死，父亲为此只剩一条左臂，而他自己也只有一条左臂了。

捕蛇者说，吾祖死于是，吾父死于是。赵局长一直从事反贪工作，有些刑事案件当然不知内情。但他觉得猎鱼父子，就利益驱使而言颇像捕蛇者说里的捕蛇世家。

他自己被炸掉手臂那年，我在批捕科接手这个案子，就协调公安没有批捕。院里自发捐款给他建了这座简易鱼馆，让他守法经营，重新做人。检察长指着周围环境说，还不错吧，节假日领家属小孩来支持支持。

鱼馆简陋，环境优美，故事更动人。赵局长又转了话题说，检察长亲自代言，是不是有暗股呀？

检察长笑着说道，要真有股份我会加大投资，建成旅游美食一体景点，可惜我们都没有投资资格。

铁荣三从棚子里走出来说，鱼做好了先吃饭吧。

吃饭前，铁荣三向检察长和赵局长汇报完自已拟定的方案后又补充说道，正面强攻时间已经来不及了。这只是我个人想法，还需要领导研究批准。

赵局长思考一会说，表面上看这个方案线条很粗糙，仔细斟酌，我觉得杀机四伏，还看不出有什么漏洞。检察长高兴地说，四大名捕联手经营十年的阴谋一定会土崩瓦解。

赵局长担心地说，鱼会上钩吗？四大名捕联手可不好对付。

李乔在经营管理上，智商很高，善谋而后断，但控申科老李的加入已经惊动了他们。那天在法庭上李乔看魏弟的眼神表明他那根神经一直在紧绷着。绷得时间久了难免松弛，就贸然去工商局搞了注册。铁荣三喝口水继续说，如果说职工集体上访和老李查账行动起到打草惊蛇效果，那么我们第二步行动需要慎之又慎，应准备足够的诱饵，找到我们需要的证据。

检察长说，鱼龙混杂，混乱之下会晕头转向各奔东西。计划一旦实施，我想他们一定会有所行动，有行动必然就会露出破绽。要在引导上多做文章，你们两个各带一个小组，注意配合行动。

铁荣三说，我带第一小组，今天下午就行动，查封东方红商场所有账证做足文章，着重在引导上下功夫。

赵局长接着说，我带第二小组，明天八点准时到达方圆公司查封方圆公司所有账证，提审李乔也同时展开。

铁荣三提醒说，方圆公司只有七本账本和十九本凭证。

检察长又嘱咐道，要上手铐，对那些不法分子可以先行拘留。检察长接着又说，第三小组我带着，从第一小组行动开始，观察杨冬青、朱立治的行动，条件成熟立即控制。

一张无形的大法网撒开了。

二十五

下午，铁荣三带领一组对东方红商场所有账证逐一清点后，全部查封。铁荣三看了看账本凭证对朱经理说，应该还有账一块儿拿出来。

朱经理只好从橱子底层拿出一部分账本凭证，铁荣三一边翻阅一边问，朱经理这是哪本账？以前怎么没见过？

这一举动引起朱经理警觉。他连忙说，是方圆有限责任公司刚建的账，还没有使用过。

铁荣三想了想说，这套账先不看了，以后再说。朱经理如释重负把方圆公司几本账证放回原处。

傍晚时分，弈城水库在晚霞中泛起阵阵诡异的波光，四周黑魆魆的群山像一只只巨大的怪兽静卧在黄昏中，一群群黑色的鸟儿如幽灵般狂舞着消失在黄昏夜幕里。大自然总是白天和黑昼不断交替，好像是一句预言也好像在宣誓着一个亘古不变的真理。

李乔、朱立治、杨冬青悄悄来到弈城水库鱼馆要了一间僻静房间，边吃饭边商量对策。朱经理说，别老是闷在家里，出来透透气。

李乔问杨冬青，账全部被反贪局查封了吗？

杨冬青说，东方红商场十年的账证全部提走了，方圆公司账没动。

朱立治有些担心地说，不好，反贪局一定是掌握情况了。这次封账是以前来查账取证的三只眼铁荣三。我看他那精神头像是很有把握，他还说方圆公司账务以后再说。怎么办？下岗职工又到检察院上访肯定是又来查贪污的。杨冬青听后一阵紧张，拿筷子的手下意识地哆嗦了几下。

李乔看见杨冬青那熊样，眼神中透出鄙视目光。他知道杨冬青利用分管财务机会，明里暗里也捞了不少好处，自己只是睁一只眼闭一只眼求大同而存小异。于是马上把话转移到账上，你做的账经得起反贪局检查吗？

应该，应该没事吧。杨冬青还没从自己内心那片阴影里挣脱出来，反应有些迟钝。什么应该也许是的？我们做事要做到万无一失，不出任何差错，关键时候一个个都掉链子。李乔又生气地说，天算不如人算，天算不如人算呀。

朱立治坐在那里心里也是一阵阵发毛忙说，李经理我们放手吧，放手吧。李乔反问道，现在怎么放手？再让我去反贪局自首一次？再让我去坐一次大牢？

这次我去，这次我去。朱立治其实是壮着胆子吆喝，要不我们赶快把方圆公司的账改改。

李乔一听觉得老朱的主意不错，就对杨冬青和朱立治说，蛇钻的窟窿蛇知道。晚上十点后买个微型手电筒，你两人去。注意别开灯别被发现了，估计反贪局那边正在加夜班查账。

二十六

晚上十点左右，夜已经拉起黑色幕布。风一阵紧似一阵，道旁法桐树叶在黑夜里沙沙作响。远处几声犬吠过后，朱立治和杨冬青悄悄向东方红商场摸去。

法警刘剑锋发现情况，立刻打电话和检察长汇报说，杨冬青和朱立治潜进方圆公司财务室。

检察长问道，还有其他人吗？

刘剑锋回答说，没有，只有他两个人。

检察长问道，亮灯了吗？刘剑锋回答说没有，不知他们在干什么。

检察长又问进去多长时间了？刘剑锋说刚进去不到半个小时。

几个下岗职工急了，夺过刘剑锋手中电话对检察长说，检察长他们要是销毁账证怎么办？我们担心他们想销毁罪证。

检察长安慰说，你们放心，不要紧，十一点前不要动。十一点后要弄出点动静把他们吓走就行。你告诉刘剑锋今晚打起精神，如果下半夜他们再来就地控制住他们。记住了吗？

记住了，我们保证完成任务。刘剑锋对着手机小声说道。

下半夜灯光暗淡下来，李乔无神地坐在沙发里一直没睡，朱立治和杨冬青悄悄推门进来。

李乔问杨冬青，处理好了吗？杨冬青有些害怕说，东方红商场全部账证白天已经被反贪局查封全部带走了，账面上无法调了，我只得又做了一笔转进了财务费用。

李乔紧张地思索一会儿说，画蛇添足。看朱立治和杨冬青没了主意，李乔想了想面部表情逐渐转阴，手中烟蒂被狠狠地摔在地上，从牙缝里挤出了几个字，不行，无毒不丈夫。你两个再去把那套账拿出来藏好，到时候就一口咬定说方圆公司没建账。

朱立治嘴唇哆嗦着，心想一切都完了，一夜败走麦城，败就败在细节上。四个人谋划了十年，和反贪局刚刚交手不到两个月，一切好像都在人家算计之中。但在李乔面前他又不敢直说，只得硬着头皮和杨冬青一块又一次消失在黑色夜幕里。

凌晨三点钟，两个黑影悄悄翻墙潜入方圆公司院内，在墙角处滞留一段时间后，发现门卫室那道门虚掩着，里面好像有人值班。室内灯光如千万柄利剑透过门缝，刺向黑色夜幕。

两个黑影急忙翻墙遁去，迅速隐身于沉沉夜幕之中。

二十七

第二天上午，赵局长带领第二小组查封方圆公司全部账证，通知李乔到方圆公司。赵局长给李乔戴上手铐时说，根据法律规定，押解犯罪嫌疑人必须戴械具。

李乔被带到反贪局讯问室，迎接他的是铁荣三淡淡的笑意。此时，李乔看到铁荣三左眉上那颗黑痣感到特别刺眼。他想起朱立治的警告，那个三只眼杀气在骨子里在血液里。

李乔顿时感到呼吸不大顺畅，脑袋有些发晕，两条腿软软的，有些撑不住身体重量。他昨夜一夜都未合眼。

铁荣三淡淡地说道，李乔，你还想主动坦白争取从轻处理吗？

沉默，沉默，李乔一句话也不说。他知道三只眼的回马枪就是绝杀，这种绝杀让自己无法出手还击，也绝不会给自己留有任何机会。

李乔，我们第一次封账主要是给你们造成错觉你没想到吧。铁荣三又接着说，方圆公司账证是我们故意留给你的，于是你安排杨冬青和朱立治想把方圆公司二百多万元实收资本金调回。账已查封无法回调，杨冬青和朱立治故技重演把实收资本金转入财务费用。第二次封账才是我们所要的结果，两次封账你们露出了马脚。你想不想说明白？

李乔还是没回答。铁荣三又问道，在职工集资分户凭证上，李冬弟、魏治青、朱乔、杨立四个人是谁？

李乔摇摇头说，这四个人我都不认识，从未打过交道。

你说你不认识这四个人，那这四个人名下的资金额在方圆公司账上为什么全部转到了你名下？并且作为你个人股本金买断了东方红商场。你这空手道技巧玩大了。铁荣三一边问一边紧盯着李乔的表情变化，观察他的内心活动。

李乔又摇着头说，我听不懂你的意思，方圆公司刚成立没有注册登记，也没有正式营业，没有建账。李乔想来个一问三不知神仙也没治。

铁荣三顺手把方圆公司一摞账本和十九本凭证摔在李乔面前说，在法律面前，睁着眼睛说瞎话，你自己看看这是什么？

李乔抬眼看了看，心想完了朱立治和杨冬青失手了，很可能是被当场抓获。他思虑再三才说，这不是我一个人的事。

不是你一个人的事也要实事求是地交代清楚，否则所有法律后果由你自己承担。

我说，李乔欲言又止，抬头看了看铁荣三。此时铁荣三淡淡的语气却像千斤重锤，每一个字都重重地敲击在李乔的胸口上。

说吧，现在还有什么秘密可言吗？铁荣三看到李乔那份不甘心又无可奈何的样子问道。

李乔低下了头慢慢说道，东方红商场开业第二年，周转资金短缺，我们动员职工集资，存款利率比银行存款高。职工也没钱，只有八个部门经理集了点，杯水车薪作用不大。我们四个人商量预先设个账户，把东方红商场一千二百多个往来户上没人再要的老欠款先转过去，转入财务费用，再用我们

四人名字组合转入职工集资。

铁荣三问道，继续交代？

李乔无奈地说，具体账务设置情况是朱立治和杨冬青策划的。我大体知道路数但具体说不上来，杨冬青应该是最清楚的。

二十八

朱立治是第一次被拘传到反贪局讯问室，第一次被戴上手铐。这位稳重老练、深谋远虑、善于策划的风云人物，此时却像一个厚重怯懦的老实人，无精打采的样子表明心理已经崩溃。昨天夜里，他已经感觉到了自己只是刀板上任人宰割的鱼肉，感觉到了穷途末路的绝望和恐怖。现在根本就没有还手能力。他也知道反贪局第二次下手，不会给他们留下半点还手机会。

细节决定成败，自己还是倒在了自己一生缜密细致的策划上。只是这次成败含义远远超出了自己的想象，细节决定了自己今生下半辈子的命运。

铁荣三看到朱立治这副形象没有直言厉色讯问，而是给朱立治一点温和面容或是一句温暖话语。铁荣三缓缓说道，朱立治，论年龄你是我们长辈我们尊重你，希望你有个好态度，争取从轻处理。

朱立治感到了温暖，感到了信任，也有了勇气，老脸上有了一丝苦笑。铁荣三单刀直入地问，你谈谈东方红商场李冬治这个账户？

朱立治叹了一口气抬起头望着天花板说，那是东方红商场开业第二年，一天早上开经理例会。

东方红商场李乔办公室，刚上班时间办公室已经打扫干净。桌上那盆仙客来，露珠晶莹。李乔把手提包挂在墙壁上对办公室主任说，通知各位经理到我办公室来开会。

不一会儿，朱立治、杨冬青和魏弟来到李乔办公室。办公室主任推门看了看参加会议人员都到齐了，小心关好门离去。

李乔说，商场运转将近一年总觉得缺点什么，各人都应付一摊子业务，手里需有点零花钱，我在想怎么解决更妥当些。

杨冬青说，弄个小金库就是，把一些零散资金聚拢起来，营业额收入方面少入一部分。账和钱我直接管着，反正平常都得花钱。魏弟眼里一阵兴奋，但他不懂财务没有说什么，但对于好处自然高兴。

朱立治反对说，小金库不行，现在纪委正在到处查小金库，那样不安全。杨冬青一听，自己的提议被老朱否定赶忙反问道，我们自己不说谁能查出来？有时候事情不要想得那么复杂。

朱立治立即反击道，秘言不传四耳。现在各单位小金库一个个被纪委查出来受处理，那是怎么查出来的？都是被查单位自己说出去的？这样做不妥当。四大名捕之间平常小矛盾也是你来我往互不相让。当然都是内部矛盾，在大利益面前谁都不去计较。

李乔没什么办法又问，各人都想想有什么好办法解决？朱立治想了想说，能不能让杨经理在商场财务账上嫁接一个往来户，把一些收入放在上面，到时候我们用钱就方便了。

那财务科人员不都知道了？杨经理提出异议也是对朱经理的一次有力还击。朱立治说，你控制好，财务科人员知道有这个往来户，却不清楚这个户是谁的。到时候你说是公户吧我们私用了，你说是私户吧开户却在单位账上。

杨经理这次不得不佩服朱经理的聪明。心想，老家伙不愧为策划高手，这招够阴够毒。

李乔用两根手指敲着桌面赞许地说道，吃姜还是老的辣。魏弟兴奋地竖起大拇指说，辣，辣，辣妹子辣。

账户就以我们三人名字各取一字叫李冬治。李乔为账户命名。魏弟一听急了说道，怎么没我，我的份子？

有你的钱花就行了，弈城没有少数民族哪有四个字人名？李乔瞅了魏弟一眼，魏弟不再吱声。

反贪局审讯室里朱立治说，从此以后这个账户由杨冬青具体掌握，大量对外老欠款被转进去。

铁荣三问道，你们一共提出多少钱？朱立治说，有时提现金分一些。分了几次、每次多少，我现在想不清。杨冬青都记个小账，他能讲清楚。

铁荣三看朱立治没有具体操纵账证也是谈不具体，马上转移了讯问主题问道，你再谈谈四台彩电是怎么回事？

朱立治说，那四台彩电是杨冬青和魏弟去做的，也分给了我一台。具体是怎么弄出来的，他们应该能说清楚。

二十九

杨冬青在东方红商场管理层里，属于那种既没有决策权力又没有策划全局能力的角色，但是他的业务能力足以支撑三把手位置。在反贪局审讯室里，相对来说杨冬青思想压力小些，反正什么事都是经理安排的，天塌了有大个儿顶着，自己只不过是个干活的，听喝声的。

铁荣三抓住杨冬青这个心理与其沟通，杨冬青表示自己愿意与检察官配合好，实事求是地谈问题，争取好态度争取从轻处理。

那好，杨冬青你就谈谈那四台彩电的事？铁荣三见机会成熟，马上转入正题。杨冬青回忆说，那是东方红商场改制两年前的事。

李乔办公室里，几位经理正在开会研究着一件重大事项。李乔说，最近国务院经常提到国有企业改制问题，不用两年时间弈城国有企业也会改制，我们东方红商场是国有企业到时候一定也会被改了。

朱立治说，都是不同程度的烂摊子，再不改制都无法运转，只有等着破产等着死。

杨冬青也说，前几年企业改革，先是砸三铁，我们心里都被砸得冰凉。接着优化组合也就兴腾了几个月散伙。

所以说国有企业要改制，只有改制才能盘活现有企业潜力。我看有些中小型国有企业直接改制给了个人。李乔刚说到这里，目光转向朱立治，在两人目光交流的一瞬间，一个大胆的阴谋初步成型了。

李乔历来相信老朱的谋划，他等着朱经理拿出成型策略。朱立治没说下文，李乔知道老朱的意思。

杨经理和魏经理到海城购进一批彩电，咱们家里都没有，让厂方一块儿给弄几台。说回扣也行说赠送宣传品也行，想着这个事。李乔安排杨冬青和魏弟说。

好事，好办，坚决完成任务。魏弟是结巴开口，兴奋言于表情。

杨冬青和魏弟离开后，李乔和朱立治又商量了一些事情。

上一次杨冬青说，东方红商场往来户对外欠款有几百万元，这些欠款都是没人再要的老欠款，能不能？朱立治看着李乔试探着说了半截话。

可以让杨冬青把这些账做平转进我们那个公用账户，这件事要秘密进行不能让外人知道。再设一个职工集资往来户，我们可以变废为宝，把这些对外老欠款转到职工集资户头上，将来商场改制就派上用场了。

嗯。杨经理回来就让他做，我来安排。

只是财务科人多嘴杂。刚来的现金出纳不要紧，就是老财务科长？朱经理担心在账上做那些事瞒不过那双老花眼。

你和杨冬青去想办法，尽快把他挤走，让杨冬青兼职财务科长直接掌控商场财务账。

铁荣三听着杨冬青供述，心里想到就是这个李冬治账户日后成为东方红商场附骨之蛆，贪婪地吸取着职工血汗，侵吞着国有资产。

三十

第二天中午，杨冬青和魏弟到朱经理家里喝茶。朱经理家属摆好茶具后到厨房准备午饭。

朱经理问，李经理安排的事弄好了吗？

没有。厂家说他们产品是热门货供不应求，现在既不搞回扣也不搞赠送品。经销商那里提货还必须现款结算，好说歹说就是不行。杨冬青坐在那里发愁。

魏弟结结巴巴地说，入库后搬几台，不就行了吗？

朱经理说，你懂个屁。入库出库都要登记造册，热销商品入库就更不好办了。

魏弟又说，干脆，倒倒。搬下，四台彩电，放上，四块石头，入库。魏弟说话时手语特别丰富。

朱经理一听，抬眼仔细看了看魏弟，心想魏弟也不简单，小花花肠子也不少。问杨冬青，仓库钥匙谁拿着？

杨冬青说，钥匙有两把，一把仓库管理员拿着，另一把由财务科老科长保管，平常只有他二人可以进出仓库。

朱经理抿嘴一笑说，你两人快去办，我抽时间和李经理说一声。

东方红商场仓库墙壁都是用大块青石垒成，墙壁也高些，非常坚固，墙壁上用大黑体写着“仓库重地闲人莫入”八个大字。商场货车停在仓库门口，七八个职工在杨经理、魏经理指挥下小心地把一箱一箱彩电搬进仓库。

魏弟在一边叉着腰扯着嗓子喊，慢点，轻点，别晃动。

杨经理也说，小心别碰撞，小心爆炸。

仓库保管员和老财务科长戴着老花镜仔细清点着数量登记造册。

一批彩电卸完入库，职工都匆匆下班离去，老会计和保管员小心锁上仓库大铁门。

杨经理和魏经理一块走到商场大门口时，杨经理心里暗想，这样做很快会出事到时怎么办？也不知老朱和李经理怎么说？老财务科长和仓库保管员都是自己的人，万一这个老家伙对自己人下重手怎么办？走到院子大门口时他还在琢磨着这件事。

嘭！魏弟对着他耳朵突然大叫一声。

杨经理被吓了一跳。一看是魏弟恶作剧生气地说道，你干什么？

炸了，炸他个天翻地覆。魏弟说完两个人会心地笑了。

三十一

东方红商场一楼五金家电专柜，几台彩色电视机正在播放着商家宣传广告片，柜台前几个客户焦急地等待着购买彩电。营业员与其中一位客户刚办完提货单从仓库里提出一台彩电，打开彩电包装箱准备试调。包装箱被打开后营业员和几个客户都惊呆了。包装箱内彩电变成了一块大石头。

这，这。营业员不知所措，他被眼前大搬运魔术惊呆了。李经理手提公文包走过来问道，怎么回事？

营业员说，我和这位客户从仓库里提出彩电，在柜台上打开时箱子里没有彩电，彩电变成了这块石头。李乔没好气地问，那彩电呢？

不知道怎么回事？营业员又解释说，我和客户一块打开的包装箱。李经理看到围观人越来越多，赶紧安排柜台组长说，再去换一台，先服务好客户。彩电变成石头？这件事要严查严肃处理。

彩电变石头事件在职工中间引起轩然大波，职工们纷纷议论说的有鼻子有眼，有的说是亲眼看着那台彩电一点一点变成一块大石头，说得天花乱坠有神有灵的；也有的说肯定是李乔那帮私孩子倒了鬼，这帮人可什么花花肠子都有。

天有异象，社稷动荡。物有异象，职工遭殃。

李乔办公室里，朱立治、杨冬青、魏弟针对这次彩电变石头事件研究处理方案。

真是大白天遇到鬼了，彩电变石头。你们怎么不把石头变成彩电？你两个怎么进的货？李乔拿眼睛瞪着杨冬青和魏弟说，这件事今天讲不清楚，就报案让公安局来抓人。

进货没问题，我和魏弟看着商场职工卸完车，仓库管理员都清点过。杨冬青含含糊糊，他自己不想挑明这件事，心想看老朱怎么圆场。

进货没问题那就是出了内鬼，门窗锁都没有损坏，出问题环节应该是拿钥匙的，赶快报案让公安局来把内鬼揪出来。朱立治边分析边看着李乔。李经理从老朱那皮笑肉不笑的表情里明白了，心想老家伙好阴险，一石二鸟。

财务科长和仓库保管员跟着杨冬青多年，他看到老朱要拿他的人开刀有些不忍心。求情说，财务科长和仓库保管员绝对不可能做这样的事，这两人我有数，就是把他两人整死也整不出结果来。杨冬青坚持有充分理由，其实在老四歪点子一出来时他已想到解决方法，他有这点小聪明并且是强项。

李乔一听，火气一下子上来了。你说整谁去？整我？整你？赶快报案请公安局查案，我就不信查不出来，鬼是谁谁是鬼？我早就看清楚了。

杨冬青一看今天这件事善罢不了，老朱是铁了心把这件事往自己身上引，赶忙向老朱求援说，先别报案，听听老朱的。

老朱看杨经理向自己求援也想做个顺水人情。忙打圆场说，我看先不报案，都是自己内部职工，把那两人叫来让他们承认错误，交出钥匙调离岗位就是。闹大了反而影响我们商场声誉。

李乔火气冲冲地说，魏弟，你去把那俩老家伙拖来。

三十二

不一会儿，魏弟拽着两个老职工过来。一进门老会计哆哆嗦嗦地说，不好啦李经理，刚才我和保管员重新检查了那批彩电，还有三个箱子里装的也是石头块，一共损失四台彩电。这可怎么办？怎么办？

李乔怒目圆睁，你们两个自己说，怎么办？

魏弟也在一边帮腔，快说，彩电，弄到哪里去了？偷着卖了，还是藏起来了？一脚踢向老保管员屁股后又结结巴巴地说，说半个不字，就报公安局抓人。

老保管员回头说，彩电入库我一动也没动，谁捣鬼谁心里清楚，反正我没做。老保管员正色抗议使魏经理扬起的巴掌收了回去。

财务科长是个很严谨的老实人，从来不多说话。虽然身正不怕影子斜，但现在这个事要推到自己身上，自己就算浑身是嘴也无法说清。慢慢说道，东方红商场发生这种事情我非常痛心，现场门窗锁都没有破损肯定是仓库内部问题。仓库钥匙我有一把很少使用，保管员不在时才用我保管的钥匙提货。这个事我没做但我有责任。

李经理看到两个人都说自己没拿彩电。说道，你们两人都说没做，那我问你们，难道是鬼做的？钥匙在谁手里？彩电是怎么变成石头的？你们两人谁也推脱不了干系。

保管员怀疑是进货时出了问题。就说，是不是进货时出了问题？

他话没说完杨经理一瞪眼说，怎么？怀疑我们，我们进货一点问题都没有。杨经理又指着入库单子和库存账本说，看清楚了上面写的是入库 14 英寸彩电三十台，不是四块石头加二十六台彩电。

魏弟边说话边挽袖子说，公安局，马上就来，看你们招不招。

李乔也说，四台彩电就是赃物，你们这种行为叫监守自盗，起码也得判个十年八年的劳改。各人打打谱吧，现在招了我们还可以内部从轻处理。

不是我做的。保管员虽然害怕仍然不屈服说，我做了三十年仓库保管员，从来就没出过今天这样的事。

老财务科长也说，我八辈子也做不出这种事来，谁做谁心里明白。

李乔说，别和他们啰唆了，报警让公安局逮去算了，魏弟你去报警。又指着两位老职工说，到时候全城开公判大会宣判，依法逮捕，游街示众。

魏弟指着两个老人鼻子说，别给脸不要脸，你两个反正是，“王八三十鳖三十，各打五十大板”。到时候，看你们招不招。魏弟转身向门外走去，准备到公安局报案。

两个老职工扑通一声给李乔跪下了。

老财务科长说，我都这把年纪死不足惜，可我们的亲戚和孩子都在弈城商业系统上班。这事不是我干的我丢不起这个人啊。说完眼圈都红了。

保管员也求饶说，经理们大量啊开恩啊，不是我干的。让我再想想吧，让我再好好想想。

朱经理一直深藏不露这时发话说，先别报案，逮了人影响我们企业形象，现在职工也在议论纷纷。我看这样你两个不能再在原岗位上班了，现在交出钥匙回家反省写个检查，待本案查清后视情况再作处理。

杨经理连忙劝二老说，还不快谢谢领导。

谢谢领导，谢谢经理们。

还有，即日起撤销两人职务，财务和库存商品马上清点交接。李经理作出了最后决定。

两位老人像听到特赦令一样从地上爬起来，老财务科长眼里含着委屈的泪花，老保管员脸上已经没了半点血色。两人交出钥匙愤懑离去，自此几十年搭档的老哥俩断绝了关系，互不往来。

肖政听到这里，一股怒气涌上心头。他说道，丧尽天良。这些善良的老职工默默无闻为商场贡献了一辈子，你们也下得了手。吴远眼镜后面也射出冷冷的光。杨冬青支支吾吾地辩解说，都是李经理安排的，都是李经理安排的。

吴远反问道，你自己不也是商场分管领导吗？为什么不坚持正义？杨冬青叹了一口气说，两位老人一直在我手下干，我自己也觉得良心过意不去。再说自己当时也想有一台彩电，就这样了。杨冬青继续说道，这事过了三个月后，两位老人分别到我家打听案子情况，还在互相怀疑，都没工资也要求上岗。我找李经理和朱经理商量，由商场拨十万元周转金成立一个柳编厂，我兼任厂长他们两个人都任副厂长，一个管理生产，一个管理库存和外销，我也是想缓和他二人的那种紧张关系，彩电之事又不能明说。可那两个老头工作都干得很好，就是互不答腔，互相之间就像防贼一样。这样也好，我管理上倒也就省心多了。

铁荣三问，柳编厂经营情况怎么样？

杨冬青回答说，柳编产品主要做出口贸易，前六个月经营情况不错。但是国际市场不好把握，后来经营情况越来越差，东方红商场也不再拨周转金，最后也是死死的了。两个老职工又下岗了。杨冬青又补充一句，柳编厂独立核算，账都在老会计那里。这块账你们放心，他们俩猫瞪着四只眼瞅着，绝不会有任何问题。

东方红商场对柳编厂财务怎么进行管理？

放水养鱼，定期回收本金，那十万元周转金应该收全了。

铁荣三想，柳编厂与东方红商场只是借贷关系，独立核算单位，不存在账外经营问题，经营了半年时间就关门了。

三十三

应付账款李冬治也是四大名捕名字组合。从开户第一天起，你们陆续从这个账户上冲出一部分现金。这些钱呢？想说实话吗？

李乔迟迟没有回答。

铁荣三说道，四大名捕现在人人自保。你若不想谈就不用你谈了，杨冬青、朱立治会谈得更清楚。

李乔闭上眼睛说，我谈，让我好好想想。然后说道，这些钱一部分让我们四个人平时分了，是平分的。上次自首时我说成是我和魏弟两人分的话不对。当时主要是想让魏弟拖住你们，争取时间让方圆公司尽快开张营业。营业后我们再雇用大部分职工就业，搞好经营什么事就都解决了。

铁荣三问道，包括东方红商场大楼都会是你自己的？

李乔摇了摇头说，不能这样说，虽然方圆公司法人代表是我，但法人代表含义是指我们四个人，我只不过是牵头。以前我也有言在先，方圆公司还是我们四个人的，他们三个也没异议。

铁荣三又问道，昨天晚上下半夜你让杨冬青和朱立治潜入东方红商场想干什么？

李乔说，上半夜我让他们把方圆公司实收资本账做回去，但他们没有做成只是调了账，我觉得给你们留下了把柄。下半夜我让他们又潜入东方红商场，想把方圆公司账证偷出来藏起来，你们问起来就说方圆公司还没建账。

像以前一样应付过去。铁荣三心里沉沉地说，鱼为饵上钩，鸟为食而亡。你们借国企改革之机，行偷天换日之术。你们联手经营十年的阴谋彻底破产了，贪婪决定了你们永远失败的人生。

三十四

李乔、朱立治和杨冬青被押送看守所，这个犯罪团伙趁国有企业改制之际私吞国有资产案在弈城引起很大反响，也引起弈城各界高度重视。弈城法院开庭审理那天，弈城各界组织人员由单位领导带队参加庭审宣判。

第二次起诉后，弈城法院开庭那天，旁听席上坐满了听众。铁荣三和肖

政根据检察院党组安排和公诉人一起出庭。

肖政看着旁听席说，东方红商场下岗职工来了不少，老财务科长和老保管员都来了，两人坐前后排。吴远顺着肖政目光看去也看到了那两位老人。铁荣三和肖政找两人分别取证时，两人还在互相猜疑。

现在宣布开庭，现在开庭，带被告人。

随着法官的话音，李乔、朱立治、杨冬青和魏弟被法警押上法庭。

法官环视整个法庭后，宣布公诉人宣读公诉书。

公诉人宣读公诉书第二条罪状，一九九六年九月一日，被告人李乔、朱立治、杨冬青、魏弟在办公室密谋每人想得到一台彩电，杨冬青和魏弟去海城购进三十台14英寸彩电。彩电入库前，杨冬青和魏弟将其中四台彩电换成石头入库，随后四人每人分得彩电一台。

旁听席上，老财务科长听到这里，回头正好看到老保管员。两双老手紧紧地握在一起，四行老泪吧嗒吧嗒直往地面掉。

老财务科长说，这些日子我还总在怀疑是你。

老保管员听到这里也明白了一切赶紧拿出一根烟递给老财务科长说，来抽烟，我也一直以为是你做的。

老财务科长摇了摇头什么也没说。

老保管员说，庭内不准吸烟。又把烟装进衣兜说，咱俩被人家耍了。年后我到李乔和朱立治家里拜年，发现他们家里都看上了和那四台一个型号的彩电，当时我也怀疑。过后心里还骂自己，心想人家都是大经理还会做那种事。你看，原来还就是他们做的。

肯定是入库前换掉的。

他们自己作恶，为什么还嫁祸我们？

善有善报，恶有恶报，不是不报，时候未到。

我弄不明白。这些人原先都是干事业的闯将，现在一个个都变着花样作恶，真不知道他们将来要做什么。

不会有好下场，这些人将来死了也得下十八层地狱。

庭审结束，择日宣判。

许多下岗职工看着李乔四人被带出法庭，纷纷围拢过来。

那四台彩电是他们偷的。

你两个可解脱了，当时我们觉着就不像是。

这些人真想得出来，什么人间奇迹也做得出来，也不怕遭报应。

我看着四个人那样又觉得心下不忍。唉，都在一块儿那么多年。

世事难料，有时候有很多善良都被无情地抛弃，而抛弃他人善良的同时就是泯灭自己良知的开始。

三十五

春天的脚步刚刚来到弈城，暖风阵阵，所有的生命气息历经严冬后都开始复苏，鹅黄色的嫩芽已经爬满路边杨柳枝头。

办案小组办公室里，铁荣三他们正在研究新的办案计划。窗外一阵鞭炮轰鸣声清晰传来。

铁荣三问道，今天是什么好日子？

东方超市开业。刘剑锋说，现在弈城加大招商引资力度，这是第一家外资企业在弈城落户，听说还会有更多外资进驻弈城，以后超市经营模式会逐渐替代小商品门市，这是大趋势。

肖政说，听说规模很大，我还没见过超市什么样？

去看看吧，听说所有商品都自己选。刘剑锋看着铁荣三说。

那我们也去看看热闹，起码表示祝贺，顺便买一些办公用品。

铁荣三他们来到东方超市前，静静地观看着那气势宏伟的超市外貌，熙熙攘攘的客流。以往，东方红商场那种破败景象，那些曾经为之战斗过的日日夜夜，还历历在目。

不错，确实繁华。刘剑锋不住地点头。

真想不到我们弈城也有大超市。吴远看了看周围说。

说话间两名保安人员走过来打招呼说，检察官好，你们都来了。

铁荣三一看，原来是老财务科长和老保管员，一一握过手后肖政说，二老穿上这身制服都年轻了十岁，要是不说话还真不敢确定是二老。

老财务科长说，这得感谢检察官拼命为我们夺回了东方红商场。现在我俩已经退休了，每月都领着养老金。这不，超市又招我们来干保安，每天就是维持维持门前顾客和车辆秩序。

老保管员介绍说，外商投资三百万元，原来空荡荡的院子全部建成了超市，里面更宽敞，进去看看吧？

好，那我们进去看看。

铁荣三他们向二老招招手转身走进超市入口。

第三章

举报信扑朔迷离
检察官故布疑阵

一

天空总是云来云去却难得见一滴雨水，大片的麦田在原野里随风起伏，一棵棵麦苗在灌浆期却露出失血般的苍白。弈城街道上，各种车辆急驰而过，扬起一阵阵灰尘飘落在道路两侧法桐树冠上。

弈城人民检察院四层办公大楼矗立在四月天热浪包围之中。检察长在办公室里刚刚接完电话。反贪局长正坐在一边仔细研究着举报信内容。

看完了吗？有什么想法？检察长看着正在思考的反贪局长赵子文。赵子文目光仍然盯在那封举报信上说，一页半信纸，不足三百字内容，涉及整个弈城小区建设、公路绿化修建、厂房拍卖出售、财务费用列支。但细品之下觉得举报内容含而不露，似有还无。

检察长问道，你是说举报信有针对性，但缺乏真实性、具体性，可查性不强。赵局长说，是，整个举报信没有一笔具体举报贪污贿赂内容。比如，列举的受贿罪，行贿人是谁？什么时间？什么地点？什么原因送钱？送多少？都不清楚。我觉得举报人并不知情，只是在猜测，我认为可查性不强。

有人民来信反映问题就必须落实。如果我们不去落实，我们的执法活动就会失去公信力，人民群众就看不到希望，要查坚决查。你们年终总结报告上不是年年都有举报线索匮乏制约办案数量吗？检察长感到自己的话分量有些重了。又笑着问赵局长，这个人你熟悉？

赵局长说，举报信牵涉的这个人我不熟悉，但这个单位我熟悉。弈城办事处如果出问题就一定是大问题。我在想从哪里入手？怎么去调查？

检察长安排说，让你的办案组抓紧研究个初查方案，立即依法初查。好吧，我们马上落实。赵局长拿起举报信刚转身走到门口听到检察长又喊自己。慢着，检察长指了指反贪局长手里的举报信说，关键程序上你必须把关。赵局长回头说，你就把心放在肚子里看我们的吧。心里暗暗嘀咕，这个老爷子检察长，最近好像老是疑神疑鬼的，到底怎么回事儿。

反贪局长走后，检察长独自坐在办公桌前，想了很长时间。

二

赵局长走到侦查科办公室门口敲了敲门。吴远开门后见是局长进来，吓得一吐舌头赶忙又缩了回去。

怎么？又偷玩游戏了？办案组配备微机主要是提高工作效率，可不能贪玩，赵局长严肃地盯着书记员问道。吴远脸一下子红了说，是是，在网上玩了玩侦查游戏，刚刚结束。

赵局长知道吴远在撒谎就说道，呵，快出徒了，进步不小哇。又小声问吴远，有没有反贪污贿赂方面的游戏？吴远摇摇头说，没有，目前还没有开发出来，真要开发出来还是很有市场的。

刘剑锋对吴远说，你怎么不顺着杆子往上爬？吴远调皮说，我要是顺着爬上去，你万一来个上屋抽梯，我怎么办？

没吃三天素，就想上西天。铁荣三说完见局长进来知道有新任务安排，看了一眼侦查科成员都在。又把目光转向赵局长问，什么任务？赵局长说，有个情况大家看看，检察长让抓紧摸摸情况。说着把举报信递给铁荣三，铁荣三匆匆地看了一会儿又给了肖政。侦查科历来就是这样，每个人都要掌握举报内容，每个人都要谈出自己想法，然后拟定初查方案。

举报信依次传阅。

赵局长说，大家看看，都想想有什么好办法？

刘剑锋看完举报信说，这封举报信写得像五十年代老诗歌，文字够简练的。刘剑锋性子急但粗中有细，每次讨论案件他都会第一个发表高论。论业务能力足可以独当一面了，只可惜他是法警身份，但工作上历来是兢兢业业，不惜气力，不计较个人得失。吴远接着说，举报信可查性不强，太模糊了。从哪里入手？书记员吴远是位八零后选调生，司法考试了三年一直没有过，自己很苦恼。

肖政说，检察长决定初查了我们执行就是。只是举报信确实没有可查性，反映问题一大堆却没有一项适合秘密初查的内容。直接拿人，单刀直入，突

破口在哪里？没有突破口我们运用什么策略去制伏罪犯？

这个人有问题。铁荣三慢慢告诉大家说，弈城街道办事处还不止一人有问题。铁荣三一句话让在场人都瞪大了眼睛。铁荣三接着说，这个人我认识但从来没打过交道。有一次，我和几个朋友在王家馆子喝羊肉汤，听到邻桌上人自我介绍才知道这个人是弈城街道办事处主任。当时他喝酒喝多了，结账时说今天买树苗子搞绿化带挣了三万元。大家都看了举报信，都考虑考虑像这些人怎么去挣三万元？吴远嘴快说道，我看是虚开发票，套取公款，贪污自肥。

现在是商业贿赂高发期，虚开套取都是老黄历了。我想应该是索要回扣，利用职务便利受贿。刘剑锋慢吞吞地又说道，别忘了，行贿受贿双方是一对双胞胎。有受贿的就有行贿的，行贿受贿是经济利益共同体。吴远瞪大了眼睛争辩说，上一次我们查办计生办主任贪污案，作案手段不就是多次虚开发票吗？今年的案件能是老黄历吗？

是此一时彼一时，一个案子一个样。没有完全相同的案子，也没有完全相同的腐败分子。刘剑锋眯着眼睛，仿佛老僧悟禅进入了无上虚无境界。

刘剑锋那滑稽表情激怒了吴远，哼，根系千里枝连百家。人与人之间都是互相联系的，账与账之间都是相互联系的，案子与案子之间都不是独立个体。一条线索可以查遍全中国，一起案件可以查遍全世界，腐败分子就是逃到天涯海角也逃不掉法律的惩处。

刘剑锋和书记员吴远的争论，让办公室里人都笑了。

呵，精辟，这话可不能在外面说。要是让腐败分子听到了谁还敢搞腐败。赵局长又对铁荣三说，办案组抓紧拿出一个初查方案，报请检察长签字。

三

赵局长走后，铁荣三思索了一会儿开始分派工作任务。铁荣三做了十几年反贪侦查工作，铁杵也磨成针了。初查审讯方案制定实施，往往水到渠成，瞬间即是，确实是真功夫。

铁荣三说，吴远准备书面初查报告；刘剑锋准备好车辆；通知第二组，准备好策应；其余人跟我去封账，带调账手续，账证全部带回。

刘剑锋问道，拿手铐带人吗？铁荣三说，临时不用，不过要捎着铐子以防其他情况。刘剑锋又问，用便车还是警车？铁荣三说，直接开警车去。

肖政在一边低头思索着什么。刘剑锋心里也在嘀咕，这是什么战术看不懂？秘密初查直接用警车这不是自我暴露吗？

检察院办公楼前，仪征警车急不可耐地喷出阵阵浓烟。外楼梯两侧两棵高大的雪松，枝叶繁茂，四季常青。弈城好多机关单位办公院内都喜欢这种绿化配置，既代表一种风骨一种品格，又怡情别致绿化了环境。

警车里刘剑锋悄悄问肖政，什么战术？我有点看不懂了。肖政说，应该是釜底抽薪，断其后路吧，我也说不好。吴远插嘴问道，那你说这次老铁是一招几式？肖政想了想说，不好说，且听下回分解吧。

铁荣三快步走过来坐到车上。警车驶出检察院大门口，沿弈城街道向办事处大楼驶去。

四

弈城街道坐落在弈城东街中心位置，五层办公大楼比检察院办公楼还高一层。办公楼前，两棵松柏，玉树临风，庭院宽敞，草坪碧绿。

吴远瞅瞅说，好气派。刘剑锋在院内停车位上停好车说，这叫“炕头狸猫坐地户，近水楼台先得月”。

街道办事处财务科设在二楼。铁荣三他们推门而入。

请问谁是财务科长？肖政问正在记账的工作人员。财务科长打量着眼前的来人说道，我就是。请问你是？肖政亮出工作证给财务科长说，我们是弈城检察院反贪局的工作人员，这是证件。

那，请坐，请稍坐。财务科长连忙吩咐倒水，知道反贪局造访绝非寻常又不便问道反贪局的来意，只是在一边眨巴眼睛观察着室内的一切动向。铁荣三说，有一笔业务牵涉你单位财务账，我们想找找看看。财务科长小心地问道，请问是哪一年的？

铁荣三说道，时间不很确定。这样你把前三年账证全部拿过来我们自己找找看。财务科长说，我从去年七月调过来记账，这段时间所有账证我比较清楚问我就行，以前那些账本凭证都在档案室里。

铁荣三问道，去年你任会计时和原会计有交接吗？财务科长边说边从抽屉里找出那张交接表递给铁荣三说，有个交接表。铁荣三拿过交接表说，好了，你让财务科工作人员把账本凭证都拿过来，我们看一下。

财务科长安排人到档案室把三年来账本凭证，用一个方便袋提过来。铁荣三和肖政先检点账本，再依照账本排列凭证。铁荣三看到三年里少到可怜的账本和凭证皱了皱眉头。

肖政问道，就这些吗？还有其他账务吗？财务科长说，就这些交接单上都有，以前财务人员记账不规范。肖政听出财务科长话中有话，也没再追问下去。

铁荣三看了看财务科长拿出那些账本凭证说，你这一年的账本凭证比前三年的都多，说明你做账仔细。

肖政看了看铁荣三又对财务科长说，根据工作需要，我们调取你单位三年以来所有账本凭证，这是调账手续。账本凭证数量在上面都有明细。你看看对吗？财务科长认真看完反贪局那份调账手续说，对。随即签完字说，你们要把账调走，是不是跟我们主任沟通沟通。肖政说，你拿我们调账手续和你们领导汇报一下吧，我们马上回去。

肖政把账证用一个方便袋提到警车上。刘剑锋发动车辆，待铁荣三、吴远上车后警车缓缓驶出弈城街道办事处大门口。

五

办案组调取了街道办事处几年来的所有账证。令人奇怪的是账证齐全，账务量却很小，每年记账凭证不足薄薄十二本。

铁荣三暗想，弈城城区近几年招商引资很成功，经济发展速度大幅度提升，而弈城街道办事处下辖十三个社区，是弈城政治经济文化中心，经济发展龙头。弈城街道办事处担负着招商引资、旧城拆迁改造、道路建设绿化等重大工程发包、工程款收付，财务工作非常繁忙，账务量应该很大。但每年简单几本凭证和账本能正确反映弈城街道办事处财务收支情况吗？是设了账外账还是另有蹊跷？

办案组检查账簿，没有举报信中所列举的工程账务记录，更找不到工程预决算书、工程承包人等，看不出账务结算情况。铁荣三想了一会儿，迅速从一笔收入账中发现了问题：一九九四年十一月第 6 号凭证内容记录是，一九九四年十一月三日收弈城东路填土工程款一千元。

这笔账暴露出的问题很典型。工程款本应由弈城街道办事处（甲方）付给施工单位（乙方），并且工程款的收付往往是数以万计，怎么会出现千元工程款数额并且列为收入呢？就是工程款有结余也应该单列收入？

铁荣三翻开第 6 号记账凭证所附单据更是让人匪夷所思，收入单据就是一张白条，内容与账本记录相同，只是多了经办人李涉，批准人项前和签字时间记录。铁荣三心里想道，暗割工程款。

项前是弈城区委副区长，一九九四年四月主持弈城街道办事处工作，是一位德才兼备、组织部门重点培养的年轻干部。上任伊始多次拒绝各路开发商所赠钱物，曾有媒体报道过他的事迹在社会上引起很大反响。项前人品很难与腐败二字联系在一起，但是为什么将工程款收支账务全部暗割了？是财务人员记账不规范还是别的原因。

铁荣三对吴远说，暗割收支账违反财务规定，也不能反映一个单位正常的财务运转状况。但是弈城街道办事处为什么还是暗割工程款呢？并且不止一笔两笔。铁荣三似乎已经从这些账务处理手法中发现了什么？吴远看到铁荣三看着那张白条沉思也说道，白条入账起码违反财政纪律规定。

初查情况显示，李涉从一九九四年三月任弈城街道办事处主任，只是从属角色，分管领导已经换了几任。但账面显示李涉是办事处负责工程经办人，这些暗割工程账款里隐藏的秘密李涉不仅只是知情很可能是直接参与。

与此同时，肖政和刘剑锋负责外围调查材料急忙赶回反贪局查账室。找到了吗？铁荣三关切地问肖政。

肖政和刘剑锋负责外调材料，对本案的突破起着至关重要的作用，而铁荣三和吴远查账结果为本案打开局面奠定了基础。

肖政说，这是我们到弈城东路建设指挥部直接查找的档案。一九九四年冬天，弈城东路填土工程量很大，负责施工人员叫齐路华。我们查了一下，齐路华是弈城城区西埠西村人，四十二岁，在弈城东街置房居住，门牌号是弈城东街向阳路二号，开一辆老三菱跑车，承揽各种建设工程。

铁荣三说，太好了。我们抓紧向赵局长汇报，请求下一步行动。

六

反贪局案件讨论室里，检察长、反贪局长听取完办案组的初查汇报。检察长满意地笑着说，不错，行动迅速，不愧全省模范办案集体的称号。希望你们继续保持荣誉，保持高昂的斗志，永远做反腐败斗争前线上一把锋利尖刀。检察长喝了一口水又说，谈谈接下来有什么打算?

铁荣三说，我们打算兵分两路：一路先找齐路华；另一路接触李涉。找这两人直接谈城区东街填土工程情况，也许会有新发现。

赵局长说，这几年案件上经常出现暗割记账手法，有些存在问题，个别人利用暗割工程款手法进行贪污；有的也没什么；同样是暗割账务，结果也不尽相同。可以让他们来对对账，不过注意把握分寸。条件成熟就立案侦查。

检察长说，询问承建工程人员齐路华，要直接把他带到反贪局办案工作区在他身上做做文章，可大张旗鼓，制造声势，打草惊蛇。赵局长建议说，两个小组同时行动，注意配合，注意交叉错位，利用时间差打掉结合，把握好战机，办案组人手不够用的话我来协调。

赵局长说，好吧。立即行动，注意安全。

铁荣三和肖政走后，检察长和赵局长又讨论了一会儿。检察长说，现在还没掌握任何犯罪事实就要生割，那全靠谋略了。赵局长说，铁荣三制定的生割计划，估计他肯定会掌握一定证据，他有办法。

我们注意清扫外围。弈城城区是处级领导干部的风水宝地，估计跑腿说请的人会有不少。我们一定要为办案组挡住，不能让他们从我们俩身上撕开口子。检察长边思考边说。

赵局长说，外围之战肯定是一场短兵相接的较量，说穿了就是肉搏战。

外围战赌的是心智，拼的是毅力。

七

二层小洋楼楼帽呈八角形状，四周高高院墙上爬满了紫藤。别致的小楼显示着主人卓尔不群的性格。漆黑油亮的大门上，两只龇牙咧嘴的金狮子抓手，不知显示着威武还是凶恶。门牌号弈城东街向阳路二号。

两辆警车开到齐路华家门口，肖政和刘剑锋推门而入。齐路华一家刚吃完早饭，饭桌上碗筷狼藉还没来得及收拾。齐路华看到院子里突然来了一群陌生人，都穿着制服。忙问道，你们是干什么的？

我们是弈城检察院反贪局工作人员。肖政拿出工作证说，这是我的工作证。齐路华想自己从来都不和检察院打交道，检察院一些土建工程自己从来也没承建过，和反贪局更是八百竿子拨弄不着从没来往。便问道，找我有什么事吗？

肖政说，有事，请你跟我们走一趟，我们了解完后就送你回来，上我们的车吧，这是询问通知书。齐路华也没搞清什么事就跟随肖政上车了，两名法警一左一右把他夹在中间，齐路华心里有点紧张。齐路华家属抱着孩子在后面大声说，你早点儿回来。

警车路过城区办事处门前时，适逢车辆拥挤堵车。两辆警车同时拉响警报随着车流缓缓而过，街道两边行人都驻足观望。弈城街道办事处办公楼上，不少人从窗子伸出头来一看究竟。

询问室里，齐路华仿佛预感到一种不祥之兆，心事重重地什么话也不说。肖政问道，知道为什么请你来吗？齐路华说，知道，昨天你们封了弈城街道办事处账务。我是吃晚饭时听他们说的。

继续询问，齐路华就是装聋作哑不说话，龙腔虎腔不答腔。肖政和刘剑

锋干脆什么都不问了。三个小时里只是齐路华不停地吸烟，烟灰缸内凌乱地放着七支烟蒂。

询问室墙壁上，电子挂钟嘀嘀嗒嗒响个不停，时间在一分一秒的度过。齐路华一会儿皱紧眉头，一会儿眼神迷茫。

三个小时令人窒息的空白让齐路华坐立不安，但仍然用沉默和检察官对峙着。肖政和刘剑锋仍不露声色，以无声应对沉默，坚如磐石。

有时无语沉默所形成的空白就是于无声处之惊雷，本身就是进攻，且极具杀伤力。

八

三个小时后，第二小组迅速出击，将李涉请到反贪局办案工作区。两名法警引导李涉走进一号询问室，齐路华正在低头沉思。听到有人推门进来忙抬起头来，正好与李涉四目相对，两个人同时露出惊异的目光。

李涉顿时眼前发黑一阵天旋地转，整个身体顿时瘫软了下去。吴远赶忙扶住了李涉。

你们到三号询问室去，肖政严肃地说道。吴远挠了挠头皮说，走错了，走错了。连忙带李涉走出一号询问室。

铁荣三跟在后面微微一笑。

九

三号询问室里，李涉两手交叉在胸前，闷热天气里看上去他还显得有些冷。不一会儿，李涉提出上厕所小便，在专用厕所里李涉费了半天劲也没尿出一滴尿来。向三号询问室走的时候开始打软腿，身体重心有一点下沉。

李涉的一系列反应，没有逃过铁荣三那双眼睛。回到询问室里，铁荣三倒上一杯热水端给李涉说，喝水吧。李涉接过水杯双手捧着说，谢谢，谢谢检察官。

看到李涉那双游移不定的眼神，铁荣三说，李涉，慢慢谈不必紧张，事情也不是你一个人做的。在这个问题上你还不是主要责任人。你也看到了，齐路华已经被我们请来。询问有法律规定，你的时间有限制。在限定时间内，你如果彻底交代涉及自己的问题，可以争取从轻处理，也可以认定为自首。你知道法律上自首处理原则吗？

李涉摇了摇头。李涉对法律的了解也是一知半解，处于那种懵懂状态。铁荣三告诉李涉，法律规定凡是主动坦白自首的，可以从轻、减轻或者不予处理。你想自首吗？

李涉犹犹豫豫好长时间，抬起头来对铁荣三说，我想啊，我要是有什么问题我想坦白自首。

十

其实李涉很警觉，李涉学历不高但他不是很麻木的那种人。反贪局查封带走弈城街道办事处账务资料后，会计在电话里已经向他汇报清楚了，虽说是牵涉外单位账务但自己还是担心。万一反贪局的检察官能从账上发现办事处的问题或者以此为借口查账，后果将不堪设想。这几年反贪局善于真真假假指东打西的，叫人摸不着头脑防不胜防，于是赶紧打电话向弈城城区项区长汇报情况。可是从昨天下午直到晚上十点，也不知打了多少次电话，项区长就是不接。后来项区长家属回了电话说，项区长昨天接待南方一位投资商喝多了，有事明天再联系吧。

今天上班时李涉还没来得及和项区长联系，两辆警车就停在了办公楼前。他从窗子往下一看是检察院警车顿时吓了一跳。赶紧把自己办公室门反锁上，靠在门上长长出了口气。刺耳的警笛声让他顾不得多想，急中生智哧溜一下钻进办公桌底下。过了一会儿，警笛声渐渐远去，他又在办公桌底下蛰伏了近一个小时，才战战兢兢地爬出来。

敲门声又让他一阵心惊肉跳。主任，主任，今天的报纸。是办公室秘书的声音。李涉定了定神开了门，秘书熟练地将报纸放在报刊架上。李涉在门口四处张望一会儿才回到办公室。

李涉问道秘书，刚才是哪里的警车？招摇过市，太不像话了。秘书说，是弈城检察院反贪局的，可能是出发路过我们门口，遇到人群拥挤拉了警报。李涉气愤地说，怎么单单在咱们大门口拉警笛，真不像话。秘书说，听说是把搞建筑的把头齐路华逮去了。这些人有了钱就不知怎么活了，该逮。下一步还说不上哪个腐败分子要倒霉呢。

秘书说完走了，李涉望着秘书的背影发了一阵呆。他坐在办公桌前，心里仍在发慌，还没有理清头绪。这时，铁荣三和吴远突然推门走进了他的办公室。

铁荣三和吴远带上李涉，警车一路朝检察院方向驶去。李涉坐在警车上脸色一直红红的，眼睛望着车顶棚，用鼻音断断续续地哼了几句不知什么民族的歌曲，听声音都走了调。

吴远看了看铁荣三，把脸扭向一边偷偷地笑。

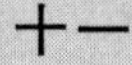

十一

三号询问室里，李涉开始了老八股式的主动交代。

这几年自己政治学习抓得不紧，放松了思想改造，思想觉悟有点降低了，心里经济欲望膨胀，做了一些不该做的事，违反了党的纪律。李涉首先检讨了思想认识错误，然后谈清了自己参与虚开工程款，暗割工程收支账，多次与项前私分贪污工程款的错误事实。李涉自定义犯了点错误。

一九九四年春天，城区办事处负责弈城东公路填土工程，向所辖十三个社区统筹资金一百三十四万一千元，有关工程款的收入支付、预决算书、施工合同等没有按财务规定入账。工程快结束时，项前、李涉和施工人齐路华三人在西泉炒鸡店吃饭时商量，虚开出工程款三万一千元。

第二天李涉领出现金后在办公室里与项前私分，本来应该两人平分，李涉看事儿说，您是领导您辛苦用处大。就把一万元放进项前办公桌抽屉里，李涉又把剩余两万元两人平分了。之后，李涉把工程预算预付，结算付款全部暗割后销毁，将余下一千元用白条作收入让财务科下账。

一千元白条入账，却让东环路修路工程案件露出冰山一角。

十二

一号询问室里，肖政和刘剑锋仍在继续询问着。

肖政问道，齐路华，你那江湖作风、哥们义气在这里起不到什么作用，你也看到了李涉就在隔壁。他谈出第一笔就是你虚开工程款问题，你还是考虑一下你自己的后果吧？齐路华无奈地笑笑说，我很佩服你们检察官，你们文明执法，依法办案。今天我是货到地头死，贵贱都得卖。都到这步田地了我说句心里话，谁也不想把自己的血汗钱拿出来共享。齐路华谈清了虚开三万元工程款的全部过程。从李涉交代该笔情况看齐路华没有说谎话。

肖政又问道，继续谈？齐路华看了看肖政又看了看刘剑锋，试图从他们脸上找到答案。刘剑锋说，看什么看？这不是秃头上虱子明摆着吗？你不谈他们会谈。

齐路华想了一会儿说，我和李涉就这些来往，再就是请他吃过饭，没有别的来往了。刘剑锋又问道，你再想想？齐路华说，我确实是想不着了。

肖政说道，你认真想了吗？那些事刚才在你脑子里转悠一圈，话已经到你嘴边了你又咽下去，你现在还是不想谈不想配合。齐路华问道，什么问题？刘剑锋在一边说，别在那儿装蒜，抓紧谈。

肖政说，我们掌握很多事实不只你和李涉的，还有你在工程上和他人那些来往。现在是你想谈还是不想谈的问题？是你自己想配合还是不想配合的问题？你内心里纠结，那个人也马上就到案了。不过他没你轻松，他将戴着铐子被押送到这里。齐路华吃惊地瞪大了眼睛，低下了头神思着事儿。

刘剑锋说道，抓紧了，我们可没时间和你在这儿磨蹭。你自己想找难看我们也没办法。齐路华定神了半天才说，我搞土地整理工程时给项区长送过钱，这方面和李涉没有来往。齐路华开始谈在土地整理工程中和项前那些不正常的经济关系。

齐路华谈完后问道，我可以回去了吗？工地上还很忙的。刘剑锋说，不行，还得过一会儿，请你合作。齐路华担心地问道，反贪局是不是要刑拘我？

肖政笑了笑说，你放心，你如实作证了反贪局不会拘留你。再待一会儿就让你回去。

十三

正午的阳光透过窗子照在检察长办公室上。检察长手机不停的嘶叫声，预示着抓捕项前时机成熟了。

李涉被带到反贪局时项前还在床上呼呼大睡。街道办事处办公室打来电话说有急事通知项区长速去区委开会，家属急忙摇醒了项前。

项前没顾得上吃早饭，懵懵懂懂地迅速穿好衣服来到洗漱间，漱了漱口梳了梳凌乱的头发，急忙来到区委书记办公室里。项前从区委书记严肃的表情里感到了事情很严重。

你知道了吗？区委书记看了一眼项前。项前连忙眨了眨眼睛说，什么事儿我不清楚？

区委书记说，你的下属被反贪局带走了，发生了这么大事情你还不知道。项前问道，谁？因为什么事儿带走的？

问你自己？反贪局是干什么的你不清楚吗？分管几天就出这么大篓子，你还想干吧？老区委书记训起人来向来不留情面。那，那，项前开始紧张，话都说不溜了。

你掺和进去了吗？区委书记紧盯着项前问道。项前赶忙掩饰道，没，没有。区委书记发火了，到底有没有？他最担心这批青年干部，表面一个个精得跟猴似的，内心里却揣着一笔糊涂账。项前在区委书记再三追问下仍坚持说自己没问题。

和反贪局有关的那些事儿，这些人都以为是天大秘密，认为自己不说就没人知道。往往是跟自己亲爹亲妈不说，和老婆孩子不说，等到坐到反贪局铁椅子上才开始说实话，吐实情。

区委书记看到项前那个样儿生气地说，反贪局正在到处抓你，你还想隐瞒什么？项前扑通一声双膝跪在区委书记面前说，老领导救命，老领导救命啊。

区委书记看到项前真慌了神就问，你说怎么救？你说。项前眨巴着眼睛说，到这时候了我自己也没有什么主意，我把钱都拿来放到你这里，到时候你给说句话就挡过去了。你就说钱早就交到你这里来了行吗？

区委书记手指项前怒道，亏你想得出来，到这个时候了还想歪门邪道，你什么时候能想点正事。我们共产党人必须遵守党的纪律，廉洁从政。大会小会强调多少遍了，都是这耳朵听着那耳朵又冒了。现在出路在哪里？到反贪局自首吧。

老书记我对不起你，你培养了我这么多年，我给您丢脸了。项前双手抱着区委书记小腿又求告说，老书记无论如何想想办法救救我，救救我呀。项前流着泪仰望着老书记。区委书记脸上露出痛惜的表情向外摆了摆手说，去吧，去吧。

项前又说，老书记我求求你，我现在去就回不来了，这一辈子就算完了。区委书记说，完了也得去，现在真正能够救你的就是你自己了。项前听完，停止了哭闹，跪在地上给区委书记磕了个头，含泪离去。

项前没有到反贪局争取自首，而是玩起了运动战。一会儿找个别领导说情，企图摆脱反贪局的审查；一会儿托人找相关人员妄想刺探情报。

十四

电话铃声一遍又一遍，检察长打开手机接电话，喂，哪位？电话里传来弈城区委书记的声音，你好检察长。

检察长说，书记你好，有什么事请指示。区委书记回答道，别开玩笑

了。本来不该问，但我还是豁上老脸找你，项前牵涉问题大不大？能不能手下留情啊？

检察长说，具体我还不清楚，办案组里人还没向我汇报。法警正到处找他，他到哪里去了？区委书记回答说，刚才还在我这里。不是去你那儿自首了吗？检察长呀，项前年轻也是初犯，能不能在法律规定范围内尽量照顾照顾？

检察长说，这个你放心。你现在联系一下项前催他快点到位，只要有好态度就会有好结果。区委书记说，好吧。过了一会儿，检察长手机又有电话，检察长赶忙问道，老书记，项前在哪里？在弈城办事处他办公室里，一会儿就到。

好的。检察长接完电话问赵局长，铁荣三那个组现在什么情况？赵局长说，已经突开了，李涉交代了一部分。

检察长又问道，肖政那个组呢？赵局长说，那个人是本案重头戏，肯定要表演表演，需要一点时间。过一会再让铁荣三对付他。

检察长低头沉思一会突然说道，这个人有想法，把自己关在办公室里一个多小时了。立即拘传项前，动作要快。

检察长果断下达了命令。

赵局长喊上两名法警，警车向弈城街道办事处飞驰而去。

十五

赵局长来到弈城街道办事处二楼项前办公室门前直接推开门。项前抬头看见两名法警随赵局长来到自己近前，迅速打开窗子一脚踏向窗台想跳窗逃跑。

赵局长早有安排，一名法警早已来到窗前，伸手抓住项前一条腿把其拖下窗台，将其制住。赵局长当场宣布拘传后，法警给项前上铐子带上警车。

项前坐在弈城反贪局办案工作区讯问室指定座椅上，脑袋仍嗡嗡作响，像是醉酒后断片脑子里一片空白。自己怎么被戴上手铐？怎么被带进检察院反贪局办案工作区？感觉朦朦胧胧的不很清晰。三十分钟过后，木然的表情和呆滞的眼神表明，项前还是没有缓过神来。

项前，这里是弈城人民检察院反贪局讯问室。赵局长告知完犯罪嫌疑人权利义务后，项前机械地嗯嗯两声，使劲摇摇脑袋努力想使自己清醒过来。

这个完全封闭的空间，却透出庄严肃穆气氛，还有赵局长剑眉下那两道利剑似的目光。在这个空间里，空气更加沉闷。项前感到了一种前所未有的压力，心跳在急剧加速。语无伦次地说，其实，我很注意的，有些开发商很不负责任，第一次送给我两万元，我让司机退回去了；第二次送给我五万元，我让财务科入了账。不信你们可以去查。

赵局长及时截断项前的话题，你谈的这些我们都知道，很注意的就不要谈了。现在我们要求你交代很不注意的那些问题？

一个回合下来，项前额头已渗出细密汗珠。在灯光照射下，宽大额头油光可鉴，眼里开始淌眼泪，一会儿放声大哭泪眼滂沱。赵局长暗想，项前想拖延时间等待救兵。

赵局长想不能让项前拖住后腿，必须尽快撬开他那张嘴。问道，你很冤枉吗？项前回答说，不冤枉。不知道李涉来说了什么？项前流着眼泪还不忘再次试探。

赵局长说，关于你、李涉和几个包工头那些问题，他们已经谈清了。你分管弈城街道办事处工作仅三年时间，大小共十三个工程屈指可数。你是自己主动坦白交代争取从轻处理？还是等我们去调查取证被动招供而依法处理？你自己认真掂量掂量。

项前没有回答问题，思想在剧烈地斗争中，左手拇指和食指不断搓揉着衣袖，进入冥想状态。

看火候已到，赵局长就势进行法律政策教育说，你现在的任务就是交代自己很不注意的那些问题。法律规定你在法定时间内，主动坦白交代犯罪事实，争取有个好态度，可以争取从轻处理。你想放弃争取从轻处理这个机会吗？

法律的威慑力和召感力使项前既感到了恐惧又看到了希望。思考片刻后，慢慢地低下了头从牙缝里挤出了三个字，我交代。

十六

一九九五年清明时节，晴空万里，微风徐徐，万物复苏，田野一片新绿。弈城街道办事处道路两边垂柳婆娑起舞，垂柳间一棵棵白玉兰树盛开着洁白的花朵。

弈城旧城改造工程和优厚的招商引资政策，让许多开发商纷至沓来。项前被弈城领导寄予厚望挑起了这副重担。上任前两个月里确实是请吃不到给钱不要，但是精明的开发商还是在项前的身上下足了赌注。南方一家开发商看中城区办事处下属老食品加工厂，想买断后搞房地产开发，经多次试探后于一天晚上到项前家里送了一张五万元银行卡。就是这张银行卡使项前在他那两间四十平方米平房里一夜未眠，思想急剧蜕变。开发商顺利拿下项前，也拿下了食品厂。

从此，项前一发而不可收，就在组织部门例行考察前一天夜里，还收受了开发商所送的两千元购物卡。短短几年里，项前居住多年的两间平房换成了宽敞明亮的单元楼，妻子的脸也明媚了。

十七

一号询问室里，齐路华谈清了自己与他们的所有来往。刘剑锋开车把齐路华直接送去工地。

李涉交代完犯罪事实被刑事拘留，牵涉问题需进一步查证。

项前交代完后放声痛哭，哭得很伤心。

他知道人生的辉煌要暂告一段落，命运将会把自己带进一片未知荒漠。他用手抹着眼泪说，我还是感谢检察院、感谢反贪局、感谢检察官，给了我第二次生命。

赵局长说，只要有认罪态度法律一定会从宽处理你。我们都应该感谢我们的党，感谢我们的社会制度。项前对赵局长说，你们知道吗？如果你们晚去五分钟，办公室窗子已经打开，我可能从二楼跳下去了，永远告别了这个世界。

铁荣三也预感到项前会作出极端选择就开导他说，死都不怕还怕活吗？佛语说得好一花一人生，一叶一菩提。名利地位金钱都是摆在我们人生道路上的坎儿，走过去就是走过了人生一层境界。你的路走错了必须从起点重新开始。项前感激地说，我今后一定要好好改造，好好做人。

铁荣三又对项前说，你看自然界中一些现象都富含着人生哲学。昆虫蜕变成美丽的蝴蝶，诠释着进化论的飞跃；丑小鸭变成白天鹅，演绎了丑与美的绝唱。我们人类不应该好好去借鉴吗？

刘剑锋办好了刑事拘留手续，项前签完字后坦然地走向警车。

十八

一审开庭宣判时，项前贪污受贿案案情没有什么变化，判决后项前提出上诉。中院接受案件后，案情却风云突变。项前翻供，证人翻证。中院休庭后，案子被发回重审。

弈城人民检察院反贪局办公室里，吴远问铁荣三说，听说是我们前期的两个关键证据出了问题，我们要不要补证？

铁荣三说，庭审阶段被告人翻供、证人翻证是常有的事，关键是看证据是否确实充分。许多被告人一审宣判后都当庭提出上诉。上诉不加刑原则在保证被告人权利的同时，也给司法程序带来诸多麻烦。

刘剑锋说，别小看了项前，他爷爷可是南下干部。虽然现在下台了但下属帮派嫡系一大堆。要不前几年项前这么膨胀，背后有撑腰的腰杆子柱壮。肖政反驳说，贪污受贿违法犯罪谁还为他撑腰，胀饱急了还闪了腰。

铁荣三思索了片刻说，听听检委会决定后再说。

十九

弈城人民检察院会议室里，检察长、检委会成员、反贪局长参加案件讨论会。铁荣三和肖政作为案件主办单位人员应邀参加。入会人员分坐在圆形会议桌前。

检察长说，前段时间，我们查办的弈城区副区长项前利用职务之便贪污受贿一案，一审判决有期徒刑十二年，项前当庭提出上诉。二审法院开庭后，被告人项前翻供，证人翻证，二审发回重审。现在案子已退回检察院。今天下午大家议一议，案子问题出在哪里？是我们侦查阶段工作问题还是其他原因？只有把问题找准了才能够更好解决问题。

纪检组长说，庭审翻供翻证属于正常现象，但正常现象背后往往隐藏着不正常问题。如果是我们内部出了问题，谁出了问题谁负责，谁出了问题就处理谁，绝不姑息。

公诉科黄科长说，我去法院拿卷时听刑庭法官说，中院这次火气很大，质问为什么证人不到庭就开庭审判？说这样做违法，这样做会造成恶果，指责弈城法院不会审案子。

赵局长接上说，中国国民法律意识还有待提高，有时证人无法到庭案子就不判了。我们现在强调事实清楚，证据确实充分，依法应负刑事责任。如果全盘西方化那很多案子就不用判了。

黄科长又说，项前贪污受贿一案被发回重审，弈城法院退查，说明我们公诉工作做得不够扎实，很明显有些问题没有审查出来。我们今后要吸取教训，认真做好每一起案件的诉讼工作。

铁荣三听完后心里想，公诉是把翻案责任推给自侦。庭审翻案原因很多，公诉作了检讨自己再接着检讨。刚想到这里听检察长说，铁荣三谈谈你个人看法。

铁荣三说，自己不是想推脱什么责任，但是翻案背后还说不上是什么原因，只有查明原因才能找到解决问题的办法，分清责任。

检察长看了看周围说，其他同志还有没有意见？赵局长立即说道，我看复查案子由公诉科直接复查吧，反贪局就这几个人，都介入过这起案子。黄科长说，公诉科人手更少还是由反贪局再补充侦查吧。

几个检委会委员都表示说让反贪局牵头，公诉科提前介入，两部门一块调查。

赵局长仍然坚持让公诉科直接复查。检察长看了看铁荣三问，你的看法呢？铁荣三说，我赞成赵局长意见。

肖政正在整理会议记录，冷不防检察长又问到了自己头上。肖政赶紧停下笔说，两部门复查和一部门独自负责补充侦查各有利弊，我赞同赵局长意见。

检察长听到两个业务科室都在回避。干脆安排说，由公诉科办理退查手续，反贪局负责补充侦查，散会。

检察长这一安排，既考虑了两单位职责的独立性，又兼顾了检察院全院业务协调性。

二十

检委会议上的争议，预示着检察院内部工作上有矛盾斗争。反贪局刚成立，反贪工作属于一把手工程，即检察长亲自抓反贪。反贪工作是整个检察院工作的重中之重，人力物力倾斜让其他业务科室人员心里很不平衡，矛盾淤积而成，当然都是为了工作。

这次检委会议上充满火药味的发言，让铁荣三内心感到郁闷和压抑。但是案件已经翻供退查，大敌当前，铁荣三深知没必要再作争论，只有拿出实际行动，查明翻供翻证事实真相，所有疑问便会烟消云散。其实，检委会上纪检组长说得那些话没有任何针对性，但案子确实出了问题。反贪局和公诉两部门都不想介入案件复查，也并不是想推脱责任，大家都想亮开自己。

反贪局案件讨论室里，铁荣三向在座的检察长、反贪局长汇报着案件翻供翻证情况，肖政、刘剑锋和吴远认真做着记录。

赵局长向检察长解释说，不是反贪局怕打硬仗，不是我们想推脱责任。检察长摆摆手说，你不用解释什么，谁也别想怎么着，谁也不能怎么着，放心干就是。

铁荣三汇报说，从性格上看犯罪嫌疑人项前翻供是必然的。项前参加工作后一直在弈城区委任秘书。十几年下来，项前历经几任领导更替终于修成正果。但是，他骨子里善于抗争个性造成了与历任一把手关系紧张。上届区委书记提前离岗退位，与项前有很大关系。

有一天，项前写份请假条到办公室让区委老书记签字。老书记一看请假十天便问道，工作这么繁忙你请十天假干什么？

项前理直气壮地说，我到北京告你去。老书记问，告我什么？

项前说，告你男女作风，告你吃喝嫖赌，告你贪污受贿。老书记气愤地说，无稽之谈，这个条子我不批，你爱咋着就咋着。

项前指着老书记鼻子说，你这是打击报复举报人。老书记回敬说，你给我滚出去。

老书记没批项前请假条，项前还是上告了北京，惊动了中纪委发回落实人民来信。弈城纪委在调查结束澄清事实后，老书记一纸辞职报告告别了多年的工作岗位。

项前从此由城区党委秘书升为副区长分管街道办事处工作。

检察长说，几年时间项前老练了许多也收敛了许多。但这次二审翻案不是偶然，看来法庭内外动作不小。

二十一

调查项前涉嫌贪污受贿一案，弈城反贪局没有按常规出牌，而是在做好基础工作的同时直接拘传到案。拘传项前时正值城区办事处职工上班时间，看着项前戴着手铐从他办公室里被警察带走，门厅里许多职工都惊讶地纷纷让路，项前那脸色苍白苍白的。

第二天黎明时分弈城检察院大门口站满了观望人群。铁荣三走近一看，检察院大门口两边被贴上了八个大字，打倒项前，严惩腐败。门卫也不知道是谁贴上的，什么时间贴的。

项前被反贪局拘留的消息很快传遍了弈城，关于项前挑落前任老书记的传奇故事，关于项前曲折的婚姻，关于项前的桃色事件，关于项前的飞扬跋扈，关于项前下台的老干部爷爷。

审讯室里，项前坐在被审讯座椅上，法律政策教育后很识时务，这样的人就是那种善于到什么山唱什么歌的人。平日里项前把自己包装得很强大，但内心里却没有多少东西。整个讯问过程中，项前显得脆弱麻木，不堪一击。

二十二

案件讨论室里，铁荣三继续汇报案情。

东旺沟土地开发工程受贿三万元。从当时情况看，受贿时间、地点、钱数、涉及人员、证人证言都非常吻合，事实清楚，证据确实充分。

一九九五年秋天，经弈城国土资源局审批，东旺沟三千亩土地开发工程项目开始动工。年底工程验收前，土地开发人齐路华和他妹夫在一天晚上八点左右到项区长家里坐了坐，要求东旺沟土地开发工程验收时给予照顾。临走时从黑皮包里拿出一个牛皮纸信封放到茶几上说，一点小意思。

第二天，项前打电话把齐路华叫到他办公室，把桌面上那个信封向齐路华面前一摔。啷当着脸问，你们是什么意思？

齐路华知道信封里是一万元现金。那是为确保土地开发工程验收结果万无一失自己想来想去下决心送给项前的。现在事情要是搞砸了，土地开发工程很难通过验收。齐路华额头上顿时渗出了细汗，忙用手绢擦了一下，脸上堆满了笑意说，项区长，这几年您为我操了不少心，帮了不少忙，我衷心表示感谢。

拿回去。项前用手拢了拢保养良好的头发，语气里没有半点余地。

齐路华知道这些钱自己一旦拿回去，工程验收就会泡汤。站在项区长办公桌前又想不出什么办法，只是傻呆着。

拿回去。项前愤怒了，语气提高了八度。齐路华拿起信封，逃命似的跑出项前办公室。回来，项前又大声喊齐路华回来，他两眼盯着眼前齐路华说，拿钱走了就算了，写个收到条。

齐路华给项前写了收到退款一万元收条。

二十三

几天以后也是晚上八点多钟，齐路华又到项前家门口。这次齐路华让妹夫站在大门口放风，自己一个人提着包来到项前家里。项前脸上有一点笑容，给齐路华倒上一杯茶水。齐路华没来得及喝水，坐在沙发上把一个大信封放在茶几下面后说，没什么事，还是想让项区长在工程验收时帮帮忙多操操心，我回去了。

齐路华和妹夫两个人在路上都非常高兴，终于完成了任务，只要验收结束，大把大把钞票就到手了。

回到家里，家属和小孩正在看电视。看到两人喜形于色的样子，齐路华家属说，做什么事也不动动脑子。一万块钱想打发要饭的，一个个榆木疙瘩似的还想这想那。

年底，找齐路华和他妹夫获取证言时，两人都在家里准备过春节，取证也很顺利。

铁荣三从文件包里拿出齐路华出具的证明材料一份，内容是：西王庄土地开发工程送三万元钱，项前已退，特此证明。证明人齐路华，一九九六年七月二十九日。

这份证明材料是中院庭审时律师提供的。就是这短短几十个字，使我们侦查过程中获取的证据前后矛盾，公诉工作陷入僵局，二审法庭认为认定事实前后矛盾。

二十四

看守所提审室里，审讯快要结束的时候。

项前显得疲惫，声音有些沙哑。

铁荣三递过一杯水，项前一饮而尽。

一九九六年秋天，西埠岭土地开发工程投标前，齐路华请我吃饭时送给我五万元钱。当时用一个大文件袋装着，我拿回家打开看了看是五万元现金，面额都是一百元的。

铁荣三问，西埠岭土地开发工程是谁施工的？项前说，也是齐路华，钱也是他送的。

铁荣三又问道，你收的钱都放在哪里？项前说，在南环一路我买了两间沿街三层商铺，这些钱都投进去了。

二十五

铁荣三找到齐路华取证时，齐路华说西埠岭土地开发工程是用村民委员会主任弟弟名字承包开发的，村民委员会主任靳春来和他弟弟靳冬来是一对双胞胎长得一模一样。靳冬来因开发工程与齐路华闹了矛盾，二人分道扬镳，两年没跟自己联系了，无法找到他。

当然反贪局取证时，材料方面有所取舍，但时刻关注靳冬来的消息，至原审人民法院开庭时靳冬来这个人都没有出现。而现在靳冬来突然出庭翻证，打乱了整个诉讼程序。从中级人民法院提供材料来看，这五万元现金在反贪局对项前立案前期已退给靳冬来，而这个情节齐路华并不知情。

赵局长说，关键是找到靳冬来这个人。既然中院开庭时律师能找到他，我们也一定要想办法找到他。

检察长思索片刻说，八仙过海中铁拐李借尸还魂的故事很值得我们借鉴。

现在项前贪污受贿一案二审翻供翻证，说明有一股力量在跟我们较劲，情况复杂。我们要冷静分析判断情况，找到一切可以利用的机会，变不利为有利，变被动为主动，扭转局面。我希望在座的各位做好打硬仗准备，用我们的努力让案情水落石出，让事实大白于天下，让罪犯得到应有惩罚。

赵局长说，现在看来二审程序提供的新证据材料及相关人员就是我们可以利用的因素。办案组要拿出一个补充侦查方案，怎么去做是办案组的事，在补充侦查期限里必须完成任务。

赵局长和检察长交换一下意见说，你们办案组继续研究方案，方案要细化，措施要得力，一定要打赢这场阻击战。检察长还有别的事情，你们继续讨论。

二十六

检察长和局长走后，案件讨论室里，针对下步侦查方向，各人发表着自己的看法。

肖政说，项前一案，靳冬来只不过是个相关证人不是重要证人。调查取证期间我们通过各种渠道寻找这个相关证人，直到一审庭审前这个人还是没有下落，所以取证时我们做了取舍。二审接手案件，这个人却突然出现。他的出庭推翻了我们原先的证据链。真没想到，一个辅助证据作用却如此之大，这是巧合还是另有阴谋？齐路华二次证明材料背后到底隐藏着什么玄机？

吴远说，当时我们花了近两个月时间寻找这个相关证人都没有找到，人家律师一下子就找到了。现在我们再找还能找到这个人吗？

铁荣三说，关键是怎么找？说句实话我心里也在七上八下的。翻证翻供背后不只是一个齐路华的问题，也不只是那一张证明材料的问题。但是翻供翻证肯定有个过程，这个过程我们必须调查清楚。

刘剑锋说，没看着西游记里那些妖魔鬼怪都是哪里来的？天上。打着打着都闹到天庭去了。孙悟空净出些憨力气，天王老子都是一家。但是，现在是真较劲了。不管打到天上还是打到地下，我们也要坚决打，就是打他个天翻地覆也要打。

办案组很快拟定了一份补充侦查计划，当然计划内容只有办案组人员知情。再找齐路华核实时，齐路华却神秘失踪了。

找到重要证人才是关键第一步。

二十七

东旺沟村在大青山东麓山坡上，三百多口人由十三个自然村组成，小村不大却有着上千亩荒山野岭。村口一棵千年老槐树，树干几遭雷击，已中空变形，但仍枝繁叶茂，遮天蔽日。

村委办公室里，主任靳春来还有铁荣三他们正在调查有关情况。靳主任说，土地工程开发验收前，听说齐路华确实给项区长送过钱。但是退钱之事我不清楚。他又看了看那张退钱证明说，送一万元被退回这事我知道。齐路华和我说过，他说闯下大祸了，这个钱收不下开发工程就不可能通过验收。从这份证明材料看，工程验收完后，项区长退给了齐路华三万元，这上面也有齐路华签名，这个三万元我也不清楚。现在年轻人都把钱看得太重了。

铁荣三说，现在希望村委帮助我们找到齐路华。村民委员会主任为难地说，到哪里找去？这两年他那手机号码都换了。去年计划生育工作检查时牵涉他家属计生档案，多次联系就没有找到他。检查前多找了几个人加夜班补上的。这不，现在又躲了。

铁荣三说，尽量找找吧，找到后和我们联系。

二十八

两天过去了，仍然没有齐路华的消息。

第三天没到上班时间，反贪局办公室电话里传来消息。铁荣三一听是村

委靳主任来电脸上有了笑容，赶忙问道，喂，怎么样？靳主任在电话里说，找到了。齐路华现在在弈城御花园搞下水道施工，手机号你记一下。铁荣三记下手机号码，转头对肖政他们说，走，到御花园去。

御花园工地上，一幢幢单元楼拔地而起。施工现场，乱七八糟地堆放着许多杂物。下水道工程刚刚挖出轮廓，齐路华正指挥施工。

刘剑锋突然出现在齐路华面前，齐路华没有惊慌也没有逃跑。前期取证打过交道，跟办案组几个检察官都熟悉了。他安排好工地上工作后，随办案组来到反贪局询问室。

你做大了。刘剑锋看似随意发问，其实主要目的在探测齐路华反应。齐路华说，我是从去年春天开始承揽下水道施工工程。这活脏没人愿意干，现在还可以。他又问道铁荣三，今天叫我来协助什么？吴远拿出齐路华签名的那份证明材料放到他面前说，你看看这是什么意思？齐路华一看脸都红了说，简直胡闹，这是谁干的？

铁荣三看齐路华反应不对劲问道，怎么？这不是你的大作吗？齐路华说，这三万元根本就没有退给我。这上面内容根本不是我写的，后边签名也是别人模仿我笔迹写的。

办案组人员都大吃一惊。

肖政问道，你说这份证明材料是假的？齐路华回答说，是假的，我根本不知道这个事儿。是别人模仿我笔迹写的，他们在陷害我。

铁荣三想既然能模仿笔迹，说明模仿之人与齐路华很熟悉。问道，你看这字迹像是谁的？齐路华又仔细看了一遍证明材料气愤地说道，这是项前的字迹。

铁荣三也觉得这上面的字迹眼熟，经齐路华一提醒铁荣三也点了点头说，那这份东旺庄社区空白信笺是怎么到项前手里的？

齐路华想了一会儿摇摇头说，不知道。不过，土地整理工程要报很多材料，这些材料要先报给街道办事处。有些表册我都不知道怎么填写就报送空白信笺，让他们帮助填写。项前熟悉我的笔迹。

铁荣三想，如果是项前自己写假证明材料，肯定有一个牵线传递之人。案件经过了那么多道程序，这个牵线传递之人会是谁呢？

二十九

铁荣三问道，中院开庭审案时，靳冬来作证的事你知道吧？齐路华摇摇头说，不知道。铁荣三又问，法庭或律师没通知你参加调查？齐路华说，没有。我也不知道中院什么时候开庭，也没通知我。

肖政问道，中院开庭审案你为什么不去出庭？齐路华想了想说，哦，我正和家属在外面躲计划生育，手机号都换了。整整半年时间没和他们联系过。靳冬来回来之事我不知道。

铁荣三又问道齐路华，你知道靳冬来最近有消息吗？齐路华是一问三不知，我和靳冬来已经不搭腔了，因为那个事儿都成仇家了。

铁荣三说，齐路华，还有一件事你没讲？你现在想不想和我们讲实话？就是靳冬来为什么和你闹翻了？齐路华说，就是因为用他名字承揽工程，他耍流氓，多次索要钱财敲诈我，给少了还不行。后来他哥骂了他，他就一去没还乡。

肖政接着问道，怎么不用你自己名字偏用靳冬来名字？齐路华说，项前安排的。他说第二个工程不能再用我名字承揽，一年承揽两个工程容易让外人起疑心。我和村民委员会主任商量后就用了靳冬来的名字。

铁荣三问此话，并非要听齐路华回答什么，主要目的是看看齐路华刚才的话是否属实。

看看齐路华这里再也问不出什么，铁荣三和赵局长商量后让齐路华先回去。

下一步工作关键是找到靳冬来。

三十

第二天，铁荣三安排肖政和刘剑锋到村里走访继续寻找靳冬来下落，又安排吴远查查项前案子辩护律师的情况。不一会儿吴远回来说，项前一案辩护律师是莫伦燕。

铁荣三一听说，找她去。吴远问道铁荣三，你们认识？铁荣三说，高中同学。莫伦燕以前在我们反贪局干过几年，后来辞职做律师。做律师收入也高，现在莫伦燕自己有车有房，工作也比较舒心。

检察院给反贪局专门配备一辆仪征办案车和专用司机，其他科室都羡慕得要死，反贪局办案加快了节奏。平常上案子车辆是两个组倒着用歇人不歇马，送下这组再去送那组。有时司机累了刘剑锋也替着开一阵子。

仪征车送铁荣三和吴远来到律师事务所，在司法局门口刚下车正好碰到莫伦燕准备出去。莫伦燕眼尖先看到铁荣三说，检察官，什么风把你给吹来了？

铁荣三笑着说，驾祥云，乘东风，专门来看看你。

莫伦燕问，有事？铁荣三点点头。莫伦燕对其他人说，你们几个先去了解一下情况，我这里还有事。

三人来到办公室里，莫伦燕给铁荣三和吴远倒完水问，是项前那个案子吧，退回补充侦查了？

铁荣三说，有几个意外情况，我想找你了解。中院开庭时，你提交法庭那两份证据是谁给你的？莫伦燕说，是项前他家属提供的。这件事我也感到奇怪。侦查阶段、公诉阶段和一审庭审都没涉及退款事项，怎么到中院受理时突然出现新证据。这两个证据我本来想核实一下，但项前妻子说在她家一本书里刚刚发现的。莫伦燕又问铁荣三，你是怀疑这两个证据的来源？

铁荣三说，我们通过调查发现这两个证据明显有假，需要进一步确认。莫伦燕问，既然证据是假的，我们就应该实事求是，依法诉讼，维护司法公正。需要我做什么尽管说。

铁荣三说，中院受理后证人靳冬来出庭翻证，是你通知靳冬来出庭的？莫伦燕说，几个相关证人都不是我通知的。当时我还想一审时都干什么去了？

铁荣三又问道，你能确定中院出庭翻证证人就是靳冬来吗？莫伦燕说，靳冬来不就是那个村民委员会主任吗？怎么证人还有假的？确认证人身份那是法庭法官的事情，当然我们律师也有义务。

铁荣三想起齐路华的话，兄弟俩是双胞胎长得一模一样。难道是靳春来冒充靳冬来翻证？如果是靳春来冒充靳冬来很可能会瞒过律师和法官。但现在也只是怀疑，还缺乏有力证据证明。

三十一

回到反贪局，铁荣三先和赵局长汇报了调查情况。

铁荣三说，二审开庭翻案证据是由项前他家属提供的，律师莫伦燕没法核实。这个证据从笔迹上看像是项前自己写的，调查结果已经基本否定了这份证据的真实性。至于假证据来源渠道现在无法查清，我想那个渠道已经不重要了。

再就是二审开庭翻证证人靳冬来这个人。他是靳春来的双胞胎弟弟，前期取证时我们一直找不到他，无法取得证据。中院受理后他的出现太突然。从证人齐路华和律师莫伦燕提供的情况看，我怀疑中院开庭时很可能是靳春来冒充靳冬来出庭翻证。

赵局长诧异地问道，怎么？一个村民委员会主任竟如此大胆？铁荣三继续说，我和靳春来打过交道，这人忠厚正直，齐路华就是他帮助我们找到的。如果是他冒名出庭，肯定会有其他方面原因？

赵局长疑问道，冒名翻证必定有其什么原因？利益驱动还是受人唆使？铁荣三说，现在不好判断。我已经让肖政和刘剑锋去村里挨户摸摸情况，最好能找到靳冬来的有关线索。找到靳冬来我们可以从根子上直接解决问题。

赵局长说，看看肖政他们调查情况再说。

铁荣三回到办公室里刚坐下，肖政和刘剑锋调查情况回来。铁荣三看到刘剑锋喜出望外的样子知道有戏。问道，有消息吗？刘剑锋喘着粗气说，哎呀，我们满村都跑遍了，腿都快跑断了，终于找着了。铁荣三问，靳冬来在家里？

肖政说，不是，是有靳冬来消息。肖政接着说，听一个村民说靳冬来和他哥闹翻了后到省城打工，在那里又和人家打架把人家打伤了，被判刑劳改，但不知道在哪个劳教场。我们调查时村里人都还以为靳冬来又犯了什么事呢，也有的说那个杂碎最好死在外面别再回村了。铁荣三问道，找过村民委员会主任靳春来了吗？肖政说，我们先找到他，他说两年没音信了。

铁荣三心想看来靳春来想回避这个问题，那他一定是出庭翻证的假靳冬来。靳春来为什么要冒充他人出庭作假证？为什么要甘冒风险负法律责任？

三十二

第二天早上，天空上面布满了铅灰色阴云。铁荣三、肖政和刘剑锋一大早驾车去省城。铁荣三感到心里闷闷的，刘剑锋不断加速，仪征车整整跑了三个半小时。到省城时间刚过八点，太阳被云层遮住一直没露出脸来。

几个人匆匆在路边找了个地摊吃早饭。铁荣三说，省城分五个区，从掌握情况看应该是城南区。靳冬来如果量刑不重的话，现在应该还在看守所服刑，我们先到城南区看守所查查看。如果在那里找着他，咱们马上提审。刘剑锋说，一般罪犯刑期短的话，不会去劳改场所，都是在看守所服完余刑。

他们来到城南区看守所，刘剑锋与看守所外执勤交涉后进看守所。

铁荣三和肖政在门前等着。等一会儿不见里面动静，肖政焦急地说，找不到怎么办？铁荣三说，必须找到靳冬来拿出证据，完善证据体系。如果这里没有，我们就挨个看守所找直至找到为止。

过了很长时间刘剑锋在里面敲了敲大铁门从门缝里对铁荣三说，查着了，正在办理提审手续。肖政一听高兴了。

过一会儿，靳冬来被押出来进了提审室。铁荣三抬头打量着靳冬来吃了一惊。心想，如果不戴铐子不穿号服，眼前之人就是村民委员会主任靳春来，双胞胎兄弟竟会如此相像。肖政也愣愣地在那儿看着。

肖政问道，你叫什么名字？对方回答说，我叫靳冬来。肖政又问道，老家是哪里的？靳冬来回答说，老家是本省弈城东旺沟村。

铁荣三问，你是因为什么事被判刑的？靳冬来说，故意伤害致人轻伤。铁荣三又问道，你是什么时间被刑事拘留的？我是去年八月十六日被刑事拘留的，到现在还有一个月服刑期满。铁荣三问，这期间你有没有出去或回过老家？靳冬来摇摇头说，没有。铁荣三想了想又问道，你认识弈城城东区的项前吗？靳冬来又摇摇头表示不认识。

肖政又问道，今年七月十二日中级人民法院核实项前受贿案，你前去作证了吗？靳冬来说，没有，我一直在这里服刑，没出去过也没给任何人作过什么证。肖政又问道，也没有人来这里找你作过证？靳冬来说，没有。

这时，刘剑锋走过来。刘剑锋说，我又查了所有罪犯进出登记簿，没有发现靳冬来的出入记录。

铁荣三想，现在能够证实二审法院开庭翻证证人是假的，冒名出庭之人肯定就是村民委员会主任靳春来。

三十三

假象可以蒙蔽一时但不可能蒙蔽一世。

铁荣三他们连夜返回弈城。

第二天和赵局长汇报完情况后。赵局长说，把那个靳春来叫来。如果中院核实翻证是利益驱使，立即通知公安局拘留他。

刘剑锋和吴远整整一个中午时间，去了靳春来家两趟。靳春来都不在家里，躲了。吴远给他家属放下一张询问通知书说，靳主任回来后让他抓紧到反贪局去，躲是躲不掉的，事情早晚都得处理。

天黑下来了，靳春来晃晃悠悠来到检察院门前，看来喝了不少酒。对着传达室小声嚷嚷说，我找检察院，我找反贪局。又朝着检察院办公楼喊道，检察院呀反贪局，我来了。

一天来，反贪局通过各种渠道都打听不到靳春来消息，靳春来就像从人间蒸发了一样。这个时候醉酒到来，是来者不善，善者不来。

刘剑锋一直守候在门口传达室里，听到嚷嚷声从传达室出来问道，谁呀？

靳春来说，俺靳春来，行不改名，坐不改姓。我来了爱咋着咋着，权当没我这个人了。

铁荣三和肖政也从办公室里走过来。铁荣三问靳春来，喝酒了。靳春来眯着眼睛对铁荣三说，喝酒怎么啦？喝酒犯法吗？我就是喝多了怎么着？

肖政看靳春来那副醉样严肃地说，喝酒不犯法，喝多了有时会干些犯法犯罪的事情。靳春来较劲儿说，我喝酒了，我犯法了吗？你说我犯了什么法？你说我犯了什么罪？你说。

铁荣三看看门前围观人群越聚越多。对刘剑锋说，把他扶到办公室里喝水。刘剑锋和肖政扶着靳春来往办公室里走。

刘剑锋说，到我们办公室里喝水去，还有南方铁观音。靳春来突然转头对着围观人群喊道，杀人了，杀人了，反贪局杀人了，救命啊。

围观人群嗤嗤地笑着议论纷纷。铁荣三对他们说，我朋友喝多了，让他喝会儿水醒醒酒。铁荣三说完，急忙往办公室里走。走几步又转回身对大家说，别看了，都喝成那熊样有什么好看的？

一个人说，不像是反贪局的朋友吧，怎么跟反贪局有仇似的。

一个人又说，是不是传来个贪污犯？这些腐败分子就是得依法查处，以免给国家造成更大损失。

铁荣三走回办公室后，围观人群静下来听听办公室里没有什么动静，慢慢散去了。

三十四

办公室里，灯光下靳春来脸色红红的，四仰八叉地躺在排椅上，好像睡着了。

吴远端着水杯给他喂水，水顺着靳春来嘴角淌下来。吴远看了看外面黑黑天幕焦急地说，弄个醉汉来这可怎么办？什么时候能醒酒？肖政气呼呼地盯着靳春来那张醉脸。刘剑锋说，干脆给他戴上铐子一脚踹监牢里让他醒酒去。

铁荣三说，这人不坏，还是个热心人。他喝醉酒说明他心里有顾虑，思想有压力。但他还是来了，来了就好，大家都耐心等等。

铁荣三刚刚说完，靳春来从排椅上直起腰，睁开眼睛，张开嘴哇地一声吐开了。肖政、刘剑锋和吴远机械地向后躲闪着。铁荣三一把扶住靳春来的胳膊，一只手在他背部轻轻捶打着。靳春来翻江倒海般地吐了一阵又一阵，铁荣三一边捶着一边说，吴远，快拿水来。吴远一手捂着鼻子一手把水递给铁荣三。

铁荣三给靳春来喝完水，这才看到地上那一摊散发着酒臭味的污物，溅了自己一裤子。吴远赶紧敞开门打开窗子，刘剑锋找到一把铁锨铲了些沙土盖住呕吐物，肖政拿簸箕一趟趟往外运着，吴远拿来拖把一遍遍拖着地面。刘剑锋又找来一块抹布给靳春来擦鞋和裤角。

铁荣三说，我回宿舍换条裤子。又示意刘剑锋注意，刘剑锋坐到靳春来身边。靳春来经过一番折腾后，脸色变得苍白。铁荣三走后，他闭上眼睛慢慢开始打呼噜。

办公室里，三个人看着靳春来那副酣睡样。吴远做了个张口狂喷姿势说，啊呀，直接一个半大气压。刘剑锋朝着酣睡的靳春来挥了挥拳头。

铁荣三换完衣服回来说，这样吧，肖政和刘剑锋回去休息。我和吴远在这里伺候他，看样子一时半会醒不了。刘剑锋问，现在几点了？铁荣三说，快到半夜了。肖政说，那怎么行？万一再有其他事怎么办？

刘剑锋也说，待会醒了谈完材料还不得送他回家去，司机又不在这里，我得开车送他。铁荣三听他俩说得在理也同意了。

这时，靳春来深吸了一口气，睁开了眼睛。

三十五

靳春来睡醒了，酒也醒了一大半，晃了晃脑袋问，我这是在哪里？

刘剑锋说，这里是反贪局办公室，你醒酒了？

靳春来想了想又晃了晃脑袋问，是你们把我抓来的？刘剑锋说，是我们把你请来的。靳春来说，喝多了，喝多了。肖政说，不多，不多，喝得正好。靳春来又问道，我没胡说八道吧？吴远笑着说，没有，没有。

铁荣三在一边看到靳春来彻底醒了，倒上一杯水递过去。靳春来接过杯子说，谢谢，谢谢，喝多了，给检察官兄弟们添麻烦了。

铁荣三问道，借酒消愁愁更愁。喝那么多酒干什么？有什么事儿解决不了？靳春来喝了一口水说，唉，我心里有愧呀。我说出来对不住项区长，我不说对不起检察官兄弟们。

铁荣三说，个人感情不能超越国家法律。我们每一个共产党员任何时候都要维护国家利益，都要维护人民利益，人民利益高于一切。

靳春来说，我是一名共产党员，可项区长为我村百姓确实作出了很大贡献，一下子给俺村增加了一千多亩地，俺全村老少爷们都记着他的功德，感激他一辈子。

铁荣三说，国家利益和村集体利益不是一个概念。项前走到今天也是我们所不愿看到的，现在我们每个人都必须伸出手帮他，帮他从思想上解决问题，让他重新做人。如果我们都对他的犯罪行为放纵不管，你说将来他会怎么样？

靳春来说，那肯定是没命了。铁荣三接着说，对，贪欲是无止境的。所以今天就需要我们都伸出手帮助他，让他迷途知返，将来做一个好人，好好活着。

靳春来点点头说，那天，项区长家属来我村拿出一张退给靳冬来五万元的条子，可靳冬来不在家，急得直掉眼泪。项书记家属说，中院开庭时你去给说句公道话也好啊。

我想项区长为俺村出了力流了汗，我说我去。开庭那天是项区长家属通知我的，我去后在一间屋里等着。法官传我作证时，我听着还是念靳冬来名字。我慌慌张张地答应着上去了。法庭问我要身份证我就把靳冬来的户口本呈上了，把所有的事都应承下来了。

三十六

中级人民法院办公室里，项前受贿一案上午按时开庭。

审判长庄严宣布，现在开庭。

公诉人宣读起诉书。

被告人项前在陈述自己的犯罪事实时当庭翻供。

西旺沟土地开发工程，送给我三万元现金，我想着是过了几天后退给了施工人齐路华。西埠岭土地开发工程立项前，也是齐路华送给我五万元，过了几天我把钱退给了齐路华的合伙人靳冬来。其余的我承认自己做得不对我有罪。

法庭辩论阶段，律师出示了齐路华证明材料后，法官倾向性明显转向律师和被告人一边。突如其来的变故，使法庭辩论陷于僵局，公诉活动陷于被动。

审判长，我要求看看对方那份证明材料。公诉人向审判长提出要求，法官将证明材料传过来。公诉人一看白纸黑字的，一时间皱紧了眉头。

法庭辩论进入最后一个环节，公诉人就本案被告人在侦查阶段多次供述和证人证言，对项前受贿三万元犯罪事实做了充分论证，以上事实和证据足以证明被告人受贿三万元，犯罪事实清楚，证据确实充分。

项前的辩护律师莫伦燕举手要求发言。审判长说，你说。

莫伦燕说，尊敬的审判长、公诉人，本案的另一个证人靳冬来就在证人休息室，能不能听听他的证言。

审判长说，带证人靳冬来。

公诉书上分量最重的一笔也是证据环节最薄弱的部分，侦查阶段最令办案组担心的事情发生了。

莫伦燕说，证人靳冬来陈述你的基本情况？

我叫我叫靳冬来，今年四十六岁，文盲，汉族，现任本村村民委员会主任，住弈城县西埠岭村。

莫伦燕问，证人靳冬来，西埠岭村土地开发工程一案中，你的合伙开发人齐路华曾经送给被告人五万元现金。这些钱被告人于当年八月十二日退给了你。这是事实吗？靳冬来说，是，是。

莫伦燕又问道，证人靳冬来，被告人在退给你五万元现金时，你给被告人写过一张收款条，是这张吗？莫伦燕扬起手中那张字条让靳冬来看。靳冬来说，是，是。

莫伦燕又说，证人靳冬来你说的都是实话吗？说假话作伪证要负法律责任。靳冬来回答说，我说的都是实话，都是实话。

莫伦燕又面向法庭说，审判长，我的询问结束了，本律师认为被告人收受五万元贿赂是事实，但被告人在案发前已将该款退掉，建议法庭在量刑上不予考虑。

审判长问道，证人靳冬来，一审法院开庭时通知你到庭了吗？

靳冬来说，是，哦，没有，没有请我去开庭。

审判长脸上严肃起来说，现在宣布，休庭。

三十七

肖政问道，你知道你这种行为犯法吗？靳春来说，那我不知道啊，我不知道是犯法。肖政说，你这种行为是包庇罪，是要被判刑的。靳春来说，早知道是犯罪，那我怎么也得好好掂量掂量啊。

铁荣三问道，这五万元退给你了吗？靳春来连忙摆手说，没有，没有。我不知道五万元单子是什么事？这个事你们得去问问冬来。

靳春来又扭过头说，哼，这个杂碎他能干得出来。

刘剑锋说，你不是说这五万元退给你了吗？现在你知道这五万元属于赃款必须追缴国库，你必须把这五万元上交。靳春来说，兄弟饶了我吧，我家里一共攒了不到一万元。要是让我交上五万元，我老婆非和我离婚不可。

铁荣三说，五万元的事以后再说。我问你靳冬来现在在哪里？靳春来说，都出去两年了一直没还乡，我也不知道他现在是死是活。

靳春来刚说完，刘剑锋和肖政都笑了。

铁荣三说，靳春来，看你也是老实人，你为什么数次和我们说假话？靳春来说，没有，没有，出庭那个事儿我说的全是实话。肖政又问，真是实话？靳春来说，全是实话焦巴干的实话。

铁荣三又问道，靳冬来在哪里对我们来说已经不重要了。我想告诉你，靳冬来现在在省城城南区看守所服刑，再有一个月就刑满释放了，你知道。你说为什么再三和我们隐瞒？靳春来说，你们都知道了。

铁荣三说，靳冬来是单身汉，拘留逮捕手续都会寄给你。你说你为什么隐瞒这个事实？

靳春来叹了口气说，检察官兄弟别生气，我是一村之长啊，对你们来说不算什么官，可在俺村里我是出头露面的场面人。刘剑锋说，一村之长，那是上管天下管地中间管空气的实权派。靳春来又摇摇头说，唉，家门不幸出了个逆子伤人判刑坐牢，这事让村里老少爷们知道了我还能抬起头来吗？我不想让任何人知道，丢不起这个人呐我。

铁荣三说，算了，我们会为你保密。刘剑锋把他送回家去。靳春来说，深更半夜的别再麻烦检察官了，我自己走回去就是。铁荣三说，用车送快，老嫂子和小孩恐怕都还没睡挂牵你呢。

靳春来边往外走边说，给领导添麻烦了，改天我请领导喝酒。肖政说，算了吧，今晚上权当我们四个陪你喝了一场，慢走。

送走靳春来，铁荣三想明天必须提审项前。

三十八

第二天赵局长和铁荣三到检察长办公室汇报情况。

铁荣三汇报说，这几天我们对项前一案二审庭审翻案证据进行充分调查。一个是西旺沟村一九九五年五月土地开发商齐路华送给项前三万元贿赂，项前在二审庭审时推翻原来口供说，三万元已退给开发人齐路华，并出示齐路华手写收款单的事。经我们调查证明这张收款单是假的，是别人假冒齐路华笔迹写的，这些钱也没有退给齐路华。第二个问题是，一九九五年十月齐路华和靳冬来开发西埠村土地开发工程时又送给项前五万元现金，项前在二审庭审时推翻原来口供说五万元已退给当时工程合伙开发人靳冬来。经我们调查，二审开庭时靳冬来因刑事犯罪被关押在省城城南区看守所服刑，根本没有机会出庭翻证，出庭人是本村靳春来冒名出庭作了假证。以上调查证据足以证实被告人项前二审翻案的证据是虚假的，项前利用职权收受贿赂罪名成立。

赵局长说，本案翻案所涉及证据已经全部取完，再次提起公诉，项前也不可能再翻出什么花样，补充侦查终结移交公诉科提起公诉。

检察长说，这两个事儿放在一起分析，项前贪污受贿案二审翻供翻证背后一定有一个幕后策划人，案件暂不侦查终结，要揪出这个幕后策划人绳之以法。另外，项前认罪态度要正过来，没有好态度他别想过关。

赵局长和铁荣三对望了一眼，心里都有一丝担心。

检察长又问道，你们看幕后策划人会是谁？铁荣三说，目前还不明确。检察长说，我看这个幕后策划人与项前家属有关，去查查看看，一定查清楚。

赵局长不安地说，擭弄大了会牵扯很多无辜的人，浪费我们的时间。检察长说，怎么？听说项前有个高干爷爷就吓得尿裤裆了，那以后我们的反贪工作还搞不搞？共产党要是不反腐败，腐败就会反共产党，反人民反社会主义。

赵局长一阵阵脸色发红，检察长还想说什么。铁荣三赶忙说，检察长既然安排了，我们立即去查，马上行动。说完一拽赵局长就走。

回到局长办公室赵局长还在生气说，真是的，谁吓得尿裤裆了？就这么点差事不让干就不干了，我回家种地一样吃饭。铁荣三说，生什么气，你没看这些日子检察长压力很大吗？

赵局长说，谁的日子好过？谁没有压力？压力再大也不能那样吧。他以为办案子就像搬块小石头那么容易？我们没日没夜地熬没日没夜地受，就是为了挨批？铁荣三说，其实在案子上大家都挨批，不同层面都有不同压力，再说检察长也不是针对你。

赵局长问道，那么说刚才是针对你了？铁荣三说，不管别人怎么对我，我得对得住这份工作，生活总不能向所有人灿烂。想想那些牺牲的先烈，他们都没能亲眼看到共和国诞生就倒下了，我们付出这些算什么？

赵局长看了看铁荣三没再说什么。铁荣三说，我们先应承下来，至于怎么做再安排。赵局长说，项前他家属后面有一个高干爷爷，高干爷爷后面还有更多高官。我担心我们伸进腿去就拔不出脚了，那案子怎么办？铁荣三说，我们可先提审项前，我估计从他那里我们会找到答案。

三十九

走路走远了就会回到起点，其实起点和终点都是一个点，只是叫法不同、意义不同。项前贪污受贿案折腾了半年多又回到了反贪局，回到了办案组。

办案组提审项前，铁荣三看到项前茫然的神情想起了起点和终点，不知项前想起了什么。铁荣三说，项前，这个世界太小了，我们又见面了。项前啷当着脸什么也没说，他知道办案组全体出动来提审自己，今天是最后殊死一战。

铁荣三说，听说你爷爷在省城任职？项前木着脸反问道，这与我的事有关系吗？

铁荣三说，没有，我只是听说。你还有个姑姑和大伯？项前长舒了口气说，他们都死了。我大伯和姑姑跟着红军走完万里长征，抗日战争时候都牺牲了。我大伯尸骨无存，我姑姑死在日本侵略者监狱里。

肖政他们听到项前说完，心里也都感觉沉甸甸的。

铁荣三又说，我看过电影红岩，无数革命党人为了人民利益，用生命和鲜血拼死抗争着那段惨绝人寰的日子。他们为人民利益抗争，为中华民族命运抗争。许多人宁愿坐牢，宁愿牺牲，他们牺牲时比我们都年轻。你说，他们为了什么？

项前没有回答低下了头。肖政说，还不是为了我们今天。

铁荣三继续说道，就像你大伯你姑姑一样，他们宁愿自己尸骨无存，宁愿死在敌人的监狱里，那是因为他们有一个宽广的心胸，有一个崇高的理想，

他们活着不是为了自己。项前抬起头说，我看到红岩中的江姐就想到了我姑姑。十年前，我和我爷爷还到她牺牲的监狱看过，旧社会一个万人坑上面竖起一块纪念碑。

铁荣三又说到，项前呀，你也不静下心来想一想，你今天在为谁坐牢？在为谁抗争？你抗争的是什么？你妻子为你四处奔波，你的孩子为你忧心忡忡，你父母为你长夜难眠，你爷爷为你住进了医院，你还想连累多少无辜的人？

项前又低下头用手背抹着眼睛，肖政他们一个个神情凝重。铁荣三紧盯着项前那双眼睛，注视着他的一举一动。

铁荣三又问道，你说，那张三万元的退款条是怎么回事儿？项前欲言又止，咽了口唾液把头扭向一边。铁荣三说道，要想人不知除非己莫为。我告诉你吧，那张纸条是你自己写的，是你假冒齐路华笔迹写的，我们已经调查清楚了。你说，这三万元你退给了谁？项前小声说道，没退，自己家里花了。

铁荣三又问，西埠岭土地工程那五万元呢？你想不想自己说清楚？项前抬头看看肖政几个人都在笑，知道自己做的事都被调查清楚了说道，那个钱也没退给靳冬来，那张退款条也是我自己写的是假的。二审是靳春来顶靳冬来出的庭。

原来铁荣三心里担心，提审项前他可能死不开口，但即使不开口，当前证据也足以证实。现在虽然项前回答话语简短，但足以说明问题。

这时肖政接着问道，你那两张假退款条是怎么呈递到二审法庭的？项前回答说，这个事不是什么预谋。这两张条子都是我以前写好夹在家里一本《红岩》小说里，可能是我家属发现交给了律师。我提出上诉后律师拿单子问过我，真实情况我和律师也都隐瞒了。

铁荣三说，案发前你每收一笔钱都自己写一张退款证明放在家里，目的就是为反侦查创造条件？项前说，当时也没想那么多，就觉得是做完了一件事。

铁荣三又说，我再问你，在原审法庭宣判时你怎么没翻案而是把翻案时机放在二审法庭？项前说，原先只是想态度好拿上钱有个说法就行了，没想到一审判那么重，所以才那么做，想翻案判得轻点儿。

铁荣三又说，这个情况我们回头要和检察长汇报。以后你的路会很漫长，只要心敞开了一切都会好起来。项前摇摇头说，比比我大伯我姑姑，自己都做了些什么。

四十

项前涉嫌贪污受贿罪一案，虽然有社会原因也有个人因素，但聪明人是不会违法犯罪的，就像朱元璋说过的一句话畏法度者快活。

一个月后，二审人民法院刑事审判庭公开审判了项前受贿案，当庭判决，维持原判。

第四章

借尸还魂疑犯服法
李代桃僵情殇家园

一

深秋的清晨，大青山翠绿中平添了一丝厚重，马尾松漫山遍野，在秋风中刷刷作响。山顶上抗日战争纪念碑高高耸立，静静地注视着山脚下绿色环抱中的青山乡。青山乡政府驻地背靠大青山南临大清河，依山傍水，青砖红瓦，绿树掩映。

童声悦耳从农家小院内朗朗传出，房前屋后，种瓜种豆；种瓜得瓜，种豆得豆。爷爷，种下什么就能得到什么吗？

一串串成熟的葡萄悬挂在架子下面，阵阵醇香甘甜弥漫了整座小院。铁站长在收听新闻，看着孙女天真的表情，棱角分明的脸上露出了笑意唱道，栽什么树苗结什么果，撒什么种子开什么花。铁山用红灯记中李玉和的唱腔回答着孙女。铁山五十多岁，在青山乡水利站工作多年，星期天难得和孙女在一起。

爷爷唱大戏了，爷爷唱大戏了。孙女蹦跳着鼓掌，面对大青山喊道，我要在大青山栽上很多果树，撒下许多种子，要大青山将来变成花果山，请孙大圣来摘桃子。

爷爷这半辈子就是围着大青山转至今还在跑。大青山绿色家园工程还有许多事要做，等把大青山治理好了，变成真正的绿色家园，爷爷就退休带你去捉松鼠。

我长大了也要治理大青山。孙女噘起小嘴说。治理大青山要靠几代人努力和付出，将来大青山会变成我们绿色家园。铁站长满怀信心地说道。

吃饭了，吃了饭让爷爷带你去山上玩。奶奶的话音从厨房里随着阵阵炊烟传出，祖孙二人洗完手，孙女撒着欢跑进厨房吃饭。

远远传来阵阵狗叫声，铁山竖起耳朵凝神谛听，他迅速放下了手中碗筷。这几天眼皮总在跳，叫人心神不宁坐立不安，村口狗叫声又刺激着眼部神经，眼皮儿又在一个劲儿地乱跳，他自己也不知道原因。

左眼皮跳福，右眼皮跳财，左右一齐跳，财贝一齐来。铁山默念着顺口溜像是祈祷又像是安慰自己，他顺手在地上拿起两片草叶，用唾液贴在两片眼皮上。

爷爷你干什么？孙女看着爷爷那滑稽样子好奇地问道。孙女在一旁咯咯直笑。老伴瞅了一眼铁山，老脸一下子阴沉了下去。

院子里，两只大白鹅突然昂首挺胸，抖擞着翅膀鸣叫不停。不大一会儿院子门口传来脚步声。

老铁在家吗？乡办公室人员和弈城检察院控申科老李敲敲门走进院里。

在在。铁山从厨房里出来，看见他俩走进院子，连忙用手抹去眼皮上的草叶问道，领导今天有什么指示？

你眼睛怎么了？吃饭了吗？老李看着铁山眼皮上还存留一点草屑用手又给擦了擦。老李在青山乡调查落实人民来信和铁山很熟了。

刚吃完。这几天一直休息不好，老是心神不定的，眼皮一直在跳，也不知道要发生什么事。老李警觉地瞪大了眼睛说，是不是上火？乡里有点事让你马上过去一下。

铁山想检察院李检察官星期天亲自登门，水利项目肯定有大事，也不敢怠慢，到屋里推出大弯把自行车随他们向大门外走去。

老伴抱着孙女送到大门口嘱咐说，早点回来。孙女也扬起小手说，爷爷早点回来带我到山上玩。

铁山回头向孙女笑笑，招了招手。

二

原来弈城检察院老李在青山乡调查落实群众来信时发现，青山乡水利站原站长与铁山有私分水利工程款嫌疑。一九九六年八月十三日清早刚上班，原水利站长在办公室里对铁山说，我快内退了站里还有点钱是大青山绿色家园扶贫工程结余款，上边给的，咱每人拿两千元。铁山点了点头，接过存单迅速装进上衣口袋。

工程款结余有多少？一定不会是四千元？铁山心里的这些疑问也只能问

自己不能明说。他还指望老李在上级面前多美言几句，自己也弄个水利站长干干。这种事就是这样，只可意会不可言传，天知地知你知我知。

其实老站长退位是想让他儿子顶班。这段时间弈城水利系统很多老同事正值壮年，年富力强，早早从一线退下来都是为给子女顶班上岗留个“金饭碗”。这事老站长也动了不少心思，跑前跑后也总算没有白费功夫，弈城水利局局长已经点头同意。不久儿子接班上岗，铁山上任大青山乡水利站站长。老站长退位后任职期间经济问题又被举报出来，弈城检察院老李找老站长谈话，老站长一再认错，连与铁山私分工程结余款的事都倒出来了。

星期天老李也没回城，约上乡办公室人员把铁山从家里叫到青山乡办公室谈话，整整一天铁山死活就是不认账，人性中脆弱的一面却显露无遗。老李一再开导教育，铁山却越发蛮横还说日间不做亏心事，半夜不怕鬼叫门。老李当时气得发了火。

老李本来想，铁山就牵涉一笔钱，星期天紧紧手完成谈话任务，下周和院里汇报。但是铁站长犯了牛脾气，百口不应。老李他们只得开夜车加班。

夕阳无声地坠落进大清河里，成群鹅鸭呼唤着依次回到铁山家大院。夜幕徐徐落下，满天星光被瞬间点亮。灯光下铁山家属怀抱着已经睡熟的孙女，守候在饭桌前。

不知过了多长时间，铁山家属从昏昏欲睡状态中醒来，旷野不再喧闹，夜空一片沉寂，山岚阵阵传来。她看看怀抱中睡熟的孙女，再也坐不住了，走到床前把孙女轻轻放在床上，盖好棉被，用手弄了弄头发，披一件上衣，悄悄掩上门走到最东边一户人家，看到屋内还没有熄灯，铁山家属犹豫着伸出手敲了敲大门。

这排一式三套平房是铁山刚任站长时建成的。铁山住西边，弈城水利局局长万世昌住中间，水利局物资库主任谭金生住东边。三个人从小在大青山下一起长大，相同的起点，不同的经历，却又有着相同的结果。命运就像动物迁徙，鱼类洄游，叶落归根，自然而又深奥，朴素而又神奇。

谁呀？屋里传来回音，院子里电灯亮了。

我是铁山家属，老谭快开门我有急事。铁山家属听到老谭的声音急忙说道。

谭金生打开院子门问，这么晚了还没睡？有事吗？

铁山家属说，铁山今早晨被乡里叫去到现在还没回来，是不是又喝酒喝多了？万一倒在路边睡着了一个晚上还不得冻出毛病来。铁山家属心里焦急不敢再想下去。谭金生看了看万局长家屋里灯亮着就说，万局长刚回来也许知道。

万世昌局长城里有个家，这套平房只有老母亲一个人住着。万局长的父亲抗日战争时牺牲了，只剩孤儿寡母。他是个孝子，每个星期天必定回来住，陪老母亲吃顿饭说说话。

隔着墙头谭金生翘起脚试探着喊道，老万，老万睡了吗？

万局长从屋里出来说，我刚回来。什么事？家里说。

三人站在院子里。铁山家属焦急地说，老铁今天早晨被乡里叫去了到现在还没回来，也不知站上有什么事？我怕他再喝多了。

今天水利上没有什么事情，万局长自言自语地说完。转念一想又说，这么晚了还不回来，是不是与老站长问题有关？也许是受了牵连。

谭金生一听急了，那可麻烦了，那可麻烦了，怎么办？

我打电话问问，别急。万局长拿出手机拨通电话，通完话后对铁山家属说，铁山在乡信访办被检察院里谈话。

谭金生和万局长相互对视了一眼，也同时感觉到了对方的不安。

铁山家属不知道被检察院谈话是什么意思，心里一块石头落了地。忙说，谈话好，谈话好，别喝醉了就行，太晚了快回去睡吧。说完自己先回了家。

万局长看了看谭金生说，离天亮还有六个小时抓紧睡觉，明天再说吧。

三

星期一早上，反贪局赵局长在办案组办公室门口向检察官铁荣三点点头，铁荣三知道有事，拿起笔记本跟在局长身后来到检察长办公室。进门一看检察长一个人在那儿，铁荣三心里想，今天弈城可能要出大事情。

检察长简要介绍了前段时间控申科工作情况。最后说，牵扯到被调查人员中有一个水利站长叫铁山的，你们认识吗？

赵局长说，不认识这个人。铁荣三也摇摇头表示不认识。

检察长继续说，铁山曾经与前任站长私分四千元水利工程结余款。但是铁山现在胡搅蛮缠，拒不承认，态度不好，不配合我们的工作。现在控申科的同志在那里奋战了一天一夜，都非常劳累。现在要求反贪局派员协助，争取尽快解决问题。

赵局长接着说，院领导把这件事交给我们是对我局的信任。铁荣三带领办案组现在就介入，无论多么困难，一定要想办法拿下。

好吧。铁荣三接过检察长手里的材料随赵局长回到办案组办公室。赵局长说，让大家先看看材料，都心中有数。你们抓紧拿出方案，准备出击，要把普通信访举报当成案子来查。

办案组人员看完材料后，大家就铁山一案进行充分讨论分析，制订初查计划，寻找突破口。

铁荣三说，从基本情况来看，铁山十四岁加入红卫兵，参加全国串联游行，曾经到北京接受伟大领袖检阅，他自己说只差四指没有握着毛主席他老人家的手；十八岁参军入伍到新疆铁道部队修铁路，转业后被安置在青山乡水利站工作，一九九四年秋天任该站站长至今。但是有部分群众还反映，铁山在青山街就是一块滚刀肉，一般人惹不起他。说完铁荣三隐约感觉到这个铁山是个难缠的角儿，左眉边那颗豆大的黑痣好像一直在思考着什么。

肖政说，办案子的人都知道这种案子最棘手，红卫兵出身又当过兵，这案子不好办理。看来铁山还真是一块滚刀肉。

刘剑锋说，前几年我们调查一个村民委员会主任贪污案，那个人就是红卫兵出身，我也是第一次领教。明明上下联费用单据重复报账套取了现金，会计和现金出纳员也都做了证明。犯罪手段和犯罪故意非常清晰，书证、证人证言俱全，犯罪分子就是死不认账。本来数额不算大可以判缓刑，结果因为认罪态度恶劣被判了五年，现在还在服刑。

肖政说，有军队生活经历的干部一般态度强硬，不会轻易服输。但只要拿出铁的证据，他们也会缴械投降。

刘剑锋又说，还有女性作案更麻烦。数额小笔数多取证量大，可能是女人胆小吧。

铁荣三笑了，如果你身份不是法警可以主办案子了。刘剑锋说，鲁迅说过地上本没有路，人走的多了就成了路。那我走的路多了就熟路了。

吴远说，说得对。行万里路和读万卷书一样重要。刘剑锋接着说，我选择行万里路，读万卷书让人头疼。

铁荣三想了想说，铁山三占其二这次有好戏了，看来要想短时间内突破铁山心理防线，必须有一套整体策略和妥善方法。按照赵局长指示，这次我们要把信访举报问题当成案子办，纸老虎要当真老虎打。

肖政说，铁山任水利站站长时间虽然不长，但这两年国家粮援项目特别多，青山乡是国家水利系统重点扶持单位。铁山会不会在水利项目上报、水利资金拨付及水利工程资金结算上耍一些手段？

这几年绿色家园工程成了老虎屁股。多年来，审计机关和国外粮援机构多次派员或委托审计机构审计账务，从未发现任何问题。账似乎被做成了铜墙铁壁。我们现在若直接查账，很可能会无功而返。几次规模较大的审计、财务系统检查都毫无结果，这里面到底是什么原因？大青山绿色家园工程难道说就没有任何问题？铁荣三进一步分析道。

赵局长扬起两道剑眉说，无风不起浪，弈城水利系统水有多深，问题有多大我们暂不去研究，我们的目标就是铁山。大家分析得很对，乡水利站建起时间不长，财务管理方面肯定有漏洞，牵扯到大青山水利工程项目资金，铁山会坐视这块唐僧肉从眼皮底下溜走吗？

吴远接过话茬说，对，先拿下铁山再抽丝剥茧。

铁荣三慢慢说道，一旦接触铁山大家要有恒心和韧劲，视野要放开，多占领一些制高点，不要在那两千元上纠缠。铁荣三接着说，铁山现在应该还不知道我们要介入，他知道也不要紧。关键是我们介入后铁山会是什么心态？

刘剑锋说，肯定是蛮不讲理，死不认账，这种人不给他点颜色看看他就不知道马王爷还有三只眼。说完自己吐了吐舌头。

肖政和吴远脸上都微微一笑。因为铁荣三左眉心有一颗黑痣，侦查办案工作多年，圈内圈外有时都叫他马王爷。

肖政说，事实上强硬态度正好表明嫌疑人做贼心虚，人在紧张的时候都

会用一些假象掩饰自己。

铁荣三知道刘剑锋说漏了嘴也不去在乎。又分析说道，从控申科转来的材料看，铁山在极力掩盖问题，他知道贪污两千元也是严重违反党纪政纪，他现在的心态是想保住自己的政治资本，保住自己的行政级别待遇。我们介入后必定给他心理上造成一定压力，大家注意查看他的心态变化，见机行事，尽量缩短询问时间，速战速决。避免胶着状态，时间拖长了对我们不利。

赵局长最后又着重强调了一句话，还是老两条：一是强调办案纪律；二是注意安全，不能出任何问题。

四

警车一路颠簸在机耕路上。路边，山岭延绵，树木葱茏。远处，大青山却像一位久经沧桑的老人，深沉而凝重。山路曲曲折折，起起伏伏，不知不觉中到了青山乡政府驻地。

控申科和铁山谈话地点设在信访办公室。乡信访办公室设施很简单，一间房屋一张办公桌，几把椅子沿墙排列着，铁山坐在第一张椅子上。老李看到反贪局铁荣三等援兵到来心里非常高兴，简单交接后铁荣三让老李他们先休息。

铁荣三让刘剑锋给铁山换了座位位置，和自己对面而坐。铁山歪着脖子面对着铁荣三看，像一只好斗的公鸡，用一副挑衅的口气说，认识了检察院控申科的老李又来了检察院反贪局的，我在部队上也穿过黄军装。铁荣三暗想铁山在这种环境里，人性中最脆弱的一面已经暴露出来。从现在情况来看，铁山心理压力很大。既想和我们沟通又不想放下架子。

叫什么名字？铁荣三看到铁山那好斗的样子故意发问。铁山不断地眨巴着眼说，他们不是说我叫铁山吗？铁荣三又问道，他们叫你铁山，我问你到底叫什么名字？

刘剑锋在一边虎目圆睁瞪着铁山说，严肃点，问你什么就回答什么。铁山抬头看看刘剑锋穿着一身公安制服，腰里别着一把手枪，他以为公安人员也来了。心想这回闹大了忙点头说，是，是，我叫铁山。

铁荣三亮出工作证，宣布被询问人权利、义务。不会是假的吧？铁山心里想着几乎把脸贴在检察工作证上，仔细地看了看。

看清楚了吗？是真的。铁荣三看到铁山不阴不阳的表情继续询问道，我们依法办案，文明办案，重事实重证据不轻信口供。你听明白了吗？铁山反问语气里好像有一些委屈，委屈中透着理直气壮说道，是呀。昨天老李一直说那个老家伙分给我两千元，请问有什么证据？有我的签字还是有我的画押？

铁荣三平淡地说，没让你谈两千元的事，水利站有多少职工？你是什么时间任青山乡水利站站长的？铁山想了想说，水利站职工就我和老站长的儿子。我任站长具体时间是前年秋天，我想着再有五天就到阳历年了。

铁荣三又问，老站长离任时和你是怎么交接的？有交接书吗？

铁山说，没有。那时没有账也没有物，什么都没有，没得交接。我任站长以后才开始建账。管理方面，制度上墙，财务公开，月月对账，账钱两清。咱祖宗八辈都是正南正北的人家，能干那样的事吗？

铁山仍然是夹风带雨，话中有话。

五

铁山仍打算困兽犹斗，这一阶段犯罪嫌疑人心理呈现出反常状态。这种状态与个人经历学识有很大关系，非正常环境里人内心都有些微妙变化。铁山表现出他内在的心理矛盾，既不想公然顶撞与反贪局的检察官撕破脸皮，也不想积极配合主动交代问题，拖一分钟是一分钟，人在阵地在。

铁荣三问道，谈谈你任站长期间水利站有哪些收入？铁山想了想说，没多少收入。也就是乡里给点办公费，两年多时间不到一万元，收支都在账上记着。

铁荣三又问，水利站有哪些支出？铁山回答很干脆，支出方面有差旅费、办公费，别的没有。铁山又用手指挠了挠头皮问，检察官我怎么觉得，刚才谈这些与两千元没关系？铁山还是想纠缠两千元问题。他把怨恨全都倾注到

那两千元上了，最恨老站长往自己身上泼脏水。

看来，仅有老站长证明材料，很难撼动铁山这块滚刀肉。铁荣三答复说，有用没用不是你我说了算，让事实说话。我们以事实为依据，以法律为准绳。铁山附和道，对，对，让事实说话，事实胜于雄辩。刚说完又歪着头说，我就不信，这盆脏水泼到我头上我跳进黄河也洗不清了？

铁荣三问明铁山水利站账和现金管理情况后又着重问道，你经手的收入和支出都入账了吧？铁山想了想说，都入账了。我手里没有水利站的收入也没有水利站的支出了。铁山使劲眨了眨眼睛，他不明白检察官为什么要问这些。

其实一个乡镇水利站没有多少收入和支出。三年也就是一万多元经费，大部分都是白条，很少有正规单据入账，所谓的账也只不过是一本流水记录。但目前情况铁荣三和铁山谈这些问题作用很大，一方面避开铁山无理纠缠，在问答中洞察铁山的心理动向，寻找对方漏洞；另一方面为下一步案情发展埋下伏兵。

铁荣三审视着铁山的眼神问，你以上说的都是真话吧？铁山拍了一下胸脯说，都是焦巴干的实话，一句假话也没有。

第一轮询问结束，铁山心里暗笑反贪局不过如此，也好糊弄。笑着在笔录上签字按手印。

铁山你还有问题没有向反贪局谈清楚，你好好想想。铁荣三扔下这句话，站起身走出乡信访办公室。

一个回合下来铁山心里滑魂，刚才那个三只眼怪唬人的。和老李争辩了一天一夜也没觉得怎么着，自己长这么大从没怕过谁。今天自己是怎么了？

六

二十分钟后，铁荣三回到信访办公室继续询问道，铁山，账本在哪里？铁山说，就在后面水利站办公室里。办公室离这儿不远也就有二百米。

铁荣三让铁山去把账本拿来，铁山站起身来往外走去。刘剑锋和吴远要一同跟去取账本，铁荣三用手势制止了，办案组里这些细微配合铁山觉察不到。办案组人员焦急等待着，铁荣三在乡信访办公室里不停地来回踱着步子，不时抬头看看时间。

十分钟后铁荣三说，我们去水利站看看铁山找到账本了吗？

乡政府大院里，四处静悄悄的，偶尔一丝秋风吹过，满院杨树树叶沙沙作响。弈城检察院信访科进驻乡委大院后，院内很少有人走动。今天是星期日，所有办公室门窗都紧锁着，就像许多人闭紧了嘴巴。

刘剑锋跟在铁荣三和吴远身后担忧地问道，老铁，这线也放得太长了吧？这家伙去这么长时间别把账本给毁了。刘剑锋这种担心不无理由，这些年来个别单位或个人，就是企图利用销毁账务，销毁犯罪证据来逃避法律惩罚，给反贪局侦破案件工作增加了不少困难。

铁荣三对刘剑锋说，铁山不会那么做。吴远也在担心地说，铁山不会销毁账目？他有那么高的觉悟吗？

铁山是水利站站长，在青山乡是个不大不小的官，你看他那种刚强甚至蛮横的个性，在青山乡也算号人物。再说这个账本是铁山任站长以来开始建的，与那两千元没有关系。铁荣三边走边说着。

放他回去拿账那不是纵虎归山吗？吴远还是不理解。

现在账本对铁山来说既是一块烫手山芋，又是一根救命稻草，扔不得毁不得。毁掉账本就足以证明他有经济问题，我们可以依法实施强制措施，留着账本就等于给我们留下证据。你们说他会怎么做？

刘剑锋说，拖延时间，想歪点子对付我们。吴远刚参加反贪工作没经验没发表意见。铁荣三说，情急之下他一定会在账本上做文章，只要他动起来，只要他做手脚，就一定会露出破绽。逃避责任是人类的天性。

乡水利站院内，一棵柏树郁郁葱葱，树冠几乎遮满了这个独家小院，树冠下面有一张石桌，两个石鼓。办公室里，两张办公桌对排着，铁山独自坐在办公桌前，望着一个账本发呆，眼神偶尔闪动出一丝惊慌。刚拿到账本站起来时，浑身打了一个哆嗦，两个眼皮又在一个劲儿地忽闪。

正在这时，突然听到两个人在门口大喊道，铁站长，找到了吗？

七

铁山心里一紧，手拿账本稳了稳神刚想向门外走，迎面看到铁荣三那张威严的脸，心里一阵惊慌，账本哗啦一声掉在地上。他顺势捡起来朝铁荣三尴尬地笑笑说，找，找着了。

铁山向门外走时不自觉地瞅了一眼门后那个废纸堆。铁荣三示意刘剑锋和吴远紧紧跟在铁山身边，保护铁山安全，防止意外情况发生。刚走了十几步，铁山感到心里有些发毛，脚步变了形两只胳膊甩不开了，像是被绳索捆绑住一样。

铁荣三找来老李和水利站出纳员小王一块看了看小王保管的现金账，专业术语这叫清库。收入不足一万元，支出不足一万元，结余现金三百元整。小王告诉铁荣三说，我们站里没钱，这点费用都是铁站长上下协调费尽周折要来的，基本都被铁站长坐支了。有现金的时候很少。

铁荣三又在门后边废纸堆里拿起一个纸团小心在桌面上摊开，仔细审视着账页上每一笔记录。小王一看那张账页纸说，这是铁站长平时记账的账页怎么弄到门后了？小王当然不知道也不会明白记账账页为什么会在门后废纸堆里。

账页纸两面是红绿格子，比一般纸张要厚一些，放在门后废纸堆里很显眼。铁山临走时的肢体语言已把这个秘密暴露了，铁荣三当时就看到了那团账页纸，只是没有当场点破。铁荣三请来老李和小王，名义上是清库实际是为获取证据作现场见证人。他迅速填写完一份现场提取笔录，老李和小王在提取笔录见证人一栏签了字。

回到乡信访办公室，铁荣三发现铁山的状态转变了，脖子不再歪了，原先那股精神劲儿也没有了，眼皮耷拉着想心事。

铁荣三问铁山，让你回去拿账本前我去过水利站办公室。从这里到水利站不足二百米来回不超过十分钟，但是我们多给了你五分钟时间。这五分钟你在水利站办公室里做了什么手脚？没，没做什么手脚，铁山故作镇静回答着，又低着头想了想说，找账本来。

是你拿来这本吗？铁荣三拿起桌子上那本账反复看了几眼。铁山看着铁荣三手里那个账本点点头说，就是这本，好几年了都没用完。

铁荣三紧盯着铁山的眼睛说，这个账本只用了半张账页。账页是假的，是你在五分钟内编造的。铁山说，天地良心啊，反贪局说话也不怕风大闪了舌头，人说话可得有根据。凭什么说是我造了假账？

铁荣三打开账页用手指小心一抹说，你看墨迹还没有完全干。又把账本装订线翻开露出半截纸张说，真账页被撕过的痕迹还留在装订线里。你老实说撕下的旧账页藏哪里去了？想不想说实话。刘剑锋说，快说，藏到哪里去了？

铁山意识到对面的三只眼似乎能够看透自己的任何想法，就像法海那法器能够牢牢地罩住白蛇娘娘一样。他连忙说，我对毛主席发誓，我对共产党发誓，我没有撕账本也没藏账页，绝对没有。

铁荣三顿时抬高了嗓门严厉地问道，到底有没有？刘剑锋在一边也说道，老实回答，有没有。

没有，没有，天地良心啊我没有。铁山嘴里狡辩着但那语气已经明显底气不足，他不再敢用嚣张的语气与铁荣三争锋。两人争吵往往是嗓门大的占理，铁山深谙此道但此时却提不起气来。

铁荣三拿起那张还带着褶皱的账页示意铁山，然后慢慢说道，铁山，你看看这是什么？铁山一看立即低下了头，闭上嘴不再说话也不再狡辩。

其实这一切都在我们意料之中。我们进水利站时你表情慌乱，说明你在办公室刚做完手脚，而你的眼神告诉我们做手脚地点就在门后。因为时间紧迫，你做贼心虚，破绽百出。铁荣三看见铁山不敢面对自己，不敢抬起头来，进一步加大了攻势慢慢说道，铁山抬起头来看着我。

铁山慢慢抬起头来。铁荣三说道，有一个成语叫欲盖弥彰，意思是人做错事就想去掩盖，越去刻意掩盖就暴露的越充分。你有个好态度还能争取从轻处理，再玩下去你下场只有一个，玩火自焚。

墙上，挂钟嘀嘀嗒嗒响个不停。窗外，大青山传来阵阵松涛的怒吼声。

八

猛虎可以训练成演员，野狼可以调教成家犬，说明驯兽师深谙野兽习性并施之一法。人类在长期生活环境里也会形成某种习性，这种习性一旦形成就是人本身最致命的弱点。铁山在风调雨顺环境里形成霸道蛮横习性，一旦这种习惯被抑制就会无所适从，变成一只温顺的绵羊。

铁荣三看见铁山脸色发红，情绪波动，这块滚刀肉差不多烂熟了，谈话可以转入正题了。铁山有点羞涩地傻笑着，就像一个不谙世事的半大孩子在长辈面前露出无所适从的羞涩样子。

铁荣三慢慢说道，这张账页比真账页多出四笔收入，两笔一万的、一笔五千的、一笔一千的，共两万六千元。这些钱在哪里？说实话。

铁山低着头始终不语。前一阶段铁山是不肯讲实话，现在心里有些后怕又不敢讲实话。他知道交代了就是犯罪就要被判处刑罚，就要坦白从宽把牢底坐穿。他下意识地回答说，没有，没有两万六千元。

铁山抬起头来仔细看看。铁荣三一手拿着一张账页，左眉间那颗黑痣闪着寒光，你自己不是已经写出来了吗？讲清楚这些钱是怎么花的？或者放到哪里去了？刘剑锋说，快说，钱藏哪去了？

铁山那张脸红一阵子白一阵子，最后用几乎只有他自己才能听清的声音说，在家里枕头底下一个牛皮信封里装着，里面还有不到二百三十元现金是我这个月刚领的工资。

铁荣三又放缓了语气说，仔细想想争取把每笔都谈清楚，相信法律会给你机会从轻处理。铁山突然哀嚎道，铁检察官饶了我吧，你看一笔写不出两个铁字。铁山哀告着央求着，他因无知而无畏，因无知而恐惧。

铁荣三找到老李和水利站小王到铁山家里取赃，老李从铁山家里床枕头下面取出那个信封。清点信封里赃物时意外多了一张两千元农村信用社存单，存款时间是一九九六年八月十三日。

铁荣三用电话向赵局长汇报了谈话和取证进展情况。

乡信访办公室里，铁荣三打开那个信封，将里面存单整齐排放在桌面上。铁山一看，无力地低下了头。

铁荣三拿起两千元农村信用社存单问铁山，这张存单存款日期是一九九六年八月十三日，是李站长在办公室里分给你的两千元吗？铁山老老实实地回答说，是，是。

你要的就是这个证据对吗？铁山无言以对，只是苦笑着脸，默默地点点头。

铁荣三问道，信封里还有两万六千元存单，你想一块讲清楚吗？

铁山唧当着脸没说话。铁荣三看看时间不早了说，你不想讲就算了。

弈城人民检察院法警大队队员赶来。铁荣三向铁山宣布刑事拘留。铁山被戴上手铐时瘫软倒地，刘剑锋和另一名法警架起铁山慢慢向警车走去。

九

时近中午，秋风从大青山上阵阵吹来，空气中到处弥漫着马尾松特殊的芳香气味。田野里，大片大片深耕的土地正酝酿着又一个丰收的希望。大清河把自己满腔的激情，无私地注入季节深处。

弈城水利局局长万世昌坐在北京牌轿车里，沮丧着脸向母亲家里奔去。远亲不如近邻，何况铁山、万世昌和谭金生感情像亲兄弟一样。平时世昌娘自己一个人在家里也全靠铁山和金生照应，铁山出了事，万世昌第一个赶到铁山家里。

在那段艰苦日子里，世昌娘俩孤儿寡母相依为命，多亏左邻右舍周济才活到今天。人逢盛世，世昌娘看着三个孩子一天天长大成为国家有用之人，娘看在眼里喜在心里，她从心里感激共产党热爱共产党，更热爱自己的家和邻里乡亲。没有想到铁山出了事。

铁山家里，几只大白鹅不知出了什么事，呆头呆脸地混杂在墙边鸭群里。铁山家属还在哭，世昌娘坐在铁山家属面前边陪着掉眼泪劝说道，还不定是什么事呢？别哭了，别哭了，唉。看到世昌回来世昌娘说，世昌啊你看看这

是怎么回事，刚才铁山家来了好多人，把家都抄了，把床都翻了个底朝上，我吓得连门都没敢进。铁山家属，别哭了，快说说是怎么回事？

万局长年龄稍大，在这三家里是主心骨，大事小事都由万局长拿主意。铁山家属听到万局长回来了，擦了擦眼泪抬起头说，万大哥，你可回来了。昨天早晨乡里来了两个人，把铁山叫走了到现在也没回来。今天还是他带着一群穿黄衣服的，说是铁山犯了什么罪还把铁山枕头底下一包钱拿走了。我们家铁山真犯罪了吗？

是什么钱？万局长问铁山家属。铁山家属说，我也不知道，在一个信封里装着。有回我拾掇床看见问过铁山，他说娘们家不该问的别问，我也没敢再多问。

铁山的经济问题万世昌也隐隐约约知道一些，只是以前没有暴露出来。此刻他心里像打翻了五味瓶，既有对生死兄弟的悲伤也有一丝担忧。他没想到反贪局下手会这么快，让人喘不过气来。想到铁山现在身在牢房，肯定还在等消息等自己去解救，怎么办？他在思考着下一步路子怎么走。

谭金生骑着摩托车没命地往家里跑。在家门口停下摩托车看到万世昌那辆轿车停在那儿，感觉有了一种依靠，心里稍微放松了些。他一步迈进铁山家，抹了把头上的汗问万世昌，抄家的都走了？

万局长点了点头说，没想到反贪局下手这么快。谭金生说，我可听说反贪局里有几把硬手。谭金生转念一想又埋怨道，这个铁山平日里就是嘴硬，现在几个小时就完了。他那身硬骨头都让狼啃了？

不可能，别乱说。万世昌也知道反贪局的人不好对付，这几年有好多人进过反贪局，结果都一样都进了看守所。反贪局审案子的传说很多，但谁也没见过，见过的人都进去了，出来的人都装成没事一样。

世昌妈说，世昌啊你一定想办法救救铁山，从小你们像亲兄弟一样。还有金生你们两个都在城里熟人多，想想办法啊。世昌妈是在替铁山家属说话也是在安慰她。平常就铁山家属和世昌妈在家，两个人掏心窝子话说得多。

万世昌知道涉案人员一旦被立案启动司法程序影响是很难挽回的。争取是可以争取，也就是在从轻从重处理上做文章。从轻从重原则国家法律都有具体规定，找到谁面前谁都很难为情。水利职工涉案，个人事小但牵涉大局。

老妈即使不说，万世昌也会负起这个责任。

谭金生看到世昌犹犹豫豫的样子赶忙说，我认识检察院一个开车的，要不我去找找看看。万世昌知道，有时候没办法就是最好的办法，看似不得要领往往能歪打正着，世事万物都充满了辩证法则，就像高山拱卫着大海，草原连接着沙漠。点点头说，你去联系联系，需要花钱打点我那儿有。

谭金生转身出去，摩托车轰鸣声渐渐远去。

万世昌堂堂一个弈城水利局局长，当然不会坐视不管，无论从个人关系还是单位利益，他都得管。他心里清楚，帮助他人就是帮助自己，保护别人也是保护自己。

十

仪征警车在山路上疾驰，荡起一路尘土。

车内，刘剑锋专心开着车，铁荣三坐在副驾座上，吴远和一名法警坐在铁山身边。警车转过几个山头，眼前一片开阔地，路边的土地刚被深翻过。

刘剑锋减速后靠边停下警车。铁荣三问，干什么？刘剑锋说，都憋一整天了。铁荣三叫大家都下车，车内人一个挨一个往下走。

刘剑锋拔出腰间那把五四手枪指挥着铁山说，往西走，别回头。其他人都没吱声，眼睛盯着铁山。铁山带着手铐慢慢向西边走了几步。

几声乌鸦怪叫声过后，铁山闻到了一股泥土气味。新鲜泥土味刺激了铁山的大脑神经，铁山想起了枪决犯人的场面。一块牌子斜插在犯人脖子上，两名警察全副武装押着犯人背对着后面的枪口。一声枪响，犯人向前扑倒在地，头盖骨被子弹掀开，脑浆四溅，土地被咕咕流出的黑血染红。

突然，铁山意识到那个被枪决的人就是自己，不敢再向前迈步，杀猪般的号叫起来，别开枪，别开枪，我说，我说，我说还不行吗？

肖政和吴远刚小便完，听到喊声赶紧走过来。铁荣三没说话和刘剑锋使了个眼色，刘剑锋趁势大声喊道，快说，再说晚了我可开枪了。

铁山一打软退一腚坐在地上说，我说，我说，别开枪千万别开枪。铁山哆嗦着一五一十地把家里两万六千元存单的事说完后，一斜眼看到刘剑锋那把枪还对着自己，求饶说，快把枪拿开，快把枪拿开。

铁荣三示意刘剑锋收起枪。对肖政和吴远说，刚才铁山交代的问题都听明白了，带回去后先出材料。出材料要细，特别是牵涉到有关人员私分水利工程结余款的问题，一定要记录清楚。

肖政和吴远点了点头。

十一

检察院办公楼灯光特别明亮，在深秋夜里更给人一种照天彻地的感觉。这几年反贪局办公室里彻夜不息的灯光，成为弈城一道亮丽的风景，演绎出许多故事，吸引着整个弈城的目光，也牵扯着弈城的每一根神经。

案件讨论室里，检察长、赵局长一块听取办案组汇报情况。

铁荣三汇报说，铁山在控申科谈话阶段态度不好，刑事拘留后态度转变很快。今天下午铁山除交代与老站长私分两千元现金外，另外几笔贪污赃款都牵扯到弈城水利局几个主要领导。具体是：

一九九六年八月十三日，弈城水利局物资库谭主任随队到青山乡检查验收水利工程。中午吃完饭后在青山乡水利站办公室里喝水，谭主任拿出一万元现金给了铁山说，这是一期工程剩下点结余款，你拿一万我拿一点，其余给了，谭主任话音未完竖着大拇指晃了两下。

一九九六年十一月二十三日，铁山到弈城水利局开完水利工作会议后谭主任约铁山一块到自己家里喝水，拿出一万元给铁山说，这是一期工程物料结余款，你拿一点我拿一点，其余给局领导，你就不要再问了。金生知道铁山那把臭嘴就知道咬钢嚼铁，提前打打预防针。

当然，铁荣三在汇报案情时对案情发展方向没有进行进一步分析论证。大青山有多少水利工程项目？每个水利项目工程结余款数额会是多大？整个弈城二十六个乡有多少已经建成或正在建设的水利项目？这些天文数字没必要当场分析出来。铁山一案仅仅是序幕，对整个大青山和弈城水利系统战役来说只是一次秘密初查，占领一个制高点。

听完案情汇报在场的人一个个气愤难平。制约和反制约本身就是对立矛盾，贪污与反贪污对立一直处于相持阶段，要想达到对立统一近期还很难。但是反贪局的检察官们一直在努力着，他们始终相信人世间浩然正气既然能够贯穿历史也一定会唱响未来。

检察长听完汇报表情严肃地说，蛇鼠一窝。国家财产成了人人爱吃的唐僧肉，并且在我们眼皮底下顶风作案。这是严重挑战党纪国法的行为，是对中国法律的公开挑衅，我们绝不会容忍，绝不会妥协。

赵局长平静地说道，这是一场战役，涉案人员不仅是浮出水面的几个，不只是几个大拇指和几个局领导落马问题，大青山战役牵动整个弈城水利工程。

检察长问铁荣三，大拇指和局领导指的是谁？铁荣三回答说，铁山交代大拇指和局领导就是弈城水利局局长万世昌。

检察长说，弈城是农业大县。几年来上级政府和国外粮援项目投入大量水利资金，水利工程覆盖面很大，除遍布大青山外，还涉及弈城所有乡村街道，遍及千家万户。绿色家园工程资金出了问题后果不堪设想，必须立即斩断这些伸向水利资金的黑手。

赵局长痛心地说道，国家财产被狼叼狗咬，弈城水利整体烂掉了。在他们圈子里贪污成为一种刺激游戏，成为一种众人参与的娱乐活动。在这种环境里想做个好人很难，办案时要注意分清主次区别对待。

铁荣三说，大青山水利工程是国家扶贫开发重点工程之一。第一个五年计划已经结束，现在是第二个五年计划实施第二年。大小水利工程上百个，要我们在法定时间内查清他们七年的问题很难。反贪局现不足十个人，案情一旦展开，反贪局人手就是一对一单打独斗恐怕也无法覆盖全案。

赵局长说，这确实是个问题，到时候请检察长充分调集人手。

检察长表态说，这方面请大家放心，我从院其他科室抽调部分人员随时补充，人力物力车辆等问题院里会优先解决。检察长又回头对其他人说，研究一下方案，我跟弈城常委汇报后开始行动。

赵局长和铁荣三两人脸上浮现出了一丝笑容，但是一个更大的难题等着他们。

十二

大青山乡全民动员历时七年，大小上千个水利工程，从何处入手查起？拉网式？地毯式？到哪里去找这么多人手调查？

反贪局经过周密计划决定打攻坚战，强攻大青山水利工程。兵法曰，摧其坚夺其魁以解其体，就是要抓住关键击其要害，打蛇砸七寸，直接立案，依法传唤万世昌，然后分割包围各个击破。讯问阶段万世昌谈与不谈案件程序正常进行。同时注意观察参与大青山水利工程的其他工作人员动向。

第二天，太阳刚刚跃出东山，蒙蒙晨雾还没有完全散去，鸡鸣声声从晨雾中阵阵传来。六点刚过，弈城水利局局长万世昌被请进反贪局讯问室里。他心里一慌，两腿发软支撑不住身体重心一屁股坐在地上，像个小脚女人一样幽幽怨怨地哭了。

万世昌十年水利生涯在当地是出了名的英模人物。七年来踏遍了大青山每一寸土地，脸晒黑了人消瘦了，但是大青山家园绿了。一九九六年，凭借个人突出业绩，荣获国家五一劳动勋章，享受国家特殊贡献终身津贴，年底当选为省人大代表。反贪局要动这个炙手可热的大人物挖水利系统窝案，是经过了一番精心策划。

怎么办？怎么办？讯问还没开始，万世昌一边哭一边自言自语。

肖政问道，万世昌你哭什么？一句话刚说完万世昌突然号啕大哭。这位弈城叱咤风云的人物，不知是悲伤还是委屈，五十多岁的人了，眼泪吧嗒吧嗒直往地上掉。

其实万世昌自打拿到国务院勋章后，隐隐约约总觉得有许多双眼睛在背后窥视自己，有时整夜整夜睡不着觉。一个可怕念头时而很遥远，遥远的没有任何声息。时而又无声无息迫近，那种压迫感恐惧感锥心刺骨，经常使自己冒出虚汗。万世昌研究过周易曾预测过许多结局，但很多时候都是强制自己不去想这些，远离这种无休止的痛苦。

刘剑锋厉声喝道，万世昌，今天请你来不是哭鼻子掉眼泪的，今天让你来检讨自己的犯罪问题，起来坐到椅子上去。你坐在地上外边人看到还以为我们虐待你。哭解决不了问题，只有实事求是彻底交代自己的犯罪事实才是唯一出路。

这个结果是我预想中最后一个结局也是最坏的一个打算，没想到来得这么快，来得这么快。万世昌两眼神情呆滞像在回忆什么。

刘剑锋一顿训斥让万世昌平静下来，开始与赵局长交流。赵局长的问话步步跟进，这还不是最后结局，今天请你来的任务就是交代你在任职期间有哪些经济犯罪行为问题？

经济犯罪行为问题？万世昌嘴唇有些哆嗦脑子一片空白。自己拍拍脑袋说，我现在什么都记不起来，什么也记不起来了。

这是正常现象，我们有的是时间，你静下心来好好想想吧。赵局长那两道剑眉不怒自威，他知道正常现象后面就是不正常行为。一般疑犯被带进反贪局询问室脑子往往会断片儿，有经验的预审人员不会急于切入谈话主题而是给对方一个缓冲机会。

沉寂中，万世昌从巨大的压力中缓过神来。他长长吸了口气，心中那种压迫感减轻了很多，脑子也清醒多了。询问开始，对白你来我往不露半点痕迹。第一轮较量后万世昌感到自己被一张无形的网困住，困得几乎喘不过气来，而且越困越紧，自己左冲右突怎么也摆脱不了。

十则围之，备则歼之。万世昌被反贪局困之垓下，检察官围而不打。万世昌灵魂出窍，在扭曲中徘徊着、颤抖着、哭泣着。

反贪局的检察官正在小心地启动着一个灵魂复苏的复杂程序。

十三

谭金生还没来得及找检察院司机了解情况，就被请进到弈城检察院举报控申科，他紧咬着牙关不知是仇恨谈话人员老李，还是坚定自己。

反贪局接触谭金生之前，充分考虑到他不仅是本案关键证人，还很可能是参与贪污私分案犯，还有他与万世昌铁板一块的生死至交以及复杂的经济利益关系。

谭金生的父亲是新中国成立后青山村党支部书记，谭金生托父亲的福初中没念完就进城参加工作当上了赤脚工人，属于亦工亦农性质。工厂破产后谭金生夫妇双双下岗，在弈城打扫街道维持生活，万世昌看在眼里急在心里。孩提时代他们一起在日寇烧焦的土地上长大，又一起在抗战鲜血染红的村庄里读完小学。党和政府没有忘记这片土地，七年前国家出资大兴水利启动大青山绿色家园工程。弈城水利局需要建一座大型扶贫物资库，谭金生夫妇被一起招进物资库做临时工，后来转正提干谭金生也是好事成双。

反贪局和检察院举报控申科商量，充分利用举报控申科涉访谈话形式，以举报控申科名义和谭金生谈话，反贪局派员参加，这样做有利于形成合力，优势互补，掌握主动，争取时间，缓解反贪力量不足的状况。但是与谭金生较量却是一波三折，令人拍案叫绝。

控申科办公室里，老李坐在谭金生对面耐心地做思想工作。谭金生一直把脸扭向墙角，不与老李正面相对。

小时候大妈给讲过故事，说被害死的人眼里往往留下杀人者影子，仵作验尸会扒开死者眼皮看到杀人犯。谭金生最担心就是别人从自己眼神里看出自己的心事，他刻意想要避开检察人员的视线。

谭金生你不用害羞，知道检察院为什么找你谈话吗？铁荣三问道。谭金生抬头看一眼铁荣三又迅速把目光转向了左侧地面。他感到面前这个人有点眼熟又想不起来在哪里见过。随口回答一句，不知道。

谭金生自小性格内向，也就是和世昌、铁山在一块时能正常表达一些语言。他性格里另一面是倔强好胜，厂里下岗职工留存问题上是他自己的性格淘汰了自己，万世昌以一局之长身份出面也没能解决问题。

今天请你来想给你一定时间，让你检查个人违法犯罪问题。你要把握住机会，实事求是地检讨自己，争取从轻处理。老李又一次耐心教育谭金生。

预想中反贪局会用手铐把自己拖进监狱，针对自己的是严刑拷打和严厉讯问，眼前这种低缓谈话气氛让他如坠入五里云雾，摸不着头脑，心底那份坚定，那种膨胀，一下子消失得无影无踪。他隐约觉得自己与万世昌和铁山之间那些事还没有暴露。但仔细一想又觉得有点暴露了。当然，万世昌被反贪局秘密带走的事情，谭金生并不知道。

谭金生没有表现出语言上对立，也没有流露出情绪上对抗，动作上更没有过分行为，但是双方心理上的较量持续了整整一天。其实谭金生也在试探，心里也在翻腾。他不去用语言试探，更不敢用眼睛观察周围。他是用耳朵听，听谈话人员的脚步声音，听谈话人员的说话声音，通过听觉作出判断。整整一个白天谭金生装聋作哑，死猪不怕开水烫，什么都没谈。

弈城检察院找谭金生谈话，看似顺理成章的一步实则隐含着一定玄机。如果大青山莫大水利系统工程是一口盛满水的锅，腐败现象错综复杂就是锅中沸水，铁山、谭金生、万世昌就是釜下之薪，弈城检察院就是要灭掉这股邪恶之火让沸腾之水静下来，以此看清水利工程，揭开其庐山真面目。

谭金生将如何应对，检察官又将如何施策破局呢？

十四

又到日落黄昏时分，远处大青山披上了一层神秘的青纱，鸟儿成群结队地消失在大青山的魅影里。时光一去不返，给人留下断断续续的回忆。有些回忆是幸福的，有些回忆却是痛苦的。

反贪局讯问室里，光线开始暗淡下来，铁荣三随手打开灯。万世昌拼命吸着烟，地面上横七竖八躺着一大堆烟蒂就像他自己现在的思维一样乱，理不出个头绪。万世昌正处在痛苦的回忆中。

三年暂时困难时期自已差一点被饥饿剥夺了生命，多少苦难日子都熬过来了。他也很珍惜现在这种生活，七年来为建设绿色家园工程没白没黑地工作着。这次难道就挺不过去了？

铁荣三连忙打开门，烟雾像逃难的人群一样，一涌而出。整整一天万世昌什么问题也没想起来。

赵局长宣布刑事拘留时说道，万世昌你因涉嫌贪污罪、受贿罪，经弈城人民检察院研究决定对你依法实施刑事拘留。这是拘留证你签字吧。

万世昌在刑事拘留证上签字时，慌乱中用左手拿起了签字笔。铁荣三眼睛紧紧盯着万世昌拿笔的手问道，你是左撇子。万世昌赶忙将签字笔换到右手哆嗦着签了字，一副手铐牢牢地锁住了双手。他看到自己手上锃亮的铐子眼睛眨巴着又开始掉眼泪，他知道自己一旦被镣铐加身将会意味着什么。

万世昌，刑事拘留是一种强制措施，不是最后处理结果，你还有机会。我们真诚希望你能够看清形势，正确面对现实，彻底交代罪行，争取从轻处理。限定时间内谈不清楚，进看守所后仔细想想吧。什么时间理出头绪我们什么时间谈，带走。

赵局长一番话使万世昌有所感触，他犹豫着。那，那我说了，你们放我回去吗?

赵局长看万世昌有所触动就说道，法律不能做交易，不允许讨价还价，你想说什么尽管说。万世昌又要求说，如果组织上放我回去，我会动员金生和铁山，动员所有大青山家园工程牵扯的人把钱交到反贪局。

赵局长心里隐隐阵痛，新中国成立都四十多年了，我们的领导干部法律意识却如此淡薄。街头巷尾那些小道消息，那些对法律的曲意理解，仍然还有很大影响力。

赵局长看到万世昌那种麻木状态，向刘剑锋挥了挥手。刘剑锋明白对两名法警说，立即押走。

万世昌被押进弈城看守所。

他必须在那方狭小空间里经受人生第一次狱炼，在灵魂与肉体的熬煎中，在手铐与脚镣的对话里找回自己。还有铁山还有谭金生，还有现在和将来许许多多和他们一样的人。

十五

夜幕降临大青山，大青山里所有生灵气息都依依不舍地退出了生命舞台。深秋的夜空繁星点点，宁静高远，苍凉肃杀。一群群南迁鸿雁的鸣叫声渐去渐远。

万世昌家院子里，世昌娘感到深秋寒凉，关上大门准备早早休息。

一阵急促敲门声后世昌媳妇在门外焦急地喊道，娘，快开门，快开门啊。世昌娘听着儿媳妇在叫门，急忙披上棉袄穿上鞋敞开了大门。

看到儿媳气喘吁吁满脸通红。世昌娘忙说，屋里暖和，快进屋里暖和，这大冷天的。是不是和世昌又吵架了？慢慢说。世昌媳妇喘息着低头哭着说，娘，不好了，世昌被反贪局的人秘密带走了，金生也被反贪局带走了。

世昌娘头里嗡的一声，一阵天旋地转。两手下意识地扶住了床头没有倒下去，很长时间没有任何反应，脸上没有任何表情，两行老泪从深陷的眼窝中缓缓流出。

世昌出生那年抗日战争烽火烧红了大青山，世昌爹战斗中负伤转到青山村后方医院，世昌娘抱着刚满月的世昌从医院返回青山村。远远看到青山村浓烟滚滚，一片火海。村口日本侵略者刺刀上还滴着鲜血，她看着怀里儿子急得掉下眼泪，娘俩儿在一个陈旧炸弹坑里猫了一夜。

第二天刚放亮世昌娘跑进村子，看到满街断肢残臂流淌着血水，世昌娘抱紧了怀中的世昌。她找遍了青山村所有角角落落也没有找到世昌爹的尸体。失望，绝望，她不相信一个大活人就这样活不见人死不见尸从青山村永远消失了。新中国成立后乡民政助理送来一个红本子说世昌爹牺牲了，乡政府遵照她的要求在大清河北面盖起几间草房，金生和铁山两家从山上搬来住，三家成了好邻居。

儿子一天天长大，儿子是娘心中的唯一希望。世昌小时候每每夜晚入睡前都是闹着向娘要爹。娘，我爹什么时候回来呀，我想爹。世昌娘不想让孩子知道自己没有爹，哄着世昌说你爹打日本侵略者去了，等你长成大人你爹就回来了。我要快点长大，早点见到我爹，世昌每次都是这样说。他哪里知道他每一次耍闹换回的都是娘一夜的泪水。

穷人孩子早当家，世昌年少时就像个小大人。从那年在村办小学读书起就不再问爹的事，想爹时总是一个人望着大清河发呆。

隔壁铁山家属和金生家属听到院里哭声，一块来到世昌家里，两个女人只是坐在一边陪着擦眼抹泪，半句安慰的话都说不出来。

唉，大青山不睁眼了，人逢盛世取名世昌。为什么不好好活偏偏去作死？世昌要是不把金生和铁山安全带回来，以后就别想进这个家门。世昌娘心疼儿子却又怨恨儿子。

别哭了，他们不在我们也得活。看了看三个人还在流眼泪，金生家属自己心里也是酸楚楚地说道，也不知金生他现在怎么样了？

十六

晚上，检察院举报控申室里也在挑灯夜战，老李和铁荣三商量决定用强攻撬开谭金生那张嘴。

谭金生感觉到今晚和自己谈话的人比白天多了几个，隐隐感到那种逼人气势，心里慌乱。他低下头去，牙齿咬得咯嘣嘣响。

老李严肃地说，我们给你一天时间，你没有抓住机会。今天晚上要求你彻底谈清楚，你和万世昌之间私分公款的问题？触及核心，谭金生脸色发红，血脉偾张从牙缝里挤出两个字，没有。谈话又一直持续到深夜，谭金生就只说出了这两个字。

铁荣三和老李正安排准备休息时，举报控申办公室里传来一阵惊人的惨叫声。他俩迅速赶到办公室，只见四名法警用力把谭金生摁倒在床上。

干什么？放开他。铁荣三看到这种情况急忙前去制止，几名法警立即撒手站到一边。法警对铁荣三说，这个人疯了。谭金生自己坐在床上，两只眼睛向上翻着白眼，惊恐地打量着房子里所有的人。一会儿目光僵直，呆呆地瞅着墙角。

铁荣三走过去拍了拍谭金生的肩膀说，快睡吧。谭金生立即神经质地狂喊起来，啊，白胡子妖怪！啊，白胡子妖精！那声音凄厉而恐怖，阴森而怪异，一直持续到天亮。

第二天，谭金生直挺挺地躺在联邦椅上，紧闭着眼睛，舌头耷拉在嘴唇外不停地淌着唾液，不吃饭也不喝水。老李上去掐人中挠脚心，他一点反应也没有。

谭金生疯了，谈话无法进行。

谭金生在物资库主任位置上悠闲富足了七年，但他无法适应这种优裕的工作环境，他只知道起早贪黑地工作，一些负面因素袭来时懵懵懂懂地接受。从第一次在对方业务员诱导下虚开发票的刺激，到虚开数额越来越大，他浑然不知自己是在犯罪，而且是在犯罪泥潭里越陷越深。

他的思想在困惑中迷茫，心在优越环境里荒芜。他那颗困惑的心困住了自己，困住了万世昌，也使检察院查案工作一时受阻。

谭金生困惑的内心世界，能摆脱自己眼前的困境吗?

十七

弈城看守所第七号提审室里，万世昌穿着看守所里统一配发的号服，带着手铐坐在椅子上。他打量着提审室四周硬邦邦的墙壁，听着检察官生硬的语言。他不再掉眼泪也看不出半点悲伤，疲劳的眼神里流露出迷茫和无助。

肖政首先发问，万世昌考虑好了吗？我们的政策历来就是坦白从宽，抗拒从严。希望你有个好态度，争取从轻处理。现在想交代问题吗？万世昌没有一点反应，既没有拒绝也没有表示配合。万世昌内心还处在对抗阶段，但他不像谭金生那样剧烈冲动，而是用另一种策略和审讯人员进行软对抗。

肖政说，反贪局已全部扣押了你们的账务和现金，相关人员已经陆续到反贪局接受询问，不想交代我们也不会难为你，物资库主任已谈清楚了。二十四小时内反贪局利用询问时间、刑事拘留隔断了万世昌与外界的联系。他焦虑，不知道外面到底发生了多少事情。检察官正好利用这段空白，抛出动作不大的物资库主任谭金生，向万世昌施以压力，察看万世昌心理反应。

万世昌突然眼神发亮，暴露了他对物资库的关注程度。谭金生说了什么？他能说什么？万世昌自己也不敢相信自己的耳朵。肖政反问说，谭金生说什么你清楚我们也清楚。你说物资库还会牵扯什么？牵扯到谁?

万世昌慢慢低下了头。肖政疾言厉色道，万世昌抬起头来，你回避不了。刘剑锋在一边打着边鼓说，别人都谈清了，你还在那里装什么蒜?

肖政和刘剑锋策略性地配合发问，以虚击实。而万世昌流露出那种麻木的表情激怒了铁荣三。铁荣三此刻想了很多，万世昌从一个烈士遗孤成长为政府中层领导，多年来受到良好教育和熏陶，特别是大青山绿色家园工程，万世昌的贡献老百姓有目共睹。这种人还不至于泯灭了良心，现在最重要的是政策攻心，亲情瓦解，唤回良知。时间不能再拖延，后边还有一个谭金生和更多的谭金生等着去解决。

铁荣三左眉边那颗黑痣无形中好像加重了讯问语气，万世昌你还记得抗日战争时期大青山战役吗？还记得为国捐躯的父亲和三百多名革命烈士吗？

记得记得。小时候我做梦都想我爹，长大了不再想了。我从来没见过我爹，在我心里也不知道父亲这个概念是什么含义。我知道，知道这是我的心理缺陷，心理缺陷。

可是大青山会永远铭记，人民会永远铭记。为了大青山不再荒凉，为了老百姓都有自己的安居乐园，党和政府启动大青山绿色家园工程，你说这是好事还是坏事？

当然是好事是好事。万世昌不住地点头赞同道，我闭上眼睛都在想大青山绿色家园工程十年规划蓝图，也能看到十年后的大青山风貌。我死后，也会埋在大青山脚下。

是好事也是我们整个弈城头等大事。我们每一名党员每一名普通群众，都在为它流血流汗，都在精心呵护它。你不也为之付出了很多吗？这些年来你的脚印踏遍了大青山，人民记得党和政府记得。那为什么我们在建设绿色家园的同时，还要撒下荒芜的种子？为什么还要在我们父辈用生命和鲜血换来的土地上划下罪恶的伤口？你说，你做的对吗？

万世昌脸上表情严肃起来回答说，我做得不对，我做得不对。

万世昌，走到今天是你的不幸也是党和人民的损失。你认为只有你自己在流泪吗？大青山在流泪，母亲在流泪，你的儿女在伤心，我们都在为你感到悲哀。

提到母亲，万世昌眼圈发红抬头看着天花板。过了好长时间才说，对不起了娘，都是儿子不孝，下辈子我再好好报答你的养育之恩。

铁荣三跟进一步又问道，万世昌你有罪吗？万世昌开始承认自己有罪。

铁荣三用手绢擦着脸上汗水，审讯终于渡过了艰难的对峙阶段。

万世昌心理防线开始崩溃，不再试探也不再对峙，交代了他和谭金生的关系，也交代了他和谭金生私分公款贪污犯罪事实。

十八

万世昌的交代，揭开了大青山绿色家园水利专项资金面纱。

水利资金有专门账务管理制度，资金划拨至弈城水利局，财务科先洗账就是做假账。从账面上看，水利专项资金全部入账，各项水利工程资金全部支付，收支平衡有的甚至略有结余，但这些账就是做给外人看的。其实资金到位后被化整为零放在物资库、财务处、工程处管理，使用时统一调拨。假账应付了职能部门的财务监督，却造成了专项资金管理使用混乱，为腐败行为滋生蔓延打开了方便之门。

谭金生手里掌握着上千万项目物料资金，这些资金运转至今仍然是一团迷雾。谭金生是本案重要人物，必须想尽一切办法治好他的疯癫病让他开口讲话。

检察院控申办公室里暂时的风平浪静，却孕育着一场真刀真枪的新一轮较量。

谭金生在家里排行老大，家里还有一个弟弟。二十岁那年，万世昌在县城参加工作，铁山则当兵入伍，谭金生这才有了想法，自己天天在那二亩地里面朝黄土背朝天的实在是没意思。他也神思着想脱离这种生活，改变这种生存状态。

夏天，村里缺民办老师，谭金生眼前一亮。那天下午，在家吃饭时他和父亲说自己想当老师。父亲一听，把烟袋头子往鞋底下一磕，狠狠地数落了谭金生一顿，让你上学你不好好念书，连个高小都念不下来。你看世昌现在成了国家干部，铁山也成了中国人民解放军，你呢？

谭金生没想到父亲会朝自己发火，内心里那股火气也一个劲地往上蹿，嘴里支支吾吾地说，好人不当兵好钢不捻钉，社会渣滓闯关东。

你说什么？你这样的去当兵只能扛炮弹，打起仗来只能当炮灰。你还想当老师？你当个屁。父亲话还没说完，金生放下饭碗气呼呼地走了。

那次谭金生感到了绝望也真想死了算了，整天像丢了魂似的。

冬天，弟弟高中毕业从城里回到家里，正好公社里有个亦工亦农名额分到青山村，父母都想让二儿子填表去城里上班，谭金生不让。前几天谭金生着了魔一样在家里和父母软磨硬泡，看着父亲是铁了心了，谭金生也撕破了脸皮开始大吵大闹。几天后谭金生不闹了也不见人影，母亲觉得有点不对头，推开金生那间小屋一看，金生直挺挺地躺在地上翻着白眼一动不动，舌头耷拉在嘴唇外只剩下一口气。

金生妈吓得朝门外大喊，金生他爹跑过来一看也吓呆了。金生妈让老头子和二儿子先给金生蜷蜷让他缓过这口气来，自己紧跑慢跑到山后村里请来神婆。

神婆乜斜着眼说，这孩子冲撞了太岁再有两天性命不保。金生妈急得给神婆下了跪，让神仙无论如何给想想办法治好。

金生妈在神婆安排下卖了两篮子鸡蛋，到集上买了香纸烛等用品。那神婆披头散发围着金生跳起了大神，直跳了两天两夜谭金生才缓过那口气来。

谭金生在家庭争斗中取得了全面胜利，他不仅征服了父母，同时也征服了自己的命运。第三天父亲找人给填好表盖好村委章，谭金生高高兴兴去公社医院查完身体，弟弟送他去城里上班了。

有些自然现象用现在科学理念还无法解释，于是人们便把目光投向历史，到远古鬼神传说里寻找答案，以求得心灵上的慰藉。像谭金生的父辈，他们村里人都信这个，并且信得虔诚信得五体投地。

检察官不信这个，立即请来医院大夫诊断，谭金生身体一切情况正常。他在装疯并且装得逼真，达到了以假乱真效果。如果现在继续谈话让他谈问题，他会变本加厉疯上加狂。谭金生在装疯路上走得太远了，自己回不过头来自己下不来台。但是，如果让其发展下去，除对谭金生身体造成伤害外，也给查案工作带来不利后果。

铁荣三和老李商量，与医生详细研究出一个隔离谭金生附体鬼魂速醒计划。决定将计就计，以毒攻毒，以假乱真。

谭金生住进弈城医院特级护理病房，挂上了吊瓶和导尿管。一天一夜过去了谭金生就是闭着眼睛，直挺挺地躺在病床上，不吃不喝大小便紧闭，没有醒过来的半点迹象。

早上八点查房，医生护士来到病房，铁荣三也守护在病床前。谭金生速醒治疗方案进入临床试验阶段。

老李问医生，能不能抓紧治疗让他赶快醒来？医生按住谭金生的脉搏过了一会说，病人几天几夜不吃不喝，肠胃功能紊乱会引起肠胃粘连。现在要做一个食管胃转流手术，就是从肩胛骨上边开刀，凿进食管再插上一根管子，把食物从管子倒进胃里，这样可以保证病人肠胃正常生理功能。医生边说边在谭金生的脖子上比画。

铁荣三忙问道，需要进手术室全身麻醉吗？医生指着谭金生说，这种昏迷不醒的病人不用麻醉，在这间病房里生割就行，九点正式手术。医生又对身边医护人员说，所有医护人员做好准备，我来主刀。

医生与办案人员说的话，谭金生听得一清二楚，他就是直挺挺地躺在那里好像一具魂飞魄散的僵尸。

铁荣三看了看时间是九点整，谭金生还没有醒来，医生果断安排立即手术。护理人员准备就绪来到病房，在谭金生脖子上清洗、消毒后，医生拿起明晃晃的手术刀准确地割了下去。

十九

看守所提审室里，万世昌对铁荣三说，给我一根烟吧，我想抽烟。

铁荣三点燃一支香烟放在万世昌伸过来的手里说，有什么要求或需要我们帮助的尽管说。

谢谢，谢谢。万世昌接过烟深深地吸了一口，闭着眼睛任烟雾慢慢从鼻孔中流出向四周扩散而去。又继续交代说，物资库掌管着大青山绿色家园工程水泥、钢材、管道等物料购进与发放，管理资金数额最大，是整个工程的龙头。我任用谭金生这个犟驴把住进出物料关，防止偷漏物料事件发生。没想到，把住了别人却把不住我们自己。也不知这个犟驴跟谁学的花花点子，第一次谭金生给我两万元，那时我们全家存款还不到两万元。说到这里万世昌有些激动，眼睛放光，下意识地握紧了拳头。

铁荣三感叹道，两万元在当时家庭经济条件下诱惑力是相当大的。万世昌看着提审室里的检察人员笑着说，换成你们，你们能禁得住诱惑吗？

铁荣三想了想说，不知道。权力离我们太遥远，金钱方面也没想过，起码现在没有这些概念也没有兴趣。说句实话，人都有七情六欲，如果我在你那个位置上，我也不敢保证自己。

前任老局长说过，要想害一个人就让他去管权管物管钱。原先我不相信，现在我彻底相信了，我害了金生也害了自己，害了绿色家园工程所有参与者。

弈城水利局万局长办公室是一间普通的平房，一张办公桌上整齐放着一摞红头文件，沿墙有一排联邦椅。万局长坐在椅子上细心审视着资料，谭金生一步跨进来随即关紧了办公室房门。

他站在万局长桌前汇报说，一个小时的路程堵了两个小时。

万世昌抬起头来问道，这批钢材都购齐了？行了，行了。谭金生说着从黑提包里拿出发票，万局长在发票上签上字。谭金生又从黑提包里拿出一张两万元活期存单拉开抽屉放到里面说，多开了点给大娘买点营养品。

万世昌一惊，瞪大了眼睛犹豫片刻后说道，以后不允许再这样。随即自己关上了抽屉。

继续交代？看守所提审室里，讯问在继续进行。

也不知是第几次了。谭金生让我签完字后又给我三万元现金，我当时发了火。万局长指着谭金生的鼻子严厉地说，你把钱给我拿回去。

谭金生记忆中世昌从小到大没跟自己发过火。不都说看着人生气看着钱亲切吗，世昌今天到底发什么火？谭金生不断地解释着，人家都这样我们还怕什么？

万局长提高了嗓门大声问道，谁说的？谭金生说，业务员说的。这叫虚开发票，虚开是看不见摸不着的，从账上根本看不出来。就像我们只能看到自己的肉身看不着自己的灵魂。谭金生眨巴着眼小声争辩说。

那次，逼着谭金生收回了三万元。但是谭金生也动了脑子，他多次把利用采购物资虚开发票冲出的现金又绕着弯送到万世昌老母亲手里。当然，万世昌周末回去老母亲总会唠叨一番。

谭金生又到大妈家里对大妈说，大妈，我刚出差回来，过来看看你。大妈总是习惯摘下老花镜看着金生说，金生啊出差顺利吗？

谭金生说，顺利。我给您又捎点钱来您拿好。大妈看着那一沓沓人民币感慨地说，金生啊又出钱啦，你局里能印这么多钱我这辈子也花不完了，苦日子熬到头了。老母亲只有万世昌一根独苗，母亲泪一把汗一把，把万世昌拉扯成人，只是盼着过上好日子。

谭金生每次送去钱，世昌娘都认为是弈城水利局自己单位印制的，她的世界很小很小。万世昌每天回家，看到儿子女儿天真的笑靥，他感到了家的温馨。而母亲朴素的唠叨声和那一沓沓沉甸甸的人民币，又使他痛苦、挣扎，直至麻木。

铁荣三思考片刻后说，在我们老家有一种大黄蜂，捕食时把毒液注射进昆虫体内。开始时被捕食昆虫奋力反抗痛苦挣扎，但当毒液注射到一定剂量时，昆虫就会麻木到毫无知觉，然后成为大黄蜂的盘中餐。

万世昌摇摇头说道，不可能，谭金生不可能。谭金生想害我，我不信。

今天先谈到这里，希望你一定争取好态度，争取从轻处理。

万世昌心里也在想，人在特定环境里都会改变自己。难道谭金生变成了奸诈阴险、处心积虑的小人？

二十

检察院举报控申科进驻大青山乡落实人民来信后万世昌也没当回事，他认为检察院跟自己不沾边，工作上也没多大联系。但是铁山被刑事拘留后自己有一些担心，担心反贪局会查到自己头上，就把谭金生叫到自己办公室商量对策。

万世昌心事重重地说，金生，你我兄弟多年，你看现在反贪局查案子风头正紧，我把钱准备好了你设法还回去。万世昌已经意识到自己问题严重想

收手。

谭金生眨巴着两颗死驴眼说，不用，那是我的事与你无关。那种风萧萧兮易水寒，壮士一去不复返的气势，像是马上要奔赴沙场，流血五步，尸横山野。谭金生觉得自己就是一名壮士，轻生死重大义，生死从容。

万世昌还是不放心问道，你有几分把握？没把握的事别硬撑。谭金生说，大不了一死，我全顶着。

万世昌说，好，有你如此生死弟兄我这一辈子不虚此行了。谭金生说，为了哥我死也值了，以后请你照顾好我家属和孩子。谭金生对法律无知无畏，不仅伤害了自己也断送了万世昌一生。

医院特护室里，主刀医生扬起明晃晃的手术刀，快速向谭金生脖颈上扎去。谭金生惊恐地睁大了眼睛说，别割。左手挡住医生手臂急忙坐起来说，我没病，我能有什么病，是你们自己有病吧。

铁荣三笑着说，给他拔下吊针，立即出院。两名法警扶起谭金生走出特护病房。

谭金生又回到自己装魔发疯的地方，他不再紧闭眼睛，不再紧咬牙关，眼神中有些无奈，也有一丝阴冷的余光。

老李走过来问道，谭金生，我们继续谈你和万世昌私分贪污公款的问题？你考虑好了吗？谈话又回到了开始。谭金生说，这事都是我自己做的，没有和万世昌私分，与万世昌没关系。这次谭金生来了个三百六十度大转弯，非常痛快，用半天时间谈清了自己六年来十七次虚开购进物资发票，贪污公款五十八万元全部过程，但是赃款去向还没有谈。

钱在哪里？铁荣三进一步追问道。谭金生不阴不阳地回答说，平时自己花了，我自己花了还不行吗？

谭金生，你不想和司法机关说真话，这些钱你花得完吗？个人花了也要谈清楚，你能谈清楚吗？老李怀疑谭金生说了假话。其实，铁荣三压根就没相信他那鬼话。

谭金生认真回答说，有一部分被小偷偷去了，是四十二万元现金。

老李接着问道，向公安局报案了吗？

没有。这种偷偷摸摸的事谁敢报案。谭金生回答的有模有样。老李继续追问说，你有什么证据证明钱让小偷偷去了？

谭金生的谎话，在案件事实认定上似乎可以说的过去。铁荣三知道他在说胡话，一再紧紧追问赃款去向。谭金生紧闭了嘴，死口了。

会议室里，查案组针对谭金生谈话情况进行分析讨论。

老李分析说，谭金生没有实事求是谈问题，他想把责任全部揽在自己身上丢卒保车，保出万世昌。

铁荣三也有同感说道，对。四十二万元赃款去向他没如实谈，这个数字含义深刻。是故意隐瞒还是为以后庭审翻案打基础？看来谭金生用心良苦。

分析认为，谭金生并不像万世昌认为的那样倔强直爽，看来花花肠子不少。经商十年人会扭曲，谭金生七年商品经济经历，看来自己正在扭曲着。

老李说，关键是下一步怎么办？不能让他牵着鼻子走，我们应该变被动为主动。

铁荣三想了想说，现在我们可以因势利导，趁谭金生正在自鸣得意，我们把大青山水利项目账证调来，让他把七年来经手虚开发票单据全部找出来，适时揭穿，看他再怎么表演。

查案组调来弈城大青山水利工程六年的账本凭证，让谭金生寻找出自己经手虚开的发票单据。谭金生很配合，拿过凭证一页一页地翻找着，深夜两点找到最后一张虚开发票，谭金生如释重负。

吃了两碗大碗面后躺在床上，不一会儿打起了呼噜。

二十一

看守所提审室里。审讯已到最后阶段，必须一气呵成，不能停止，不能休息，稍有不慎案子就会夹生。反贪局警车车厢里常备有大碗面，与万世昌一块吃大碗面时，他的眼泪吧嗒吧嗒掉进碗里，这次没有哭出声来。饭后万世昌心情轻松了许多，交代了另两块资金保管使用情况。几年下来施工处长、财务科长也多次给他钱，次数和数额具体想不清，两块大约十多万元。

铁荣三看上去有一些疲劳仍紧追不舍道，继续交代？

万世昌两次抬头看看铁荣三，努力想了很长时间，眼神中疑惑的目光表明，不是情绪对立是真想不清了，大脑又断了片儿。

铁荣三再一次问道，你还收过他人钱物吗？

我还真是忘了。收过，收过。万世昌开始怀疑自己。

吴远整理好讯问笔录后万世昌自言自语说，没想到谭金生还……万世昌没有说完，但话意已经表达清楚。

万世昌认为任何人可以出卖他，谭金生不可以。想起自己为谭金生一家人的担当，自己为谭金生一家的付出，心里也是愤愤不平说道，真不知道从什么时候开始，人心都让狗吃了。

万世昌苦苦地思索着答案。他想不通一个生死相依的兄弟，一个自己倾力帮助过的人，怎么会背叛自己出卖自己，在自己背后戳刀子？人是会变的。谭金生变了，变成人前一面人后一面的小人。

铁荣三知道万世昌在想什么便说道，事情发展到今天为什么不从自己思想上去找一找根源？为什么不从自身上找找原因？你认为是谭金生出卖了你吗？真正出卖你的是你自己的灵魂。

二十二

查案组和谭金生谈话正面出击受阻，便想做通谭金生家属思想工作，另外看看能否扩大线索。铁荣三和老李去大清河谭金生家里找他家属了解情况。

谭金生家属一个人在家里，看到这么多人走进院子，表情上有一些慌乱。几天没有谭金生消息，自己也是吃不下饭睡不好觉。

领导都来啦，快屋里坐坐。谭金生家属忙着倒水。老李说，别忙活倒水。我们是弈城人民检察院的工作人员，有些事要找你了解，你要实事求是地谈清楚。

谭金生家属知道老李所指与谭金生有关急忙问，老谭现在怎么样了？老李说，谭金生在检察院，正在配合我们调查工作。

谭金生家属又问道，听说万局长进监狱了？铁荣三说，万世昌已被刑事拘留。刑事拘留仅是一种强制措施，不是最后处理结果。

老李马上切入正题说，我们今天来就是想请你去做做谭金生的思想工作，让谭金生争取好态度，能够从轻处理。

铁荣三也说，现在看来谭金生和检察院配合还不错。哦对了，谭金生平时拿回家的钱都放在哪里？看到谭金生家属在犹豫。老李说道，谭金生说总共拿回八十五万元由你保管着，按法律规定这些钱是赃款，你窝藏赃款是要坐牢的，现在配合我们工作主动交出来，法律规定可以不予追究责任。

谭金生家属忙说，没有那么多，老谭是不是糊涂了。铁荣三说，谭金生不糊涂，他现在还在检察院控申科接受谈话，他把钱交给你的过程都谈得清清楚楚。这些钱都是国家的，按法律规定必须追回上缴国库。

刘剑锋插话说道，你快把钱拿出来吧。检察院有搜查证，自己拿出来就不用搜查，也是为了给老谭争取从轻处理创造条件。

谭金生家属回忆说，这些年谭金生一共就拿回家十六万元，别的我不知道。说完走进里屋从柜子底下拿出了十一张银行存单说，都在这里一分也没花，我就知道这些钱来得不地道早晚会出事。

铁荣三问道，就这些吗？谭金生家属说，就这些。我问过老谭钱是哪里弄的。他还嫌我说娘们家多管闲事。停了一会又说，我得去问问老谭，其余的钱到底是怎么回事？他弄哪去了？

铁荣三又问，你家里被盗过吗？有没有丢失过现金或其他贵重物品？谭金生家属回答说，没有，我们家从来没发生过这种事。周围这几家都从来没发生过被盗事件。谭金生家属又问铁荣三，我能见见老谭吗？

铁荣三说，可以。最好劝劝老谭，一定要争取好态度，争取从轻处理。

二十三

谭金生一觉醒来已是第二天中午，妻子正坐在床边擦眼抹泪，看到谭金生睁开眼睛忙说，金生你不要紧吧？这些年你拿回家一共是十六万元，我都交给检察院领导了，没这些钱咱们照样过日子。

谭金生一听知道一切都完了，顿时火冒三丈。他从排椅上猛地站起来，一把抓住家属头发，一只手掐住家属脖子，嘴里不住地污骂说，你这个婊子养的，你这个不要脸的，我让你和万世昌有一腿，我让你和万世昌穿一条连裆裤子。

办公室里几个人猝不及防，连忙掰开掐住脖子的手。谭金生另一只手死死地拽住家属头发，顺势一口咬住家属小臂。撕扯中把他家属手腕咬下一块肉，另一只手拽下了一缕头发。

谭金生，你……谭金生家属掩面痛哭而去。

谭金生将头发狠狠地甩在地上，又把口中那团模糊的血肉奋力啐向空中，张开滴着血的大口狂笑不止。在场的人没想到谭金生会狂性大发，夫妻相残。谭金生也没想到自己精心布好的局，被这个臭娘们搅和了。他忍无可忍，那种原始野性彻底爆发了。

十六万元信息，以这种方式传递给了谭金生，真实地让谭金生咬牙切齿，让谭金生无法接受。

铁荣三怒不可遏指着谭金生骂道，谭金生你还是共产党员吗？你还有党性原则吗？你那思想觉悟还不如一个普通家属，不如一个普通老百姓。

谭金生全然不顾铁荣三的严厉批评，嘴里不住地污骂着他老婆。骂声成了谭金生宣泄的唱词，抒情的手段。

闭嘴。老李也看不下去了。看到谭金生还没有从刚才的亢奋中走出来，便走过去指着谭金生鼻子怒斥道，你家属偷偷地为你流过多少眼泪你知道吗？你要是还有良心就别做这种伤天害理的事。

我要杀了她，我杀了她，我今天回去就磨磨刀子剁了她。谭金生声嘶力竭地宣泄着，他觉得自己就这样调查组也没办法。

吴远搀扶着谭金生家属来到医务室坐在排椅上，血从伤口上不停地流出来。她的心在流血在抽泣，浑身不住地颤抖着。那一刻的寒冷让她感到眼前一阵阵发黑，她感到了绝望。

吴远焦急地喊，医生快给处理一下伤口。医生走过来仔细检查伤口问道，这是怎么的？是不是被狗咬的？

谭金生家属没好气地说，就是被狗咬的。医生指着伤口又说，伤口开始发炎需要住院注射狂犬疫苗，打几天吊瓶。

吴远怕消息扩散出去影响不好，就接过话题说道，不是被狗咬的，就是普通伤口，还有头上也有伤。那医生好像明白了什么事认真地说道，噢，看来是君子之争，君子动口不动手，不过也会留下一块伤疤。

吴远苦笑着看了看谭金生家属。谭金生家属还处在刚才那场噩梦之中。

医生检查完头皮上伤说，很危险，这个部位的伤很容易感染，差点造成头皮撕裂，我给处理一下最好住几天院打打吊瓶。

谭金生家属不愿意住院对医生说，给开点药拿回家吃，死不了。医生熟练地处理完伤口，吴远长长地舒了口气。

坐到车里，谭金生家属看着窗外流动的人群伤感地说，人为什么变成了野兽？人为什么变成了野兽？

她像是问自己也好像是问吴远。

二十四

检察院作出立案决定，谭金生被传唤到反贪局讯问室。宣布刑事拘留戴上手铐后谭金生情绪稳定了许多。讯问室空间狭小，他感到情绪压抑，更可怕的是铁荣三的讯问像手铐一样牢牢地锁定了他每一根神经。

铁荣三问道，谭金生这个世界不会因你的狂躁而喧嚣，大青山水利系统窝案案犯将全部落入法网，你不是第一个也不是最后一个，谈不清问题党和人民不允许，中国法律不允许，何去何从你自己考虑吧。

谭金生的眼神表明，他在思索，他在选择。

铁荣三继续说道，有一只螳螂在路旁，看到一辆战车从对面驶来，螳螂认为战车损害了自己利益，挥舞起利爪想挡住前行的战车。战车驶过后，螳螂被碾成肉泥。你在挑战中国法律的底线，你的行为无异于螳臂当车。一个人很渺小，渺小到就像一只螳螂。

谭金生不再歇斯底里地对抗，他目光呆滞，痛苦和失望占据了他整个身心。他原认为自己胡搅蛮缠一阵子，反贪局问不出什么结果也就把自己关几天算了，自己解脱了万世昌也就解脱了。没想到这些人咬劲比自己狠，狠得让自己心里发冷发昏，看来这一关是过不去了。

铁荣三也担心谭金生再次出现反复，贻误战机。他想抓住谭金生现在的思想状态，加强攻势，促其快供。于是连珠炮似的发问说，另外告诉你，如果你脑子有问题，我们可以请弈城医院最好的颅脑专家为你做开颅手术。

政府，别再提这事了。谭金生哭笑不得，但毕竟还是笑了，心结开始慢慢打开，叹了口气后说道，我和万世昌从小一块长大，一块上学就和亲兄弟一样，万世昌聪明我没文化。那年俺两口子下岗后吃不上饭，多亏了他帮助。后来我们两口子进了物资库，由下岗职工转上事业编制捧上了金饭碗。万大哥没和我们说什么，但我心里明白这一切都是他操持的。他对我们家有再造之恩，我这一辈子当牛做马也报答不了。人都是讲良心的，我要是说出他来我就是灭了良心，八辈子不得好死。

你和万世昌以前是好兄弟现在仍然是，你们之间淳朴的兄弟之情值得珍惜，但是国家法律与兄弟之情是两个概念。万世昌也希望你积极配合司法机关工作，尽快谈清问题，争取好态度，争取从轻处理。你好好考虑考虑。

铁荣三拿出一沓稿纸低头看着，谭金生伸长了脖子斜着眼看到有自我检查四个字。随着铁荣三不断翻动纸张，谭金生又看到了万世昌的签名三个字。铁荣三刚看完刘剑锋就说道，万世昌自己写出了检查，他敢作敢当和你那素质就是不一样。

谭金生看到这里，低头不语。万世昌这三个签字，笔迹他很熟悉。这三个龙飞凤舞的签字曾经给他带来精神上多少喜悦和满足，但现在一看，心一下子凉到脚后跟。他知道一切都结束了，一切都是一个未知的开始。

谭金生开始交代，而他的交代让人感到不可思议。

前几次虚开发票冲出现金都是如数给万世昌，自己一分都没留。后来虚开数额越来越大，我自己留下少部分大头还是给了万世昌，十七次虚开总额是五十八万元，我自己只留下十六万元。我当牛做马只是为了报恩，报答万世昌对我们家的再造之恩。

老李问道，你在举报控申室里大骂你家属和万世昌有生活作风问题，有没有这事？谭金生矢口否认道，没有，没有，当时我是气糊涂了，也是想提醒家属保护万大哥，万世昌是什么人啊。谭金生佩服地竖起大拇指。

开始的时候，你为什么说这些钱都是你自己贪污了？你也是想丢卒保车保出万世昌？谭金生说，这事全因我而起，都是我活作。我求求反贪局放了万大哥吧，所有罪过我一人承担。一枪打个眼也行，用刀砍了我的头也行。

铁荣三感慨地说，桃生露井上，李树生桃旁；虫来啮陶根，李树代桃僵；树木身相代，兄弟还相忘？你不识李代桃僵却有李代桃僵之义，可惜兄弟大义替代不了法律。

交代了七年来与万世昌的经济纠葛，谭金生面部的阴冷，内心的暴戾已荡然无存，只是静静地想着什么，像一个秋后被霜打过的茄子。

铁荣三这时彻底认识了谭金生，他不是一头倔驴，在他倔强性格背后还有一颗质朴善良的心。便问道，谭金生你在想什么？谭金生长叹一声说，我在想啊，在想下辈子我别做人了，我要托生一条狗给万大哥看家护院，也不会像现在这样。你说我能做条好狗吗？谭金生认真地问道。

铁荣三心里有一种沉甸甸的感觉，其他人想笑却都笑不出来。

法制日报专题报道过《金生报恩毁了世昌人生》的法制故事，那篇故事沉甸甸的分量，让所有读者都感到了生命的悲哀。

二十五

一场没有硝烟的阻击战和大青山绿色家园第一期扶贫水利工程同步结束了。

结案三个月后，上级水利部门又划拨给弈城水利资金一期工程款一千万元。弈城政府领导非常高兴，表彰反贪局查办一个窝案带来经济效益千万。但千万元数字背后还会隐藏着怎样的玄机呢？

一九九六年冬天，弈城水利局十六名干部涉案入狱，值得深思的是贪污数额和量刑幅度都与行政级别成正比。这是一种自然现象还是一种深奥哲学，很多人都在思索着，很多人也没当回事。

铁山被判处有期徒刑两年缓期执行三年。回到大青山乡水利站做临时工，他需要经受三年劳动改造，找回从前的自己回到从前的起点。谭金生被判处有期徒刑十二年，刑满释放后又一次失掉工作，回到了他原来的生活状态。万世昌犯贪污罪、受贿罪，犯罪数额总计五十九万元，数罪并罚被判处无期徒刑。

又是一个春天，大青山树木葱茏，青翠欲滴。吴远带领查案组到大青山乡办事，在乡镇大院门口碰到铁山，铁山说有事向检察官请求援助。

铁山对吴远说，世昌老母病危估计也就三两天的事了。几次提出要看看万世昌，能让万世昌回来趟吗？大娘这一辈子不容易就老万一根独苗。吴远说，这方面是国家监管机关负责不是我们负责，我可以帮你了解一下。

铁山又说，局里开会研究过，就是不知道程序上怎么办理？吴远说，因特殊原因办理离场手续，家属提出申请单位出具证明材料，组织上再出出面，应该可以。生死大事人之常情，可以理解。万世昌服刑已经十几年了吧？

铁山说，今年正好十六年。老万在劳改场听说多次立功获得减刑，好像再过一段时间就出来了。吴远感慨道，万世昌能熬过来，真不容易。但愿十六年改造没有白费。

局里一些老干部去看过他，据说他谁也不认识了，头发全掉光了。他变了，人变得很迟钝，像木头人一样一点表情都没有。

弈城水利局到市监管大队为万世昌办理离场探亲手续，老母亲的愿望没能实现，去世时两行老泪挂在腮边，眼睛圆睁着没有合上。她在遥望着远方，挂牵着服刑的儿子。

二十六

狱警带着万世昌赶到青山村时，万世昌母亲已经入土下葬了。望着新坟万世昌木然地呆了半晌没掉一滴眼泪。狱警催促他返回监管大队时万世昌才大叫一声扑到母亲坟前，用戴着手铐的双手拼命地挖着新坟，顷刻之间十根手指血肉模糊。

随同人员赶来制止把他拉到警车里说，万世昌你不能这样。

万世昌执拗地说，我听到娘在叫我，我听到娘喊我的名字，不信你们仔细听听。整个场面一阵混乱。

万世昌被带上车后还在不停地回头张望，他说看到自己老娘了。

万世昌回到监管大队里情绪安定了许多，他盼望着每一次家属探望给他带来的消息，还有那半个小时的温馨问候。

回家的路遥远而亲近，万世昌在梦里无数次又回到弈城水利局办公大院，回到了天真无邪的童年，回到了久别而又亲切的故乡。

几个月后，万世昌佝偻着腰背，托着光头大脑袋走进探视室，看到妻子儿女热情的笑容，心里感到有一种欣慰一种亏欠。

妻子把五岁的小孙子推到前面说，世昌这是我们的孙子万万。又低下头哄着孙子说，万万，快叫爷爷。

万万挣脱着奶奶的手委屈地喊着，不，不，他不是我爷爷。

傻孩子，他是你亲爷爷，是亲爷爷。奶奶弯下腰劝说道。

不，托儿所的小朋友都说他是坏人，是坏人，是贪污犯。小万万喊着拼命挣脱了奶奶的手躲到奶奶身后，回过头来眨巴着眼睛打量这位叫亲爷爷的人，眼神陌生而惊恐。

看到小孙子的眼神，万世昌痛苦地笑着无力地摇摇头。妻子连忙安慰说，小孩话别当真，家里我都安排好了，大后天我们来接你回家。

万世昌招招手转身耷拉着脑袋回到劳改场，扯下了头上最后三根白发，小心放进装满黑灰白发丝的食品袋里。十几年里他拔光了头发，摧残自己的灵魂。十几年里他用一根根发丝计算着回家的日子，丈量着回家的里程。

今天离回家的路程只有三天了。

曙光照亮劳改场所每一个角落的时候，万世昌放弃了回归的日子，在厕所里上吊自杀了。他还是没有解开自己的心结，没能走完自己心里的路程。

万世昌死后铁山喊谭金生去帮忙，谭金生正在家里一个人喝闷酒摇摇头没去。铁山走后谭金生喝醉了扯开嗓子像驴叫似的唱道，栽什么树苗结什么果，撒什么种子开什么花。唱完后又喝喝完了又唱，直喝得烂醉如泥，昏睡了一天一夜。

人死为大，入土为安，死对于草木之人来说就是一刀永远揭过去的纸。

大青山脚下，静立着一座没有墓碑的新坟，在世纪沧桑黑白交替岁月中，吃力地倾听着苍天与大地之间那些无法诠释的对白。

肉体化为腐朽深埋进故乡的泥土，灵魂是否安然地回归了家园？

第五章

围魏救赵智取外围
顺水推舟罪犯落网

一

这是一九九六年高考前发生的事情。一九九六年五月，省招生办加大了中学生素质教育硬件成分，要求所有高考报名考生必须具有体育达标证书。地处市区边沿的弈城中学有二十二个班级两千多名学生参加今年的高考，学生大部分来自农村，学校只注重文化课学习，体育课形同虚设，每个班级中体育达标学生寥寥无几。

怎么应对高考报名？学校组织高三学生体育过关考试时，所有考生顺利拿到体育达标证书。没想到高考结束不久，一则中学校长组织高考作弊信息上了国家内参，各大媒体纷纷聚焦弈城。

二

弈城政府立即成立专案工作组负责先期调查，一个星期后有了结果：无法查清。原因是当时监考教师都调去参加高考阅卷，学生高考结束后各自回家等候高考消息，高三教师和学校工勤人员都去了南方旅游学习。

弈城有关部门听完调查情况汇报，都觉得不可思议。大家都明白学校早有安排，但任凭事态发展下去，媒体会越炒越凶。

弈城政府调查组请来弈城人民检察院检察长征求检察院意见，想让反贪局进攻核心。不管用什么方法，一定要尽快查清事实，严肃处理，坚决阻止这场舆论炒作。

检察长问道，纪律方面问题让反贪局上不合适，反贪局只能查经济犯罪方面，其他问题还是由县里调查吧。

调查组的人说，也有经济犯罪方面的举报信，我安排信访室马上给反贪局转过去。

三

赵局长办公室，地面刚洒过水，显得格外清新，办公桌上的吊兰绿意盎然，生机勃发。

赵局长拨通办案组电话说，都过来。赵局长一脸阴云预示着山雨欲来迹象，刘剑锋和肖政都从赵局长脸上感觉到了要发生严重事情。

赵局长说，刚才县里召开紧急会议，通报我县弈城中学高考期间弄虚作假问题，新华社、央视等十几家媒体记者进驻我县对此展开采访调查，形势非常严峻，稍有不慎，后果不堪设想。我们现在就是要配合县里工作重心，查清有关报考事件的经济犯罪问题，尽快处理。县里转来几封举报信，牵扯到弈城中学有关经济犯罪方面问题。

赵局长强调办案纪律，同时又附加了一条，任何人不准私自接受有关媒体采访。

四

赵局长对大家说，大家都看看这封举报信，检察长让马上初查。

反映具体问题是弈城中学华美印务公司经理夏海，在经营印刷厂期间向他人行贿一百多万元请领导查处，落款时间都是一九九六年夏天。

赵局长看到大家看完举报信就说，大家都谈谈个人看法。这种举报信很多，县里要求落实情况。现在举报线索匮乏，能不能借此深挖犯罪立查一批案件。

肖政说，举报内容太笼统，我看也就是隔皮猜瓜。只举报行贿人，受贿人是谁？一般行贿人都是被动行贿，按刑法规定可以不予追究。现在这举报信，吹毛求疵不着边际，可查性不强。一百多万元在咱们弈城可是个天文数字，一百多万元送给了谁？谁有那么大胆子接受。再说一个学校印

刷厂业务量有多大？

刘剑锋也分析说，以前这种举报信一般不查，有问题那得看案值多大，别查来查去净做无用功，浪费时间。如果直接调查学校印刷厂，那就等于我们把矛头直接指向弈城中学校级领导。弈城中学属于省直属部门，反贪局在行政规格上与弈城中学还差几级。如果是牵扯到校级领导，还需上级反贪机关办理手续，否则就是越权办案。

犯罪问题，属地管辖。大家都看了举报内容，我想学校印刷厂行贿对象不仅仅会只牵扯到一个弈城中学。交办手续的事，我们再向市院反贪局汇报。赵局长接着说，这几年国家对教育系统基本建设投入很大，教育系统基建工程方面发案比较频繁，而这几封举报信，只举报印刷业务方面有问题。我们初查时要放开视野，注意向弈城中学基建工程方面延伸。

吴远说，弈城中学印刷厂现改名华美印刷公司，是弈城中学下属企业，除承担弈城中学教务印刷外，还对外营业，自负盈亏。现任经理叫夏海。这个印刷厂每轮承包都有一场拼争，都会在弈城引起轩然大波，人人都想分一杯羹，但僧多粥少。现在商战非常残酷，你死我活的。

铁荣三慢慢说道，这种情况不存在初查，直接研究一个方案，直接找夏海询问打攻坚战。如果目标明确生割都可以，只要我们灵活运用好侦查策略和审讯艺术，所有问题都会揭露出来。我们抓紧研究一下询问方案。另外，请示市局办理交办函。

刘剑锋平时总爱琢磨一些战术之类的把戏，他说围点打援最有效，直接刑事拘传夏海，让他谈出受贿人，夏海要是拒不配合就让他尝尝无产阶级专政的铁拳。刘剑锋边说便举起了紧握的拳头。

肖政反驳说，还不如声东击西。你拘传了夏海谁敢到反贪局来捞人？受贿人会自动浮出水面吗？举报信本身就存在很大疑问，举报内容很模糊，举报目的也不明确。行贿到底行给了谁？我觉得举报人在踢足球，他们把一个谜团踢给了我们。

制定好询问方案，争取让受贿人自动走出来。铁荣三左眉边那颗黑痣显得特别亮，把自己初步设想和盘托出。我们不妨把夏海传来，摁住一头让他自己鼓，鼓出疙瘩算疙瘩，鼓出脓来算疖疮，顺便察看弈城中学内部及其他方面的动静，上钩者皆为钓饵而来。

吴远一听笑着说，把你们老师钓来了怎么办？这五人中吴远是省城重点大学毕业生，硬件最棒。刘剑锋是武警部队转业。赵局长、铁荣三和肖政都在弈城中学高中毕业，弈城中学是他们的母校。

肖政回之一笑，如果牵扯到我老师，我一定帮助他。听到这里铁荣三看了看赵局长，赵局长那双眼睛明亮而深沉。

经过办案组进一步深加工，确定两套初查方案。检察长批准后，着手分步实施。

这些年，弈城中学为弈城党政机关培养了大批基层领导干部，他们与弈城中学那份感情，与弈城中学错综复杂的社会关系，用语言是无法表达清楚的。

五

检察长办公室里，赵局长和铁荣三站在办公桌前，检察长正在审视着反贪局刚刚拟定的初查方案。

初查方案分为两部分，一部分针对行贿人，另一部分针对犯罪嫌疑人，分步实施，相辅相成。关键是行贿人，突破口，受贿人三点一线，拨开重重迷雾，要找出那份真实的答案。

检察长看完初查方案后说，初查计划前半部分还可以。弈城中学是弈城文化发祥地，高墙大院一片净土，多少年来这个贫困地区里数以万计学子从这里走出山区。尽管举报信内容牵扯到弈城学校，初查方案谨慎些是好的。一方面要维护校园内正常教学管理秩序；另一方面还必须揪出罪犯，深挖犯罪，维护法律尊严；初查计划后半部分我看过于保守，应该针对犯罪嫌疑人，来一场短兵相接刺刀见红肉搏战。按你们的作战方案气势是有，但凶险异常。对犯罪分子绝不能心慈手软，否则我们会犯大错误。

检察长审视完反贪局报送的初查计划，沉思片刻又问道，说说你们的看法。

这几天又有几起校园腐败案被曝光，涉及学校基建、财务等方面存在经济问题。看来学校已经不是昔日象牙塔，高墙大院内腐败现象正在滋生蔓延，必须坚决遏制这股腐败之风，还校园一片明朗天空。

赵局长还没说完检察长严肃说道，学校出现腐败问题，国家损失的不是几个学校领导干部或损失几个钱的问题，这类案件社会影响力远远超出我们的想象，直接影响下一代甚至是几代人。一定要查，不管是什么人都要坚决查办。检察长喝口水接着说，弈城中学这几年发展很快，学校校长身兼教育家、企业法人、行政领导等多重身份，隶属上不受地方领导，权力缺乏监督制约。

铁荣三说，国家教育管理制度初衷是好的，办学不受地方行政干预，能够放开手脚集中精力。但是，峰高谷深，得失并存，腐败现象在所难免。任何工作都是一样，我们不要怕出问题，关键是出了问题发现漏洞怎么面对？怎么解决？逃避永远解决不了问题，逃避只能任凭其自生自灭，腐败烂掉。

赵局长和铁荣三互相看了一眼。赵局长说，检察长您看看初查方案还有哪些方面需要进一步完善？

初查方案没问题，关键是我们办案人员不要出问题，特别是你们中层干部思想要过硬不能动摇，这口气只能聚不能散，一鼓作气再而衰三而竭。检察长仔细审视着对面两个人又说，我知道你们都是弈城中学优秀学生干部出身，查你们母校心里不好受是吧，但还必须查，坚决一查到底。我早把丑话说在前头，谁出了问题谁负责。

赵局长和铁荣三那点心事被检察长一语道破。他们能不担心吗，昔日同窗好友现在是弈城中学知名教师，昔日老师就是现任弈城中学校长，一日为师终身为父，要真牵扯到自己老师还真难以面对。

另外，再交给你们一项信息调研任务。弈城中学副校长王清多次在弈城领导干部读书会上作反腐倡廉专题讲座。看过他的廉洁自律事迹报告，特别是他写的反腐败日记，入木三分，荡气回肠。案件结束后，最好是结合案子写一份有分量的廉政典型材料报道出去。这些年我们的正面报道太少，宣传报道缺少正能量。

好，知道了。副校长王清正是赵局长和铁荣三中学时政治课老师，王校长现在走到弈城中学领导岗位上，掌管中学后勤工作，还是坚持正常授课，让人佩服。

六

两个人来到赵局长办公室，铁荣三一屁股坐在墙边那张联邦椅上，长叹了一口气。

赵局长正在倒水，听到身后动静，知道铁荣三有情绪。就说道，别老是垂头丧气的，上案子必须打起精神来还用说吗。检察长刚才不是说过，一鼓作气再而衰三而竭吗，还没上阵没接上火，斗志就开始衰了。

感觉不好很悲哀，铁荣三双手抱着胳膊说道。他们俩中学时候一个是班长一个是学习委员，又经过这些年磨合，两人平时有一种默契，有时一个手势一个动作不用语言都知道对方在想什么，下一步要做什么，应该怎么做。铁荣三又慢慢说道，前几天我听说一名反贪局长在日记里写道，办完一个案子感觉就像吃了屎一样，不会是你写的吧？

胡扯，我能那么低俗吗？赵局长立刻反驳说道，要写日记我会用诗的形式表达，用理性思维去写。我写出日记会让人感受到阳光，体会到人间正气，享受到社会正能量，绝不去胡扯。

铁荣三还在那想着日记事件，回味一会儿说，低俗是低俗了些，但很实在。有时还就是那种感觉，吐不出来咽不下去的。

看见了吧，将来媒体反腐将是反腐倡廉工作的一个重要手段和途径，人民群众的监督将使腐败分子无处藏身。

现在反腐败格局主要是纪委领导下，社会各级参与，高调低唱。千里之堤溃于蚁穴，不早做打算，腐败行为早晚会成为洪水猛兽泛滥成灾。铁荣三有时在赵局长面前也发发牢骚。

现在就是应该调动媒体等手段，调动全社会力量，围剿腐败行为，让权力在阳光下运行，让腐败行为无处遁形。

最好像我国香港那样成立一个廉政公署隶属中央管辖，把纪委检查室、反贪局、公安经侦组合成一个反腐倡廉机构，攥紧拳头形成合力，来一次重量级廉政风暴。

再来一个八年抗战？

不用，三年足矣。国民党八百万雄兵，共产党只用三年时间将其灰飞烟灭。现在要是真刀真枪地干，清除腐败我看不用三年。

三年后，便会有一个清平世界，朗朗乾坤。好，居陋室而怀天下。

个别人是既想做高官又想捞好处，再这样下去会毁掉一大批人。铁荣三看不惯现实中的阴暗面，内心经常纠结在现实矛盾里，但他还必须立足现实。

算了吧，理想主义者又要触底反弹了。关键是我们怎么从现实做起，从眼下案子做起，说吧你担心什么？赵局长也担心，但他不会把这种心情在下属人员面前流露，那样显得没水平。

我担心李老师，他在弈城中学校长位置上任职可是好几年了。铁荣三说着话同时抬眼看了看局长，两个人心里同时一沉。

赵局长想了想说，李老师那么阳光，那么正气，这样的人要是腐败了，那简直就是天方夜谭。赵局长这话意不知是安慰自己还是安慰铁荣三。

铁荣三想起李老师那张眉头皱紧而又和蔼的脸庞。

七

华美印刷公司在弈城中学内独家小院，院内几棵高大的芙蓉树已经花枝招展，那一朵朵粉红色的芙蓉花绽放出高贵与浪漫的色彩。一辆黑色奔驰轿车静卧在树荫下。印刷公司经理夏海正望着办公桌上一盆紫罗兰呆呆地出神。

一九八五年七月，夏海从弈城中学毕业考入高等师范学院深造，后从事教育教学工作。因忍受不了教学工作岗位那份寂寞和冷清，一九八六年辞职下海经商，后承包弈城中学印刷厂，改名为弈城中学华美印务公司自任经理。现在业务越做越大。

一阵急促的电话铃声，打断了夏经理的遐思。他看了一眼显示器发现来电号码不熟悉，但他还是顺势拿起了话筒问道，喂，哪位？

你是夏经理吗？

我是。请问您是？

我是弈城检察院办公室的我姓王。是这样，我院最近急需印刷一批稿纸，样式都设计好了。你那里忙吗？

夏经理一听把话筒放到左耳边忙说，是王主任吧，我们这里最近是很忙，但贵单位有任务好说，我们会想办法解决。平常拉都拉不到的业务，这回主动送上门来夏经理很感兴趣。

你抽时间抓紧来一趟我和你详细谈一下，我现在在检察院办公室。夏经理来不及多想急忙说，我这就去找你。

夏经理来到公司院里，迅速发动奔驰又把头探出车窗对办公室人员说，我去趟检察院有批业务。奔驰车低吼一声，驶出华美印刷公司沿弈城中学校园路缓行。

弈城检察院办公室里，王主任和夏经理正在交谈印刷业务。法警刘剑锋和吴远推门进来问，你是夏海吗？夏经理托了托近视镜看着推门进来的两个人说，鄙人正是。

正好找你有事，听你公司的人说你在检察院，巧了，跟我们走吧。刘剑锋直截了当对夏海说道。夏海疑惑地问道，到哪里去？

我们是弈城检察院反贪局的工作人员，麻烦你到我们办案工作区去，领导找你了解有关情况，请你配合。吴远对夏海说道。夏经理回头望着王主任求援似的说，这，这。

王主任连忙对刘剑锋说，我们的业务还没谈完呢。刘剑锋偷偷向王主任挤了挤眼睛说，抱歉，过后再谈业务吧，放心耽误不了你们的业务。

询问室里，夏海不知反贪局找自己了解什么，坐在椅子上静静等候。那副深度近视眼镜片后面是谦卑温和的目光，偶尔也有一种犀利目光折射出夏海的内心矛盾和困惑。十几年商海沉浮，没有完全改变夏海。他脸上看不到半点利欲、膨胀或扭曲。

铁荣三和夏海都是弈城中学同学，夏海头一次坐在反贪局询问室里，尽管知道有老同学在反贪局工作，心里还是有些紧张。

夏经理，最近忙什么？铁荣三推门进来问道。夏海回话道，还不是混口饭吃，哪像你们当官的旱涝保丰收。

简单问候后，询问很快转入正题。

铁荣三对夏海说，最近有几封人民来信反映你在经营华美印刷公司过程中多次向他人行贿。今天把你请来，希望你实事求是地谈清问题，我可不愿意看着老同学戴上手铐被押进看守所。

面对铁荣三的询问，夏海始终是摇头不作正面回答。他扶扶眼镜说，这真是天上掉下的恶作剧，肯定是有人污蔑我，陷害我。哼，肯定牵扯印刷厂第二轮承包，有人想搞垮我。老同学你得主持正义帮我一把，渡过这个难关。

铁荣三没有再进一步追问，对夏海说你仔细想一想吧。说完匆匆离去好像有什么急事，也算是和老同学打了招呼。

八

夏海在询问室里，看着室内光线暗下来。他知道天要黑了，心情显得有些急躁，坐立不安。

夏海抬头问刘剑锋，你们找我来想了解什么？刘剑锋说道，别在那儿装蒜了。领导都和你说得很清楚了，就是你在经营期间向他人送钱送物那些事，现在已经被人检举揭发了。

夏海沉思道，送钱送物的事？没有，没有，绝对没有的事。

刘剑锋和吴远偶尔追问一些有关送钱送物的事，夏海一一否认。他说自己和老师是纯洁的师生关系，不能用金钱关系来衡量，没有行贿受贿这种说法。

铁荣三来到询问室问道，夏经理想清楚了吗？夏海双手摊放在桌面上，掌心向上坦坦荡荡地说，刚才我跟二位检察官说了，逢年过节有一点烟酒礼品往来，那都是表达我个人心意，没有任何金钱关系，更谈不上贿赂一说。

你在说假话，考虑法律后果了吗？铁荣三平静地说道。后果我当然考虑了。夏海双手坦然地向铁荣三伸过来说，要不你们刑事拘留我，把我押进看守所吧。

王子犯法与庶民同罪，老同学犯法我们会同样拘留。铁荣三说完指着夏海那张谦卑的脸又说，我们相信老师，但我们不相信你。没时间和你磨蹭，你先回去继续考虑问题。这是询问通知书，你明天八点再来接受询问。

夏海深吸一口气又慢慢吐出。走出反贪局办案询问室时，感到天地是那样宽阔，空气是那么清新。他浑身一阵轻松，如释重负。当然，反贪局有两位老同学和校友在，怎么说还能难为着自己。

吴远收拾着桌面上那些办公用具质问铁荣三，就这样让他走了，他要是跑了怎么办？刘剑锋在一边偷偷地笑，不知是笑吴远直爽还是另有含义，笑容里有一丝神秘。

铁荣三说，我们制定初查方案时强调文明办案，人性化办案。夏海这种情况，什么问题也没有他不会跑。现在在询问环节上解决不了他。我们必须依照法律程序办事，必须让他愿意讲主动讲，才能从根本上解决问题。他不想主动讲我们也不能违背法律政策规定。吴远从夏海嘴里知道他和赵局长、铁荣三是高中同学，嘴里没再说什么但心里怀疑。转念一想，赵局长和铁荣三都不是那种人，为什么传人来什么都没讲就放了？

刘剑锋风趣地说，是呀，要是人人都如实坦白交代了，看守所得盖成十八层监狱大楼。吴远赌气说，还不如深凿地面，建成地下十八层地狱。让那些犯罪分子残缺的心都去感受感受，历练历练。

铁荣三听着他二人说完淡淡地笑了。刘剑锋和吴远看到铁荣三那种淡定的笑也没再吱声。

刘剑锋心里在想，道理是这样，鬼知道领导心里藏了什么药？夏海要是跑了或躲了还真是个大麻烦。

九

第二天早上，太阳刚刚露出地平线，阳光透过浑浊的空气层照进林荫小道，道路两边巨大的法桐树冠经过一夜休息精神倍增。弈城人民检察院内红旗迎风飘扬，早晨的阳光给这座四层办公楼镀上了一层亮丽的金色。

铁荣三和吴远谈论着什么话题匆匆向单位走去，远远地看到夏海像躲债一样跑到弈城检察院门口后还回头张望了一会儿。看到铁荣三和吴远走来，夏海立刻迎上去。

吴远也看到了夏海，对铁荣三说，这家伙还真守信用没跑。铁荣三说，他现在没行贿，逃跑什么？

铁荣三微笑着对夏海说，走，到办案工作区里谈。夏海跟着铁荣三和吴远走进一号询问室，一屁股坐在靠墙边座位上，神情沮丧，满脸憔悴，一连打了几个哈欠，像是一夜都没有合眼。

昨夜没有休息好是吧，电话很频繁？铁荣三很关切地问道。

夏海喘口气说，何止频繁？怎么解释他们都不听。手机没电了他们打家里座机，拔掉座机刚合上眼皮他们敲门。老两口跪在我家地板上，从凌晨三点跪到了五点，最后还以死相逼，逼我说实话。老同学昨天我说什么了？说完话夏海像个泄了气的皮球。又自言自语地苦笑道，现在的人啊！

铁荣三故意说道，昨天你说什么了，你什么也没说。又转身对吴远说，也好像什么都说了，对吧。吴远顿时明白了昨天铁荣三那个精心布局，心想原来在案子上要算计到细微之处，无声胜有声。

夏海惊慌失措，语无伦次说道，这，这，你把我送进看守所算了，我也清静清静。从夏海面部表情里铁荣三感到昨晚那下跪之人绝非泛泛之辈。肖政和刘剑锋也来到询问室，仔细听完夏海叙述。刘剑锋脸上一丝笑容一闪而过，而铁荣三面部表情却越来越严肃。

铁荣三慢慢说道，你认为看守所是豪华宾馆，有钱可以随便来去吗？昨天让你回去只是照顾老同学这个面子，你今天如果再不配合我们的工作，就不会有那么幸运了。

夏海眼神迷茫不解地看着铁荣三。铁荣三又慢慢说道，经过狱炼的人总带有鬼魂的影子。你从反贪局工作区走出去就是浑身是嘴也说不清楚，因为谁也不会相信你的鬼话，体会到了吗老同学？你是打算进看守所也不谈对吗？

夏海痛苦地闭上了眼睛，他没想到老同学在算计自己，而自己从反贪局办案区走出去就成了鬼，只能过鬼一样的日子，谁都不相信自己。自己这些年在商海中天天算计，原来反贪局查办案子和自己搞业务经营一样也是精心算计，细致谋划。只不过自己谋算的是钱，反贪局谋算的是人，现在他们谋算的正是自己。

阴在阳之内不在阳之对，越是隐秘行动越能引起人们关注。这年头，检察院反贪局这块牌子会时刻牵动着弈城每一根神经。你在反贪局询问室里时，我们也接到了许多电话。其实，在我们初查计划里你只不过是一个小步骤一枚小棋子。我们办案也不像谣传那样，强光照，电棍戳，老虎凳，辣椒水。我们办案讲究策略，以谋取胜，以计服人，用智慧战胜罪犯。铁荣三缓缓地语气中透出一股不可战胜的气度。夏海迷茫地点头说道，领教了，领教了。我现在成了你的罪犯，你把我打败了我被你战胜了，五体投地，五体投地。

夏海显然是话中有话，铁荣三没去理会他仍继续询问说，你还想着李老师为我们讲围魏救赵那个故事吗？夏海迷惑地问道，李老师？哪个李老师？夏海并不是想不着什么历史故事。十几年来他钻进了钱眼里一门心思挣钱，没心思回想过去。但围魏救赵这个故事在小学里就知道。

李老师就是弈城中学现任校长李冠楠。铁荣三脱口而出说出李冠楠这个名字，他想看看夏海的表情反应好作出判断，同时探知自己内心深处那种忧郁彷徨的结果。肖政一脸迷茫没任何反应，刘剑锋和吴远听到后互相对望了一眼。

夏海托了托眼镜架平静地说道，李校长快内退了，我也好长时间没看到他老人家。过段时间等这轮承包结束了我做东请同学们吃顿儿，特邀他老人家参加，我们可是先说好了。

此时此地，铁荣三和夏海都不愿意提起李冠楠这三个字，将军犯地名，询问室里也有些忌讳说法。铁荣三鼓足很大勇气提到围魏救赵引出李老师名字，但夏海的回答却引起了他胸口一阵沉重感觉。铁荣三已经知道了自己根本不想看到的那个结果，一阵干呕后他掏出手绢捂住嘴，转身走出询问室。

刘剑锋和吴远同时疑惑地望着铁荣三离去的背影。

十

铁荣三来到卫生间里，呕吐一阵接着一阵。剧烈地呕吐呛出几滴眼泪，他漱了漱口顺便打开水龙头抹了把脸。

昨天夜里几乎没有合眼，铁荣三脑子里反复推敲了数遍初查计划，预测着可能出现的各种情况以及应对措施。又想到了李冠楠老师，还想了很多很多，不知不觉中天已放亮，这才迷迷糊糊睡了一会儿。

每逢大战之前身体总会出现这种状况，他自己也不知道是战前的亢奋激动还是紧张担忧？第二天还得打起精神坚定自己面对一切。

稳定情绪后铁荣三又回到了询问室。

吴远和刘剑锋正在耐心地说服教育夏海。夏海，要想人不知，除非己莫为。今天你能主动来到反贪局，希望你有个好态度，争取把问题实事求是地谈清楚。夏海把脸转向铁荣三求援似地说，我做什么啦？你们怎么都用这样的眼光看着我。简直不可思议。

刘剑锋风趣地回答说，不可思议？这不秃头上的虱子明摆着，还用着狡辩吗？肖政也说道，你自己做的事你心里最清楚，我们也清楚。

夏海看到铁荣三走进来，对铁荣三说，这，这。

铁荣三说，夏海，古人说得好，不战而屈人之兵方为上策。在我们初查计划里，所用侦查策略就是围魏救赵，就是要达到不战而屈人之兵之效果。夏海一头雾水问道，围魏救赵，你们救谁？救我？他被铁荣三的兵法论搞得一塌糊涂。

把你围起来还不是我们的目的，锁定目标才是我们真正意图。当然也是为了救你。铁荣三语气镇定杀伤力却锋利无比。夏海心里已经明白仍故作糊涂问道，真正意图？什么真正意图？

我们就是利用这个时间差，利用这种交叉错位，利用你的向心力作用来牵制犯罪，战而胜之。夏海对铁荣三说，在你眼里是不是就没有好人了？

我们眼里全都是好人，你也是好人，包括罪犯都有向善向美的一面。今天你谈与不谈只能证明你自己态度好坏，不影响案件进度，不影响中国的反腐败大局。夏海不语，看样子是生气了，也许是心虚。

想谈吗？铁荣三看着低头沉思的夏海说，想谈就从昨天晚上电话谈起，还有给你下跪的那两位。铁荣三说完静静地看着夏海。夏海仍摇头不语，铁荣三从夏海不停摇动脑袋那种情形里，又一次感到了那个自己最不愿设想的结果，内心不由一阵悲哀。

肖政督促道，你自己不是已经把目标说出来了吗？还用着再遮遮掩掩吗？法律给你的时间是有限度的，你要抓紧时间谈。吴远接上说，打电话的，给你下跪的，你就是不谈我们也知道是谁。

刘剑锋又乘势而上说道，超过一定时间就刑事拘留你，到看守所里想去，什么时间想清楚谈明白了再说。夏海低着头心灰意冷地说，那刑事拘留我，也得说明原因吧？不能毫无原则地想拘留谁就拘留谁吧？

刘剑锋说，这个你不用担心。我们是依法办案，文明办案，你的行为完全符合刑事拘留条件。刑事拘留是十四天，逮捕后侦查羁押期限是两个月，侦查羁押期限届满需要延长时间，可以向上级检察机关申请延长羁押时间，我们有的是时间和耐心。

这时赵局长推开门看了一眼铁荣三，铁荣三知道案情有了新进展，便跟着赵局长走到二号询问室里一看，最担心的事情还是发生了。李冠楠皱紧眉头，神情漠然地坐在那里，看着刚刚走进来的铁荣三发着呆。

铁荣三心里一沉说不出是愤怒还是悲哀。赵局长说，李校长是来坦白自首的，抓紧做好笔录，待检委会研究决定后再说。

回到一号询问室时，铁荣三强压心底怒火怒斥夏海道，夏海你是弈城教育界的罪人，你今天谈与不谈对他们来说结果都一样。他们到位后交代第一个行贿人都将是你。我可以告诉你，李冠楠校长主动来自首了，他谈出第一个行贿人就是你，你考虑考虑自己的后果吧？

夏海那眼神顿时黯淡下来，艰难地咽下一口唾液。他感到自己仿佛置身于一条湍急的河流之中，身体被一股巨大推力推着向前走，身不由己。有气无力地说，我，我谈。

十一

夏海从华美印刷公司去检察院洽谈业务，一直没有回公司。中午，家属李丽打电话联系夏海吃饭时夏海一直关机，问华美印刷公司办公室人员后才知道，夏海到检察院洽谈业务了。李丽顿觉心里一沉知道不好。

李丽骑上自行车，飞一般向弈城中学家属院奔去。她只觉得耳旁风声呼呼而过，路两边一棵棵垂柳不停地往身后倒去。不一会儿来到李冠楠家门口急促地敲着门。

夏海和李丽是高中同学，都是李冠楠和高老师的学生。后来李老师任弈城中学校长，夏海下海经商。夏海在商场上穷途末路困苦潦倒之时找到老师李冠楠。李冠楠也是看到自己学生落难于心不忍，才力排众议让夏海承包了弈城中学印刷厂。

李老师、高老师不好了。刚一进门，李丽上气不接下气地说。高老师倒了一杯茶递过去说，什么事？看把你急得，慢慢说。

夏海让检察院反贪局的人传去了，到现在没回来，电话也关机了，是不是遇到麻烦了？李丽端着水杯刚刚缓过气来。李冠楠从书房里走出来关切地问道，什么原因传去的？

李丽回忆说，今天八点多夏海说去检察院谈业务，到现在已经六个小时了，中间给我发过短信说反贪局里同学找他有事，我又打几次电话一直关机，我觉得要出事。李冠楠看了下手表说道，现在不到两点还不到上班时间，等等看。可能手机没电了或是别的什么原因，也可能和同学一块出去吃饭了，山区里有些地方还没有手机信号。过了一段时间，李校长看了一下手表说，两点钟了，再打打看。

李丽再次拨打夏海电话，语音提示拨打的电话已关机，这让李丽惊慌失措。她望着眼前两位恩师带着哭腔说，怎么办？怎么办啊？

哎呀，那不好。反贪局是干什么工作的？李冠楠问李丽。李丽说，听说是专门抓当官的。

就是王校长经常说的那个反贪污贿赂局吧。李冠楠自言自语说着，又想了好一阵子也理不出个头绪说道，如果出事今天下午八点就见分晓，你得回家准备准备，我再找人打听打听一有消息立刻通知你。

那好，我下午还得接孩子。夏海和我城里没几个亲戚，拜托了老师让您费心了。李丽千恩万谢地走了。

李丽走后，李冠楠想反贪局专门抓当官的那抓夏海干什么？又翻开电话簿找到一个叫莫伦燕的名字，接通了电话。莫伦燕，你在律师事务所吗？莫伦燕回应道，在，李老师有什么安排？

你同学夏海被反贪局叫去了，你打听打听什么情况？莫伦燕问道，什么时间叫去的？因为什么事？

不知道，是今天早上叫去的，到现在还没有回来。

莫伦燕回答道，好的好的，我问问情况给你回电话。莫伦燕挂断了电话。

李冠楠通完话后，望着窗口外那一望无际的田野，呆呆出神。

十二

弈城中学校园里，微风拂面。路边一排排垂柳，随风飘荡着夏日的舞姿，三三两两的燕子低空飞翔徘徊在空旷的操场上，陶醉在一阵阵朗朗书声里。李冠楠无心浏览这大好风光，一个人匆匆走过学校操场来向办公楼走去。

回到校长办公室刚泡上一杯清茶，副校长王清推门进来关切地问道，李校长，听说夏海被检察院反贪局叫去了，你知道这事吗？李冠楠端着茶杯慢慢说道，我也是刚刚听说。

不知反贪局找夏海去干什么？让反贪局叫去……副校长王清看了看李冠楠，没再往下说。不是去谈印刷业务了吗？还会有什么事？李冠楠茫然地看着王清。心想，王清这个好打听事的老毛病又犯了。

这时学校办公室主任和司机都来到李校长办公室，都在焦急打听夏海的情况。

夏海平常比较谨慎，做人比较低调。不会有什么事吧？反贪局叫他去做什么？办公室主任担心地问。司机快人快语说道，难说，一个校办工厂非改成什么公司，平常开着辆奔驰满城招摇，这个夏海不出事才怪呢。

办公室主任又说道，人心难测。上周六我们班十个同学聚会，互相之间也就问问父母身体、孩子学习情况，其他情况都免谈了。现在什么家中红旗不倒外面彩旗飘飘的。这年头啊，好多人看重的就是钱，最看不懂的就是人。

副校长王清赶忙打断众人议论说道，也许什么事都没有，大家不要瞎猜。夏海不是我校职工，即使出什么问题也不会影响到我们学校声誉。大家先回去吧，我有点事要跟校长商量。

众人离去后王清对李校长说，这件事看似偶然，实则不然。检察院反贪局可不好捉摸，搞不好又玩什么声东击西花样。李冠楠警惕地问道，要是那样，那反贪局的目标对准哪里？会对准谁？

王校长想了想，难说，谁知道是哪方面的？李冠楠又问道，夏海不会有别的问题吧？我看李丽这段时间老是盯夏海盯得很紧。

王清说，谁知道？女人变坏了有钱，男人有钱了变坏。听说夏海生活作风上也不怎么安分。李冠楠苦笑着说，这个夏海看起来文文弱弱，一副文弱书生样子。

也不对。王清想了想又说，生活作风方面问题应该是纪委或公安局管，中共党员由纪委处理，社会人员由公安罚款，不会被叫到检察院反贪局了，现在可能是反贪局拿人。

再有三个月自己就离岗了希望别出什么事？李冠楠想了想对王清说道，你外边人缘好找个人打听一下，看看什么情况。

好的，我马上找人了解一下。王校长爽快地答应下来。

十三

蓝墨色天幕上，繁星点点聚会成河流的模样，成群蝙蝠在夜空中摇曳着诡异的舞姿。远处，一只夏夜的短笛声随风悠悠吹进窗内。

墙上挂钟时针指向九点，李冠楠和高老师坐在沙发上看电视。李冠楠拿起手机一遍又一遍地呼叫夏海，手机通了传来嘟嘟嘟忙音，高老师看了看李冠楠。

隔半个小时打一次。李冠楠把手机递给高老师，他自己漫无目的地切换着电视画面，漫长等待中有些困意，躺在沙发上闭目养了会神，刚迷瞪一会儿，一睁眼时钟已经指向夜晚十一点半。

高老师再一次拨通夏海手机时，手机终于接通了。高老师有些激动地问，夏海吗？李老师找你。李冠楠接过手机问，夏海你在家里还是在外面？李冠楠警惕地分辨着对方手机传来的其他动静。

我在家里，李老师您有事吗？对方回答说。

我问你，今天反贪局叫你去干什么啦？李冠楠不放心地问道。电话里传来夏海回话声，开始检察院说有印刷业务。业务还没谈完，反贪局把我叫到办案区问了一些事。不过我什么都没说，李老师你放心。

李丽在家吗？让她接电话。李冠楠怀疑夏海不在家里就托词让李丽接电话试探。李老师我是李丽，刚听到李丽的声音通话又中断了。

一股不祥之兆笼罩着李冠楠全身。李冠楠慢慢关掉手机说，我让李丽接电话，就是想看看夏海是否真的在家里。怎么突然又断了呢？高老师说，可能是没电了或掉线了，可别神经兮兮的。

李冠楠喃喃地说，关键时候不可能是巧合吧，要是巧合也不可能在这个时候。高老师也有些着急说，要不我们赶快去他家里看看吧，别再真出了什么事？

李冠楠摆了摆手，拨通了王清副校长电话问道，睡了吗？打听到消息了吗？王清回电话说了一大堆自己胡乱猜测的问题。又和李校长说，找几个人打听过都说没事，没事怎么还到办案工作区里，真让人费解。

李冠楠又拨叫莫伦燕说，还没睡？打听到消息了吗？莫伦燕回电说，我打电话问过他们说没什么事。不过反贪局办案很难打听出消息，他们有保密纪律，我也不想让他们勉为其难。李冠楠不好意思地说道，好的，谢谢你，快休息吧。随即慢慢合上了手机。

他看看窗外黑沉沉的，夜幕像一张大网笼罩在弈城上空，诡秘异常，无边无际。

墙上时钟嘀嘀嗒嗒的声音，每一次都重重地敲击在胸口。他感到心有些发闷，过了好长时间才摇摇头说，不行，现在不行，再过两个小时，过两个小时再说。

十四

询问室里夏海声音有些嘶哑地说，我害了李校长，我送钱给他最多是一万元，多了他从来不要都退给了我。谈完行贿过程后，夏海背靠在椅子上痛苦地闭上眼睛说，我死了算了。说完两行泪水顺着清瘦的面颊淌了下来。

案情终于撕开了口子，铁荣三没有感到半点胜利的喜悦，却又一次品味着一种崩溃的感觉。多少年来，命运把自己定死在这方舞台上，在刺眼的刀刃上行走，在风口浪尖上拼争，在冰天雪地里呐喊。岁月把那张年少圆润的脸打磨得棱角分明，目光里透着一种执着，甚至是一种冷血。但内心始终有一腔滚烫的血在沸腾着。

梦里，铁荣三曾无数次走进弈城中学校园，遇到班主任老师李冠楠，可老师皱着眉头不认识自己。走进高考考场，自己学法语却发给了英语试卷。询问监考人员，谁也听不到自己的声音。每次焦急地醒来都是大汗淋漓，高考情结一直折磨铁荣三近三十年。其实是自己孤独时，想念老师想念同学。

生活就是这样，很多事情会让人痛苦而无奈。好人可能要接受法律制裁，坏人可能一辈子也不会坐牢。

李冠楠两眼茫然无光，他真没有认出铁荣三吗？但铁荣三心里却阵阵绞疼。

从事反贪工作这些年，从来还未遇到主动到反贪局坦白自首的人。很多人都是因为没有勇气摆脱自己心里那道阴影，在麻木中得过且过，混天了日，不愿选择坦白自首。而今遇到第一位前来自首之人竟然是教育自己多年的班主任老师，真是滑天下之大稽。此刻，铁荣三也是乱了方寸，真不知道怎么去面对老师，怎么去面对自己内心，还有将来那些社会舆论。

询问室里，李冠楠依然是那样厚重，那样渊博，那样慈祥。不同的是青丝变成了白发，岁月爬上了额头。他没有任何抱怨，也没有任何辩解，只是深深地自责，只是用那双苍老而浑浊的眼神拼命地搜寻着过去那些耻辱的记忆。

吴远说，李校长，法律规定从你被检察人员第一次询问起，你有权利聘请律师为你提供法律咨询和代理申诉、控告等权利，你需要聘请律师吗？

李冠楠羞愧地说，哪里哪里，都怨自己，都怨自己。我不聘请律师，不聘请，我还有什么资格让他人为自己辩护。

一段日暮西下时光，一位引颈待戮的老人。

十五

李冠楠到反贪局坦白自首的第二天，整个弈城舆论哗然。

有的说看着李冠楠是被砸上沉重的手铐脚镣被反贪局押走的；有的说反贪局抄家时，他家里名酒名烟海参鲍鱼堆满了一屋，像个豪华超市。

各大媒体记者奔走东西。

但是，弈城反贪局艰苦的审讯工作才刚刚开始。

十六

赵局长和铁荣三顺着办公楼道边走边商量说，我先打头阵，两个人一块陷进去不好收尾。赵局长说，好吧，你先提出来，看看检察长什么态度。铁荣三看着赵局长又说，要是检察长发火，你可得给打好圆场。赵局长笑着说道，你还怕我上屋抽梯呀。

两人走进检察长办公室，坐在检察长办公桌前谁都没有说话。检察长看着他两人神情说，现在还不到下霜时候，一个个怎么像霜打了似的？

铁荣三抬起头说，检察长，犯罪嫌疑人李冠楠是我中学老师，我请求回避此案。铁荣三把一张申请书放在检察长办公桌上说，这是我的回避申请书。

检察长望着桌面上那份回避申请书念道，根据法律规定，蛮正规啊，检察院里李冠楠的学生不止你一个吧。检察长没念完满脸正色对赵局长和铁荣三说，这个案子举报人就是想回避我们。上级交给我们办理是对我们的信任，我们中间任何一个人都不能撂挑子。我早就知道检察院内李冠楠学生有几个，但我也相信你们能办好案子，给法律一个满意的交代。怎么，还没正式交手就打退堂鼓了。不行，谁也别想退出去。检察长的话让他们没有退路只能面对。

铁荣三沉痛地说，我无法接受一个为贫困地区教育事业拼尽了最后一滴心血，流尽了最后一滴汗水的人，最终结果却是走上法律审判台，面对遥遥无期的铁窗生涯。

检察长内心里也有一股怒火，不是昨天也不是现在，不知是历史沉淀还是现实条件反射，在每一起案件始末他总是觉得自己有一股无名之火。他愤愤地说道，你们和李冠楠是二十年前师生关系，我和李冠楠还是远房亲戚呢，有什么办法？要论亲戚天下之人都是亲戚还反什么腐败？自古忠孝难两全，反腐倡廉是党和国家的百年大计，人民群众都在看着我们。我们没办法只能做好，没有任何退路。

检察长的批评，让他们即将松弛的心一下子又紧了起来。如果李冠楠的学生只会知难而退，那也说明他这位老师是失败的。赵局长什么话也没说。

铁荣三抬头看了一眼赵局长心里直埋怨，刚刚建立同盟怎么突然间反水了？赵局长却坐在那里目瞪着脸一言不发。

检察长又说道，过去老师对你们帮助很大，现在老师有难，你们应该依据法律规定帮助他。反贪也是一项工作一种事业，总得有人付出，总得有人牺牲，总得有人做黑脸。只要我们胸怀坦白，坦坦荡荡，公正执法，世界上还有什么不能面对的，真正不能直面面对的应该是他们。

赵局长开始发牢骚说，刚开始从事反贪工作，还有一种好奇心，一种兴趣感，每一起案子就像解不完的谜团。可干了这么多年后每起案子的终结，却总有一种困惑没有一点成就感。

铁荣三一听赵局长这句话无疑又在给检察长火上浇油，赶忙思考对策。

又听赵局长说道，事实上那种困惑感就是发自内心的自我崩溃，是身心的崩溃。

铁荣三听赵局长把自己刚才的观点全部亮了出来，他无奈地摇了摇头。果然，检察长听完后气愤地瞪大了眼睛。又慢慢岔开话题说，你们煮过元宵吗？沸水中煮元宵不可搅动，熟透的元宵会主动浮出水面。有人说反腐败就是搞元宵效应，要是搅动就不会有元宵吃，只能乱成一锅粥。我看这种说法有问题，问题根源在他们自己的心里。在你们这个年龄段，外面世界已经困不住你们，困惑都是来自自己内心，有崩溃感无成就论也就都来了。你们抽时间要研究一下国学，把国学精粹运用到法律实践中，不要只盯着那些法律条文。要学学周易教我们怎样处世，孔子教我们怎样做人，庄子教我们怎样生活。

还有，李冠楠到案快一天了。铁荣三看看检察长情绪缓和下来，想提请检察长是否刑事拘留李冠楠，但他不愿意直接提出。赵局长坐在一边没有表态，铁荣三此时也下定决心，赵局长不提此事自己绝对不去提及。

检察长坚决地说道，要刑事拘留两个都拘。搞学问的人往往钻牛角尖儿，现在他家人不能会见，你们注意多开导他。师生情也是一种情感力量。赵局长一听后着急地说，能不能取保候审？李冠楠应该属于坦白自首，再说年龄又大了。这些年来，为我们弈城教育事业贡献也很大。刑事诉讼法规定取保候审五种情形他们都清楚，讨论案件时不用细搬条文。

他现在谈清了吗？没有。检察长正色道，你们从犯罪嫌疑人表情上感觉到的，我从你们表情上也感觉到了。这个案子善罢不了，那个夏海牵扯的也不仅仅是一个李冠楠。因为我们个人私情就释放李冠楠，那我们把法律放到哪里？现在释放李冠楠，你们也不看看什么时候，社会上怎么看待我们？

检察长看到赵局长和铁荣三坐在那里不肯离去眼睛一瞪说，怎么，对付犯罪嫌疑人时满脑子策略战术，轮到自己头上就犯傻。生活在黑脸世界里谁也别想粉饰自己。抓紧执行，没有别的选择。

一出检察长办公室，铁荣三找赵局长埋怨说，不但反水还火上浇油，自己差点在烈火中永生了。赵局长说，浇点油，着完火，不就解决了吗？铁荣三没再说话，他想赵局长这句话一半是指检察长，一半是对着自己。

十七

夜晚，询问室内的灯光似乎亮了很多。李校长的检查只是写明了基本情况、主要简历和个人荣誉，关于受贿犯罪问题一个字也没写。但看似简单的个人经历却诠释着一个普通教育工作者的呐喊与抗争、彷徨与奋斗、挣扎与痛苦。

赵局长说，李校长，今晚我们和你谈最后一次。既然已经选择了坦白自首，就应该拿出积极态度来。你在领导岗位上锻炼多年，遇到问题你会用现在的态度去处理吗？我们也可以换位思考，假如你处在我们位置上你会怎么办？怎么做？

李校长勉强地笑了笑，用干瘦的手指理了理仅有的几缕白发说，自己也没有什么要求了。一生从教，视教学工作为己任。一开始我知道自己在做错事，摇了摇头又说，可有什么办法呢？方案是我自己定的，替考学生是我安排的，监考老师都是高一任课教师和新进人员，他们都不认识高三学生。考完试我把考试方案带回家一把火烧了，我现在记不起来了。再有两个月我就要走到教学生涯终点退居二线。问题因我而发，就由我一人担着，组织上给我什么处分我都认了。

铁荣三知道李冠楠又在谈高考报名舞弊事件。但审讯就是这样，罪犯只要开口讲审讯人员就要耐心听，听他把事情叙述完整，听他有哪些申诉和辩解理由，听他辩解过程中隐藏着什么问题。

李校长慢慢低下头，那几缕干枯的白发几乎遮住了面部苍老的表情，喉结蠕动艰难地下咽着唾液，闭上眼睛的时候，身体在微微颤抖着说，我很难。

赵局长说，我们知道你很难，我们也很难。这个世界正是因为有一个难字，才使它充满了生机，精彩纷呈，五彩斑斓。弈城县长容易吗？一个海归博士，放弃了海外优越工作环境和优厚待遇，来到一个贫困县，为的是头顶上那顶乌纱？他挑起的是重担，担当的是责任。正是他眼界开阔，把我们一个贫困县塑造成全国最大商品批发市场，经济收入翻了三番。那次上级考察拟提拔任用时，可东虹铁路拆迁赔偿工作偏偏出了问题。

李冠楠问道，是不是三千多人集体卧轨事件？

赵局长说道，正是这次震惊世界的集体卧轨，让县长咽下了这枚苦果。可他继续留任让荒山变成了林立的工厂，让河滩变成了崭新的居民小区。一个经济学家，就能看见别人看不到的东西，实现别人不能实现的发展前景。如今弈城县长又被省委列入重点考察对象，你的问题将会对此产生致命影响，该怎么办，你自己想办法吧。

沉默良久，李冠楠回答说，我个人死不足惜，可我身后还有弈城两千多名高考学子。他们十年寒窗苦读，为的就是高考奋力一搏。因为我个人过错葬送他们，我做不到。

铁荣三说，让你谈贪污受贿方面的经济问题，其他方面先不要谈。

赵局长说，生活中我们每个人都想完美，关键是我们应该怎么完美？你仔细想想，今天我们要结果。赵局长指了指桌子上那叠稿纸又说，你自己选择。

十八

询问室里，灯光苍白而惨烈，时间短暂而漫长，空间狭窄而沉闷。李校长在有限的空间里来回踱着步子，一会儿扶着桌子不停地拍打着自己的腰腿，一会儿坐在桌子前望着那沓厚厚的稿纸发愣，呆坐到半夜里，再也支持不住了就趴在桌子上，瘦小的头颅深埋在双臂之中。

李校长，到床上休息会儿吧，别太累了。铁荣三瞪大了警惕的眼睛。

谢谢。李校长躺到床上，翻来覆去扭曲着瘦弱的身躯，用床单裹住了脑袋。消停下来，呼吸渐渐平缓。但隔着短袖上衣，铁荣三还是可以看到他那颗剧烈跳动的心脏。

时间接近零点，李冠楠忽然从床上猛然坐起，深邃的目光回光返照一样，坚定而执着。走到办公桌前，扶了扶老花镜，拿起了笔。

产前阵痛现象结束后，询问室里只剩下笔尖划动纸页的声音。

赵局长准时来到询问室里，逐页看完李校长的检查后，这就是你的选择吗？

李校长疲劳地点点头。

十九

夜幕下，街灯闪着疲惫的光，像许多失眠的眼睛无精打采地呆立在公路两侧。黑色的房屋，黑色的树冠，噩梦般地向警车后面躲闪着。警灯不断转换着谜一样的色彩，前照灯刺穿夜幕。

夜幕下警车缓缓而行。警车里，铁荣三和刘剑锋押送李冠楠去弈城看守所。

警车驶出城郊时，铁荣三听到身后传来李冠楠暗暗地抽泣声，他坐在前排，一句安慰的话也说不出来。

办入所手续时铁荣三嘱咐内执勤民警说，给安排个安全号，这个人是弈城中学校长，年龄大了照顾一下，拜托。

李冠楠随内执勤走向监号室时，回过身来仔细地看了一眼铁荣三和外面灰蒙蒙的夜空，那眼神里仿佛有很多话要说，也好像对这个世界和对自由的一种留恋和向往。

时间已至下半夜，警车颠簸前行，沉沉夜幕下不时传来几声犬吠声。远处，夜空里划过一颗流星。流星拖着长长的尾巴，瞬间消失在远方天际。

刘剑锋对铁荣三说，李冠楠到案后一直处于木呆状态，也没有任何辩解，只是说自己有经济犯罪问题，在任校长期间做了不该做的事，收了别人的钱，数额是多少？收了多少次？具体情节都没有交代清楚。铁荣三慢慢说道，这段时间内李冠楠很紧张，脑子里一片空白，你让他具体谈还真谈不出来，得给他一点时间让他情绪稳定下来再谈。

刘剑锋又说，我有个朋友是个场面人，他说自己什么场面也上过什么地方也见识过，就是坐到反贪局铁椅子上受不了，自己说越坐越心慌，越坐越滑魂。铁荣三笑了笑说，是条件反射吧？

刘剑锋接着说，应该还是心理原因。他们说，经济犯和他亲爹亲娘都不说真话，和老婆孩子也不说真话，就是坐到反贪局椅子上才说真的。我们反贪局哪有什么铁椅子？铁荣三苦笑着脸，没再说话。

经过短暂的休息，铁荣三他们继续审讯。

第二天早上，铁荣三在提审室里翻阅着相关资料，着手准备。看守所内过道里传来脚镣沉闷的撞击声，内执勤民警引导着李冠楠来到提审室坐在固定座椅上。他两眼青紫肿成了两个大水泡，隔着铁栅栏用无神的眼光打量着铁栅栏对面的审讯人员。

铁荣三赶紧端上一杯热水，李冠楠只是木然地点点头。

从天堂到地狱，有时只有一步之遥。从历史到现实，多少人不慎倒在这咫尺之途，留下的也只有扼腕长叹，仰天悲哀。经过一夜狱炼，李冠楠苍老了许多，眉头紧锁，两鬓苍白，下巴颏也好像结了一层霜。

二十年前临近高考时，班里同学都很拼命，每天都复习到深夜。李冠楠总是每晚十点半，泡好一大桶浓浓大叶茶送到教室里。然后舀到每个人水杯里说，多喝点提提神。每次考完试，李老师总是利用课外活动时间教学生唱歌，领着学生到操场打篮球。

如今，那个阳光透明的李老师永远留在了每个人的记忆里。

二十

提审室里，李冠楠每交代一笔受贿款后，总像个非常懂事而又做错了事的孩子一样，不停地检讨着自己。

一万元都收下了，一万元以上的都当场退回。语速急促，语意混乱。从他眼神中铁荣三看出了他的惊恐和他的绝望。一万一万相加，李老师你怎么就没有加出今天的结果呢？

一九九五年夏天，弈城中学印刷厂第一轮承包前。一天晚上八点夏海提着一个手提包来到李冠楠家中要求承包中学印刷厂。李校长说有几家想承包的，都是企业或社会闲杂人员觉得不太合适。印刷厂肩负着中学教务印刷，有些还属于保密性的，你承包最合适。夏海非常感激，临走时从提包里拿出一个大信封放到沙发上说，多谢老师，一点心意。说完拔腿就走，李校长拿着信封追到大门口没追上。回到屋里，李校长看着那个信封，若有所思，心里责怪夏海也真是的，随后他脸上又笑了，他知道自己的努力没白费，夏海能够挣到钱了。第二天李校长让司机退给了夏海。

一个月后星期天中午，夏海到李校长家吃午饭，临走时放下一万元现金说，自己离家远以后来吃饭的。就这样夏海把那三万元现金分三次又送到李冠楠家里。

三万元现金被化整为零，化成一支支毒箭，而被射中之人正是培养自己的恩师。

李冠楠有些着急，越急越想不起来。

我又想起了一件事，一九九五年夏天学校图书室工程建设时，建筑商黄埔能在办公室里要送给我两万元，我当时连钱带人一块推出办公室，反锁了办公室门。可是后来，我到老家探亲时黄埔能也去了，临走时他又放下了一万元，说是给我父母买点补品用。年底时候又到我家里送两瓶酒和一万元，这些钱我都收下了。怎么就想不起来呢？我该死了。

别急，按照法律规定你现在情况仍然属于坦白自首。铁荣三看李冠楠着急的样子安慰道。

自首？李冠楠无奈地摇了摇头说，我无脸面对家人，无脸面对关心支持和帮助过我的人。二十五岁那年从岛城支边来到这里，三十五年了，只求严谨治学，只求无愧天地，老朽了怎么就犯糊涂呢？依然是深深地自责，深深地内疚。

李冠楠忽然想起了什么说道，他们送我的钱一分都没有花，都放在厨房里一个破包里。本想来检察院时捎着的怎么就忘了呢？你们去取来交给国家吧。国家给了我这么高的待遇，那些钱自己一分也花不着。另外，我从那里面分三次拿出了十二万元，资助了六个贫困生，有的已经参加工作了，有的还在读中学。每年我生日的时候，他们都会寄来贺卡。

有这事？铁荣三睁大了眼睛说道，能不能具体说说？

弈城食品厂有个学生，品学兼优。他父母都是下岗职工，因为家庭生活困难一度失学，我知道后和班主任老师一块儿到他家里了解情况，他妈妈鼻涕一把泪一把就是不让他再上学。我看他家生活确实困难，当场决定免去了学费和书费，这个学生又重新回到了学校，之后考进了国家重点大学，现在在国家一个研究所工作。大学入学前几天，我打电话找他班主任了解，得知他因为交不起学费放弃了上大学念头，回家后从那个包里拿出两万元现金让司机送了过去。当然，司机和他不知道这钱的来源。

铁荣三有些激动地说，在我们这个贫困地区，身边还有很多人需要帮助，需要温暖，需要呵护。尽管我们工资微薄，我们还是坚持每年从自己工资里拿出一千元来资助贫困生，从反贪局成立一直到今天，我们一直在尽自己微薄之力。虽然我们感动不了别人，但可以感动自己，激励自己，升华自己。

铁荣三这句话拉近了铁栅栏两边的距离，李冠楠很有兴趣地说道，从任中学校长第三年起，每年自己都是这样。我当过多年中学班主任，了解中学生情况，深知这个群体需要全社会共同关注。所以，我每年都资助一名寒窗学子，让他们成功走向大学平台成为国家有用之人，将来好好报效社会。

铁荣三想，人的行为都是复杂的，复杂得如同一团团迷雾。他还是满怀信心地说，如果我们每个人都献出一份爱心，社会就会温暖，就会充满希望，爱心是无价的。

对了，这些学生送我的生日贺卡我很珍惜，至今都保留着，都在我家书桌的抽屉里。李冠楠说完后眼神里充满了希望，此时此刻那一张张贺卡对他来说是多么珍重，多么昂贵。

铁荣三和李冠楠说，生活中有很多东西值得我们珍惜，也有很多东西值得我们抛弃。刚才你谈得情况经查证属实，按法律规定这种情形可以从轻处理或者不予处理。

两代人之间的沟通，黑与白之间的对话，已经超出了审讯这个词的容纳范围，心与心之间在不同的节拍里却产生了共鸣，这也可以说是一种审讯境界吧。

李冠楠说到这里眉头皱了又皱，把头靠向座椅后背，疲劳地闭上了眼睛说，别忘了那个提包，那是我一生的心病一辈子的痛。

铁荣三看到李冠楠有些疲劳连忙说，那个提包已经交到检察院去了。你先回去休息，明天我们再谈好吗？

李冠楠没有说话，只是睁开眼点了一下头，跟随内执勤民警慢慢走去。

看着李冠楠蹒跚离去的背影，铁荣三眼眶噙满泪水，差一点流了出来。他感叹伤心，内心又燃起了一股无名之火，仿佛看见了李老师那颗圣洁的灵魂被狼撕狗咬的痛苦，仿佛看见了李老师的形象被那群毒蛇猛兽残忍地肢解吞噬的惨状。

二十一

刘剑锋办好搜查证，准备和铁荣三到李冠楠家里取回那些生日贺卡，BP机突然响个不停。铁荣三看了看显示屏号码，知道是莫伦燕呼自己。来到反贪局办公室拨通了电话。

莫大律师，在哪里？是不是刚喝完酒？

哪有酒喝？喉咙都快冒烟了，你在哪里，忙吧？莫伦燕问铁荣三。

我在办公室，有何高见，洗耳恭听。

办公室门被慢慢推开，莫伦燕拿着手机，拿出明星闪亮登场姿势走进办公室，站在铁荣三面前说，我就在你的面前。

检察官，我现在正式向你宣布，本人受李冠楠家属委托担当本案辩护律师。莫伦燕和铁荣三也是中学同班同学，但她喜欢开玩笑，有过不幸的婚姻，现在仍是孤身一人。但她天性未改，仍然单纯乐观。

那好，热烈欢迎，热烈欢迎，现在就有事需要你帮助。你陪我去李老师家里一趟，调取部分证据。这部分证据对李老师很重要。

侦查阶段，律师只能提供法律咨询不能直接或参与取证，恕不奉陪。莫伦燕想回避铁荣三的邀请。

这部分证据对李老师帮助很大，你不要以律师身份，以学生身份介入就行，到时候李老师会感激你。

行。我只负责把你们领进门，不掺和你们的办案取证工作，其余的要看你们自己了。莫伦燕回答也爽快。

检察院内，莫伦燕发动白色北京现代轿车喊铁荣三和刘剑锋说，上我的车，我再给反贪局当一回专职司机。刘剑锋上车后说，好好，欢迎你再杀回反贪局。莫伦燕说，我可是喜欢活在当下。

莫伦燕一踩油门，车辆奔向大街朝弈城中学驶去。

职务犯罪审讯阶段，犯罪嫌疑人往往对审讯保持抵触心理，而犯罪嫌疑人亲属对侦查人员往往存有隔阂或敌意，需要侦查人员的耐心和一定方法去化解。铁荣三邀莫伦燕一起去取相关证据，就是化解矛盾的一种方法，避免矛盾激化和一些不应有的尴尬，并且能够顺利完成任务。

莫伦燕在车上给高老师打电话说有事找她，高老师正好在家。

来到李老师单元楼门口刚敲开门，高老师看见莫伦燕身后有两个穿着制服的检察人员，那张忧郁的脸上立刻冷若冰霜。

莫伦燕嘴快，站在门口回头说，快进来。

高老师朝铁荣三提出质疑说道，不是已经抄过家了吗？你们还想怎么样？

铁荣三谦和地笑笑。莫伦燕一看赶忙解围说，高老师这位是反贪局的铁荣三，也是李老师的学生。

铁荣三仍然谦和地说，高老师还认识我吗？高老师也是一肚子气说道，认识。你不就是反贪局那个铁荣三吗？别说穿一身制服，就是扒了皮我也认识你的骨头。

莫伦燕忙说，高老师，他们这次来找一个对李老师有力的证据，希望您也帮帮忙给找找。

黄鼠狼给鸡拜年？高老师又转向铁荣三说，你们搜就是，我们工作了一辈子，就这些穷家当。

刘剑锋和铁荣三到书桌前，拉开中间抽屉，拿出那些生日贺卡，刘剑锋数了数一共六张与李冠楠交代的一致，拿着贺卡来到高老师面前说，这些给李老师寄生日贺卡的学生都是他资助过的，按法律规定这种情况可以从轻处理。

或者不予处理。莫伦燕又及时地补充说。

高老师脸上这时才露出一点笑容说道，你们都是老李的学生，老李在家里也经常唠叨你们，希望多帮帮他。高老师一边填写着铁荣三递过来的手续一边说道。

莫伦燕说，放心吧高老师，能做得我们一定做好。

走出弈城中学家属院，三个人来到车上，铁荣三对莫伦燕说，谢谢老同学了，改天我请你吃一顿。莫伦燕毫不客气地说，那我可等着啊。

莫伦燕发动车辆，发动机一阵烦躁的轰鸣声过后，驶出弈城中学。刘剑锋看着窗外说，今天这位要不是你们老师，那我可就好好教育教育她了。

莫伦燕只是笑笑。铁荣三也没吱声，把脸转向车窗外。

二十二

夕阳像醉酒的流浪汉在西山坳上空徘徊着，偶尔一丝风吹过来，办公桌上那盆文竹身影婆娑，越显得文弱清瘦。这个炎热夏季就像现在人们内心里那份躁动情绪，随时都会燃起熊熊大火。

铁荣三正在审阅卷宗，BP 机传来一阵铃声，铃声很悦耳。

铁荣三来到办公室拨通电话问，你好，哪位？莫大律师，不是我贵人多忘事，有什么指示请讲？

铁荣三皱着眉头听完莫伦燕的电话后又说，好的，一定。他放下电话，约肖政一起来到赵局长办公室。

铁荣三对局长说，刚才莫伦燕来电话说六点有个同学聚会，高老师也参加，邀我们一块儿去。

坝上摆酒，莫伦燕舞剑。肖政说，中学里我和你们差好几级，隔着一层皮。晚上我约了证人谈材料，不参加了。

你不知道今天有多尴尬，进退两难还多亏了她，莫伦燕不可能对我们亮剑。铁荣三接着说，现在老百姓说我们雷声大雨点小，但是雨点落到谁头上谁都不高兴，今天我也不去了。

都不去不行，我们三人至少去一个。都不去显得我们反贪局太不近人情了吧！赵局长也是左右为难。

你去最合适，也能代表我们两个，就说我们两人出差了。铁荣三本来就不想去参加这顿鸿门宴，虽然是同学情分还有师生关系。

我晚上陪检察长去县里汇报工作。铁荣三去，就是鸿门宴也要走一趟，顺便看看有什么动向。

好，领导指到哪里我就到哪里。铁荣三知道莫伦燕此时组织聚会肯定寓意深刻，但亮剑之人会是谁呢？无论是谁目标肯定与案情有关联。

铁荣三来到维也纳大酒店门前时，莫伦燕站在门口向他招手。

走进宴会室一看，偌大一个圆桌上中学几个同学挤在一边。莫伦燕坐上首，示意铁荣三坐主宾位置。铁荣三一看这阵势玩笑着说，怎么现在要开庭吗？

哪里哪里，今天我做东大家聚聚。本来高老师答应参加，后来又说心情不好不参加了。都是老规矩班长就坐这，今天班长没来你代理。副陪让政府办公室于主任坐，马上就到。说着莫伦燕转向铁荣三，今天怎么回事光杆一个？

铁荣三解释说，他们几个都出差了，大家向这边坐坐。

有几个同学坐到铁荣三一边说，谁愿意跟反贪局套近乎，平时躲都躲不及。你看人家单位，天天人来人往多热闹，那是人气旺。

我们反贪局也是热情好客，欢迎大家光临。

千万别去。去了就是老鼠嫁猫，自寻死路。

到你们反贪局去做客，外人还以为我们被传去了呢。

听到这里铁荣三笑着说，没那么严重吧？

这时，酒菜刚摆上桌。于主任一步跨进客厅说，让大家久等了，抱歉。看到铁荣三便说，神仙出洞，难得难得。李老师怎么样？情况严重吗？

现在只是初查阶段。铁荣三一句话，既告知了所有人案情现状，也封住了众人之口，谁也不会再去打探案情，自讨没趣。

干脆转纪委处理得了，李老师年纪大了关在看守所里怎么行。于主任朝着铁荣三说道。

铁荣三郑重地说，弈城中学案子是上级交办，该做的工作我们都做了。

我也只是个干活的听喝声的，至于其他问题领导解决。

莫伦燕举起酒杯说，开始喝酒，不讨论工作。今天我们只谈同学情，师生情，来大家干了这杯。

几杯酒下肚大家话头多了。于主任提酒时话题又转到李老师身上说道，你说李老师这样的好人怎么就成了罪犯？打死我也不敢相信。

铁荣三说，学校腐败现象不仅是弈城中学。这几年学校都在扩大招生，扩建校舍，大量资金流入，超常规发展成就了滋生腐败“温床”。而学校近几年衙门化现象比较严重，校长集教育家、企业法人和行政领导于一身，权力过于集中，这也是腐败癌结。

莫伦燕也说，学校相对封闭，基本上就是死角一个。像弈城中学，校址在地方，隶属归上级，监管方面基本上是空白。反腐败相对于学校教学科研任务而言显然是副业，得不到应有重视；学校办学，自己各项基建、会计、审计、纪检监督等职能一应俱全，外部专业化工程管理和监督审计力量也很难插手到内部。学校在反腐败相关制度化建设方面严重滞后。

于主任这时已有些醉意端起酒杯又说，各位同学我说我说，人心都是肉长的，反贪局可别把我们李老师扒皮长了天灯，检察官高抬贵手李老师也就过去了。于主任的醉意引起酒场一阵波澜。

就是，怎么也得想想办法。

人都得讲良心，且不说李老师教育培养我们这些年，李老师对我们弈城教育事业确实作出了很大贡献。

莫伦燕怕话题说开去铁荣三尴尬，忙接过话茬说，是呀，李老师就是我们弈城教育之父，没想到暮年却如此凄惨。希望我们不要忘记他，想着他的恩德，记着他的教训。

有时真理不一定在多数人手里。铁荣三这时开口大话，大家知道这个黑脸包公铁面无私，有时说话噎死人，都担心铁荣三说出更难听的话。不料铁荣三又笑笑说，但真情永远在我们每个人的心里。

这顿饭吃完，铁荣三心里七荤八素的，说不出什么滋味。

二十三

这个夏天，日子特别难熬。白天太阳老是悬在头顶，炙烤着人们的每一根神经；晚上所有空间又像个大蒸笼，熏蒸得让人无奈。但是，如果没有这个过程，就谈不上秋天的丰实。

李冠楠一案报捕时间快要到了，办案组兵分两路分头行动，一组寻找黄埔能获取证言，另一组到弈城中学查找档案材料。

铁荣三和吴远来到弈城中学门前停好车，在门卫处办好手续。走过布满垂柳的林荫小道，来到姹紫嫣红的荷花池。刚到办公楼楼梯口，迎面看见王清副校长在向他们招手打招呼。

现在弈城中学由副校长王清全面主持工作。铁荣三刚刚来到办公室王校长就急切问道，检察官今天有何贵干？

铁荣三说，王校长忙，来先和您汇报一下，今天我们来调取一份李冠楠档案材料。

王清喊来办公室主任和吴远去档案室查找档案，铁荣三在王校长办公室里喝水。

李校长什么时间能回来？没什么大不了的事吧？王校长关切地问铁荣三。铁荣三随口说道，现在到报捕环节了，下步还不知怎么发展。王校长关切地说，逮捕？问题有那么严重吗？教训一下算了。现在有问题的人多得去了。铁荣三解释道，逮捕是一种强制措施，不是最后处理结果。

当初李冠楠出任校长是众望所归，真没想到一个德高望重的人还……王校长皱了皱眉头没再说下去。铁荣三接着说，人都具有两面性，正常环境里表现不出来，在特定环境里就会显露无遗。

王校长感慨地说，对，我刚看过一所大学校长受贿案报道资料。那个罪犯为人低调，平常还经常作反腐倡廉报告，日记里也在痛斥腐败，但是他自己也搞腐败被判了十几年。人呀，都是自己想不开，要那么多钱干什么？还活三辈子。

吴远走进来，把材料递给了铁荣三说，查好了。铁荣三审视着查档材料说，收起来吧。又转过头对王校长说，多谢支持，我们回去。

王校长急忙站起来说，中午了吃了饭再走，到学校就是回娘家。吴远一本正经地说，我们有办案纪律，不能在发案单位吃饭。王校长用手拽住铁荣三挽留道，那我请，我个人请顿饭，咱们不吃学校的，不违反纪律。

BP 机铃声响起来。铁荣三按住一看说，局长来传呼让马上回去，还有别的事情，谢谢了。王校长不再挽留，铁荣三和吴远急忙返回反贪局。

两人刚走进反贪局案件讨论室，检察长、赵局长、肖政和刘剑锋都早已坐在圆桌前。

好，都到齐了，案情有进展，大家议议。取证组先汇报情况。此时检察长的话音比他的表情还严肃。

肖政汇报说，我们组今天在建筑公司找到黄埔能，本想在他们单位取证，黄埔能拒不配合，没办法就把他带到我们办案工作区。从黄埔能证实情况看，李冠楠的交代没说假话。送钱次数、数额、时间、地点、原因都基本吻合。另外，黄埔能还证实一九九六年夏天，他在承建弈城中学图书馆工程时，送给分管学校基建工程的王清副校长三万元现金，以后在工程决算、工程款拨付工程中，还送过两次，每次一万元。王清的行为已构成受贿罪，建议立案侦查。

铁荣三说，今天我们去弈城中学查找李冠楠身份材料，顺便记录了王清有关档案。王清从一九八八年夏天任弈城中学副校长分管学校基建工程至今，现在王清全面主持弈城中学工作。

赵局长一扬两道剑眉说，看来王清与李冠楠不同，李冠楠还能约束点自己，这个王清胆大妄为，问题绝对不一般。只是学校面临收生，我们要慎重，尽量减少社会影响。但收生工作结束后，王清很可能出任弈城中学校长。

刘剑锋说，这样的人要是带病提拔还说不上要出什么大事，带病提拔无疑是对腐败行为的认可。

检察长想了想说，弈城中学校长是实职副处级，等王清出任校长之后社会影响会越大。办案组现在就办理立案手续拿人，先礼后兵，不配合就直接拘传。我还真没想到一个大谈反腐倡廉的人竟会是腐败分子，这样的人要是搞腐败那还了得，开始行动吧。

二十四

下午两点钟，办案组在王清家单元楼门前敲开了防盗门。王清睡眼惺忪，开门后看到三人身穿制服，警惕地瞪大了眼睛。

肖政和刘剑锋推门而入。刘剑锋亮出工作证问，你是王清校长吧？王校长谦卑地回答说，是，鄙人王清。

刘剑锋又说，我们是弈城检察院反贪局的工作人员。根据检察长安排，要求你到检察院反贪局去协助调查。王清有些疑惑地说，今天中午反贪局的铁检察官刚来过。你们这是？有什么事需要我帮忙，我一定协助好。

肖政说，这是检察长安排的，你去就知道了。

王清预感事情不妙。他这几天心里老不踏实，一直关注着学校大门口，关注办公楼前来回人员和出入车辆，自己担心的事情还是发生了。现在他也乱了方寸，不知如何应付。回到客室里一屁股坐在沙发上赖着不走说，我血压有点高，心脏也不好，能不能在我家里谈？

你因涉嫌受贿罪，弈城人民检察院决定对你立案侦查，这是拘传证你签字吧。看到这种情形，法警刘剑锋立即宣布拘传，把拘传证放在王清面前。

王清一阵惊慌，仔细看了看拘传证，定了定神试探地说，不签字行吗？刘剑锋表情上没有半点商量余地说，这是法律规定，不签不行。

王清签字时，刚拿过铁荣三递过来的笔手就开始哆嗦，费力地签完字后，背靠在沙发上整个身体有些瘫软。法警刘剑锋给他戴上手铐，用衣服遮盖着。两个人架着王清走下楼道，王清紧张地尿了裤子，楼道里留下了一道湿漉漉的痕迹。

王清被押到反贪局办案工作区后，肖政只简单地讯问了基本情况。宣布完刑事拘留后，直接押进弈城看守所。

集中审讯王清第三天，王清关于个人受贿犯罪问题基本交代清楚，认罪态度还是值得肯定的。

肖政和王清交谈已接近尾声。肖政说，天网恢恢疏而不漏，自古以来就是得道多助，失道寡助。肖政拿出那本反腐日记让王清看后说，看清楚了吗？这都是你自己写的，我不知道你还有什么资格去为人师表教书育人？王清那张脸一下子红了，羞愧地低下头，无言以对。

日记上面退款的事都是真的吗？肖政问王清说。王清急忙回答说，都是真的千真万确，你们可以去调查。

铁荣三走进来看着反腐日记翻动了几页饶有兴趣地问，五千元以下的你都退了，五千元以上的你都没退。王校长你的记录没错吧？

王清被刺中了要害一阵哆嗦后忙说，是，是。

你是既想得到利益又想捞到名声，达到名利“双赢”。玩假象有时候迷惑别人，更多是迷惑自己欺骗自己。反腐日记写了这么多年，看来你是在麻木中自感迷惑，自欺欺人。铁荣三看透了王清的伎俩接着说道，你的心胸如果再开阔一点，可以去做一个出色商人去经营自己的人生，实现自己的价值。在校级领导岗位上，不去认真履行职责，从校级领导沦为阶下囚徒，沦为国家法律惩治的罪人，你后悔吗？

王清突然不住地哀嚎，我后悔，我现在后悔了，后悔了。

铁荣三从王清表情上发现一定另有隐情随即追问道，你后悔什么？王清哀叹一声说道，那三封举报信是我写的。

二十五

话一出口，参加审讯人员都感到吃惊。有些社会现象很具有戏剧性，有时搬起石头砸自己的脚，自己的拳头会捣着自己的眼睛。

铁荣三问道，为什么？为什么举报一个印刷公司经理行贿而不直接举报受贿人？

唉，我和李冠楠都是二十世纪六十年代的大学生，我比他小几岁，我们一块入学一块毕业，一块分配到弈城中学任教又一块进入校级领导班子。没想到七年前老校长离职，一夜之间他成了校长，而我在副校长这个位置上一干又是七年。七年里同期的副校长成了弈城教育局局长，而我一直在这个位置上忍受着。时间长了我无法忍受这种无形压力，暗地里跟老李较劲，争人缘争权力，有时在党组会上激烈争吵……王清激动地中断了话语。

铁荣三听他话中有话就立即说道，说下去。

学校有个印刷厂，第一轮承包时我一个朋友黄埔建想承接下来。我们费了好大的劲，但签合同的却是老李的学生，夏海一签就是两年。暑假后就是第二轮承包，李冠楠也都到了离岗年龄，我朋友让我想想办法一定把第二轮承包拿下来，我就连续写了三封举报信寄到市有关领导手里。

铁荣三问道，你的想法是扳倒李冠楠顺便收拾夏海，你朋友可一举拿下印刷厂？

也不是。我当时想反贪局查夏海必然牵扯李冠楠精力，我朋友胜算就很大了。以李冠楠和夏海的师生情分、经济利益等关系，夏海死也不会供出李冠楠，李冠楠会安然无恙，我朋友也能拿下印刷厂。我只是猜测，没有掌握具体受贿问题。唉，真没想到。

铁荣三问，没想到什么？

没想到，你们会轻而易举地拿下夏海，拘捕李冠楠。更没想到的是……

更没想到你自己也被牵扯进来，对吧？铁荣三问道。

王清苦笑着说道，多年来我们争来争去，这回好了，扯平了。

铁荣三长长地吁了口气慢慢说道，圣人之道不争为争，是你自己在争在跟自己争。铁荣三又问道，国家内参的那则消息是不是你的手笔？王清连忙摇头说，不是我做的。那则消息关系到弈城中学几千名考生，不知是谁伤天害理？

王清似哭似笑，不知是笑夏海还是哭自己？

二十六

李冠楠受贿案呈报批捕，按常规这段时间办案组可以喘口气，去外围取取证。但由于王清案发，办案组马不停蹄，疲于奔命，与法律程序抢时间争进度。这个周末小组全体人员都在加班加点，忙于自己手头业务。

王清到案第七天，李冠楠批准逮捕决定书下来了，按照程序法规定，逮捕决定书下达后要在二十四小时内宣布执行。

第二天正是农历六月初六，这个日子在二十四节气里预示着春天已经过去，酷暑炎热到来。今天平平常常走程序提审，铁荣三还是做好了充分准备。提审室里热浪扑面，铁荣三打开吊扇。

李冠楠随内执勤民警来到提审室，看上去精神比刚来时好多了，眼睛轮廓恢复了正常，人消瘦了一些。铁荣三递过去一杯水，又给点上一支烟隔着铁栅栏递过去。

李冠楠有吸烟习惯，接过烟深吸了一口笑着说道，谢谢，谢谢。我出去了我也请你们吸烟。

铁荣三看着他吸烟的表情心里想，这可能是他一生中最香的一口烟。细看李冠楠的表情很正常就问，在里边还习惯吗？李冠楠又深吸了一口烟说，还习惯，还习惯。

铁荣三担心地问道，号里有没有小痞子欺负你？李冠楠笑一笑说道，没有没有，一进去很多人认得我。那一群小痞子看着我说，快看啊弈城中学校长。号里对我照顾很好，也不给我劳动任务。说着从上衣兜里掏出一根烟递向铁荣三，这是号里小痞子给我的。

我不抽烟，你想抽就抽吧。铁荣三摆手制止说道。李冠楠又把那根烟小心放在自己上衣兜里，还低下头用眼睛瞅了瞅。

按照法律规定，今天我们来向你宣布逮捕决定。逮捕只是一种强制措施，还不是最后处理结果。你有什么意见吗？铁荣三简单几句话算是向李冠楠宣布了逮捕。

没有，我还是自己不行，还是自己贪心，我是罪有应得。说着说着李冠楠的表情又严肃起来。

我们国家法律制度也正处在改革完善之中，相信法律是公正的，会给你一个合理的处理结果。铁荣三又细心观察着李冠楠的表情说，其实坐牢也是一种人生。只要我们的心敞开了，所有过程都是人生的一种历练。这是逮捕证，你签字吧。

李冠楠迅速签完字后，吴远开始记录审讯笔录。铁荣三与李冠楠又说了很多宽慰的话，吴远不时地记录材料问道李冠楠一些细节。

中午吃饭时间到了，这时内执勤民警走过来提醒说。铁荣三对内执勤点了点头又对李冠楠说，你该回到里面吃午饭休息了，有需要我们帮助的我们会尽量做好。

我不饿，我不饿，就在这里说说话吧。两个星期以来李冠楠头一次提出要求。铁荣三高兴地说道，那好吧，今天是六月初六我请客，你想吃什么？李冠楠想了想说，农历六月初六，我想吃顿煮羊肉。

那好，我家里今天中午煮羊肉，我让司机回去弄来。铁荣三对李冠楠说完又安排司机回家取羊肉。

不到二十分钟，铁荣三提着羊肉来到提审室里。铁荣三盛上满满一碗递给李冠楠说，李老师你先吃。他们四人在铁栅栏外面陪着李冠楠一起吃完午饭。

内执勤民警走过来，催促李冠楠回去休息。

李冠楠站起身依依不舍地说，谢谢你们陪我吃这顿饭，谢谢！

二十七

凌晨四点，BP 机不停地尖叫着，铁荣三一骨碌从床上爬起来，迅速拨通宿舍里电话问，哪位？这是弈城看守所。所长让我通知你，犯罪嫌疑人李冠楠畏罪自杀，现正在弈城医院抢救。

铁荣三一听说道，我马上过去。

铁荣三心里怦怦直跳，急忙穿好衣服。心里想昨天提审还好好的今天怎么就自杀？他迅速通知赵局长，自己骑摩托车向医院奔去。

铁荣三赶到医院急救室时，医生护理人员正在忙碌着，他和看守所所长坐在门前排椅上静静地等待着。这时赵局长、于主任等人赶来，焦急地问道铁荣三什么情况，铁荣三摇了摇头。

看守所所长向大家说，估计是凌晨三点李冠楠把囚服撕成碎条搓成绳子在号内卫生间里企图畏罪自杀，我们发现后立即送来医院急救，现在抢救一段时间了。

医生从急救室出来喊道，病人家属签字。看守所里还没有来得及通知高老师，李冠楠唯一的儿子定居美国，弈城里也没有任何亲人。

铁荣三知道，这个时候一分钟也不能耽误，他看了看周围同学，毅然作出决定说，医生，我来签。不管什么情况一定把人救过来。

你放心，我们会尽最大努力抢救。护士狐疑地问铁荣三，你是他什么人？铁荣三知道医院规定立即说，我是他亲儿子。

时间一分一秒地度过。

莫伦燕扶着高老师赶来，刚走到急救室门口，高老师两腿一软坐到地上，莫伦燕急忙把高老师扶起来说，高老师别急，大家都在。

阳光透过窗子洒落一地惨淡的影子，急救室里医护人员停止了抢救工作，医务人员一个个疲惫地走出急救室。

他们急忙走进急救室，高老师已经泣不成声，莫伦燕大声喊着，李老师，李老师。

李冠楠躺在流动车上被推出手术室，面色呈现土黄色，永远地闭上了眼睛。

一生中紧皱的眉头却奇迹般地舒展开来，神情安详而和蔼。

二十八

李冠楠死亡的消息，引起弈城大街小巷里一阵热议。

各大媒体记者轰然散去。

弈城县长被调到另一个偏远地区任职，县长独自坐上远去的列车，开始了又一次拓荒征程。

弈城又恢复往日的宁静。

二十九

又是一年元宵节。

冬天的寒冷还没有退去，大青山静立在空旷寂寥的原野上，满山的马尾松正在孕育着无边的绿意。

掌灯时分，铁荣三他们赶到李冠楠墓前点燃了蜡烛，默默哀悼。为死去的，也为活着的。

烛光里映出李老师那痛苦的表情和沉重的话语，我无脸面对家人，无脸面对关心支持和帮助过我的人。

沉沉夜幕下，烛光熠熠，一盏两盏瞬间万家灯火点亮了初春的原野。

烛光能照亮后来人吗？

第六章

无中生有巧取外围证据

围追堵截桎梏人生现形

一

警车行驶在205国道上。警车一侧标有弈城检察字样。

公路两边，一排排白杨树傲岸挺立，象征着一种形象一种气质。旷野里，收割机喷出一股股浓烟飘荡在蓝天白云下面，一片片金黄色的麦浪随风起伏。大片大片的麦田里，农民们正挥舞着镰刀收获着季节的馈赠。

又是一个农忙季节。

铁荣三和吴远一路长途正急忙返回弈城，刘剑锋双手紧握方向盘集中精力不断加速。几天来的疲于奔波，各人脸上略带倦意。

铁荣三看着车窗外面繁忙景象心里焦急。想家中已经麦收了，妻子正满脸汗水挥动镰刀收割麦穗。星期天一定回去帮助妻子收割小麦，还有在城里买好的玉米种带回去准备夏播。

吴远问铁荣三，昨天晚上看新闻了吗？铁荣三问道，哪条新闻？

吴远眨巴着眼睛说，就是央视一台深度报道东北省红旗医院医务工作人员拿红包、吃回扣违法违纪的那条。铁荣三想了想说，看了，这是一个信号。医药市场确实需要整顿，社会舆论往往就是反腐败斗争的导航。

吴远问铁荣三，医疗系统改革多年了，怎么就是没结果呢？看来医疗改革很难，不是说医药分开吗？铁荣三长出了一口气说道，如果分开能解决问题早就分开了，医疗系统改革也早就大功告成了。医疗改革吵吵闹闹无休无止十几年，也没个成型方案，也没有什么成果。再说医药分开肯定会触动一部分人的神经元，牵扯一部分人的利益，所以改革很难。

刘剑锋边驾车边说，这几年医药费用涨价幅度比牛市还猛，一支普通针剂价格从医院药库里发出来比出厂价高二十倍。我记得前几年我们查办一个药品贩子行贿案，他说仅是他这一个环节利润就百分之四十多，医药市场确实够邪乎的。吴远埋怨道，大型医疗器械呢？这年头物欲横流，白色欲望，黑色陷阱，红色处方，害苦了我们老百姓，生病难住院难，现在又出现了出院难。

肖政气愤地说，医疗卫生行业应该整治整治了。但是医生接受红包，你说是以权谋私还是以业谋私？法律上还没有明文规定。刘剑锋插嘴说道，法律滞后问题从新中国成立到现在一直没有好的办法解决，现在一场喜宴能吵死一个派出所所长，一盒天价烟能毁灭一个高官，一套房子能牵出一群腐败分子。丑恶的东西经不起阳光暴晒，不良陋习就该让舆论界曝光，让它无藏身之处。

吴远考虑一会说，如果把舆论界与我们反腐败斗争结合起来，我想效果会更好，腐败分子就无处藏身了。肖政说，我们国家正在探讨实践，从现在情况来看，还没有一个整体有效机制，效果也不太理想。但起码腐败分子不再那么张扬，起码要收敛收敛。

铁荣三眉头上那颗黑痣好像永远在思考着问题。慢慢说道，经典主流色调永远不需要改革。

吴远问刘剑锋，还有多长时间到家？刘剑锋想了想说，还有差不多四小时。怎么？想哪位了？是哪个单位的？吴远被刘剑锋一句话说得有点不好意思了说，瞎猜什么？我现在还是孤家寡人一个呢。

可别学独身主义者，回去我给瞅瞅介绍几个？刘剑锋两眼正视着前方又说，快说什么条件？党政事业单位还是国有企业职工？还是工商个体？吴远脸上微微一笑说，那我先谢谢你了，到时我请你喝酒。

刚刚进入弈城县境内，BP 机铃声突然叫个不停。铁荣三拿起一看向刘剑锋要过手机回电话。回完电话铁荣三对他们说，家里打来电话老妈病重得住院，我先让你嫂子送医院去。刘剑锋直接送我去医院，大家回去休息。

刘剑锋开车向弈城医院驶去。

二

弈城医院宽敞的入口两边，两棵高大法桐树树冠浓荫蔽日，投下大片阴凉，地面上摆了水果、油条、肉、火烧等各种小摊。院内六层办公楼前停满了拖拉机、木板排车等各种车辆。办公楼过道里，进出院的人来来往往。

救护车大声呻吟着进进出出，一辆接着一辆。

铁荣三看了看说，院内车辆已经停满了。咱们警车不进院子靠边停车，我下车就行。警车慢慢靠路边停住，铁荣三下车后说，你们回去休息吧。

刘剑锋说，这怎么行，我们一块来的怎么也得一块走啊。刚住院检查化验这套手续你一个人跑不过来，我们和你先跑跑住院检查手续。肖政也说，对，我们和你跑完住院手续，等大娘安顿下来再说吧。

铁荣三知道病人住院手续繁杂，一个人半天时间也跑不出头绪。就说好吧，咱们先到急诊室看看，这会儿应该到了。

急诊室门前排椅上坐满了焦急等待的病人和病人家属。急诊室内，医生大声喊叫应诊病人，医护人员忙成一团。

铁荣三从急诊室门口往里瞅瞅，看母亲还没有来转身对吴远和刘剑锋说，按时间算应该来了。刘剑锋平时点子特别多做事爱动脑子，看铁荣三着急就说，我查查急诊室值班室记录吧。

急诊室值班室里，值班人员不停地整理着病例档案，铁荣三和刘剑锋站在那里排队等待。过一会儿值班人员转过身问他们，你们有事吗？没事请到外面去。铁荣三忙说，麻烦一下。刚才四角沟有个病号来过了吗？值班人员问，男的女的？铁荣三说，是我母亲。

我看看记录。值班人员翻找着档案记录找了会儿说道，今天住院的没有这个人，是不是怕住院花钱没有来？

哎呀。铁荣三听后心里又开始着急。他知道母亲平时一分钱恨不得掰成两半花，有病从来都舍不得花钱住院治疗。刘剑锋说，我们用车去接来，上了年纪生病可不能硬抗，时间长了小病都成了大病。

铁荣三知道不到万不得已玉秀不会给自己打电话。他想了想说道，只能这样了，违反规定用一次公车。肖政说，这不算违反规定，平时我们出发遇到重病号也都得帮忙。

四个人出了弈城医院门口。刚上车刘剑锋说道，肖政和吴远别去了。回来还要拉几个人，都去就坐不开了。铁荣三说，对，你俩别去了，回去休息吧。肖政说，行，晚上需要人手我们再来。

山路蜿蜒曲折，警车在山间小路行驶。刘剑锋不断地加大油门。

不一会儿四角沟村到了。远远看见村口那座小院，车辆停在院子门口。铁荣三进门一看，母亲躺在床上脸红红的不住地咳嗽，一看就是发高烧。妻子玉秀正端着脸盆，用毛巾给母亲擦脸降温，母亲一边咳嗽着嘴里还不知在唠叨什么。

看到铁荣三他们，玉秀脸上有了笑容。母亲一看铁荣三回来就说，工作这么忙你回来干什么？我就是普通感冒熬过几天就好了。

玉秀站起来给刘剑锋让座说道，别站着，快坐下。玉秀又走到铁荣三面前小声说，打吊针一个星期了一点不见好转，我才给你打了电话。咱妈听你的，你快说说去住院吧，这样下去可不行。

嗯。铁荣三点点头。村里医疗条件差，不去城里住院不行。伸手摸摸母亲额头说，高烧不退，呼吸道感染了，得赶快去住院治。母亲咳嗽着说，过几天就好了，我不去住院。母亲摆手拒绝不去医院住院。

铁荣三话语里开始着急说，感冒初期好治。你这都错过最佳治疗时间了，再不住院治疗会引发其他疾病。看看，呼吸道感染很严重了。

我可不去，去年一场感冒把他一年的工资都砸去了一半。母亲对刘剑锋说，唉，全家人生活就靠那两亩地，还有他那点工资，一住院就怕落下饥荒。

现在不去住院治疗，恐怕我一年工资也不够了。有病就早治，早治花钱还少。铁荣三知道母亲那个拗脾气，耐心劝说也不一定管用。

刘剑锋一看太阳要落山了，再这么僵持下去不行。眨巴眨巴眼睛说，大娘，我们有公费医疗，用我的或铁荣三的都行，去住院治病不用家里花钱。玉秀听后说，你就快去吧，这不天上掉下来的好事吗？还担心什么，有公费医疗你就去享享福吧。

看到母亲有点犹豫，铁荣三向刘剑锋一使眼色。刘剑锋马上说，大娘我们扶你上车。玉秀扶起婆婆，铁荣三立即背起母亲向门外走去，回头对妻子说道，玉秀你也去。玉秀点点头说，我早准备好了。拿着早准备好的提包，提起一个暖壶一块上车。

刘剑锋迅速发动车辆。

爸爸，爸爸。远处铁子胸前挂着大书包从街头跑来，趴在车门子上呼哧呼哧喘着气说，爸爸你不住几天吗？我有一道数学题不会做，你给我讲讲吧。

铁荣三看了看铁子说，你奶奶病了去城里住院，自己在家要管好自己，学习遇到不明白问题和同学多讨论讨论。玉秀也说，去你姥姥家吃饭，别贪玩听话。

铁子点点头，眼巴巴地看着警车驶出村外。他不知道爸爸为什么老是匆匆忙忙来来去去的，记忆里爸爸在家时间很少，也就是逢年过节来家待几天，有时逢年过节家里也见不到爸爸人影。

大人为什么都这么忙？

三

一阵忙乱走完所有检查科室，办完住院手续。等到病人躺在病床上，已是华灯初上，繁星满天。刘剑锋才感觉到肚子饿，咕噜咕噜响。

铁荣三让刘剑锋回去休息，玉秀去外面买日用品。

铁荣三拿过椅子坐在母亲床头，看着吊瓶药液一滴一滴流入母亲静脉，自己那颗悬着的心也平静下来，一阵疲劳袭来铁荣三慢慢合上了眼睛。

玉秀提着脸盆和一些日用品走进病房，看到铁荣三闭着眼睛，母亲侧过身也看到铁荣三睡着了。玉秀赶紧向母亲摆摆手示意别惊动他，母亲点点头没吱声。

铁荣三靠在椅子背上，鼻息传出均匀的呼吸声。

弈城反贪局长办公室，赵局长、铁荣三和肖政正在研究一封匿名举报信。举报信内容不到一页纸，内容比较模糊。你们看看。赵局长边说边把一封举报信递给铁荣三。

铁荣三静下心来看完举报信内容说，看来这封举报信是老同志写的，举报内容虽少但切中要害，只是数额有些夸大。证人是谁？工作单位在哪里？这些必要元素都不清楚，还牵扯到异地取证。赵局长说，检察长指示让抓紧初查，全国医疗系统严打整治工作马上展开，舆论界已经开始行动，我们查办案件工作要走在前头争取主动。

肖政刚看完举报信说道，弈城医院在弈城影响很大，必须慎重。要不我们干脆擒贼擒王，然后再浑水摸鱼把这些腐败分子一网打尽。

赵局长思考片刻后说，弈城医院医药器材回扣，绝不会只牵扯一个人。从最近情况看，医疗器械和医药回扣已经向集体化、整体化发展，医疗系统腐败现象到了非整治不可的时候了。国家反贪机关部署也是非常及时，全国反贪机构形成集团力量都力查一批医药回扣案件，整体上对这种腐败行为就有所遏制。弈城医院情况比较复杂，一旦交手什么情况都会发生。

铁荣三忧郁地说道，我也觉得不妥，交手后万一进入胶着状态，时间将会被无穷拖延，我们拿什么去打破僵局？再说侦查审讯力量本来就是薄弱环节。

赵局长想了想说，必须有个妥当方案。

铁荣三问肖政，今天什么日子了？肖政说，六月二十日。

铁荣三又说道，事业单位不是有个半年财务审计吗？我们可以秘密初查，先从审计弈城医院账务账入手，尽量找出些蛛丝马迹。赵局长点头说道，化妆侦查也是一个可行方案，可以直接检查账务，让审计局人员配合一下。

铁荣三说，检查账务就是直接进入弈城医院核心地带，审计局经常例行审计也经常审计出一些问题，对我们工作帮助很大。赵局长拿起电话说，审计局陈科长和小王与我们配合多年，这两个同志非常可靠，我来安排。

弈城医院财务科办公室里，审计局工作人员正在审计账务，这天下午季度审计工作基本结束。

四

弈城医院财务档案室里，两排档案橱靠墙分列两边，中间几张办公桌一字排开，桌面上摆满了账本凭证。

审计局陈科长问医院财务人员，医药回扣款怎么没建账？其他收入里也没看到这块收入。财务科会计说，我们医院从来没有医药回扣收入，我这还是第一次听说医药回扣这回事，我们医院没有这个账户。

陈科长又问道，其他收入里有医药回扣收入吗？财务科会计想了想说，没有，有医药回扣收入的话，应单独设立收入科目，不能混淆在其他收入里入账。

陈科长想了会又问，医疗器械回扣呢？财务科会计笑着摇摇头说道，从来就没有。我们医院里没听说过医药回扣和医疗器械回扣，医院不搞这个。

弈城医院财务档案室里，铁荣三与审计工作人员检查完弈城医院相关账务后，对往来账进行仔细研究。

陈科长对铁荣三说，你看这些往来账，医药医疗器械经办人记录，有的只是公司或城市名字，有的只有一个联系号码，记账内容都不全，不能全面反映账务往来情况。铁荣三也感到这账记得有违常规，结算单据上内容更是让人不理解，经办人栏目只有姓氏没有名字，面目全非而且很少现金结算。

吴远拿过一个凭证说，海城这个客户有联系号码和结算账户。吴远的提示，引起了铁荣三注意，他拿过弈城医院空白记账账页，按照记账规则做了记录，在户名栏内注明其他收入，并按当时医疗器械百分之五回扣比例进行模拟填写。

陈科长拿过一本记账凭证找到一张十万元现金支票说，这张现金支票支出内容不清楚，好像是付了货款。综合看了看，弈城医院与这家食品厂从没业务往来。铁荣三一看那张现金支票，暗想可以先异地核查，看看这张现金支票到底是怎么回事？

那张现金支票，那张满天飞的现金支票，转账支付二十三次历经二十三人背书，飞遍中国大江南北最后落脚点是新疆克拉玛依油田附近棉厂。遥远的北疆，神秘的背书人，这是一场什么样的游戏？现金支票在天上飞，铁荣三他们在地上拼命追。

铁荣三的担心并不无道理，外围入手，获取证据。这个初查方案，将会困难重重，稍有不慎所选中目标便会消失在茫茫人海，踪影难觅。

五

BP 机呼叫声把铁荣三从睡梦中惊醒。铁荣三告诉母亲和玉秀说局里有事，需赶紧回单位。母亲抬起头对铁荣三说，你回去吧，这里有玉秀照料就行了，别总往医院里跑耽误了公家的事儿。

好吧，早上血检后再吃饭。铁荣三嘱咐完玉秀匆匆走出病房来到街上，肚子咕噜咕噜直叫。铁荣三才想到自己一天没顾上吃饭，走到地摊前买了两个火烧边走边吃。

铁荣三走后玉秀说，娘，您看荣三怎么老是这样忙，和没家似的。娘说，端人家饭碗受人家管，公家这碗饭儿不易吃。

忙到什么时候是个头啊，没有星期天没有节假日没日没夜的。玉秀不是埋怨，她是心疼荣三。玉秀刚和铁荣三结婚时，也不理解铁荣三那份工作，看人家夫妻成双成对地出出入入，心里总会有一种疑惑一种羡慕一种失落感。而自从结婚后一直像寡妇一样生活着，好在荣三回来对自己又疼又热。儿子出生后她心定了，她知道这就是自己的命，自己的归宿，自己一辈子要过的日子。

夜里，弈城医院灯火通明，午夜后整个医院里静了下来。玉秀坐在病床边看到母亲睡着了，自己两只眼皮也在打架。不知不觉窗子外面黑魆魆的夜空变得清晰起来，天亮了。

玉秀警觉地说道，娘，我怎么觉得不对头，感冒住院怎么住进外科病房？玉秀的话也引起母亲警觉，她担心问玉秀道，是不是要动手术？那我可不做，打完吊瓶我们就回去。

这时医务人员走进病房查房，玉秀一眼就认出昨天在门诊给母亲看病的那位女医生。玉秀忙问道，医生，我们是重感冒住院，怎么安排住外科病房？

医生笑笑说，我们医院没有专门感冒病房，感冒病人哪里接了哪里负责。昨天是我在门诊值班，我接的病人就住外科病房。噢。玉秀还是疑惑不解，她觉得城里医院和乡下就是不一样，医生也比乡里医生洋气。就说眼前这位端庄大方的女大夫吧，五十多岁了还是那么漂亮、年轻。

护士。那位女医生边喊边回头看去。护士提着一箱牛奶和一束鲜花来到病人病床前说，大娘，这是我们医院院主任一点心意请你收下。又回身介绍那位女医生说，这就是我们院外科主治医师阮主任。

母亲感激地想坐起来，护士前来制止。玉秀也不知道是拒绝还是接受赶

忙说道，谢谢阮主任！

阮主任说，不用谢。又问道正在量体温的护士，病人体温还高吗？

护士说，体温基本降下来了，还稍高一点。现在是三十六度八。护士在护理簿上面做着记录。

就是上呼吸道支气管感染，再打几天点滴巩固一下，观察观察。阮主任说完和护士离开病房。

玉秀感激地送到门口回来后说，娘，得去抽血化验了。玉秀扶着母亲慢慢向化验室走去。

六

外科主任阮丽是弈城医院建院时第一批入院大学生，虽然是工农兵学员，在大学时没学到多少知识，但师傅领进门修行在个人。在医学知识上，同班学生学习成绩好的可以教学习成绩差的。阮丽对外科悟性很高，她是同级大学生里少有的女生，加上这些年来不断实践探索，如今已是弈城知名度很高的女外科大夫。事业上一顺百顺给她带来生活的充实感和成就感，很多人都羡慕她，甚至妒忌。

丈夫是弈城医院院长尹长伦。尹长伦和阮丽在工农兵大学里是同班同学，他根正苗青一家三代老贫农，在校任学生会主席兼外科学员班班长，就是学习成绩不怎么样。学习期间经常偷偷咨询阮丽，制造了不少恋爱风波。阮丽对此颇有反感但也没办法，阶级友爱吗还是要讲的，谁爱怎么说说去就是，反正自己也是贫下中农后代，历史上也清白没什么污点。

大多数时候命运不是掌握在自己手里，大学毕业后阮丽本想留校任教，但却接到弈城医院录用通知。报到那天，阮丽在医院办公室门口碰到尹长伦，她强忍着内心反感和老同学打着招呼。当然，尹长伦历来都是主动出击。

我先来你后到，我俩承前启后，看来我俩有缘。尹长伦笑道。

是吗？其他专业的同学没有分过来吗？阮丽对尹长伦说不出好感还是反感，就是一般同学关系。

没有。我问过我表叔，今年就我俩分派过来。来，我帮你去办报到手续。尹长伦拿过阮丽手中行李，两人边走边谈。

后来尹长伦和阮丽分到同一个外科，阮丽成了主治大夫，尹长伦只能给老同学做助手。尹长伦多次托人到阮丽家提亲，父母也都同意这门亲事，但阮丽不同意。

星期天阮丽回家，父母郑重其事地和她谈这个事。

阮丽笑着对父母说，他那业务水平只能去割死尸。要是让他做活体主刀手术，活人都被他割成了死尸。父亲劝道，尹大夫一表人才，家庭出身也好，我看这小伙子中。母亲也劝说，人家人品好。再说为这事院长可是来过好几次了。听说院长和尹大夫是亲戚，你以后在城里也好有个照应。男大当婚女大当嫁，女人过三十岁就老了。你就答应了吧，给人家个回复。

阮丽经过几年锻炼，对人情世事也懂得了很多，但是她看不上的就是尹长伦那业务。她没好气地对父母说，一个大男人抢救病危病人吓得撒腿往外跑，他还能做什么？这事不行，以后谁也别再提了。

面对女儿的执着，父母也不好说什么。其实阮丽心里也纠结，在这个小城里她四顾茫然，学历相当的几个大学生都回到乡下和贫下中农打成一片了。有的已经是两个孩子父母了，而自己仍然孑身一人。

阮丽回到医院上班时正遇上老院长，院长要阮丽到他办公室说有事情谈。阮丽到单身宿舍放下提包，匆匆来到院长办公室，一进门她看到尹长伦已经坐在那里，阮丽走到另一边与尹长伦隔桌对坐。

尹长伦给阮丽倒上一杯水。老院长对阮丽说，院里人事要大动，几位老医生都靠祖传那点业务底子支撑到现在，下一步你们都要挑起大梁。人事调整完马上进行医疗改革，你们有什么想法？

阮丽说自己没什么想法，只是想干好自己那份本职工作。阮丽还保持着那份淳朴，她只知道自己要做好手术减轻病人痛苦，自己在医术上要求很高，精益求精。

尹长伦却大谈特谈了医疗改革想法，谈了当前医疗工作弊端，也谈了自己对本院医疗改革的看法，老院长边听边点头。阮丽在一边却听得脑子直发懵。

过了几天，弈城医院人事改革结果出炉。阮丽众望所归挑起大梁，担任弈城医院外科主任。尹长伦工作变动出乎所有人意料，担任弈城医院副院长。那年阮丽与尹副院长结婚生一女孩，日子在一天天忙碌中度过。后来老院长退位，尹长伦接班顺理成章地当上了院长。

女儿一天天长大，而阮丽心里却增加了一丝丝担忧。

七

反贪局长办公室里赵局长问铁荣三，银行查账情况怎么样？

这张十万元现金支票，从弈城医院付出后先是转给弈城大地有限公司，再转账二十二次，最后转到新疆克拉玛依油田棉厂承兑。铁荣三对赵局长说道。赵局长边思考边说，现金支票大旅游，弈城医院在玩什么把戏？谁是幕后操纵者？院领导还是财务人员？赵局长又摇了摇头说道，这条路不通。

肖政没参加异地查账，听后也觉得奇怪问道，大地有限公司是食品生产厂家主要生产糖果，弈城医院和他们有什么业务？十万元糖果可够弈城医院吃一阵子的。

大地有限公司与弈城医院是什么关系？赵局长问铁荣三。铁荣三说，据初步了解这个公司经理与弈城医院没什么关系。而疑点就在这里，没有任何关系却有了账务往来关系。我看那张现金支票，我们不管它后面尾巴有多长，大地公司是一个关键环节。

赵局长想了想说，我们也不能在一棵树上吊死。这样明天我们兵分两路，我和肖政找大地食品公司经理了解情况。你带刘剑锋和吴远去趟海城，根据前段时间掌握账务资料，摸摸情况，最好拿到证据。铁荣三想，异地调查大海捞针，关键是能否找上证人，找上证人一切就好解决了。铁荣三有些犯愁，似乎还想说什么却没有说出来。

赵局长觉察到铁荣三的表情问，有什么想法尽管说。铁荣三连忙说，没有，我担心万一找不到证人怎么办？

那好，我们分头准备，明天早上行动。

刘剑锋和吴远都在办公室里，看到铁荣三和肖政回来吴远问道，你怎么又来上班，大娘不是还在医院里吗？

有任务。刘剑锋和吴远听说又有新任务马上围过来，铁荣三说去趟海城，估计得三四天时间，各人回去准备准备。

吴远着急问，去海城执行什么任务？又去查账吗？医院里就嫂子一个人可不行。刘剑锋也说那你就不能去了，大娘还躺在医院里。

铁荣三慢慢说道，医院里有你嫂子照料。去海城顺利的话两天就能完成，力争一天完成。如果出现特殊情况，赵局长和肖政还在家里。

肖政拍拍自己胸脯说，你们就放心去吧，家里有我呢。

铁荣三告诉刘剑锋和吴远说，秘密初查，外围取证。晚上回去都好好想想，方案要仔细不能出半点差错，明天早晨六点集合出发。刘剑锋负责车辆安排。

八

海风夹带着海腥味阵阵吹来，大海的波涛声远远传来。蓝蓝的天空上飘着朵朵祥云，成群的鸥鸟展翅万里海疆。

海城市路边，铁荣三拨通了当地查话台。查询得知那个号码是国外太平洋医疗器械有限公司，香港路1186号。有了地址离目标接近了一步。

刘剑锋驾驶着商务车沿香港路放慢速度前行。回头问吴远，商务车舒服吧？吴远说，当然舒服，到哪里搞的？刘剑锋说，我跟老爷子换的。到海城来不能太寒碜了。

铁荣三和吴远不断观察着马路两侧高大建筑群，不一会儿1186号写字楼找到了。这是一座三十九层写字楼，在香港路繁华建筑群里充分展示着它的地理优势，太平洋医疗器械公司办公室在三十二层。

铁荣三又联系城南区检察院反贪局问道，你是城南区检察院反贪局吗？电话里传来城南区检察院清晰的回音，我是，你是哪位？

铁荣三说，我是弈城人民检察院反贪局的，到海城找一位证人。能否用一下你们的询问室？对方问道，请问你们要用多长时间？

铁荣三回答说，两个小时。对方回话说，行，我们晚上要用，我现在就和局长打个招呼。

铁荣三说道，好的，谢谢。不一会儿城南区检察院反贪局回话说，外协组给你们准备好了。铁荣三与当地检察机关联系，取得当地检察院反贪局的支持，防止发生意外情况。

铁荣三与吴远走进写字楼。写字楼内果然气派，宽大地板上面铺着深红色的地毯，显示出独特的尊贵和大气。高大的铁树位列门厅两边，墙壁背景装饰得金碧辉煌。

吴远正四处观望，一位保安迎面走来。

保安问道，请问你找哪位？铁荣三笑笑说，我们找太平洋医疗器械公司经理。保安又问道，请问你是哪里？吴远说，我们是弈城人民医院来太平洋医疗器械公司考察器材的。

好的，你稍候。门卫说完开始拨打电话，不一会儿一个年轻人从电梯里出来走到保安跟前，门卫示意联系人是铁荣三。

铁荣三随机应变，以医院考察医疗设备名义将太平洋医疗器材公司负责销售的部门经理诱至楼下。

吴远走向前去问道，请问你是？来人自我介绍说，我叫李旭，太平洋公司西南片业务经理。吴远向李旭介绍铁荣三说，这是我们弈城人民。铁荣三用眼神制止了吴远介绍忙对李经理说，我姓铁。李旭紧紧握着铁荣三的手说，是铁院长吧。你好，听说弈城人民医院领导班子刚换届，我首先向您表示祝贺。尹院长还上班吗？

铁荣三说道，尹院长德高望重，院长位子还是他的。我们这次来就是尹院长介绍的，想考察部分医疗器械设备。有顾客上门李旭不亦悦乎，连忙把铁荣三和吴远引至客厅边倒水边说道，你们医院的核能磁共振就是我三年前和尹院长洽谈安装的。

铁荣三说，你们服务周到，老外产品质量也过关，性能一直很好，我们现在一直用着也没出什么毛病。李旭高兴地说道，我们现在经营太平洋公司核磁共振第二代产品，其性能远远超过三年前第一代，发展前景也被普遍看好。

李旭兴致不减马上转入公关说道，各位远道而来，我尽地主之谊。今天中午先看看崂山道士，再经过黄金海岸，如果各位运气好的话还可以看到海市蜃楼，再到栈桥临海大酒店品尝海鲜。既来之则安之，多住几天看看我们海城风貌。

铁荣三不想和李旭过多纠缠。于是说，用我们商务车，你来做导游。李旭知道，把这些大院长伺候好了，所有事情都会水到渠成，功夫都在诗外。于是兴奋地说道，好的，上车。

九

商务车沿滨海大道而行，清新的空气，宽阔的马路，成群的游客，还有路边别致的建筑群和绿化树，都让人目不暇接。

车辆出了香港路后商务车直奔八大关而去。李旭在车上急忙说道，错了错了，左拐按我说的路线走没错。铁荣三亮出工作证，李旭看完后一愣。铁荣三又说道，你说的没错，现在请跟我们走一趟吧。

李旭一看是弈城检察院反贪局的，知道弈城反贪局找上门来没有好果子吃，在车上一直低着头也没再说话，不知在想些什么。

城南区反贪局办公楼像一座中世纪古罗马城堡，整座办公楼都用不同形状的条状石块砌成，就连门窗也是用条状石块雕琢而成。走进办公室内却让人感觉不到半点石头的硬度，室内那一缕缕斜射的光线显得格外柔和。铁荣三他们心里暗暗赞叹，把反贪局工作区安排在这样环境里肯定会起到事半功倍的效果。

询问室里，李旭异常警觉冷静，对办案人员的询问应对自如。商人的机敏，演说家的口才，在铁荣三和吴远面前充分展示出来。但是，一个照面后铁荣三心里已经有底了。

一个半小时过后，李旭不但不配合工作，反而玩起了地头蛇把戏，耍起了无赖。

李旭说，单位里还有急事需要回去处理，处理完后再过来好吗？

铁荣三静静地说道，如果你想谈十分钟就能谈清楚，用不着回去再回来，我们也没那么多时间奉陪。

李旭说，公司里的事耽误了谁负责？铁荣三说，由我负责，你放心待在这儿。

李旭看一计不成，脱不开身，立即面有难色抓耳挠腮说道，这事都过去三年了，我一点印象都没有从何谈起？有个本子记录，我回去拿来看看也许有点印象。

铁荣三问道，本子在哪里？李旭想想说，可能在家里？

铁荣三知道李旭又想耍什么花招。就说道，我们查过弈城人民医院往来账，三年来你和弈城人民医院就这一笔业务，也是你打开西南片区第一笔业务，你说想不清这不是理由，说明你还是有想法，还是不想配合我们。

李旭知道反贪局不可能放自己回去，现在已无法脱身。心里不停地盘算，如果讲出来自己失掉的不仅是一个客户而是西南片区整个客户群，更重要的是失去自己苦苦经营多年的经济利益链。他心里暗暗给自己鼓劲，一定要顶住打死也不能说。

铁荣三心里也在想，侦查工作取证难问题，多少年来一直没有好的办法解决，不管是秘密初查中调查询问还是立案后依法取证，都避免不了磕磕碰碰的现实，公民自觉守法护法意识亟待提高。李旭目前急于摆脱询问，才刚刚开始急躁，要让他进入状态还必须有一个过程。这个过程中每一步都要小心，火候必须适中，功夫必须到位。否则会离题万里，一发而不可收。

李旭想，自己在商界这些年从未失过手，想不到小小弈城会有如此难缠的角儿。一个多小时里自己每一步思路都被他识破，并且无形中被一一堵死。过了一会儿又说，我确实没有送钱给他们，他们来海城疗养我接待过几次，我想着其他方面没有什么事？

李旭的话引起铁荣三高度警觉。铁荣三问道，你说的这个事我们都知道，现在要求你谈清楚。李旭随便回答说，就是尹院长来海城疗养了几天。

铁荣三紧追不舍又笑着问道，不对吧，你仔细想想还有谁？李旭犹豫了很长时间后说，还有尹院长家属院主任。李旭说完后显得心神不宁，不知李旭想起了什么?

铁荣三一看李旭的表情立即追问道，说清楚你和他们之间有哪些不正常的经济问题?李旭回答说，我们太平洋医疗器械公司是跨国经营，花一分钱都要由总部批准，花钱多了都要由自己负责，我个人也没有这么多钱送给他们。

吴远适时问道，医疗器械市场你了解我们也了解。你的理由很苍白，你已经做贼心虚，不打自招了。李旭一听顿时生气说道，我招什么了?我做什么贼心怎么虚了?反贪局办案也得讲理吧，我就是没送钱，你们能把我怎么样?

铁荣三严肃地说道，你说对了，我们办案不仅讲理，而且还要依法办案。你刚才说这么多钱指的是多少?今天要是说不清楚我们不会算完。李旭耍赖说，要不你们可以去查查账?

铁荣三问道，账在哪里?李旭说，我们公司只有当月报表，所有账务都在欧洲总部。吴远说，就是所有牵涉到账务材料在天上，我们也会去查个水落石出。

铁荣三步步紧逼，李旭无法挣脱。李旭在铁荣三目光审视下又慢慢低下了头。铁荣三抓住机会施以高压说道，在限定时间内你讲不清楚，你自己考虑后果。

铁荣三这句话无疑给了李旭当头一棒。他抬头说，我只是随便说说，你们当真了。李旭强硬的态度渐渐软了下来。

铁荣三说，是你自己当真了。我们一再要求你实事求是谈问题，你实事求是了吗?我们的原则是依法办案，文明办案。刘剑锋从腰间里拿出一副手铐，哗啦一声扔在桌子上说，今天讲不清楚就刑事拘留走程序，我告诉你手续都办好了。

李旭望着那副锃亮的手铐心里有点恐慌。他知道一旦这副手铐铐在自己手腕上后果将不堪设想，以后别说片区客户经理，就是在太平洋公司也将会很难立足。

铁荣三催促道，我们再给你半个小时时间考虑，半个小时后你将失去你自己的机会。不过，希望你的问题还是在海城解决了好。

这时刘剑锋手机铃声响起来。刘剑锋一听递给铁荣三说，赵局长找你。铁荣三接过手机说，我在询问室，你说你说，嗯嗯，好的。接完赵局长电话后，铁荣三思考了一会儿。

十

询问室里一片寂静。窗外，大海的涛声轰然而至，海鸥的鸣叫声远远传来。

李旭低着头吸一口烟，烟雾从鼻孔里向下喷出又慢慢向四周扩散而去。李旭内心一直在犹豫，不知尹院长是什么情况？是不是被反贪局逮了？如果尹院长向反贪局交代这里面的事，自己怎么努力都是徒劳，还不如给反贪局一个顺水人情。如果尹院长没有交代，自己坚决不能先开口。尹院长是一个善良热心的人，像自己父亲一样，自己绝不能出卖他。李旭在犹豫中坚守着，心里盘算着下一步脱身之计。

吃午饭时候，铁荣三和吴远匆匆忙忙走出询问室。办案包和文件夹没有按规定携带，落在询问室办公桌上面。询问室里只有李旭一个人。刘剑锋站在门外脑袋左摇右晃，悠闲地翻看着一本书。

询问室里，李旭狠命吸几口香烟，低着头在询问室里来回走了很长时间，桌上文件引起他的兴趣。一会儿，脸上露出笑意。他看看刘剑锋在门外看不到这个地方，迅速打开文件夹一页一页翻过，目光定格在最后一张查账笔录上，看完后自己点了点头，迅速复原坐回原处，口中吐出了一串圆圆得意的烟圈。

李旭偷看了那份资料。那是铁荣三查账时用弈城人民医院财务科账页根据当时医疗器械回扣比例虚拟的几笔回扣款记录，其中一笔记录是弈城人民医院收海城市太平洋医疗器械有限公司核磁共振回扣款六万元。这个时间正是弈城人民医院付清核磁共振最后一笔货款时间，所有交易已经完成。李旭关注与自己有关的信息，其他信息没放在心上。

这时，听到门外吴远说，忘了拿资料夹。吴远回到询问室翻了翻文件夹资料，然后小心收起文件夹问李旭，刚才这个文件夹里资料你偷着看了吗？李旭连忙否认说，没看，没看。

真没看？吴远又怀疑地看着李旭收起文件夹放进包里。没有，没有，我在考虑业务上的事情，哪顾得上看什么资料。李旭摇了摇头，语气里有些埋怨气。

吴远提着包走后，李旭坐不住了。铁荣三虚拟的账页，让李旭看到了一丝胜利曙光。他心里想回扣款入单位其他收入账，就不会牵扯到个人问题，自己是虚惊一场。原来尹院长没被反贪局逮住，尹院长没事。李旭笑了，刚才脸上那股阴霾之气一下子全消失了。

窗外，正午的阳光照进询问室里，地板砖反光回照使房间内光线更加明亮。

十一

铁荣三和吴远再次走进询问室时，李旭面部表情恢复了以前的和气。看到铁荣三他们回来就说道，检察官刚才你们没有说清楚，我以为你们说个人回扣款。

铁荣三也毫不客气地说，是你自己理解片面了。我们所了解的回扣款既指单位的也包括个人的，只要牵扯回扣都必须讲清楚。

沉闷了片刻李旭又说道，我仔细想了想是有个回扣的事情，这回我想清了。吴远说道，我们工作都很忙，你抓紧说清楚。

李旭的记忆回到了五年前。

那年春天李旭从国家重点大学毕业，先是作为选调生到政府部门做了两年公务员，他忍受不了公务员岗位那份清贫，辞去职务到外资企业太平洋公司做起医疗器械推销工作。职业虽然不稳定，但报酬优厚又具有巨大吸引力。不久，李旭在同行业中渐渐崭露头角。一九九五年正月底，李旭与弈城人民医院谈成了核磁共振营销业务。签合同时医院院长、分管副院长和医院设备科长应邀一同前往海城市考察设备，商谈历时三天。双方达

成协议，圆满签订了合同。

其实在海城期间，大部分时间里都是李旭做导游领着考察团围着海城转悠，欣赏海城美景，品尝海城美食，了解海城文化。当然，这些都是李旭公关所必需的。李旭心里明白，用户就是上帝，自己把这些上帝伺候好了，无论什么业务也就做成了。至于合同那是次要的事，一式三份三个人用半小时就能全部看完。至于签字盖章，价格斟酌，就看前期公关工作扎实不扎实。

这次，考察组圆满签订购货合同，各种海鲜装满后车厢，考察工作历时三天满载而归。

接下来安装调试设备，定期检修服务，电话咨询应答，结算货款公关。李旭没避讳什么，他一五一十地向铁荣三他们讲述了那段时间里发生的故事。

十二

原来铁荣三、吴远和刘剑锋在去海城的路上，已做了充分准备，酝酿出一个大海捞针计划，并对大海捞针计划每一步，都做了细致推敲安排。

商务车在高速路上疾驰，窗外道旁绿化树纷纷向后倒去。

铁荣三说，弈城医院医药回扣问题不是我们无端怀疑他们，只不过是对方作案手脚比较隐蔽，不漏半点痕迹。今天，就用这张弈城人民医院其他收入账页来演绎一场无中生有。我们用它来以假示真，以虚击实。一旦时机成熟，虚的突然变成实的，假的突然变成真的。

吴远问道，怎么演绎？铁荣三说，温火煮螃蟹，制造时机，把握火候。比如对方急躁情绪是否装出来的？对方和我们周旋时机是处于什么阶段？我们不能让对方那些小把戏瞒过而贻误战机。

吴远又说，把握时机？铁荣三说，三国志中蒋干盗书就是最好战例，偷来的情报往往被认为是最真实的，周瑜就是故意送给蒋干一个偷情报机会。用巧合时间迷惑对方，使对方深信不疑。吴远想了想说，这个巧合我来做。

铁荣三又说，外松内紧，麻痹对方。我们借吃饭时间暂时离开，但对方必须始终在我们掌控之中。那就要看刘剑锋怎么导演了？刘剑锋说，我可做不了导演，不过我可以在门前看看书。

铁荣三又接着说，最后以虚引实，由假变真。整个过程完成后，吴远负责出材料。吴远说，没问题。

铁荣三又对刘剑锋说，你还得适时发挥好法警职能。刘剑锋听后开着车点点头说，那没问题，我玩老把戏？感觉每次都有新内容。

询问室里吴远整理好询问笔录，李旭看后没做任何要求签了字。

铁荣三说，有一篇文章叫庖丁解牛，在庖丁眼里没有一头完整牛，庖丁目之所及再鲜活的牛只是一块块精肉和一根根骨头。文章表面上赞扬了庖丁解牛高超技艺，其实蕴含着道家博大精心的道。李旭你的经营之道是什么？李旭知道铁荣三想说自己采取不正当竞争手段搞公关，面部毫无表情地说，公司里都这样又不是光我自己做。

刘剑锋笑道，在你眼里人是分等级的，等级高的糖衣炮弹型号重些，等级低的糖衣炮弹型号轻些，并且百发百中弹无虚发对吗？李旭生气说道，按你这说法我成什么人了？不能那样理解，我只是搞好经营，提高效益，争创业绩。

铁荣三说，同一件事从不同角度看就会出现不同结果，这就叫横看成岭侧成峰。你的看法只是你对经商之道的理解，只有永远的利益没有永远的朋友。李旭辩解道，我给他们回扣款，都是给单位不是送给个人的，属于我们适当让利行为。他们单位也都入了账，这能算什么事？

铁荣三说，送给单位通过账号打过去就是，为什么还要明一套暗一套的？我看你这是对医院工作人员分割瓦解，各个击破？李旭下意识地低下头，他在搜肠刮肚寻找着辩驳理由。

铁荣三又问，你为什么送钱给他们？目的动机是什么？李旭摇头拒不回答。他明白自己已经讲清了但不明白这些人为什么还想刁难自己，看来这就是执法人员的天性和共性，仗着自己手里那点执法权力，老是想难为难为别人。

铁荣三看到今天询问走向，基本上是按照预先设定路子，就宣布说，经弈城人民检察院批准决定你因涉嫌行贿罪被依法刑事拘留，立即执行。

刘剑锋拿出刑事拘留证放在李旭面前说，这是拘留证你签字吧。

李旭双手抱着膀子问道，我已经如实和你们交代了，为什么还要拘留我？看看没有人搭理又愤愤地说，这个字我不签。

李旭拒绝签字。

刘剑锋迅速拿过手铐，李旭还没有反应过来，一副锃亮的手铐铐住了他的双手。

十三

弈城人民检察院检察长办公室。

检察长、赵局长、铁荣三正在分析研究案情。

赵局长先汇报说，我们到大地有限责任公司后，先从财务科查到那张十万元现金支票。据公司经理讲，海城一个医疗器械商叫李旭和他是大学同学，去年来弈城出差时忘了带钱向大地公司借十万元。过了几天，李旭打电话说上次借的钱由弈城医院还。李旭打电话后第二天，弈城医院打过来一张现金支票还清了这笔借款。我当时还想弈城医院怎么替李旭还账？

大地公司是什么性质的企业？检察长问赵局长。

私营企业。如果是国有企业或集体企业，十万元借款就不是小事了。但是李旭借钱为什么由弈城医院还款值得耐人寻味？赵局长补充说。

一定查清这件事。检察长转向铁荣三问道，你那边情况怎么样？

铁荣三汇报说，昨天六点出发到海城已经十点了，我们先和当地反贪部门联系好再查找相关人员。这个人就叫李旭，很可能和赵局长查账牵扯到的是一个人。李旭是太平洋医疗器械公司片区经理，在我们鲁西南片有业务。这里面还牵扯到弈城医院尹院长夫人阮丽。铁荣三简单汇报了去海城初查获取证据的经过。

检察长一听想了想说，这个女人不简单。

铁荣三和阮丽从未打过交道，从海城情况看，阮丽的确不是个简单角色，对阮丽印象是除了职业上多年形成的那种敏锐精干外，总觉得她身上还有一种看不透的东西。

好，两条线合在一处了。这次最大发现就是李旭，对李旭要加大讯问力度，争取深挖。关于初查情况暂时到这里，你们研究一下下一步工作方案。检察长说完赵局长与铁荣三合上笔记本一块离开办公室。

中午时间铁荣三没顾得休息骑车来到医院。一个侦查员在工作期间特别是在审讯期间，必须集中精力忘掉一切，短暂空闲时候也会想一些事情。铁荣三就是这样，母亲住院，他在病床前总是想些案子上的事情，但出发在外又总感到一丝牵挂。可能人都是在这种矛盾心理中生活，在矛盾中找到平衡点，解脱自我。

铁荣三刚到病房门口，正好玉秀打饭回来。铁荣三简单了解母亲病情，听玉秀说没什么大问题，他心里感到一丝宽慰。

玉秀指着那盆插花说，医院阮主任送过来的牛奶和鲜花。铁荣三一听睁大了眼睛忙问玉秀道，你收下的？

玉秀说，开始我也觉得不对劲儿，这两天我看着住院病人都有一份，护士说是外科病房送爱心行动。铁荣三想了想，没再说什么。

我看了一下住院费用，一天下来得一千多元。在我们乡下打一个星期吊瓶也花不了一千元，玉秀埋怨道。铁荣三怕母亲听到，赶忙用眼神制止玉秀说，这个别和咱娘说。

玉秀问铁荣三，刘剑锋不是说用公费医疗结账吗？铁荣三认真地和玉秀说，那是刘剑锋哄人的，你也相信。我们不能那样做，用我账户公费医疗经费给母亲结账我就是贪污行为，我们家虽然穷也不能贪国家一分钱。

玉秀一听生了气脸一啷当说，哄人做什么？这个人真是。铁荣三解释说，当时不这么说咱娘能来城里住院吗？你别往心里去，刘剑锋不是恶意的，这个事现在千万别让咱娘知道了。玉秀点点头没再吱声。

玉秀跟着铁荣三一块走进病房，看到母亲睡熟了，药液在一滴一滴输入母亲静脉，铁荣三心里说不出个什么滋味。对玉秀说，我到医生办公室看看，如果合适就出院。

铁荣三来到医生办公室时，阮主任刚做完手术回来换衣服，看上去有些疲惫。阮主任知道铁荣三是反贪局的检察官忙客气地让座。铁荣三问道，我母亲什么时候能出院。阮主任说，问题不大过几天可以出院。

阮主任表面上爽快，内心非常复杂，平时看上去冷冰冰的表情，其实内心里也有一副热心肠。铁荣三想说些感激的话，阮主任把话题岔开了。

阮主任仔细看着铁荣三说，我们工作性质不同结果却是相同的，像我这把手术刀只要稍稍一偏就是一条人命。你在这喝水，我去病房看看。说完急匆匆又去病房。

铁荣三想，是不是咨询母亲出院的话让阮主任烦了，也许玉秀看到花钱多已经提过出院的事。一个女人能说出这种话来绝对不简单，不知是忠告还是威胁？

十四

阮丽年轻时候是个单纯的姑娘，经历了由简单到复杂的变化后，她的人生发生了根本变化，现在想简单也简单不了，公公的死给她的人生敲响了另一个警钟。

公公临死前那浑浊的目光望着她，拼尽最后力气说，阮丽啊，不知长伦和你说过没有，我们家可是三代单传啊，老尹家续香火就指望你了，话刚说完公公就咽气了。阮丽知道公公要说什么，要自己做什么。这句话让阮丽内心纠结了近十年，特别是看到丈夫每次回家后那种落魄的样子，阮丽心中也是阵阵绞痛。那是老尹家的祖传心病，也是自己一生的遗憾，丈夫闷在心里不说，自己又能说些什么？

女儿长到十岁智商就停止了发育，现在二十几岁了还像个小孩子。八年前已经领取了二胎生育证，两个人八年努力没能再生出一个。她清楚自己那个梦想已经破灭了，丈夫却为此耿耿于怀。她苦恼郁闷，失落彷徨。那次李旭到来，戳破了自己和丈夫之间那层窗户纸。

那是三年前一个星期六下午，李旭打电话问阮丽说，阮姨尹院长在家吗？下午我请您吃饭。

阮丽对李旭有一种特别好感，可能是自己一生不幸造成的，她每次听到李旭的声音，心里会有一种说不出的感觉。如果自己女儿能健康成长像李旭一样就好了。所以李旭每次邀请，她都会如约而至。那天晚上尹长伦喝得酩酊大醉，阮丽也制止不住。李旭架着他回家后就吐了一地，然后抱头大哭，说不孝有三无后为大，自己忠孝不能两全对不起祖宗。阮丽面对着尹长伦借酒发疯也无可奈何，她知道一旦戳破这层窗户纸，今后日子将会不可收拾，她倒不是担心自己更担心的是女儿。

女儿听到动静从她房间里出来，看到爸爸那个样子扑哧笑出声来，跑到李旭面前指着坐在地上呕吐的爸爸说，李哥好玩吗？真好玩。

阮丽劝说女儿，好孩子回房间睡去，你爸喝多了，快回房间睡去。

女儿噘起小嘴埋怨说，整天都不在家，谁也不陪我玩儿。说完走回房间砰地一声关上房门。

阮丽看看女儿的房间，又看看昏睡的丈夫，再也忍不住内心的痛苦，两行眼泪吧嗒吧嗒地掉在地板上，她知道这都是自己的命啊。李旭其实早就知道他们有个智障女儿，他也知道为此尹院长与阮主任多次闹过离婚，这是他们共同的心病。李旭多次安慰说，按国家规定，你们可以抱养一个孩子。

阮丽知道这种心病每发作一次，都会使家庭面临崩溃边缘。关于抱养孩子，两口子多次商量过，从开始商量到后来互相指责，阮丽不想再去重复这个让人头痛的话题，只是无奈地摇摇头。

可以花点钱，找个人给代生一个。李旭看到阮主任瞪大的瞳孔里希望慢慢替代了绝望，一丝笑容弥漫了整个面部。借腹生子？阮丽慢慢问道。

也就是这个意思，我们那边有这样做的，既弥补了双方生育缺陷，又缓和了家庭矛盾。李旭越说越来劲头。阮丽又试探问道，得花多少钱？

李旭说，一般是二十万元，有的还可以降价。阮丽又问道，给养到几岁？

一般是给养到两岁，再大了不行。李旭好像对什么业务也精通。

阮丽笑着对李旭说，你在海城给抓紧物色一个，但必须是有学历的，到时我得看看。

这事好办。李旭看看时间说道，已经很晚了我得回宾馆。尹院长醒后让他多喝点水，阮阿姨你放心就是。李旭想，自己要想打开弈城医院业务局面，面前这个女人很重要，预想取之必先予之。

十五

赵局长和铁荣三刚走进检察长办公室坐下，检察长接完电话后问道，那个叫李旭的放了吗？

铁荣三气呼呼地说，放了。

生什么气？为这事生气，等你当检察长还不早气死了。我们不要计较一时一事的得失。中国反腐倡廉路还很远，仗有的打。检察长说完又问到，提审情况怎么样？

昨天晚上我们提审李旭，除了在海城讲过的其他方面没有进展。铁荣三想了想又说，李旭还说自己身份是间谍，也不知是什么性质的间谍？

检察长一听问道，没问清楚吗？赵局长说，李旭不让问，说问多了对我们没好处？本想和你汇报后再做处理，没想到这么快就下令放人了。李旭真是间谍吗？

检察长考虑一会儿说，是省里领导直接打电话安排的，让一刻也不能耽误马上放人。真正的间谍不会自我暴露身份，这个人说自己是间谍其实是一种威胁吓唬人的。说白了就是告诉我们出去后找几个人把我们做了，让你死都不知怎么死的。经检察长这么一分析，赵局长和铁荣三同时瞪大了眼睛。赵局长一咧嘴说，姜还是老的辣。

铁荣三想了想说，也许只是一种条件反射，夜路走多了往往会碰到鬼。上次连夜突审那个犯罪分子说自己眼里直冒金星，看到墙壁都花花绿绿的。赵局长也说，有次也是夜晚突审，那个犯罪分子说他是最高人民检察院的，他有枪。

检察长听后笑了笑问，那张现金支票查清楚了吗？

从大地有限公司账面上看，弈城医院用现金支票还了借款，其他转账承兑都是支付货款，没必要再查。但这个借款人是李旭，问题是李旭借款为什么让弈城医院还款？铁荣三边汇报边分析。

李旭谈了吗？铁荣三慢慢说道，还没谈就指示放人了。今天早上刚六点接李旭的宝马车已经开到看守所门口等候了。

赵局长也说，这个人以后很难找了。检察长接着说，嗯，大海捞针，要想找到得花些功夫。弈城医院案子先放放。

赵局长和铁荣三对望了一眼，他们不知道这次检察长又接到了谁的命令，铁荣三只是深深地吸了一口气。过了一会儿检察长和他们说，弈城纪委可能要双规尹长伦。

双规？铁荣三自言自语地说。在这个时候纪委双规尹长伦到底是什么目的？是保护还是另有原因，多方插手查案子有时会使案情愈加复杂混乱。赵局长问检察长，什么原因被纪委双规的？

男女作风问题，包二奶。检察长接着说，三年前尹长伦在海城租了一套别墅，以弈城医院驻海城办事处名义挂牌，事实上就是自己设个安乐窝，金屋藏娇。一年多时间里生下一男孩，后来抱回这个孩子由尹长伦岳母一直抚养着。铁荣三急忙问道，怎么发现的？

孩子抱回来后，尹长伦又多次到海城与那女子鬼混，后来这个事暴露了。尹长伦也被海城公安局传去罚了款。检察长慢慢说道。铁荣三说，玩弄女性可以以流氓罪定罪处罚。

经济发展，东西方文化交流，我们世代相传的道德底线也会受到冲击。检察长担忧地说。赵局长问检察长，这么长时间里，尹长伦家属不知道这件事吗？

目前还不清楚？检察长说，党的纪律明确规定，领导干部包养情妇，道德败坏，开除党籍，撤销职务。如果触及经济问题一定把他送进看守所，依法严惩。

赵局长说，在海城包二奶养私生子可得花两个。铁荣三也说，人有钱了想法也就多了。钱让多少人痛不欲生，家破人亡。

赵局长和铁荣三明显感觉到，一场恶战即将拉开序幕。

十六

晚上，铁荣三骑摩托车匆匆来到弈城医院门诊楼前，停好摩托车，急忙往病房楼走去。穿过过道里一排排病床，来到母亲病房里，看见玉秀正在灯光下给母亲梳理着凌乱的头发。

母亲见面就数落说，我这已经好了还不让我出院，我得住到什么时候？铁荣三安慰母亲说，明天上班时我找医生看看能不能出院？

今天下午我去找过医生，医生说还早急什么？比我们来早的还没出院呢。玉秀又接着说，你看临床那位大爷和母亲是一样的病，都住半个月了医生还不让出院。明天咱娘要想出院，你是不是托托关系找找熟人？铁荣三说，我先找医生看看，如果可以出院就办理手续。

你看每天都是打抗生素。玉秀想了想又说，我听说外国医院里都很少用抗生素，你看这一瓶一瓶的往身体里淌，闹不好小病治好了大病又来了。听玉秀这么一说，铁荣三心里也在翻腾，现在有些社会现象就是让人看不懂。生产农药偏偏要降低药效比例制造伪劣产品，生产奶粉非要掺杂一些毒剂。人都只盯着眼前那点利益而不顾及周围的一切，人本身基因到底是哪个环节上变异出了毛病？

这一夜铁荣三在医院里想了很多。

第二天查房时铁荣三站在母亲病床前，查完病房后阮主任那张冷冰冰的脸出现了一丝笑容，她对铁荣三说，你到我办公室来一下。

铁荣三跟着阮主任到办公室里刚坐下，阮主任勉强笑着说道，老人身体很好没别的什么病，感冒基本上好了可以出院，今天我就不给开药了。铁荣三如释重负连忙道谢，那谢谢阮主任。

阮主任深深吸了一口气问铁荣三，我家里长伦的事你听说了吗？

铁荣三向阮丽解释说，刚刚听说，具体不清楚。纪委是执行党员纪律的，我们是执法的。

你们反贪局经常和纪委打交道，有熟人的话给活动活动，我们第一个孩子是残疾，长伦也是没办法。像我们这个年龄又生不出来，这才抱养了一个，我们也有准生证，符合国家政策规定。阮主任苦笑着说完。铁荣三听后心里在想，原来这件事阮主任知道。一个女人能做出这么大让步确实不简单。便说道，那我打听打听再联系你。

阮主任在出院通知书上签字后，铁荣三办好出院手续。母亲不知是因大病初愈还是出院原因，心情很好。玉秀也在病房里收拾完东西，和周围住院病人打着招呼。

铁荣三在医院门口租了一辆车把母亲和玉秀送回老家。嘱咐母亲说，别再干重活。地里那两垄麦子星期天我回去割。玉秀说，铁子他姥爷都给收拾好了，夏种的玉米大豆也都安顿好了。

一路上玉秀心里闷闷地，没提医疗费的事。母亲也没过问住院花了多少钱，她还以为用铁荣三的公费医疗结了账呢，心里一直高兴。

十七

尹长伦被弈城纪委带去后，又有举报信检举尹长伦有重大经济问题，弈城纪委随即移交检察院反贪局。鉴于情况复杂，检察长让举报控申科先牵头落实，条件成熟再转给反贪局走程序。

老李负责和尹长伦谈话，两名控申科法警协助。老李要求尹长伦把任职以来自己所有违法违纪行为写成书面检查材料，领导要看态度。尹长伦接过纸和笔，开始凝神思索。

尹长伦抬起头朝老李尴尬地笑笑，平常大家都在一个小城里生活，彼此都熟悉。老李走到桌子前，看到尹长伦只写了检查两个字就告诉他，尹院长你要认真检讨自己，第一段要写明自己的基本情况，第二段直接写违法违纪事实，第三段写你自己主观认识。

谢谢领导。以前在单位里自己经常让那些犯错误职工写检查，今天轮到自己头上，我还真不知怎么写，领导一指点我明白了。老李又补充一句说，那你就抓紧时间了。能在短时间内彻底检查自己，反省自己，认识错误，我国法律上有明文规定可以从轻处理。

是，是，我谢谢领导和同志们的帮助。尹长伦低下头去，开始写检查。

老李安排好后，尹长伦写了整整一个上午自我检查。中午在举报控申科与法警一块吃午饭，饭菜是两菜一汤有鱼有肉。尹长伦吃完一个馒头，巴拉上一碗菜又回到桌子前写起来。待两位法警吃完饭，尹长伦也写完了检查交

给法警说，有些事儿时间太久了自己也想不清了，希望领导多提示提示。

法警说，自己做的事情说想不清了这不是理由，你继续想，你也可以先休息再想。

是，是，我继续想。尹院长说完，扭了扭老腰又用手捶了捶后背，躺在床上合上了眼睛。

举报控申科室在办公楼一层，楼前有一棵落叶松，枝繁叶茂，把玻璃窗子挡住了。室内光线很暗，大白天也要开着灯。人在这种环境里，时间长了会失去时空感。尹长伦在这间屋里待到下午时间，已经分不清白天黑夜。他迷瞪了一会儿，睁开眼睛看到老李正坐在桌前看检讨书，忙从床上坐起来。

呵，公款旅游，公款吃喝，人员调入自己还拿不准是不是以权谋私？抱养有手续？你的理由还不少？老李非常生气地说，下来，别坐床上了，坐在床上你以为你是客。尹长伦慢慢穿上鞋子，一屁股坐在地板上。两法警同时看了老李一眼。老李对尹长伦说，什么时候养成这种习惯？坐到椅子上去。

尹长伦坐到椅子上，正在心神不定。一名法警说，一个共产党员，不认真检讨自己的问题，连自己嫖娼都有理由，你还是共产党员吗？

领导，领导，你看我都快六十岁的人了。尹长伦尴尬地辩解着。

快六十岁的人？你还好意思为自己辩解。老李接着反问说。

老李拿出海城公安局罚款单复印件，又出示了海城公安局提供的照片说，看看这是什么？尹长伦看后，额头上直冒冷汗，忙拿出手绢擦了擦。

还有什么可说的？老李质问尹长伦。尹长伦好像有充分理由不停地辩解着，我不是嫖娼，我不是嫖娼。

法警对尹长伦说，我国法律明确规定，玩弄女性，道德败坏，一律按流氓罪定罪量刑。尹长伦还在竭力为自己辩解。我不是玩弄女性，不是耍流氓。

你自己说，你是什么行为？老李看到尹长伦还在狡辩，赶忙插上一句话问道，说呀。尹长伦嘟囔道，我是借腹生子行为。嫖娼和包二奶都是道德败坏行为，我不是嫖娼也不是包二奶。

老李说，先别嘴硬，就凭你乱玩弄女性也能定个流氓罪。尹长伦说，我是有原因的，我不是流氓。

看来尹长伦憋了一肚子理由。

十八

尹长伦心里在想，只要不给我定流氓罪，怎么处理我都行，不管是开除党籍还是撤销职务自己都能接受。这些年自己背负着老尹家祖孙三代单传包袱，精神上几近崩溃，白天强打精神上班，晚上回家唉声叹气，前途无望，后顾茫茫，和阮丽关系也就只差一张离婚书了。好在苍天有眼，天遂人愿自己有了儿子。现在不管怎么样，咬牙也要熬过这一关。熬过这一关就有明天，就有希望。

下午老李谈话又增加了新内容，尹长伦觉得很可笑。尹长伦明白，在医院里医生看到谁都会用病态眼光去打量人，特别是神经内科医生其实都是些神经病。眼前这些人也都患上了不同程度的职业病，满眼都是贪污犯，一个好人都没有。哼哼，从前有个女儿国，男人都死绝了剩下都是女人，只有女人才能生存下去。都是环境，环境造人，造就好人也造就坏人。

说自己有贪污受贿行为有证据吗？可笑。这个世界上所有人都贪死了，我尹长伦绝不会眨一下眼皮。这些子虚乌有的问题，是例行谈话还是确有所指。但是，牛不喝水按不下头去，干屎抹不了人身上。

尹长伦，你想好了吗？老李开始严厉起来。尹长伦坚定地说，我想好了。这辈子其他方面我不敢说，贪污受贿这两条我不沾边。尹长伦语气坚定，不容侵犯。

老李又问道，医药回扣、基本建设、人事调正、职称晋级聘用等方面你有问题吗？尹长伦争辩说，我没有。我敢向毛主席他老人家保证，我敢以党性保证。我们这代工农兵大学生，知识学得不多但思想政治过硬。在岗位上这么多年，我从来没在这方面想过。

你再好好想想？老李又跟进一句话。尹长伦抬起头痛苦地说，领导你让我想什么？我冤呀，没影的事我不能乱编乱造吧。

我劝你还是端正态度，你好好想想吧。老李说完甩手而去，尹长伦低下头用手背擦着眼泪，不知在伤心什么。

检察长办公室里。老李向领导汇报完和尹长伦谈话情况，在等候检察长指示。

检察长想了一会儿说，尹长伦包二奶问题证据充分，当然有情可原。定罪量刑不够妥当，处理时可酌情考虑。但经济方面他必须谈清楚，谈不清楚别想过关。这样立即向反贪局通报情况，让反贪局介入。

十九

铁荣三他们这几天没有外出，办案小组人员都在办公室作短暂调整。下午快下班时间，办公室里电话突然响了起来。吴远拿起电话接听后对铁荣三说，是检察长叫你去。铁荣三匆匆出去了。

刘剑锋站起身说，闹不好又有案子，可能就是那个，说完向办公楼底下指了指。吴远眨巴着眼睛说，很有可能。

到点了我去接孩子，局里有什么事再通知我。肖政说完拿起摩托车钥匙也走了。

铁荣三刚走进检察长办公室，看到赵局长已经坐在那里，赶忙坐下来。检察长说，弈城医院这个案子，反贪局现在就提前介入。我看赵局长和铁荣三你们两个先过去看看，根据案情发展情况再调集人手。

目前情况，尹长伦对自己涉及经济问题闭口不谈，拒不配合举报控申科工作。你们两人提前介入，便于更好把握案情。待案件成熟了再办理相关移交手续。有什么问题吗？检察长说完，看了看赵局长和铁荣三。

没什么问题。赵局长说完话，铁荣三也摇了摇头。

检察长叫来老李。老李说，尹长伦态度不好，拒不承认自己的流氓行为。经济方面问题也是百口不招。整个一个红卫兵闯将，什么都有理由，什么也不承认。

先过去看看再说。赵局长有些着急。老李说，那好我领你们先去看看。

三个人刚走进举报控申科办公室，铁荣三看见尹长伦坐在椅子上。目光警觉，疑惑地看着赵局长和自己，然后低下头去，心里不知在想什么。

赵局长率先说道，尹长伦抬起头来，我问你弈城医院与大地责任公司有业务吗？尹长伦想了想说，没有，一直没有什么业务。大地什么公司是什么部门？是做房地产的吗？

赵局长又说，别装糊涂了。三年前从弈城医院给大地有限公司那张十万元现金支票是怎么回事？

有这样的事吗？让我想想。想了一会儿，尹长伦终于想起来了，他说，那是院里磁共振付款时候，有一天李旭来我们医院结算货款，我出差了货款没结出来。李旭去鲁西出差没钱了就到他同学大地有限公司那里借十万元暂用，后打电话让我院用他的货款还。可能财务科给大地有限公司开的现金支票吧。

铁荣三在一边想，前段时间初查，这十万元现金支票来龙去脉已经查清了。赵局长此时再次运用，绝不是多此一举而是投石问路。看看尹长伦现阶段精神状态，试探对方是不是在耍心计。铁荣三在一边仔细地观察着对方每一个动作，每一个表情。

你还有一些问题，抓紧时间向组织主动谈清楚，争取好态度，争取从轻处理。赵局长谈话，如影随形，一环紧扣一环。

尹长伦拿不准眼前这两个陌生人是检察院里什么干部，但他自己有一套以不变应万变的措施，就说关于举报我贪污受贿问题，你们可以查。我们这些老工农兵学员，业务学得不怎么样，思想政治上是过硬的。我敢向毛主席他老人家保证，我敢用党性保证。

你先别保证这么多，再仔细想想。赵局长说完和老李、铁荣三一块出去，走到路上赵局长对老李和铁荣三说，我看尹长伦是个老实人。

二十

赵局长办公室里。

老李说，在经济问题方面没讲几句话，按行话说尹长伦现在是封口了。但社会上都普遍反映这个人雁过拔毛，是个厉害角色。

赵局长问铁荣三，你看呢？铁荣三思考了一会说，觉得他不像是说假话，但内心里有所顾忌。不知他在顾忌什么？老李气得从椅子上站起来说，干脆以流氓罪立案，让他进看守所好好反省反省。还跑到海城耍流氓，他老实个屁。

赵局长说，老李，在案子上别着急，刑事拘留一定要慎重。铁荣三也说，流氓罪不是我们的管辖范围。再说，流氓罪必须是以玩弄女性为目的，具有情节严重后果。老李反驳说，孩子都生了他还没玩弄女性？还没造成严重后果？老李平常就那脾气，认死理。

赵局长看了一眼铁荣三说，外围证据在证据链上还缺少一个环节，就是还不能直接证明是他尹长伦收了钱。铁荣三说，可以设法接上。铁荣三又说，能不能再次迂回，从侧面进攻把原来证据链补上。

赵局长清楚铁荣三的意思，要补上证据链就得动阮丽，就得真刀真枪地来。考虑一会说，这个事须经检察长批准，我们先去和检察长汇报一下再说。

检察长办公室里赵局长汇报说，以现有证据啃不动他，要想拿下尹长伦必须启动我们的侦查程序。

外围证据非常扎实。阮丽不是直接利用职务便利，也涉嫌构成共同受贿罪，刑事拘留阮丽没问题。只是他们两人都进去了，他们女儿怎么办？检察长话里有些犹豫。铁荣三说，只要阮丽协助配合，我们可以立即变更措施，予以取保候审。如果阮丽不配合，那就得做好阮丽父母思想工作让他们照顾。

阮丽父母未到之前让弈城医院暂时看护小孩。检察长又说，从前段时间掌握情况来看，阮丽不简单，到案后别指望她痛快地配合我们，要做好艰苦准备，打持久战。另外，审讯谋略技巧上要详细安排。你们有什么打算？赵局长说，阮丽到案后我们立即采取措施。

其实铁荣三母亲住院时已经和阮丽打过两次交道，他知道检察长的判断是正确的。对付这样一个有心计的女人还必须动点心思，从第一次会面，从阮丽那句冰冷的话音里，铁荣三已经想好了对付这个女人的办法。检察长看到铁荣三还在那里思索便问道，铁荣三，你在想什么？

正如检察长所说，阮丽绝不简单。我觉得对付她应该从证据上下功夫，搜查很重要，包括办公室还有双方老家。阮丽有女人的天性，也有自己的弱点，我们就在她的弱点上多做文章。

她的天性和弱点是什么？赵局长问铁荣三。铁荣三笑了笑没回答赵局长问话。

检察长扑哧一笑说，看来反贪局早就胸有成竹，那就直接拘传阮丽到案。老李继续负责和尹长伦谈话。

二十一

女人结了婚会死心塌地跟自己男人过日子。阮丽现在除了干好工作，照顾好家庭外已没有其他想法。其实以业务能力她可以做弈城医院院长，起码可以胜任副院长位置，但尹长伦干得很好自己政治上也就无所求了。

就是那个合同，那个约定，她是下了好大决心才决定的，她作出决定后尹长伦没提出半点反对意见。她去海城看过那个女的，年轻漂亮聪明，她隐隐看到了自己年轻时的影子。但是布置好一切后，回到自己家里，望着自己日日衰老的面容，看到自己日日稀疏的头发，她也伤心难过，有时会掉下眼泪。更可怕的是，那丝隐忧时时刻刻鬼魅一样缠绕在心里。几年来一直感到心脏不适，自己也知道这是衰老前兆，但是她还是故作镇静不在同事面前显露出来。

下午刚上班时间，阮丽穿过排满病床的过道，提前来到主任医师办公室。过道里有几个病人和她打招呼，阮丽根本就没听到，也没看到。在门口碰到上班的护士，阮主任早。

大家早。阮主任有些心不在焉。老尹被双规，这些天自己老是神情恍惚，护士跟她打招呼她差一点没听到。大家也都体谅她的难处，同情她的遭遇。

阮丽感到很疲劳，一下子坐在办公桌前，浑身骨骼像散了架一样。往常她都是擦净桌子，给那盆文竹浇浇水，然后再拖拖地板，而现在已经没有了这份情绪。她坐在办公桌前，努力思索着下午的工作安排。她知道下午几个手术自己不能再做了，在这个节骨眼上自己容易分神。安排其他医生去做，病人是不能耽误的。

阮丽独自一人坐在那里，想好好梳理一下自己的思路，一阵疲劳袭来，她慢慢地闭上了眼睛。

那是两年前，自己和李旭定好后，丈夫开始了借腹生子计划，每到周末丈夫去海城居住。而阮丽布置好一切之后，半点成就感都没有，有的只是失落和内心的崩溃。她知道这个男人已经不属于自己了，已经不属于这个家了，每到周末她会带着女儿回娘家居住。日子久了，父母起了疑心。

一天中午妈问阮丽说，丽丽你是不是和长伦吵架了？周末怎么老是往家跑。阮丽正吃饭，赶忙抬起头笑着和妈说话。没有，妈我们好好的吵什么。

妈那双怀疑的目光再次落在阮丽身上，有的事儿不能闷在心里，你和妈说实话，妈也好替你想想办法。阮丽说，妈，真的没什么，我们好好的真的没什么，长伦他去海城出差了。

阮丽刚说完，女儿突然插话说，我爸爸去海城给我生小弟弟去了，姥姥你喜欢吗？

妈一听赶忙用手捂住外孙女的嘴问阮丽，丽丽你给妈说实话，这到底是怎么回事？阮丽放下碗筷，一下子愣了神，眼泪哗哗地流下来，她低下头抽泣了好一会儿。哭完她觉得心情稍稍宽松了，然后一五一十地道出了借腹生子的事。

年迈的父亲目睹了一切，只是不停地摇头叹气，拄着拐杖领着外孙女出去了。

可怜的孩子。你们年轻时候我让你再生个你们不听，现在只好这样了。妈用手抚摸着阮丽头发给阮丽擦擦眼泪宽慰女儿说，其实一样，从小养大一样有感情。小孩三个月认母，一年时间太长让那边给养三个月吧，三个月后抱回来我给养着。

阮丽抹了把眼泪，默默地点点头。妈又嘱咐阮丽道，丽丽你不再年轻了，你要处处留心，男人都这毛病见不得腥荤。妈那双老眼直接探视到阮丽内心，让阮丽感到不寒而栗。

阮丽避开妈的目光低下头去，做出了一个让自己都感到吃惊的决定，她要处处提防尹长伦，限制尹长伦甚至是直接控制。

二十二

弈城医院。

行政办公楼坐落在整个医院正中心，办公楼前面是一片开阔地，地面硬化处理后作为自由停车场，几乎天天都停满各种各样的车辆。医院这几年发展很快，几座大型病房楼建成后，弈城医院具备了一定规模。尹长伦被纪委带走后，医院正常工作由院纪委书记主持。

铁荣三他们穿过道道停车线来到弈城医院办公楼二楼，吴远敲敲医院纪委书记办公室门，听到里面有回应，等着开门。门慢慢地敞开了。吴远走上前介绍说，我们是检察院反贪局的工作人员，有个事情想请您协助。

铁荣三在开门后就发现，一个女人坐在医院纪委书记对面，那女人正是阮丽。铁荣三就站在门口和院纪委书记点点头。

阮丽一看反贪局的人知道又有事情，连忙和院纪委书记说，你们有事谈，那我先回去吧。说完起身要走，铁荣三说，阮主任请留步，我们就是来找你的，少安毋躁，本来就打算叫你过来正好巧了。有点事需要你配合，请你到检察院反贪局去一趟。

阮丽一听不好，急忙想摆脱反贪局的人就说，有什么事在这里问就是，我没时间去你们反贪局，马上就要做手术。说完两手一抱膀摆出一副不可侵犯的样子。

肖政一看阮丽这架势立即宣布道，阮丽你因涉嫌受贿罪，经弈城人民检察院研究决定依法对你实施拘传。这是法律手续，你签字吧。阮丽仍不依不饶，脸上表情和她的话音一样冰冷，这是什么意思？凭什么逮捕我，我不签。

弈城医院纪检书记站起来劝说道，阮主任你快签了吧。这是法律手续，不签不行的。阮丽倔强地说，我不签，看他们能把我怎么样。

女法警拿出一副手铐迅速锁住阮丽双手后说道，拘传要戴手铐，这是法律规定，跟我们走吧。阮丽其实真不懂法律，看着自己手上锃亮的手铐，向铁荣三和女法警大声抗议，凭什么给我戴手铐，你们凭什么？放开我，放开我。

弈城医院纪检书记吃惊地看看铁荣三说，这，这。铁荣三和院纪检书记说，还得麻烦你件事，你抓紧派人看护好阮丽的女儿，同时通知阮丽家人来接孩子，别出了其他篓子。女法警和吴远架着阮丽走出办公楼，肖政紧紧跟在后边。

尹长伦家里只有一个老妈，阮丽娘家离这近，我们把小孩送到她姥姥家吧，他们要是问起来我们怎么说？铁荣三想了想说道，如果她配合，很快就会回来，你就说医院安排阮丽要出趟远门。

好吧，我和秘书马上给送过去，这个事你们放心就是。纪检书记说完送铁荣三来到门口。

反贪局讯问室里。

阮丽安静下来后用陌生的目光打量着眼前的一切。这间屋子就是传说中的讯问室吧？墙壁都是经过装修的，墙上挂着两幅规章制度，女法警给她讲着犯罪嫌疑人的有关权利和义务。

阮丽一点也没听进去，她觉得自己的脑袋在急速膨胀，但里面空荡荡的。模模糊糊地想起了尹长伦，那个曾经让自己瞧不起的男人，后来又阴差阳错成了自己心病的丈夫。

二十三

举报控申办公室里，灯光在疲劳地眨着眼睛。窗外，一阵风掠过，落叶松刷刷作响。尹长伦只能看到那棵落叶松和松叶背后那片斑驳的天空。有时会有一只鸟儿在那片有限的天空里盘旋或飞过，总会引起他无尽遐想。

天色渐晚，尹长伦彻底体会到失去自由的痛苦，体会到人不能犯错误更不能犯罪，不能失去做人资格。但现在自己已经犯下了，只能面对只能接受眼前现实。他盼着这样的日子快些结束，无论什么结果他都会接受。

老李根据反贪局安排和尹长伦进行一次长谈。尹长伦，你谈谈弈城医院驻海城办事处的问题？尹长伦说，这一切我自己也想过，都是阮丽和李旭安排的。

三年前一个晚上，阮丽和尹长伦吹枕边风说，海城那边租了一套房子，以后周末你就到那里住，星期一早回来上班。尹长伦警惕地说，那你怎么不去？

你不是要借腹生子吗？我去干什么碍手碍脚的？阮丽话语里有许多不愉快成分。过一会又说，我见过那个女孩挺不错的。

尹长伦一激动，用力抱住阮丽亲了又亲，谢谢老婆您大恩大德，老尹家对不住你，我代表老尹家谢谢你，下辈子当牛做马我还要娶你。尹长伦说完激动地掉着眼泪说道，说实话你吃亏最大。阮丽气愤地说，你别得陇望蜀，假戏真做就行，否则我绝不会饶你。

自那夜后，尹长伦踏上了借腹生子之路，一年后生下一个男孩。男孩生下三个月后，阮丽到海城与那个女人解除合同，抱回那个孩子送回老家由妈给抚养着。

其实自从尹长伦提出再要一个孩子要求之后，阮丽就开始控制丈夫，工资奖金历来全部由阮丽掌管着。那些前来联系院长的建筑商、推销商，也是阮丽控制尹长伦的首选。每次请客吃饭阮丽都是热情参加，夫唱妇随亲密无间。就连本单位人事调整、职称晋级，阮丽有时也直接干预，一定程度上弈城医院第一夫人就是个垂帘听政的皇太后。

孩子抱回后，一天，尹长伦给李旭打电话说自己想去趟海城。李旭回电话说，那台磁共振已经安装好了，明天我带人去调试，顺便把您接来。

李旭这个回电是想提醒尹院长第一批货款应及时结算，尹长伦当然也有自己想法。阮丽正拾掇饭桌碗筷，听到老尹打电话知道是和李旭通话，眼镜片后那双眼睛射出冷冷的光。她故意把筷子摔得直响说，我也去。

尹长伦斜着眼睛看着阮丽说，我去谈业务，你去干什么？阮丽埋怨道，哼，你那两根老花花肠子我还看不透，我去为你们谈业务搞好服务，你在那儿居住两年，我还没去住一宿呢。

尹长伦那双眼睛直翻瞪，但自己也不敢拒绝。他知道阮丽那脾气，有时候不怕活也不怕死。

二十四

你详细谈谈这次谈业务的经过？

尹长伦想了半天才说，那次我和阮丽坐车跟李旭去海城后，李旭邀请尹院长夫妇来海城太平洋医疗器械公司疗养院，住在一独门小院里。一天，李旭来到尹长伦居住的小院在门口碰到阮丽。

李旭甜甜地说，阮姨尹院长在吗？阮丽知道李旭找老尹有事。在屋里，老东西还没起床呢。

李旭来到尹院长门前，小心地用手敲敲门。尹长伦从里屋走出来说，李旭呀大清早的，吃早饭了吗？李旭说，刚吃过早饭，来看看你。

尹院长说道，海城就是好，昨天看过海城湾想想还想去。尹长伦那情绪还留恋在昨日海城湾旖旎风景里，又说道要是有套房子就好了，退休后可以在这里长期定居，真是人间天堂啊。李旭说，在海城一套房子也就上百万，我们以后加强合作，房子我来安排。李旭转念一想怕话多勾起尹院长胃口，急忙转移话题说，今天想去哪儿？

尹院长想了想说，去老人头吧，晒晒日光浴，看看大海的壮阔。

李旭那双眼睛转了一会儿说，那好，我去准备车辆，中午我们在海边吃烧烤。

尹长伦笑着说道，哎呀，那太麻烦你了，不好意思。李旭说，尹院长亲自驾到我能不尽地主之谊吗？以后还需大爷您全力支持。李旭嘴里大爷大姨叫得好听，心里却在想人都喜欢装相，就像刚买的楼房一样，装修一下才觉得上档次。

其实尹长伦与李旭都在虚与委蛇，两人每一次对话后缀内容很多，空间容量很大。有设备科李科长的、李旭自己的、还有未来的。

李旭顺利地拿下尹院长，第一笔交易前心里那种忐忑不安感，一扫而空。

一个星期后，李旭派车送尹院长和阮丽返回弈城。几天后，李旭携带一百万元发票和太平洋有限公司账号，如影随形来到弈城人民医院。尹院长在办公室里看了一眼发票上的结算额，在发票上签了字。尹院长签完字，其他关口也都顺风顺水，一百万元如期结算。

老李听完后说，这次海城之行有些细节你没有如实谈出来，你还想回避问题？你还不想承认自己有罪，问题明摆着你就是思想还没到位。尹长伦又喊道，领导啊您又是指贪污受贿问题吧，我告诉你我没有，这方面就请组织上放一百个心吧。我要是贪恋一分钱就请组织上枪毙我。

你再仔细想想。老李话语落地有声，不容置疑。尹长伦闭上眼睛，他在搜索着那次青岛之行中每一个细节，除了在老人头那里接过李旭给自己的一瓶矿泉水外，别的实在没有了。想一会儿尹长伦睁开眼睛说，在老人头时李旭送给我一瓶矿泉水。

老李以为尹长伦在耍自己一拍桌子说，尹长伦你什么态度？我现在就告诉你，阮丽已经被反贪局刑事拘留了，你可以不讲，阮丽讲，李旭已经讲清了。

阮丽被反贪局拘捕了？尹长伦喃喃地说道，那天早晨我好像听到李旭在院子里和阮丽打招呼，说什么我也没听清，难道她？

尹长伦如梦初醒，他想起阮丽在家里和那些建筑商、推销商打电话情景；他想起医院里每笔业务，每次货款结算时阮丽那种热心；尹长伦他甚至觉得阮丽把自己推进温柔乡也是一种阴谋。想到这里，尹长伦喃喃道，阮丽呀阮丽都大半辈子了，你可以瞧不起我，可以不爱我甚至是恨我，但千万不能在我背后捅刀子。尹长伦不敢再想下去。

老李也觉得这件事不同一般。心里也在想，一个女人做外科主任，并且能够借助丈夫影响与形形色色人物周旋，表面上看是保护丈夫，但如果阮丽在背后下手那后果是什么？看来阮丽绝不简单。

二十五

反贪局审讯室里，刘剑锋坐在审讯桌前，另一名女法警坐在阮丽身边。时间在一分一秒地度过，审讯室严肃气氛对阮丽内心产生一种压迫感。在这

种寂静环境里阮丽觉得身心疲惫，更年期综合症反应更使阮丽恐惧，心跳在不停地加速，心慌心悸额头出虚汗。

刘剑锋坐在那里，不时用眼睛余光观察着阮丽。看到阮丽状况有点异常就笑着说，阮主任身体不舒服吗？

不要紧，小毛病。我想喝口水可以吗？阮丽骨子里那种刚强性格，无论在家里还是在单位里都表现强势。也只有在父母面前，在女儿面前才能表现出女人温柔一面，她是个不肯轻易低头的人。

刘剑锋眼睛迅速眨巴几下，递过去一杯水，冒出一阵阵热气。刘剑锋对阮丽说，有什么问题尽快想想，待会儿领导过来抓紧谈清楚。

我一个妇道人家，现在除了妇科病还会有什么情况？她试探性地问刘剑锋，老尹对你们都讲了些什么？是不是屈打成招了？

你说尹长伦，他是被纪委双规与我们关系不大，具体说什么我不清楚。既然领导传你来，肯定要有问题问你。刘剑锋感到面前阮丽每一个举动都超乎了女人思维。一般女人被传到审讯室，不是哭就是闹，哭完了闹完了心情平静了，再开导开导也就结束了。但面前阮丽不同，直觉告诉刘剑锋，对阮丽每一个举动每一句话，都要加倍小心。

阮丽笑笑岔开话题，抬头看看墙上装贴着规章制度说，这上面犯罪嫌疑人有权利有义务的，犯罪嫌疑人是什么人？

女法警说，犯罪嫌疑人是指侦查机关的侦查对象或者被侦查线索初步确定的怀疑对象。犯罪嫌疑人必须是特定的人，对尚未找到的和身份未确定的犯罪实施者不能称为犯罪嫌疑人。在刑侦实践中，犯罪嫌疑人可能被不在场证据和其他科学证据排除嫌疑。

阮丽说，你说这些我好像听不懂。这些年自己一心扑在病房里，整天待在手术台边，人都快变成手术机器了。刘剑锋微笑着说，你现在身份就是犯罪嫌疑人，从现在开始起，你可以聘请律师为你服务，提供法律咨询、代理申诉控告等，你聘请律师吗？

原来这样，我现在就成了你们的犯罪嫌疑人了？那我要聘请律师，我要控告我要申诉。你们凭什么把我抓起来？还有法律吗？还有人权吗？你们这是侵犯人权，践踏人权，践踏法律。刘剑锋的一句话，触怒了阮丽，那股被压抑情绪勃然爆发，一发而不可收。

刘剑锋忙解释说，阮主任您别生气，火大了伤肝，您是医生还不清楚吗？拘传、拘留、逮捕犯罪嫌疑人只是我们侦查环节采取的强制措施，也是我国法律赋予检察机关的权力，不是最终处理结果。请你相信我们，我们不会放过任何一个罪犯但是也不会冤枉任何一个好人，这方面你没必要担心。

但愿如此。阮丽说完把头扭向一边不再搭腔。

刘剑锋拿出一张请求聘请律师审批表，让阮丽填写。阮丽接过来看了一眼那张表。她不熟悉律师，她和尹长伦陪着弈城医院法律顾问吃过饭，现在一紧张也想不起名字了。阮丽没好气地说道，我考虑考虑再说。

刘剑锋虽然是法警身份，这些年来一直参与反贪局办案工作，对审讯取证、犯罪嫌疑人心理也有一些研究，知道在什么时候要说什么话，什么时候要做什么，懂得看菜吃饭量体裁衣这个道理，真要是让刘剑锋主审阮丽，阮丽恐怕远不是刘剑锋的对手。

刘剑锋对阮丽说，如果你有困难需要我们帮助尽管说，我们也可以为你聘请律师服务。阮丽想，狼爱上羊，老鼠嫁女，其实都是骗人陷阱，都是一去无回的结局。让反贪局给聘请律师，就等于把老鼠嫁给了猫，把自己交给了狼群，自己绝不能把命运交到一个陌生人手里，这世道连丈夫也不能相信只能相信自己。于是说，我现在什么也想不起来，我再想想。

但是阮丽还是担心。这几天，无论在家里还是在单位她担心尹长伦。而现在她不再担心自己的丈夫，而是担心多年来自己内心那一丝隐痛，担心自己今后命运。

二十六

反贪局会议室里，检察长、赵局长、铁荣三、肖政正在研究案情。赵局长看了看铁荣三说，你有什么想法？

铁荣三说，阮丽涉案已有证据证明。这个人我在医院已经打过交道，正如检察长所说不是简单角儿。从我们这几年来掌握情况看，阮丽几乎垄断了弈城医院所有基建工程、医药及器材发包与结算，甚至染指人事变动、职称升聘。也许这是和尹长伦长期形成的一种默契，也许尹长伦根本不知情或者无奈。如果是前者原因，两个人都构成受贿罪；如果是后者，那阮丽也是利用尹长伦职务影响便利，构成受贿罪。审讯阮丽主要靠证据，所以下一步搜查非常关键，搜查能不能拿到证据是突破阮丽心理防线的关键，也是突破弈城医院案件的关键。我建议现在马上分组搜查，一个组主要搜查尹长伦老家；一个组主要搜查阮丽居住所和办公室；我带一个组主要搜查阮丽娘家住宅。如果搜查不成功，将会给我们下一步工作带来很大被动。

检察长问赵局长，你看呢？

现在尹长伦在举报控申科，阮丽被我们控制，不用担心他们背后做什么手脚。搜查时大家要一寸一寸检查，不放过任何一个死角。赵局长还没说完，检察长打断他的话题。

前段时间尹长伦被海城警方传去，已经打草惊蛇，所有的证据恐怕已经被做手脚了。检察长担心说道。铁荣三说，打草惊蛇对我们有利有弊。有利一面是蛇已经动起来了，不利一面是蛇会隐藏更深或者踪影全无，让我们无处寻觅。

赵局长说，关键看阮丽能做到什么程度？我找尹长伦拿钥匙，先不惊动阮丽。检察长听到他们说得那么有把握，那颗悬着的心也放下了，立刻下命令说，开始行动。

三辆警车依次驶出检察院大门，向各自目标扑去。

二十七

赵局长带领一组和弈城医院有关工作人员一起，直奔阮丽办公室。阮丽办公桌抽屉没有上锁，里面除几个手术记录本外，其他一无所获。

搜查阮丽居住场所。赵局长把参加人员分成三组，每组把关一个房间嘱咐道，注意，搜查时不要损坏物品，搜查完毕物品要注意返还原位，特别注意一些票据和记录本。

赵局长在厨房里看到一台家庭用封口机，他想一般家庭不用这个，看到这个封口机赵局长又嘱咐大家说，特别注意未开封物品，一定要仔细检查。

三个小时过去了，各小组陆陆续续搜出几瓶好酒和几千元现金，书记员吴远在表册上造册登记。

赵局长看着搜查出的物品，想起检察长分析得那段话，阮丽的确已经和我们交上手了。留下这点物品应该是故布疑兵，以此迷惑我们，扰乱侦查视线，自己真是小看了这个女人。

铁荣三那一组在医院工作人员配合下来到阮丽娘家，一进门便看见大妈正在给小孩喂饭，阮丽女儿在一边哄着小弟弟玩耍。阮丽妈看到这么多人走到院子里，神情有些惊慌忙问道，你们是公安局查户口的？

弈城医院工作人员介绍说，大妈，这是弈城检察院反贪局的领导，要来看看家里。铁荣三和气地说道，我们不是公安局的，我们是弈城人民检察院反贪局的。阮丽因涉嫌受贿罪被立案侦查，根据法律程序要对阮丽相关住所进行搜查。大妈，请你配合。

阮丽爹领着外孙女出去了，屋内阮丽妈抱紧外孙子说，要搜什么你们搜吧。

铁荣三看了看这个小院子，没有异常地方。三间老年房内，除用塑料布盖着一口棺材外，就是一张床、一个老式柜子和几个食品箱。铁荣三目光落在那口棺材上。

大妈看到铁荣三在打量那口棺材，忙放下手中饭碗抱起外孙，站在棺材前面挡住铁荣三视线说，这是前年女儿为我们增寿积福做的，我们两个老疙瘩谁先死谁先占。棺材封盖，不死不开。铁荣三说道，大妈，我们是在依法执行公务，你先出去吧。

弈城医院工作人员领大妈到院子里说话，铁荣三他们几个走到棺材前。刘剑锋难为情地说道，怎么办？基层院工作人员自小在农村长大，从小他们对棺材都忌惮三分，都正在为难。铁荣三也听说过，棺材做好人不死不能打开，谁违背古训，擅自开启棺盖谁就会遭报应，谁就会倒霉。铁荣三想了想说，算了，撤。其他人员如释重负。

铁荣三向尹长伦小孩望去，那小孩好像知道他们要走，礼貌地扬起嫩嫩的小手向铁荣三他们招手拜拜。

赵局长一看搜查结果不好，忙打电话问道铁荣三搜查情况，电话里传来铁荣三回话，正往回走警车刚到村头，搜查一无所获，马上就回单位。

赵局长在楼下打完电话，眉头皱起了疙瘩，他担心下步审讯工作会难上加难，担心靠审讯能否撬开阮丽那张嘴，担心胶着状态会拖得很长。

二十八

赵局长一头火。他一步迈进审讯室两眼瞪着阮丽一字一句地说道，我小看你了，我打一辈子雁今天被雁啄瞎了眼。你在和我们摆迷魂阵，你在和我们斗，你知道后果吗？法网恢恢，疏而不漏。你绞尽脑汁逃避不脱法律惩处，你说你把赃款赃物藏到哪里去了？

赵局长劈头盖脸没有给阮丽半点喘息机会，但这个精明的女人却从中嗅出了一点气味。她知道自己布下疑兵计起作用了，麻痹对方，缠死对方，让对手摸不清头脑，反正老尹也谈不出个所以然。她暗暗替自己庆幸，至于那几千元那就留给你们慢慢去享受吧。接下来自己第二步计划一旦实施，整个弈城便会舆论大哗，叫反贪局进退两难看你们怎么收场。到这个时候要脸做什么，反贪局不顾及别人脸面，我还给他们留什么脸。

想到这里阮丽哼哼冷笑一声，那种冷笑里大部分是藐视成分。接着她底气十足地说，什么赃款赃物我听不懂，你们凭空捏造，随意猜测，难道这就是你们执法者所谓天职。

刘剑锋一听事情要僵忙插话说，阮丽你好好想想，争取在这段时间内把自己有关问题主动讲清楚，争取好态度，争取从轻处理。

你谈还是不谈，想从轻还是想从重自己打打谱，现在就把话说明白。赵局长要阮丽摊牌，其实赵局长是故意虚张声势，他故意装出被激怒样子，想进一步观察阮丽情绪变化，他想对检察长那段分析结论做进一步考察。阮丽那种冷笑那种镇静，那种深思熟虑表情，让他进一步作出了判断。他知道面前的女人应该是个对手，但此刻他也知道了面前对手的斤两。

哼哼，阮丽冷笑着说道，怎么不说了，就这些了。来吧，辣椒水，老虎凳，竹签钉，皮鞭抽，还有什么尽管来吧。阮丽声嘶力竭说完，猛一仰头用手拢了拢头发，那是一股大义凛然气势。说了一句，就是滚地钉下油锅，尽管招呼就是。

还真有点……刘剑锋和女法警微微一笑说，你以为你是谁？你以为你是江姐还是韩英，还是刘胡兰。我告诉你，你这样的人就是无产阶级铁拳专政对象，就是社会主义法制严惩的丑类，形象很龌龊。

双方正在唇枪舌剑，你来我往之时，铁荣三推开门向赵局长点了点头。赵局长对阮丽说，你好好想想，别再执迷不悟。说完匆匆走出审讯室。

反贪局案件研究室里，检察长、铁荣三、肖政、吴远围着椭圆会议桌刚坐好，赵局长笑嘻嘻地推门进来。检察长一看说，又去放了一把火？赵局长边拉椅子边说，还没放完呢，让刘剑锋点着了。

铁荣三已经汇报了，你两个组汇报搜查情况，重点针对搜查情况谈自己看法。检察长向来注重发挥个人主观能动性，在会议桌上让大家畅所欲言。

肖政说，我们组负责搜查尹长伦老家，家里只有尹长伦母亲一个人住，我们按照领导安排认真搜查，不留任何死角，但什么也没搜查到。我问过尹长伦母亲，她还不知道尹长伦被纪委带走，也问过周围邻居，都说这段时间尹院长和阮丽都没回去过，搜查没什么效果。

赵局长也说，我们组搜查效果也不好，只是在他家卧室里、客厅里搜出了几瓶好酒和几千元现金。后来我想，这很可能是阮丽的疑兵之计，她布置的内容就是下步她要谈的问题。现在看来，阮丽是铁了心要和我们斗，抵触情绪很强烈。铁荣三说，你这把火烧得恰到火候，就是要围紧她燃烧她，经过涅槃之后就是重生。

好吧。检察长说，继续往下走，阮丽可能会做出我们意想不到的事情。战术可以这样安排，蚕食她，以围为主，寸土必争，步步为营。大家还有什么问题吗？

铁荣三在想，胶着状态下这个战术是对的，必须把握好阮丽的心理反应。

二十九

审讯室里，铁荣三、吴远和阮丽谈话进行了很长一段时间。这是一轮心智较量，也是一轮艰苦鏖战。在这段鏖战过程中，谁先泄气谁就会失败。上一轮赵局长和刘剑锋已经把阮丽的思维拉得很远了，迫使阮丽跟着审讯思路走，并且一直走下去。要不是检察长召开案件研究会，赵局长与刘剑锋联手会把阮丽的思维彻底拖垮。如今铁荣三和吴远的任务，就是再把阮丽那些远去的思维绕道拽回来。这种较量，往往会使被审讯人摸不着头脑，陷入焦虑恐慌猜忌孤立。然后顺手施策，化解对方心理矛盾，使审讯再次回到正常轨道上。

阮丽，你有什么要求或者需要我们帮助可以说出来，只要是不违反党纪国法，我们会尽量帮你。铁荣三看对方心理矛盾重重，但是火候未到，于是故意说了一句听来与审讯似乎毫不相干的话。

哼，反贪局说出来的话，鬼才会相信。阮丽现在搞不准自己听还是不听，信吧她真不敢相信这些人话，不信吧又觉得话里似乎也有道理，似是而非。

铁荣三又进一步劝说道，其实生活就原原本本地摆在那儿，不会有这么多矛盾，都是我们自己用矛盾眼光看待生活，用矛盾思维对待生活，自己心里才有这么多矛盾，这么多痛苦。就像一个人把枷锁锁在自己脖子上，自己无法挣脱开，自己只能痛苦只能挣扎，只有他人帮助才能打开这道枷锁。如果我们精神上套上自己的枷锁那会是什么后果？

况且那道枷锁并不是牢不可破，单凭一己之力是永远打不开的，钥匙就在你自己手里，钥匙就在你自己心里。吴远边记录边说。

阮丽低下头去，眼泪吧嗒吧嗒掉在地上。

铁荣三接着说，这把精神枷锁你自己扛十几年，甚至一辈子。十多年里让你睡不好吃不香，十多年里让你身心疲惫，心神憔悴。你每时每刻都在痛苦都在挣扎，但你始终解脱不了，你还想自己再扛下去吗？

吴远在一边着急道，快谈谈吧，什么大不了的事？

阮丽一听用手擦擦眼泪，犹豫一会儿才说，家里那些钱，是我给病人做手术时他们给的红包。我很少参加这些饭局，因为家里还有一个弱智女儿，还有老尹都需要照顾。其实红包之事不光自己有，主刀医师、麻醉师甚至护士都有。也不知道人的观念从什么时候变的，你不到场人家说你拿架把儿，你不拿红包人家又说你不赏脸不近人情。

铁荣三接过话茬继续说道，是啊，很多人在经济过热环境里，思想开始膨胀甚至是扭曲。我们的意识形态、上层建筑都被宽阔的柏油马路和钢筋混凝土结构所取代，繁华外表下面是灵魂荒漠化蔓延，好了不谈这些了，你抓紧把那些钱的事谈清楚。

阮丽想了想说，第一次是三年前星期六的一个下午。阮丽用半个小时时间讲完了自己和他人收受红包之事，吴远用最快速度做着记录，出完材料。

铁荣三又问，你还有其他问题没有如实向司法机关讲清楚，还想讲吗？阮丽摇摇头说，没有，全部讲完了，没有任何问题了。

吴远说，糊弄别人就是糊弄自己，在司法程序上更要慎重考虑。阮丽立即反驳说，我没有就是没有，没什么好糊弄的。

吴远又说，你不要把话说绝了。阮丽大声重复着，我没有就是没有，你怎么着吧？

铁荣三看阮丽又开始嚣张淡淡地说，你说你没有任何经济问题了，你敢不敢打包票？要是查出来你自己说怎么办？阮丽说，这有什么不敢的，真是天大的笑话。

铁荣三说，让她写保证书。吴远拿出一张稿纸递给阮丽，阮丽在上面写道：如果查出我阮丽收过他人一分钱，我甘愿伏法坐牢。铁荣三又说道，让她签字捺手印。阮丽毫不犹豫地签完字捺下手印。

这时赵局长和肖政推门而入，肖政把带来那六条香烟一一摆放在阮丽面前。

赵局长说，阮丽你自己打开看看。天不藏奸，罪恶是藏不住的。

阮丽一看那六条香烟，顿时神色惊恐，脸色苍白，一阵天旋地转，眼睛一闭晕倒在椅子上。

三十

那是什么样的香烟，对阮丽杀伤力具有如此之大呢？

原来搜查阮丽娘家后，铁荣三让大家迅速撤离。在村口接到赵局长打来电话后，铁荣三更加坚定自己事前判断是正确的，赃款赃物不会放在尹长伦家里，而赵局长负责搜查办公室与居住地，又遭遇阮丽疑兵之计。这一切都说明赃款赃物就藏在阮丽娘家里。铁荣三怀疑过那口棺材，但心里忌讳。

铁荣三对执行这次搜查任务初步确定了投石问路这一战术。带人到阮丽娘家重点查看。检查院子，可看到小院里没有任何动过痕迹，知道院子里没有情况，又把注意力转移到屋里，铁荣三等人来到屋内。其实铁荣三他们在屋内什么也没做，只是待了一会儿。然后回马一枪再次回到原点，特别是在村口接到赵局长那个电话，更加坚定了这种判断的正确性。紧要关头，阮丽不是一般人绝非做一般事。

铁荣三他们第二次回到老屋时，眼前一幅景象让参加搜查的人感到欣喜：阮丽女儿和儿子在地上玩耍，大妈一个人正在用力合上棺材盖，看到铁荣三他们去而复返，内心一阵慌乱。

铁荣三说，大妈别费力了，拿出来吧。说完搭过一只手去和大妈一起托着那页沉重的棺材盖板。

大妈不好意思说，没什么，没什么，就是几盒子烟。铁荣三温和地说，几盒子烟也拿出来，我们是执行公务。

大妈用一只手一条一条共拿出六条烟放在饭桌上。铁荣三一看就是普通香烟，封口都完好无损。铁荣三想，普通香烟放在寿器里，时间长了也会发霉变味，看来普通香烟并不普通。

大妈解释说，这是阮丽前几天封盖时放里面的，她说给我们押寿积福，烟不好大家抽吧。大妈拆开封条，拿出一盒打开让大家抽烟，在场人一下子瞪大了眼睛。

哎，哎，全都是钱，全都是钱。阮丽女儿凑过来大声说道，我妈在厨房里做的，这样，呜，呜。阮丽女儿用手演示着，嘴里不断发出呜呜声。

这，这。大妈这才知道不好，刚才打开棺盖只是想看看阮丽放里边那个包是不是被这些人动过，没想到烟盒里装着钱。

铁荣三说，闺女过来过来，你妈装这些钱你爸知道吗？嗯，闺女摇摇头后又说，爸爸不在家时我听到厨房里有呜呜声，就悄悄地走过去看，妈妈打我屁股不让我说。

回到单位后，铁荣三立即和检察长汇报了。检察长笑着说，让她继续表演下去。

审讯室里，赵局长按照检察长安排，适时抛出实物证据。这是一记重拳，很多人在这股强大压力冲击下都会崩溃，这种冲击力作用不在肉体上而是在精神上。阮丽此刻觉得，自己浑身像散了架，心底里那股真气慢慢崩溃消失到脚底，眼前一片空白，整个身子开始发软，灵魂仿佛已经离开身体飘散而去。

阮丽在这种巨大冲击力面前，休克了。

三十一

赵局长与铁荣三对望一眼，这些身经百战的检察官未显出一丝慌乱。吴远赶忙倒上一杯水放在桌子上凉着，刘剑锋扶起阮丽用力掐其人中，阮丽慢慢醒来。赵局长说，让她喝杯水休息一会儿。说完和铁荣三走出审讯室。

检察长办公室里，赵局长和铁荣三坐在那里，一言不发。检察长说，怎么？看到对手崩溃心里不是滋味？

赵局长叹了口气说，我们在案子上可以舍身亡命，穷尽心智，但每每看到他们崩溃，却又产生出一种同情一种悲哀。在这种矛盾心理中承办一起又一起案子，惩治了一个又一个贪官。唉，原先都是些好好的人。

铁荣三也说，从出大学门口就把自己交给反贪局，但这些年来却从未有半点成就感，说句实话看到对方崩溃样子，自己内心也有那种崩溃感觉，毕竟都是人呀。

检察长笑笑说道，在外人看来反贪局检察官应该是风风火火，大刀阔斧，那是因为他们不了解反贪事业。在这个岗位上历练时间久了，人在任何场合下就会表现出谦卑和低调，也就是说达到化外臻内至高境界。这种境界在腐败分子眼里会变成一种深不可测，一股无形杀气，就像庖丁手中那把刀。优秀侦查员一旦达到这种境界，就没有解不开的疙瘩，没有审不开的案子。只有查不了案子的人，没有审不开的案子。

赵局长问检察长，现在老李那边怎么样？

检察长说，还没有任何进展。指望你们突破阮丽，然后拿下尹长伦，案子关键之战在我们这边，能否完满完成任务，关键在你们手里攥着。

赵局长说，检察长您可别这么说，我们压力已经够大了。铁荣三也说，从现在情况看，阮丽作案手法不牵扯尹长伦，待会儿看看阮丽供述情况再说吧。

阮丽开始供述了吗？检察长问赵局长。赵局长回答说，还没有。刚休克了，让她休息会再审吧。铁荣三也说，这种情况下阮丽会交代一切，甚至还会交代出我们意想不到的事情。

检察长又嘱咐说，你们抓紧做好准备，尽量在最短时间内完成，能不加班就别去熬夜。检察长说完话赵局长和铁荣三去了审讯室。

阮丽从死神身边被拉回来，她第一次体会到死的滋味。她愣了愣神，努力回忆着眼前发生的一切。自己曾经把许多生命从鬼门关前拉回来，自己付出的是辛苦赢得了病人和家属信赖的目光。

她感激地看着刘剑锋，她忘不了眼前这个救助过自己的人，就像许多病危之人忘不了自己一样。女法警端过来一杯水说，阮丽，快喝点水吧。

谢谢，谢谢检察官！阮丽接过来望着杯子失声痛哭。赵局长和铁荣三一块走进来她都没看见，哭完了她觉得心里好受些了，情绪也平静了许多。

赵局长看到阮丽喝完水问阮丽，想好了吗？想好了抓紧谈清楚。阮丽放下水杯说，我想好了我谈，你们放了老尹吧，这些事与他无关别难为他了。这辈子我虽然不爱尹长伦甚至是憎恨他，但他是无辜的。

好，你现在抓紧时间谈清楚，我们也好放人。

三十二

人不经历生与死的考验，不经过血与火的锻打，心胸往往狭窄，经历了承受了，人的心胸才会宽广，才会看开一切。

阮丽断断续续地说，我和老尹从大学开始认识，毕业后一块分配到弈城医院。我们结婚后日子也很幸福，尹长伦家里是三代单传，没想到我们却生了个女儿，更没想到女儿会是智障。几年里，我们花光所有积蓄，几乎走遍中国所有医院。孩子是基因变异，现在国内还无法医治，我年龄大了无法再生。那些年夫妻感情破裂，家庭也走到尽头了。我行医大半辈子救助无数垂危病人却救不了自己的孩子，那份痛苦你们能理解吗？

审讯室里，女法警开始掉眼泪，铁荣三他们十分同情眼前这个不幸的女人。

李旭初来弈城医院跑业务时我和老尹认识了他，也是心理作用我从心里特别喜欢李旭，看到他就像看到自己的孩子一样。借腹生子是李旭想出的办法，也正是为此我开始对老尹实行经济控制。一开始只是控制工资和奖金，后来控制所有额外收入。那次李旭来弈城谈业务请我和老尹吃饭，吃完饭后老尹步行回家，我开车送李旭去车站。

宾馆门前阮丽说，我送你到车站。李旭和老尹摆摆手上了车后，车直奔外环而去。

李旭问，阮阿姨怎么上外环路？阮丽说，城里路面正在铺设水暖管道，这条路好走。过一会儿阮丽又问李旭，李旭，我小孩想上卫校学习几年，学点护理知识后在弈城医院找个岗位上班。现在，想买台电脑，你给参谋参谋买台什么样的好呢？

李旭说，现在电脑品牌满天飞，大众一点的就是联想、索尼。这两种品牌销量大，用户广，服务也好。阮丽说，现在小孩真难管理，大事小事都得跟着伺候。

李旭心里想，阮丽女儿弱智小学没念完就辍学了，到卫校学习几年拿个文凭，到时候不用老尹操持光阮主任就能安排好。李旭转念一想这可是个机会，如果处理好了弈城医院业务就打开了。

李旭从口袋里拿出一万元现金递给阮丽说，金榜题名时，妹妹升学值得祝贺，电脑算我的。阮丽头一回接触这种事感到不妥当就说，不行不行我不是那个意思，我只是向你咨询咨询，你可别想歪了。

李旭说，阮姨，小妹妹升学我这当大哥的理应祝贺。这不是你们两人之事，这是我们小兄妹之间的感情，世事人情，礼尚往来。阮丽也实在找不出合适的理由来推辞连忙说，你可别。

李旭把一万元放在车后座上，到站下车后钻进去海城的班车。阮丽给女儿配了一台惠普手提，而女儿去卫校不到三个月就哭着闹着退学了。

三十三

铁荣三望着阮丽说，法律规定犯罪嫌疑人在侦查机关立案前或者采取强制措施后，主动交代侦查机关还未掌握其他大部分犯罪事实的，属于自首。阮丽我们希望你能够尽快交代自己的犯罪事实，争取自首，争取从轻处理。

行，我争取自首。阮丽想了想又交代说，那一次是弈城医院与李旭订购磁共振付款之前，我和老尹去海城疗养。有一天早上老尹还没起床，我在院子里活动活动，李旭敲门进来找老尹，我急忙把李旭挡在屋门口说老尹还没起床，有事找我就是。

李旭笑笑说，也没什么事情。磁共振业务您和尹叔操了不少心，马上就要结算了，阿姨多费心。说完李旭把一个信封递给了我，当时我没看但知道可能是钱，回家后自己看了看里面装着五万元现金。

铁荣三问道，老尹知道这五万元的事吧？阮丽回答道，他不知道，包括上次李旭给那一万元他都不知道。

铁荣三又问，你跟老尹去海城，是不是事先知道这五万元的事？

不是，我只是自己估计的，结算前对方应该有所表示，我主要是想控制老尹的经济来源；另外我还担心，阮丽不好意思再说下去。

铁荣三笑了笑没再追问，五十岁女人心事不挑破也罢。于是说，你买了封口机，把多次非法收入装进烟盒里封好藏在老家棺材里？

嗯。阮丽吃惊地问道，你们是怎么知道的？赵局长淡淡地笑道，要想人不知，除非已莫为。我们早就知道。

阮丽开始谈自己的问题，她不再哭，不再吵闹。

铁荣三想想说，烟盒里还有二十多万元存单是怎么回事？阮丽辩解说。那是我和老尹这些年的积蓄，是我们家正当收入。

正当收入用着藏起来吗？铁荣三进一步追问。阮丽说，纪委带走老尹后我很慌，首先想的就是把家里钱藏好，怕被你们没收，就另装一烟盒里一块放到那里面去了。

铁荣三说，你的正当利益等案件查清终结后三日内退还给你，不用担心。

你们就放了老尹吧，我所做的一切都是为了老尹家，老尹根本不知道。错在我，责任在我。海城房租费是五万元，我去支的钱。眼前阮丽已经没有半点抵抗能力。赵局长看了看铁荣三又对阮丽说，你还有需要说明的问题吗？

阮丽想了想说，昨天我给海城那个女的打电话，问她照片是怎么回事，她说那照片是他男朋友散发的，她自己不知道是怎么回事。

赵局长说，我们会尽快把你所说情况向领导汇报，你先休息会儿。

三十四

检察长办公室。

赵局长、铁荣三向检察长汇报完审讯情况。检察长听后说，这个尹长伦呀，半百之人还要借腹生子。阮丽也没想到吧，控制别人反而给自己戴上枷锁。把尹长伦材料出完，移交县纪委处理。

阮丽聘请莫伦燕辩护，在诉讼过程各个环节上没有翻供翻证，一审判决有期徒刑八年，阮丽没要求上诉。

又是一个春天，弈城劳动改造监管大队门前，一排排白杨树历经严冬后吐出一串串嫩芽，高墙内迎春花枝头探出墙外，开放出一朵朵温馨的祝福。

尹长伦右手抱着儿子左手挽着女儿，跟着莫伦燕来到这座高墙大院前边，莫伦燕对尹长伦说这就是弈城劳动改造监管大队。

尹长伦抬起头打量着那高高的院墙，漆黑的大门，院内传来阵阵犬吠声，他脸上一点血色都没有。感激地点点头说，谢谢莫律师。

你不用谢，都是我们律师工作应尽的义务。大门徐徐敞开，莫伦燕说，走吧，我联系好了。

莫伦燕走到监管大队办公室里，拿出手续和值班狱警说，家属会见。办好手续后莫伦燕对尹长伦说，三号会见室，你们去吧，我在外面等你。

尹长伦领着女儿，抱着儿子走到三号会见室，阮丽已经在那儿等他们。女儿扑上去紧紧抱住阮丽说，妈妈，妈妈，这些日子你干什么去了，我好想你呀妈妈。

阮丽搂着女儿，尹长伦抱着儿子，一瞬间两双眼神都凝滞了。阮丽不知对尹长伦说什么，尹长伦也愣住了。过了很长时间，儿子张开小手要找阮丽嘴里喊着，妈妈抱抱，妈妈抱抱。

阮丽抱着儿子泪如雨下说道，可怜的孩子都是妈不好，都是妈不好。一滴泪水滴在女儿脸上，女儿仰起头说，妈妈你怎么哭了？儿子用那只肉肉的手背为阮丽不断擦着眼泪。尹长伦心情很复杂，自从进门看到阮丽，忽然觉得阮丽是那么熟悉又那么陌生。他一句话也说不出来，也不知道自己该怎么安慰阮丽。

阮丽看到尹长伦那日渐衰老的满头白发问道，你怎么样？尹长伦慢慢说道，我，我被开除党籍撤销院长职务了，也不用上班了。

沉默了好长时间阮丽平静下来说，尹长伦，我们离婚吧。尹长伦认真地看看阮丽问道，为什么？我们好不容易走到现在为什么还要离婚？

为了孩子。阮丽认真地说道，这八年里我虽然在劳改场医务室，我知道自己可能熬不过来。你到海城把她找来，让她来照顾孩子吧。

尹长伦想了很长一段时间，他看看身边两个孩子对阮丽说，这不可能，这不可能，这不应该是你该说的话。阮丽看着不满两岁的儿子说，老尹，我们都不再年轻了，你就最后听一次我的话吧。

尹长伦没有回答，那张脸始终没有一点表情。阮丽问道双方老人的情况。

尹长伦说，他姥姥前段时间病了，心脏不太好。不过不要紧，住在我们家里拿药挂吊瓶，现在差不多好了，你放心吧。

探亲时间到了，看守警前来督促。阮丽欲转身离去，她亲亲女儿又亲亲儿子，依依不舍地转身离去。女儿预感到事情不好，在妈妈身后号啕大哭，儿子也哭着喊着要妈妈。阮丽满含着眼泪回头对尹长伦说，别忘了我说的话。

尹长伦说不出一句话，眼里也是噙满泪水向阮丽招招手说，我们会等你。说完一手拉着女儿，一手抱着儿子转身慢慢离去。

阮丽又转过身来，看着他们渐渐远去的身影。

第七章

反贪局敲山震虎
检察官以假乱真

一

冷在三九，热在中伏，这话一点不假。中午，空气湿漉漉的，天气异常闷热，大气压相对较低，人感觉胸闷喘不过气来。公路两边一棵棵高大的白杨树投下一片片绿荫，树冠上传来阵阵沉闷的蝉鸣声。

检察长坐在车内，习惯性地松松领带，随手摇下车窗玻璃。一阵凉风扑面而来，吹动着检察长长长的白发。此刻，老检察长目光炯炯，正在思考上级会议精神，思索着弈城检察院反贪下一步工作打算。

他知道市院这次交办任务的分量和难度，自己将会再一次被架在烧烤炉上，像鱼片一样两面承受着被炙烤的熬煎。这么多年都熬过来了，耗尽了生命熬白了头发，一句怨言也没有。许许多多反贪干警都坚守着，都在用自己生命守护着那道亮丽的风景线。而自己后方战场防线绝不能后退半步，自己后退半步会导致案件形势倒退十步。

铁荣三呢？这些年来一直兢兢业业在第一线，职级问题上报了两次都没批准。看到铁荣三自己心里不是滋味，总觉得生活亏欠于他。铁荣三情绪上表现不出来，但赵局长话里却隐藏着不满。这两个人要是不在检察院干，放在任何单位都可以独当一面了。但是眼下工作，也需要这两个人必须留在反贪局。反贪工作就是需要这种有勇有谋，有个性有血性的检察官。至于肖政，还需要打磨，还需要铁荣三带，还需要在大风大浪里历练。年轻人应该多吃点苦，吃苦多了才能动脑子，才能感悟生活。这个年龄段最怕挫折，困难会挫伤工作积极性，但是挫折也会使人变得更聪明。遇到挫折时候，有个人在身边伸出援手，困难就会迎刃而解，自己也会增长见识。

目前，检察长能够出的牌只有这三张，反贪侦查人员匮乏，优秀侦查人才更是少之又少，反贪工作每前进一步，检察长都备感吃力。复杂的案情和复杂的社会背景，还有那些理不清的社会矛盾，想处理好很难。但是工作总得有人去做，不愿意做也得做，而且必须做好。

检察长知道查市院交办线索会触及弈城许多神经，处理不好就会四面楚歌，腹背受敌。做检察工作不仅要长一个好脑子，脑袋后面还要多长一只眼睛，时刻防着身后突袭的暗箭，时刻警惕着背后伸出的黑手。

弈城检察院反贪局会议室里，检察长召集所有办案人员正在召开案前动员会。检察长看看法警刘剑锋没到便问道，刘剑锋怎么回事？

赵局长看了铁荣三一眼。铁荣三说，刘剑锋昨天晚上值夜班了，估计刚睡着。

现在开会。中午参加了市院第三季度反贪工作调度会，市院检察长就第二季度各地查办案件工作情况作了总结，肯定了成绩也指出了不足。同志们，中国反贪事业刚刚起步，任重道远。第三季度刚刚开始，我们要时刻保持清醒头脑，充分认识反贪工作的光荣感、责任感和使命感，加大力度奋战第三季度，拿出成绩来拿出战果来。

会议室门慢慢打开，刘剑锋低着头悄悄走到会议桌前坐下，一抬头正好看到赵局长，赵局长点了点头。

市院反贪局已经把有关案件线索转给我们，我希望大家再加把劲，争取把今年我院反贪工作推上一个新台阶。我就和大家说这些，你们抓紧拿出一个方案，争取明天转入案件初查。说完检察长走出会议室。

二

检察长走后，赵局长主持会议。铁荣三他们在检察长面前，由于年龄原因总有些拘束放不开，有时会长话短说，像汇报案情一样说话有板有眼，并且尽量缩短汇报时间，赵局长主持会议就不同了。赵局长平日里戴副近视眼镜文质彬彬的，对内很有亲和力，平时和办案组一起摸爬滚打白征夜战，实际上就是办案组大哥，在一些公共场合上那是有职务叫职务，没职务叫同志。反贪局会议室也算是个公共场合，但那是内部场合不对外。检察长一走，整个场合顿时活跃起来。刘剑锋习惯性地又把自己一只臭脚放在椅子上，惹得吴远直翻白眼，当然夏天他那双臭脚杀伤力更强些。

这些年来，国家政府采购业务上也采取过不少有效管理措施。九十年代

初政府部门开始庞大，办公耗材、基本建设等支出大项，各单位各据职能，各行其是，导致出现了一些贪污贿赂违法犯罪问题，且屡禁不止。这几年政府调整工作思路，把职能单位采购权统一规划到政府采购办公室，统一招标，统一采购，短时间内也取得了一定效果。但几年下来，腐败现象仍像幽灵一样如影随形，分散腐败转为集中腐败。举报信所指很可能就是集中腐败典型案列之一。

赵局长刚刚介绍完案情，刘剑锋那只臭脚随即踏在地上说，张和尚李和尚早晚抡到头皮上。这些人，社会上早有不少传说，让我说干脆擒贼擒王，直接来个斩首行动。他顺势做了个手势，咔嚓！

肖政一向不太爱搭话此时也有点激动说，老百姓都说把这些人拉到河滩里，隔一个打一个没有一个是冤枉的。当然说归说，没事实没证据，国家法律是不允许的，我们也不能那样做。

对这个单位我还不太了解。吴远想了想又说，有一次我和同学去那里，感到那个单位特别忙，人来人往很热闹就像赶大集似的。

赵局长看了看铁荣三，意思是让铁荣三谈谈看法。铁荣三说，政府采购办公室履行政府职能，代理弈城政府执行公务。按照法律规定，政府公务人员在履行公务活动中受骗上当致使公共财产遭受重大损失属于渎职行为，必须受到法律追究。但是，政府采购业务如何操作？从哪里找到能够证明个人渎职行为的证据？这是个难点。另外还要看这种渎职行为里，有没有不可抗拒的因素存在；还要仔细分析造成这种行为的原因，特别是个人因素问题。

刘剑锋问，个人因素指什么？能不能说具体点？铁荣三说，造成渎职现象发生的个人行为是指，国家机关工作人员在履行公务过程中有没有主观故意行为，或者主观上预测到这种现象可能发生，客观上却予以放纵而导致结果的发生。

怎么这么麻烦？刘剑锋眨巴着眼睛又说，查办经济犯罪案件多么痛快，公式化程序化，套上就是。

赵局长说，查办经济犯罪案件痛快，那是因为你干得多路子走得熟，也就是说再陌生的路走多了就熟悉了途径。赵局长看着刘剑锋说道，弄得刘剑锋有点不好意思。他咧着嘴说道，还别说，说不定还就是与经济犯罪问题挂钩。

赵局长介绍道，采购办公室主任叫钱荣，采购办公室职能非常单一，就是负责政府集中采购，各地商家为了中彩，什么办法都用，甚至不惜血本。另外原采购办副主任李抗，去年调整到弈城财政局任副局长，分管着上千万协调资金，大家务必注意这个人。从举报内容上看，他在弈城政府采购办工作时涉嫌其中。

造成那么大损失还提拔了？又一个带病提拔，闹不好提拔时候还正在犯罪，肖政气愤地说道。刘剑锋气愤地说，这叫游击战，打一枪换一个地方，其实就是一种保护措施。

钱荣原是弈城政府办公室副主任，年龄也大了，和他打交道要慎重。李抗是省委选调生，工作能力很强，很得弈城领导赏识。所以，要动这两个人必须慎之又慎，步步为营，否则后果不堪设想。赵局长又说，铁荣三你看看怎么入手？从哪里入手？

铁荣三说，我觉得应该从渎职犯罪入手来寻找突破口。作为渎职罪这块儿，从发案到现在近两年时间，已经是明着摆在那里，该做的手脚都做完了，但罪恶是藏不住抹不掉的。我们可以运用策略，明着收集资料，收集相关证据，为下步立案打好基础。直接找钱荣，找相关人员调查，收集原始档案材料找出矛盾点，待条件成熟再申请立案。

刘剑锋急忙说，我明白了，“明修栈道，暗度陈仓”，明着查办渎职犯罪，实质上是在前沿阵地上划出一条华容道，明处点火暗处伏兵，这叫兵不厌诈。

赵局长和铁荣三都笑了。

吴远也随口说道，然后再来个出其不意，攻其不备。

三

翌日，铁荣三他们四人来到弈城政府采购办公楼。这是座沿街楼房，一楼是采购办公大厅，弈城所有职能部门在大厅内都设有办事专柜，大厅门前有一个不大的停车场，各种车辆分布成一个巨大的车阵，人来人往，热闹非凡。

刘剑锋找好位置停下普桑便车。

肖政介绍说，一楼是办公大厅，所有政府职能部门都有业务窗口；二楼、三楼是采购办公室各业务科室，采购办领导都在三楼办公；四楼是投标大厅，政府采购所有业务都在四楼投标完成，然后在一楼办手续，所有章证一次性完成；五楼是会议室，钱荣就在三楼办公室。

前几年我听说办这种业务，一个手续要盖二十八个公章，公章盖好了，时间拖长了，商机早黄了。现在一条龙办公方式确实简化许多手续，能够节省很多时间，提高了工作效率。刘剑锋还未说完吴远接上说，再加上投标竞争，采购工作也在不断完善管理工作机制。

铁荣三让吴远直接打钱主任办公室电话。

刘剑锋和肖政不再说话，静静地听着电话回音。吴远拨通了钱主任办公室电话，嘟嘟嘟呼叫声过后传来对方回音，您呼叫的电话无应答，您呼叫的电话无应答。吴远合上手机摇摇头说，钱荣不在办公室。

铁荣三又让吴远拨打钱主任手机说，接通后直接亮明身份，他若是在外地就和他约好见面时间。

吴远刚拨上号，车内几个人都屏息静气听着。过一会儿吴远兴奋地低声说，通了。

哪位？电话那头传来一个老者声音。

你是钱主任吗？我找你有急事，你现在在哪里？吴远用还算标准的普通话问道。钱主任不耐烦地回话说，我在外地出差，你是哪位？

我是弈城反贪局吴远，领导安排找你调查了解情况，请问你几时回来？吴远特意追加了一句话。电话那头好长时间没有回音，吴远急忙不停地呼叫对方。过一会儿钱主任解释说，对不起，对不起刚才有个单子签了一下，这样我明天就回弈城。

那好，明天八点我在你办公室门口等你，电话那头钱主任表示同意。吴远回头对大家说，明天早上八点采购办门前见。

老滑头。今天早上我在对过小吃摊吃早餐，明明看见他提着包上了办公楼，什么时间跑到外地的？插上翅膀飞的。刘剑锋生气地说道，不行，我上去看看。铁荣三拍拍刘剑锋肩膀说，沉住气，现在上去也找不到他了，我们回去。

这几年随着形势发展，检察长给反贪局侦查科配置了一部手机，铁荣三让吴远保管。加上刘剑锋自己那部，侦查科通讯设施算是解决了。另外，院里还给反贪局配备一辆普桑便车，执行秘密任务专用。

铁荣三的判断没错，刚才吴远打电话时钱荣就在办公室里，他看电话里手机号很陌生就没有接，同时也想证明自己不在办公室，给自己留下一个空间。第二次接电话拿出手机一看还是那个号码，接听后知道是弈城反贪局，就轻轻地锁上门上了卫生间。钱荣透过窗子看到一辆橘红色宝马在停车场内，旁边一辆普桑缓缓离去，嘴角习惯性地哆嗦了一下，脸上有一点笑意阴阴的。

车内刘剑锋问铁荣三，我们就这样回去？刘剑锋刚来反贪局工作时，对铁荣三这些办案方式很不理解，有时觉得办案子总是神神秘秘的很烦人。时间长了在审讯环节上刘剑锋也学到了一些东西，但在初查方面还是欠缺一些，有时还真不明白。

铁荣三对大家说，回去，明天我们请君入瓮。

四

早上，弈城采购办门外场地上停着几辆轿车。没有一丝风，地面上那几棵老杨树静立在火辣辣的阳光下。几片树叶随意地打着摆子，树冠上面阵阵刺耳的蝉鸣声，直叫得让人心烦。

铁荣三他们准时来到钱主任办公室门前。刘剑锋敲敲关着的门，铁荣三看看已到上班时间说，打电话叫他。吴远迅速拨叫钱主任电话。

钱主任昨天接到电话后，自己考虑了好长一段时间怎么也不放心。晚上找弈城政界几个朋友一起吃饭，谈起白天之事大家都觉得没事，如果反贪局有事找你的话，你准过不了今天晚上。今天早上他还是不放心，早早来到一楼大厅，八点整看到一辆黑色普桑停下车，几个人下车上了二楼，心想可能是反贪局的。看到办公室门锁着，没要紧事估计很快就走人。

正在这时手机铃声响了。钱主任一看还是昨天反贪局那个号码，接听后赶忙说，你又来啦，我在一楼安排工作马上过去，我先让秘书开开门。

不大一会儿，秘书过来边开门边说，各位领导是反贪局的吧，里面坐，钱主任一会就过来。秘书麻利地给铁荣三他们倒水后离开。

铁荣三看到钱主任办公室内装饰很讲究，座椅后边墙上悬挂一幅古画，画面上大树参天，荫泽四方；右边墙壁上挂一幅装裱考究的难得糊涂字画，字迹也是圆润遒劲，雄浑洒脱；办公桌右边摆放着一块特大石头透出一种磅礴大气；办公桌上那座玉麒麟，晶莹剔透，通身圆润，巨口狂张，怒目远视，显示出不凡气势。办公室和居所装饰，往往显示出个人修养和个性。性格内向之人喜欢兰草，善于思考的人往往在办公桌上放一盆文竹，而这种造型玉麒麟又代表着吉祥如意，天天有个好心情。

吴远问道，办公室里放块大石头是什么意思？刘剑锋说，不懂了吧。花岗岩石质坚硬，代表着坚强，代表着一种性格。

肖政说，这里面应该还有一定寓意。铁荣三心里想笑然后说道，麒麟是一种虚无缥缈的吉祥，信者有不信者无。

吴远也看到这座麒麟很显眼特地瞅了瞅说，这只麒麟肚子特别大。刘剑锋在一边补充一句道，这只麒麟吃得好，得了肥胖病，闹不好还有三高症。

钱主任坐在一楼办公室里，猛抽了一口烟心里很烦。反贪局这伙年轻人四处搅和得人心惶惶到底想干什么？转念一想这些人虽然不好惹，但这里是谁？这里是政府，没有县长签字随便可以查吗？查谁也不长长眼睛。虽说县政府、检察院都属于弈城六大班子之一，但县政府比你检察院还高半格呢。他把那根没吸完的烟蒂摁在烟灰缸内，气呼呼地大步向办公楼上走去。

铁荣三他们正在欣赏室内装饰，钱主任唧当着脸一步跨进办公室。铁荣三一看情形不对，走上前去双手紧紧握住钱荣一只手忙说，是钱主任吧，你好你好，打扰了。

坐。钱主任坐在办公桌前，那张脸有了一点点温色。铁荣三一一作完介绍后说，钱主任去年招标那件事，现在处理好了吗？

你说去年哪件事？钱主任话不饶人处处抠字眼反问道。

就是去年八月县政府办公用品招标被骗那件事？铁荣三开门见山，说完仔细观察着钱荣表情。钱荣嘴角习惯性地抖动一下忽然大笑起来说道，你说那件事，那件事都成历史了。去年县长办公会上已作出处理了，早处理过了。

检察长安排说需要看看有关材料，铁荣三说道。钱荣心里想你们的检察长想看看材料，县领导还没安排呢。转念一想，先把这伙人糊弄走再说。

钱荣不紧不慢地说，关于电脑事件处理材料去年已经封存归档，真不巧，档案员昨天去省里学习一星期后回来。你们看？钱主任心里想，县长办公会研究处理的结果你检察院反贪局还看什么看？

那你能不能把事情经过简单介绍介绍？肖政问道。

这个事是李抗办理的，具体我不清楚。说完从抽屉里拿出一份材料递给铁荣三说，这是去年县长办公会议处理决定。铁荣三边看材料边问，李抗在吗？

李抗去年底到财政局任副局长高升了，现在连我都得扳他下巴颏打滴溜。钱荣在话语里把这件事一推六二五，自己干干净净。铁荣三说，那好今天就到这儿，我们先回去，档案员培训回来再联系，这份材料我们带回去检察长要看看。铁荣三说完话要走。

看吧，看吧，没问题。钱荣看看自己预期目的已经达到，心里想，这伙人没事找事，天天搅得人心不安，赶紧把他们打发走了，免得看着心烦。但表面上却强装笑容说，中午在这吃饭吧。我们食堂刚建起来，蔬菜都是新鲜的，都是放心绿色食品。

中午还有事下次吧，不麻烦了。铁荣三伸出一只手和钱主任轻轻地一握。反贪局几个人迅速离去。

五

一路上，刘剑锋不停地按着车喇叭。闷热天气，行人和车辆都显得缓慢，反应也迟钝些，刘剑锋小心开着车。车内铁荣三他们一个个绷着脸，谁也没

说一句话。

吴远问铁荣三说，办公室里放一块大石头到底表示什么意思？铁荣三说，要看他办公室整体布局。大树参天，荫泽四方，可以乘凉；巨石庞大，质地坚固，可以依靠；糊涂难得，本是人生至高境界；麒麟如意，则又代表着事事吉祥。

肖政说，那块大石头是不是就是靠山石？刘剑锋没好气地说，靠山石有靠山，大树底下好乘凉，钱荣幸福死了。

肖政说道，那糊涂难得就是他人生座右铭了。我总感到那幅字画挂在他办公室里就代表稀里糊涂的意思，好像有点别扭。吴远也说，玉麒麟吉祥事，他心里还说不上吉什么祥呢。

刘剑锋说，我总觉得这个钱主任一副全身武装的样子。铁荣三说，一个表面武装到牙齿的人说明了什么问题？

回到办公室，刘剑锋喝了一口水又把杯子重重地放回办公桌，嘭，沉闷的响声吸引了大家的目光。

刘哥，生什么气？值吗？吴远看到刘剑锋脸色铁青忙劝道。刘剑锋心里还在为刚才的事愤愤不平。哼，一哄二瞒三吓唬。这些人就是欠修理，就应该尝尝无产阶级专政的铁拳，要是早几年我就让他灰飞烟灭了。

武松在景阳冈上遇上了老虎。肖政只说了半句话。吴远说，要么被老虎吃掉，要么把老虎打死。如果我们被老虎给光荣了能获得英模表彰；如果我们把老虎打死了，那可是违法犯罪要判刑坐牢的，老虎可是国家一级保护动物。

铁荣三摘下眼镜不停地擦拭着说道，整个过程大家都看清了吗？我看这件事咱们先和局里汇报一下，听听检察长指示。铁荣三拿起那份材料走了。

吴远说，第一次打交道碰了一鼻子灰，这个人到底想干什么？

这叫官僚，人家位高权重耍横习惯了。现在这些人就这样，无论对错都想搅和搅和，据说这叫什么什么艺术。肖政对钱荣刚才的举动也非常不解又说道，你说这钱荣一大把年纪了还这样横。

刘剑锋又喝了一口水说，还拿出政府办公会议记录压我们，他以为我们这些人都是被吓大的。肖政想了想说，这个人有问题，说话做事三分像人七分像鬼的。

怎么？吴远关切地问。肖政分析道，从昨天一打交道他就在说谎，他根本没去外地。今天先是欺骗我们说档案员不在，又拿出县长办公会议记录吓唬我们。这说明了什么问题？钱荣在和我们较劲，他是怕我们看档案材料。档案材料里一定有问题，我分析得有条有理吧。

对，刘剑锋也说，我说这么横呢，那横是装出来的。这样的人一动真格的准成了一堆儿狗屎，表面强大的背后是内在的虚弱本质。吴远又有些担心说，不知老铁看出来了吗？

放心，老铁在和钱荣周旋时就是让我们仔细观察，这每一步都是按老铁思路走的，恐怕后续方案老铁都成竹在胸了。肖政说完，刘剑锋和吴远的脸上都露出了笑意。

肖政顺手打开窗子。窗前那棵柏树投下大片绿荫，一股凉爽气息扑面而来。弈城大门口一辆黑色普桑缓缓驶进院内，检察长下车向办公楼走去。

刘剑锋他们在办公室里等待指示，脑子里那根弦时刻紧绷着。正在这时，公诉科黄科长推门进来说道，哎，这是怎么啦，一个个心事重重的跟霜打了似的？

肖政忙站起身说，黄科长请坐。吴远给黄科长倒上一杯子水。刘剑锋看着黄科长手里拿一个卷宗说，还没愁眉苦脸呢。

不至于这么严重吧？什么事能让反贪局的检察官愁眉苦脸的，我倒想看看。黄科长仔细看了看刘剑锋又说，年轻人是不是跟爱人闹别扭了？刘剑锋说，这哪儿跟哪儿呀？没的事，黄科长有什么事尽管指示。

黄科长说，哪敢啊？据说反贪局要从检察院分离出去，现在外边都这么传，到底真的假的？我来看看大家。吴远说，据说是因为我们自侦案件缺乏监督，检察院自己不能监督自己。

嗯。黄科长又问，老铁呢出差了？刘剑锋用手指了指上边说，开会去了。那我回去了。说完黄科长拿着卷宗走了。

刘剑锋看着黄科长出去了心里纳闷，初查刚开始黄科长找铁荣三干什么？

六

晚上七点多，太阳余晖还没有散去，弈城宾馆已经灯火通明。这是一座三层中式建筑，小红楼主体框架是方形结构。从外表看普普通通并不高大，走进里面却视野开阔别有洞天，十分豪华。这座不起眼的小楼是弈城政府专属宾馆，在弈城影响很大，也是弈城风云人物社会名流聚集之府邸。

检察长刚走到门口，县政府办秘书的笑脸就迎上来说，检察长，孙县长在二楼九号客厅等你。下午刚下班检察长在办公室里接到孙县长电话说老同学来了，叫去陪吃饭。检察长知道很多时候大家在一起吃饭，饭局都是有一定寓意的，可以尽管喝尽管吃，就是话不可以尽管说。饭桌表面上看气氛热烈，一团和气，其实各人心里都非常小心，只有老同学聚在一起心情才感到放松，可以尽情放飞自己。

检察长走进九号客厅一看，孙县长还没到，桌旁那个人听到开门声转过身来，检察长一看是老同学黄浩。

检察长赶忙走过去，紧紧握着黄浩双手说道，黄浩，多年没见你一点没变，呵呵。黄浩笑着说，还能变到哪里去？凑合着过呗，再变就变到马克思那里去了。你还好吗？

也还凑合，检察长随便打着哈哈说。

黄浩和孙县长、检察长是“文革”后期老中专生，八四年人事机构改革后他们走上了不同领导岗位，后来都成长为基层骨干领导。黄浩被交流到外地任政法委书记后，这几年很少见面。

这时，孙县长走进厅内说，等急了吧。没办法，省里电话会一个接着一个，春天抗旱指示精神还没贯彻完，夏季抗洪防涝精神又下达下来。每一个会议都有精神，每一件指示精神都得认真贯彻落实。

黄浩拍拍自己肚子说，不是等你等急了，是肚子饿急了。孙县长捋了捋自己满头白发说，坐下想吃点什么？今天按最高标准招待。

我是一头嚼不动草的老牛了。

黄浩催促说，我们不吃草我们要吃饭。刚说完服务员端上四个精致小菜，一盘水饺。三个人都不愿喝酒，边吃边谈。

黄浩看看桌上说，四个菜一盘水饺，这就是最高标准。检察长说，急什么？好东西还在后头呢，饭菜不够锅里还有。黄浩问检察长道，听说你们要查政府采购办那个叫钱荣的？

刚刚初查，怎么？你亲戚？和你有什么关系？检察长想初查采购办与孙县长应该有关系，今天晚上正点子看来是应该是孙县长。黄浩问道，有个同事托我打听一下，现在什么情况？

干什么？热烈欢迎兄弟县政法委领导来弈城检察院视查指导工作。检察长一句话说得黄浩瞪大了眼睛。检察长接着说，上边交办的，现在还没什么情况。

孙县长一听忙说，反了，反了。我堂堂一县之长工作才刚刚开始，你们在我面前做什么交易？

其实检察长一惊一乍的，是在阻止黄浩不要再问下去，说出本案是上级交办目的是想告诉黄浩适可而止。孙县长听得明明白白，跟着起哄是给检察长打掩护。黄浩看问不出什么，与自己关系又不大就没再问。

晚饭后孙县长说，如果牵扯到一个叫李抗的人要小心，这人很有来头。

检察长听后默默点点头。

七

早上吴远刚刚拖完地板，铁荣三和刘剑锋来到办公室门口。室内，吴远把吊扇档位打到最大带起呼呼风声。刘剑锋问铁荣三，今天我们干什么？铁荣三说，昨天晚上检察长安排好了，今天出发去市看守所提审。

有新案件线索？刘剑锋有时什么事都想知道。铁荣三点点头说，嗯，与我们现在初查线索有很大关系。

这时肖政也来到门口。刘剑锋忙说，地板还没干，待会再进去。

过一会儿地板被风吹干，办公室里空气很清新。铁荣三对大家说，赵局

长安排今天去市看守所提审。吴远办好手续，刘剑锋到办公室申请警车，马上出发。

警车出了城区，刘剑锋加大油门急速行驶。要知道去市看守所来回三百多公里，路上稍一松懈，提审就没时间了，很可能完不成任务。

铁荣三从提包里拿出一份材料说，昨天公诉科黄科长提供的，非常重要。去年九月弈城政府采购办被骗事件犯罪嫌疑人抓到了，现押在市看守所。检察长安排先提审犯罪嫌疑人，看看渎职失职背后有没有不正常经济问题发生，特别是钱荣。

直接传钱荣讯问不行吗？肖政不解地问铁荣三。铁荣三摇摇头说，不行，你看那天他那张脸跟吃了死人肉似的。这样的人到案不会配合我们，必须用证据降服他。今天我们提审主要任务就是拿到言词证据，肖政负责讯问，刘剑锋和吴远你两个配合，吴远负责出材料。

肖政接过那份材料，吴远点了点头脑子里拟定着审讯方案。刘剑锋也明白了黄科长为什么急于找铁荣三。

警车驶进市区界，刘剑锋马上放慢了速度。

一辆大货车呼啸而过，突然迎面嘭的一声巨响。铁荣三抬眼望去，正看到出事地点上空一条人影被斜抛进壕沟里。几十米远处，大货车撞上从机耕路上开来的一辆拖拉机，农田里一些忙碌的农民迅速围拢上来。那辆大货车停下后又迅速启动，加速逃离现场。

铁荣三一看急忙喊，停车，停车。刘剑锋急刹车后靠边停住警车，铁荣三看着逃走的卡车说，肖政、吴远我们去救人，刘剑锋追上去拦住那辆大货车。

刘剑锋拉响了警笛，警车飞速向前方冲去。

肖政和吴远迅速来到肇事地点，和村民一起掀开拖拉机抬出受伤人员，将其慢慢平放在平地上。铁荣三在公路上不断提醒着周围赶来的群众说，注意保护现场。

刘剑锋不一会儿追上那辆肇事车，不停地用话筒喊话让对方停车，对方不但不停车反而加速。刘剑锋一踩油门警车全速而上，那辆大货车猛一摆头，车尾向警车甩来。

哟呵，玩阴的。刘剑锋顺势把警车转向人行道，从人行道又迅速驶上公路，车身挡在那辆大货车前面。大货车后退不能前进无路，驾驶室内两个人弃车而逃。刘剑锋紧紧追赶至一块玉米地里，那两个人回过身来怒视着刘剑锋。

人命关天，跟我回去。刘剑锋边说边接近那两人。你检察院的逞什么能，狗咬耗子多管闲事，哼。两人边说边向刘剑锋围上来。

怎么，想试试。说话间刘剑锋听到身后那人来到身边，一转身躲过对方拳头，就势拿出手铐一下铐住对方一只手腕。紧接着又一转身绕到那人身后。前面那人刚踢过来一脚，正好踢在同伙脸上，对方一愣神之际，刘剑锋用手铐另一端铐住了另一个家伙的手腕。几秒钟时间，刘剑锋制伏了两名肇事分子。那两人不敢再反抗，跟在刘剑锋身后，朝公路方向慢慢走去。

交警赶到。刘剑锋看到被踢中脸的家伙鼻孔里不停地流着血，就到车上拿出一瓶矿泉水给他冲洗止血，又用卫生纸给他堵住鼻孔。换下手铐说，以后别再那么冲动，踢人不要往脸上踢。那两个家伙耷拉着脑袋，被交警押上车。

刘剑锋喘了口气，开着车慢慢回去。看到现场已经撤散，铁荣三他们正等着他，肖政正不停地擦着脸上的汗水。刘剑锋这才意识到自己上衣已经被汗水湿透了。

要不，早赶到看守所了。刘剑锋有些疲劳地说。铁荣三说，已经和检察长汇报了，检察长叫我们先救人。

那个人伤得不轻吧？刘剑锋又关切地问道。铁荣三点了点头说，我们尽量向前赶到市区找地方吃午饭，吃完饭再提审。

八

夏天灰蒙蒙的夜空里，稀稀落落的星星像输红了眼的赌徒，黑魆魆的远山和树木，经过了一天的炙烤已沉沉睡去。公路两边，阵阵蛙鸣和着热浪从车窗外传进警车内。刘剑锋加足油门，警车奋力向弈城方向奔去。

吴远坐在副驾座上昏昏欲睡，铁荣三和肖政坐后排。肖政腹内已经是饥肠辘辘，喝了一口矿泉水问铁荣三，老铁今天提审时你怎么看出那个家伙有意隐瞒的？

吴远在前排睁大了眼睛。铁荣三说，从我们前段时间掌握的情况看，招标办这笔业务由李抗具体负责，但钱荣是关键。对方要拿下这笔业务，要过第一关是钱荣，第二关才是李抗。对方在公关期间，不可能只找钱荣不找李抗。这是我们的基本思路。

那家伙为什么只供钱荣就封口了？吴远问道。送钱荣那一万元，去年出事时钱荣把钱退给了他。前几天我们初查已经打草惊蛇，钱荣很可能和他通过话。他认为供出钱荣和没供一样，案发前已经退款了。铁荣三笑了笑没再说下去。

这个过程在材料上必须清楚，正是这个过程造成了他们渎职犯罪事实的存在。是这样吗？肖政问道。铁荣三笑着点点头说，你看提审前期，他回答问题很流畅，供出钱荣后我们让他继续交代，他反而停止了交代。他那双眼睛说明他隐瞒了一部分事实，就是和李抗的问题。

肖政仔细想了想当时的现场情景。不错，当时那家伙低下头想了一段时间，抬起头时眼睛眨了眨。第一次眼神里有点阴，第二次眨眼掩盖了第一次眼神。就是这个细节，自己当时怎么就没看出来忽视了呢，看来审讯工作，要处处留心。

再看他当时心态，既想争取好态度从轻处理，又想隐瞒一些问题。李抗已经不在招标办任职，不知道我们初查一事。他以为我们会忽视李抗，所以抛出钱荣退款之事掩盖李抗。我们只要抓住他的心态，牵而引之，他最后还是讲清了送给李抗那两千元现金问题。

吴远听完后，心里也在想，细节很重要，抓住一个细节就能突破一起案件甚至是一串案子。

所以平时检察长经常说，细节决定一切。铁荣三看了看时间说，真是晚饭了，现在都快半夜了我们到哪里吃饭去？吴远说，不吃了只是打盹回去赶快睡觉。说完打了个哈欠。肖政也说，这么晚了饭店都关门了，各人自己回家吃点，抓紧时间休息算了。

也行，明天向检察长汇报后再说。铁荣三又突然说，不知受伤的人现在怎么样了？抽时间得去看看。刘剑锋说，市郊离弈城近，我看着交警是弈城交警队的，估计伤员住在弈城医院里。吴远说，我这里有弈城交警联系号码。

明天不知有时间吗？不行就明天晚上去。吴远听完后说。刘剑锋抓住了吴远小辫子说，纯粹胡扯，晚上能看病人吗？

晚上不能看吗？吴远一脸诧异。肖政说，我们当地风俗，白天过午后不能看望病人，看病人只能是每天中午前。吴远听后吐了吐舌头，没再说什么。

弈城街道上行驶车辆已经很少，马路上不时有几辆摩托车呼啸而过，街灯也暗下来。十字路口旁边酒吧里，彩灯闪烁，节奏强劲的滚摆乐伴随着号叫声阵阵传出。

警车经过招标办大门口，刘剑锋边换挡边说，干脆明天把那两个一块传到反贪局一锅煮了，省得一个个在外面又乘凉又靠山又稀里糊涂的。

从现在情况看，直接拿钱荣条件还不成熟，就是传他他也不会配合。李抗冒出来了，可以先拿李抗试刀，敲山震虎。

铁荣三的话很有道理，这样做就避免在证据不充分情况下，排除阻力，力挽狂澜。也能够顺利打开突破口，对钱荣起到震慑作用。

九

第二天一上班，铁荣三早早来到办公室，刚擦完桌面，肖政和刘剑锋也来到办公室。肖政拿起扫把扫地面，刘剑锋用拖把又把地面拖了两遍。

八点过后没见吴远，铁荣三问刘剑锋，吴远怎么回事？

年轻人没熬出来贪睡呗，刘剑锋又说，我和他这个年龄时也老是觉得觉不够睡，工作时间长了熬夜多了也就习惯了。

这时吴远来到办公室，头发蓬蓬松松的，领带也没打好。

迟到了。铁荣三看吴远那样子，知道是睡着误点了。吴远没精打采地说，老是觉得觉不够睡，困啊。

铁荣三对大家说，我去和赵局长先汇报昨天的提审情况。

铁荣三走后刘剑锋发牢骚说，我怎么觉得自己就是一架机器，老是转啊转的，有时直接转得头晕眼花的。媳妇有时问我一月多少工资，我说干革命工作别提钱的事，提钱伤感情。她还不相信呢。

谁知道，老是加班加班，有时出差时间长，小孩都不认爸爸了。肖政又说，有一次我去南方出差，临走时小孩还在地上爬呢，我向他拜拜他还笑。半个月后回到家里你说怎么着，小孩居然能自己爬上沙发坐在那里看电视，我伸过手去想抱抱他，把他吓哭了。

刘剑锋说，对，小孩不见长得快，不过现在小孩可不好管理。我那个熊孩子刚上一年级三个月，回家提得条件可不少，要和他班里最漂亮女同学一桌，你说现在的小孩。

吴远笑出声来说道，随他爸呗。刘剑锋说，我可没那能耐，上中学时见到女同学脸都通红，男女有别，总觉得男女同学中间隔着些什么。

正在说话间，铁荣三走进办公室，坐在办公桌前，擦拭着眼镜片。

刘剑锋凑过来问，老铁怎么样？铁荣三说，检察长去市院开会，赵局长通了电话晚上才能回来，我们利用这段时间去医院看看。肖政也说，不遇着也不觉得怎么样，这遇上了心里老觉得是个事，去看看吧看看就放心了。

我打电话问问交警伤员住哪个房间？说完吴远拨通了交警手机。喂，你好，我是检察院反贪局小吴。我想问一下昨天早上在市区车祸受重伤的人员住哪个房间？铁荣三他们关切地注视着吴远。手机里传来对方回音，在急救室抢救了一夜，今天早上六点抢救无效死亡了。

吴远拿着手机，眼前浮现出被害人那张血肉模糊的脸。铁荣三他们心里都沉沉地，脸上露出失望的表情。

现在开大货的都是爷，仗着保险全习惯横冲直撞。你看昨天那车开得那个疯狂劲儿，副驾上的人还把腿伸到前挡风玻璃上。我当时速度是九十他还硬超。在市区界还那么嚣张，这样的人不出事就不正常了。刘剑锋在那里感慨。肖政也说，没出事儿时是大爷，出了事就想逃避责任。这样的人就得重判让他长点记性。

手机铃声响了，吴远低头一看是赵局长打来的。铁荣三接听完后对大家说，赵局长说检察长安排，晚上行动。

晚上行动？吴远不解地问。铁荣三又说，晚上七点办公室集合。

请财神不都是晚上干活吗？要是大白天请还把财神吓跑了。刘剑锋觉得很有道理忙向吴远眨眨眼说。

十

农历六月初二，天刚蒙蒙亮，大地还在沉睡中，气温已不像白天那么燥热。弈城公安派出所办公室里，一位年轻妇女正向值班民警哭诉着案情经过。

丈夫李抗昨夜加班，十点半打电话说快回家了，十二点也没回来，打他手机一直关着，我在家里等了一夜。我怀疑，李抗妻子迟疑了一下才说，我怀疑李抗出事了。

公安民警问，以前李抗有过这样的情况吗？李抗妻子说，有过，都是单位工作忙，晚上加班，不过，都是早上六点准时回来。

公安民警问，这种情况，李抗晚上都干什么？李抗妻子迟疑了一会说，也可能是晚上加班，也可能是晚饭喝多了在办公室里睡着了。

民警思考道，你说的这种情况多吗？李抗妻子说道，不是很多，差不多每月都有一次两次的。

去年夏天凌晨一点多了，李抗妻子从办公室里把李抗拖出来扶上车拉回家，李抗还人事不省，赶忙给李抗喝水解酒，她知道酒喝多了要及时补充水分否则容易伤肝伤肾。第二天李抗醒来向妻子道歉说，对不起让你受累了，还说现在没办法，身体也不是自己，领导让喝就得喝，喝不了还得装着能喝这叫表现，表现不好领导就生气。

妻子是个懂事理的人，从不和李抗闹别扭。每逢李抗喝多了回到家里，妻子总是端茶倒水，把水果洗了又洗给李抗解酒。

民警又问，这次你为什么怀疑李抗出事了？李抗妻子回忆说，三天前李抗不在家，我接到一个奇怪电话说，让我和李抗马上离婚，如若不离，家里就会出大事。

民警问，打电话的是男的女的？李抗妻子说，是个男的。

民警警觉地问道，记下电话号码了吗？我自己查过这个号码是一个公用电话号码。李抗妻子拿出电话号码记录，急得掉下眼泪。

李抗得罪过什么人吗？民警思考了一会儿问。李抗妻子只是摇头说，他刚到财政局任副局长会得罪什么人？

民警又问，李局长有女朋友吗？妻子想了想说，上大学时好像有吧。现在我们结婚八年女儿都上小学了，李抗父母都搬到城里来住，他跟那个人也没什么来往了。

你没到公婆家看看？民警对李抗妻子说道。这样的事我不想让老人知道，老人知道了会生气。现在我公公身体不好，从去年就到处医治一直也没治好。昨天晚上，我打过电话，婆婆说李抗不在那里。

也许没什么事你想多了，我们马上安排人查查看看，一有消息及时联系。

李抗妻子走后，值班民警迅速记录着接警情况：失踪人李抗，三十二岁，大学文化，弈城财政局副局长。值班民警看着记录情况想，李抗应该有多次失踪记录，失踪背后或许会隐藏着什么秘密？

十一

反贪局零点行动，达到预期效果。深夜依法拘传，李抗摸不清头脑，坐在讯问室里，面露笑意但仍掩饰不住内心的恐慌。

铁荣三和李抗说，这里是反贪局讯问室，你现在因涉嫌滥用职权罪被依法传唤，你的时间有限。这段时间内，你主动坦白交代自己的犯罪问题，法律规定属于自首。国家法律还规定，具有自首情节的可以从轻、减轻或者不予处理。你考虑一下，坦白自首还是刑事拘留以后再交代？这两条路你自己选。

看李抗还在犹豫铁荣三又说道，现在时间是零点三十分。另外，你可以聘请律师，为你提供法律咨询和帮助，代理诉讼、控告等事宜。听明白了吗？

听明白了。李抗在一个多小时里心里直翻腾，反贪局深夜传自己，看来是蓄谋已久，也说明他们也掌握了我的什么问题。前一段时间好像听说反贪局去找过钱主任，还找过谁就不清楚了，自己也没往心里去。当时李抗还认为是钱主任又出了问题，现在看来这事牵扯到自己，应该是与自己有关、与钱主任也有关系。与两人都有关系就是那个事，那次招标被骗事件。不过那个招投标上当受骗的事县政府已经处理了，自己也没受多大影响，只是平调了工作岗位，按理说自己现在的职位比以前更重要。他想现在应该以退为守，争取好态度，争取从轻处理，先出去再说，没有过不去的火焰山。李抗再三权衡后说，我自首。

但是，李抗说完后又一直在思考，铁荣三从那眼神里看出，李抗在选择，不是选择讲或是不讲，而是在选择讲什么不讲什么。但这个时候铁荣三会适度张弛，让他有思考余地，尊重他的选择不再进一步追问什么。

时钟指针指向午夜一点整。肖政和刘剑锋来到讯问室。隔壁房间里，铁荣三向肖政交接着案件情况说，现在李抗还在犹豫之中，估计可能只交代一部分，大部分问题不会彻底交代。下半夜主要督促其彻底交代，告诉他不彻底交代就不会有出路。让他自己写，要不停地进行教育督促。

肖政点点头。铁荣三又嘱咐说，另外要特别注意安全。肖政对铁荣三说，好吧，没问题。

讯问室里，李抗觉得下半夜灯光有些暗，好像是电力不足一样。自己感觉头昏昏沉沉地开始打盹，他觉得眼前这几个人和自己年龄差不多，不妨问问情况再说，免得说多了说少了的。

真不好意思，让各位领导陪着我熬夜。李抗抱歉地说道。刘剑锋说，你抓紧写检查就行了，时间很短暂的。

李抗问，我听说有个县里经济协作办公室的工作人员到外地协调工作时被骗了一百多万元，这样的事检察院管吗？肖政说，国家机关工作人员在执行公务活动中被骗造成国家经济损失属于渎职失职行为，如果是执行公务人员不作为造成的，要依法追究刑事责任。

对这种情况判刑重吗？李抗问道。

要看损失数额大小和社会影响。肖政知道李抗对招标被骗的事儿自己拿不准，转个圈儿想试探试探，无非是想避重就轻。刘剑锋说，你说的是你自己吧。别再兜圈子了，你们招标被骗的事谁不知道，还想糊弄。有一句话叫纸里包不住火你知道吗？刘剑锋是个直脾气，有时说出话来一针见血但也恰到好处。

李抗脸上露出尴尬的笑。

肖政及时补充说道，就写你们被骗的全部经过，时间、地点、业务、处理结果等都要写清楚。另外，你这几年工作期间收受他人送钱送物的事儿也要写清楚。

李抗听完后，低下头在检查书上不停地写着。

阳光刚刚照到讯问室窗棂上，李抗那份检查书已写满了整整十张，字迹工整，排列有序，叙述清楚，显示了大学文字功力。天亮后，肖政让李抗先休息。

第二天中午十二点整，铁荣三让吴远宣布刑事拘留。

李抗不愿签字就问道，我已经坦白自首了，为什么还要刑事拘留我？刘剑锋不依不饶地说道，因为你在限定时间内，隐瞒了自己重大犯罪行为，没有彻底交代自己的犯罪事实。

能不能提示一下，我赶紧交代别再刑事拘留我了？肖政说，法律上没有这条规定。如果我们向你提示了那叫诱供，我们不能违法犯罪。刘剑锋说，鬼门关谁都不想过，但鬼门关都让鬼过了，不过也得过。

李抗又一次试探不成，无奈地在刑事拘留证上签上字后，被押送弈城看守所。

高墙大院铁丝网，武警站岗，荷枪实弹，楼前几只警犬警惕地竖起耳朵不住地狂吠着。李抗打量着那个陌生环境和那群陌生人，他不敢相信这就是现实。一阵晕眩差一点倒在地上，刘剑锋一把扶住了他。曾经是天上金玉主，人间福禄神的财神爷，稀里糊涂被反贪局请进看守所，心里落差很大，他不甘心就此沦为囚徒，咬了咬牙，暗暗作出了一个决定。

十二

反贪局侦查科办公室，办案组人员正在讨论李抗案件近期情况和下一步侦查方向。

铁荣三问吴远，拘留通知书送达了吗？吴远说，法警刚送达弈城财政局。

铁荣三感慨地说，按照规定最好送达犯罪嫌疑人家里。但是现在兔子满山跑，抓到谁谁都不高兴，毕竟不是提拔任命干部。家属不愿配合，甚至当面污骂我们，我们都要理解。中国法制还有很长一段路要走。

刘剑锋接着说道，可腐败问题就像一块臭豆腐，闻起来臭烘烘的但谁见了都想吃。吃进去容易，让他们吐出来可就难了。铁荣三说，举报李抗违法违纪信件有三封，局长刚拿过来，大家都看看分析分析下一步侦查方向。

办案组成员互相传阅着举报信。拘留犯罪嫌疑人押送看守所后这段时间，办案组有一点喘息空间。在这段空间里，办案组根据第一回合犯罪嫌疑人认罪态度和辩解情况，要对侦查方案作出调整。调整后侦查方案更有针对性，更具杀伤力。

铁荣三看看大家说，大家都说说自己的看法。

肖政说，从第一阶段情况看，李抗只交代了举报信中涉及的第一个问题。举报信第一个问题内容虽然模糊，但李抗交代得比较细致。经济方面问题李抗只交代了一部分。举报其他内容是否属实，现在拿不准。

铁荣三左眉边那颗黑痣随眉毛抖动着。他说，市院反贪局批下来限期要结果。初查时受阻，所以我们提请检察长直接拘传李抗，充分利用法律的威慑力和召感力，迫其交代。看李抗交代情况也在预料之中。李抗虽然年轻，但深得官场三昧，他知道此时此刻自己该讲什么不该讲什么，他不会善罢甘休。

吴远说，李抗自首那点受贿事实，基本上是鸡毛蒜皮，我看他是想玩皮影想金蝉脱壳，他那自首总给人一种虚假感觉。刘剑锋问道，昨晚开橘红色宝马车接李抗的那个女人是谁？好像在哪里见过，是不是举报信里说的那个情妇？她的车牌号我记下了。

肖政说，那个女的好像是在政府采购办大厅上班，我们那天去采购办找钱荣时，那辆橘红色宝马就停在我们车边。刘剑锋说，那不纯粹一个富姐吗？宝马车小洋楼的。

铁荣三说，明天我们集中精力提审李抗，外围取证也要抓紧进行。审讯时注意方式方法，看李抗思想动向。李抗供与不供不要去勉强，重要是看清他现在有哪些想法。

吴远想了想说道，我个人觉得李抗还想隐瞒些什么。李抗已经坦白自首，我们可以从自首环节上下功夫，让他认清什么是坦白自首什么是对抗，坦白自首与对抗的结果是什么，同时指出假自首欺骗法律的后果。再说李抗毕竟年轻，我们尽量做工作让他坦白自首争取从轻处理，我想这样可以解开他心里的疙瘩。

刘剑锋一听说，那他就是对抗就是不讲怎么办？言词证据在我国司法体系中可是占据着重要位置。吴远正色道，如果李抗一再故意隐瞒犯罪事实，说明他没有认罪态度，没有悔罪表现，应当依法重判，法不容情。

哟呵，直接一个国家公诉人形象。这个案子我们到时提请检察长让你去当公诉人吧，我看光凭这副形象就把犯罪分子吓傻了。

铁荣三听到他俩没完没了的就说，反贪工作就是查办案件，就是要解决犯罪分子不供、证人不证等问题。这两天大家都累了，好好休息休息明天提审。

十三

昨晚十点，街灯亮起，燥热夏日里人们大都很晚才睡觉。弈城财政局门前，几个棋友仍在灯光下酣战，刘剑锋着便服在一边观战，看到那辆红色宝马慢慢靠边停在财政局大门口，立即拿出手机给铁荣三发信息。红色宝马车里一名女子在打电话。

铁荣三他们坐在便车里悄悄来到弈城财政局对过，隐蔽在那排冬青后面。

李抗拿着手机边走边打着电话，从大门口走到宝马车前，回头张望了一会儿，迅速钻进宝马车里。

刘剑锋早已悄悄来到车上，从腰里拿出手铐开始行动。铁荣三按住刘剑锋肩膀说，别急，慢慢跟上去。

宝马车行驶一个多小时来到华阳小区，停在一栋楼房前。李抗与那名女子走进二号楼东楼洞，不一会儿东楼洞四楼东户亮起灯光。

等了很长时间不见李抗下楼。小区内四处静悄悄的，只有几处居室内还有灯光。小区里几名巡警开始巡逻，手电筒在办案组便车车身上照来照去。

一个巡警说，车内有人。随即用手拍拍车门问，干什么的？铁荣三摇下车窗玻璃把工作证递给巡警，巡警用手灯照着看了看说，是检察院的。铁荣三说，我们是来走访的，过会就走。巡警把工作证递给铁荣三嘱咐说，别太晚了十点半关门。铁荣三说，谢谢，多关照。

巡警走后，铁荣三抬头看看四楼东户灯光依然明亮。

室内灯光下，经过精装修的居室闪着各色光泽，洁白的落地窗纱像舞女褶裙飘逸舒展。茶几上果盘里还有几片吃剩的西瓜，原白色双人沙发上李抗搂紧怀中女人很久没有说话，两人沉浸在幸福甜蜜中。

过了一会儿那女人抬起头来说，我今天看到那个人了。李抗警惕地问，谁？

女的说，我以前那个男朋友。李抗惊慌失措地问，他知道我们两人现在的关系吗？

女的摇摇头又想了想说，不知道，也不好说。李抗一下子松开了手面部有些紧张地说，那怎么办？

女的说道，知道又怎么样？怕什么？我昨天已经把那个人打发回去了。李抗说，我倒不是怕他，我是担心影响不好。李抗还想说什么，话到嘴边却又咽下去了。想了想说，我得快回去了。

车内，铁荣三一看手表时间接近午夜。刘剑锋问道，怎么办？我看李抗要在这过夜，我们憨等下去可不是办法。

铁荣三说，想个办法让他下来。吴远说，我来。掏出手机拨通了李抗电话说，李局长你在哪里？

你是谁？电话那头传来李抗回音。我是弈城区委小吴，快六月六了区领

导派我来看看你。说完吴远一吐舌头。

李抗回电话说，我在华阳小区有点事。吴远说，那我马上就到，车在大门口左侧等你。

吴远打完电话，办案组便车悄悄开到华阳小区大门口左边，吴远着便装下车等候。李抗从二号楼下来，看到大门口有人在招手就赶紧走过去，握住吴远手说，不用客气，不用客气。

吴远示意李抗上车。李抗刚坐到车座上，车内灯光突然亮了。

不会客气的。一副冰冷的手铐铐住了李抗双手。刘剑锋接着说，我们是弈城检察院反贪局的，现在对你依法实施拘传，这是我的工作证，请您过目。

李抗愣了，在拘传证上机械地签着字。

十四

弈城看守所提审室里，望着那道铁栅栏外边几名检察人员，李抗想到了排球比赛，今天虽然隔网对垒不会是一场友谊第一的比赛，但那道铁栅栏就像自己坚固的防守城墙，他感到心定了许多。

以前那个优越工作环境养成了他傲视一切的性格。没等铁荣三他们问话，李抗合上眼皮厉声质问道，我已经坦白自首，为什么还要刑事拘留我？吴远三耐心解释说，这是法律程序规定，我们也是按法律规定办事。

你们知道这样做有什么后果吗？我是做大事情的人，耽误了弈城领导安排的大事谁负责？李抗又厉声质问道。肖政接上了火，你现在要做的大事就是静下心来，彻底交代你还没有交代清楚的犯罪事实。

李抗那双眼皮始终没有睁开，每说一句话面部肌肉都会颤动一下。他又说，弈城和省市领导打交道离我不行，现在竟然这样对待我。你们和弈城主要领导汇报过吗？刘剑锋一听毫不客气地说道，呦呵，哪里钻出来个臭虫，火气还挺大。这个世界少了谁地球都会一样转，去了你那块云彩天照样下雨。

李抗三斧子下来没见效果，闭着眼睛想了很久很久。细嫩的面庞在灯光照射下有点惨白，像传说中的鬼魅一样。

李抗想用弈城领导给办案组施压，看办案人员不吃这一套，于是又心生一计，诉说起自己这些年来工作甘苦。他慢慢说道，这些年我辛辛苦苦为弈城拼命，为老百姓着想，选择了几乎是自杀式的工作方式。为了工作，我向乡镇财政所要了一部分钱，都送给了上级有关领导，为我们弈城发展协调了关系。李抗说完慢慢睁开眼睛，看了看面前几位办案人员。他觉得中国几千年吏治制度根深蒂固，官位总是让人敬仰和胆寒。自己试探性的行动，该是起到一定作用了。

他讲述了和上级几任领导的特殊关系并强调说，前几天市长母亲过生日，我代表弈城政府参加，弈城也只有我有资格参加。

李抗目的很明确，说白了我是市长眼中的红人，你弈城反贪局会把我怎么样。

铁荣三看着李抗这段时间里的一举一动，从这些举动里观察着李抗思想动态。看看李抗一个多小时没有回答肖政的提问，就再一次发问说，你自己的犯罪问题想清楚了吗？

我自己没有任何问题。李抗抬起头怒视着铁栅栏外面的办案人员说，看你们一个个装模作样的，给你们根棒槌当了针。我告诉你们，中国靠你们这些人永远振兴不了，弈城靠你们这些人永远也不会发展，永远也摆脱不了贫穷落后的局面。

刘剑锋气愤地说道，你认为中国要靠你们这些贪官来振兴，弈城要靠你们这些贪官来发展。要靠你们回来当救世主？

当然，我不是那些败类，李抗也觉得自己言语有失忙掩盖说。

肖政说，李抗，古人说勿以小善而不为，勿以小恶而为之。小善而积大善，小恶即是大恶。你觉得小贪和大贪有很大区别吗？

那当然不一样，我鄙视那些人，我看不起他们。李抗觉得自己和那些大贪官不一样。铁荣三接着说，你就谈谈大贪和小贪区别在哪里？谈谈你的感言，谈谈你的畅想。

我不谈，你们凭什么要我谈，我和你们没有好谈的。李抗面对讯问人员的讯问，在拒绝中接受又在接受中拒绝，心神不已。

铁荣三反问李抗，你以为我们没有共同语言吗？李抗抬了抬带着手铐的双手说，这就是我们的共同语言吗？讯问进行了三个多小时，李抗对于自己涉嫌犯罪事实，一个字也不谈。

铁荣三看到李抗今天的情况想了想说，五十步笑百步，你认为小贪比大贪光荣一些，小贪应该披红挂花受表彰，应该提拔重用。今天你不想谈那就不谈了，你回去再好好想想。

十五

办案组办公室里，办案人员对第一次提审李抗表现出来的情况和外围查证情况进行着综合分析。

肖政说，今天中午提审，李抗是一压二吓三试探。自己犯罪事实没交代，和上层关系谈了不少。

铁荣三说，这是好现象，这说明他脑子在动，说明他在跟我们节奏走。还谈到自己多次以上级走访为名到乡镇财政所索要现金事实。现在我们先查外围，看李抗作到什么程度。你和刘剑锋到华阳小区查查那套房子和那辆车，注意那个神秘女人的情况。我和吴远到招标办去一趟。

铁荣三深知钱荣老奸巨猾，和这种人打交道甚至要制伏他，有一定难度。依法立案，迅速刑事拘留李抗，就使案情发展避免了许多凶险。案情发展也趋于平缓，顺理成章。李抗再嚣张，也只不过是笼中死老虎，挣不掉也跑不了。依法取证同时，要看看钱荣这只老狐狸现在状况。就像一个猎人，遇到强劲猎物时不要急于出手，要善于观察猎物，待时机成熟再果断下手。

自从李抗出事后，钱荣没再去外地出差，每天静坐在办公室里，李抗被反贪局刑事拘留一事困扰着他。他开始怀疑自己，有时非常后悔，反贪局调查时自己竟然那么做，有时心里骂自己简直就是愚蠢透顶不识时务，真是糊涂了。想着想着一根烟还没吸完，门外传来敲门声。

进来。钱荣边说边拿眼向门口看去，铁荣三和吴远出现在门口，钱荣急忙站起来迎到门口和铁荣三、吴远一一握手让座。秘书过来倒上水，离去时顺手关上门。

钱荣看到铁荣三和吴远就像久违的老朋友见面。关切地问，怎么来的？边说边搬个椅子坐在铁荣三和吴远面前。铁荣三说道，搭车过来的。

早打电话指示一声我派车去接你们。钱荣拿出烟递给铁荣三和吴远，两人都不吸烟摆手拒绝。钱荣自己点上一根吸了一口后说，听说李抗被刑事拘留了？问题很严重吗？铁荣三说，立案审查是正常法律程序，现在是侦查阶段。

钱荣知道从检察人员口中很难刺探到案情。但他这几天过于焦虑甚至是害怕，自己几乎失去理智。他对铁荣三说，听说这家伙还收了人家两千元？

铁荣三微微一笑淡淡地看着钱荣说，嗯，李抗手底下不太干净。

吴远一听，心想这老家伙是在试探还是在给自己撇清？我们今天来的目的他是否也知道？一万元自己收下了还指责李抗收人家两千元。

李抗在我们招标办有几年了，平时觉得这年轻人脑子好使，腿脚勤快上进心强，我万万也没想到这个人还有这么大胆子，居然敢收人家两千元，真是知人知面不知心啊。钱荣那嘴角哆嗦了一下用手拍拍脑门说，都是我领导无方致使自己同志犯了罪，我首先得向组织检讨。

铁荣三说，人不怕犯错就怕错了还不知错。年轻人吗，只要有好心态重新做人，法律也会给留有出路。我们今天来主要是调份资料看看。吴远把提取证据通知书递给钱荣。钱荣戴上眼镜仔细瞅了瞅，拿起电话说，那好我安排档案员马上给您调过来。接着打电话对档案员说，你把那份材料拿过来，反贪局领导要看。

不一会儿，档案员拿过一宗档案放在钱荣面前。吴远拿过档案材料一份份看过后对铁荣三说，都在这里。

今天麻烦钱主任了，这份资料我们要带回去，领导要看。非常感谢，今天就不麻烦您了。铁荣三说完起身就要走。钱荣紧紧握着铁荣三的手再三挽留说，中午在这吃顿工作餐吧，体验体验我们的生活。铁荣三推辞说，改天吧，这两天特别忙。

钱主任叫来自己的专车司机说，送两位领导回单位。钱荣送到楼下，看到铁荣三他们走远，嘴角不自觉地哆嗦了一阵子，心里暗想不好。

他知道反贪局拿走这份资料会意味着什么。

十六

正午的阳光总是火辣辣的，路边公园里浓荫密布，一阵阵蝉鸣声悠扬地掠过树梢，随风飘荡而去。检察院警车从公路上驶过。

办案组办公室里，吊扇神经质一样旋转着，偶尔一阵吱吱咯咯怪叫声叫人提心吊胆的。铁荣三正在研究刚刚调来的档案材料，肖政和刘剑锋进来，铁荣三抬头一看，知道两人刚忙完中午没休息。

刘剑锋放下水杯擦了把汗说，连饭都没吃呢，这鬼天气。肖政拿过调查材料给铁荣三说，我们先查询了房管部门，那套房子没上档案查不到，又到开发公司查了开发档案。经调查证明，房子户主就是李抗，购买时间是去年十月。分期付款，总共付款额是二十八万元，现在已经全部付清。

刘剑锋也说，我们还查了那辆红宝马车车主叫文裴。文裴现在在招标办一楼大厅上班，临时工。刘剑锋喝口水又说，文裴是李抗大学同学，不知什么原因，现在又搅和到一块了。

你两个先吃饭，下午我和吴远到乡镇财政所摸摸底再说。刘剑锋和肖政从橱子里拿出大碗面准备吃午饭。铁荣三与吴远去乡镇财政所查证。

晚上七点钟，检察长办公室里，赵局长和铁荣三正在讨论案件目前查证情况，检察长匆匆来到办公室。放下公文包就问，今天查证情况怎么样？

赵局长说，让铁荣三汇报汇报。铁荣三打开笔记本说，这几天我们办案组兵分两路，采取……检察长打断铁荣三汇报说，过程就别说了，直接说查到了什么事。检察长要求铁荣三长话短说。铁荣三继续汇报说，去年夏天，弈城教育系统按照国家要求，在全县教育系统增加电脑一百八十台，由市招标办公室统一公开招标，统一购买，江城市长江高科有限公司中标。招标办公副主任李抗具体负责这笔业务，主任钱荣审核把关。这批电脑投放到教育系统使用后发现全部是二手翻新货。情况反馈到招标办，钱荣、李抗到处寻找江城高科孔经理要求说明情况，但是孔经理已经不知去向失踪了，报案后弈城公安局发布红色通缉令开始全国追逃，前几天犯罪嫌疑人在宁涛市被抓获。

检察长问，提审有什么情况吗？铁荣三说，那天去市看守所提审，罪犯供述他购进这批电脑不知有假，当时只是价格稍便宜一些，自己也是上当受骗，自己也是受害者。后来怕自己说不清，怕承担法律责任，就逃跑了。

没想到还是被抓住了，赵局长冷笑着说。铁荣三也说，去年年底全县统计报表时，招标办出示报表上经济损失数二十三万元与实际损失数相差一百万元。数字之差有财政存档表、招标办档案和相关罪犯供述所证实。

李抗和钱荣没谈这件事吗？检察长问铁荣三。铁荣三说，李抗谈了，没谈出具体数字。只承认自己有失职错误，辩解说自己够不上犯罪，自己认为我们对他立案是错误的。当然李抗那套一哄二瞒三吓唬把戏与案情无关，铁荣三没说。

瞒天过海，检察长气愤地说道，这些人把自己那些小聪明用歪了。当初为什么不去认真检查把关，出了问题就动歪脑子想蒙混过关。赵局长也分析说，这是一起标准的国家工作人员失职渎职案。把损失数压缩到三十万元以下，目的很明确，想蒙混过关逃避法律惩处。

铁荣三继续汇报道，调查中我们还发现一些情况，下步准备全力查清。就是招标初期犯罪嫌疑人送给李抗两千元现金，送给钱荣一万元现金。钱荣那一万元去年十月已经退了。

看来主观故意非常明显，明天去把那个钱荣传来立案，让他解释。另外，案件发展要向行贿受贿方面延伸。一个人一旦伸出手去，哼。检察长也感觉到这个钱荣有点意思。

赵局长办公室里，铁荣三问赵局长说，我刚才汇报有漏洞吗？

赵局长说，行，汇报策略很好，没有漏洞。

铁荣三又说，从现在掌握情况看来，渎职失职罪明显成立，我们先用这一块把案子坐实，再向外延伸。赵局长说，检察长也考虑到会牵扯经济方面的犯罪问题，拿老虎要摆好打虎阵。

明天我还想挤挤李抗，看看失职渎职里面的内幕？赵局长瞪着眼睛问铁荣三说，怎么你想避开？那好我来对付钱荣。铁荣三说，兵对兵将对将吗？

我审钱荣级别上一下子矮了大半截，心里不柱桩不合适，还是你来吧。

赵局长觉得铁荣三话里既有道理又有另一种含义。说道，提审李抗时一定要把他们如何商量这个内幕搞清楚，分清事件主次责任。

好吧。铁荣三点点头。

十七

弈城看守所。

高墙大院内，水泥硬化地面冒着阵阵热浪，路两边绿化带里那些花花草草，好像还在昏昏欲睡中。两只警犬伸着长长的舌头趴在树荫下面不住地喘息，警觉的目光不住地审视着来往的每一个人。

吴远办好提审手续来到提审室，铁荣三顺手打开吊扇。

李抗被内执勤人员押送到提审室，表现比较平静，也能睁开眼睛和铁荣三交流。铁荣三问道，你的问题考虑好了吗？李抗没回答，过一会儿突然泪流满面说，我父亲身患癌症活不了多少日子了，自己不能尽孝愧对父亲，说完趴在桌子上哭了很长时间。

看起来家庭变故让李抗变得脆弱，而脆弱本身就是一种无形杀手，让人失望低沉或暴躁易怒。铁荣三说，你说的情况我们刚刚知道，反贪局办案以人为本，人性化办案，你争取好态度法律会给你机会让你尽孝。

原来李抗父亲去年秋天体检时，查出淋巴癌，几次放疗化疗都没有明显效果。知道儿子入狱后，老人经受不住打击病情加重，卧床不起。

铁荣三取证期间，专门去看望李抗父亲。小院里，三间老房窗棂前仍存留着一盘废弃的石磨。门口左侧一棵高大石榴树正开满了橘红色花朵。

屋内，吴远把牛奶等营养品放在病床前。李抗父亲躺在床上握着铁荣三手说，家里出这样的事亲戚都不上门了，检察官还来看我。说完又老泪纵横道，我没想到李抗会走到今天，子不教父之过。唉，李抗受过高等教育，堕落到今天他是不应该。这是我生病期间，李抗三次拿回来的三万元。他这钱不干净，我就是死也绝不用一分。我有国家退休金，有国家公费医疗保障，这些足够了。

李大爷，李抗给你治病的钱，也许与他的问题没关系。至于李抗问题大小，处理的轻重要看法律政策的规定，符合法律政策规定的，一定要从宽处理。您好好养病，我们还有其他事情。

警车里铁荣三感慨地说，李大爷是正直之人，他的形象就代表着那一代人。他们的价值观和人生观，很值得我们永远传承下去。吴远说，现在经济发展了个人收入高了，人性中一些纯美的东西却丢失了。像李抗应该属于他们这代人中的佼佼者，为什么还是伸出了手？是社会原因还是个人原因？

铁荣三说，应该是二者都有，最重要的还是自己。你发现了吗？李大爷好像还有话要说。吴远说，除了钱的事，好像还想说什么但又不好开口。

铁荣三思考一会儿自言自语地说，李大爷还想说什么呢？

提审室里铁荣三和李抗说，李抗，我去看过你父亲。李抗警惕地抬起头，一下子睁开了眼，用手背擦拭眼泪说，我父亲说什么啦？

铁荣三说，你父亲说让你一定配合司法机关，争取好态度，争取从轻处理。李抗又追问了一句，还说什么了？

我们只是顺便看望一下，老人家这个时候应该得到安慰和关怀。铁荣三看李抗十分关切和警觉又问道，你希望他说什么？李抗知道从检察人员这里问不出什么内容，又趴在那儿哭。过了一会抬头说，我再看看交代材料，我要听我父亲的话，争取好态度，态度不好的地方希望检察官不要计较，我再改正过来。

李抗要看的材料是铁荣三根据调查取证出具的一份综合讯问笔录，李抗在上面都签了字按了手印。铁荣三示意吴远将材料递进去。

李抗拿到材料匆匆看了一遍，突然性情大变疾言厉色道，你们就会制造冤案。我申请到省立医院做精神病鉴定，我要你们制造冤案，我要你们制造冤案。这回，我让你们请神容易送神难。边喊叫边用手撕着那份讯问笔录，眼里射出蔑视目光，一点也没有掩饰。

李抗，你干什么？铁荣三从铁栅栏里顺过手，怎么也够不到李抗，铁栅栏让铁荣三感到了无奈。吴远也在着急大喊，李抗你干什么？你作死呀。

内执勤人员听到喊声迅速赶到，夺下李抗手中的讯问笔录，最后一张还

是被李抗撕得粉碎，随手抛向空中，然后用脚在纸屑上踩了又踩，审讯无法进行。

铁荣三想，今天的计划无法完成了，就让执勤人员押走了李抗。走到门口时李抗转回身来，脸上露出微笑得意而狰狞。

十八

钱荣知道弈城检察院反贪局拿走那些资料的分量，这几天坐在办公室里老是心神不定，他也知道反贪局的人早晚会找上门来，但不知道是凶是吉。派人打探消息，至今也没有回音，他还是暗暗做好了应对准备。

正在焦虑这件事，门口传来敲门声。钱荣顺便说了声，进来。他抬头一看，推门进来的是肖政和刘剑锋，忙站起来说，欢迎反贪局领导大驾光临。

钱主任，检察长安排，请你跟我们走一趟，检察长有话要问你。肖政没容对方再客套。钱荣嘴角机械地哆嗦了一下，眼神一下子暗淡下来。过了十来分钟才说，有什么事在这里问吧。

刘剑锋说，不行。检察长决定的事我们无权更改，当然我们也不知道检察长要问什么事。看到反贪局两个人寸步不让，钱荣知道坏事了，他知道反抗也没用。就说，等我安排一下，办公室今天还有事。

肖政看到钱荣想方设法拖延时间想向外传递消息。严肃地说，不用了，跟我们走吧。说完伸手示意钱荣，眼睛紧紧逼视着钱荣。钱荣无奈，跟在刘剑锋身后上了警车。

反贪局询问室里，赵局长正襟危坐，严阵以待。从前次铁荣三他们和钱荣打交道的情况看，这老家伙是块难啃的骨头，但是今天必须把他啃下来。派肖政和刘剑锋前去请他时，赵局长在询问室里掐算时间。钱荣痛痛快快来和费尽周折地来所用时间不一样，也说明钱荣心理状态不一样。再根据钱荣行动上表现出的不同心态，调整询问策略。

这时刘剑锋一步走进询问室，身后钱荣也跟着进来。赵局长一看钱荣，他那张老脸立即堆满尴尬的笑，朝着赵局长点点头。刘剑锋一指旁边沙发说，坐下，把你随身携带物品都拿出来，放到茶几上，这是工作纪律。

钱荣掏出手机、钥匙和钱夹等物品放在茶几上又回到座位上。刘剑锋说，两个上衣口袋里装着什么？钱荣从一个上衣口袋里掏出一个小红本本，刘剑锋一看是中国共产党党章精装本，仔细检查一下放在茶几上。刘剑锋又问，另一个上衣口袋装着什么？钱荣尴尬地笑着不想往外掏。刘剑锋上去一掏掏出一条黄绸缎，上面也不知是佛家还是道家的一道血红符子。

刘剑锋问道，你还信这个？钱荣尴尬地说，是上个星期天一块去老母奶奶庙求的。肖政问道，你家里供着几尊佛？钱荣不好意思说道，家里，没有，没有。

刘剑锋看了看赵局长，意思是清理完毕。

你叫什么名字？赵局长剑眉一扬，询问变成了讯问语气。钱荣嘴角哆嗦着说不清话，我叫钱，钱荣。

知道为什么请你来吗？赵局长问道。钱荣连忙点点头说知道，知道。

赵局长说，那你就抓紧时间把涉及的问题谈清楚。钱荣嗯嗯了两声。钱荣在招标办备受下级尊重，出差考察不论走到哪里客商都是唯唯诺诺，多年来养成那种耍横粗暴作风，但是面对别人询问这种阵仗他真还没见识过，心里有点发慌。

赵局长看他嘴角一个劲地哆嗦，知道钱荣慌了。问道，你的嘴怎么了？钱荣说，小时候患过羊角风落下的后遗症，正常正常。

赵局长看钱荣慌乱，就放缓问话节奏说道，慢慢想清楚再谈。钱荣想了想说，去年夏天弈城教育系统需要增加部分电脑，具体数量我想不清了，根据县里安排由我们招标办公室具体负责，统一招投标，谁投标价格低就用谁的，中标的是江城市高科公司，经理姓孔。这笔业务当时指定李抗负责，我最后把关审批。投标前我们应孔经理邀请去南方考察过，考察电脑厂家生产车间和特约经销处。半个月后李抗汇报说那批电脑已经到了，我当时还问过李抗验收了吗？李抗说验收过没问题，我就批了。

继续谈，赵局长听到有些细节问题，钱荣没谈出来就又问道。

钱荣说道，没想到这批电脑分派不久，很多学校都对电脑质量提出意见。经工商专业部门鉴定，这批电脑都是二手货，是他们回收废旧电脑维修后重

装了外壳。我们上当受骗了，一百多万元货款呀。我把李抗臭骂了一顿，立即去江城市找孔经理质问，但是孔经理和他那经销处已经人去楼空蒸发了。找到生产厂家，厂里说他们厂没在江城市设经销处，也没有发生过这笔业务。

我知道这回彻底砸锅了。当时浑身无力，一下子坐在了地上。

十九

沉默了一会儿，钱荣不再说话。

赵局长问道，你们后来是怎么处理的？

我们先到弈城公安局报案，如实向弈城政府作了汇报请求处分。去年年底县长办公会作出处理决定，我主动写了检查，李抗调离。我在位这些年，头一回碰到这样的事，真不知道怎么去处理。事情自己也作下了，现在向领导汇报明白，该怎么处理就怎么处理吧。钱荣说完低下了头。

赵局长听完，感到一股怒火在胸中燃烧。肖政和刘剑锋相视一笑。肖政说，你以上说的都是真话吗？钱荣说，都是真话，没有半句虚言。

赵局长厉声喝道，钱荣你是不是把假话当饭吃了当水喝了，撒谎成习惯了。在法律面前你糊弄不过去，你这种态度逃脱不了法律严惩。赵局长把县长办公会议决定、有关档案内容和孔经理交代材料一下子摔在钱荣面前说，你自己看看，购进一百八十台电脑是多少钱？你上报损失额是多少？

钱荣一听赵局长点中了自己要穴，看事情败露嘴角又一个劲儿地哆嗦着说，领导息怒，领导息怒。都是我老糊涂了，老糊涂了，我说我说。

刘剑锋上前说，要谈你就好好谈，不想谈你就别谈了，听明白了吗？钱荣面对对面三个人轮番进攻，根本招架不过来。他拿起茶几上的手绢不住地擦着脸上汗水，不住地说到，我说，我说。

钱荣回忆道，那是去年秋天。

钱主任在办公室里刚接完电话，想了一会儿又一次拨打电话叫李抗。不一会儿李抗来到钱主任办公室顺手反锁上门，什么话也没说低着头站在钱主任对面。

钱荣悠闲地深吸一口烟，烟雾随着呼吸气息从鼻孔中慢慢喷出后严厉地对李抗说道，县政府来电话要被诈骗事件的事实经过，县长办公会要研究处理。你打算怎么办？李抗恳求钱荣说道，钱主任，无论如何给想想办法，我还年轻不能就这样算完了。

业务是你负责的，货是你验收的，货款也是你发出去的。这一百多万元货款被骗，回去先写份深刻检查放这里，你恐怕逃脱不了法律惩处。李抗一听钱主任话意顿时如五雷轰顶，眼泪都急得快掉下来了。忙说道，钱叔饶命。无论如何也给想想办法帮我过了这关，今后将视同再生。

钱荣嘴角一哆嗦想了一阵子说，这两天没看看有关法律规定？

钱主任，这方面法律条文我都复印下来了。法律规定说损失超过三十万元按有关法律规定处理，也就是说损失如果不超过三十万元由政府行政处分。

噢？钱荣想了想又意味深长地说。我在政府办公室工作十几年，县长办公会汇报材料可是很有学问，汇报什么就是什么，汇报多少领导就听多少。汇报材料你自己组织，到时你去汇报。钱主任既提醒李抗给李抗一个很大的操作空间，事实上也是把包袱甩给李抗，自己想置身事外。

李抗从钱荣那眼神和话语里又看到了希望，他想起了自己刚来时钱主任说的话。

那次，李抗刚到政府采购办报到，下午给李抗接风时钱主任喝得高兴有些醉意朦胧，畅谈在弈城政府办公室期间有很多事情都是自己如何力挽狂澜扭转败局。还说"那些县长坐在那里都是摆设都是傻子，汇报什么他们就听什么。酒里乾坤大，杯中日月长，有些事在酒场上就摆平了"，李抗当时很反感。

想到这里，李抗连声说着谢谢钱主任，退出了钱主任办公室。

赵局长问道，你们把经济损失一百二十三万元瞒报成二十三万元，然后调离李抗，这就是处理结果？赵局长又问，钱荣你自己有责任吗？钱荣嘴角一哆嗦说，我误听误信，导致国家经济损失我有责任。

你只听听汇报，把自己当成什么了。你负责审批把关应该怎么负责？肖政指责道。钱荣检讨说，应该看验货单或亲自验货，我误听误信了，都是我的错，我的错。

赵局长说，从我们调查掌握情况看来，有些问题你已经交代了，但还没交代清楚；有些问题你还没有交代。仔细考虑考虑，别再拖泥带水的，争取主动交代清楚。

钱荣抬头看了看刘剑锋和肖政，嘴角哆嗦了一下眼睛瞅着脚下的地板砖，进入了冥想状态。

二十

赵局长来到办公室刚打开门，铁荣三心事重重地走进来。

直觉告诉赵局长提审可能出了问题。关切地问道，怎么样？铁荣三摇摇头说，李抗拒不配合，还撕碎了上次审问形成的笔录，我自己也大意了。

赵局长问道，上次提审笔录，他是怎么得到的？铁荣三说，当时李抗提出上次自己谈得事都忘了要看看材料，我让吴远把那份材料递给了他。没想到他接过去就变了脸，顺手就撕。我们隔着那道铁栅栏毫无办法，多亏看守人员赶来夺下来，最后一页还是被他撕碎了。

那可是很重要的言词证据，上面有李抗亲笔签字和手印，没有这份证据这个案子很难诉出去。后面的事实恐怕很难抓到，即使抓到了别再指望李抗配合。赵局长皱着眉头又说，是有人出主意通风报信还是李抗突发奇想？

铁荣三检讨说，都是我的责任，自己没有预料到。

现在不是检讨时候，得想想办法。赵局长又想了想说，这个事不是小事，必须和检察长汇报。

铁荣三没再说什么，此刻回想起当时情景，心还随着那一阵阵撕裂声直往下沉。他也知道这次属于责任事故，检察长肯定饶不了他，自己已经做好了充分准备。

审讯钱荣任务才刚刚上路，以后还说不上怎么发展呢。赵局长叹口气又说，谁到了这地步也很难受，保护自己逃避责任是人之天性。

铁荣三向楼下一看检察长刚下车，便对赵局长说，检察长回来了。

赵局长说，走。

检察长办公室里，铁荣三刚刚汇报完提审情况并做了深刻检讨。

检察长一听一丝怒意浮现在脸上说道，李抗想毁灭证据，看来不是偶然现象。抬头看了看赵局长和铁荣三说，你们知道吗，刚才在弈城政府扩大会议上几个副县长都问过此案。山雨欲来，树欲静而风不止。更大的困难还在后头，我们必须做好充分准备，迎接挑战。我都这把年纪了，大不了回家种地。案子上出现小小波折，想办法再扳回来就是，不仅要扳回来，而且还要彻底制伏他。赵局长和铁荣三听检察长说出这样一番话，都警觉地瞪大了眼睛。

钱荣那边怎么样？检察长又问道。赵局长说，失职渎职这块基本谈清了。现在证人证言和书证，个人的说明以及辩解理由齐全。赵局长案情汇报很简单，意图也很明确，就是要求立案。如果不立案，案情无法进展，李抗尚且如此何况钱荣？

铁荣三承办案件这些年，知道案件复杂社会背景后面，随时都会隐藏着一股翻江倒海的暗流。案子虽小，必须小心，阴沟里也可能翻船。有时候拔出萝卜带出泥，一不小心泥灰还沾自己满脸。

怎么，一朝被蛇咬十年怕井绳。赵局长问铁荣三。

铁荣三笑着说道，不错，自己被蛇咬死过，但最终活过来了。所以现在什么都不怕，不怕死也不怕活。魔高一尺，道高一丈，狐狸再狡猾也斗不过好猎手。

检察长静静地听着赵局长和铁荣三两个人说话，心里隐隐作痛。这两个人多么像自己年轻时候，宁肯站着死绝不跪着生，宁折不弯。平时从言谈举止上看，这两人似乎淡泊了些，特别是铁荣三看上去甚至有些自卑，但在一起时间长了，慢慢就会体会到另一种人生，没有傲气却有傲骨。

检察长心里有一种说不出的滋味，中国反贪事业就需要一大批不为名所动，不为利所诱，淡泊明志，宁静致远的热血儿女，也正是他们默默无为地奉献，我们国家才事业昌盛，经济繁荣发展。想到这里说，你们再辛苦辛苦，咬咬牙，务必小心，越是社会背景复杂的案子，越要办成铁案，否则会后患无穷。

检察长继续说，钱荣一案，立即立案侦查，搜查时要仔细用心，力争拿到证据；李抗现在拒不配合，这里面肯定有原因，暂且放一放，下步提审就要和他斗，斗智也斗勇，在斗争中挫败他的锐气，打消他的气焰，条件成熟再谈。这两起案子不能并在一起，现在就开始行动。

赵局长和铁荣三在走廊里，边走边做着分工。

二十一

赵局长和铁荣三来到询问室，钱荣本来低头正想着什么，听到开门声，抬头看到赵局长和铁荣三走进屋内，赶忙坐正了姿势。

赵局长马上宣布了检察长决定，钱荣，你因涉嫌滥用职权罪和受贿罪，弈城市人民检察院决定对你依法立案侦察，立即刑事拘留。铁荣三对刘剑锋说，给他上手铐。刘剑锋拿出手铐哐啷一声，钱荣的嘴角机械地哆嗦着。

赵局长说完，拿起办案包往外走。钱荣面有难色哀求道，能不能不戴手铐？我配合就是，我积极配合就是。

怎么，怕丢了面子是不是？你那面子已经让你自己丢光了。刘剑锋给钱荣戴上手铐后，和铁荣三急忙离去。

两名法警架着钱荣往外走，刚走到门口，钱荣用力把住门框不走了。肖政和吴远催促他走，钱荣就是死死地扒着门框不松手。

肖政问道，钱荣你想做什么？有什么想法？钱荣又哭着面说，兄弟，我这五十多岁人了，丢不起这张老脸，能不能别戴手铐，外面人太多，我这张老脸往哪搁呀。

吴远说，怕丢人现眼，早知如此何必当初，我们有办法解决。肖政从询问室里拿来一条毛巾缠在钱荣手腕上盖住手铐。行了吧？

钱荣感激地说，谢谢兄弟，谢谢兄弟。肖政给钱荣擦擦眼角上的老泪，看到钱荣情绪放松了些就说，走吧，我们也不想难为你，只是法律就是这样规定的，要是送你一个人情我们自己就违法了。

法警已经发动好车辆，赵局长坐在副驾座上，看到肖政、吴远架着钱荣上了车。仪征迅速出了检察院大门，向弈城看守所驶去。

铁荣三带一组检察人员来到钱荣家楼道口前打量着周边环境。这是一座普通的砖混结构房改楼房，楼房成色比较新，建筑面积大概在一百二十平方米，很多住户都没封前阳台。站在楼下，可以看到家家户户阳台上摆放着一些不知名的花花草草。院内地面绿化带里长满了杂草，几棵橡皮树却高大粗壮，枝繁叶茂。

这时，招标办工作人员和钱荣家属一块儿来了，打开门大家一块走进单元楼。铁荣三拿出搜查证宣布说，钱荣因涉嫌滥用职权罪、受贿罪已被检察机关立案侦查，根据法律规定现在对钱荣有关居室和办公场所进行搜查，这是搜查证你签字吧。

钱荣家属接过搜查证，大略看了一遍，拿起笔犹豫不决。同来招标办工作人员说，签同意两个字就是。其实法律文书一旦生效，签与不签，一样执行。对于不配合不签字的，在文书上注明就可以了，没有任何余地。

铁荣三看到钱荣家属签上字对检察人员说，每两个人一间，仔细搜查。铁荣三在客室周围查看。钱荣家属是个场面人，忙拿出茶叶倒上水招呼大家渴了喝水，拿出烟来请大家抽烟。

铁荣三在客室里隐约觉得有些不对劲。来到客厅一侧书房，铁荣三看到整个书房里没有一本书，但六尊形状各异的佛像却一字排放在古色古香的香案上。书房用红地毯铺地，地毯上面放着六个金黄色蒲团，参加搜查人员看到这个场面都偷偷地笑。铁荣三仔细勘查一遍又想了想，最后眼光落在壁橱上面那座肥胖的玉麒麟上。

这时，吴远押解刚刚回来，铁荣三拿过手机走出房间问刘剑锋，你看看他办公桌上那座麒麟还在吗？刘剑锋回答说，还在办公桌上。

铁荣三想这是一对玉麒麟。他又来到客室里，仔细端详那座麒麟，用手指一敲砰砰作响，麒麟腹内是空的。又仔细看那麒麟底座，有挪动过的痕迹，挪动时间不会超过一天。便一手按住底座，一手板着麒麟脖子往上一使劲，顿时底座和玉麒麟分开。原来底座与麒麟身子是分开的，合在一起天衣无缝。分开后麒麟肚脐眼呈现一个圆开口，通过开口看到里面有一卷纸条。铁荣三把纸卷倒出来一张张展开看时，发现那些纸条全是借据，是钱荣借给他人钱数欠条，总数额三十八万元。

铁荣三把玉麒麟恢复原状，搬到客室里打开取出里面那些借据。钱荣家属问道，这些单子你们也要吗？都是亲亲朋友借账。铁荣三耐心说，与搜查有关的我们都登记造册带回去。这些借据经我们调查后，如果与案件无关会及时退给你。

这时参加搜查的检察人员从各房间里走出来，搜查也没发现什么。按程序填完手续后，铁荣三他们迅速离开。

铁荣三对司机说，快到招标办公室去。又打电话对刘剑锋说，先不要撤，我们马上过去。

铁荣三他们迅速来到钱荣办公室问刘剑锋，那个麒麟打开了吗？

刘剑锋说，我看了看，好像打不开。

铁荣三来到钱荣办公桌前，一手按着麒麟底座，一手扳着麒麟脖子，一使劲打开了那座麒麟。从麒麟肚子里掏出一张纸，上面密密麻麻地记录着一些出差记录。

刘剑锋一看说，原来这样打开，又看了看那几张纸条，时间、地点都是些普通出差记录。铁荣三想，普通出差记录为什么藏到麒麟肚子里？提取回去研究研究再说。

二十二

天空上面飘着一层薄薄的白云，阳光有些暗淡。地面上微风徐徐，远处传来阵阵蛙鸣。警车行走在弈城外环路上，道边排列着一颗颗白杨树，巨大树冠随风哗哗作响。几天来，天空老是云来云去的，扑朔迷离而又深不可测，就像让人猜不透的谜语。

铁荣三和吴远再一次来到看守所提审李抗。

李抗低着头坐到被审讯座上合着眼皮说，我为自己上一次的冲动向检察官道歉，对不起检察官。我是个要脸面的人我不想活了，要是逮捕了我，我就自杀。

经过前两次较量，双方在心里对对方都有了一个基本了解。表面上看，那种初次试探和充满火药味的冲突已经烟消云散，但只是暂时现象。案情随时会起波澜，冲突还会再次发生。在这种情形下，需要主办人员把握驾驭案件能力，无论风云如何变化，案情总会朝着正确轨道发展。

一个人如果连死都不怕还怕什么。铁荣三拿出了那张拼凑起来的讯问笔录，李抗睁开眼睛盯着看。铁荣三指着讯问笔录说，这只能代表你的认罪态度，还是抓紧交代你的犯罪事实吧。我告诉你，跟中国法律较劲是没有出路的。

李抗抬眼一看又闭上了眼睛，想了很长时间。李抗突然交代他以走访上级领导名义，向弈城镇财政所索要现金八万元与自己分管科室人员私分的犯罪事实。财神咒曰，名了财神法，效果更灵验。李抗又协调拨给弈城镇调度资金九十五万元。

冬天积雪还没有完全融化，看样子三九严寒要持续很长时间。弈城镇财政所所长办公室里，黄所长刚放下电话，急忙来到镇长办公室向镇长汇报说，刚才财政局李局长来电话说，他到上边走访花了一部分费用需要我们给解决一下。

镇长问，多少费用？黄所长说，八万元。说完黄所长站在那里等镇长表态。

镇长想了一会儿问，他们有发票吗？李局长说给发票。黄所长想了想说，那好给他解决。镇长看着黄所长又说，我们镇年底调度资金困难，你一块儿向财政局打个报告申请调度资金九十五万元，望领导批复。

镇长安排完，黄所长暗暗笑了。

黄所长办完手续，把那八万元直接送到李局长办公室，连那份申请报告一块放到李抗局长办公桌上。李抗拿起那份报告看了看说，这个好说，我马上请示局长给你们办理。

黄所长走后李抗自己留下三万元，又把自己分管科室负责人叫来说，一年来各人都辛苦，把这五万元拿去，给大家补贴补贴差旅费、电话费和午餐费等，科长和副科长多些，一般人员平均分配就是。

科长走后李抗一个人坐在办公桌前面，他想自己刚来做副局长，需要局长支持更需要凝聚人心，特别是来自下属的支持。年底班子考评，争取自己

名下都画对号不画叉号。

提审室里，李抗交代完，吴远很快形成笔录。

签字时李抗说，我忘了上次签字内容，上次我撕毁笔录后，自己一直很后悔，对不起检察官，在这里我真诚地向检察官道歉，我想再看一下。

你先把这次签好会给你看的，上次你撕碎那张在这儿。吴远随手拿起那张被李抗撕碎又拼凑粘合起来的笔录，李抗瞪大了眼睛，吴远把笔录递进去给李抗签字。

李抗接过笔录后，低头沉思一会，迅速签好字按好手印又递出来。吴远仔细查看后，放进资料袋里。

吴远拿出上次那张被李抗撕碎又拼凑起来的讯问笔录，抬头请示铁荣三，铁荣三点头默许。吴远对李抗说，有什么好看的，你别再撕碎了。

吴远把那张拼凑粘合起来的笔录递进去。李抗接到后迅速看了一眼，突然目露凶光，将那页笔录一撕两半，揉成两团迅速吞入口中，面部肌肉极度抽搐，纸团被强力咽下。

李抗厉声长啸道，我根本没有收乡镇财政送的钱，是你们罔顾法律，捏造事实，栽赃陷害。我会以死抗争，我会死给你们看。

这一突然变故，铁荣三和吴远并没有惊慌，而是静静地看着李抗下咽着那两团纸。

吴远又拿出一张同样的笔录淡淡地说，李抗还想吃吗？你太着急了吧，真的在这里。你要是还想吃，我们有的是，管你吃个够，晚饭少吃个馒头多喝点水就行了。

铁荣三也说，李抗别以自己内心去衡量一切。我们以前也不认识，我们之间没有任何个人恩怨，我希望下次提审时你会端正态度，我们再好好谈谈，好吗？

李抗又用力下咽了一次，那张面部极度痛苦扭曲的表情，一下子僵住了。

二十三

办案组办公室里，赵局长召集全体人员开会研究案情。

赵局长说，这段时间大家都非常辛苦，我们立查两起案子，在弈城造成很大影响，捍卫了法律尊严，震慑了犯罪，维护了弈城经济秩序正常运转。但是我们应该清晰地看到，犯罪分子不会甘心失败，仍拼死挣扎。钱荣、李抗两案都有一个共同特点是认罪态度不好。从前段情况看，两犯都避重就轻，交代了一部分犯罪事实。而现在钱荣闭口不谈，李抗态度恶劣公然撕碎口供，两起案件现在已经进入胶着状态。这些现象充分说明，这不是一起简单的渎职失职案件，渎职失职背后一定还存在重大问题，特别是受贿问题。反贪局是一支“拖不垮，打不烂”的队伍，我希望大家振奋精神，鼓起勇气，奋力拼搏，为早日突破案件作出贡献。铁荣三你安排人员分工情况。

铁荣三说，我和吴远继续负责李抗一案，肖政和刘剑锋跟着赵局长办理钱荣案件。现在人手不够用，刘剑锋负责向法警队抽调两名法警前来帮忙。另外，立案后要围绕报捕工作抓紧取证，完善报捕材料，同时注意扩大战果，力求深挖。

刘剑锋小声问吴远，笔录让李抗撕碎了，那怎么办？

吴远笑着说，上一次不小心让他撕了，我们回来用了一整夜把那些碎纸屑重新对好粘贴好了。李抗接过去一看，你猜怎么着？刘剑锋急于想知道结果又小声问道，怎么着？

吴远和他说，笔录又被他一撕两半囫囵吞下去了。刘剑锋一拍大腿非常惋惜地说，完了完了，这样的镜头好像在哪部电影里看过，可惜我当时不在场。

吴远又说，你急什么？他吃下去的笔录是复印件，原件还在我们手里。肖政笑了说，就是就是，遇到这种情况隔一道铁栅栏有什么办法？铁栅栏保护了罪犯权利，却为我们设置了障碍。如果这些腐败分子素质高的话，他们就不会去腐败不会去犯罪。

刘剑锋还在小声问吴远，吴远瞅着刘剑锋说，这叫以假乱真。

好一个以假乱真，这招既打乱了李抗心智，又迫其交代了私分公款事实，同时对李抗也是一次警示。赵局长很赞赏这种做法便说道，以后我们在案子上就是要多动脑筋，就是要和他们斗智斗勇。

往后李抗可能不会再出现过激言行，但他不会善罢甘休。铁荣三又说，

钱荣案子上搜查扣押的那些单子和记录他交代了吗？

肖政说，和刘剑锋一块看过了也没发现什么。钱荣交代那张单子就是平常一些出差记录，还不全。在他家里扣押的那些借条都是家里多年来的积蓄，被朋友借去时打了欠条。不过这些条子一定很重要，要不为什么要藏在麒麟肚子里？

下午两点，我和肖政、刘剑锋再去提审钱荣。你们组按步骤来就是，有什么事大家再一起商量。赵局长安排说。

铁荣三说，我和吴远下午去弈城财政所提取书证，再找一下证人取证。铁荣三脑子里始终在考虑那两尊玉麒麟突然说，下午两点，不对，不对。赵局长看到铁荣三那副聚精会神的样子问道，下午两点怎么不对了？

时间不对，时间有问题。铁荣三继续思考着说道。刘剑锋又问铁荣三，时间有什么问题？

铁荣三对肖政说，快把那张出差记录拿出来我再看一下。肖政找出那张记录递给铁荣三。铁荣三把那张记录放在桌子上，大家都围上来。铁荣三端详了一会儿说，大家看这张单子上时间有问题，一九九六年五月三日，二时零分，弈城，张；一九九六年九月三日，二时三十分，岭南，李；一九九六年六月一日，一时，江城，孔。大家看出差时间都是午夜后，也就是说钱荣都是在深夜出差？

吓唬谁呀，吓唬谁呀，那个老滑头不可能这么敬业吧？是不是写错了？刘剑锋看着那些记录嚷嚷道。肖政也说，每次都是下半夜出差，不是夜游症就是神经病。

赵局长分析说，很有可能。一次两次夜间出差倒是正常，全部是深夜出差就不正常了，钱荣也绝不会在夜间出差。大家看第三笔记录也可以这样解读：一九九六年六月一日，江城孔经理送现金一万元，这和我们前段时间提审孔经理时获取行贿数额一致，时间还有地点都全部一致。

铁荣三微微一笑，肖政、吴远和刘剑锋恍然大悟。

二十四

那一万元孔经理不是证实已经退了吗？吴远不解地问。肖政说，记录时间在前，退钱时间在后。

铁荣三再仔细审视着那张出差记录，多年来侦查工作使他对数字特别敏感。低头想了想后说道，第一笔比较明确，大家看第二笔二时三十分应该是指两万五千元，以此类推记录中十九条出差信息数额累计正是三十八万元，这与另一只麒麟中隐藏借条总数额正好相同。

这对麒麟中隐藏数码肯定有玄机，绝不是一般的巧合，很可能就是钱荣收受贿赂的铁证。赵局长又说，李抗案子暂缓一下，下午两个组同时行动，先外调查证两笔看看。办好法律手续，到外地先找上人，尽量在当地解决，就地解决不了，就把人带回来。

刘剑锋眨巴着眼睛问道，一万元不是退了吗？怎么还是三十八万元？铁荣三对大家说，一万元确实退了，估计应该是用别的钱退的，大家不用担心，钱荣会解释清楚。

下午弈城方圆电脑公司大楼，一楼和二楼营业厅里，陈列着各式各样的品牌电脑，各式各样的灯光，在这个炎热天气里仍闪烁着炫目的诱惑，各厂家品牌电脑都在播放着不同的广告内容，精彩纷呈，争奇斗艳。

检察院工作人员进驻方圆电脑有限公司检查账务，账证清清楚楚，无懈可击。铁荣三、吴远身着便服，面对每年几本简单的账本和凭证不禁产生了怀疑。

吴远在怀疑方圆公司那些账证说道，财务费用有问题？现在商战如同战场，财务费用不可能只有电话费，并且电话费用也不多。铁荣三想，方圆电脑公司与弈城政府采购办公室有着千丝万缕的联系，采购办统一采购方圆电脑何止几百台，而翻遍眼前账务却找不到半点踪影，问题出在哪里？

铁荣三对吴远说，再向前看看，一直找到方圆电脑公司前身。吴远从档案室里又抱出一部分账册边看边说，九十年代初，国有大众五金公司破产改制，注册方圆和方正两个有限责任公司，两家公司经营范围、管理体制完全相同，是不是两个公司有什么内在联系？

铁荣三坐在那里一直在思考着什么。

吴远翻看一会儿账册惊叹地说道，改制后方正、方圆两个公司分别注册，实为一家，像两个连体孪生兄弟，商战中互为犄角，攻守兼备。

铁荣三说，查账重点放在每年春天营销大战中，注意财务费用中那些广告费、维修费等费用支出情况。

吴远迅速翻看着账本找出有关凭证说，找到了。所有费用签字经办手续都是同一个人——方正公司弈城总代理商狄万彤。

铁荣三用方圆公司电话把狄万彤叫到方圆总部会议室时，狄万彤看到自己经手签过字的那些费用单据沉思片刻说，我早就知道会有这一天。这些单据都是公司总经理让我签的，说要处理一些财务费用，具体处理哪方面财务费用我不清楚。

狄万彤诚恳的神情告诉铁荣三和吴远，自己没有说假话。铁荣三也知道这些属于公司高级商业秘密，只有公司高管掌握，一个片区经销代理商能知道多少。

铁荣三对吴远说，去把总经理叫来。吴远和法警随声而去。

总经理被请到会议室，铁荣三亮明身份，讲明政策。总经理想到两年前自己因行贿罪被市反贪局刑事拘留的情景，心里不禁打了个寒战。看到茶几上那摞费用单据后总经理还是试探性地问了一句，你们是不是把钱荣拘留了？

单据？钱荣？铁荣三微微一笑，没有直接回答总经理提出的问题，而是单刀直入地问道，这个问题已经不重要了，你还是实事求是地谈谈吧。

总经理想了一会儿，谈清了自己在弈城政府采购工作中两次送给钱荣二万五千元的经过。最后补充说，我公司送给弈城招标办钱主任就这两次钱，一次是一万五千元，一次是一万元。

铁荣三让吴远取材料，他看到自己的判断和事实相符，钱荣案子终于撕开了口子，内心一阵激动，身心顿时轻松下来，开始计划着明天提审李抗的方案。

二十五

李抗家属委托律师莫伦燕为李抗作辩护律师。这天，莫伦燕来到办案组办公室。莫伦燕与铁荣三是大学同学，有什么事都好沟通，当然，不会超出原则范围。

铁荣三马上站起身说，很高兴见到老同学，很长时间看不到你的芳容如隔三秋，来快坐。莫伦燕说，谢谢。昨天我去会见李抗，你猜怎么着？李抗就是不配合。

铁荣三说，李抗这个人心结没有打开，他那价值观、人生观与我们这代人有很大差异，现在他内心还在那里扭曲挣扎。莫伦燕苦笑着说，李抗怀疑我是反贪局化装来哄他骗他的，还说反贪局想用美人计让他上当。我做了近二十年律师，头一回碰到这样事儿。

铁荣三心里暗想，几个回合下来看来李抗已经草木皆兵了。于是说道，真是闻所未闻，那也许是因为你长得太漂亮了吧。莫伦燕笑笑又说，我和李抗交流近一个小时，他就是不配合。眼睛老是直直的，心里不知在想些什么。

铁荣三问道莫伦燕，李抗没提什么要求吗？

莫伦燕说，提了。李抗说自己神志不清，要求到省政府医院做精神病鉴定，看守所那边也说李抗精神不正常，能不能向检察长汇报一下，给李抗做个医学鉴定，我们也都放心。莫伦燕想征求一下铁荣三有什么意见。

铁荣三说，好吧。我尽快向检察长汇报，有什么结果我们再联系。

莫伦燕说，我到公诉科那边还有事，我们再联系。

案件讨论室里，铁荣三汇报完李抗受贿一案出现的新情况。

赵局长说，看来李抗是变着法跟我们对抗。精神病？他家族有精神病史吗？他自己有精神病史吗？我看他是在拖延时间等待救援。铁荣三说，我们都查过了，他家族没有精神病史，李抗档案上也没有精神病史记录。

检察长说，从现在情况看，李抗前段时间自首问题不能认定，他在玩花样儿，妄想金蝉脱壳。关于他提出精神病鉴定问题，现在律师和看守所都提出来了，我们怎么应对。如果不做鉴定那正中李抗圈套，李抗会依此理由，胡搅蛮缠，拒不配合。铁荣三说，如果到省政府医院做精神病鉴定，路途遥远，鉴定结果也需要很长时间，但鉴定期间不影响案件侦查。

检察长说，李抗现在是什么状态？铁荣三又说，敏感，多疑，神经质。我看眼前我们可以利用他这种心理，充分运用战术让其草木皆兵，彻底崩溃。

检察长想了想说道，李抗还有幻想，他在装疯卖傻，他在变着法跟我们斗。办案组要对症下药，制定一个方案，彻底打掉他的幻想，打掉他那嚣张气焰。如果装疯卖傻能蒙混过关，监狱里就没有犯人了，国家还设置监狱做什么。

铁荣三心里一直犯愁，采取什么样的方案才能制伏李抗呢？

二十六

翌日提审，办案组合二为一，主要加大讯问力度。

内执勤押送李抗来到提审室，坐在被讯问座上。李抗那双紧闭的眼睛，透着他内心对法律、对检察人员的蔑视，脸上表情得意而无知。

铁荣三仔细看了看李抗说，李抗休息的好吗？李抗闭着眼傲慢地说道，我休息很好，我坦坦荡荡，有什么理由休息不好呢。

铁荣三说，明朝皇帝朱元璋曾经说过，畏法度者幸福，你不惜以身试法，你现在幸福吗？朱元璋还说过，我们每个人的俸禄，就像每家每户那眼水井，尽管水不多每天都能汲一点，可以维持我们的正常生活。如果藐视法度，违法犯罪，恐怕连很少井水也没有了。

李抗虽然紧闭着眼睛没做任何回答，但可以看得出来，他在思考，心里非常愤怒，对反贪局审讯对铁荣三问话都非常反感。

铁荣三说，你现在的态度是在和中国法律对抗，这样下去会是什么后果你想过吗？你考虑过没有？

吴远接着说，我们见过你父亲，一个老党员老干部，那份心胸，那份忠诚，那种人生观、价值观，很值得我们学习。你今天的行为不觉得是对你父亲以及自己心灵的玷污吗？一个白发苍苍的老人，在他病危即将谢世之时，还在牵挂着你，还希望你改过自新，重新做人，你一点都无动于衷吗？

李抗的眼泪汩汩流出，抽泣着低下了头。

肖政说，你女儿自从你入狱以来，好像懂得了很多。本来品学兼优，现在自己主动辞去班长职务。我不知道将来她怎样面对同学，怎样面对老师，怎样面向社会，你想过了吗？

刘剑锋说，别再死驴撞南墙了，再撞就撞死了。

李抗失声痛哭。

现实中走错路的不止你一个，知错改正，还可以抬头挺胸，重新做人，我们也不希望你一辈子都生活在内心阴影里。铁荣三边说边观察李抗面部表情。

别说了，别说了，让我想想。李抗闭着眼睛，想了很长时间。铁荣三和肖政出去了，审讯室里只有刘剑锋和和吴远。

感谢领导对我的谆谆教导，我现在神情恍惚，神经错乱，心神不宁，我要休息，我要休息。李抗打出了免战旗不想再战。

刘剑锋说，真要是精神病，可以免予刑事处罚。你现是在回避问题，你是假借神经病之辞逃避法律惩处。

我确实有精神病史。现在什么也想不起来了，什么也想不起来了。李抗说完，那双紧闭的眼睛睁开呆呆地望着墙一角。

铁荣三和肖政来到外边，两人商量着事情。

铁荣三说，李抗还没有睁开眼睛，说明他现在还是心存侥幸，藐视法律，敌视我们，还不想和我们配合。这种对峙状态下，他不会认罪悔罪。

一个弈城政界大红人，眼睛只会向上看向钱看，我看就是小人得志。他觉得我们奈何不了他。他还是在等人给他说话，等着把自己捞出来，有撑腰的当然胆就壮。肖政气愤地说道。

李抗现在就是在等那根救命稻草。这段时间拉锯战，就是比谁更有耐力，过了这段时间等他失望了崩溃了再说。先把他晾在那里，下午去取取证，明天再提审。

肖政点点头表示赞同。

两个人走进提审室看到李抗眼睛睁开了。铁荣三说，李抗考虑好了吗？考虑好了就抓紧谈。

李抗又闭上眼睛朝着铁荣三说，我没问题，我没有犯罪你们让我谈什么犯罪事实？李抗开始恼怒。过了一段时间铁荣三说，你先回去吧，什么时候想通了我们再谈。

李抗用不解的眼光看看铁荣三他们，然后随内执勤慢慢向看守所走去。

二十七

冷在三九，热在中伏，中伏天酷热肆虐，漫山遍野的绿色植被是中伏天情绪的宣泄。夏日酷热对农作物生长更有利，农谚说不伏不结蒂瓜。

下午，弈城镇办公大院里，几辆桑塔纳停在院内大树荫凉下，所有自行车辆都蔫了吧唧地排列在办公楼两边停车棚里。铁荣三和吴远下车后来到三楼办公室，镇办公室秘书听说反贪局来找镇长，就先让铁荣三和吴远到会客室里等候。

铁荣三问吴远说，前几天赵局长打电话通知黄所长到我们那儿去，他没谈吗？吴远想了想说，那次黄所长刚办理离岗手续，去医院查病了没去。上一次我们又通知他，说是到外地看病了。我看这人是在故意躲避调查，不想配合我们工作。

铁荣三说，那正说明他心里有事。吴远担心说，就怕他今天还是找理由不来。

铁荣三说，所以，我们今天就找镇长，我们请不动他就让镇长请他。吴远焦急地说，你说现在找个证人取证，怎么比审讯犯罪分子还难？

铁荣三说，还是我们的法律制度太宽容了。这些年我们国家在惩治腐败问题上有一些误区，惩治不力。一旦案发，往往只去惩治受贿犯罪，而行贿犯罪、包庇罪受到法律制裁的有几个？吴远说，行贿和受贿就是狼和狈的关系。多少年了，是光打狼不灭狈，打死一只又来一群，好人也可能变成狼。因为有那么多狈在那儿候着，一旦条件成熟就狼狈为奸。

两人正讨论黄所长的事情，镇长和秘书来到会客室，一一介绍后，铁荣三说明来意。镇长还没开口，镇秘书边说边拨手机号码说，上几次是你们赵局长找老黄，老黄确实有病，心脏不好，你听电话通了。

黄所长，反贪局又找你，你自己和他们说说吧。镇秘书说完把电话递给了铁荣三。

铁荣三接过电话说，我是反贪局检察官铁荣三，我现在在弈城镇政府等你，你在哪儿？黄所长说，我在省城医院住院，这些日子心脏一直不好。其实秘书在电话里一说反贪局找自己，老黄就知道是什么事也知道怎么做。

铁荣三又追问一句，什么时间能回来？黄所长在电话里支支吾吾地说，不好说，好了我就回去。铁荣三一听马上说，那好，明天我们去看你。

没等对方回音，铁荣三挂断手机送给镇秘书，心里有一种被人耍弄的感觉。他生气自己刚才的愚蠢，几个人联手设下圈套，自己居然还钻进去了。想到这里铁荣三面部微微一笑。

吴远这时却瞪大了眼睛，吴远知道铁荣三在案子上面带笑容时，往往是心底怒火冲天。吴远想到找黄所长前前后后，想想眼前发生的事情，心里还真琢磨出了点滋味。

另一边，镇长和镇秘书都表现出无可奈何的表情。

听老黄说话的语气他没病。铁荣三笑着说，他在和我们较劲，他也想蹚这趟浑水试试深浅，那我们就给他创造机会让他试试，否则他不甘心。

铁荣三这段话尽管是笑着说出来，但镇长和镇秘书听起来却不寒而栗，两人面面相觑。

铁荣三又淡淡地说道，还有好几个财政所有取证任务，今天下午必须完成，明天我们到省医院去看望老黄所长。

吴远被一阵铃声惊醒，揉揉眼睛抬头一看太阳已经老高，他一看电话是铁荣三打来的，赶忙用水冲冲脸，抹拉一下头发，边打着领带边向办公室急走。昨天取完证已是晚上十点半，回去就是一阵死睡。他想着今天要去省城医院看黄所长，肯定还牵扯到取证，自己应该早到办公室准备一下，铁荣三是不是在办公室等急了？想到这里，脚下不由加快了脚步。

一走进办公室，办案组人员都到齐了，还有一个人老年人坐在墙边排椅上，吴远忙对铁荣三说，对不起，让大家久等了。刘剑锋说，我还以为你要睡到日头西呢。

吴远忙问铁荣三，今天去省城医院看望老黄所长，我们买些什么？铁荣三正在翻看着几本凭证，抬头示意吴远说，不用了，老黄所长已经出院自己来了。

吴远仔细一看，老黄那张脸朝着吴远尴尬地笑笑。吴远坐到自己办公桌前，他明白了昨天下午铁荣三在弈城镇接待室那句话的用意。不错，如果证人很难寻找，那就想法让证人主动来找你。

铁荣三对老黄说，心脏病好了？刘剑锋接着说，是吓得心慌吧。像你这种情况完全可以刑事拘留，还是我们执法太宽容了。黄所长哭笑不得，坐在那里不知说什么好。

老黄我们知道你很难，李抗是你顶头上司，无论从工作上还是感情上都说不过去，但是法律规定如实作证是每个公民的义务。你今天能够主动来找我们谈，说明你有诚意。转过头对肖政、刘剑锋和吴远说，到办案工作区去取证。

刘剑锋示意黄所长跟自己走，肖政和吴远紧紧跟上。在走廊里刘剑锋又问老黄，你那心脏病好得很快呀？

老黄不好意思说，小兄弟，别再提这事了。人家领导让我怎么着我就得怎么着，让我长心脏病我就不能说腿痛。

刘剑锋又道，今天你自己怎么又来了？领导让你来的？老黄回答说，我想明白了，他们之间的事凭什么让我装病躲着，让我扛着。

吴远听到这里，知道昨天铁荣三那套战术起了作用，习惯性地正了正眼镜，心里想看来今天的活好干。

二十八

铁荣三和吴远用两天时间取完了李抗案子上所有证据。赵局长那个组异地取证量很大，基本上都是跨省市取证。

铁荣三向赵局长汇报后，赵局长让铁荣三他们先提审李抗，必要时候检察长要亲自参加审讯，时间不能再往后拖了，案子拖一天检察长承受压力会越来越大。

这天早上刚到上班时间，铁荣三和吴远又去提审李抗，刚办完手续，在看守所二道门口遇到看守所长。铁荣三马上问道所长，李抗这几天怎么样？

李抗疯了。看守所长那张老脸一啷当对铁荣三说。铁荣三吃惊地问，什么情况？怎么疯的？

老所长说，李抗刚入狱时与监号里其他犯罪嫌疑人合不来，第三监号里那几个小痞子经常联合起来欺负他。有一天，内执勤把李抗提到我办公室里，李抗提出自己神情恍惚精神失常，要求到省政府医院做鉴定。当时我还批评了他，也没当回事儿。可是，今天早上监号内发生的情况，我觉得自己拿不准了。

凌晨五点钟，第三监号内一下子炸了营，怒骂声，起哄声，使整个看守所顿时紧张起来。老所长和值班所有内勤人员纷纷向三号监室奔去，看守武警子弹上膛，迅速向第三监号监室集结。

怎么回事？打开监室门。一名内执勤气呼呼地说道。老所长制止道，不能打开监号门，现在打开监号门局面更不可收拾，先鸣枪示警。

武警朝天鸣枪示警，看守所内暂时平静下来，三号监室里顿时也沉寂下来，一股恶臭气味从监室里面扑鼻而来。

现在可以打开三号监室。随着老所长话语，三号监室门缓缓打开。室内，李抗独占一隅，脸上身上粪便隐约可见。只见他神情呆滞，面带傻笑，一个人把监室里十八名犯罪嫌疑人赶鸭子似的追得满屋乱跑，看看追不上了，李抗一屁股坐在地上伸着舌头哭了起来，脸上粪便一块块往下掉。

内执勤一看感到一阵恶心问老所长，怎么办？老所长说，快找根绳子来。

一名武警找来绳子，老所长把绳子打了个结，随手撒去正好套在李抗身上，武警和执勤人员一齐使劲把李抗拽出了三号监室。

先放到禁闭室，给他擦干净。老所长安排说。两个内执勤互相伸了伸舌头，把李抗带进禁闭室。

李抗确实是疯了，现在还在禁闭室里傻笑。说到这里老所长无奈地看着铁荣三问，你们今天还提审他吗？铁荣三笑了笑，提提看看吧。

老所长担心说，公安检察两家也是互相监督，互相制约。李抗这个状态，我建议你们立刻停止提审。铁荣三说，别忘了，我可是省心理学研究协会会员，治疗精神病专家。

老所长瞅了瞅铁荣三说，检察官兄弟，你要真有那两下子，精神病医院都关门了，你也不用干这得罪人的差事了。铁荣三说，让内执勤提出来，我去办手续。看老所长还不放心，铁荣三又说，保证给你治好还你一个正常的犯罪嫌疑人。

内执勤用根绳子牵着李抗来到提审室，将李抗固定在椅子上迅速离开。李抗这次眼睛微睁，目光呆滞而无神，脸上时不时傻傻地笑着。

吴远问道，李抗，粪便那味道好吗？李抗机械地伸出舌头怪异地叫道，哎，哎，口中还在向外散发着阵阵臭气。

刘剑锋高声喊道，装什么装？也不看看你面前是谁。李抗歪着头，仔细辨认着吴远有些怪异地叫道，哎，哎。

铁荣三微微笑着，没作任何发问，只是静静地观察着李抗的神情。半个小时过后，铁荣三看到对方眼里有一丝锐利的眼神一闪而过，随即而来的就是那种呆滞而无神的表情和傻傻的笑意。

铁荣三心里想，这家伙装得太像了。这种状态打乱了我们的审讯节奏，急不得，慢不得。现在唯一的办法就是适当张弛，适时迂回，看看他有什么反应，适时调调他的胃口，调整他的情绪。

二十九

昨天晚上看电视来吗？刘市长来弈城视察市容市貌改造工作，弈城电视台作了全程报道。铁荣三故意撇开李抗对吴远说道。

刘市长就是原弈城县委书记，和李抗有着不一般的上下级关系。铁荣三用这则新闻消息，想再观察观察李抗的情绪反应。而李抗此时听到刘市长三个字，像是体内注入了一股兴奋剂，无意间瞪大了眼睛。

吴远说，昨天晚上回家太晚了，没看新闻。刘剑锋看出了铁荣三战术随即配合说道，弈城六大班子领导成员都陪同市长一块参观了市容市貌建设工程，检察长应邀也一同前往参加。

铁荣三用眼睛余光注意着李抗，他发现他们所说的每一句话李抗都在静静听着。铁荣三又说道，刘市长强调了市容市貌工作的重要性，与六大班子成员分别作了探讨，最后还决定给弈城市容市貌建设项目拨专款扶持。

原来，昨天早上检察长接到县里办公室通知，市里刘市长亲自来弈城检查督促弈城市容市貌建设工作，弈城六大班子一把手全部参加。检察长接到通知后心里想了很多，刘市长在弈城工作五年，他知道李抗是刘市长亲手引进培养的选调生，这次视察会不会与李抗案子有关？检察长还是决定走一趟。

座谈会结束后，几个单位领导因为有事都是先走了，检察长拿起手提包刚要回单位，秘书走过来说，司马检察长请留步，刘市长在二楼会议室专门等你。检察长心想，今天想什么来什么，该来的总要来。

秘书引导检察长来到二楼会议室，检察长进门一看，刘市长和孙县长都坐在那里，秘书知趣地回避，并随手关紧了门。

李抗听着铁荣三慢慢讲述弈城新闻，眼睛眨巴了几下。

李抗，检察长今天安排我们来提审，就是想听听你的想法，你自己打打谱怎么解决这个事？

李抗低下头想着什么。铁荣三趁机说，你装疯卖傻能解决什么问题，上级领导信吗？刘市长信吗？你自己信吗？

刘市长有什么指示？李抗突然被铁荣三激出了一句话。李抗心里最关注的就是刘市长对自己案件的指示，而此时和刘市长直接接触的人只有检察长，检察长的意思基本上就是刘市长的意思。李抗很想知道，甚至是迫不及待。吴远在一边偷偷一笑。

铁荣三严肃地说道，检察长说你还年轻，有个好态度，尽量给你争取从轻处理。李抗一听连说，谢谢领导，谢谢领导。我一定争取好态度，争取从轻处理。

刘剑锋问道，你现在还精神恍惚吗？还精神失常吗？李抗突然意识到自己现在应该是精神病状态，大半天没说一句话。

铁荣三又说道，如果你现在精神恍惚，精神失常，那我们今天就不谈了。李抗急忙点点头说道，还可以，现在还可以。

那我问你，你自己的问题现在能谈清吗？铁荣三又问道。李抗低头想了很长时间犹犹豫豫地说，让我好好想想。

铁荣三问道，能想起来吗？想不起来就算了，我们还有别的事情。

李抗连忙说，我交代，我交代，让我再想想。

审讯到这个程度，铁荣三知道李抗不可能再把话坐回原处，再玩神经病游戏，但要李抗认罪服法还必须有一个重要砝码。于是说，里边快到吃饭时间了，别耽误了你吃饭，我们下次再谈吧。

三十

下午，赵局长、肖政和刘剑锋来看守所提审钱荣。

看到钱荣那一脸的无奈。赵局长说，钱荣这是我们到外地查证的证据，这是你家里玉麒麟里隐藏的借条，这是你办公室里玉麒麟里的出差记录，你自己主动交代明白还是我一项一项地讯问你？钱荣在强大的证据链面前终于低下了头，我主动交代，我主动交代。

世事万物，皆有定则。李抗案子取证方面很轻松，但审讯却很艰难。钱荣一案难度在异地取证，审讯却一帆风顺。

钱荣交代了自己任弈城招标办公室主任期间收受他人十九次送现金的全部经过。最后说，我都这个年龄了，再过两年就到点内退了，自己思想上有些放松，现在想来真是不应该。对不起培养我的领导，对不起父母，对不起老婆孩子，我给他们丢脸了。说完掉下两滴眼泪。

赵局长问道，那些借据是怎么回事？你想谈清楚吗？钱荣重重地叹了口气说道，那些就是这几年他们送给我的钱，这些钱家里人都不知道。我一个朋友说自己是投资高手，把那些钱拿去搞投资说是利润很丰厚，但没想到……

怎么？赵局长问道。钱荣说，没想到被他全部放了高利贷，几次要钱找不到人，后来我才知道那人跑了，现在只剩下一把单子。钱荣又忿忿地说道，这些人见了钱就像饿狼咬住了骨头，用棍子打也死不松口。

肖政和刘剑锋都笑了。钱荣看了看肖政和刘剑锋，意识到了什么连声说，其实我也一样，我也不必揭人家短儿，我就是那只饥饿狼。

赵局长说，你和他们不一样，该放手的时候你知道放手。钱荣说，是你自己的别人夺也夺不去，不是你自己的攥在手心里也攥不住。钱荣又说道，我把这些单子分别放在麒麟肚子里，本想借麒麟吉祥之意化戾气为祥和，现在化成了什么？化成了罪恶。

那对麒麟是谁送你的？赵局长又问道。钱荣说，那是我刚到招标办任职时一个朋友送给我的，是玉石粉压制的，好看，不值钱，朋友说放在办公室里很场面。

赵局长又问道，你退掉的那一万元是哪里的钱？钱荣说，从我的工资卡上提的。去年十月那批电脑被骗后，我知道事情不好就提了一万元寄给老孔。老孔要是不承认这件事，我办公室里还有汇款单子，请检察官为我做主。

赵局长说，孔经理已经被刑事拘留，他已经交代清楚了。钱荣又说，那太好了。至于我自己，我自己作孽自己受，国家这一百多万元不能损失了。

公安局正在追查，很快就会有结果的。过一会儿赵局长又说，你受贿的钱现在是赃款，法律规定必须追缴国库。

钱荣面有难色皱紧了眉头说，那怎么办？钱被放出去追不回来，家里又没有钱。领导啊，高抬贵手，高抬贵手，能不能用那些欠条割账，等这个事结束后，我再想办法。赵局长说，如果法律规定允许的话我们可以帮你做，但是法律不能做交易。

那我就先打个欠条先顶顶行吗？钱荣迫切地问道。铁荣三说，法律是不能打欠条的。这不是你我能说了算的事，我们都要严格遵守法律规定。

钱荣无奈地说道，叫我家属想想办法吧，一起生活了三十多年，我没带给她大富大贵现在让她操心费力了，和她说先借借还上，我出去再想办法。

刘剑锋和肖政发现，钱荣说话时嘴角不再哆嗦了。那种崩溃后的返璞归真状态还有那满头白发，让人觉得可怜和揪心。

肖政又问道，上次让你聘请律师为你提供咨询帮助的事聘请了吗？钱

荣说，聘什么律师辩什么护？我给我党丢脸了，自己没脸请律师，也没什么好辩护的。

赵局长看看时间说，也许会有转机。今天就谈到这里，你回去好好休息，有什么新情况我们再联系。

钱荣随内执勤走到门口又回过身来对赵局长说，拜托了。

赵局长他们看到钱荣那份真挚而信任的目光，点了点头。

三十一

我们今天只想和你谈三个问题：第一，你向乡镇财政所索要的二十六万元，已形成证据链，量刑结果是十年以上直至死刑。第二，我们查到了你在阳光新区购买一套商品楼价值是二十八万元。你每次预付购房款的时间、数额都和你到乡镇要钱的时间、数额基本吻合，钱数一致的有五次。第三，经我们调查，局领导从未安排你向乡镇要钱，也从未安排你单独到省市走访。如果说省市领导用钱，弈城财政局有钱，你手里不就掌握着一个多亿调度资金吗？

听着铁荣三讯问，李抗几年来心底铸成的那道防线已消失得无影无踪，他知道案子查到这个程度，自己已经无话可说，他也知道自己的一切努力，一腔心血都将会付诸东流，所有狡辩都是无源之水，无本之末，经不起时间检验，经不起反贪局调查。但是他还在坚守，还在等待。

铁荣三看到李抗不反驳狡辩，但语言又止，顾虑重重，好像在不停地想着什么。随之微微一笑说，还记得请君入瓮故事吗？你要是有胆量就钻进去，法律不会容情。

但是，铁荣三心里明白，要想让李抗彻底打消顾虑，还需要一个重量级砝码。他低头看了一眼时间，时针指向十点整。

这时提审室门被轻轻推开，检察长走进来坐到审讯桌前，两眼目视李抗。李抗内心一阵翻腾，眨巴着眼睛低下头。他知道这位长者是弈城检察长，但他无法确定检察长到来会给自己带来福音还是厄运。心里有一点激动，也有一点慌乱。

几十分钟过去了，提审室内寂静下来，隔壁提审室里传来时断时续的审讯声，声声叩击在李抗本就慌乱的心脏上，李抗开始焦虑和不安。

李抗，我是弈城人民检察院检察长司马廉，你有什么想法，有什么顾虑，有什么需要我们帮助的，现在可以讲出来。你的问题也反映出当前社会的普遍现象，你自己永远解决不了，只有靠法律这个平台去解决。

李抗抬起头满怀希望地看着检察长说，看到检察长我仿佛看到了自己父亲，我对不起检察长，对不起父亲，对不起家人，更对不起我的孩子。李抗检讨完后又哑口了。

检察长及时说道，李抗你怕说出来承担法律责任，你怕说出来会失去你眼前地位和利益。法律就是一个平台，这个平台就是对人性的一种淘汰，有什么样心态就会导致什么样结果。今天你再不如实交代自己的犯罪事实，你就会永远失去机会。

铁荣三在一边察看李抗的情绪反应，看到他这种状态后催促说道，李抗，检察长在百忙之中来看你，你就不动脑子想一想吗？很多涉案副处级正科级案犯，他们有这个机会吗？检察长时间有限，你抓紧时间交代。

检察长看了看时间说，李抗，十一点钟我还有个会，你还有二十分钟时间，你想如实交代吗？李抗想了一会儿，慢慢地合上眼睛，两滴眼泪从眼皮底下慢慢流下来，用沙哑声音说，我交代，我交代。

李抗交代了他在任职期间以走访上级领导名义，向所属乡镇财政所多次要钱为自己购房付款的犯罪事实。

铁荣三问道，是哪一套房子？李抗回答道，就阳光新区那套，没别的。

铁荣三又问道，那套房子不是有人居住吗？李抗一下子睁开眼睛警惕起来。仔细看了看坐在面前的检察长说，那是我大学时的同学，她父母不幸遇车祸身亡，只身来弈城投奔我，我让她在那里暂住并安排在招标大厅上班，临时工。

还有呢？刘剑锋在一边忍不住问道。李抗看了看刘剑锋说，我们之间的感情是纯洁的。像她这样的遭遇，别说是大学同学就是一个陌生人我也得伸出援助之手。

检察长说，人生不经过大灾大难大苦大悲，就不会有大善大美，相信法律会给你出路的。

李抗一案，牵扯到“上级领导”四个字。在侦查阶段成为他极力为自己辩解开脱罪责的王牌名言。庭审阶段，律师莫伦燕又重提及此，认为依法判决应该尊重事实，实事求是，并且极力以此进行了辩护。法庭经合议庭合议，认为李抗辩护理由不充分，判决李抗受贿罪成立，但量刑极轻。

也许，所谓上级领导本身就是一句真实的谎言。

第八章

釜底抽薪妙手打破僵局
点石成金罪恶突出重围

一

公路宛如一个沉重的十字架，将弈城版图切成四块，稀稀落落的人群，川流不息的车辆，高耸林立的楼房，拼凑着黄河岸边小城风韵。

弈城交警大队五个中队，分布在弈城周边公路要塞，昼夜巡逻，恪尽职守。红灯绿灯不时交替着，光芒耀眼，在初春寂静的夜幕里，庄重而悠远，诡异而神秘。

星期一早上八点刚上班时间，检察长看到弈城交警大队违规罚款单，那密密麻麻的排列数字冲淡了周末带来的愉快心情。想了一会儿，检察长拨通了反贪局赵局长的电话。

赵局长推门来到检察长办公室问道，检察长有什么任务？检察长指着桌面上那摞罚款单说，你看一个月时间这么多罚款单。

赵局长接过罚款通知单一看说，违规上百次罚款一万多元，也太不正常了吧。这些司机都是部队专业出身，开车十几年从未出现过任何问题，以往司机出车情况都很正常，这次到底是怎么回事？检察长沉思道，我们办公费用本来就紧张，现在多花一分钱都没地方放，你去看看到底什么原因？

好吧。赵局长拿着罚款单匆匆而去。

二

警车里，赵局长和检察官铁荣三正在交谈着有关交警罚款消息。窗外，各式机动车辆，川流不息。十字路口，红绿灯交替，几辆交警车辆停靠路边。

这段时间交警罚款就是有点邪乎。北关老李花六千元买辆二手车，一个月被罚款上万元。老李拒不交钱，车被交警扣留，老李连车也不要了。铁荣三边开车边说。

赵局长问道，你说我们的司机会出问题吗？铁荣三说，这些驾驶员都是老师傅了，以前从没出过什么问题，怎么会突然出这么多驾驶问题？

新进年轻司机都是公开选拔上岗的，应该不会有什么问题，即使出问题也不至于全部出现问题。赵局长边说边纳闷。铁荣三想了想说道，如果我们的司机没有问题，就是交警执法方面有问题。赵局长问，交警执法会出什么问题？铁荣三说，这里面道道很多。

弈城交警大队隶属问题，多年来也是不断改革，最早隶属地方公安局，以后又垂直至市公安机关，再后来又从公安机关单独分离出来，交警执法业务不受地方管理。

弈城交警大队二层单面办公楼在这座大院内显得略矮了些，办公楼前几棵高大的垂柳刚刚发出嫩芽，树干几乎比办公楼还高。院子虽大却有些杂乱，乱七八糟的肇事车辆几乎覆盖了大院宽阔的场地。赵局长和铁荣三来到交警队办公楼前停好车，上二楼交警办公室联系。

应无畏也来到办公室里。他听完赵局长说明情况后笑着说，这很正常，我们执法管理不会出错。铁荣三打量着桌子上那叠厚厚的记录说，能不能关照一下少罚点？我们单位办公费很紧张。应无畏说，不行，罚款票据一旦开出，无法改动，望谅解。

铁荣三要求说，我们想调出上月具体情况，回去让车队认真整改。行，是得好好改改。应无畏心里很不耐烦，执法罚款能出什么问题？他又和赵局长说，到我办公室喝水去。

赵局长和应大队长走后，铁荣三打开罚款台账，仔细进行查看。

忘了带烟，你到办公室给要根烟来抽。铁荣三支开值班人员后，把台账中那些罚款后有更改的地方做了细致记录。

三

反贪局办公室里，铁荣三打开记录本，搜寻弈城交警大队有关的信息。

西线高速行驶运煤车队呼啸而过。一辆运煤货车，严重超载，方向失灵，撞进路边沿街三层楼房，三死一伤，现状惨烈。

一辆货车载满钢板，高速行驶。从货车上掉落的钢板，飞向骑摩托车人身上，脑袋随钢板掉落路边。那具无头尸身，喷着血浆疾行十八米后，撞向红绿灯指挥台。

交警大队对西线车队超限超载过度纵容，损失了国家利益，损害了人民群众生命安全。但是，狼和羊的关系却从祖辈承传天敌血脉里演化成今天美丽的传说，究竟是什么魔咒让传说又变成了现实？

检察长办公室里，赵局长和铁荣三汇报完车辆违章驾驶情况，检察长十分生气地说，看来这段时间经费要紧张一阵子，罚款票据一旦开出无论对错，都必须执行。赵局长看看检察长说，应大队长说罚款必须交，经费紧张他们可以给补充赞助一下。检察长说，我们不要变通赞助款，罚款该交就交吧。

还有一个情况，让铁荣三汇报一下。铁荣三汇报完有关情况。

还有这种情况？检察长听后又反复想了想说，你们两个去查查看看，要慎重些。

四

秘密初查第三天，反贪局决定从人到案。交警大队长应无畏被秘密带到反贪局询问室。

应无畏走进询问室，打量着室内简单设施，坐到指定座椅上。面部透出了一份淡定，那种内敛内化气质淡化了询问室里的紧张气氛。

铁荣三隐隐感到了对手的强劲。刘剑锋说，把你随身携带物品拿出来放到茶几上。要搜身吗？应无畏边说边掏出了手机、钥匙、工作证放到茶几上。铁荣三告诉应无畏，这是工作纪律。

铁荣三与应无畏同龄，都已步入中年。工作关系上，应无畏与检察院上层领导打交道多些，与这些普通检察官没有什么联系。应无畏从铁荣三不怒自威的脸上，也看到了一股若有若无的杀气。这种气息延绵悠长，透着一种凌厉，一种夺人的气魄。

应无畏坦然地问道，你们想了解什么？是不是还是罚款那件事？铁荣三望着应无畏说，今天请你来不是因为罚款那件事，先谈谈你个人基本情况，主要简历。吴远快速记录着问答内容。

应无畏说道，我是弈城人大代表，市政协委员。吴远抬头看看铁荣三，铁荣三没做任何反应继续询问道，谈谈你在交警大队工作中有哪些不正常的经济问题？

应无畏说，我自己做的事情我自己有数。应无畏脸上一丝怒气一闪而过，不再理睬询问人员，也不再回答任何问题。

应无畏在大队长这个位置上任职五年，属于那种不太看重权位的领导。交警大队各项工作量化细致，分级管理，个人待遇和费用福利等均与量化指标挂钩。应无畏把权力全部下放给中队长执行，自己超脱潇洒，队内每位交警工作情况他都能清清楚楚，了如指掌。

应无畏内心很静，但内心平静之人未必能看清周围一切。此时应无畏心里也直翻腾，反贪局把自己请到这里，难道仅仅与罚款一事有关？还是所谓的不正常经济问题？思前想后半天也没理出个头绪来。

过一会儿，刘剑锋打开手铐放到茶几上。应无畏一看，决定利用这副手铐反客为主，刺探一下反贪局今天的真实意图。一把拿起手铐熟练地铐在自己手腕上，静观询问室里其他人员的反应。

吴远急忙站起来说，还没有宣布你怎么自己戴上啦？谁让你戴的？吴远一句话，不小心暴露了反贪局的意图。

铁荣三和应无畏两人同时瞪大了眼睛。应无畏又慢慢地说，以前我给别人戴铐子，现在我给自己戴铐子，我玩这时你还穿开裆裤呢。刘剑锋朝着应无畏吼道，怎么就无法无天了，反贪局的铐子你敢随便戴吗？自己戴上就别想再拿开。

铁荣三看着应无畏淡定的表情心想，应无畏果然是一只老狐狸，接受询问时仍然头脑清晰，心智不乱，看来面前这个对手绝非一般。棋逢对手，将遇良才是人生之莫大幸焉，一个好猎手追逐的不是猎物而是猎物的狡猾。

铁荣三笑着安慰吴远说，他是戴着玩的。

五

应无畏用反客为主之计刺探出反贪局要拘留自己，心里有一点慌。宣布刑事拘留时应无畏要求见检察长，想和检察长单独谈谈。

铁荣三拨通检察长手机，应无畏接过手机说道，检察长我是无畏，我现在被你的反贪局戴上了铐子，你不来看看我吗？手机里传来检察长清晰的声音，有那么严重吗？我正在省院开会，有什么事你跟他们谈就是，回去再看你。听到这里应无畏倒吸一口凉气，坐在讯问室里思考着应对措施。

应无畏仍然显得很平静，交代了自己与五位中队长多次私分买路钱的犯罪事实。他刚接任大队长负责全盘工作时，大队里对东线环球运输车队照顾不少，环球车队也投桃报李，定期将地方土特产品运送到队里，大队里作为福利分给每位交警。几年后，环球车队就不再送土特产品了而是直接送现金，应无畏心里也明白这是送买路钱保平安。每次按照老规矩自留一份，其余平均分给五名中队长，累计数额都达到了刑法规定量刑的起点。

意想不到的突破，刘剑锋和吴远心里踏实了很多。这些年来每每上案子办案人员总觉得心里像缀了块石头，担心案子安全问题，担心案子审不开，担心着方方面面的事情。

吃午饭时吴远面露喜悦说道，又是一个窝案，这回有好戏看了。铁荣三说，不会这么简单，应无畏是刑警出身，有一定反侦查能力，多留心观察看他玩什么花样。看到铁荣三表情严峻，吴远没再说什么。

分组出击。检察院决定，从其他科室抽调十二名检察官，配合办案组，分头对涉案人员进行拘传讯问。一场法律较量在弈城执法界迅速蔓延，搅起阵阵波澜。

案件讨论室里，各办案组简要汇报完毕。从各小组汇报讯问情况来看，五个中队长什么也没交代，他们根本就没把反贪局传唤当回事儿。

吴远说，是不是应无畏故意以假示真，扰乱我们的侦查视线？要是应无畏故意交代假的事实怎么办？

肖政分析道，东线环球车队送买路钱证据已经拿到，这些买路钱是队内几年来早已公开的秘密，应无畏自己吞不了，为什么都不供述呢？应无畏个人供述到底是真还是假？

案件讨论室里各小组汇报完提审结果，都在议论纷纷。案件讨论结果全部提请刑事拘留，静观其变。

铁荣三觉得案情就像一团雾，让人看不清楚，想不明白。

六

第二天提审，反贪局全线出击，战线拉得很长，案情终于有了转机。晚上汇报案情时间，铁荣三对各小组汇报结果进行仔细的记录分析，涉案人员对东南北三线货运车队送买路钱，队内分赃犯罪事实供认不讳。这些车队经过弈城交警管辖路段时，遇到哪个中队都会留下部分买路钱，由中队长负责分配。交警查车收钱是事实，分钱也是事实，只是分钱时间、地点、主持分赃人员及每个人分赃所得数额不够清楚。

检察长听完汇报说，明天主要解决口供问题。要注意政策攻心，耐心教育，循循善诱。审讯要加大力度，力求深挖，扩大战果。

第二天提审时，审讯工作却陷入了僵持阶段，全线一度被动。连续几天审讯下来，讯问人员疲惫不堪，更糟糕的是案情愈加复杂化。个人供述都前后不一致，没有两个人一致的供述。六个人供述事实要素各不相同，赃款来源去向都无法统一。

检察长听完汇报后洞察出其中蹊跷。检察官们都大吃一惊，原来普通职务犯罪案件也会隐藏着神奇战术。怪不得这几天审讯总感到进退维谷，胶着混乱，理不清头绪。

铁荣三接着说，他们是把幻影移步运用到了反侦查反审讯上了。目的就是要摆脱我们的讯问，逃避法律惩处。大家还记得检交大战吗？

十年前弈城交警大队路查废旧钢材运输超载车辆，收受车主买路钱私分。涉案人员中就有应无畏，当时他只是个小卒。检察院经济科昼夜鏖战，两个星期后无奈全部放人。案件移交弈城纪委处理，纪委也只能按个人供述数额作纪律处分，没收个人非法所得。当时情况和今天结果一样，案件事实不清，证据不足。按国家法律规定，检察院无法定案。

应无畏就是当时漏网之鱼，连纪律处分都没有。铁荣三说完看了看参战人员疲劳的眼神。

那为什么？参加办案的检察人员疑惑地问道。

检察长说，应无畏就是那届检察长的独子。室内空气顿时显得沉闷起来。

七

刑事拘留应无畏后，刘剑锋和吴远到应无畏家里送拘留通知书，两个人在路上有些犯愁。

吴远问刘剑锋，怎么和应老说？刘剑锋想了想说，就说检察长安排，我们有什么办法。再说应老不一定在家，最好只有应无畏他家属龚丽丽在家里。

送达单位或家里都可以，送达到单位应老那边就显得生分了，刘剑锋又说，赵局长让我们直接送到他家里。

两个人来到应老家门前。应老看到弈城检察院的人来到家里，心里非常高兴。平常难得与别人拉拉呱，赶忙让座吩咐老伴泡茶。

吴远站在院内一簇毛竹前看看刘剑锋，意思是怎么办？刘剑锋拿出刑事拘留通知书说，应老别忙活了，应无畏出事了。现在被反贪局刑事拘留，领导让我俩来送刑事拘留通知书。

老伴一听愣了一会儿坐在沙发上哭了。应老接过通知书时，手下意识地哆嗦了一阵子。迟疑一会问，问题严重吗？刘剑锋说，目前在侦查阶段，还不好说。

这时，应无畏妻子龚丽丽一步迈进屋里。看到婆婆在哭，公公一脸无奈，拿过通知书一看气愤地说道，什么通知书我们不接，反贪局也不能人走茶凉吧？

不要难为办案人员，他们也是依法行事。应老接过通知书在上面签了字。

吴远拿过通知书回执说，应老多保重身体。应老送他们到门口，回身赶紧关闭了大门。

回到屋里，看到儿媳陪着老伴在擦眼抹泪。应老慢慢坐在藤椅上，浑身像是散了架，大半天说不出话来。

老伴边哭边说，当初我说把无畏留在检察院工作，你说什么直系亲属五代血统以内亲属不能在同一级检察院上班。就你们检察院特殊，人家单位就没听说有这规矩。上次好不容易捞出来了，这次你说怎么办吧？

人老心善，应老也没了当年那些脾气。他耐心对老伴说，上次无畏是从犯，情节轻微，又有自首表现。可是这次？他担心应无畏在大队长这个位置上一旦出事便不可收拾。就问儿媳说，无畏平时有没有把一些现金或存单带回家中？儿媳摇摇头说，现金和存单我从来没见过，逢年过节有时带些土特产回来。

老伴一听止住哭声骂道，好你个老不死的，你那个职业病没地方发作了是吧，人家没审你在家里先审开了。应老说，不是这个意思。我是想如果有的话抓紧交到反贪局，请求从轻处理，法律上有这规定。儿媳想了会说，确实没有，没见过应无畏带回过现金和存单。

当时交警大队让无畏任大队长，我也坚决反对，后来一想也是好事儿，让他在这个位置上历练历练，正人正己，没想到他是好了伤疤忘了痛。应老望着天花板又喃喃地说，唉，自作孽不可活。

八

应无畏十年磨剑坐到弈城交警大队第一把交椅并非偶然，有丰富的基层工作经验，有精湛的稽查业务技术，有非凡的组织领导才能。应无畏创立的轮岗制曾经在省内同行业中推广学习，中层人员两年一轮岗，五个中队长也每两年轮岗一次，能够有效地预防和遏制腐败。队内五年来未发生一起腐败问题，保持着金身不败记录。这与应无畏管理方法有很大关系。

如今应无畏把战线拉到看守所内，故技重演。他利用看守所这个全封闭屏障与反贪局的检察官摆起五行八卦阵，五个中队长就是金木水火土。他们凭多年来炼成所为内功，用语言不停地变换着方位，歪曲着事实和检察官抗衡，正常审讯已无法进行。

扬水止沸还是釜底抽薪？总会有一种办法让案情水落石出，让真相大白于天下。办案组经过缜密研究，决定异地羁押应无畏，先拔掉五行阵中这个枢纽机关。

办手续那天早晨，天空阴沉沉的，淡淡的雾霾给弈城看守所披上了一层神秘面纱，雄鸡鸣叫声从雾霾深处传来。看守武警刚刚换完岗，两只警犬显得特别精神。

应无畏穿着号服被剃光了脑袋，一副桀骜凶悍的样子。他拖着沉重的镣铐冷冷地对着铁荣三说，只要我死不了总有出来那一天，我这种性格什么事都干得出来。

听到威胁声铁荣三呵呵大笑。铁荣三对应无畏说，话说到这份上，应无畏你已经败了，败得一塌糊涂，败得不可收拾。

什么时间去提审我？应无畏问道。铁荣三说，你让我说什么好呢。今天这局面不是检察院反贪局和交警大队的矛盾，也不是你我之间有个人恩怨，你我代表的是两种思想，两种观念的争斗。希望这段时间你静下心来想想，什么时候想通了我们再谈，你还有机会。

应无畏不甘心地扭过头，弓下腰用手提着脚镣慢慢向警车走去。

五行阵成了一座呆阵，一座死阵。

九

拔掉五行阵枢纽机关后，检察官重新研究斗争策略。铁荣三提出其他人员暂时休息，办案组重点提审第五中队长曹四。

提审室里，曹四目光黯淡一脸委屈。他抬起头看了看对面的检察官，那种急于交流的迫切暴露无遗，勉强地笑了笑欲言又止。

你想说什么？有什么需要我们帮助的尽管说。铁荣三问曹四。

曹四就是五行阵中最薄弱的那个点，他在这种工作环境中，在这群兄弟里身不由己。就像人身处游弋场疯狂鼠上，只能随着惯性颠簸旋转。因为这种惯性超出了人本身控制力，惯性封杀了人性。

曹四是从看守武警转业到地方工作的。刚接触曹四时，他那种异常反应引起了铁荣三的注意。

当时曹四被带到反贪局询问室，一再表白说，我知道他们下午一起吃饭时有一些交易，我经常托故避开，但他们还是安排队里人送到我家里，自己根本就不想要。其实曹四想表白自己是被动接受，不是主动索要。

铁荣三问道，能谈清楚吗？曹四简单地交代了几笔就封口了，好像被一只无形手死死地扼住了咽喉。铁荣三温和地看着曹四，语言上却让曹四心里一阵阵发毛，特别是最后那句话。你还是要了还是接受了，限定时间内你交代不清楚，收押后再仔细想清楚吧。

曹四突然大吼道，我看守了十几年监狱，现在让我做囚徒，我就死给你们看，我就死在弈城看守所里。铁荣三看到曹四情绪反应激烈便安慰说，曹四，刑事拘留只是刑事诉讼程序中一项强制措施不是最后处理结果，你想死在看守所里值得吗？曹四再也没说什么，但从表情上看他心里有恨，那份仇恨已经深入骨髓。

曹四入所后没有死，而是跟着应无畏的五行阵旋转起来。

这时曹四又试探问道，我能出去吗？脸上有一丝苦笑。玩够了？铁荣三边说边给曹四点上一根烟从铁栅栏中递过去。继续说道，你和他们不一样。从我们掌握的情况来看，你每次都在回避，都在抗争，都在挣扎这是事实。你心里还保留着一个普通交通警察的良知和淳朴，只是那种工作环境造成你人生不幸。在我们预案里，只要你在反贪局讯问室里交代清楚自己的问题就取保候审回家了。但是你当时想得太多，顾虑太重，思想压力太大。现在只要实事求是交代清楚，我们还会给你从轻处理的机会。你还愿意做你们“潜规则”的牺牲品吗？

我交代，我交代。曹四死命地吸完手中那根烟后说，进看守所后应无畏每天下午都给我们打电话，布置对付你们的审讯办法。铁荣三吃惊地问道，打电话布置？曹四认真回答说，打电话就是每天下午放风时间，每个号里铁笼子两边都派两个犯罪嫌疑人站在那里，给其他监号里犯罪嫌疑人传递信息，依次传递就能传遍所有监号。这种办法号里叫打电话，执勤民警也发现不了。

铁荣三问，应无畏每天都在电话里布置什么办法？曹四说，每天都一样，幻影移步。吴远明白了，每天相同的重复，出现着不同的结果，放在一起分析自然会造成胶着混乱，事实不清。

铁荣三又问道，你们以前训练过这种方法吗？曹四说嗯。去年轮完岗后，应无畏请我们五个中队长喝酒时说，你们五个就是五行八卦阵中金木水火土，从五个方位叙述同一件事，就会出现五种不同结果。年前中队长每人分了两千元，应无畏还当场作了演示，他说这样做腐败了也能预防。

铁荣三又问，应无畏说腐败也能预防什么？曹四说，就是防着你们反贪局怕你们调查，万一你们调查时别说漏了嘴。

曹四交代完毕，整个案情清晰起来。

十

铁荣三提审完曹四后和赵局长一块研究了另一套讯问方案。因曹四对案件突破有立功表现，反贪局决定立即释放曹四。铁荣三提出意见，提审一中队队长陈三与释放曹四同时进行。

陈三是检交大战后受过纪律处分的人员，他与应无畏患难与共也可以说是铁板一块。铁荣三已做过了解，突破了陈三也就拿下了应无畏，审讯陈三是本案审讯工作的核心，焦点之战。审讯方案经过逐级审查最后由检察长批准，必须保证万无一失。

陈三在内执勤办公室戴上手铐脚镣，向提审室走时正好碰到铁荣三办完释放手续和曹四一块向外走。陈三与曹四四目相对却形同陌路，眼神里也没作任何交流。

回去后要正常上班，遵守纪律。铁荣三嘱咐曹四说。谢谢检察官，我回去后一定痛改前非，好好做人。曹四掩饰不住内心的激动与胆怯。

对话从背后传进陈三耳朵里，陈三如芒在背。他已知道发生了什么，顿时感到浑身发麻发僵，血液流动在急速减慢。他又想到应无畏，几天没有了应无畏半点消息心里也拿不准。

这几天休息好吗？铁荣三的问话把陈三从混乱思维中拉了回来。陈三回过神来望着铁栅栏外面的检察官说，我也要争取好态度，争取从轻处理。

铁荣三说，我们一直希望你能主动坦白，争取从轻处理。陈三很快讲清了东南北三条线上运输车队多次送买路钱，应无畏多次主持私分全部过程。陈三与曹四交代的事实完全一致。这次陈三算准了，他心里清楚曹四和反贪局之间出现了什么交易。最后陈三如释重负说，自己全部交代了。

吴远迅速出完了材料，陈三看完后没做修改要求，痛痛快快签了字按上手印。

铁荣三又问道，陈三，现在我和你谈第二个专题希望你如实交代清楚。陈三知道检察官所指的第二个专题是什么，没作正面回答而是转移话题问，应无畏是不是也出去了？

铁荣三笑而不答。吴远一看这阵势立刻反问陈三，你说呢？陈三那张脸突然变成酱紫色，一股无名之火顿时烧遍全身。愤愤说道，不就是他老爷子在你们检察院当过检察长吗？我老爷子以前也是弈城实职正科级干部。还有天理吗？凭什么？

刘剑锋接着安慰陈三说，十个正科级也比不了一个副处级，你可别生气。刘剑锋这一句安慰话无异于火上浇油。陈三坐在审讯椅子上，脚镣锒铛直响，嘴唇紧闭，紧绷的面部肌肉表明咬牙力度。恨恨地说，我认了，我认了。那次都是一块分钱，我受了处分他还受了表扬。这个社会还有人走的路吗？枪毙了我吧，我死了也不服。

吴远又在一边说，相信法律是公正的。陈三反问道，相信？十几年了法律什么时候公正过？积压在陈三内心里那股无名怒火从两眼中喷出。他恶狠狠地说道，这次要死一块死！

陈三与应无畏近二十年来那些恩怨情结没有打开，他们在经济利益上铁板一块，但两人是面和心不合。铁荣三决定利用矛盾攻其要害突破陈三。便问道，你自己的犯罪事实至今没有交代清楚还想怎么样？只有彻底交代自己的犯罪事实，才有争取从轻处理的机会。陈三脸色绯红，眦目开裂，气喘如牛，那股积聚了十几年不死不灭的邪恶之火霎时间燃烧起来。这股邪恶之火能让灵魂化为灰烬，让肉身变成焦土。

铁荣三看准火候拿出一张照片问，陈三，你看看这是什么？陈三一看惊恐地睁大了眼睛问道，谁拍的？铁荣三慢慢说道，是谁拍的不重要，重要的是照片上面的内容。陈三仔细地看了看那张照片，那阵冷笑声瞬间变成了一种变态的痛苦。

他扭曲地嚎叫道，报应，报应，老天有眼，报应啊！

十一

陈三看到的那张照片是一位无名人士拍好寄给铁荣三的。当时，铁荣三反复研究过那张照片，后来和赵局长向检察长汇报交警罚款单时一块汇报出来，检察长安排立即初查。初查结果让检察长大吃一惊。

原来西线五个规模较大的物流运输公司常年运输经过弈城路段。应无畏和陈三利用年底到物流公司搞交企共建活动的机会，同五个物流公司搞了个口头协议。在弈城路段每过一辆货车要支付五百元管理费，每月累计交三万元，至于每家出多少自己商量解决。几年来西部车队一直把管理费按时交到应无畏或陈三手里。

但是，几个月前西部车队未交管理费，运输车辆由白天过境转为夜间行驶。应无畏让陈三不惜一切代价，设法扣住西部车队。

农历五月十三日是关老爷磨刀日子。在这个特殊地域环境里，每年这天都会刮风下雨下冰雹。西部车队夜间行至弈城第一座红绿灯路口时，陈三驾车从巷子里冲出，把西部车队拦在路边。双方交涉中不情愿拿出几沓人民币，分两次递给警车内的陈三，这一幕却不知被谁偷拍了下来，寄给了铁荣三。三年时间累计近百万元巨款去向不明，初步断定这些巨款很可能已经被他们二人私分。

铁荣三厉声问道，陈三，你们伸出的手上帝看得见，法律也看得见。你自己也看到了，想交代清楚吗？陈三把头歪向一边，面部似笑非笑，二十分钟没有回答。

刘剑锋趁热打铁问，陈三，应无畏说明白了这些钱都在你那里。陈三立刻反驳道，他是放屁。现在也没什么可隐瞒的了，这些钱都分了。每次都是应无畏分的，还有一部分他自己拿起来说走访用的。

铁荣三问道，这些钱明明都是你收的，你有什么证据证明都分了？应无畏说他根本不知道这事。陈三回答说，应无畏分得的那些钱一直存在弈城农业银行，去年底他把存单全部给我，我去提出钱来一块买断了一个沙场。

铁荣三问道，你投了多少？陈三回答说，我投四十万，应无畏投得多他控股。

铁荣三又立即追问道，你们有协议吗？陈三说，有，一式两份，每人保管一份。

案情水落石出，审讯应无畏的时机到了。

一场恶战已是剑拔弩张，势在必行。

十二

想清楚了吗？市看守所提审室里铁荣三他们提审应无畏，观察着应无畏有什么变化。

应无畏嘴疮红肿，说明了他的疲惫和焦虑。应无畏没有回答铁荣三提问而是闭上眼睛。大脑门在灯光下泛着阵阵青光，透出一股无奈一种茫然。十几分钟过后，应无畏睁大眼睛，眼神中透出一股仇恨。他知道今天提审预示着自己已经日暮途穷，便横下一条心抓住最后机会要与检察官殊死一搏。

铁荣三从应无畏冷冷的目光中看透了他内心的邪恶，于是旁敲侧击引而不发。慢慢说道，有一次我到一个乡镇办事，吃饭时乡里有个好酒之人敬酒，自己倒上满满一杯说，领导你们猜猜这杯酒我喝还是不喝？应无畏你也猜猜喝还是不喝？应无畏脸上有了一丝笑容说道，我猜他不喝，就是不喝也不能掐脖子硬灌。

铁荣三说道，其实无论你怎么猜结果都是一样，这杯酒他都会一饮而尽。这就是中国酒文化艺术。应无畏眼皮眨巴了几下，下意识地思考着什么。

铁荣三说，我们的高铁举世瞩目。高铁应该给人民群众带来极大方便，但乘客却买不到车票坐不上高铁或只能买高价票，这说明客运服务意识远远跟不上高铁行驶速度。应无畏听后也说，都是黄牛党所为，去年年底我去海城市返回弈城，在火车站等了一天一夜就是买不到票，最后买高价票回来的。

铁荣三继续说道，不错，就像弈城公路，平坦宽敞，运输行业却无法提速。那是你们把服务地点变成了肮脏的交易场所，是你们狭隘的内心让宽阔的路面变窄了，拥挤不堪，混乱无绪。应无畏嘴唇动了动想反驳又找不到合适理由。嘴里嘟囔说，不是审讯吗？净说些无用的。

铁荣三讯问道，这是你个人理解水平。你们精心酿制的那杯苦酒，其实自己已经喝下去了，谁也没有掐你脖子硬灌。铁荣三说完，应无畏睁大了眼睛没再反驳什么。

铁荣三又慢慢说道，一种职业就是一种品牌，济南交警就站成了举国瞩目的形象，站成他们自己的亮丽人生。而你们执法同时却在向国家法律频频亮起红灯，其实自己的人生绿灯已经行将熄灭。

铁荣三，你还没资格教训我。应无畏歪着脑袋斜着眼睛，一副挑衅神情瞅着铁荣三说，你能把我怎么样？审讯我啊审啊，你能枪毙我？有种你就枪毙了我。

其实审讯就是这样，把对方表象剥去让灵魂返璞归真。无论是善良的丑恶的，都是审讯要求达到的结果。如果审讯是一根单弦，审讯人会根据对方不同情况去随意调拨。

对付你，还用着审讯吗？铁荣三轻描淡写，举重若轻，击溃了应无畏心理防线。应无畏从十几年幻想中彻底清醒了，继之而来的是死一般的恐惧。

提审室里一片沉寂。此时目光交流已经远远超越了视觉空间。

突然，应无畏双手抱紧脑袋，绝望地倒在座椅上。

夜幕徐徐落下。

远处十字路口，红灯绿灯依然次序交替。

十三

弈城第二次检交大战的硝烟，伴随着反贪局办案组人员阵阵疲惫，逐渐趋于平息。这些久经战阵的检察官，谁都没有调休，每个人的神经都还是处于临战状态。硝烟还未散尽，案情可能还会再起波澜。目前，侦查羁押期限内必须抓好结案工作，做到快查快结。

办案组办公室里，肖政、吴远和刘剑锋都在忙碌着手头业务。铁荣三走进办公室说，检察长安排限期结案快结快诉，大家可要打打紧板，保证侦查羁押期限内正式结案。

两个多月里我们只过了一个星期天，我在家里昏睡了一天半。这批案子撇出去后，我要闭关大睡三天。吴远脸上有些兴奋。

年轻能睡幸福呀。我就没这个福气，好容易有个星期天赶上老爷子生病住院。我在医院里陪了两天两夜，困了就坐在走廊排椅上打个盹儿。说着刘剑锋晃了晃脑袋说，到现在还觉得脑袋比平时大着几圈。

肖政说，怎么不说一声，大家去帮帮忙。刘剑锋疲惫地说道，哎呀，还不都是累吗？

铁荣三看着刘剑锋问道，大爷病重吗？需要住几天院？你可别一个人硬扛还有我们大伙呢。刘剑锋说，就是老三高。前几天我媳妇在那守着，昨天出院了。

那好，个人手里案子再仔细审查一遍，证据不完善的这几天抓紧取证完善，法律文书也抓紧整理出来，准备移送审查起诉。

吴远抬头问肖政，案子到审查起诉阶段，嫌疑人会翻供吗？

肖政说，一般不会。审查起诉阶段翻供一般只翻一部分，这阶段犯罪嫌疑人心理准备不足，也就是试探试探。公诉科随时可以退回补充侦查，到我们手里会很快纠正过来，公诉科也可以自己纠正过来，没有全盘翻供的。我们要加强和公诉科联系，随时掌握案件进展情况。

吴远又问道，庭审阶段会出现什么情况？吴远最担心罪犯翻供，一旦翻案，反贪局还得重新费劲。肖政说，庭审阶段往往会出现翻供翻证情况。像执法部门、国家公务员身份的被告人，往往会全盘翻供。按国家规定，这些人一旦触犯法律被判刑一律双开，就是开除党籍开除公职。国有企事业编制的，一般会翻供一部分，目的就是不判处实体刑判个缓刑，保不住位子还可以保住公职，保住饭碗。

这种规定不公平。企事业单位比我们工资待遇高许多，工作压力也小，出问题处理起来反而轻？吴远埋怨说。刘剑锋说，大学里没学到吧。在基层国家公务员级别低，再者就是地方财政收入少，该发的工资补贴发不上，这是我们基层国家公务员低工资的主要原因。

怪不得这几年检察官队伍人才流失比较严重，低工资高风险行业，还真让人深思。吴远说完沉思片刻不再说话。

铁荣三笑了笑说，我们已经没有机会了，因为我们的思想观念已经根深蒂固，年龄也不允许了，年轻就有希望。前几年我们单位的法学研究生莫伦燕，不就辞职了吗。吴远抬起头来问道，就是上次给李冠楠辩护的那个律师。她辞职是因为工资待遇低吗？

铁荣三说，莫伦燕辞职与国家检察官法有直接关系。莫伦燕研究生毕业后在海城做了几年律师，后考进我们院分配到反贪局工作。按检察官法规定晋级检察官年龄限制在三十五周岁以下，当时莫伦燕已经三十六岁，不能晋级检察官，所以辞职又去做律师。凭她那业务能力，很快在弈城律师圈内走红，现在一直做得很好。

吴远又问肖政，犯罪人员会当庭提出上诉？铁荣三说，上诉不加刑吗，刑法原则就是这样规定的，立法宗旨是避免出现冤假错案保护犯罪人员基本权利，但现实中往往被犯罪人员利用。二审翻供翻证也就成了家常便饭，对于我们往往都是一场生死之战，要么鱼死要么网破，没有任何退路。对于犯罪人员来说，无疑是一次绿色旅行通道，运气好的话还真能减刑。

吴远琢磨着铁荣三刚才的话，没再说什么。刘剑锋说，犯罪人员自己翻不了案，翻案背后都会有复杂社会背景。放心，只要我们心地无私，坦坦荡荡，严格执法，文明办案，就是神鬼挡道也得为我们让路三分。刘剑锋那话听来牢骚满腹，实际上针对性很强。

铁荣三安排肖政说，把案子归纳一下，看看交警大队管理漏洞，找找腐败原因，顺便提几条检察建议，给交警大队送去以便他们今后更好地改进工作。

这些特权单位，平常给他们讲犯罪预防课，他们还觉得我们神经，出这么大篓子这回该好好整顿了吧。停了一会儿肖政又说，也是，亡羊补牢吗。

遮遮掩掩，逃避责任，这是中国几千年承传至今的一种陋习，是中国人的一种习惯一种悲哀。

十四

办案组办公室的讨论话题，在吴远思想里引起阵阵波澜，这个即将走向检察官岗位的年轻人想了很多很多。弈城交警大队腐败窝案，随着吴远那颗忐忑不安的心，度过了一天又一天。

一天下午，铁荣三和吴远来到公诉科黄科长办公室，一进门就看见黄科长正在审查卷宗。

铁荣三说道，很忙啊大忙人。黄科长按按自己太阳穴说道，诉不完的案子看不完的卷。

铁荣三对黄科长说，那好啊，手里有案不愁没饭。看来老一辈检察人那种朴素意识是对的。就像农民没有土地耕种还有饭吃吗？黄科长想了想说道，老黄历也包含着人生哲学，普通工作也是人世沧桑。

打扰了。我们想了解一下，弈城交警窝案现在情况？铁荣三问黄科长。黄科长想了想说，弈城交警大队这批案子，按照检委会要求从快起诉从严处理。上个星期已经全部提审一遍，犯罪嫌疑人应无畏对部分案件事实有异议。

具体是哪一块？铁荣三问道。黄科长说，提审时应无畏没说清楚。看来应无畏想法很大，幕后有阴谋，只能等到法院开庭再说。院里指定我主诉交警窝案，自己感到压力很大。

铁荣三试探问，应无畏个案应老爷子找过吗？黄科长说，没有。我也觉得奇怪，平常一些普通刑事案件应老都是打打招呼，怎么轮到自己亲儿子反

而沉默了？这不正常。应老爷子也不容易，前几天院里组织老干部体检查出肺癌，马上高考了应无畏那儿子也退学了，你看这个家日子还能过吗？

吴远说，惯子如杀子。上一次应无畏参与私分事件，应老爷子不要插手，由组织去处理。让应无畏吸取教训，也许到不了今天这个结果。你看还出面协调扶持应无畏到大队长位子上。黄科长反驳说，上次陈三不是受过纪律处分吗？现在还不是一样。

铁荣三说，人这个字笔画很简单，生活中的人却把自己演绎得很复杂，复杂得让人找不到答案，复杂得让人看不清自己。应无畏和陈三历经十几年再次粉墨登场为我们演绎的还是悲剧。陈三情况怎么样？黄科长说，陈三倒好。他对自己犯罪行为供认不讳，没打算活着走出看守所，已做好了赴死准备。不知道慷慨还是悲壮？

铁荣三说，是无知，看来应无畏悲剧尾声戏还很重。曹四怎么样？黄科长说，曹四就是应无畏分给他那两万元，另外有几千元小钱。曹四没有翻供，认罪态度很好，反贪局按坦白自首定性非常恰当。

铁荣三又问，曹四认罪态度好又是被动的，在本案突破中起到了至关重要作用有立功表现，根据法律规定应该从轻处理。那几个是什么情况？黄科长说，现在都在沉默，但我总觉得诡秘异常，看样子看守所内外有动作。对了，应无畏聘请了莫伦燕作辩护律师。

铁荣三说，莫伦燕为人公道正直，业务精通，我也很久没见这个小师妹了。可惜了，要是留在我们反贪局锻炼几年，准会是一把查案好手，人才缺乏反而还要限制人才。黄科长也说，公诉不缺人吗？青黄不接连个助理检察官都选不出来。这么一大摊子业务，加上新进十几个人怎么办？还得干，案卷成堆成山还得如期完成，现在超期羁押就是非法拘禁。

铁荣三说，干什么都一样。业务不熟练，还要提高工作效率只有加班别的没招数，熟练业务需要一定时间。自侦业务上好苗子承办一起案子就能举一反三，有的干三两年时间才能适应。但有的干一辈子就是糊里糊涂，根本不知道哪个山上出猴子。黄科长说，难得糊涂。可是职业要求我们时刻清醒着不允许糊涂，稍有不慎就会铸成大错，想糊涂都不敢糊涂。

铁荣三说，打扰你不少时间，有什么事及时联系，我们走了。黄科长说，先别走，还有一件事请反贪局协助，不知是否有时间？

铁荣三问道，愿闻其详？黄科长说，以前开庭检察院里只有我们几个公诉人参加，而犯罪人员亲属朋友会坐满一个法庭，显得公诉科人单势孤。交警这批案子开庭时我们希望反贪局派员参加，给我们打打气，鼓鼓劲，壮壮声威。

铁荣三说，好吧，明天我们准时参加。

十五

这几年，气候异常让南方地区吃尽了苦头，北方冬天已经很少下雪了，南方却暴雪频降道路冰封。反常季节里总会有一些反常生命现象，结出反常的果实。

应该是秋雨绵绵的季节，弈城至今却未见一滴雨水，干旱和高温统治着这座小城，大地那张干涸的脸翘盼着远方姗姗而来的祥云。

一丝凉风吹进弈城反贪局办案组办公室，铁荣三和办案组人员同时抬起头望着北边窗口，几缕白云后面是一片厚厚的云层。

刘剑锋面带喜悦说道，六月北风及时雨，这回有门儿。吴远不解地问刘剑锋，准吗？可都好几回了，不会又是老黄历吧？

闷闷的雷声远远传来，像带着大地浑厚的底蕴滚滚而来。

刘剑锋说，这回准下雨，而且是暴雨。肖政也说，早就该下场雨了，下暴雨好呀。

弈城上空一会儿暗淡下来。一道闪电神经质般掠过，北风有些恣意，暴雨骤至。雨幕斜织，窗外树影疯狂婆娑，弈城为之酣然倾斜。

铁荣三急忙说，别看了，该来的总是要来。法院通知明天开庭，应无畏第一个开庭受审，院里抽调三十名年轻干警加上我们办案组全体成员，八点准时到庭。

法院首选应无畏开庭，看来是经过深思熟虑，打蛇要打七寸嘛，法院开庭审判和我们办案一样运用谋略，只不过我们是侦查谋略，法院是审判谋略。

刘剑锋得意地看着吴远说。吴远同样得意地点着头，不错，同一个谋略作用在不同环节上就会出现不同结果，法院是以彼之道还施彼身。

精彩。铁荣三拍了拍手掌说，看来法院是想擒贼擒王拿下应无畏，就可以一鼓作气拿下交警窝案，法院是下了决心先啃下这块硬骨头。但用谋在于善变，同一个谋略运用在同一个环节不一定会出现同一个结果，明天我们在办公楼前集合去法院。

吴远急忙问道，明天开庭，我们要做什么？肖政半天没说一句话这回突然开口说，静观其变。

吴远转向刘剑锋嘱咐道，静观其变。刘剑锋用一个手指指着自己嘴说，嘘，佛曰不可说。

暴雨来得急去得也快，不知什么时候雨已经停了。金灿灿的阳光洒在被暴雨冲刷过的大地上，街道两边建筑物高高耸立，巨大的法桐树冠青翠欲滴，显得格外清新醒目。

明天开庭宣判交警窝案，也是对法官驾驭法庭能力的一次考验，会出现什么局面呢？

十六

弈城人民法院审判庭，庄严肃穆。今天开庭人特别多，但仍然井井有条，没有半点嘈杂。法警在疏散着人群维持法庭秩序。法庭座次早已安排好，南边是检察院专区，北边是听众席。

吴远坐在铁荣三旁边，眼睛环视整个法庭后小声对铁荣三说，应老没来，应老家属也没来，前排坐的那位是应无畏家属龚丽丽，交警大队很多人都坐在后排。铁荣三点了一下头。

法官宣布道，现在宣布开庭，带被告人应无畏到庭。随着法官宣布，应无畏由法警押解着走上法庭。法庭内顿时一片肃静，前排一阵压抑的抽泣声传来，应无畏妻子龚丽丽在擦眼泪。

法官介绍说，今天到庭的，右边是弈城人民检察院公诉人，左边是本案被告人辩护律师莫伦燕，莫伦燕站起身向庭下致意，赢得一片掌声。法官环视四周后宣布道，现在由弈城人民检察院公诉人宣读公诉书。

公诉书一件件一桩桩控诉着应无畏的罪恶。应无畏坐在被告席上，心里那股怨气，随着脚镣啷啷作响。

法庭辩论开始。

审判长问，应无畏你对所指控犯罪事实有什么异议？应无畏说，所谓犯罪事实全都是假的，全都是反贪局捏造的。本人根本就没有受什么贿犯什么罪。

审判长警告应无畏，被告人应无畏说话要负法律责任，你能不能说具体一点？应无畏辩解说，起诉书指控第一笔两万元现金的事，真实情况是一九九六年年底，寰宇车队到弈城交警大队慰问，放下十二万元慰问金。我觉得是单位之间走访，就分给了五个中队长，我个人那两万元拿回家后一直放在车库里。我战友大头年底到我家送年时，家属龚丽丽把那两万元给了大头，让大头出面去退给寰宇车队。

律师莫伦燕问道，被告人应无畏，你在侦查阶段和反贪局的检察官说清楚了吗？应无畏控诉道，我说过了。他们只让说前边的后边的结果不让说，不按他们意思说就打人。我无罪，有罪的是他们。我要上诉，我要控告反贪局。

应无畏话一出口立即引起法庭内一阵混乱。坐在北边一个戴墨镜的人脱口而出说，“反贪局黑社会，东北姑娘打流队，四大公害吗？”这句话尽管声音压得很低，还是被吴远听到了。吴远马上站起身来又被铁荣三拽住。

莫伦燕一看连忙说，被告人应无畏，说话要有证据，你说反贪局打人你有证据吗？反贪局依法办案，文明办案，从不打人骂人。我专门调取了审讯全程录音录像，看过你进出看守所每一次体检记录，你所说情况不存在。

审判长说，被告人应无畏你有异议吗？应无畏看了一眼自己的辩护人莫伦燕低下头说，没有。

审判长又说，法庭调查继续进行，传证人大头出庭。法警急忙从庭外跑到法官面前汇报说，报告审判长证人大头没有到庭。

公诉人说道，对方证人不到庭说明对方是在捏造事实。户籍上查不到大头这个人，也许根本就没有大头这个人，应无畏受贿两万元事实清楚，证据确实充分，建议法庭采纳。应无畏辩解说，也许大头已经被反贪局扣留了。反贪局是直接妨害司法程序，阻挠证人到庭作证。

公诉人说，被告人应无畏，说话要有法律依据，不要信口雌黄，扰乱法庭。应无畏立即反问道，谁扰乱法庭了？谁信口雌黄了？谁没学过法律？你以为就你学过法律？

黄科长坐在公诉人席上始终没说一句话，他看到眼前应无畏已经不再是一名人民交警的形象而是一副标准犯罪分子嘴脸。心里想交警腐败窝案备受社会关注，也是今年公诉案件重中之重，第一个案子开庭第一笔受贿事实若是站不住脚，这样下去会出现混乱局面，后果不堪设想。赶忙和律师交流一下眼神，站起身来说，审判长建议休庭。

律师莫伦燕也站起身说道，审判长，鉴于本案事实不清，证据不足，同意公诉人意见，建议法庭休庭。

审判长刚宣布完休庭，应无畏从被告席上站起来，朝着听众席上所有人笑着慢慢伸出了两根手指头，表示着胜利的意思。

十七

检察院会议室检委会议正在召开，椭圆形会议桌前坐满了检委会委员。铁荣三和黄科长他们坐在一边。检察长主持会议。

检察长目光巡视会场后说，委员到齐了。今天召开检委会议主要研究交警大队案件庭审翻供问题，希望大家多出出点子，看看有什么办法？检察长目视公诉科黄科长说，公诉科先汇报庭审情况。

黄科长站起身说，前天接到法院通知交警队窝案昨天开庭。第一个公开审判应无畏。庭审期间应无畏全盘翻供，第一笔还提供出新证人，庭审无法进行。我们感到案情重大提出休庭，法庭延期审理特向检委会汇报。

检察院纪检书记问，侦查阶段和公诉阶段应无畏提出新证人了吗？黄科长说，没有。公诉阶段应无畏只说审判时他有话说，至于什么话他说到庭审时再说，现在不想说。铁荣三没有吱声。

举报控申科老李说，公诉科是不是打了败仗，当庭翻供就不能诉了吗？我当公诉人时杀人犯都翻供都不承认自己杀人，翻供照样提起公诉。

纪检书记反驳说，那是杀人案，罪犯翻供受害人翻吗？杀人工具会翻吗？杀人动机能翻吗？现在应无畏提出新证人，我看就得落实决不能草率。停了停又问，侦查阶段应无畏提过申辩理由吗？铁荣三回答说，没有。侦查阶段提审没有任何异常，只是应无畏认罪态度不好。

检察长说，这说明庭审阶段，犯罪人员有动作有阴谋，不彻底打消这些犯罪分子嚣张气焰，下面那几个案子就不用诉了。

老李又说，现在整个弈城风声鹤唳，交警大队窝案说什么的都有。我想大家应该都听说了，不光应无畏翻案，其他几个案子上相关人员都在蠢蠢欲动，四处奔波，为翻案打基础。纪检书记说，庭审翻供翻证是正常现象，说明罪犯心虚畏罪害怕重判。我们公诉科具有审判监督职能，要加强审判监督力度，判决不公就提起抗诉。交警大队不是清水衙门，这几年执法混乱状况，弈城有目共睹，怎么还冤枉了他们？

检委会对反贪局自侦案件讨论，历来都带着火药味。反贪局是检察院之拳头，公诉科是检察院之门面。自侦案件牵扯社会方方面面，是全社会关注和议论的焦点。反贪局刚刚成立，工作取得了很大成就，但外界反映是雷声大雨点小，惩治腐败效果一般。年年反腐败腐败年年有，并且腐败花样不断翻新，犯罪情节越来越恶劣。

检察长听着委员们无休止的争议，急忙接过话题说，案子错不了，问题不简单。应无畏当庭翻供，新证人不到庭，都是表面现象。这很可能是一起有预谋、有计划、有组织的翻案犯罪活动，谁是幕后主使？法官还是律师？还是看守所人员？徇情枉法还是徇私枉法？还是包庇？我看由公诉科和反贪局一起行动加大力度，揪出幕后主使人，从根本上解决翻案问题。

赵局长和铁荣三交换着眼神一言不发。检察长看到这种情况就说，反贪方面有什么想法？赵局长想了想说，我们听检委会决定。

检察长一脸不高兴。想了一会说，公诉科负责协调退回补充侦查。反贪局负责拿出实施计划，加大力度，实事求是。要让全社会都知道，检察院反

贪局查办职务犯罪案件，以事实为依据，以法律为准绳，任何人不得翻案。散会。

十八

反贪局案件讨论室。

赵局长和办案组全体成员围在一张会议桌前，从每个人绷紧的神情上可以看出，一场凶险阻击战，一场正义与邪恶的较量，即将拉开序幕。

检察长说，刚才检委会议作出决定，加大力度，彻底打消应无畏翻案嚣张气焰，维护司法公正。困难很大，任务很重，时间很紧，就看你们反贪局能不能啃下这块硬骨头，能不能打赢这场硬仗。我历来就是直来直去，现在要求畅所欲言，每个人把自己的想法以及担心问题讲出来，我们详细制订一套方案。应无畏是什么时间押回弈城看守所的？是不是又可以通过打电话启动五行阵了？

赵局长和铁荣三都笑了笑，没有发言。吴远回答说，是庭审阶段法院换押的。

肖政先分析道，谈点个人看法。从庭审翻案情况看参与者不止一人而是一个团队，是一个整体在跟我们较量。应无畏翻案还会有后招，并且劲力十足。这个幕后团队总指挥是谁？我担心是不是应老检察长？真不希望是他老人家。

检察长说，以应老人品他不会掺和这个事。昨天下午还找过我，应无畏翻案之事他根本不知道，应老的态度就是自作孽不可活。吴远回忆道，上次我和刘剑锋送拘留通知书时，应无畏家属龚丽丽就是不接通知书，应老签收接下后就说了这句话，自作孽不可活。

赵局长接着说，龚丽丽和大头已经牵扯进来，但龚丽丽不会是那个幕后组织者。她一个医院护士做不了主使，她的作用就是穿针引线，可她弟弟在弈城法院任民事审判庭庭长，具备这个能力，但他也只能间接操作。如果是他在幕后组织，徇情枉法还是徇私枉法？弈城法院这回又有麻烦了。

刘剑锋说，有可能。但法院从去年至今，法官已有三人落网，他们应有所顾忌。若是这样，这回弈城法院法官将不止一个落网，又会是一批。

肖政说，律师莫伦燕更不可能。莫伦燕精通法律，她在反贪局工作两年，数次参加大要案侦破工作，纠正翻供翻证恶仗也参加了不少，她应该不会涉险。但年前我主办一个案子，开始莫伦燕是辩护人，案子移送到公诉科时辩护律师换成了别人，真让人费解。昨天开庭时，我发现莫伦燕身边那位助手，她眼神里有东西。如果她有动作，莫伦燕能允许吗？

铁荣三说，莫伦燕那个助手是市律师事务所的叫谢荣，她要有什么花花点子必须经莫伦燕允许，莫伦燕作幕后主使可能性不大。

看守所那边有什么情况？检察长问赵局长。赵局长说，看守所那边情况不明。以前检察院和公安局关系非常协调，自从查办这个案子后，看守所人员对我们有些情绪，每次向所里押送人犯，总是想出点难题使使绊子，在交警窝案上还没有什么信息。

检察长提醒大家说，别忘了公安和交警以前是一家，人员关系钩挂吊鼻的。现在是商品经济时代，人心浮躁，利益驱使，什么情况都会发生。刘剑锋有些着急道，管他是谁，我们就来个顺藤摸瓜找出幕后操纵者，绳之以法，就是让他们看看违法犯罪的下场。

检察长转向铁荣三道，你怎么不说话？谈谈你的看法。拿不出办法来案子诉不出去，第一个就处理你。铁荣三笑了笑说，都分析得很透了，我也想了很多。检委会要求我们加大力度，这个力度怎么去加？翻案牵扯人员我们不能作为普通证人对待，牵扯到每一个人都应立案，作为犯罪嫌疑人来审讯拿出供述材料。包庇罪名管辖隶属公安，我们应当与公安机关联合，用公安技侦手段，发挥好合力作用。

好，我来协调。检察长说着拿出手机联系公安局长。

铁荣三接着说，询问涉案人员时第一步先带到我们询问室晓以利害，尽量在询问环节解决，态度好积极配合的做一般证人处理。询问环节解决不了的就移送公安局处理。大头不敢出庭作证，说明他心里有鬼。先把大头找来，在大头身上做文章。

检察长打完电话说，公安局马上派人过来。大头是什么情况？铁荣三说，大头和应无畏是战友，两人一起当过兵。大头从企业下岗后买辆车搞货运，应无畏对他照顾不少。我知道他在哪里。

检察长对赵局长说，马上行动，人手不够的话我把公诉科几个大学生调过来，行动要快，一定要避免拖泥带水。

检察长和赵局长走后，刘剑锋和吴远又对办案策略进行了一番讨论。

刘剑锋对吴远说，怎么样？顺藤摸瓜，摸几个大瓜。吴远反击说，别瞎猜了，老铁以前说过这种情况叫借尸还魂。

借什么尸？还什么魂？刘剑锋不解地问道。吴远认真地对刘剑锋说，大头就是可借之尸，利用大头使案情起死回生，还原案件本来面貌不就还魂了吗？

肖政说，他们都谋划实施好几个月了，让我们几天内查明白。说起来很容易做起来就难了。刘剑锋说，再难我们也得有办法，若没办法以后反贪局侦办案子就不必诉了，还维护什么法律尊严，维护经济秩序正常运转。

铁荣三说，刘剑锋和吴远去把大头请来。刘剑锋和吴远听到调度，一块向门外走。

刘剑锋启动警车缓缓驶出检察院大门口，消失在茫茫车流里。

十九

反贪局询问室。

刘剑锋和吴远走后，铁荣三有些担心。他在询问室有限空间内焦急地来回踱着步子，不断地思考着即将发生的问题及应对措施。

过了很长时间，刘剑锋推开门没好气地对着门外说道，进来。

大头低着脑袋走进询问室。刘剑锋手指着一侧椅子示意大头坐下，坐到那边去，把身上携带物品全部拿出来放到茶几上。

吴远气喘吁吁赶来对铁荣三说，这家伙看到我们警车，开车就跑，我们追到南环路十字路口才截住他，差点出了车祸。吴远指着大头，那天在法庭上高调四大公害的就是他。

铁荣三看了看大头说，头不小，耳大面方有福态相。日子过得很滋润吧？大头尴尬地笑笑，面部表情立即又紧张起来。

说，看见我们警车为什么逃跑？想畏罪潜逃？刘剑锋劈头盖脸地质问道。大头表面凶悍实际骨子里懦弱，真正凶悍的人不会暴露在外表上。他嗫嚅道，我看到警车向我开过来就开车想逃，当时也没看清是你们检察院的警车。

为什么看到警车就逃跑？因为你犯下了，你作大了。天堂有路你不走地狱无门你闯进来。我们还会给你一点时间，说清楚？刘剑锋没好气地问道。大头那颗大鼻子上冒着细汗说，是，是做点儿亏心事。应无畏说让我退给寰宇公司两万元的事是假的，根本就没这回事。

铁荣三一直在观察大头一举一动。这时接过话题说，把这件事谈清楚？大头回忆说道，应无畏案子开庭前一个星期，龚丽丽打电话找我在南环路加油站对我说，帮帮忙你和应无畏是战友，开庭时你就说寰宇车队送给应无畏两万元，前年年底我让你退给寰宇公司，你没退自己花了。我说，行，都是战友，别的忙我帮不上这点忙我能帮上。我想应无畏他老爷子原先是你们头儿，不会出什么大事，开庭时我就去了。

传你出庭作证，你为什么不站出来作证？铁荣三问道。大头说道，哪，哪有那个胆儿啊，当时法庭喊我名字，腿就开始哆嗦，心咚咚地跳，我就没敢走上法庭偷偷开溜了。那，那是什么场面，让我上去作假证我找死啊。

你和应无畏是什么关系？铁荣三问道。一起扛过枪，当了八年兵。大头试探着伸出了拇指和食指。

大头，你知道你这是什么行为吗？刘剑锋又质问道。大头对法律不了解，对刘剑锋问话一脸茫然问道，我是什么行为啊？

是违法犯罪行为，你涉嫌包庇罪，铁荣三对大头说。啊？包庇罪，俺妈呀怎么还有这种罪。大头低下头没再说话。

大头，你和应无畏战友之情我们理解，在法律面前，在大是大非面前，我不知道你们这种战友之情含有多少水分。在应无畏翻案问题上他们让你扮演了一个牺牲品，就是以牺牲你为代价换取应无畏的暂时安宁。今天让你来，你若谈不清楚就进看守所过年，将来还要判刑进监狱，你想进监狱过年吗？

听说那里边不是人待的地方，我可不进去，求政府宽大处理。大头双手作揖一副江湖之气。

吴远，出完材料送他回去。铁荣三安排说。

肖政和吴远互相对视了一眼，谁也没说什么。

二十

肖政、吴远和刘剑锋一块走进办公室。

送回去了。铁荣三问他们。吴远点头嗯了声。

我怎么觉得大头有意隐瞒了一些真相？比如说那两万元的事。坐下后肖政问道。铁荣三笑着点了点头。

刘剑锋说，那就不应该放他走。吴远也说，就是。他这样的人回去又去串供，还不知串成什么样？吴远也觉得可惜。心里想，放大头回去实在是一着错棋。

铁荣三告诉大家说，适可而止放他回去，让他把这个信息传给龚丽丽，让龚丽丽动起来，适当时候我们再把大头调度回来。午饭后大家适当休息，下午你两个去把龚丽丽找来，公安局同志也参加询问。下午询问龚丽丽善罢不了。

吃完午饭，刘剑锋和吴远回宿舍休息。

刘剑锋说，我想通了这叫欲擒故纵。吴远笑了，这回蒙对了。擒谁？擒大头？擒龚丽丽？刘剑锋说，管他的，擒着谁算谁，谁让他们专跟我们作对。

下午吴远打电话联系，龚丽丽说她在应老家里。车开到应老家门前再打电话时龚丽丽说她在西环路有事，随即关机。这说明龚丽丽知道事情已经败露四处躲藏，想回避我们，龚丽丽到底藏在哪里？

车内，刘剑锋挠了挠头皮问吴远，你说龚丽丽会躲在哪里？吴远说，刚开始说在应老家里，我们赶到时又说在西环路，她是想拿应老做挡箭牌。

刘剑锋说，她这是让我们拿刀子向应老爷子心窝子上捅啊。吴远也分析说，过会又说在西环路什么地方，其实，根本就没说具体在什么地方，这会儿是不是躲到她哪个亲戚家里去了？

刘剑锋摇了摇头说，不，她来不及。吴远说，对，她没说在办公室，就一定在办公室里。

刘剑锋一高兴说道，英雄所见略同。两人迅速驾车来到医院，迅速来到二楼，一推开办公室门，与正想外出的龚丽丽碰个正着。

刘剑锋说，龚丽丽不用介绍了吧，请上我们车吧，请你配合。

吴远随后的话语更具分量，这是立案后依法取证，不主动配合就依法拘传押解上车。

龚丽丽无奈，不情愿地坐到反贪局警车里。

二十一

反贪局询问室里，龚丽丽迟疑着坐在指定位置上。

龚丽丽，首先我们对你家庭不幸感到痛心和同情。应无畏作案犯罪给你们家庭，给弈城交警大队，给我们这个社会造成了很大损害。但是，我们国家是法治国家，罪刑法定，违法必究。你们所做的事情，对应无畏一点益处都没有，只能增加他的罪恶。明确告诉你，你的行为已经构成犯罪，按法律规定可以在医院里直接给你戴上手铐押送看守所。今天把你叫到询问室里，我们还是给你一定时间，给你留有余地。你在这间询问室里时间是有限的，在限定时间内必须谈清楚你们串供翻供全部事实真相，谈不清楚就走法律程序，刑事拘留。你也知道大头已经谈清楚了，现在轮到你了。铁荣三晓之以理，但时刻注意龚丽丽表情里那些细微变化。

龚丽丽迟疑一会儿，眼泪流了下来，没有半点掩饰。铁荣三心里暗想一个不掩饰自己情感的女人。

肖政说，家家有本难念的经，抓紧谈清楚争取从轻处理。你再进去了公公婆婆谁来伺候？孩子还有心情参加高考吗？肖政动之以情。

龚丽丽放声大哭，断断续续地说，这个家彻底毁了。停了一会儿又说，祸不单行，孩子十年寒窗苦读就是为高考。我忧心忡忡为高考担心的时候，应无畏又出了事，孩子无心再读已经退学了。几个月来家庭压力压得我喘不过气来，整夜整夜失眠。没想到，没想到公公又查出中晚期肺癌。我该怎么办啊？

你不简单，你做了一般女人无法做到的事，应无畏应该感到汗颜和羞耻。但是应无畏翻案背后真相必须谈清楚，谈不清楚法律无情。肖政及时打断龚丽丽的哭诉。龚丽丽哭泣着说，我公公原先是你们单位检察长，不看僧面也看看佛面吧，求求你们放过应无畏吧。

我们想放过，法律允许吗？你问问应老检察长他有办法放过应无畏吗？净化社会环境拯救犯罪灵魂，是执法者的责任也是全社会的责任。凭你一己之力，几人所为，还有那点单纯想法，就能拯救犯罪拯救应无畏吗？还是尽快把问题谈清楚了。铁荣三看一下时间说，现在谈还来得及。

沉默很长时间，龚丽丽摇了摇头慢慢吐出了四个字，我不能说。

龚丽丽，我们绝不会求你谈，时间对你来说非常短暂，你再好好想想吧。铁荣三说完走出询问室，给龚丽丽留下了一片思考空间。

二十二

铁荣三走进赵局长办公室时，检察长早就坐在局长室里。

检察长说，不错，战术明确，分工细致，晓之以理，动之以情，配合照应都做得很好。这个龚丽丽不简单。赵局长坐在办公桌前没吱声，一直在想什么。

检察长意味深长地说，以泪洗面。她在唱情感戏，她是把眼泪编织成了挡箭牌化解了我们的攻势。铁荣三惋惜地说，可惜第一轮攻势没能拿下她。

赵局长说，不要紧，我们还有时间。你们都看到了，幕后之人很可能是她亲弟弟陈述，陈述一个人完不成翻案，陈述背后还会有别的帮手。检察长说，龚丽丽只言片语里也透出了这点，这个家彻底毁了，我不能说。一个女人能跟我们检察官审讯阵容相抗，还表现得如此坚强，这种动力不是亲情是什么？

下一步怎么办？赵局长请示检察长说。检察长决定说，对龚丽丽立即采取强制措施，马上刑事拘留。涉案人员态度不好的，不积极配合侦查工作的，一律刑事拘留。

铁荣三急了说道，她家里有特殊情况。检察长说，先刑拘了再说。在这个时候这些问题不是办案人员考虑范围。你们要集中精力，强劲对手在后边。我让司机去应老家里照顾，我顺便去看看应老。检察长又说道，弈城交警窝案情况特殊，措施不当后患无穷，必须痛下决心，当机立断。现在就是要刺刀见红，就是要杀鸡儆猴，就是要枪打出头鸟。

刑警队几名同志来了。赵局长看着铁荣三挤了挤眼说。

铁荣三说，我这就下去，立即宣布刑事拘留。

二十三

铁荣三和公安刑警苏队长一起来到询问室，龚丽丽一看这阵容，紧张异常。

铁荣三说，龚丽丽这二位是弈城公安局刑警，他们来依法对你执行刑事拘留。刘剑锋打开手铐哐啷一声，放在龚丽丽面前说道，再给你十分钟，谈还是不谈？

龚丽丽紧张地用手捂着那颗扑扑乱跳的心一阵干呕，喘息片刻后说道，我说，我说。龚丽丽停止了抽泣慢慢说道，我是一个普通女人，只是渴望认真生活，有个平平安安的家，有一份安定的工作。结婚十几年来，我上班忙工作下班拉扯着孩子伺候老人，应无畏倒好，有时几天几夜不回家，一回到家里就成一具醉醺醺的酒囊饭袋。他出事后公公整夜整夜地抽烟咳嗽，天天生闷气。我们家五口人，四个人拿工资缺钱吗？公公查出病后，我精神几近崩溃实在承担不了这份压力，就想啊应无畏要是判个缓刑早些出来帮帮我。所以，我就去找了应无畏的辩护律师。

莫伦燕？铁荣三瞪大了眼睛。龚丽丽慢慢说道，也可以这么说。

龚丽丽此言一出，在场人都感到意外。自然界有很多巧合事情，不知是

上苍眷顾还是刻意人为，有时巧合得让人尴尬，让人无地自容。

继续谈，铁荣三声音有些低沉和干涩。龚丽丽谈道，我和莫伦燕的助手谢荣是初中同学。开庭前一个月，我打电话联系她诉说这件事让她给想想办法。谢荣说一审时先翻两万元那笔试试看，其余到二审再想办法。谢荣负责联系应无畏，我负责联系外边。我就找了大头，给了大头两万元并嘱咐了他。具体她们后面事怎么做，我不清楚。

继续谈。

没想到，应无畏开庭时自己乱了方寸没按照步骤翻供，而是全部翻了，弄得当场不可收拾。当时我看到莫伦燕和谢荣用眼神去制止他，而他却全然不顾。

铁荣三安排吴远给她出材料。材料出完后，刑警拿出刑事拘留证宣布说，龚丽丽你因涉嫌包庇罪，经弈城公安局研究决定对你依法实施刑事拘留，这是刑事拘留证，你签字吧。龚丽丽拿起签字笔，犹豫片刻后在上面签了字。

龚丽丽戴上手铐被押上警车后，她没有再哭，反而有了一份从容镇静。

询问室里铁荣三对苏队长说，律师涉及罪名属于公安管辖范围，审讯律师任务由你们来吧。我们还有一个大头呢，还有应无畏。苏队长点头说道，好吧，我们先回去和局领导报告。

铁荣三说，明天，刑事拘留证我们要用一下。又对吴远说，把大头叫来告诉他捎着那两万元。

大头来到询问室就被宣布了刑事拘留，戴上了手铐。

大头心里非常难过低下头说，哥呀，这回真要在里边过年了。

二十四

秋风阵阵卷起漫天沙尘，弈城这几天正处在沙尘暴包围之中。中央早就指出要治理沙尘暴天气，相关部门都紧锣密鼓地贯彻落实，只是找不到沙尘暴源头，拿不出具体治理措施。致使沙尘暴天气肆虐，严重影响人们的日常生活。

弈城看守所七号提审室里，狂风夹带着尘土不断撞击着提审室门窗，灯光显得比较暗淡，应无畏坐里面沉思。几个月狱炼下来，面部轮廓好像大了一圈儿，脸色有些苍白。他现在心理七上八下想了很多。今天办案组全员出动提审自己预示着什么？难道还是和上次一样？应无畏下意识地摇了摇头，心里在给自己暗暗鼓劲。不，不可能这么快。应无畏知道自己不是这些检察官的对手，对于翻案想都没有去想，自己就像置身于不着边际的死亡沙漠，看不清道路，辨不清方向，只是律师暗示让他看到了一丝曙光。应无畏把最后防线、最后的希望交给了律师，并且是做过反贪工作的律师。

肖政看到应无畏费力思考的样子笑着说，应无畏你怎么不按步骤翻供？不是说先翻那两万元试探一下，其余到二审再想办法吗？你也太心急了怎么就全盘翻了？肖政笑谈应无畏翻供，实际上是在应无畏心理上出了一记重拳。

应无畏闭上眼睛斜靠在椅背上，想到了庭审时律师莫伦燕和谢荣的眼神，想到眼前肖政神秘的笑意，他为自己的愚蠢和鲁莽而愤怒，顿时一股恶意怒向胆边，厉声长啸。

有什么好笑的？笑你自己吗？应无畏反唇相讥。

我们笑对人生，笑天下可笑之人。肖政寸步不让。

你是傻笑，只有愚蠢的人，只有傻子才会傻笑。应无畏还击说。

自认为聪明的人就是最愚蠢的人，就是世界上最可笑之人。

我承认栽在你们手里是我倒霉，但是你，你还不够资格笑我。

你说得很对。一个戴着手铐脚镣的人看到笑比看到哭还难受，因为你的心在哭，你的灵魂在抽泣，你觉得哭比笑好。

我做过十年副处，现在我戴着手铐脚镣还是个副处级。

一个副处级罪犯有什么值得显摆。肖政微笑着回敬了一句。

应无畏轻蔑地说道，你呢，除了穿那身制服还有什么？顶多是个股级，黄泉路上也是最低等一级……

一番唇枪舌剑较量过后，应无畏气得嘴唇哆嗦，又找不到合适话题反击，只有怒目相向。肖政这般语言攻势，搅乱了应无畏的心智，打乱了应无畏的阵脚。铁荣三坐山观虎斗，看应无畏心态，看应无畏反应，蓄势待发，瞅准火候对症下药。

铁荣三接过话题说，应无畏，草长峰顶不显伟岸，松生谷底不失高洁。肖政趁他们说话间拿着水杯走出提审室打水。铁荣三继续说道，应无畏，我们这个年纪不要和年轻人一般见识，你别生气，如果没有这个事你还就是领导。

这话我爱听，这话我爱听。我生什么气？我哪敢呀，我生我自己的气。我现在已经不是领导了，以后也不会再是了，我现在是你们的阶下囚。

心态会决定一切。铁荣三语言不多但切中要害。应无畏怨恨地说道，听他说法好像要给我定死刑？死就死吧，要死就快点。

这句话暴露了应无畏内心的烦躁和放弃，这种状态正是铁荣三想要的结果。

铁荣三想了想说，你还不能死，以后你会没有公职失去权位，但是你还有父母，还有家庭子女，还有很多未尽责任。说着铁荣三拿出四份刑事拘留证给应无畏看。问道，能看清吗？

应无畏仔细看完四份刑事拘留证后问道，你把他们都逮了。应无畏痛苦地闭上眼睛。铁荣三追问道，这是公安局立案后的刑事拘留手续，这个你懂的。你是不是在那个位子上习惯了，觉得身边人都要为你而生为你而死？

应无畏仍然闭着眼睛没做任何回答。

铁荣三认真说道，你认为我们之间还会有什么秘密可言吗？另外我告诉你一个不幸消息，应老检察长查体查出肺癌中晚期。应无畏睁开眼睛半信半疑地问道，什么时间查的？谁说的？几个月较量下来应无畏已是东西不分，真假难辨了，但检察官不可能拿父亲病危给自己施加压力吧。

铁荣三告诉应无畏说，上个星期天你家属说的。龚丽丽入狱后检察院已派人去你家护理了。铁荣三这句话让应无畏吃了一惊，他已经彻底相信祸不单行这句话，他也正在体会着心里的那种熬煎。

铁荣三又说，应无畏，这个世界上不光你一个人活着，我们做任何事情都要好好想想。在岗位上我们要对得起本职工作，俯仰无愧。在家里，我们不仅要孝敬父母，还要对得起妻子儿女，担当义务责任。

应无畏仰起脸，他仿佛看见常年卧床不起的母亲，看见了父亲风烛残年的背影和那双焦灼的老眼，后悔自己还没尽过一点孝心，父亲就要离开自己。

他知道现在或许是永远也见不到父亲了，泪水从面颊上流淌而下。过了好长时间应无畏抹了把眼泪说，都是我作的孽，把他们都放了吧，所有罪过我一人承担。

铁荣三说，法律上没有那样的规定。关键是你要实事求是地把这个事交代清楚，你交代清楚了他们也就解脱了。应无畏说，我交代，这个世界上还有什么不能说的。

应无畏很快交代了翻案全过程，吴远快速出完材料，应无畏签了字。内执勤民警前来押解应无畏回监号。

铁荣三问应无畏，需要我们帮忙再聘请辩护律师吗？

这个世界上还会有谁为我辩护？应无畏沮丧着脸说，不用了，谢谢。看到应无畏茫然落魄的样子铁荣三关切地嘱咐说，应无畏你要想开些。我们都盼着你改过自新，重新做人。

应无畏转过身无力地摇了摇头说，生生死死，死死生生。然后，拖着沉重的脚镣，艰难地向看守所走去。

二十五

元旦如约而至，大北风肆虐了整整一天，傍晚才喘息而去，寒冷冻僵了弈城的平安之夜。凌晨四点钟，黑沉沉夜幕下弈城看守所上空灯光如昼。岗楼上，武警荷枪实弹警惕地巡视着周围，几声警犬叫声不时从夜幕下传来。

第七号监室里，灯光在寒冷中一阵抖动，号内值班犯人警惕地瞪大了眼睛。

起来，快起来。号内值班犯人一脚踢向正在打呼噜的十九号人犯恶狠狠地说，换班时间到了。

应无畏听到喊声一骨碌爬起来，顺势推醒了身边十九号。十九号用手捂着被踢疼的屁股，揉着眼睛站到墙根下连连打着呵欠。应无畏对号内值班犯人说，你们辛苦了快睡去吧。

应无畏根本就没有睡着，只是躺在那里闭着眼睛，思绪很遥远，漫无边

际却清晰如昨。第二次开庭宣判后，应无畏真正清醒了。

铁打的牢房流水的犯人。应无畏在七号监室里属于老号了，今晚内执勤安排他带刚进来的十九号犯人值班。暗淡灯光下刚躺下的两个犯人已经睡去，鼻孔里传出均匀的呼吸声。

小兄弟刚来不习惯，过一段时间就习惯了。应无畏看着眼前十九号那张稚气未退的圆脸说。谢哥，十九号犯人感激地点了一下头。

今年多大了？叫什么名字？家是哪里的？应无畏询问道。年轻人犹犹豫豫地回答说，我今年十九岁，他们都叫我十九号，不是本地人。

十九号回话像是故意回避什么，应无畏感到纳闷。过一会应无畏又小声地问十九号，看你不像案犯怎么进来的，犯了什么事？十九号欲言又止叹了口气才说，寻衅滋事，我是给别人顶罪的。

给谁顶的罪？应无畏又关切地问道。十九号说，那天开车时老总不小心把对方撞伤了两个。匡总还和人家动了手脚，让我顶着。我也没想到会判这么重。我刚花了三千元拿到驾驶证，不知还能要回来吗？

驾驶证按规定应该吊销要不回来了，我就是弈城交警大队的。应无畏没说自己曾经任大队长，说出来自己觉得丢人。十九号仔细地看了看应无畏说道，其实当时都喝多了，但我没开车是我们老板开的，那个被打伤的人也不是我打的，我是替老板顶罪坐牢的。

应无畏觉得有意思又问道，什么单位的？十九号说，弈城东方热电公司的。

应无畏笑笑说，你们总经理小匡我认识，他酒量很大，斤儿八两没事儿，我以前和他喝过几次。十九号回忆着说道，我就是替匡总顶罪的，那晚匡总喝了整整一斤白酒又喝了啤酒。

两个人闲聊着时间过得特别快，不知不觉中天亮了。

二十六

元月一日早六点多钟，铁荣三刚结束长跑运动回到宿舍洗漱，BP 机刺耳地尖叫着，铁荣三一听那铃声就感到心烦。吴远正在大睡，他赶紧拿过手机接通了电话。

喂，谁呀？我是检察院铁荣三。铁荣三回话道。电话里说，我是弈城看守所值班人员，有一个叫应无畏的犯人要求见你。

他说有什么事？铁荣三想了想问道。电话里说，他没和我们说，只说很重要的事情要求见见你。

那好吧，我跟局长汇报一下马上赶过去。铁荣三边说边快速地洗漱完毕后，接着叫醒了吴远。在去办公室的路上向赵局长汇报了情况，同时通知了肖政和刘剑锋到办公室集合。

路上车辆特别多，节假日里都这样。刘剑锋小心地开着车嘴里埋怨着，这个应无畏判了十年有期徒刑，又装什么神弄什么鬼？肖政说，判决还未生效，他又想怎么着？

吴远说，你看应无畏开庭时那个样简直就是个疯子。没有律师辩护，没有亲友团助威，还要求法律从重判决自己，宣判完也没有提出上诉。现在是不是惺惺过来了，找我们是不是又要求提起上诉？肖政说，还真是，经应无畏这么一折腾管用。

刘剑锋饶有兴趣地说，我看其他同案犯，都没有敢再翻案，也没有当庭提出上诉的。吴远接着说，公生明，廉生威。我们以事实为根据，以法律为准绳，实事求是，铁案如山，他们拿什么去翻案，就是想翻翻得了吗？

肖政又问道，铁荣三，今天应无畏有什么事要求见我们？铁荣三说，我也一直琢磨不透。参与翻案人员已全部取保候审了，应无畏还会有什么事要交代呢？

大不了再退查一次，就是到二审他想翻案还得过我们这一关。警车来到看守所刘剑锋说完后停下车。

铁荣三他们走进看守所值班室，吴远跟值班人员一边打着招呼，一边办理提审手续。

二十七

节假日里，看守所值班人员增了双岗。高墙上除了荷枪实弹的哨兵外，武警大队流动岗也在昼夜巡逻，警惕地注视着周围动静。

吴远办好手续，办案组在七号提审室静候应无畏。

报告。应无畏一推门向办案组人员笑了笑坐到受审席上，看守人员上好锁后离开提审室。应无畏抱歉地说，打扰各位，麻烦各位了。

应无畏进入看守所半年来，头一回跟办案组打报告，头一次与检察人员笑脸相对。这次应无畏葫芦里不知又卖什么药？

没等铁荣三他们问话应无畏检讨说，宣判后我在这里想了很多，在位十年糊里糊涂，亦幻亦真，恍如梦境。现在身在牢房心里却踏实了，一切是那么真实那么清晰。我对不起父母，对不起老婆孩子，对不起检察官。看应无畏那情形好像还要说很多。肖政立刻打断应无畏的话问，今天你要求我们来就是想让我们听听你的忏悔吗？

不是。半年来我从你们身上得到一种启示，从你们身上看到了一种品质一种希望。铁荣三看着应无畏问，你到底想说什么？直接说。

昨天晚上我和同监号十九号犯人下半夜一块值班。十九号犯人是顶替东方热电公司匡总经理坐牢的，心里很委屈。我觉得这件事有失法律公平，一人做事一人当，怎么能让他人顶罪坐牢呢？应无畏慢慢谈清了昨天晚上值班经过。

铁荣三说道，罪刑法定，人人平等。有罪者必然受到法律惩处，无辜者一定受到法律保护，这是我们每个执法者的天职。你反映的情况很重要，如果经查属实，我们会以弈城人民检察院反贪局名义为你申请立功，你会获得减刑。你今天能够向我们反映情况，说明你已经觉醒了，你做得很好。

我为过去将会付出十年代价，老爷子基本上被癌症判处了死刑，今生还不知能否再见，减刑对我来说已经没任何意义。我只是看着十九号可怜，他还是个孩子。应无畏摇摇头没再说下去。

中国法律不是针对你一个人，就像刑事拘留你家属、律师和大头，都是为了更多无辜者不再牵扯进来，不再被刑事拘留进看守所。你明白吗？应无畏点了点头说，以后我要清醒地活，明明白白地活，认认真真地做一回人。

朝闻道，夕死足矣。现在明白为时不晚。任何时候我们都要有所为有所不为。铁荣三接着说，你先回去，有事我们再找你。

二十八

应无畏回去后，铁荣三让吴远办手续把十九号提出来。经审讯十九号名叫兰鹏，十九岁，大学刚毕业。去年刚刚招配到弈城东方热电总公司上班。

提审室里，兰鹏交代了一个星期前晚上南环路红绿灯下发生的一幕。

晚饭时间，东方热电总公司匡总经理在东方宾馆约了饭局，兰鹏一同前往。匡总也是新官上任心情高兴，几杯酒下肚已是醉眼蒙眬。兰鹏一看不好，接下来进行节目一个人承担下来，结果兰鹏也不胜酒量，只觉得天旋地转不辨东西。

兰鹏只记得上车时匡总亲自驾车。行驶中嘭的一声闷响，惊醒了坐在副驾座上睡觉的兰鹏。匡总在车内打电话，兰鹏连忙下车。只见对方一个人躺在地上，另一个坐在地上头上流着血。

这时一群人上来把匡总拽下车质问，匡总动手甩人家耳光子。又从车后备箱里拿出一截铁棍子乱舞，把人家头都打破了，淌了很多血。

这时，有个人走入现场，围观人们纷纷让道。交警赶来，兰鹏也下了车。交警问兰鹏，谁开的车？匡总醉醺醺地说，我开的。兰鹏也在一边晃晃悠悠地附和说，我开的。

交警看了看两个人大声问道，到底谁开的车？这回是两个人同时回答。一个声音浑厚一个声音尖细，像二重唱中的和声部。

交警看着匡总严厉地说道，打伤人了还没醒酒吗？匡总瞪着眼说，我可没喝酒，谁喝酒啦。兰鹏随着忽悠道，我可没喝酒，谁喝酒啦。

交警连忙走到伤者面前问，你看见是谁开的车？谁打的人？伤者坐在地上，抬起胳膊指了指兰鹏说，是他。

救护车赶来，拉伤者去了医院。兰鹏和匡总一块被交警带到医院进行酒精测试，结果两人体内酒精含量都严重超标，属于醉酒驾车。

来到交警大队询问室门前，这时公安派出所民警也赶来了。交警着急地问道，到底谁开的车？谁打的人？

兰鹏说，我开的车，我打的人。自己走进询问室里。匡总用手指着自己鼻子问自己，我开的吗？又用手指着兰鹏说，是他开的车，是他打的人。

交警有些气愤对匡总说道，你先到外边去等着。

询问室内兰鹏傻笑着，语无伦次，东一句西一句回答着。两名交警和派出所民警费力地询问着。

二十九

询问室外，东方热电公司办公室主任驾车匆匆赶来，匡总看了他一眼没有说话。转头对另一个人说道，黄埔啊多亏了你。你看着办就是，花钱算我的。

黄埔想了想说，没出人命，都是小伤。这事难为兰鹏了，不能让他进局子，法院那边我也有几个朋友。匡总拍着胸脯说着大话，都委托你了，花钱算我的，要全部摆平。

黄埔建一看这情况，知道匡总还没完全醒酒，万一再说多了影响面可就大了，到时不好收拾。赶忙对办公室主任说，你和匡总先回去，待会这边问完话我把兰鹏送回去。

凌晨问完材料后，黄埔送兰鹏回公司。当晚公安派出所也没有对兰鹏采取强制措施。

铁荣三又问道，匡总和黄埔在外边说这些话你是怎么知道的？兰鹏回忆说，第二天黄埔建和我说的。匡总刚提拔到这个位置不容易，出了点问题我们都得给他罩着点。

铁荣三又问道，你说的黄埔和黄埔建是一个人吗？兰鹏说，是一个人，平时我们都叫他黄埔。

黄埔建与你们这些人有什么关系？铁荣三进一步问道。兰鹏说，黄埔建是我们东方热电公司土建工程承建商。

哦，这就对了。铁荣三若有所思地说，接着谈。兰鹏继续说，案子移送到检察院后公诉科让我去，是黄埔建和我一块去的。公诉科简单地问了问。过了一个多月案子就到法院，法院传我去嫌我态度不好要收监。黄埔建说我是高血压看守所不收，就算了。法院开庭前黄埔建和我又到医院查体还是高血压三级，后来我又被强制收监了。

铁荣三问兰鹏，你平时血压多少？兰鹏忧心冲冲地说，在大学查体时血压正常，这两次查体就是高血压三级，我自己也害怕，可能与紧张有关吧？

铁荣三想了想说，再问你一个问题你一定要说实话？兰鹏点了点头。

铁荣三问道，在肇事现场你是醉酒状态，跟着匡总瞎忽悠对吗？兰鹏点点头说，是。当时记不很清，只记得匡总说什么好像我就跟着说什么。

从医院查完体到交警大队询问室前，你们基本都清醒了。你为什么还说醉话，说是你开的车？你打的人？当时，当时没想到事情会这么严重。说完兰鹏一双眼睛下意识地看着戴在手腕上的手铐。

铁荣三紧紧盯着兰鹏那双眼睛问道，兰鹏你还没有和我们讲实话？你还不想说实话？你还没有清醒，你还在装醉。兰鹏急了忙说，我讲，我讲。我刚到东方热电公司还没转正，我替匡总顶罪是想让匡总以后多照顾照顾我。兰鹏如实讲述了那晚经过，至于以后发展过程，由谁操作？怎么操作？兰鹏一概不知。

这就对了，你替匡总顶罪不是你罩着他，而是为了以后他罩着你，依靠大树好乘凉。铁荣三又问，被打伤的那个人是谁？兰鹏回答说，黄埔建说是热电公司附近经营机电设备的叫赵无本，另一个被撞伤的是他儿子。

三十

内执勤民警押走兰鹏后，办案组在提审室里讨论着兰鹏顶罪有关案情。

刘剑锋说，兰鹏顶罪看来假不了，我们干脆建议公安局重新侦查。

吴远说，可现在判决已经生效，程序怎么走？要不提个检察建议给公安让他们自己解决去。肖政说，现在还只是兰鹏个人供述，其他方面证据还没有，待查到确实能证明兰鹏顶罪的证据再说。万一兰鹏说了假话，我们建议法院撤销判决、公安局重新侦查岂不是笑话？

吴远思考片刻说道，我看兰鹏很委屈不像是说假话？铁荣三说，假乱真时真亦假，有时假的比真的还真，以假乱真吗。

肖政接着说，无论真的假的都需要证据来证明，只要证据确凿事实自然会清楚。铁荣三说，纠正冤假错案是我们检察院一项重要工作。兰鹏顶罪案，总感觉没那么简单。兰鹏供述只是表面现象，顶罪背后一定还会隐藏着耐人寻味的故事。

肖政疑惑道，如果兰鹏说话真实，假案何以瞒过交警、公安、公诉和审判四大关口，谁会有这么大能量？刘剑锋那表情让人捉摸不透，他点着头说，有钱能使鬼推磨，有钱能使磨推鬼。鬼在钱驱使下就变成拉磨驴，钱使得越多磨推得越快。说完后看了看铁荣三。

吴远不服气地说，那我们就顺着磨沟找驴蹄揪出这群鬼。肖政也说，捉鬼要找鬼道看鬼路，钟馗可不是空口捉鬼。

此时铁荣三已经想好了一个计划，就说道，我们先去法院和交警大队调卷，顺便调查出事那天信息，再仔细研究。

三十一

检察院反贪局办案组办公室。肖政正在研究交警档案案卷和法院审判卷宗。赵局长、铁荣三、刘剑锋和吴远正在专心观察交警执法视频记录。

灰蒙蒙的夜空下，南环十字路口红绿灯交替着，清冷的夜晚，没有一丝风。

一辆越野奔驰晃晃悠悠驶向红绿灯路口，红灯骤然亮起，驾座上司机急忙刹车慌乱中踩了油门，奔驰低吼一声向前冲去。砰一声巨响，前面一辆三轮车翻倒在路边，车内被甩出一人躺在路上。奔驰车戛然而止，从车上陆续走下两个人。

办案组办公室里。铁荣三分析说，开车人应该不是兰鹏，动手打人的应该也不是兰鹏。赵局长说，这个人我也认识，是东方热电公司匡总经理。

吴远说，看来兰鹏交代的是事实，开车的应该是匡总经理。刘剑锋接着说，肯定是有什么好处，要是让我给顶罪坐牢我可不伺候。铁荣三继续介绍着案情，那个被打的人叫赵无本，是被撞伤人的父亲。

兰鹏从车上下来时，站立不稳用手扶着车灯喊道，谁？谁呀谁撞了我们的车？你，你赔得起吗？匡总回到车里不停地打电话。

被撞倒在地的人从地上坐起来，像是刚睡醒，头上流着血。沿街门店里冲出一个人指着兰鹏说道，是你们撞了人家的车，你还耍赖。兰鹏有点不服气说，我，我怎么觉得，是，是别人撞我们的车。

兰鹏指着自己鼻子说，我撞了别人那我，我不对了。那个人又敞开车门把匡总经理一把拽下车来质问。匡总边挣脱边说，干什么？干什么？抢劫呀。

那个人质问道，你把人都撞伤了，还想耍赖。匡总下车后到后车厢拿出一根铁棍子照着那人就打，那人躲闪不及被击中头部，鲜血直流。

这时交警队事故处人员赶来，疏散了人群勘查现场。救护车赶来，准备进行抢救。

一位中年男子分开人群走进现场。交警正在询问匡总和兰鹏，中年人来到赵无本跟前，蹲下身与赵无本交谈着什么，赵无本抬头认真地看了看匡总和兰鹏后点了点头。

三十二

后来进入现场调解的那人是谁？赵局长问铁荣三。铁荣三想了想说，应该是黄埔建，东方热电公司工程承建商。我大体看了看案卷，但整个诉讼过程和他一点联系也没有。

黄埔建与受伤人像是熟悉？赵局长问道。刘剑锋说，这个受伤人叫赵无本，经营机电设备，和黄埔建是一个片区，看来他们应该熟悉。

他们在交谈什么？铁荣三想了想说。肖政说道，是不是确认谁是肇事车驾驶员？谁打的人？

赵局长皱着眉头说，黄埔建对赵无本可能会说些什么？铁荣三又说道，当时现场已经安定下来，赵无本捂着头坐在地上。

执法交通警察走向赵无本，黄埔建赶紧对赵无本嘱咐了几句话，赵无本默默地点了点头。黄埔建迅速离开现场，走入围观人群。

交警问，你叫什么名字？赵无本委屈地说道，我叫赵无本。

交警指着躺在地上的人问，这个人是谁？赵无本说，我儿子刚送货回来被他撞了，我也被他打了。

交警简单问完基本情况后问赵无本道，他们俩是谁开的车？谁打的人？赵无本抬起左臂慢慢指向兰鹏说，是他。兰鹏咧嘴傻笑着又用手指着自己鼻子说，是，是我开的车？就，就是我，呵呵。

医护人员把赵无本和他儿子抬上车，救护车疾驰而去。交警带兰鹏和匡总走上警车到指定医院测试酒精浓度。

三十三

刘剑锋说，赵无本被打晕了，明明是匡总驾驶着车他却指认兰鹏。赵局长说道，我看不像真晕，一定有什么情况。

铁荣三左眉边那颗黑痣抖动着说，是黄埔建起了作用，黄埔建会对赵无本说了什么？吴远不解地问道，那兰鹏也被撞晕了吗？

赵局长气愤地说，交警大队执法人员都被撞晕了？到底谁在这里面作祟。铁荣三也说道，当时两个人都醉酒都说自己驾车自己打人，交警肇事处肯定是要仔细询问调查才下结论，为什么会出现一个不正确结论？

刘剑锋也非常气愤，所有承办案件人员都被撞晕了，都被打晕了，葫芦僧判了葫芦案。赵局长寻思道，一起普通车祸让那么多人犯晕，什么原因能让众人皆醉？良心还是道德？

钱，我认为就是钱，有钱能使鬼推磨，有钱能使磨推鬼。刘剑锋始终坚持自己的看法。

肖政走过来说，刚看完卷，晚八点出的事故，当晚派出所立了案却什么强制措施也没有实施，过了三天办理取保候审。这段时间犯罪嫌疑人处于脱管状态，一直到法院判决生效才收监，我看肇事处嫌疑最大，是他们提供了假调查材料。但从整个案件诉讼过程来看，好像有人在捞人。

谁在捞人？赵局长问肖政。肖政皱了皱眉头说，案卷里看不出来感觉到捞人之人隐藏很深。

分析应该是黄埔建。铁荣三说，东方热电是弈城招商引资项目，刚落户不久还没有形成关系网。黄埔建集商贸建筑业于一身，在弈城经营多年，现在又承揽东方热电近一亿建筑工程，有经济利益关系，捞人之人很可能是他。刘剑锋焦急地说，我和吴远去把他传来。

铁荣三急忙阻止道，不可打草惊蛇，黄埔建是该案关键人物，要动他必须有万全之策，否则我们会现陷于被动。

赵局长想了想说，这样你们抓紧商量一个计划，我找检察长汇报后就动手。

三十四

东方热电公司匡总被带进反贪局询问室。

红润润的面孔，油光光的发丝，考究的衣着，显示着这位红顶商人养尊处优的生活习惯。资料显示，匡总年收入是检察官年收入的十倍。

匡总经理坐在被询问座上，一副居高临下财大气粗的架势。

叫什么名字？铁荣三询问基本情况后又问道，知道今天为什么叫你来吗？匡总说，我个人没有什么问题，也不知道反贪局叫我来干什么？匡总不断表白着。匡总觉得自己刚当上总经理三个月，其他方面与反贪局也没关系，又说道，有什么事尽管问。

铁荣三没有采取任何迂回战术，而是单刀直入直截了当地说，你醉酒驾车酿成事故还打人致伤，为什么让兰鹏顶罪？匡总适口否认道，没有这事，

没有这事，绝对没有这事。

铁荣三正色道，国家法律规定，醉酒伤人寻衅滋事属于犯罪行为。你作为国有企业领导人，应当自觉遵守国家法律法规。知法犯法你还想抵赖？匡总回答说，没有，没有这回事儿。

铁荣三又继续说，一部法典的颁布，一款法条的实施，都是用无数生命和血泪写成，需要我们每个公民用自觉行动来精心呵护。你在守法经营同时，又在糊里糊涂犯法。你不惜牺牲他人利益保全自己位子，你保得住吗？自古以来惧怕法度者都是违法之人。这段时间我想你内心并不安稳，你在承受着良心熬煎，你的灵魂在颤抖，而兰鹏和他家人在流泪，中国法律在流血。

匡总用手抱着自己脑袋说，我想不清了，想不清了。看得出来，匡总思想防线在退却，心里在动摇。你认真想一想，想好了我们再谈。铁荣三丢下这句话后，询问室里变得寂静异常，只有匡总粗重的呼吸声时断时续。

对峙，对峙。墙上电子时钟时针在不停地旋转着，嘀嘀嗒嗒。

铁荣三那双眼睛深邃而睿智。一个小时过后匡总如坐针毡，额头上渗出一层汗水。

铁荣三笑了笑又问匡总，真没这事吗？匡总从紧张气氛里挣脱出来连声回答说，真没有，真没有。

铁荣三问，匡总经理，你认识黄埔建吗？匡总经理从容答道，认识。今天早上还一块吃早餐。铁荣三说，那好你打电话让黄埔建来接你，有什么事我们再去找你。匡总经理高高兴兴地打完电话后，铁荣三走出询问室。

过了不长时间，黄埔建被刘剑锋带进二号询问室。赵无本被肖政带进三号询问室。

三十五

铁荣三走进一号讯问室，吴远带着匡总走进来。

匡总，你因犯寻衅滋事罪，弈城人民检察院决定对你依法刑事拘留，这是拘留证，你签字吧。铁荣三宣布刑事拘留匡总，匡总签完字，法警给他戴上了手铐。

不是让我回去吗？匡总一头雾水不解地问道。铁荣三大声地告诉匡总经理说，因为你没有实事求是谈问题，黄埔建到案了，赵无本也到案了，你还是好好考虑考虑吧。

沉默一会儿，匡总问道，黄埔建和赵无本都说了什么？很关注是吧？他们实事求是地谈问题，那是他们的态度，而你正是因为隐瞒犯罪事实被依法刑事拘留。你还否认吗？

匡总争辩说，让兰鹏顶罪确实没有的事，我自己也是企业管理干部，不管做什么都讲究原则规定，最起码也得讲良心。让别人为自己顶罪之事，违背良心道德，自己万万不能。

不错，你有你的人格，那就让你看看你的人格，你的良心。铁荣三说完，从办案包里拿出一沓取证材料摔在匡总经理面前说，你自己看还是我一项项地审问。匡总无力地低下了头说，我会说明白的。

三号询问室里肖政正在询问赵无本。赵无本满腹委屈说，车被他们撞坏了，他们得赔我一辆新的。我们爷俩儿住院受罪他们得给我补偿。交警说我无证驾驶罚我一千元，他们也得赔我。赵无本唠叨不停，语言中透着一个小商人的精明。

法院按国家法律规定给你补偿了。你想想那晚到底是谁开车撞你的？谁用棍子打伤你的？肖政问道。赵无本嘟囔道，是那个穿蓝羽绒服的叫兰鹏。开始不知道他叫兰鹏后来知道的。

肖政说，赵大爷你再好好想想，那晚是兰鹏开车吗？拿棍子打你的人是他吗？赵无本回答道，我想准了就是他。

赵无本刚说完话，抬头一看，铁荣三一脸怒气推门而入。铁荣三厉声说道，这么大岁数了睁着眼睛说瞎话，不觉得脸红吗？赵无本你的行为已构成伪证罪。实事求是谈清楚可以争取从轻处理，再胡搅蛮缠下去法律无情。你说清楚那晚到底是谁开车撞的人？谁拿棍子打的你？

是兰鹏。不是，是匡总开车撞的人，是匡总拿棍子打的我。赵无本马上改口了。铁荣三又问道，那你为什么指认是兰鹏开的？是兰鹏拿棍子打的你？你的手是怎么伸出去的？

是黄埔建让我这么说的。赵无本在铁荣三目光逼视下不敢抬头。黄埔建说谁开车谁打人不重要，只要赔好就行。铁荣三进一步问道，能让你指鹿为马，能让你痛并快乐着仅仅是这些？

赵无本那双小眼睛眨巴着说，还有黄埔建说东方热电公司将来需用很多机电产品，和匡总协调协调，以后都用我经营的机电设备每年能赚几万元。铁荣三笑了笑说，赵无本抬起头来，你知道这样做是什么后果？你的行为已经违法构成犯罪，等待你的将是法律惩处。

这么严重吗？我被黄埔建骗了，我冤呀。赵无本差点掉下了眼泪。肖政说，除了黄埔建煽动，你自己脑子里没问题吗？一个巴掌拍不响。

事情发展到今天怨黄埔建还是怨赵无本自己？

三十六

在弈城反贪局询问室里，黄埔建什么都没谈，这个精明的商人知道说什么都晚了，自己这段时间的心血和努力将会化为乌有，弈城商界缔造出了一个愚蠢笑话，以后自己还有何脸面在弈城市面混。黄埔建更想不到反贪局纠正错案仅仅是这场战役的开始，更严重的考验在等着他。

黄埔建和匡总被分别押送弈城看守所，赵无本取保候审被送回家。

黄埔建是本案核心人物，在弈城商界拼打近三十年，善于心计，是弈城建筑行业领军人物。在这起看来很普通的因交通肇事发展成寻衅滋事案件中，黄埔建做出了很不普通的举动，扮演着很不普通的角色，引起办案组注意。黄埔建在反贪局询问室里，那双眼睛精光四射不知在算计什么？

弈城看守所一号提审室里，黄埔建身穿囚服，在手铐与脚镣的对话中无奈而又疲惫。

问：叫什么名字？

答：黄埔建。弈城南关街人。

问：因为什么事被刑事拘留？

答：因违法犯罪被刑事拘留。

问：犯了什么罪？

答：妨害什么罪？证人作证罪。

问：谈谈你妨害证人作证罪的犯罪经过？

黄埔建苦笑着摇了摇头说，其实是一件很小的事，我没想到会这么严重。赵无本那辆三轮车只是被撞弯了后保险杠掉了些漆，维修就花了八百元。赵无本头部只是破了一点皮流了一些血，在医院里检查完，根本没什么大伤，爷俩儿赖着想住院要求做法医鉴定，还怀疑医生袒护对方和医生吵起来了。鉴定结果连轻微伤都不是，做完法医鉴定爷俩儿就回去了。

铁荣三说，不错，事情本身后果并不严重，事情另一个结果呢？

黄埔建不知道另一个后果是什么又叙述说，那天我刚吃过晚饭回到家，匡总给我打电话说出事了，撞了车伤了人，让我赶快过去。我到现场时交警正在查问谁开的车谁打的人，匡总和兰鹏都说自己开的车自己打的人。我一看老赵坐在地上就走过去让他说是兰鹏开的车。

不是还说好了，以后东方热电用老赵经营的机电产品吗？铁荣三盯紧对方话意咬住不放。黄埔建无奈地说着，当时是有这个说法，第二天我又和匡总专门沟通了。匡总刚当上总经理才三个月就出这样的事，怎么办？我当时只是想帮帮他。

铁荣三问道，接下来你是怎么帮他的？黄埔建说道，人做事情得讲良心。兰鹏自己想承担这个事，匡总心里过意不去让我无论如何不要让兰鹏进局子，到时候争取判轻点，最好什么都不判。

在整个诉讼过程中你是怎么争取的？铁荣三又问道。黄埔建说，我先找了交警大队肇事处处长何存，让他想办法别拘留兰鹏。何存说让我自己想办法，高血压二级以上就不会刑事拘留。

铁荣三接着问，结果你想出了办法？黄埔建回忆说，我家属血压经常不稳定，家里备有一种药。兰鹏体检过两次，体检前我都按两倍剂量放在水杯里让他喝下去，检查结果都是高血压三级就没被收监，法院判决实刑后才强制收监。这个事他们都不知道。

看到事实已基本清楚铁荣三顺便问了一句，交警肇事处为什么出具了虚假交通肇事鉴定结论？黄埔建说，可能是肇事处长何存安排的，我只是让他

给想想办法。

铁荣三追问道，你用什么办法让何存瞒天过海，把真的弄成假的？实事求是地谈清楚。

黄埔建意识到自己说漏了话赶紧低下头，不和铁荣三正面交流。

三十七

铁荣三看黄埔建想回避问题，立即旁敲侧击促使黄埔建继续交代。就说，去年六月我们在弈城交警大队内部连破六起大案，弈城交警大队长和五名中队长全部落网。针对交警内部混乱局面我们及时展开犯罪预防工作，规定在限期内未涉案人员将违法所得全部交到县财政指定账户上，也有的交警主动到反贪局坦白自首请求从轻处理。黄埔建你还有什么可避讳的吗？最后一句话铁荣三引而不发。

黄埔建抬起头半信半疑地看着铁荣三，想从铁荣三脸上找到自己需要的答案，他知道何存已经把钱交上了。就说道，我当时到何存家里送给他两万元现金，我还真没想到这个钱何存也会交出来了，早知道这样还不如我们买酒喝算了。何存一共交了多少钱？

这个你不需要知道。铁荣三想了想说，在反贪局办案工作区里你为什么不谈？黄埔建说，我觉得匡总自己不谈，别人就不可能说出这件事，没想到是匡总先说出来了。但那个时候谁都可以说我不可以，我那时要是说了怎么对得起人家。黄埔建停了一会儿看了看手腕上的铐子继续说，现在我也戴手铐了也进监狱了，我实事求是地谈了也对得起自己良心了。说完黄埔建闭上了眼睛。

铁荣三又问道，黄埔建，你还有需要说明的问题吗？

没有需要说明的问题了，我自己作孽自己负法律责任。真没想到怎么一点小事还牵连这么多人？早知这样，还不如我当时自己掏出两千元给赵无本算了。黄埔建在问自己好像是在后悔。

你当时怎么不掏两千元给赵无本？铁荣三觉得黄埔建话里有话就进一步

问道。黄埔建说，我开车多年知道这种情况碰撞重不了，赵无本当时要两千元私了，我想也行。匡总喝多了说就给赵无本一千元，我怎么劝也劝说不下，交警来后一切都晚了。黄埔建又摇摇头说，这么一点小事。

铁荣三听黄埔建说完慢慢说道，你心里什么才是大呢？事无巨细不在大小，关键是我们处理问题的心态。如果心态不正常，处理方法就会出问题，无论大事小事都会沿着非正常方向发展。良好的心态才是我们做好每一件事的基础。

我心态不正吗？黄埔建反问铁荣三，当然这只是一种交流。

铁荣三笑了笑说，今天就谈这些，你回去后自己想想吧。

三十八

瘸胳膊何存？反贪局办案组办公室里赵局长听完提审情况汇报，吃了一惊。铁荣三说，何存任交警大队肇事处长已经六个年头，交警大队所有科室每两年一轮岗，只有何存是特例。

赵局长也说，你们知道何存另一只胳膊是怎么回事吗？赵局长继续说道，十二年前何存大学毕业后被分配在弈城交警大队特警岗位工作。一次检查一辆外地违章车辆，那辆车刚停下又迅速发动逃逸，何存发动摩托车迅速追上去拦截违章车辆，那辆车猛一拐弯把何存甩到路边路沿石上，何存当时昏过去了，就是那次何存失掉了那只胳膊。

吴远问，那个肇事司机抓到了吗？刘剑锋生气地说，不用问，跑不了他。

抓到了，是一辆贩运走私货车。赵局长看了看吴远和铁荣三说，这么多年来何存一直是弈城交警大队一面旗帜，何存代表着一种形象，交警大队把他始终放在这个位置上用义深远。肖政惋惜地说道，没想到后院起火。

赵局长问铁荣三，限期交款单子上这两万元交了吗？铁荣三回答说，叫来询问一下就知道了，我们查过所有缴款明细，何存只交出了几千元。

这说明那两万元他没交。赵局长若有所思地说道，敢于顶风作案，看来过去的何存已经不存在了。你们准备好，我去找检察长汇报。

这个应无畏真有意思。肖政摇了摇头又说，他举报交通肇事案没想到会牵扯到下属吗？刘剑锋气愤地说，应无畏肯定知道。什么东西？出卖自己下属来立功赎罪。现在有些人心态就是不可思议。

铁荣三想了想说，应无畏也想到了，但他不是为他自己。刘剑锋一瞪眼问，他为了谁？铁荣三说，他为了交警队的明天。

三十九

何存被刘剑锋和吴远带到反贪局询问室里，何存坐在椅子上，情绪急躁，简直可以说是火冒三丈。

肖政单刀直入问道，何处长知道今天为什么请你来吗？何存表现出一丝冷漠，但眼神背后却给人一种别样感觉。高声回答道，不知道。

肖政又问道，你在工作期间有没有收受请托人所送现金、有价证券及贵重物品？何存说，有过。有的退了，有的交到反贪局指定财政账户上了。

肖政立即追问道，谈谈你所退现金有价证券及贵重物品过程？何存故作镇静茫然问道，这个，有必要谈吗？

很有必要。法律规定在这间询问室里你必须谈清楚。询问中肖政紧追不放。何存想了很长时间说，我想不清了。肖政让他再仔细想想。何存谈出几笔请托人所送土特产、烟酒及退回过程。

你交到财政账户多少钱？肖政又适时迂回。何存想了半晌，想回避肖政询问的问题说道，我想不起来了。

肖政说，空口无凭，你有什么证据证明你把钱交到财政账户上了？何存想了想从衣兜里掏出一张单子递给肖政说，这就是交款回单。说完把缴款单递给了肖政。

肖政又问，就这六千五百元？你有没有还把钱物交到相关部门比如纪检等部门？何存回答很简单，没有，都交到财政账户了。

铁荣三在一边仔细地听着何存回答，看何存表情变化，探测着何存内心动向。他感到在何存坦荡后面还隐藏着什么。于是问道，何处长，你在这间询问室里时间有限，限定时间内你主动谈清自己的所有问题，法律规定可以从轻处理。你考虑过吗?

何存被肖政问了很长时间内心有点发火，没好气地对铁荣三说，没有什么可考虑的，我没其他问题。

铁荣三问道，现在有证据证明你向反贪局隐瞒了部分犯罪事实，经查属实。何存不依不饶地又提高了声音说，我没有，我坚信自己没有任何问题。铁荣三说，那好，限定时间内你谈不清楚，就走程序。你好好考虑考虑吧?

铁荣三走后，肖政、吴远和刘剑锋又对何处长进行思想教育和法制教育，讲现实案例，讲现行法律法规。

何存听后很反感，拒绝配合。

四十

过了一段时间，何存被肖政、刘剑锋和吴远带到讯问室。赵局长和铁荣三早已恭候在审讯台前做好了审讯准备。

何存你因涉嫌受贿罪和滥用职权罪，经弈城人民检察院研究决定，对你依法立案并依法刑事拘留。赵局长又庄严宣布道，立即执行。何存坐在审问室内特设座位上观察着眼前陌生环境，一副锃亮的手铐铐住了他右手腕。刘剑锋又习惯性地一拽何存左手，忙抬头看了看铁荣三，把手铐另一端铐在审讯座椅背上。

铁荣三给何存讲了犯罪嫌疑人权利和义务，何存听后勃然大怒说道，你反贪局为什么老是跟我们交警大队过不去?难道非要斩尽杀绝吗?我不明白同样都是执法为什么不给我们留条出路?

铁荣三讯问道，不是我们和你交警大队过不去，也不是我们不给你留下出路，是你自己和自己过不去，自己没给自己留出路。赵局长说道，以后你会明白的。你现在的任务是尽快交代自己的犯罪事实，争取好态度争取从轻处理。

说，兰鹏交通肇事的调查结论是怎么得出来的?你收受请托人现金现在放在哪里？这些必须交代清楚。否则，你不会有任何出路。铁荣三又进一步向何存施压，直击何存要害。何存那眼神开始游移不定，稍稍平静了一会儿口气软下来。喘着气辩解说，交通肇事结论，必须有肇事者交代，有现场勘查结果，有目击证人。我们所做的结论都有依据，没错。

铁荣三听完何存那些辩解理由说，你就谈半年前南环路十字路口兰鹏交通肇事事故？何存又辩解说，兰鹏被判刑是因为寻衅滋事，与我们交警没什么关系。又说，时间太长了我也记不清了。

何存看着铁荣三，感觉到铁荣三左眉边那颗黑痣就是一团难解的谜，一个让人永远看不透的阴谋。

铁荣三问道，你还没有麻木到一塌糊涂，兰鹏肇事案你想得清你一辈子都忘不了。说，你是怎么做的？看到反贪局紧追不放。何存说道，哦，我有点印象了，有一个姓黄的把头找过我。

讯问室里检察人员都笑了。

铁荣三问道，姓黄的把头怎么找的你？何存说，还怎么找？就是说了说给他照顾照顾，别拘进去了。

赵局长逼视着何存说道，何存，你在向我们撒谎，你根本不想正视现实，你还存在侥幸心理想蒙混过关。何存一听，额头上青筋暴露声嘶力竭地狂喊，别再审了，别再审了，再审我就自杀我就咬舌自尽。

赵局长和铁荣三互相对视一眼安排吴远说，出材料。然后和铁荣三一块走出了讯问室。

四十一

铁荣三正在与赵局长制订下一步审讯方案，突然桌面上手机急促地响起来，赵局长拿起来一听，传来吴远焦急的声音。

铁荣三一步跨进讯问室，只见材料纸散落一地，何存脸上还流着几滴血。刘剑锋和肖政奋力摁住何存，铁荣三立刻明白了刚才发生了什么事情。

吴远急忙说道，出完材料让他签字时他把材料纸扔了一地，拿起笔要刺自己眼睛，我赶忙夺下签字笔，笔尖划伤了他的鼻子。何存说，是他们三个人打伤我的。反贪局打人了，反贪局打人了。何存号叫着，像一只受伤的野狼。

铁荣三说，何存我们依法办案，文明办案，只划破了一点皮肉，你号叫什么？你想自残？那就放开他，让他自杀给我们看看。肖政和刘剑锋放开何存后，何存不再号叫也不再挣扎。

何存你不是想咬舌自尽吗？咬呀，我想看看你咬舌自尽。看小说看多了吧，咬舌能自尽吗？铁荣三看到何存低头在掉眼泪又说，死都不怕还怕什么？不就这么点事儿吗？

何存想到伤心事抽泣着说，想我何存也是满怀一腔热血来到弈城交警大队。看了看自己空荡荡的左衣袖又说道，整整十年来我一直以残缺身躯兢兢业业工作，没想到今天，我还不如当初摔死算了。

刘剑锋生气地指着何存说，你还真不如那时候摔死算了，那时摔死了你会在弈城警界树立一个完美形象，有的人死了但还活着。

铁荣三接着说，当初我们为了人民利益，为了国家大义而奋不顾身，忘记了生忘记了死。我看过你的事迹材料，你是弈城警界唯一受公安部表彰的英模。可是今天你的所作所为已经毁灭了自己的形象，毁灭了我们党精心培养起来的典型风范，难道你自己就不会静下心来想一想吗？

何存痛哭流涕道，让我死了算了，让我死了吧，我一个残疾人活着还有什么意思。铁荣三说，身体残疾只能给我们行动带来不便，可怕的是内心残疾，思想上残缺，意识里混乱。你说，生死大义面前我们没眨过眼，在这些小问题上意识就模糊了，我想这不是你的人生境界。现在，只有彻底交代清楚自己的问题还原事实真相，才能摆脱自己内心的那份狭隘，才能还原本来的你。

何存想了想说，我上缴的六千五百元那都是他们送我的土特产和烟酒折款。

赵局长说，我们查过，你在我们规定限期缴款时间内仍然收受请托人所送钱物，六千五百元只是你放的烟幕弹。可是你想过没有，自己放出烟幕弹受迷惑的还是你自己。铁荣三接着说，人生不是你拥有一个什么样的位置，不是你拥有多少钱财。你们大队长应无畏被判十年终于醒悟，他心理已经突破了那间监室，穿越了那座高墙，将来他会是一个真正无畏之人，会有一个无畏人生。何存痛苦地低下头说道，我还收了黄埔建两万元现金没有交出去，家里买房子时用了。

铁荣三又问道，那份交通肇事结论呢？为什么是假的？

当时，我看了交通肇事所有资料，也没发现疑点。可是，黄埔建托情让面的让我起了疑心，但我确实也找不出疑点来。当时，公安上以寻衅滋事罪介入了。何存叹了口气慢慢说道，当时觉得这么一个小事，自己也想成全他们人情，觉得不会出什么问题，真没想到。

何存没再继续说下去。

四十二

办案组办公室里铁荣三说，一起普通交通肇事，不同阶层人物，不同心态驱使，终于酿成大祸。

这就是生活吧。肖政揉揉疲劳的眼睛说。吴远擦着近视镜说道，还不如我们，穷是穷了些，但我感觉自己活得很开心。

刘剑锋接过话茬也说道，一切就是为了钱。现在什么事都讲钱，钱是主宰人是奴隶，都是些钱奴。人在金钱面前都是傻子。肖政感叹道，两千五百年前孔子说过苛政猛于虎，现实中有时人的心比车祸还要险恶。

什么时候人的心不再成为自己的陷阱，也不要成为他人痛苦的深渊？像黄埔、匡总、兰鹏、赵无本、何存明天他们还要生活还要工作，还要走完自己人生之路。铁荣三忽然想起一件事又问吴远，应无畏案判决书生效时间到了吗？

吴远想了想说，就是今天。铁荣三说，你抓紧起草一份关于应无畏立功表现说明材料。又安排肖政，肖政和刘剑锋押送何存去看守所。

BP 机铃声响起，铁荣三一看马上来到赵局长办公室，赵局长说，应老快不行了，检察长让去看一下，可能会有事安排。铁荣三问道，怎么让我们去？

赵局长说，检察长说前几天应老要求见见我们。

医院特护室里，大白天灯光依然亮着，苍白的光线下应老躺在病床上闭着眼睛。几个月时间病情已经恶化无法控制，人消瘦了很多。应老已经失去了语言功能。

检察长、赵局长和铁荣三走进病房时龚丽丽说，爸爸，你要见的人都来了。应老还是闭着眼睛无力地点了点头。应老在他人生弥留之际想见反贪局办案人员一定有他的用意，只不过已经无法用语言表达。

检察长望着病床上奄奄一息的应老说，应老，我们都来看你了，你有什么话要说吗？应老抬起左臂吃力地指了指北边窗台。窗台上，那几盆花在寒冷冬天里仍顽强地展示着干瘪的生命色彩。

前天就说要见见你们。昨天晚上就不能说话了，下半夜一直用手指着北边，是不是嫌这几盆花不好看？龚丽丽顺手把花盆搬到地上。

应老无力地摇了摇头。过了一会儿，应老又指了指北边窗子，龚丽丽又把窗帘拉开。应老安顿一会儿又抬起左手指向北边窗子。

检察长想到应老老家在弈城北边临县。连忙说，应老你是想以后回老家安葬？应老还是摇了摇头，但没过多长时间又抬起左手指向北方，这次龚丽丽急得哭了。医生过来安慰说，不用管他。人在弥留之际都会作出一些反常规举动，在我们老家还带有鬼神色彩。

铁荣三在一边皱着眉头看着应老忽然说道，不对。应老指北方指的是看守所，他心里放不下他儿子应无畏。应老点点头鼻腔里发出嗯嗯声。

赵局长说，十指连心啊。无畏小时候应老恨过骂过用皮带抽过，现在至死都让他揪心，让他牵挂。

放心吧应老，无论是现在还是将来我们都会好好照顾应无畏。看看应老平静地睡去。检察长又说，丽丽一有特殊情况让司机马上打电话给我，你一个人应付不了。

谢谢检察长！谢谢检察官！龚丽丽哽咽着说道。

回检察院路上检察长说，应老活不过几天了，何存案要抓紧结案，抓紧移送起诉。

铁荣三说，这段时间应无畏已经觉悟，有立功表现，按法律规定可以减轻刑罚。

检察长看着赵局长和铁荣三说，要抓紧办理越快越好。

四十三

残冬的雪，纷纷扬扬，铺天盖地。

毕竟春天的气息已经到来，大片大片的雪花一触地便消失得无影无踪，路边的垂柳已伸出泛青的枝条。

铁荣三他们刚刚接受了新任务。刘剑锋手握方向盘全神贯注，警车沿弈城外环路全速行驶，冒雪前行。

后　记

1980年我参加工作成为一名小学教师，后来又在政府部门做公务员，时间都很短暂，短暂得让我来不及思考和回味。这期间曾写过部分散文、诗歌，但都是写景状物、抒发情怀之类的作品。1994年基层检察院成立反贪污贿赂局，生活的画卷也由此展开。冬去春来，寒暑数易，岁月爬上了额头，霜雪漂白了黑发，自己仍痴迷于那种波澜壮阔的生活之中。现在才明白，这就是一种刻骨铭心的经历，一段艰苦卓绝的路程，也是一种生活的积累和沉淀的轮回。

起点即是终点，终点就是起点，只是意义不同。就像人类从泥土中来还要回到泥土中去，就像叶子汲取大地养分最后还要落叶归根，回归土地。工作三十年后，我发现自己又回到了起点。既然是起点，自己就要从头再来，既要走好每一步又要提速前行。

关于写小说，自己只是一种尝试。如果说作家的小说是华贵的美丽声音或清纯的民族高音，那我写的小说只能算是原生态甚至连原生态都不是，上不了大雅之堂。我还是感谢生活的馈赠，以后自己会尽力做好。

关于时代背景。写这篇小说时把时代背景安排在我国第二部《刑法》和《刑事诉讼法》实施期间，那段时间基层人民检察院反贪污贿赂局刚刚成立，而国有企业却逐渐退出了历史舞台，淡出了人们的视野。一些法律法规与今天的条文规定有很大差别，我们不能拿今天的法理看待过去，一概而论。

关于后记，还得从小说结尾说起。故事总要有个结尾，对此我设计了几个结尾却觉得都不合适，自己觉得郁闷却不知是什么原因。后来才明白，中国反腐倡廉之路还很漫长还没有结束，所以小说就没有合适的结尾，也就没有后记，所谓后记只是勉强而为之。

创作过程中，由于身体等各方面原因曾几次辍笔。但那些火热的斗争场面，那些感人的人物形象，那些闪着光的正能量，总让我挥之不去，欲罢不能。在最困难的时候，许多朋友都伸出了温暖的手，在此深表感谢。感谢作家于燕国的热心指导，感谢副检察长呈祥福的大力支持，感谢最高人民检察院刘金胜、陈复军、南娟、朱明飞、李健等各位领导给予的关怀和帮助。

以此记之。

陈　了

2016 年 9 月 24 日夜于北京